BEATE RYGIERT

Die ULLSTEIN FRAUEN und das HAUS der BÜCHER

Roman

Ullstein

Besuchen Sie uns im Internet:
www.ullstein.de

Wir verpflichten uns zu Nachhaltigkeit
- Klimaneutrales Produkt
- Papiere aus nachhaltiger Waldwirtschaft und anderen kontrollierten Quellen
- ullstein.de/nachhaltigkeit

Originalausgabe im Ullstein Taschenbuch
1. Auflage November 2021
© Ullstein Buchverlage GmbH, Berlin 2021
Umschlaggestaltung: bürosüd° GmbH, München
Titelabbildung: www.buerosued.de (Rahmen, Details); Circa Images / Bridgeman Images (Straßenszene); Arcangel Images © Lee Avison (Frau)
Gesetzt aus der Quadraat Pro powered by Pepyrus
Druck und Bindearbeiten: CPI books GmbH, Leck
ISBN 978-3-548-06421-5

Dieses Buch widme ich allen mutigen Frauen,
die in ihrer Zeit Großartiges geleistet haben
und heute vergessen sind.

1

Der Taxifahrer trat fluchend auf die Bremse und riss das Steuer herum, um die Pferdedroschke zu überholen, die den Weg versperrte.

»Immer mit der Ruhe«, rief Rosalie durch das Schiebefenster hindurch nach vorn und hielt sich an der Lederschlaufe über der Kabinentür fest. »Ich würde gerne in einem Stück beim Verlag ankommen.«

Der Fahrer brummte etwas Unverständliches und bog endlich in die Kochstraße ein. Vor dem prächtigen dreigeschossigen Eckgebäude zur Charlottenstraße mit der Nummer 23 kam er zum Stehen.

»In einem Stück, das Frollein«, erklärte er frech und schob sein Käppi in den Nacken, hielt ihr den Schlag auf und starrte auf ihre seidenbestrumpften Füße in den hochhackigen Riemchensandalen, während sie ausstieg. Gott, dachte Rosalie, wie anders das Leben doch in Paris war. Jedes Mal, wenn sie von dort nach Berlin zurückkam, brauchte sie mindestens einen Tag, um sich an die Umgangsformen hier zu gewöhnen. Sie drückte dem Mann einen Geldschein in die Hand und trat durch die Drehkreuztür des Portals, über dem eine große, in Stein gemeißelte Eule wachte.

Wie immer, wenn sie diese Schwelle überschritt, begann ihr Herz auch jetzt in einem anderen Rhythmus zu schlagen. Hier waren die Heimat des gedruckten Wortes und das größte Verlagsimperium Europas. Sicher: Paris hatte mehr Charme, mehr Klasse und Eleganz, da mochte ihre Freundin Vicki Baum sagen, was sie wollte. Das Ullstein-Haus allerdings stand in Berlin, und so etwas gab es sonst nirgendwo.

»Herzlich willkommen, Frau Dr. Gräfenberg«, sagte der Pförtner, und Rosalie strahlte ihn an.

»Danke, Herr Tomaschke«, antwortete sie. »Wie schön, mit meinem Namen begrüßt zu werden.«

»Das ist doch selbstverständlich, gnädige Frau«, erklärte Tomaschke mit verhohlenem Stolz. »Ich kenne jeden beim Namen, der hier aus- und eingeht.«

»Herr Bernhard erwartet mich«, sagte Rosalie, und der Pförtner hob den Apparat ab, um sie anzukündigen.

»Gehen Sie nur«, sagte er. »Ich sag oben Bescheid.«

Emsige Geschäftigkeit empfing sie in der Eingangshalle. Botenjungen mit oder ohne Rollwagen voller Akten flitzten die Flure entlang. Eine Tür flog auf, und Rosalie erhaschte einen kurzen Blick in die riesige Setzerei, wo in scheinbar endlosen Reihen Männer Bleibuchstaben aus halb aufgerichteten Setzkästen nahmen und sie mit flinken Fingern zu Wörtern und Sätzen zusammensetzten, die man am folgenden Tag in einer der Zeitschriften oder Zeitungen des Hauses lesen würde. Georg Bernhards Büro befand sich im zweiten Stock, und Rosalie beschloss, statt der zentralen Treppe den Paternoster zu nehmen.

Seit ihrer Scheidung lebte sie in Paris und schickte von dort Artikel und Reiseberichte an viele verschiedene deutsche Zeitungsredaktionen. Vor allem jedoch schrieb sie für den Ullstein Verlag, wo ihre Beiträge in der Unterhaltungszeitschrift *Uhu*, in der *Berliner Illustrirten Zeitung*, kurz *BIZ* genannt, und vor allem in der *Vossischen Zeitung* veröffentlicht wurden, deren Chefredakteur der berühmte Georg Bernhard war, ein Mann Ende vierzig mit einem riesenhaften Mund, der, wenn er lächelte, buchstäblich von einem Ohr bis zum anderen zu reichen schien. Rosalie mochte ihn, er war klug und hatte einen beißenden Humor, und obwohl jeder wusste, dass die *Vossische*, wie sie in Berlin liebevoll genannt wurde, ein Zuschussgeschäft für die Gebrüder Ullstein bedeutete, galt Bernhard als eine der wichtigsten Größen innerhalb der komplizierten Personalstruktur des Presseimperiums. Außerdem hatte er einen Sitz im Reichstag, und das war für alle Beteiligten ein großer Vorteil.

»Wie geht es Ihnen, Frau Henschke?«, fragte Rosalie Bernhards Vorzimmerdame, eine Dame um die fünfzig mit strenger Steckfrisur und einer Schwäche für ausgefallene Parfums. Aus diesem Grund hatte Rosalie ihr auch dieses Mal ein kleines Präsent aus dem Hause Houbigant mitgebracht, das seine Wirkung nicht verfehlte. »Haben Sie das schon?«, fragte Rosalie und deutete auf das Etikett, auf dem der mit Blüten umrankte Name *Quelques Fleurs* stand. »Es ist das erste Parfüm der Welt, in dem mehrere Blütendüfte vereinigt wurden.«

»Wie nett von Ihnen!« Irmtraut Henschke öffnete vorsichtig den Flacon, um an ihm zu schnuppern. »Einfach hinreißend! Frau Dr. Gräfenberg, das werde ich Ihnen nie vergessen. Und wie elegant Sie wieder sind. Diese Frisur ...« Ihr Blick wanderte von Rosalies kess geschnittenem dunklen Bubikopf zu ihrem leichten Sommermantel und dem dazu passenden Kleid in der Farbe von Rosenholz. »Ist das Seide?«

Noch ehe Rosalie antworten konnte, flog die Tür zum Büro des Chefredakteurs auf, und Bernhard stand auf der Schwelle.

»Na, da ist sie ja«, begrüßte er Rosalie und winkte sie herein. »Frisch aus der Weltstadt Paris importiert.« Er beugte sich über ihre Hand und deutete einen Handkuss an, was Rosalie überraschte. Ansonsten gab einer wie Bernhard nicht viel auf solche Förmlichkeiten, außer man begegnete sich auf dem Presseball oder bei einem offiziellen Empfang. »Was macht unser Erzfeind?« Er lachte scheppernd, nachdem er die Tür hinter ihnen geschlossen hatte. »Nein, natürlich will ich sagen: Was macht das zarte junge Pflänzchen der deutsch-französischen Freundschaft?«

»Es wächst und gedeiht, und ich hoffe, es wird einmal aufs Schönste erblühen«, gab Rosalie zurück. »Ich kenne niemanden in Paris, der sich das nicht ebenfalls wünscht.«

Bernhard bat sie nicht wie üblich, auf dem Besucherstuhl an seinem Schreibtisch Platz zu nehmen, sondern führte sie zu der kleinen Sitzgruppe in der Ecke, die er für Ehrengäste bereithielt, wie Frau Henschke Rosalie einmal verraten hatte.

»Ihre Reportage aus Westafrika war recht hübsch«, eröffnete er nun das Gespräch. »Sie kam gut an. Was haben Sie uns dieses Mal Schönes mitgebracht?«

»Ein Interview mit Aristide Briand«, antwortete Rosalie und bemühte sich, nicht allzu stolz zu klingen. Dass es ihr gelungen war, einen ganzen Nachmittag lang mit dem früheren französischen Premier- und gegenwärtigen Außenminister, der gemeinsam mit Gustav Stresemann für die Annäherung der beiden Länder den Friedensnobelpreis erhalten hatte, über die Zukunft Europas zu sprechen, war tatsächlich eine journalistische Meisterleistung und verdankte sich Rosalies Gabe, Kontakte nicht nur zu knüpfen, sondern auch zu pflegen. Sie kannte Kollegen, die hätten gemordet, um einen Termin bei Briand zu bekommen, und prompt entgleisten ihrem Gegenüber für einen Augenblick die Gesichtszüge. Von wegen »recht hübsch«, dachte Rosalie voller Genugtuung, ließ jedoch nichts von ihrem Triumphgefühl merken. Stattdessen holte sie den Artikel aus ihrer Rindsledertasche und reichte ihn Bernhard. »Selbstverständlich ist es ein Exklusiv-Interview«, fügte sie sachlich hinzu.

Bernhard griff nach den von ihr sauber getippten Blättern und begann zu lesen. Rosalie schlug ein Bein über das andere und lehnte sich in die Lederpolster zurück. Zu gern hätte sie sich eine Zigarette angezündet, doch sie ließ es sein. Zwar rauchten die Redakteure im Allgemeinen wie die Schlote, bei einer Frau fand sie selbst das jedoch wenig attraktiv.

»Nicht schlecht«, meinte Bernhard und legte den Artikel zurück auf den Tisch und musterte sie aus seinen dunklen Augen hinter den runden Gläsern seiner Hornbrille. »Wie kommt es eigentlich«, sagte er dann, und sein Mund zog sich wieder in die Breite, »dass eine elegante Dame wie Sie sich so für Politik interessiert?«

Rosalie blieb einen Moment lang die Luft weg. Waren denn Politik und Eleganz in seinen Augen unvereinbar?

»Vermutlich fasziniert mich die Eleganz politischer Lösungen«, antwortete sie und wünschte sich nun noch sehnlicher eine Zigarette. »Und die Politik eleganter Menschen.«

»Was werden Sie als Nächstes Elegantes für uns schreiben?«

»Im September würde ich gern zur Völkerbundversammlung nach Genf fahren und über die Verhandlungen zur Räumung des Rheinlands berichten.«

Bernhards Augen wurden schmaler. »Tut mir leid«, sagte er, und jede Jovialität war aus seiner Stimme gewichen. »Das ist Aufgabe des Chefredakteurs.«

»Oh«, machte Rosalie. »Sie fahren selbst?« Es war, soweit sie informiert war, schon lange nicht mehr vorgekommen, dass Bernhard sich höchstpersönlich auf eine solche Pressereise begeben hatte.

»So ist es.« Er warf ihr einen lauernden Blick zu. »Allerdings ... Wie wäre es, wenn wir gemeinsam fahren würden?«

»Nach Genf?« Rosalie musste kurz blinzeln und versuchte zu verstehen, was er ihr wirklich sagen wollte. Doch natürlich war es nur allzu offensichtlich.

»Ja, nach Genf«, wiederholte er und lehnte sich nun ebenfalls entspannt in seinem Sessel zurück. »Und außerdem ... Was halten Sie davon, mit mir heute Abend auszugehen? Ich könnte einen Tisch im Eden reservieren. Und danach ... Ich würde sagen, da lassen wir uns einfach ein wenig durch das Berliner Nachtleben treiben. Wie klingt das für Sie?«

Wie das für mich klingt, du lüsterner alter Bock, dachte Rosalie empört, das willst du lieber gar nicht wissen.

»Das klingt nach einem bemerkenswerten Abend«, antwortete sie stattdessen mit einem entwaffnenden Lächeln. »Bedauerlicherweise habe ich heute schon andere Pläne.« Sie erhob sich. »Es freut mich, dass wir so gut zusammenarbeiten, Herr Bernhard«, sagte sie. »Und vor allem, dass Ihnen mein Exklusiv-Interview mit Monsieur Briand gefällt.«

Im Flur musste sie kurz tief durchatmen. Hatte sie sich das eben nur eingebildet? Nein. Der Chefredakteur der *Vossischen Zeitung* hatte ihr unmissverständlich zu verstehen gegeben, dass er ihre Beziehungen über das Geschäftliche hinaus gerne ausbauen würde. Sie stöhnte innerlich auf, dann machte sie sich auf den Weg zu Vicki Baums Büro.

Hinter den verglasten Wänden der Redaktionsbüros saß ein ganzes Heer von Tippfräulein an ihren Maschinen, die meisten von ihnen junge Frauen in knielangen Röcken und luftigen, locker über den Bund fallenden Schluppenblusen. Rasch ging sie ins dritte Stockwerk, wo die Mitarbeiter der Frauenzeitschrift *Die*

Dame untergebracht waren. Auf dem Flur traf sie Anita, die für die beliebte Zeitschrift *Modewelt* zuständig war und von der kein Mensch wusste, wie sie mit Nachnamen hieß, denn sie unterschrieb auch ihre Artikel stets nur mit dem Vornamen. Rosalie beantwortete geduldig ihre Fragen nach den neuesten Trends in Paris und diskutierte mit ihr die Vorzüge der »neuen Taille«, die künftig nicht mehr auf Hüfthöhe hängen würde wie in den vergangenen beiden Jahren, sondern wieder dort sitzen würden, wo sie hingehörte. Außerdem würde die Abendmode wieder bodenlang sein, was man seit Jahren für ausgeschlossen gehalten hatte.

»Madeleine Vionnet ist bei dieser neuen Linie mal wieder ganz vorne mit dabei«, berichtete Rosalie. »Ich war bei ihrer Modeschau, und ich muss sagen, ihre aktuellen Modelle sind schlicht hinreißend. Sie sind so raffiniert geschnitten, dass ihr Faltenwurf wirkt wie bei den antiken Statuen. In Paris nennt man sie die Bildhauerin des Stoffes. Natürlich verwendet sie hauptsächlich Seide.«

»Sie hat den Diagonalschnitt erfunden«, schwärmte Anita. »Man schneidet den Stoff diagonal zum Fadenlauf, das macht die Kleider anschmiegsam und elastisch, sodass man sich darin fabelhaft bewegen kann, selbst wenn das Modell auf Figur geschnitten ist. Isadora Duncan ist in Kleidern von ihr aufgetreten.« Anitas Augen glänzten. »Du hast nicht zufällig einen Katalog von Vionnets neuester Kollektion mitgebracht?«

»Nein, tut mir leid, für Mode interessiere ich mich nur privat. Mit euren Beziehungen kannst du dir das Material doch über Nacht schicken lassen, oder? Ich bin sicher, Dr. Stahl tut dir den Gefallen.«

»Dr. Stahl wird mir was husten.« Anita brach bei dem Gedanken, den seriösen Pariser Korrespondenten der Ullsteins um so etwas Profanes wie den Katalog einer neuen Modekollektion zu bitten, in Gelächter aus. »Keine Sorge, ich hab meine Quellen. Willst du den Andruck der neuen Modeseiten sehen?«

»Liebend gern, Anita, aber heute nicht«, wehrte Rosalie freundlich ab. »Ich möchte noch bei Vicki vorbeischauen.« Sie sah auf ihre Armbanduhr.

»Da ist sie.« Anita wies in Richtung Treppe und schüttelte grinsend den Kopf. »Schau sie dir an. Garantiert kommt sie gerade von ihrem Training. Na dann, ich muss los.«

Rosalie sah ihrer Freundin entgegen und traute ihren Augen nicht. Die berühmte Schriftstellerin Vicki Baum trug weiße Tennisschuhe und einen lilafarbenen Sportanzug aus einem seltsamen irisierenden Stoff. Über ihrer Schulter hingen Boxhandschuhe. Ein weißes Stirnband hielt ihr die blonden Locken aus dem Gesicht. Dass sie in diesem Frühjahr vierzig geworden war, sah man ihr kein bisschen an.

»Du warst doch nicht etwa boxen?«, fragte Rosalie mit einem ungläubigen Lachen, nachdem sie sich herzlich begrüßt hatten.

»Natürlich war ich das.« Vickis Augen glitzerten vor Vergnügen. »Du solltest das auch mal ausprobieren, Rosalie. Das hält jung und fit.« Sie nahm die Handschuhe von ihrer Schulter und boxte damit spielerisch gegen die Schulter ihrer Freundin. »Natürlich hast du das noch lange nicht nötig«, fügte sie hinzu. »Du siehst fabelhaft aus, Rosalie. Na ja, du bist ja zwanzig Jahre jünger als ich. Fast könntest du meine Tochter sein.«

»Du übertreibst maßlos«, gab Rosalie lachend zurück. »Als meine Mutter gehst du nirgendwo durch.« Tatsächlich war sie fast zehn Jahre jünger als die Schriftstellerin. »Aber sag mal, meinst du das wirklich ernst mit dem Training? Oder hast du dir die hier nur für einen Artikel ausgeliehen?« Misstrauisch beäugte sie die Boxhandschuhe.

»Nein, natürlich trainiere ich wirklich. Und zwar bei Sabri Mahir höchstpersönlich.«

»Entschuldige – bei wem?«

»Na bei diesem Türken, bei dem Franz Diener trainiert. Das ist der Boxer, der um ein Haar Max Schmeling besiegt hätte. Und wenn du die kleinen Leute fragst, dann hat er das auch. Nur die Punktrichter waren anderer Meinung.«

»Ich versteh kein Wort ...«

»Weißt du was? Morgen nehm ich dich mit. Doch, doch, keine Widerrede. Jeder geht zu Sabri zum Trainieren, jeder! Auch Frauen. Carola Neher zum Beispiel und Marlene Dietrich. Ja, schau nicht so. Mich hat er leider auf Diät gesetzt.«

Sie hatten Vickis geräumiges Büro erreicht, das zur Kochstraße hinausging, was ihren hohen Stellenwert im Unternehmen ausdrückte, anfangs hatte sie nämlich mit einer Art Besenkammer vorliebnehmen müssen, inzwischen hatte die Geschäftsleitung allerdings erkannt, was man an Vicki Baum hatte. Überall stapelten sich Bücher, Rezensionsexemplare, denn Vicki Baum war für die Literaturbeilage der Frauenzeitschrift *Die Dame* zuständig, die sogenannten »Losen Blätter«, und war damit sozusagen die Vermittlerin zwischen dem »Haus der Bücher« und dem »Haus der Presse«, denn für beides war Ullstein auf der ganzen Welt berühmt. Es roch nach Mokka, bedrucktem Papier und reifen Äpfeln, Vicki hatte stets mindestens einen auf ihrem Schreibtisch liegen – Rosalie liebte diese Melange.

Amüsiert sah sie zu, wie ihre Freundin die Boxhandschuhe im Aktenschrank verstaute, so als wären sie die ganz alltäglichen Accessoires einer Dame von Welt, wie ein Schirm oder eine Handtasche. Ach, wie sehr hatte sie ihre extravagante Freundin vermisst.

»Hat du unser Blümchen schon kennengelernt?« Vicki wies auf eine dünne junge Frau mit dem hübschen Gesicht einer Füchsin, die in eine Schreibmaschine tippte, als wollte sie Funken aus ihr schlagen. Ihr langes rötliches Haar hatte sie im Nacken zusammengesteckt, ein paar widerspenstige Löckchen hatten sich allerdings daraus gelöst und umspielten ihr Gesicht wie kleine Flämmchen. »Fräulein Blume ist seit einem Monat mein Tippfräulein. Darf ich Ihnen Frau Dr. Gräfenberg vorstellen, eine sehr gute alte Freundin von mir.«

Das Schreibmaschinengeklapper verstummte, und das Tippfräulein starrte Rosalie ehrfurchtsvoll aus großen grüngoldenen Augen an.

»Sehr erfreut, Frau Doktor.« Dann zog sie ihre hübsche Stirn kraus. »Gräfenberg?«, fragte sie nach. »So wie der berühmte Frauenarzt?«

Rosalie verzog das Gesicht und hob zu einer Erklärung an, doch Vicki kam ihr zuvor.

»Lassen Sie es gut sein, Fräulein Blume. Rosalie ist eine unserer besten Journalistinnen. Sie hat diesen famosen Reisebericht über Westafrika geschrieben, der Ihnen so gut gefallen hat. Der gute Frauenarzt ist längst passé, wenn Sie verstehen, was ich meine.«

»So ist es«, warf Rosalie ein und lächelte das Tippfräulein aufmunternd an, denn die junge Frau hatte vor Verlegenheit rote Flecken im Gesicht bekommen. »Der Name ist das Einzige, was mir von dieser Ehe geblieben ist.« Und zu Vicki gewandt fügte sie hinzu: »Ach, ich hatte so gehofft, mit dir zu Mittag zu essen. Aber wenn dieser boxende Türke dich auf Diät gesetzt hat ...«

»Er hat nicht gesagt, dass ich verhungern soll«, unterbrach Vicki sie entschlossen und sah auf ihre Armbanduhr. »Und ich hab einen Bärenhunger.«

2

Statt ins Casino im Obergeschoss des Ullstein-Hauses gingen die Freundinnen lieber um die Ecke in das Café im ersten Stock an der Friedrichstraße Ecke Leipziger Straße, wohin sich normalerweise keiner ihrer Kollegen verirrte und wo sie hoffen konnten, ungestört zu plaudern. Sie bestellten beide das Tagesessen, Toast mit Setzei, und zündeten sich im Schein der altmodischen Stehlampen mit Schirmen aus farbigen Glasperlen Zigaretten an.

»Wenn Sabri mich sehen könnte«, schmunzelte Vicki und nahm einen tiefen Zug. »Er würde mich glatt rauswerfen.«

»Du redest ja schon, als wärt ihr verheiratet«, spottete Rosalie.

Vicki blies den Rauch aus und lachte. »Oh nein«, antwortete sie. »Da läuft gar nichts. Außerdem kommen Hans und die Jungs bald nach Berlin.«

»Tatsächlich? Dein Mann will seinen Posten in Mannheim wirklich aufgeben?«

Eigentlich hieß Vickis Ehemann Richard Lert, doch alle, die ihm nahestanden, nannten ihn bei seinem zweiten Vornamen Hans. »Ja, mich hat es ehrlich gesagt auch gewundert.« Vicki nahm einen Schluck von ihrer Brause. Alkohol lehnte sie während des Tages strikt ab. »Er meinte, die Familie sei ihm wichtiger als sein Posten als Generalmusikdirektor, und hat gekündigt. Aber keine Bange, er wird hier in der Philharmonie Gastverträge bekommen. Und an der Staatsoper ebenfalls. Er verhandelt gerade die Konditionen.«

Das Essen wurde gebracht, und Rosalie bestellte einen trockenen Weißwein, wie sie es sich in Paris angewöhnt hatte. Es reichte, wenn Vicki darauf verzichtete, fand sie.

»Weißt du«, sagte sie zu ihrer Freundin, die sich über den Toast hermachte, »dass ich euch kolossal bewundere, dich und Hans?«

Vicki warf ihr einen erstaunten Blick zu. »So? Und wofür?«

»Ich kenne kein glücklicheres Paar als euch beide«, erklärte Rosalie und tunkte Weißbrot in das Gelbe des Eis. »Wie lang seid ihr schon verheiratet?«

»Viel zu lange«, spottete Vicki und tupfte sich den Mund ab. »Und glaub mir, wenn die Jungen nicht wären ... Ich hätte mich vermutlich schon vor einer Weile scheiden lassen. Stattdessen bin ich nach Berlin gegangen.« Sie sah Rosalie nachdenklich an. »Vielleicht hättest du auch erst nach Paris gehen sollen, statt dich gleich scheiden zu lassen. Womöglich wäre alles anders gekommen? So ein bisschen Abstand tut jeder Ehe gut.«

Rosalie schüttelte heftig den Kopf. »Vergiss es«, entgegnete sie entschlossen. »Mit Ernst und mir – das wäre nichts mehr geworden. Es sei denn, er hätte seine Praxis aufgegeben. Und das wird er niemals tun.«

»Er ist eine Koryphäe in seinem Fach«, wandte Vicki ein. »Du kannst einem Mann nicht das wegnehmen, woran ihm am meisten liegt.«

»So ist es. Und da Dr. Gräfenberg am Unterleib der gesamten weiblichen Einwohnerschaft Berlins so unendlich viel gelegen ist ...«

»Ach komm«, unterbrach Vicki sie. »So sind die Männer eben. Hans' Liebschaften mit den Ballett- und Chormädchen sind Legende. Ich habe aufgehört zu zählen und meine Mannheimer Freunde gebeten, mich nicht mehr über seine Amouren auf dem Laufenden zu halten. Das ist besser für unsere Ehe und für meine Nerven.«

Rosalie schwieg. Wie konnte Vicki nur so abgeklärt sein? Gut, sie hatte zwei wundervolle Söhne, das mochte die Untreue ihres Mannes irgendwie ausgleichen. Und sie musste auch nicht in der Praxis eines Gynäkologen leben, wo zu Stoßzeiten selbst das private Esszimmer und der Salon von wartenden Patientinnen belagert wurden. Sie musste nicht den Geruch nach Äther und Desinfektionsmittel in ihren eigenen vier Wänden ertragen und nicht die Blicke der jüngeren, attraktiven Patientinnen, an denen der Herr Doktor mehr durchführte als reine Routineuntersuchungen ...

»Ehrlich gesagt ist mir bei aller Freude auch ein wenig mulmig zumute bei dem Gedanken, dass ich meine Berliner Freiheit dem Familienleben zuliebe wieder aufgeben muss«, gestand Vicki.

Rosalie nickte. Das konnte sie nur zu gut verstehen. Drei Jahre lang hatte ihre Freundin das Leben in dieser vibrierenden Stadt allein genossen, war oftmals noch spätabends mit ihr und anderen Freunden ausgegangen und hatte auf niemanden außer sich selbst Rücksicht nehmen müssen. Auch Rosalie genoss diese Unabhängigkeit seit ihrer Scheidung in vollen Zügen.

»Aber was ist mit dir?« Vicki sah sie neugierig an. »Gibt es einen neuen Mann in deinem Leben?« Vicki schob den letzten Bissen ihres Toasts in den Mund und betrachtete sie aufmerksam.

»Nun ... ja«, gab Rosalie widerstrebend zu. »Es ist ein Geheimnis.«

Vicki nickte. »Natürlich ist es das. Das ist es doch immer.«

»Nein, du verstehst nicht«, warf Rosalie lebhaft ein, »es muss wirklich ganz und gar geheim gehalten werden.«

»Eine geheime Mission also«, räumte ihre Freundin amüsiert ein. »Und wie heißt er?«

Rosalie biss sich auf die Unterlippe. Sie kannte Vicki schon so viele Jahre. Sie war in Mannheim aufgewachsen, und die Lerts gingen in ihrem Elternhaus ein und aus. Auf Vicki war Verlass. Trotzdem zögerte sie. Je weniger Menschen von dieser Affäre wussten, desto besser. Auf der anderen Seite brannte sie darauf, mit jemandem darüber zu sprechen.

»Lebt er in Paris oder hier in Berlin?«, half Vicki nach.

»In Berlin.« Rosalie sah ein, dass ihre Zurückhaltung die Freundin nur noch neugieriger machte. »Ich habe ihn in Genf kennengelernt, während des Weltwirtschaftsgipfels. Er arbeitet in den höchsten Regierungskreisen, deshalb ...«

»Verstehe«, unterbrach Vicki sie. »Und das Letzte, was ich möchte, ist dich in Schwierigkeiten bringen, das weißt du. Also ... warum finden wir nicht einen Tarnnamen für diesen Herrn? Wie wäre es mit ... Kobra?«

Rosalie lachte. »Das klingt ja wie aus einem Spionageroman«, kicherte sie.

»Vielleicht sollte ich mal einen schreiben«, stimmte Vicki ihr zu. »Und dieser Kobra hat also dein Herz erobert.«

»Im Sturm.«

»So leidenschaftlich?«

»Na ja, zunächst nicht.« Rosalie legte endgültig ihr Besteck auf den Teller. Außer ein wenig von dem Eidotter mit Weißbrot hatte sie nichts gegessen. Sie war viel zu aufgeregt dafür und hatte den Bauch ohnehin voller Schmetterlinge. Denn an diesem Abend würde sie ihn endlich wiedersehen.

»Jetzt erzähl mal von ganz vorn«, bat Vicki sie und lehnte sich zurück.

»Da gibt es gar nicht so viel zu erzählen.« Rosalie sah über die voll besetzten Tische hinweg aus dem Fenster, doch statt des Berliner Himmels sah sie wieder die große Fontäne im Genfer See vor sich und das trübe Grau eines regnerischen Februarmorgens. »Wir standen alle in der Vorhalle des Sitzungssaals und warteten darauf, dass es losging. Da fiel mir ein Mann auf, der lässig in einem der Polsterstühle mehr lag als saß, die Beine weit von sich gestreckt und die Hände in den Taschen vergraben. Ich sah ihn nur von der Seite, und ich schwöre dir, ich hab mich auf der Stelle in diesen Mann verliebt.«

»Wie?«, fragte Vicki verständnislos nach. »Einfach so? Was hat er gemacht?«

»Er hat gegähnt.«

Vicki starrte sie an, dann fing sie an zu lachen. »Du willst mich wohl auf den Arm nehmen!«

»Nein«, beteuerte Rosalie. »Vicki, noch nie zuvor habe ich einen Mann so hinreißend und so ausdauernd gähnen sehen. Ich wollte natürlich herausfinden, wer er ist, und habe einen befreundeten Journalisten gefragt, ob er ihn kennt. In dem Moment hat eine Delegation für kurze Zeit die Sicht auf ihn versperrt, und danach war er verschwunden, so als hätte er nie existiert.«

»Hört sich so an, als sollten wir ihn lieber den ›Großen Gähner‹ nennen statt Kobra?«, schlug Vicki vor. Sie lachten. »Und wie ging es weiter?«

»Tagelang hab ich nach ihm gesucht«, gestand Rosalie. »Die ganze verdammte Woche lang – der Mann war wie vom Erdboden verschluckt. Ich ging zu jedem Pressetermin und zu jedem Empfang, der mir einigermaßen wichtig erschien, und knüpfte dabei jede Menge Kontakte. Doch im Grunde war ich die ganze Zeit nur auf der Suche nach ihm. Vergeblich.«

»Eine kurze Lovestory«, konnte Vicki sich nicht verkneifen zu sagen. »Einer Autorin würde man so was nicht durchgehen lassen. Der Geschichte fehlen eindeutig der zweite und der dritte Akt.«

»Ich bin noch nicht fertig«, erklärte Rosalie. »Am allerletzten Abend – ich hatte die Hoffnung schon aufgegeben – fand der Abschlussempfang statt. Ich hatte einen Platz am Tisch von Robert Weismann persönlich ...«

»Natürlich«, warf Vicki ironisch ein. »Ich hab mich oft gefragt, wie du zu deinen glänzenden Kontakten in die höchsten Regierungskreise kommst.«

»Na hör mal, das gehört halt zur Arbeit einer guten Journalistin. Also. Der Stuhl neben mir blieb frei. Wir waren schon beim Dessert, als auf einmal die Tür aufging. Und rate mal, wer auf der Schwelle stand?«

»Kobra.«

»Genau. Ich hätte mich beinahe an meinem Erdbeerparfait verschluckt. Er sah sich kurz um und steuerte dann direkt auf unseren Tisch zu ...«

»Aha, also einer aus Weismanns Stab«, folgerte Vicki glasklar. »Ein Geheimdienstler. Jetzt versteh ich deine Zurückhaltung.«

Rosalie beschloss, diese Bemerkung zu ignorieren.

»Und weißt du was?«, fuhr sie fort, als hätte sie nichts gehört. »Im nächsten Moment küsste er mir die Hand und nahm neben mir Platz. ›Na endlich‹, sagte ich nur. ›Ich hab Sie überall gesucht. Aber jetzt ist alles gut.‹«

Sie schwieg. Wenn sie an jenen Abend zurückdachte, konnte sie selbst nicht glauben, welche Wendung ihr Leben von da an genommen hatte.

»Ich hoffe«, sagte Vicki nach einer Weile, »er hat wenigstens an diesem Abend nicht gegähnt.«

Sie lachten beide, und Rosalie war ihrer Freundin dankbar für die Bemerkung.

»Nein«, sagte sie. »Das hat er den ganzen Abend nicht getan und auch während der Nacht nicht. Ob du es glaubst oder nicht – ich war fast ein bisschen enttäuscht darüber.«

Der Kellner kam, räumte die Teller ab und fragte nach weiteren Wünschen. Sie bestellten Kaffee und warteten, bis der junge Mann außer Hörweite war.

»Das war also der Anfang«, nahm Vicki den Faden wieder auf, und Rosalie wurde klar, dass ihre Freundin sie nicht mehr so leicht von der Angel lassen würde. Wenn jemand wie Vicki Baum eine gute Geschichte witterte, dann gab es kein Halten. »Und wie geht es nun weiter? Höre ich schon Hochzeitsglocken in der Ferne läuten, oder ist das nur die Tram?«

Wieder lachten die beiden. Dann schüttelte Rosalie ernst den Kopf.

»An so etwas ist nicht zu denken.«

»Wieso? Ist er schon verheiratet?«

»Nein, das nicht. Aber ...« Sie kaute auf ihrer Unterlippe herum. »Ach weißt du, Vicki, die Ehe ist eine seltsame Einrichtung, und ich bin mir nicht sicher, ob ich dafür gemacht bin. Sieh mal, mit Ernst war es vor unserer Heirat auch ganz wunderbar, es war so ... so aufregend, unsere Liebe erschien mir wie ein immerwährendes Fest. Kaum waren wir verheiratet ...«

»Du warst einfach viel zu jung«, fand Vicki. »Einundzwanzig, nicht wahr? In diesem Alter macht man nichts als Dummheiten. Bei mir war es genauso. Ich war im selben Alter, als ich den Max geheiratet habe. Max Prels, im Nachhinein ein riesengroßer Fehler. Obwohl. Er war es, der mich zum Schreiben gebracht hat, denn er war zwar Journalist und hat sogar eine Zeitschrift gegründet, war allerdings meist viel zu beschäftigt, um seine Artikel rechtzeitig zu verfassen. Das hab dann ich für ihn getan.« Sie lachte leise in sich hinein. »Na ja, ich sollte ihm dankbar sein, denn ohne ihn würde ich vielleicht heute noch die Harfe in irgendeinem Orchester spielen. Du siehst also. Für etwas war es gut.«

»Bei mir nicht«, widersprach Rosalie. »Wie ich deinem Tippfräulein vorhin schon gesagt habe – das Einzige, was mir von der Ehe blieb, ist der Name.«

»Bis zu deiner nächsten Heirat«, gab Vicki amüsiert zurück. »Wobei mir Gräfenberg besser gefällt als Kobra. Nun, vielleicht sorgt diese Liebe wenigstens dafür, dass wir dich hier in Berlin in Zukunft öfter zu sehen bekommen. Mich würde es freuen.«

Rosalie begleitete ihre Freundin zurück zum Verlag, und auf dem Weg dorthin berichtete sie ihr von der seltsamen Wendung, die ihr Gespräch mit Georg Bernhard gegen Ende genommen hatte.

»Du glaubst wirklich, er will mit dir anbandeln?«

»Er wollte mich heute Abend zum Essen ausführen. Ins Eden! Und sich anschließend mit mir durchs Berliner Nachtleben treiben lassen.«

Vicki pfiff wenig damenhaft durch die Zähne. In diesem Moment hielt eine Maybach-Limousine vor dem Verlagshaus. Ein zierlicher älterer Herr entstieg ihr. Er hatte feine Gesichtszüge, eine spitze Nase und einen schön geformten Mund.

»Franz Ullstein, der mächtigste der fünf Brüder«, flüsterte Vicki ihrer Freundin zu. »Alle nennen ihn nur Dr. Franz.« Rosalie nickte.

»Ich weiß«, entgegnete sie leise. »Wir sind uns schon einmal begegnet. Ist eine Weile her.«

»Stimmt. Ich hab vergessen, dass du einfach jeden kennst.«

»Nun ja, kennen ist wohl zu viel gesagt. Ich bin mir nicht sicher, ob er sich an mich erinnert.«

Der Generaldirektor warf den Damen einen abwesend wirkenden Blick zu, hob höflich den Hut, und die Sonne ließ sein spärliches Haar rotgolden aufleuchten. Dann ging er ohne weiteren Gruß an ihnen vorbei.

»Er hat uns nicht erkannt«, erklärte Vicki. »Dr. Franz ist unglaublich kurzsichtig. Ohne seinen Kneifer ist er blind wie ein Maulwurf. Ganz bestimmt erinnert er sich an dich. Denn dich vergisst kein Mann so schnell wieder.«

Rosalie musste lachen. »Du übertreibst wie immer, liebste Vicki.«

»Um auf Bernhard zurückzukommen: Willst du weiter für die *Vossische* schreiben?«, fragte Vicki, die niemals ein Thema, das sie wichtig fand, aus den Augen verlor.

»Natürlich möchte ich das. Ich verkaufe meine Artikel zwar auch an viele andere Blätter. Aber die *Vossische* ist die Königsklasse.«

»Dann solltest du seine Einladung besser annehmen«, riet ihr Vicki.

»Was sagst du?« Rosalie war fassungslos.

»Nun, du bist geschickt genug, um dich nach dem Essen auf eine Weise zu verabschieden, die seine Ehre nicht kränkt«, erklärte Vicki.

»Ich kann heute Abend nicht«, entgegnete Rosalie trotzig.

Vicki hob die Brauen und sah ihr tief in die Augen. »Aha«, meinte sie. »Herr Kobra wartet.«

»Ach, Vicki«, stöhnte Rosalie und ließ sich von der Älteren in die Arme schließen. »Ich hab ihn zwei Monate nicht gesehen. Ich schwöre dir, ich halte es keinen Tag länger aus.«

»Pass auf dich auf«, flüsterte ihr Vicki ins Ohr, solange sie sich umarmt hielten. »Und denk daran: Kobras sind gefährlich.«

3

Dr. Franz Ullstein saß am Konferenztisch und blickte in die Runde. Durch die starken Gläser seines Zwickers sah er sie nur allzu deutlich vor sich: seine Brüder Louis, Rudolf und Hermann, jeder von ihnen mit einer besonderen Begabung und seinem eigenen Dickkopf. Seit Hans, der Älteste und Ruhigste der fünf, aus gesundheitlichen Gründen nicht mehr an den Sitzungen teilnehmen konnte und den Posten des Generaldirektors an Franz abgegeben hatte, waren die Differenzen mehr und mehr zutage getreten. Hermann zum Beispiel, der Jüngste, ein wahres Marketinggenie, verkehrte normalerweise mit seinen Brüdern nur noch schriftlich, und auch jetzt stellte er eine Leidensmiene zur Schau, als wäre es eine Zumutung, mit ihnen an einem Tisch zu sitzen.

Franz blätterte lustlos in den Bilanzen, die jeder vor sich liegen hatte. Sie sahen gut aus, sogar ausgezeichnet, und sie waren es nicht, die ihm die Laune verdarben. Was ihm Sorge bereitete, war, dass das Direktorium von Jahr zu Jahr wuchs. Sein Vater Leopold hatte bestimmt, dass jeder der fünf Brüder einen Direktorenposten in dem von ihm gegründeten Unternehmen erhielt, was schon kompliziert genug war. Damit waren sie irgendwie klargekommen. Es waren nicht die Chefredakteure, die Franz in der Runde störten, vor allem nicht Georg Bernhard, einer seiner wenigen Freunde, oder Kurt Korff, der die Geschicke der *Berliner Illustrirten*

Zeitung leitete. Auch Emil Herz, der brillante Leiter der Buchverlage, verdiente seinen Platz am Besprechungstisch.

Doch seit die nächste Generation ins Führungsgremium drängte, glich es einer Herkulesaufgabe, zwischen all den unterschiedlichen Interessen das Schiff auf Erfolgskurs zu halten. Für Hans saßen gleich zwei Repräsentanten am Tisch: sein Schwiegersohn Fritz Ross und sein Sohn Karl. Außerdem hatte Louis darauf bestanden, seinen Sohn Heinz mit ins Boot zu holen, nachdem dessen Karriere als Schauspieler eher glanzlos verlaufen war. Franz hielt nicht besonders viel von dem jungen Mann, der sich außerdem als Filmproduzent versucht hatte und auch darin gescheitert war. Jetzt schien Heinz das Ullstein-Direktorium mit der Bühne eines Schmierentheaters zu verwechseln und machte ihm das Leben schwer. Dieser Grünschnabel hatte zwar keine Ahnung, wusste jedoch alles besser.

So wie jetzt. Gerade wies er vollkommen überflüssigerweise darauf hin, welche hohen Verluste die *Vossische Zeitung* jeden Monat machte. Georg Bernhard wurde ganz bleich um die Nase, und das vor Ärger, nicht aus Angst. Bernhard wusste, dass Franz die Hand über ihn hielt.

»Das ist allgemein bekannt, Heinz«, antwortete er nun. »Wir müssen nicht Monat für Monat aufs Neue darüber diskutieren.«

»Wenn wir die *Vossische* ein wenig moderner anpacken würden ...«

»Ich will diesen Unsinn nicht mehr hören«, unterbrach Franz ihn scharf. »Du solltest verstehen, dass es zwei Arten von Verlust gibt: pekuniären und den des Ansehens. Letzterer lässt sich durch Geld nicht aufwiegen. Und die *Vossische Zeitung* hebt das Renommee unseres gesamten Hauses. Nicht wahr, Hermann?« Er wartete die Reaktion seines jüngsten Bruders, der für Marketing und Strategie zuständig war, erst gar nicht ab. »Die Zahlen sind insgesamt unverändert zufriedenstellend«, sagte er und klopfte auf die Bilanz vor ihm auf dem Tisch. »Die BIZ hat sogar fast 200.000 Abonnenten hinzugewonnen. Zweihunderttausend«, wiederholte er eindringlich und fixierte seinen Neffen. »Falls du ermessen kannst, was das heißt.«

»Das haben wir Frau Baum zu verdanken«, erklärte Kurt Korff, der Chefredakteur der Berliner Illustrirten Zeitung, noch ehe Heinz etwas entgegnen konnte. »Ihr neuer Fortsetzungsroman sprengt alle Erwartungen.«

»Und dabei hatten Sie zuerst die Hosen voll, ob das Thema nicht zu gewagt sei«, spottete Heinz und erntete dafür einen tadelnden Blick seines Vaters. »Wir hätten eine Menge Geld gespart, wenn Sie nicht …«

»Ich kann diese Art von Rüpeleien nicht dulden«, schrie Franz, dem der Kragen platzte, und hieb mit der Faust auf den Tisch. »Entweder du sprichst respektvoll mit unseren Chefredakteuren, oder du kannst gleich nach Hause gehen!«

»Die Wahrheit wird man ja wohl noch sagen dürfen«, gab Heinz kämpferisch zurück. »Aber bitte, wenn ihr das Geld aus dem Fenster werfen wollt …«

»Ist gut, Heinz«, bremste Louis seinen Sohn aus, ehe Franz einen seiner gefürchteten Tobsuchtsanfälle bekam. »Das Thema müssen wir wirklich nicht nochmals durchkauen.«

Jeder der Anwesenden wusste, dass Vicki Baum auf diese Weise hatte doppelt bezahlt werden müssen. Zuerst hatte man den Roman angekauft, dann sich entschlossen, ihn aufgrund einiger pikanter Details nicht zu veröffentlichen, woraufhin die Rechte an die Autorin zurückgegangen waren. Ein Vierteljahr später hatte Korff sich anders besonnen. Vicki Baum war und blieb ein Garant für Umsatz. Um das Buch also doch herausbringen zu können, hatte man ihr die Rechte erneut abkaufen müssen, und das zu einem wirklich stattlichen Preis. Da sollte einer sagen, Frauen seien nicht geschäftstüchtig.

»Nun ja«, räumte Korff verärgert ein, »eine Chemiestudentin, die abtreiben will … Ich war nicht der Einzige, der da gezögert hat. Aber offenbar ist unsere Leserschaft bereit für solch moderne Themen.«

»Das ist sie«, warf Emil Herz ein, der Leiter der Ullstein Buchverlage, bei dem der Roman nach der Vorveröffentlichung in der BIZ jetzt bald erscheinen würde. »Und ich würde mich nicht wundern, wenn wir die Filmrechte in Kürze verkauft hätten. Keine Angst, das doppelte Honorar holen wir dreifach zurück.«

Kinderkram, dachte Franz ungeduldig und sah zu Hermann hinüber, der dasselbe zu denken schien, die Arme vor der Brust verschränkte und sich gelangweilt zurücklehnte. Obwohl Franz und Hermann nie einen engeren Draht zueinander gefunden hatten – der Altersunterschied war von Anfang an einfach zu groß gewesen –, fühlte er in solchen Momenten eine Art Einvernehmen mit seinem jüngsten Bruder.

»Genug jetzt«, unterbrach er die fruchtlose Diskussion um längst Vergangenes und bemühte sich, seinen Zorn zu zügeln. »Wir haben genügend Themen heute, die die Zukunft betreffen. Rudolf. Du hast ein paar Vorschläge zur Optimierung der Druckerei eingereicht. Dabei haben wir die teuerste und modernste Anlage ganz Europas. Ich habe keine Zweifel, dass deine Eingabe notwendig ist. Erklär uns bitte trotzdem in aller Kürze, warum wir schon wieder so viel Geld zum Fenster hinauswerfen sollen.« Dabei warf er Heinz einen vernichtenden Blick zu. Und wenn es allein deswegen ist, damit das Jungvolk es auch begreift und wegen der hohen Investitionen nicht stundenlange Diskussionen vom Zaun bricht, fügte er in Gedanken hinzu.

Es war schon nach fünf, als er endlich in sein Büro zurückkam, frustriert und erschöpft. Was hätte man in der Zwischenzeit nicht alles erledigen können. Stattdessen kam er sich bei den Direktionssitzungen mehr und mehr vor wie in den Disputen des Reichstags, wo auch nur gestritten wurde, statt die Republik auf ordentliche Beine zu stellen.

»Sie haben Besuch«, verkündete Hilde Trautwein, seine Vorzimmerdame. »Frau Fleischmann wartet auf Sie.«

»Die kleine Toni?« Seine jüngste Schwester hatte Franz seit Lottes Beerdigung nicht mehr gesehen. »Was will sie von mir?«

Es gab zwei Antonies in der Familie: seine jüngste Schwester, klein und rundlich, weshalb man sie die »kleine Toni« nannte, zur besseren Unterscheidung von der Frau seines ältesten Bruders, die groß und schlank und deswegen für alle nur die »große Toni« war.

»Das weiß ich nicht, Herr Generaldirektor«, flüsterte Hilde mit Blick auf die Tür. »Ich hab ihr Kaffee gemacht und ein paar Zeitschriften hingelegt.«

Franz brummte etwas, was ein Dankeschön heißen sollte, und betrat sein Büro. Es war mit Abstand das größte im Haus, mit Möbeln aus Nussbaumholz des Firmengründers gediegen eingerichtet, mehrere kostbare Perserteppiche dämpften den Schritt. In der Nähe der Fenster saß eine kleine, untersetzte Gestalt, der man schon von Weitem die Entschlossenheit und Tatkraft ansah, die seiner jüngsten Schwester zu eigen war.

»Da bist du ja«, sagte sie freundlich und sah von einem Magazin auf.

»Ich hatte keine Ahnung, dass du kommen wolltest«, entgegnete Franz. »Es wäre mir ein willkommener Anlass gewesen, die Sitzung früher zu beenden. Wartest du schon lange?«

Er zögerte kurz, dann ließ er sich ihr gegenüber auf einen der

Besucherstühle fallen und betrachtete von da aus seinen Schreibtisch. Es war eine Ewigkeit her, dass er hier Platz genommen hatte, und die veränderte Perspektive brachte ihn aus dem Konzept.

»Ach, vielleicht ein halbes Stündchen«, antwortete Toni leichthin und legte das Heft weg, in dem sie gelesen hatte. Es war die neueste Ausgabe der *Dame*. »Nicht der Rede wert. Wie geht es dir, Franz?«

Von all seinen Geschwistern war ihm Toni die Liebste. Obwohl auch sie bereits einundfünfzig Jahre zählte, hatte sie noch immer den leicht aufgeworfenen Mund und die kindliche Stupsnase, wegen der er sie schon als Kind oft aufgezogen hatte. »Unsere Pekinesenlöwin«, hatte er sie genannt, wenn sie sich einmal wieder für eines ihrer Geschwister gegenüber dem strengen, aufbrausenden Vater ins Zeug gelegt hatte, weil sie fand, dass die verhängte Strafe ungerecht war. Und obwohl der Vater längst tot war und sie inzwischen die Frau des angesehenen Möbelfabrikanten Siegfried Fleischmann und Mutter dreier bereits erwachsener Kinder, steckte noch immer dieselbe Energie in ihr, wenn es galt, die Familie zusammenzuhalten. Vermutlich litt sie am meisten unter der Entfremdung, die zwischen den Brüdern Einzug gehalten hatte. Franz begann es zu dämmern, dass dies der Grund ihres Besuchs sein könnte. Warum sonst sollte sich die »kleine Toni« an diesem herrlichen Sommertag zu ihm bemühen?

»Was verschafft mir die Ehre?«, fragte er unumwunden.

»Ich wollte sehen, wie es dir geht«, antwortete seine Schwester, und ihr traute er tatsächlich zu, dass sie das ehrlich meinte.

»Jetzt siehst du es: Mir geht es gut«, gab er zurück und begann sich nach seinem Schreibtisch zu sehnen. Denn am besten, das wusste er, ging es ihm doch immer bei der Arbeit.

»Das ist schön«, antwortete Toni. »Seit Lottes Beerdigung hab ich dich nicht mehr wiedergesehen«, fügte sie hinzu. »Wir alle machen uns Gedanken um dich …«

»… was vollkommen überflüssig ist«, schnitt er ihr das Wort ab. Das fehlte noch, dass man sich um ihn Sorgen machte. Er hatte nicht vor, über den Tod seiner Frau zu sprechen. Nicht einmal mit der kleinen Toni.

Er nahm den Zwicker ab und rieb sich die Augen. Und obwohl die Gestalt seiner Schwester nur noch eine verschwommene Silhouette für ihn war, fühlte er, wie sie ihn aufmerksam musterte.

»Ich möchte, dass du am Sonntag zu unserem Familientee kommst«, sagte sie freundlich, aber bestimmt. »Es geht nicht, dass du dich weiterhin so zurückziehst. Deine Familie ist für dich da, vor allem jetzt.« Und als er etwas erwidern wollte, kam sie ihm zuvor. »Keine Widerrede, lieber Franz. Und bring deine Tochter mit. Soviel ich höre, ist auch die Lisbeth nicht ganz glücklich …«

»Was soll das heißen, ›auch‹?«, entgegnete Franz barsch. »Ich erlaube dir nicht, über meinen Gemütszustand zu urteilen, Toni, Schwester hin oder her. Wie ich mich fühle? Das geht nur mich alleine etwas an.«

»Lotte hat sich das Leben genommen«, fuhr Toni ungerührt fort. »Weil sie sich und dir ihr langes Leiden ersparen wollte, so rücksichtsvoll war sie. Kein Mensch, Franz, nicht einmal du, steckt so etwas einfach weg.« Franz setzte den Zwicker wieder auf, und das Gesicht seiner Schwester gewann an Kontur. Ihre großen, dunklen Augen waren sorgenvoll auf ihn gerichtet. »Komm am Sonntag zum Tee. Um fünf. Ich bitte dich. Und wenn du es nicht für dich tun willst, dann tu's für das Betriebsklima.«

»Das Betriebsklima?«, fuhr Franz auf. »Soweit ich weiß, ist es warm genug in den Büros, und wem zu heiß ist, dem stehen Ventilatoren zur Verfügung.« Zornig funkelte er seine Schwester an.

»Jetzt wird mir langsam klar, warum du wirklich gekommen bist. Wer hat dich geschickt? Heinz? Oder Karl?«

»Keiner hat mich geschickt«, erwiderte Toni, und ihre Augen funkelten entrüstet. »Du solltest mich gut genug kennen, Franz. Ich brauche keinen von den Herren Neffen, um zu sehen, wie ihr euch gegenseitig das Arbeiten schwer macht. Glaubst du, wir Ullsteinfrauen kriegen nicht mit, dass ihr kaum noch normal miteinander umgeht? Was ist das mit Hermann, der nur noch schriftliche Notizen herumschickt, statt mit euch zu reden? Wieso enden Besprechungen unter euch Direktoren fast immer in einer Schreierei? Denkst du, das war es, was unser Vater im Sinn hatte, als er euch allen fünfen die Verantwortung für das Ullstein-Imperium übertragen hat?«

Darauf wusste Franz nichts zu antworten. Toni hatte recht. Und doch ...

»Das ist nicht meine Schuld ...«, wollte er nach einer Weile erklären, wobei Toni ihn sofort unterbrach.

»Das sagen die anderen auch. Keiner hat Schuld. Ihr seid wie Kinder, Franz. Schlimmer noch. Die streiten um ein paar Spielsachen. Bei euch jedoch geht es um ...«

»Toni, lass gut sein«, bat Franz. »Ich weiß, worum es geht. Und ich sage dir, wo das Problem liegt. Statt einer Direktion haben wir so etwas wie ein Parlament im Haus mit all den Söhnchen und Neffen, Schwiegersöhnen und bald auch Enkeln. So geht das nicht, Toni. So kann man kein Unternehmen führen.«

»Die Jungen sind unsere Zukunft«, wandte Toni sanft ein.

»Ein Zeitungsimperium ist kein Seifengeschäft, das man einfach an die leiblichen Nachwuchs weitervererben kann«, brauste Franz auf. »Dazu ist die Aufgabe der Medien für das Bewusstsein einer Gesellschaft viel zu bedeutsam. Die Kinder müssen erst beweisen, dass sie dieser großen Aufgabe überhaupt gewachsen sind.«

»Aber Franz«, gab Toni freundlich zu bedenken. »Die ›Kinder‹ sind erwachsene Männer, sie stehen in ihren Dreißigern und haben einen Krieg überlebt.« Sie betrachtete ihn mitfühlend. »Ich weiß«, fügte sie hinzu. »So ein Generationswechsel ist nicht einfach ...«

»So weit sind wir noch lange nicht«, fiel ihr Franz scharf ins Wort und erhob sich. Alles, was recht war. Diese Unterredung war das Letzte, was er im Augenblick brauchte.

»Komm am Sonntag zum Fünfuhrtee«, wiederholte Toni und erhob sich ebenfalls. »Stell dir vor, die Anni kommt aus Dessau mit ihrem Mann. Bring die Lisbeth mit, sie soll ihren Ehemann zu Hause lassen.«

»Aha«, machte Franz unzufrieden. »Jeder andere meiner Brüder trumpft mit seinem Schwiegersohn auf. Nur mein eigener ist nicht erwünscht? Weißt du eigentlich, dass Dr. Kurt Saalfeld im Verlag eine äußerst wichtige Position innehat? Er ist für den Einkauf von Papier zuständig, Papier, liebe Toni, damit hat unser Vater einst angefangen, und Saalfeld erledigt seine Aufgabe ausgezeichnet, im Gegensatz zu manch anderen Direktorensöhnchen und ...«

»Darum geht es gar nicht«, stoppte Toni seinen Redefluss. »Gegen seine Qualitäten ist überhaupt nichts einzuwenden.«

»Worum geht es dann?«

»Dass er deine Tochter nicht glücklich macht«, erklärte Toni ihm mit der Geduld einer Mutter, die ihrem Kind etwas nahebringen will. »Darum geht es.« Sie ergriff ihre Handtasche und klemmte sich *Die Dame* unter den Arm. »Also, Franz. Bis Sonntag. Ich zähle auf dich.«

Was sie nur alle mit dem Alter haben, fragte sich Franz, als er sich wieder über seine Arbeit beugte. Dabei war er im vergangenen Jahr erst sechzig geworden. Sechzig. Das war doch kein Alter, um ans Aufhören zu denken. Dennoch schienen alle genau das im Sinn zu haben. Vor allem Heinz. Und jetzt fing auch noch die kleine Toni damit an. Generationswechsel. Wenn er das schon hörte. Nicht einmal Louis hatte im Sinn, sich zurückzuziehen. Und der war immerhin fünf Jahre älter als er.

Er schob seinen Stuhl zurück und erhob sich. Ehe er darüber nachdenken konnte, was er da tat, hatte er sich von Hilde Mantel und Hut geben lassen und das Gebäude verlassen. Auf die Frage seiner Sekretärin, ob sie Herrn Wohlrabe, seinen Fahrer, rufen sollte, hatte er gesagt, dass er sich ein wenig die Beine vertreten wollte.

Draußen auf dem Gehsteig blendete ihn die tiefstehende Spätnachmittagssonne. Erstaunt sah er sich um, es war Sommer, und die Stunde des Flanierens hatte begonnen. Elegante Damen in Nachmittagskleidern und verrückten Hüten, die wie Hauben auf ihren Kurzhaarfrisuren saßen, strebten den Cafés in der Friedrichstraße zu. Eine junge Frau, die Lotte ähnlich sah, ging nah an ihm vorbei und streifte ihn mit einem freundlichen Blick.

Und auf einmal war der Schmerz da, dort, an der Stelle, wo sein Herz saß.

Er blieb stehen und atmete tief durch. Mit seinem Herzen hatte das nichts zu tun, er war beim Arzt gewesen, das war geklärt. Es war, weil seine Schwester Lotte erwähnt hatte. Warum hatte Toni ihm das angetan? Es hatte keinen Sinn, darüber nachzugrübeln, was geschehen wäre, wenn seine Frau sich ihm anvertraut hätte, statt sich auf die Schienen zu legen und sich von einem Nachmittagszug zwischen Berlin und Potsdam totfahren zu lassen. Dass ihr Gynäkologe ihr mitgeteilt hatte, dass sie unheilbar an Krebs erkrankt war, hatte er erst hinterher erfahren. Die Vermutung, dass sie sich mit ihrem Freitod vieles erspart hatte, machte es jedoch nicht besser.

Franz Ullstein schwitzte, er war zu warm angezogen für diesen Sommertag. Was war nur in ihn gefahren, als er es abgelehnt hatte, seinen Wagen rufen zu lassen?

»He, Alter, kannste nich mehr loofen?« Eine Schar Halbwüchsiger rauschte von hinten an ihm vorüber, einer rempelte ihn sacht an der Schulter an, und sogleich fuhr Franz' Hand in seine Manteltasche. Die Brieftasche war noch da. Der Junge drehte sich um und grinste ihm frech ins Gesicht.

Dass er auch einmal so gewesen sein könnte, jung, übermütig, immer einen kessen Spruch auf den Lippen – daran konnte er sich kaum noch erinnern. Es waren andere Zeiten gewesen, sagte er sich. Alles war anders gewesen. Und da wurde ihm bewusst, dass das früher immer die Alten gesagt hatten.

Seufzend ging er zurück ins Ullstein-Haus und bat Tomaschke, seinen Chauffeur herzubestellen. Und da er nun schon mal umgekehrt war, ging er hoch ins Büro, um einen Stapel Akten mit nach Hause zu nehmen. Denn was sollte er tun, den ganzen langen Abend, wenn nicht arbeiten?

Als er wieder zur Pforte kam, stand ein schlaksiger junger Mann vom Typ Botenjunge bei Tomaschke, eine Mappe unter dem Arm. Franz Ullstein hätte ihn glatt übersehen, wenn nicht plötzlich ein hübsches rothaariges Fräulein an ihm vorbeigesaust und dem Jungen direkt um den Hals gefallen wäre.

»Und?«, fragte die junge Frau erwartungsvoll. »Was hat er gesagt?«

»Nüscht«, antwortete ihr Verehrer niedergeschlagen. »Alles für die Katz.«

»Ihr Wagen ist da«, hörte Franz den Pförtner sagen. Doch er konnte die Augen nicht von dem jungen Paar wenden.

»Wirklich?« Das rothaarige Fräulein wirkte am Boden zerstört. Tränen standen in den hinreißenden grüngoldenen Augen. »Dabei sind deine Fotografien so wunderschön, Emil.«

4

Während sie in die Markgrafenstraße in Richtung Landwehrkanal einbogen, gab sich Lili alle Mühe, sich ihre Enttäuschung nicht anmerken zu lassen. Wochenlang hatte sich Emil auf diesen Tag vorbereitet. Jede freie Minute hatten sie damit verbracht, die Fotografien zu sortieren, die er mit der alten Boxkamera seines Großvaters geschossen hatte. Unermüdlich hatten sie darüber diskutiert, welche Aufnahme besser war als die andere. Und sein ganzes Geld samt den Groschen, die sie von ihrem schmalen Verdienst erübrigen konnte, war in die Anschaffung von Belichtungsplatten, Fotopapier und Chemikalien für die Entwicklung geflossen. Und nun sollte alles umsonst gewesen sein?

»Er hat gesagt, so was hätte er schon tausendmal gesehen.« Seine Stimme klang gepresst. »Und dass sie solche Amateurbilder nicht gebrauchen können.«

Lili war klar, welch harten Schlag dies für Emils Selbstbewusstsein bedeutete. Ihr Verlobter mochte auf andere zwar recht forsch wirken, in Wirklichkeit war er jedoch eine zartbesaitete Künstlerseele.

»Hast du ihn denn gefragt, was genau er an den Bildern auszusetzen hat?«

»Ich bin ja kaum zu Wort gekommen«, schimpfte Emil los. »Die haben ja keine Zeit für einen. In zwei Minuten war ich wieder draußen. Die Fotografien hat er nur rasch durchgeblättert. Nicht mal richtig hingeschaut hat er.« Lili schwieg. Da fiel selbst ihr nichts Tröstliches mehr ein. »Das war's dann«, schloss er. »Die alte Box kommt in den Müll.«

»Nein, auf keinen Fall«, widersprach sie energisch. »Wir werden neue Belichtungsplatten kaufen, und du beginnst von vorn.«

»Ach, Lili«, sagte Emil und blieb stehen. »So kann es nicht weitergehen. Ich brauch endlich eine anständige Stelle. Sonst können wir niemals heiraten, das weißt du doch. Und von den Gelegenheitsaufträgen für Herrn Brandstetter kann ich kaum mich selbst ernähren. Die Konkurrenz ist groß, alle wollen sie Hochzeitspaare und Kommunionskinder fotografieren. Und viele haben modernere Apparate als ich.«

»Trotzdem sind deine Bilder besser«, erwiderte Lili. »Auch wenn deine Boxkamera nicht die neueste ist. Und Fotografieren ist nun mal das, was du am liebsten tust«, fügte sie rasch hinzu und hakte sich bei Emil unter. »Seit ich dich kenne, sprichst du von nichts anderem. Nur weil dich dieser olle Paschke ...«

»Päschke«, korrigierte Emil sie.

»Ist doch egal. Nur weil ihm deine Bilder nicht gefallen, muss das noch lange nicht heißen, dass ...«

»Lili, es ist die Ullstein-Bildredaktion, die verstehen was davon. Wenn die es Kacke finden, dann ...«

»Ach was, die kochen auch nur mit Wasser«, beharrte Lili. Sie war zornig. Auf diesen Päschke und wie sie alle hießen, diese eingebildeten Fatzken. Nur weil sie auf der Lohnliste der Ullsteins standen, glaubten sie, die Nase höher tragen zu dürfen als andere. Sie hatte großes Glück, dass Vicki Baum sie aus dem riesigen Schreibsaal geholt hatte, wo unter den strengen Augen einer Aufseherin dreißig Tippfräulein dicht an dicht ihre Schreibmaschinen traktierten und irgendwelche Texte abschrieben, die gerade hereingereicht wurden. Dass sie ausgerechnet bei der berühmten Schriftstellerin gelandet war, war besser als ein Hauptgewinn in der Lotterie gewesen, dessen war sie sich durchaus bewusst. Ihre Freundinnen hatten es ungleich schlechter getroffen. Fritzi aus der Lohnbuchhaltung und Anna, die im Großraumbüro der Eilmeldungen arbeitete, konnten ein Lied davon singen, wie geringschätzig so manches Tippfräulein in diesem ehrwürdigen Haus behandelt wurde. Und mussten sich zudem noch auf Schritt und Tritt vorsehen, um den Grapschehänden der Laufburschen und Redakteure auszuweichen. Vicki Baum dagegen war eine großartige Frau und Lilis Idol. Und sie hatte vor, eine Menge bei ihr zu lernen. Denn auch Lili hatte ihre heimliche Leidenschaft ... »Ich hab eine Idee«, sagte sie plötzlich und hielt Emil am Ärmel fest. »Wir zeigen deine Fotos Frau Baum.«

Emil sah sie unwirsch an und wischte sich die vorwitzige Locke aus der Stirn, die sie so liebte.

»Frau Baum?«, fragte er genervt. »Die schreibt doch Romane! Was versteht die schon von Fotografie?«

»Frau Baum versteht von allem etwas«, behauptete Lili. »Vielleicht kann sie dir sagen, was deinen Bildern fehlt.«

»Meinen Bildern fehlt gar nüscht«, fuhr er zornig auf, und Lili begriff, dass sie die Sache vorerst ruhen lassen musste. Wenn Emil in dieser Stimmung war, war er für keine vernünftigen Überlegungen zu haben.

Inzwischen waren sie in ihrem Kiez in Kreuzberg angelangt.

»Ich muss nach Hause«, sagte sie und gab ihm einen Kuss. »Die andern warten mit dem Abendbrot. Holst du mich später ab? So um zehn?«

»Klar«, machte Emil. Seine Laune war noch immer ganz am Boden.

»Komm schon«, schmeichelte Lili und zog ihn an sich. »Nicht

so. Gib mir einen richtigen Kuss. Ich versprech dir auch, alles wird gut.«

»Ach, Lili«, sagte er wieder, doch seine Mundwinkel hoben sich zu einem zärtlichen Lächeln. »Ich hab dich so lieb, meine Süße. Also um zehn.« Und dann gab er ihr einen Kuss, sodass ihr Hören und Sehen verging.

Zu Hause herrschte große Aufregung. Lilis fünfzehnjährige Schwester Gundi saß mit leuchtend roten Wangen am gedeckten Tisch und erzählte etwas von Paris, Schüleraustausch und deutsch-französischer Verständigung. Ihre Mutter hantierte am Herd und füllte Pellkartoffeln in die Porzellanschüssel mit dem Blümchenmuster, während Gotthilf Blume mit skeptisch zusammengezogenen Brauen seiner Jüngsten zuhörte.

»... und wenn ich die Prüfung bestehe, wird es überhaupt nichts kosten, sagt Fräulein Schönthaler«, erklärte Gundi gerade. »Das bezahlt alles diese ... warte mal«, sie blätterte in ihrem Heft, bis sie die Stelle gefunden hatte, »die Deutsche Liga für Menschenrechte.«

»Nur, dass hinterher so 'ne Franzosen-Krabbe dann bei uns wohnen soll«, gab der Vater zu bedenken. Er war im Krieg gewesen, wie jeder seines Jahrgangs, und hatte vor Verdun gelegen. Ein glückliches Schicksal hatte ihm jedoch eine Fleischwunde am Bein zugedacht, die zwar lange gebraucht hatte, um zu verheilen, ihm letztlich aber das Leben an vorderster Front gerettet hatte. Dass die Franzosen nun allerdings ihre Freunde sein sollten, daran hatte er noch schwer zu knabbern. »Und wo bringen wir das Mädchen unter? Wir haben doch keinen Platz.«

Das war ein berechtigter Einwand. Familie Blume lebte in einer Zweiraumwohnung plus Küche. In der einen Kammer schliefen Vater und Mutter, während Gundi sich mit Lili das andere

Zimmer teilte. Die Küche war Wohn- und Esszimmer in einem. Und dabei hatten sie es noch gut. Sie kannten Familien, da lebten sieben Personen in einem einzigen Zimmer.

»Na ... bei mir im Bett«, erklärte Gundi nach kurzem Zögern mit deutlich gebremster Begeisterung. »Außer ...«, sie warf ihrer älteren Schwester einen fragenden Blick zu, »Lili, sag mal, wann wollt ihr eigentlich heiraten, du und Emil?«

Lili lachte. »Du willst mich wohl loswerden, wie?« Sie nahm ihrer Mutter die Schüssel ab und stellte sie samt dem Salzfässchen auf den Tisch.

»Mutti, was sagst du dazu?«, fragte Gundi flehentlich.

Hedwig Blume nahm die Schürze ab und warf einen kurzen Blick in den kleinen Spiegel über dem Waschtisch. Niemals würde sie sich zerzaust oder sonst irgendwie derangiert an den Tisch setzen, sie war der Meinung, dass man, auch ohne viel Geld auszugeben, auf sich achten sollte, und hatte dies an ihre Töchter weitergegeben.

»Ich finde, das ist eine ausgezeichnete Idee«, sagte sie, nachdem alle Platz genommen hatten.

»Meinst du das im Ernst?«, fragte ihr Mann überrascht.

»Ja, warum denn nicht«, erwiderte Hedwig. »Reisen bildet. Und eine andere Sprache lernen kann nützlich sein. Was meinst du, Lili? Ein Tippfräulein mit Französischkenntnissen findet sicher einmal eine gute Stellung. Oder?«

»Bestimmt«, sagte Lili. »Jetzt erzähl noch mal von vorn, Gundi. Du willst nach Paris?«

»Im August«, verkündete ihre Schwester. »Fräulein Schönthaler meint, dass ich den Test bestehen kann, wenn ich noch fleißig lerne. Dann komme ich für drei Monate in Paris bei einer Familie unter. Und die Tochter der Gastfamilie kommt genauso lang zu uns. So kann sie Deutsch lernen und ich Französisch.«

»Und die Schule?«, fragte der Vater. Dass Gundi das Gymnasium besuchte, war sein ganzer Stolz.

»Ich geh dort zur Schule«, antwortete Gundi triumphierend.

»Das klingt wirklich fabelhaft«, erklärte Lili. »Und das mit dem Bett, das kriegen wir schon hin. Auch wenn das mit dem Heiraten so schnell nicht klappen wird, kann ich sicherlich für einige Zeit bei Fritzi unterkommen. Oder bei Anna. Ich finde, du solltest dich unbedingt bewerben und …«

»Aber Paris«, warf ihr Vater ein, und Lili begriff, dass er sich jetzt schon Sorgen um sein »Küken« machte. »Das ist eine große, gefährliche Stadt …«

»Vermutlich nicht gefährlicher als Berlin«, erklärte Lili und dachte an die schöne Frau Dr. Gräfenberg, die zwischen Paris und Berlin hin- und herpendelte, wie es ihr gefiel. Ach, sie stellte sich das einfach himmlisch vor. Zu gern würde auch sie ein solches Leben führen. Doch daran war natürlich nicht zu denken. Zuerst brauchte Emil ganz dringend eine Anstellung. Und zwar als Fotograf. Alles andere würde ihn nur unglücklich machen.

Als könnte ihre Mutter Gedanken lesen, fragte sie plötzlich: »Wie lief das eigentlich heute mit Emils Bewerbung?«

Aller Augen waren nun auf Lili gerichtet. Das Stück Kartoffel in ihrem Mund fühlte sich plötzlich an wie Blei.

»Nicht so gut«, räumte sie ein, nachdem es ihr gelungen war, es hinunterzuschlucken.

»Er hat also nicht …«

»Ist schon gut, Gundi«, unterbrach die Mutter sie. »Es war ja schließlich sein erster Versuch, nicht wahr?«

Lili nickte tapfer.

»Bei uns wird eine Stelle frei«, sagte ihr Vater. »Der alte Knorre geht in Pension. Dein Emil könnte Straßenbahnfahrer werden, wenn ich mich für ihn verwende. Da liegt die Zukunft, Lili, jetzt, wo sie all die neuen U-Bahn-Linien bauen. Das ist ein guter Beruf, und als Angestellter der Verkehrsbetriebe ...«

»Nur, dass Emil ganz sicher nicht glücklich werden würde als Tramfahrer«, antwortete Lili und bemühte sich, nicht genervt zu klingen. Wie oft sie schon darüber gesprochen hatten. Und trotzdem kam ihr Vater immer wieder mit dieser alten Leier an.

»Heutzutage muss man froh sein ...«, begann er schon wieder, doch zu Lilis Erleichterung gelang es ihrer Mutter, ihn auszubremsen und auf andere Geleise zu führen. Und sie war ihr unendlich dankbar dafür.

»Er macht sich Sorgen«, sagte Hedwig Blume beim Abwasch zu ihrer Ältesten, als der Vater in den Hinterhof gegangen war, um mit den Männern der Nachbarschaft bei einer Molle Bier ein Schwätzchen zu halten. »Er hat Angst, dass du einmal so enden wirst wie die Christine von gegenüber.«

»Was ist mit Christine?«, fragte Lili erschrocken.

»Dass ihr Mann seine Arbeit verloren hat, hast du ja mitgekriegt, oder?« Hedwig Blume spülte die Porzellanschüssel mit klarem Wasser aus und reichte sie Lili direkt, denn für den Spülstein war sie zu groß. »Und jetzt hat der Vermieter ihre Wohnung räumen lassen. Sie waren wohl mit der Miete ziemlich im Verzug.«

»Das heißt ...?«

»Das heißt, sie steht mit den vier kleinen Kindern auf der Straße.«

Lili lauschte entsetzt. Christine war nur wenig älter als sie. Früher hatten sie oft miteinander im Hof gespielt.

»Was? Das geht doch nicht«, sagte Lili. »Man kann so eine Familie nicht einfach auf die Straße setzen ...«

»Oh doch, das geht«, versicherte ihr die Mutter und klang auf einmal müde. »Ich hab heute mit ihrer Mutter gesprochen«, fuhr sie mit einem tiefen Seufzer fort. »Sie versuchen, in einer Laubenkolonie unterzukommen. Stell dir das mal vor! Im Sommer mag das ja angehen. Aber wenn es erst mal Winter wird ... Diese Datschen sind ja überhaupt nicht dafür gebaut, dass man darin dauerhaft wohnt.« Sie schüttete das Spülwasser aus, wischte das Waschbecken sauber und hängte den Lappen an seinen Haken. Wie immer hinterließen sie und Lili die Küche blitzsauber. Dann wandte sie sich ihrer ältesten Tochter zu. »Du weißt, dass ich Emils Berufswunsch unterstütze«, sagte sie ernst. »Und ich bin sicher, dass er das Zeug zu einem guten Fotografen hat. Nur leider zählt meine Meinung da gar nichts. Und nicht immer bekommt einer heutzutage, was er verdient.«

»Er wird es schaffen«, erklärte Lili und schluckte tapfer ihre eigenen Bedenken hinunter. »Da bin ich mir ganz sicher. Mach dir bloß keine Sorgen, Mutti.«

Ihre Mutter lächelte. »Ich mach mir keine«, sagte sie. »Aber dein Vater schon.«

Als Lili und Emil später Arm in Arm durch die Straßen spazierten, schwiegen sie, und das kam selten vor. Die Häuserfassaden und der Asphalt hatten die Hitze des Tages gespeichert, von den Linden wehte ein betörender Duft zu ihnen herüber. Es war ein Abend für Verliebte, und immer wieder entdeckten sie Pärchen, die sich in irgendeinem Winkel eng umschlungen hielten.

Sie schlenderten in Richtung der Prachtstraße Unter den Linden, wo die Schriftzüge der elektrisch beleuchteten Reklamewände die langsam einbrechende Dämmerung in vielerlei Farben tauchten und die Luft schwanger war von fröhlichen Stimmen, Gelächter, dem Hupen der Automobile und von einer allgegenwärtigen Erwartung. Auch wenn Lili und Emil es sich nicht leisten konnten, eines der Restaurants mit kugelrunden Mondlampen auf den Tischen oder mit glitzernden Sternenhimmeldecken zu betreten oder sich von den Ausrufern in eines der vielen Tanzlokale locken zu lassen, aus denen die Rhythmen des Shimmy, Charleston und Black Bottom zu ihnen auf die Straße drangen, so genossen sie doch die prickelnde Atmosphäre der Vergnügungsstraßen, beobachteten Passanten, bewunderten die Automarken und Garderoben der Reichen und Schönen. Emil prägte sich Bilder ein, Gesten, den Ausdruck auf den Gesichtern. Lili hingegen entdeckte überall Fetzen von Geschichten und wusste schon jetzt, dass sie sich später vor dem Einschlafen die eine oder andere zu Ende erzählen würde.

»Wenn man eine Kamera hätte«, sagte Emil plötzlich ganz in Gedanken, »die auch bei diesem Licht gute Aufnahmen machen könnte. Ohne Magnesiumblitz. Das wäre etwas.«

»Hast du es schon mit der Boxkamera ausprobiert?«

Emil machte eine wegwerfende Handbewegung.

»Die Linse gibt das nicht her«, sagte er. »Damit kannst du höchstens moderne Kunst fabrizieren: Schwarz mit ein paar hellen Schatten. Im Kunstmuseum heißt das dann hochtrabend: ›Schleier der Nacht‹. Oder bei diesen sogenannten Neuen Sachlichen: ›Studie eins bis zwanzig‹.« Er lachte.

»Gibt es denn solche Kameras?«, fragte Lili. »Ich meine solche, die das können.«

»Ob bei diesem Dämmerlicht, weiß ich nicht«, gestand Emil. »Aber die Ermanox der Firma Ernemann in Dresden soll ein phänomenales Objektiv mit einer Lichtstärke von 1:2 haben …«

»Das sagt mir gar nichts«, fiel ihm Lili ins Wort. »Was bedeutet das?«

Emil war stehen geblieben und sah Lili an. Seine dunkelblauen Augen leuchteten, und die widerspenstige Strähne hing schon wieder über seiner Stirn. Dass rechts und links Passanten sie überholten, schien er gar nicht zu bemerken.

»Was das bedeutet? Das ist ungeheuerlich, Lili. Mit dieser Kamera kann man in Innenräumen fotografieren. Und bewegte Objekte, also zum Beispiel Menschen mitten in einer Bewegung. Sie ist klein und handlich, kein so grober Klotz wie meine Box. Man kann sie in seine Manteltasche stecken. Und – zack – zur Hand nehmen, wenn man sie braucht. Mit ihr könnte man ganz unauffällig Bilder schießen und einen Augenblick des Menschendaseins festhalten, einfach so.« Er schnipste mit dem Finger, dann sah er sich erstaunt um, so als würde er wieder in die Wirklichkeit zurückkehren. Ein resigniertes Lächeln erschien auf seinem Gesicht. »Du kannst sie gleich wieder vergessen. Sie ist unerschwinglich teuer.«

»Wieso«, wollte Lili wissen, die sich niemals so schnell entmutigen ließ. »Was kostet sie denn?«

Emil zuckte mit den Schultern.

»Du weißt es gar nicht?« Lili hakte sich erneut bei ihm unter und zog ihn weiter. »Na, dann finde es doch heraus. Wir fangen einfach an zu sparen.«

In diesem Augenblick sah sie auf der anderen Straßenseite einen Mann, der einer Dame aus einem Automobil half, und konnte den Blick nicht von den beiden wenden. Es war Frau Dr. Gräfenberg, da war sich Lili ganz sicher, auch wenn sie jetzt ein silbernes fließendes Etwas von einem Kleid trug, das lediglich an einer Art mit Strass besetztem Collier um ihren Hals befestigt war und ihren schlanken Körper bis zu den Sandaletten zu umspülen schien wie eine Welle. Ihr rehbraunes kurzes Haar war in perfekte Wellen um den Kopf gelegt, und ihre Augen schimmerten im Schein der pulsierenden Lichter.

»Sieh mal«, sagte sie leise zu ihrem Verlobten. »Diese Dame war heute im Verlag. Sie ist eine Freundin von Vicki Baum.«

Frau Gräfenbergs Begleiter legte ihr eine Stola aus demselben

Stoff wie ihr Kleid um die nackten Schultern und reichte ihr seinen Arm. Dabei lächelte er sie an mit einer Mischung aus Zärtlichkeit und Ironie, so als wäre alles, was die beiden verband, nichts weiter als die elegante Form eines geheimen Spiels …

»Und wer ist der Mann?«, wollte Emil wissen. »Er hat ein prägnantes Gesicht.«

Ja, das fand Lili auch. Sie durchforstete ihr Gedächtnis, ob er wohl einer der Filmschauspieler war, die gegenwärtig die Leinwände der Kintopps beherrschten, dieses Gesicht wollte jedoch auf keinen der Stars passen, die sie kannte. Es war ausdrucksvoll und ebenmäßig. Im Gegensatz zu vielen anderen Männern trug er keinen Oberlippenbart. Das Einzige, was die Symmetrie seines Gesichts ein wenig störte oder vielleicht sogar noch betonte, war die etwas zu große, scharf geschnittene Nase. Die Lider seiner Augen waren halb geschlossen, und dennoch wirkte er alles andere als schläfrig. Nein, im Gegenteil. Nichts schien ihm zu entgehen. Und auf einmal wurde Lili bewusst, dass er ihr Starren längst bemerkt hatte, und sie wandte sich hastig ab. Es fehlte gerade noch, dass Frau Dr. Gräfenberg sich von ihr unangenehm beobachtet fühlte und das am folgenden Tag Vicki Baum erzählte.

»Komm«, raunte sie Emil zu und zog ihn weiter. »Sie muss mich nicht unbedingt dabei ertappen, wie ich sie anglotze.«

»Was für ein sensationelles Paar«, sagte Emil leise und riskierte noch einen schnellen Blick über die Schulter. »Die beiden hätte ich zu gern fotografiert.«

5

»Wie wäre es, wenn wir uns künftig gleich bei mir zu Hause treffen würden?«

Dr. Karl Ritter saß mit einem Kissen im Rücken im Bett und hielt in der einen Hand eine Zigarette, während die andere sanft über Rosalies nackten Rücken fuhr. Sein Zeigefinger ertastete ihre Wirbelsäule und glitt langsam an ihr abwärts, sodass sie eine Gänsehaut bekam. Obwohl sie sich gerade ausgiebig geliebt hatten, zog sich ihr Unterleib schon wieder sehnsuchtsvoll zusammen. In der kühlen Seide des Lakens fühlte sie, wie ihre Brustwarzen hart wurden. Noch nie in ihrem Leben hatte sie einen Mann derart begehrt wie Karl, den Geheimnisvollen. Karl, von dem sie nicht genau wusste, was er eigentlich beruflich tat. Dass er zum Stab des preußischen Staatskommissars für innere Sicherheit Robert Weismann gehörte, hatte sie an jenem Abend der Abschlussgala in Genf begriffen, als er so unvermittelt an dessen Tisch aufgetaucht war. Dr. Karl Ritter führte ein unauffälliges Leben, oder wenn man so wollte: eines, das er sorgfältig vor der Welt verbarg. Gehörte der Vorschlag, sich künftig gleich bei ihm zu treffen, statt miteinander auszugehen, auch zu dieser Strategie?

Seine Hand blieb auf ihrem Steißbein liegen, so als hätte er sie dort vergessen. Sie schmiegte sich an ihn, und er schlang einen Arm um sie, doch statt die Zigarette auszudrücken und sich ihr zu widmen, schien er in Gedanken versunken. Seine Augen waren halb unter seinen Wimpern verborgen, und obwohl Rosalie ihren Liebhabern so wenig Aufmerksamkeit früher niemals hätte durchgehen lassen, war sie sogar in Karls abwesende Miene verliebt.

Ich liebe einfach alles an ihm, dachte sie, drehte sich auf den Rücken und legte ihren Kopf in seinen Schoß.

»Wer waren die beiden?«, fragte er und sah auf sie herab.

»Wer denn?«

»Da war ein junges Paar«, sagte er und nahm einen weiteren Zug von seiner Zigarette. »Vor dem Adlon, als wir aus dem Wagen stiegen. Sie hatte rötliches Haar. Und er …«, endlich drückte er den Glimmstängel aus. »Sie haben uns angestarrt. Aber wenn du nichts bemerkt hast …«

»Wenn du bei mir bist«, sagte sie mit einem gespielt ironischen Beiklang in der Stimme, obwohl sie die Wahrheit sagte, nichts als die reine Wahrheit, »hab ich nur Augen für dich. Klar, dass man uns nachschaut. Ich hatte schließlich mein neues Kleid aus Paris an.«

Er lächelte und beugte sich über sie.

»Warum sagst du das nicht gleich, Rosalie«, raunte er und legte sich sanft auf sie. »Als alter Narziss, der ich bin, hab ich es natürlich auf mich bezogen. Dabei galt das alles nur deinem Kleid?«

»Was heißt hier ›nur‹, es ist ein Modell von Madeleine Vionnet, du Ignorant«, hauchte sie nahe an seinem Ohr. »Wenn ich es trage, dann fühlt es sich an, als würdest du mich an jeder Stelle meines Körpers küssen.«

»So etwa?«, fragte er und begann mit seinen Lippen an ihrem Hals entlangzufahren. »Und so?«, er glitt an ihr hinunter bis zu der Kuhle zwischen ihren Schlüsselbeinen und weiter zu ihren Brüsten, ihrem Bauchnabel, zum Ansatz ihrer Hüfte. Sie stöhnte auf, ließ zu, dass er ihre Beine öffnete und die Innenseite ihres Oberschenkels mit Küssen bedeckte, dabei ihren Venushügel sorgsam mied, ihr Knie erkundete und schließlich ihre Zehen einzeln mit den Lippen liebkoste, bis sie in einem Schauer aus Lust aufstöhnte, sich aufbäumte und seinen Kopf mit ihren Beinen umfing und sanft an sich zog.

»Ich liebe dich«, sagte sie, als sie später erschöpft und liebessatt in seinen Armen lag. »Ich habe noch nie einen Mann so sehr geliebt wie dich.«

Er schmiegte sich noch enger an sie, wiegte sie. Aber auf die ersehnten Worte, dass er sie ebenfalls liebte, auf die wartete sie auch in dieser Nacht vergebens.

»Ich muss los.«

Es war, wie ihr schien, mitten in der Nacht. Schlaftrunken blinzelte sie in das Licht der Lampe WG24 von Wilhelm Wagenfeld, die sie ihm geschenkt hatte, weil sie der Meinung war, dass seine spartanisch eingerichtete Wohnung die funktionale Eleganz dieses Bauhaus-Designs durchaus vertragen konnte. Karl hatte sich bereits angezogen und band gerade seine Krawatte.

»Uuuh ... wie spät ist es denn?«, fragte sie und stützte sich auf einen ihrer Ellenbogen.

»Halb sechs. Du kannst gleich weiterschlafen, Rosalie. Ich wollte dich nur noch um einen Gefallen bitten. Tut mir leid, das hab ich gestern ganz vergessen.«

»Einen Gefallen?« Sie zog sich das Leintuch über die Brust, strich sich das Haar zurück und rieb sich die Augen. »Ich bin noch gar nicht ganz bei mir.«

»Hör zu, du Wunderbare«, sagte Karl Ritter und setzte sich zu ihr auf die Bettkante. »Ich wäre dir unendlich verbunden, wenn du heute Abend einen Termin für mich wahrnehmen würdest.«

»Einen Termin? Für dich?«

»Nun ja, nicht an meiner Stelle, das ginge ja wohl schlecht.« Er lächelte sie an. Sein Krawattenknoten saß tadellos. »Ein Bekannter von mir gibt einen wichtigen Empfang. Und er braucht dich als Tischdame für einen besonderen Gast.«

»Als Tischdame?« Auf einmal war Rosalie hellwach. »Bist du noch bei Trost? Für solche Zwecke gibt es die Dienste gewisser eleganter und diskreter Damen. Wie kommst du auf die Idee, dass ich ...«

»Nein, nein, du hast mich falsch verstanden. Vermutlich habe ich mich nicht richtig ausgedrückt. Es geht nicht um das, was du denkst. Dieser Gast ist ein älterer, sehr kultivierter Herr. Er braucht kein teures Flittchen, sondern eine Frau, mit der sich ein gebildeter Mann, ein Kenner der Kunst, angemessen unterhalten kann. Es gibt nicht viele Frauen, in deren Gesellschaft man sein Gehirn nicht bei der Garderobe abgeben muss ...«

»Karl! Ich bitte dich! Was redest du denn nur?«, warf sie empört ein.

»Was ich sagen will: Es gibt keine zweite Frau, wie du eine bist. Schön. Der Inbegriff von Eleganz. Klug. Weit gereist. Umfassend gebildet und auf dem aktuellen Stand unserer Zeit.« Er ließ seine Worte kurz wirken. Dann sah er ihr tief in die Augen. »Rosalie. Du würdest mir einen unschätzbaren Gefallen tun. Am Ende wirst du dich gut unterhalten, das verspreche ich dir. Außerdem könnte ich mir vorstellen, dass dieser Mensch für deine Karriere als Journalistin nicht ganz unwichtig ist. Im Grunde solltest du mich darum bitten, diesen Termin wahrnehmen zu dürfen, und nicht umgekehrt.«

»Wer ist dieser Herr?«, wollte Rosalie misstrauisch wissen.

»Dr. Franz Ullstein.« Karl Ritter beobachtete genau ihre Reaktion.

»Franz Ullstein? Wieso begleitet ihn nicht seine Ehefrau?«

»Die hat sich vor ein paar Monaten das Leben genommen. Vom Hörensagen weiß ich, sie hatte Krebs und die Größe, sich rechtzeitig vor eine Bahn zu werfen, bevor die Sache hässlich werden konnte.«

Rosalie schwieg betroffen. Das hatte sie nicht gewusst. Kurz irritierte sie die Kaltblütigkeit, mit der Karl das Ende von Lotte Ullstein umschrieb. Doch als er sie in die Arme nahm und küsste, schmolz jeder Widerstand in ihr dahin.

»Na gut«, sagte sie. »Wo ist der Empfang?«

»Bei Baron Wertheim. Um acht. Ein gesetztes Essen, anschließend Tanz. Ich kann mir allerdings nicht vorstellen, dass Dr. Franz das Tanzbein schwingen wird. Eine Limousine wird dich um sieben Uhr dreißig abholen.« Er war schon an der Tür und drehte sich noch einmal zu ihr um. »Ich bin dir von ganzem Herzen dankbar, dass du das tust. Es bedeutet mir viel.«

Warum, wollte sie fragen. Was liegt dir an Franz Ullstein? Eine andere Frage brannte ihr allerdings mehr auf der Seele.

»Wann sehen wir uns wieder? Soll ich nach dem Empfang herkommen?«

»Heute nicht. Ich ruf dich an. Bis bald!« Dr. Karl Ritter hatte bereits die Türklinke in der Hand. »Ach, und wenn du ausgeschlafen hast, brauchst du nur zu klingeln. Meine Haushälterin macht dir ein schönes Frühstück.« Die Schlafzimmertür schloss sich hinter ihm.

Rosalie ließ sich zurück in die Kissen fallen. Er hatte nicht gesagt, wann er sie anrufen würde. »Bald« konnte bei ihm alles Mögliche heißen, wie sie aus Erfahrung wusste. Einen Tag. Oder auch eine ganze Woche.

Sie vergrub ihr Gesicht in den Kissen und sog seinen Duft in sich ein. Warum vergingen die gemeinsam mit ihm verbrachten

Stunden immer so schnell? Warum zogen sich die Stunden und Tage ohne ihn so unerträglich in die Länge? Ehe sich der Schmerz darüber in ihr ausbreiten konnte, war sie wieder eingeschlafen.

Es war schon fast Mittag, als sie die Tür zu ihrer kleinen möblierten Wohnung in der Lietzenburger Straße ganz in der Nähe des Kurfürstendamms aufschloss. Die Luft war nach ihrer langen Abwesenheit abgestanden, und sie öffnete alle Fenster. Noch wehte ein frisches Lüftchen von den uralten Bäumen auf dem Olivaer Platz herüber, doch bald würde sich die Hitze über die Stadt hermachen und jedes bisschen Kühle aus den Häuserritzen saugen.

Rosalie sah sich um. Da war die Chaiselongue, die sie nach der Trennung von Ernst Gräfenberg aus der gemeinsamen Wohnung mitgenommen hatte, ihr Sekretär und darüber das Porträt ihres Vaters, des Bankiers Max Goldschmidt, der vor zwei Jahren gestorben war. Sie hatte von klein auf eine besondere Beziehung zu ihrem Vater gehabt, und ihre vier Jahre jüngere Schwester Ella hatte sie oft darum beneidet. Es war, als hätte sie ein unsichtbares Band miteinander verbunden, das den einen häufig fühlen ließ, wenn der andere in Schwierigkeiten steckte. Ihr Vater fehlte ihr unaussprechlich, ihn hatte sie stets um Rat fragen können, auch wenn sie meistens schon im Voraus geahnt hatte, was er sagen würde. Der Tod hatte dieses Band zerrissen. Seitdem fühlte sie sich längst nicht mehr so sattelfest im Leben wie zuvor.

Was hättest du zu Dr. Karl Ritter, alias Kobra, gesagt, Papa?

Natürlich kam keine Antwort, und Rosalie wandte sich ab, schloss die Fenster wieder und packte endlich den Koffer ganz aus, den sie aus Paris mitgebracht hatte. Eigentlich hatte sie nicht vorgehabt, länger als zwei Wochen in Berlin zu bleiben. Solange Karl Ritter in Berlin war, brachte sie es jedoch nicht über sich, abzureisen. Früher oder später würde er ohnehin verschwinden, von einem Tag auf den anderen, in irgendeiner Mission, von der er ihr nichts erzählen durfte. So wie im vergangenen Jahr, als er für das Reichskolonialamt nach Neu-Kamerun gereist war, um zu prüfen, ob sich das schwarzafrikanische Land, das Frankreich an das Deutsche Reich abtreten würde, als Kolonie überhaupt rentierte. Drei Monate war er weg gewesen, und sie hatte sich in Paris mit Arbeit betäubt. War ebenfalls auf eine ausgedehnte Reise aufgebrochen, nach Russland, um sich selbst zu beweisen, dass sie auch ohne ihn zurechtkam, ja, um ihn zu vergessen, doch jede Meile, die sie zwischen sich und ihn gelegt hatte, entfernte sie zwar räumlich von ihm, brachte ihn aber in ihren Gedanken immer näher. Die Reiseberichte, die sie verfasste und die später in den verschiedensten Medien des Ullstein-Hauses erschienen, waren im Grunde alle nur an ihn gerichtet. Während sie vier Monate lang dieses gigantische Land von Nord nach Süd und wieder zurück bereist hatte – von Moskau nach Leningrad, mit dem Boot die Wolga abwärts über Saratow nach Wolgograd, von dort über Tiflis nach Baku ans Kaspische Meer, nach Kiew und Charkow und schließlich wieder nach Moskau zurück –, erzählte sie im Geiste alles, was sie sah, was sie hörte und fühlte, nur ihm. Der frische Kaviar, den sie in Astrachan probierte, schmeckte nach ihm. Die dunklen Augen der liebenswürdigen Bauernfrauen, die ihr in Baku Kebab anboten, erinnerten an ihn. Während der nächtelangen Diskussionen mit anderen Journalisten und neuen Freunden in Moskau und Leningrad über die Vorzüge und Gefahren der jungen Revolution ertappte sie sich immer wieder dabei, dass sie sich überlegte, was er dazu sagen würde. Welche Fragen er stellen würde und welche Schlüsse ziehen. Vielleicht waren ihre Artikel und Reportagen deswegen so erfolgreich, weil sie sie aus dem Herzen heraus einzig und allein für Karl verfasst hatte, um ihn mithilfe ihrer Augen und ihres Verstands an dem teilhaben zu lassen, was sie erlebt hatte.

Dann kannst du ihm ja dankbar sein, schien das Porträt ihres Vaters zu sagen.

Das stimmte. Auf der anderen Seite erfuhr sie über seinen Aufenthalt in Afrika nur das, was in den Pressemitteilungen stand, die sogar ein Georg Bernhard eher erhalten hatte als sie. Nüchterne Statistiken über Bevölkerungsdichte und Bodenbeschaffenheit. Karten, in denen eingezeichnet war, wo die Malaria am schlimmsten grassierte und wo der Kautschuk am besten gedieh und wo nicht. Er selbst kam in diesen Informationen nicht vor, wohingegen sie in jeder einzelnen Zeile ihrer Artikel über Russland spürbar war.

Der Inhalt ihres Koffers war längst im Schrank verstaut. Zeit zu entscheiden, was sie an diesem Abend anziehen sollte. Elegant, aber nicht verführerisch wollte sie erscheinen. Sie schwankte zwischen einem durch kunstvoll genähte geometrische Biesen streng und grafisch anmutenden Modell aus blasslila Taft und einer schlichten Robe aus schwarzem Crêpe de Chine, die für ein Abendkleid erstaunlich hochgeschlossen war und deren einzige Extravaganz eine ausladende Schleife an der linken Hüfte war. Schwarz. Das war in der Gesellschaft eines Witwers die angemessene Farbe, oder nicht? Dazu der schwarze Hut mit der asymmetrischen Krempe, die Handschuhe bis über die Ellbogen. Darüber am Handgelenk das Brillantarmband, das ihr Vater ihr zur Promotion geschenkt hatte. Perfekt.

Im großen Spiegel prüfte sie den Zustand ihres Haares. Nun, eine Stippvisite beim Friseur am Olivaer Platz war unvermeidlich. Sie seufzte. Worauf hatte sie sich da nur eingelassen. Und doch freute sie sich auf die Wiederbegegnung mit Franz Ullstein. Kobra lag gar nicht so falsch. Denn wenn sie es geschickt anstellte, würde am Ende wohl sie diejenige sein, die von dieser Begegnung am meisten profitierte.

Sie lächelte, als sie den Friseursalon betrat. Zum ersten Mal hatte sie Karl in Gedanken Kobra genannt. Vicki war einfach genial. Ohne ihn zu kennen, hatte sie einen wirklich passenden Namen für ihn gewählt. Kobra. So würde sie ihn nun im Stillen immer nennen. Denn dann fühlte sich auf einmal alles, was sie durchlebte, leicht und aufregend an. So wie in einem Roman.

Wie angekündigt hielt Punkt halb acht Uhr abends eine Limousine vor Rosalies Haustür. Ein Fahrer in Livree hielt ihr den Schlag auf und fuhr sie nach Dahlem hinaus zu einem beeindruckenden Palais. Im letzten Moment hatte sie es sich anders überlegt und trug nun doch das fliederfarbene Kleid, im Haar ein silbernes Band. Schließlich war nicht sie die Witwe. Und Herrn Ullstein an seinen Trauerfall zu erinnern, wäre tatsächlich ein Patzer gewesen.

Im Foyer des Anwesens wurde sie nach ihrer Einladungskarte gefragt, und als sie ihren Namen nannte, löste sich aus dem Korps der Bediensteten ein junger Mann und geleitete sie persönlich zum Festsaal, an dessen Tür der Gastgeber mit seiner Frau die Ankommenden begrüßte.

»Ach, Frau Dr. Gräfenberg, wir sind ja so froh, dass Sie gekommen sind«, rief die Baronin aus, ergriff Rosalies Hand und legte ihre andere darüber, so als wäre sie ein Vögelchen und könnte jeden Augenblick davonflattern. Dann senkte sie die Stimme und beugte sich näher an Rosalie heran. »Unser lieber Dr. Ullstein ist ja so von seiner Trauer absorbiert. Dass er heute tatsächlich gekommen ist, grenzt an ein Wunder. Er verlässt ja sonst nur noch das Haus, um in den Verlag zu gehen, wissen Sie? Wir fühlen uns kolossal geehrt. Aber da ist ja auch diese Verantwortung. Er soll sich ja wohlfühlen bei uns, nicht wahr? Und da hatte Dr. Ritter diese glänzende Idee ...«

»Sie werden das schon hinbekommen«, unterbrach der Baron den Redeschwall seiner Gemahlin freundlich, jedoch bestimmt. »Dass er diesen Abend in angenehmer Erinnerung behält.«

Rosalie musste sich ein Lächeln verkneifen.

»Ich werde mein Bestes tun«, sagte sie. »Im Übrigen fühle ich mich geehrt, unter Ihren illustren Gästen ...« – die Gouvernante spielen zu dürfen, fügte sie in Gedanken sarkastisch hinzu.

»Jederzeit wieder, liebe Frau Dr. Gräfenberg«, beeilte sich die Baronin zu sagen und entließ sie, um sich weiteren Gästen zuzuwenden.

Der Festsaal erglänzte im Licht zahlreicher Kronleuchter, hier war für mindestens zweihundert Menschen eingedeckt. Zwischen den prachtvollen Blumengestecken standen die ersten Gäste in Gruppen beieinander, die Damen in Garderoben, für die ein einfaches Tippfräulein wie zum Beispiel Vickis Blümchen monatelang arbeiten müsste, ihre Nerzstolas oder eine Federboa lässig um die Schultern geschlungen, die Herren natürlich im Frack. Schon von Weitem erkannte Rosalie Dr. Franz Ullstein an seinem Charakterkopf mit dem spärlichen rotblonden Haar und an der schmalen, aufrechten Gestalt in seinem maßgeschneiderten Anzug. Der Generaldirektor des größten deutschen Verlagshauses saß mit dem Rücken zu ihr an einem der vorderen Tische und wirkte angespannt wie eine Flitzefeder, so als könnte er jederzeit aufspringen und wieder gehen.

»Guten Abend, Herr Dr. Ullstein«, sagte Rosalie und nahm neben ihm Platz.

6

Franz Ullstein musterte sie mit dem kühlen, abschätzenden Blick, den sie schon von früheren Begegnungen kannte. Auf seiner Nasenwurzel klemmte ein Kneifer mit oval geschliffenen randlosen Gläsern, und Rosalie fragte sich, ob das nicht wehtat und ob seine Miene womöglich deswegen so angespannt war.

»Ich fürchte, das muss ein Irrtum sein«, sagte er freundlich, und seine Augen blitzten amüsiert auf. »Wenn auch ein hinreißender. Gleich wird eine promovierte Soziologin hier auftauchen und diesen Platz beanspruchen.«

Rosalie unterdrückte ein Lachen und beschloss, das Spiel mitzuspielen. Denn natürlich war sie selbst die promovierte Soziologin, mit einundzwanzig Jahren hatte sie ihre Dissertation bei Professor Alfred Weber in Heidelberg mit Summa cum laude und als Beste ihres Jahrgangs abgeliefert. Weber hatte ihr daraufhin die Stelle als seine Assistentin angeboten. Doch sie war lieber nach Berlin gegangen, um eine Banklehre zu machen. Damals hatte sie noch geglaubt, eines Tages die Bank ihres Vaters weiterzuführen …

»Tatsächlich?«, fragte sie mit vorgetäuschtem Erstaunen und sah sich mit großen Augen um. »Wissen Sie was? Sollte diese Dame wirklich auftauchen, dann räume ich selbstverständlich auf der Stelle diesen Platz. Bis dahin jedoch …«

»Bitte bleiben Sie«, bat Dr. Franz und legte kurz seine Hand auf ihren Unterarm, was bei ihr ein Kribbeln auslöste, so als wäre die Luft zwischen ihnen elektrisch geladen. »Gemeinsam werden wir das kluge Wesen verjagen«, fuhr er fort. »Mit wem habe ich denn das Vergnügen? Mir scheint, als wären wir uns schon einmal begegnet.«

»Ja, das sind wir«, antwortete sie. »Mein Name ist Rosalie Gräfenberg. Wir haben uns ein paarmal im Salon von Gertrud und Hugo Simon in Zehlendorf getroffen. Aber das ist einige Jahre her.«

Ihr war, als wäre er bei der Nennung des Namens Gräfenberg unmerklich zusammengezuckt.

»Hießen Sie damals nicht anders?«, fragte er und zog seine Stirn kraus.

»Sie haben recht. Mein Mädchenname ist Goldschmidt«, erklärte Rosalie. Wieso wirkte er auf einmal so blass und durchscheinend? War es möglich, dass seine Frau die tödliche Diagnose von ihrem Ex-Mann erhalten hatte? »Und von Dr. Gräfenberg bin ich seit fünf Jahren geschieden«, fügte sie rasch hinzu. Sollte sie diesen Namen nicht besser ablegen, überlegte sie. Nein, dazu war es zu spät. Immerhin hatte sie sich als Rosalie Gräfenberg einen Namen als Journalistin gemacht.

Weitere Gäste traten an ihren Tisch. Rosalie erkannte den amtierenden Oberbürgermeister Dr. Gustav Böß mit Gattin, die sich umständlich ihnen gegenüber niederließen, und Carl Friedrich von Siemens, einer der wichtigsten Unternehmer des Landes. Vor den nordwestlichen Stadtgrenzen waren während der vergangenen Jahrzehnte Industrieanlagen der Siemenswerke in den Ausmaßen einer mittleren Kleinstadt entstanden, die geschaffenen Arbeitsplätze gingen in die Hunderttausende, über die Arbeitsbedingungen wurde allerdings gestritten. Über Carl von Siemens wusste Rosalie, dass er schon zweimal geschieden war, seine erste Frau, eine Engländerin, hatte sich als Hochstaplerin entpuppt, während seine zweite eine reiche Brauereierbin gewesen war. Jetzt ging das Gerücht, er würde seine einstige Schwägerin Margarete Heck heiraten, die sich erst neulich von seinem Bruder Wilhelm hatte scheiden lassen.

»Wie schön, Sie wiederzusehen«, säuselte die Frau des Oberbürgermeisters. Ihr Blick wanderte fragend zwischen Rosalie und Dr. Franz hin und her. »Ich wusste gar nicht, dass Sie und Herr Dr. Ullstein so gut miteinander bekannt sind?«

In stillem Einvernehmen überhörten sie die Bemerkung und begrüßten stattdessen einen Herrn mit wilder Mähne über der fliehenden Stirn und einem kräftigen Seehundbart, der zu ihnen an den Tisch getreten war. Professor Albert Einstein, den Rosalie bereits in Paris kennengelernt hatte und der sie nun in aller Herzlichkeit begrüßte.

»Was für eine Freude, Herr Professor«, flötete Frau Böß. »Wo haben Sie denn Ihre Gattin gelassen?«

»Sie bildet die Nachhut«, erklärte der Physiker und Direktor des Kaiser-Wilhelm-Instituts für Physik fröhlich. »Elsa hat eine Freundin entdeckt und wird gleich zu uns stoßen. Freut mich sehr, Herr Generaldirektor«, sagte er an Franz gewandt. »Es tut mir herzlich leid, was mit Ihrer Frau passiert ist.«

Rosalie konnte förmlich fühlen, wie Franz Ullstein sich in sich selbst zurückzog. Wie eine Schnecke, dachte sie, deren Fühler man berührt hat.

Während des belanglosen Geplauders, das selbst unter einer Ansammlung von klugen Menschen bei solchen Gelegenheiten unausweichlich schien, versuchte Rosalie einzuschätzen, ob Dr. Franz lieber zuhörte, als selbst zu sprechen, oder ob er sich ganz einfach langweilte. Nur ihr gegenüber wirkte er aufmerksam, winkte dem Kellner, damit er ihr von dem Champagner nachschenkte, oder schob diskret ihre Stola, die in Gefahr geraten war, von der Stuhllehne zu gleiten, wieder zurecht. Während sie sich selbst bald in angeregter Unterhaltung mit Albert Einstein über Raum, Zeit und die Gravitation befand, versuchte sie hin und wieder, Dr. Franz in ihr Gespräch miteinzubeziehen.

»Mir scheint fast«, sagte Einstein schließlich mit einem Lächeln unter seinem Schnurrbart, »Sie haben die Schrift gelesen.«

»Natürlich hab ich das«, antwortete Rosalie. »Die Allgemeine sowie die Spezielle Relativitätstheorie, das ist doch selbstverständlich.«

Kurz wurde es sehr still am Tisch. Sie fühlte Franz Ullsteins Augen auf sich ruhen, um seine Lippen lag ein rätselhaftes, ja stolzes Lächeln. Selbst Herr von Siemens konnte den Blick nicht von ihr wenden, während die Frau des Oberbürgermeisters sie zunehmend kühl taxierte.

»Sie haben das gelesen?« Oberbürgermeister Böß machte große Augen. »Da haben Sie ja sogar mir noch etwas voraus, gnädige Frau!« Er wandte sich an Einstein. »Aber so viel weiß ich auch so. Nämlich dass die Stadt Berlin Ihnen in Relativität zu Ihren ungeheuren Leistungen etwas schuldig ist.« Er beugte sich vertraulich in Richtung des Wissenschaftlers. »In der Haus-Sache werden wir bald Nägel mit Köpfen machen. Darauf haben Sie mein Wort.« Er lachte selbstgefällig über sein eigenes Wortspiel, das er offenbar für gelungen hielt.

»Die Stadt Berlin ist mir überhaupt nichts schuldig«, antwortete Albert Einstein mit Nachdruck. Jeder am Tisch wusste, dass Böß sich seit dem 50. Geburtstag des Physikers im Januar des Jahres dafür stark machte, dass die Stadt ihm ein Haus schenken sollte, was natürlich in der Öffentlichkeit für einigen Wirbel gesorgt hatte.

»Schließlich sind wir net obdachlos«, fügte Elsa Einstein in ihrem breiten schwäbischen Dialekt hinzu. »Net wahr, Albertle? Da gäb es ja viele andere, die das nötiger hätten.«

»Daran arbeiten wir«, erklärte der Oberbürgermeister, der leicht errötet war. »Mit unserem Programm *Das neue Bauen* tun wir, was wir können.«

»Unsere Großsiedlung für Arbeiter, die gerade in der Jungfernheide entsteht, kann sich ebenfalls sehen lassen«, sprang ihm von Siemens bei und strich sich bedächtig über seinen buschigen Schnauzbart. »Hier arbeiteten einige der fortschrittlichsten Architekten mit wie Walter Gropius, Hugo Häring, Otto Bartning und viele andere. Hans Scharoun hat das Konzept dazu erarbeitet. Wenn Sie das interessiert«, fügte er hinzu und sah dabei Rosalie an, »dann können wir eine Baustellenführung einrichten.«

»Das freut mich zu hören«, meldete sich Franz Ullstein zu Wort, noch ehe Rosalie antworten konnte. »Denn die Bevölkerungszahlen schießen geradezu in die Höhe, während man allgemein mit dem Bau neuer Wohnungen nicht hinterherkommt. Fahren Sie mal nach Potsdam hinaus und schauen Sie sich an, was aus den Schrebergartenanlagen geworden ist! Das reinste Zeltlager!«

»Wir tun unser Bestes, die Sünden des Kaiserreichs aufzuarbeiten«, versicherte Böß, stocherte in seiner Vorspeise herum und spießte schließlich die Jakobsmuschel auf seine Gabel, die in ihrer Schale serviert worden war.

»Sie haben noch gar nie erzählt«, wechselte seine Gattin abrupt das Thema, indem sie sich an Albert Einstein wandte, »wie es Ihnen in Japan gefallen hat.«

Verblüfft über den plötzlichen Themenwechsel blickte der Nobelpreisträger vom Essen auf. Rosalie wusste, dass er das Preisgeld damals gemäß Scheidungsvertrag an seine erste Ehefrau, die serbische Physikerin Mileva Marić, hatte abtreten müssen. Einstein selbst hatte sich auf der Reise nach Japan befunden, als die Entscheidung des Komitees verkündet worden war.

»Ausgezeichnet hat es uns dort gefallen«, antwortete Elsa anstelle ihres Mannes. »So freundliche Menschen! So viel Höflichkeit ...«

»Ja, der Japaner besitzt ein beachtliches Feingefühl«, ergänzte der Physiker und warf dem Oberbürgermeister einen raschen Blick zu. »Er scheint ein enormes Gespür für Balance und Ausgewogenheit zu besitzen, gepaart mit den feinsten Umgangsformen. Außerdem ist er ungeheuer diszipliniert. Gerade im Bereich der Forschung ist das ein großer Vorteil. Während wir in Europa dem einzelnen Individuum eine so große Bedeutung beimessen, steht in Japan der Gedanke des Kollektivismus an erster Stelle.«

»Zwingt sie dieser Kollektivismus nicht dazu, ihre eigenen Bedürfnisse und Wünsche zu unterdrücken?«, fragte Rosalie interessiert. Eine Reise nach Asien wünschte sie sich schon seit Langem.

»Ganz gewiss.« Einstein nickte bedächtig. »Unsere moderne Psychoanalyse hätte dazu vermutlich eine Menge zu sagen. Ich will keineswegs behaupten, dass es die bessere Lebensphilosophie sei. Sie ist anders. Und die kulturellen Errungenschaften des japanischen Volks sind ja nicht uninteressant.«

Sie unterhielten sich noch eine Weile über die Unterschiede des Shintoismus zum japanischen Buddhismus, der in Europa gerade sehr *en vogue* war, machten einen Exkurs zu den fernöstlichen Einflüssen in der zeitgenössischen Kunst und gelangten dann, Rosalie wusste später nicht mehr, wie, zu der Entwicklung der Automobile, ein Thema, bei dem endlich auch Carl Friedrich von Siemens lebhafter wurde und Elsa Einstein erklärte, warum es auf den Straßen Berlins fast schon »lebensgefährlich« zugehe, wie sie sich ausdrückte.

»In anderen Städten geht es viel schlimmer zu, gnädige Frau«, sagte von Siemens und sah dabei Rosalie an, obwohl er zu Frau Einstein sprach. »In Berlin kann sich nur jeder hundertste Einwohner ein eigenes Automobil erlauben. Das macht rund 40.000 – ein Klacks.«

»Nur dass dieser Klacks sich durch diverse Nadelöhre hindurchquälen muss …«, wandte Rosalie ein.

»Von der Behinderung durch Pferdedroschken und Fuhrwerke gar nicht zu sprechen«, ergänzte Dr. Franz.

»Deswegen bauen wir ja den öffentlichen Nahverkehr so großzügig aus«, warf Dr. Böß ein.

»Ja, aber die Öffentlichen benutzen ja die Leute, die sich ohnehin kein Automobil leisten können.«

»Noch nicht«, betonte von Siemens. »Bald kommt der Hanomag 3 mit 16 PS heraus.«

»Denken Sie, Ihre Arbeiter können sich den leisten?«, erkundigte sich Rosalie.

»Die Arbeiter vielleicht nicht«, räumte von Siemens ein. »Meine Angestellten allerdings schon.«

»Welche Marke fahren denn Sie, verehrter Herr Dr. Ullstein?« Frau Böß beugte sich interessiert vor, und Rosalie hatte Sorge, ihr ausladender Busen könnte Bekanntschaft mit dem Rest Soße auf ihrem Teller machen.

»Ich fahre gar nicht«, sagte Dr. Franz, und seine Mundwinkel zuckten kurz. Zum ersten Mal fiel Rosalie auf, wie sinnlich seine Lippen unter dem schmalen Oberlippenbart waren, wohlgeformt und stets minimal geschürzt, so als mache er sich über irgendetwas lustig. »Ich lasse fahren.«

Die Teller wurden abgeräumt und das Dessert serviert, »Schokoladen-Éclaires mit französischer Vanillecreme, Chartreuse-Pfirsich und Vanilleeis« stand auf der Menükarte, die neben jedem

Teller gelegen hatte. Rosalie stöhnte innerlich auf. Schon den pochierten Heilbutt an Spargelragout hatte sie nicht ganz aufessen können.

»Wollen wir statt des Süßkrams nicht lieber noch einen guten Bourbon zu uns nehmen?«, fragte Dr. Franz sie, während die anderen noch immer über die verschiedenen Automobilmarken diskutierten und darüber, ob General Motors wirklich bald die Opel AG übernehmen würde.

»Das wäre eine verlockende Option«, antwortete Rosalie ihm leise. »Nur ... wie kommen wir hier weg?«

»Auf unseren Beinen, schätze ich«, antwortete Dr. Franz. »Vor der Tür wartet dann mein Maybach samt Chauffeur. Falls Ihnen diese Marke genehm ist«, fügte er mit einem ironischen Lächeln hinzu und erhob sich.

»Meine Damen, meine Herren, wir müssen uns entschuldigen«, sagte er und reichte Rosalie ihre Stola. »Leider haben wir heute Abend noch eine Einladung, Koinzidenz der Ereignisse. Ich wünsche allerseits noch einen angenehmen Abend, es hat mich sehr gefreut.« Damit bot er Rosalie weltmännisch seinen Arm an, nickte den verblüfften Zurückbleibenden höflich zu – und schon schritten sie durch den Saal.

Rosalie glaubte tausend Blicke wie Nadelstiche in ihrem Rücken zu spüren und stellte gleichzeitig fest, dass sich ihre Hand auf dem Arm von Dr. Franz seltsam wohlfühlte. *So als könnte ich an diesem Arm die ganze Welt bereisen*, fuhr es ihr durch den Kopf.

»Nun, Herr Generaldirektor, möchten Sie etwa schon gehen?«

Es war Baron Wertheim, der im Foyer mit einigen anderen Herren eine Zigarre rauchte. Erschrocken sah er von Franz Ullstein zu Rosalie. Sein Gesicht war ein einziges Fragezeichen.

»So ist es«, antwortete Dr. Franz. »Es war ein famoser Abend. Und man soll ja bekanntlich gehen, wenn es am schönsten ist.«

»Was möchten Sie trinken?«

Berlin ist voller Nachtlokale, dachte Rosalie, doch am Ende landet man immer im Adlon.

»Nehmen Sie auch einen Whisky?«

»Champagner wäre mir lieber«, sagte sie. Härtere Getränke machten sie müde. Und das wollte sie gerade jetzt auf keinen Fall werden. Der Abend hatte für sie eine überraschende Wendung genommen. Sie fühlte sich wohl in der Gegenwart von Dr. Franz. Und zwar auf eine altvertraute Art, ihr wollte nur nicht einfallen, woher vertraut.

Aus der Lobby klang Klaviermusik zu ihnen in die American Bar herein, Rosalie erkannte *Oh, Lady Be Good!* von George Gershwin aus dem erfolgreichen Musical von vor fünf Jahren. An der Bar saßen zwei jüngere Herren, die interessiert zu ihnen herübersahen und sich dann in ein Gespräch vertieften. Dr. Franz bot ihr eine Zigarette an, und sie nahm sie an, als sie sah, dass auch er rauchen wollte. Sie holte ihre vergoldete Zigarettenspitze aus der Handtasche, und während Dr. Franz ihr Feuer gab, musste sie an Kobra denken. Er hatte sich gewünscht, dass dieser Herr, der ihr nun schräg gegenüber in einem Clubsessel saß, sich an diesen Abend erinnern sollte. Und ausgerechnet sie, die niemals um ein Gesprächsthema verlegen war, wusste jetzt nicht, wie es weitergehen sollte.

»Was macht eigentlich eine Frau wie Sie den ganzen Tag? Haben Sie einen Beruf?« Auch Dr. Franz wirkte unbeholfen.

»Ich bin Journalistin«, antwortete Rosalie, und augenblicklich hoben sich seine rotblonden Augenbrauen.

»Wirklich? Dann sollten Sie wohl für uns schreiben.«

»Ich bin froh, dass Sie dieser Meinung sind«, antwortete Rosalie mit einem Lächeln. »Denn das tue ich bereits.«

Dr. Franz ließ ein überraschtes Lachen hören. Seine bleichen Wangen hatten sich ein wenig gerötet.

»Tatsächlich? Da können Sie mal sehen, wie wenig ich über mein eigenes Haus weiß. Schreiben Sie unter Ihrem richtigen Namen?«

Rosalie nickte und nahm einen Zug' von der Zigarette, blies den Rauch in aller Ruhe aus. Der Kellner brachte den Eiskübel mit dem weiß beschlagenen Champagner und schenkte ihr ein.

»Meine Beiträge in der *Vossischen Zeitung* signiere ich mit R. Gräfenberg«, antwortete sie schließlich. »In der BIZ mit RG, im UHU mit RoGrä und in *Die Dame* ...«

»Das heißt«, unterbrach Franz Ullstein sie, »Sie arbeiten für Bernhard und Korff ...«

»... und hin und wieder für Vicki Baum«, ergänzte Rosalie und beobachtete ihn genau. Manche Männer reagierten gereizt, wenn sie herausfanden, dass sie nicht allwissend waren.

»Und ... worüber schreiben Sie so?«

»Verschiedenes«, antwortete sie. »Wenn möglich politische Reportagen. Gestern habe ich Herrn Bernhard ein Exklusiv-Interview mit Aristide Briand abgeliefert.« Dr. Franz' Augen wurden größer und größer hinter seinem Kneifer. »Aber auch Reiseberichte. Im vergangenen Jahr habe ich vier Monate lang Russland durchquert und darüber geschrieben.«

»Ja, das habe ich gelesen. Dass hinter R. Gräfenberg allerdings eine Frau steckt, darauf wäre ich nie gekommen.«

»Das nehme ich als Kompliment«, gab Rosalie charmant zurück. Das Letzte, was sie wollte, war Franz Ullstein in Verlegenheit bringen. Und doch wollte sie ihr Licht nicht unter den Scheffel stellen. Bescheidenheit hatte ihr nie gelegen, ebenso wenig wie übertriebener Stolz. Man tat eben, was man tat, und das so gut wie möglich. Das war die Devise ihres Vaters gewesen. Und auf einmal wurde ihr bewusst, dass dieses seltsame Gefühl, irgendwie aufgehoben zu sein, das sie an der Seite von Dr. Franz Ullstein empfand, sie an ihn erinnerte: an ihren Vater Max Goldschmidt.

»Mein Vater hat immer gesagt, dass es nicht darauf ankommt, wer man ist, sondern auf das, was man tut.«

»Ein kluger Mann«, sagte Dr. Franz und nippte an seinem Whisky. »Was macht er so?«

»Er war Bankier«, antwortete Rosalie. »Leider ist er vor zwei Jahren gestorben.«

Franz Ullstein schwieg. Er war offenbar nicht der Typ dafür, die konventionelle Art der Anteilnahme zu zeigen. Vermutlich hasste er es, von allen Seiten Beileid ausgesprochen zu bekommen, eine hohle Formel, die nichts besagte.

Der Pianist hatte aufgehört zu spielen. Zu den beiden Männern an der Bar gesellte sich eine Frau, und nachdem einer der Herren eine Bemerkung zu ihr gemacht hatte, blickte sie sich, wie sie wohl glaubte, »unauffällig« zu ihnen um.

»Ich bin ein wenig ungehalten über mich selbst«, knüpfte Dr. Franz, der das nicht zu bemerken schien, an ihren früheren Gesprächsfaden an, »dass ich eine so interessante Mitarbeiterin wie Sie bislang noch nicht einmal wahrgenommen habe. Das sagt mir viel über die Struktur unseres Hauses.«

»Sie sind der Generaldirektor«, sagte sie und streifte die Asche ihrer Zigarette ab. »Und können sich nicht um jeden Einzelnen kümmern. Ihr Stab an freien Mitarbeitern ist ja riesig. Außerdem lebe ich die meiste Zeit in Paris. Da ist es kein Wunder, dass wir uns so lange nicht mehr begegnet sind.«

»Aber es ist schade«, sagte Franz Ullstein leise, wie zu sich selbst. »Wirklich schade. Nun, wer weiß. Vielleicht ist es gerade die richtige Zeit.«

7

Am nächsten Morgen erwachte Franz Ullstein mit einem Lachen. Er brauchte einen Augenblick, um sich zu orientieren. In seinem Traum hatte er in einer sonnendurchfluteten Landschaft gestanden, und zwar nicht allein. Eine junge Frau war bei ihm gewesen, und wenn er es sich recht überlegte, hatte sie Rosalie Gräfenberg sehr ähnlich gesehen. Sie war es, die ihn zum Lachen gebracht hatte.

Was hatte sie gesagt?

Gelacht wie schon lange nicht mehr hatte er auch am vergangenen Abend. Selbst seinem Fahrer Wohlrabe war das aufgefallen, Franz hatte es an dem überraschten Blick bemerkt, als er ihm die Wagentür aufgehalten hatte. Wie war das noch gleich gewesen?

»Ich bin sehr froh, dass diese überaus kluge promovierte Soziologin am Ende doch nicht aufgetaucht ist«, hatte er gesagt, ehe Rosalie Gräfenberg vor ihrer Wohnung aus dem Wagen gestiegen war. »Vermutlich hat sich der Herr Baron einen Scherz mit mir erlaubt.«

»Ich muss Ihnen etwas gestehen«, hatte sie geantwortet, und ihre samtigen Augen hatten ein wenig schuldbewusst geblickt. »Baron Wertheim hat nicht gescherzt. Ich bin diese schreckliche promovierte Soziologin. Meinen Doktor habe ich in Heidelberg bei Professor Alfred Weber mit summa cum laude abgelegt, so leid es mir tut.«

Da hatte er sie einige Augenblicke lang angestarrt und war danach in ein Gelächter ausgebrochen wie schon seit einer Ewigkeit nicht mehr.

Eine promovierte Soziologin also.

»Nein«, sagte er schließlich, als er wieder Luft bekam. »Leid tut es Ihnen hoffentlich nicht. Und mit welchem Thema, wenn ich fragen darf?«

»Die Doktorarbeit?«

»Natürlich!«

Er sah, wie sie schluckte, und auf einmal erfasste ihn eine ungewohnte Zärtlichkeit für dieses tapfere große Mädchen.

»Das interessiert Sie wirklich? Also, der Titel meiner Arbeit lautete: Das Theater der Minoritäten als soziologische Erscheinung. Eine Untersuchung zur Soziologie des Theaters.«

Daraufhin hatten sie eine Weile geschwiegen.

»Ich danke Ihnen«, hatte er schließlich gesagt. »An diesem Abend habe ich einiges gelernt. Zum Beispiel, dass sich die Dinge und Menschen oftmals anders verhalten, als sie auf den ersten Blick erscheinen.« Was ein alter Mann wie ich eigentlich längst hätte wissen können, dachte er.

»Und was noch?«, hatte diese erstaunliche Frau gefragt, als wäre das nicht genug.

»Dass es sich noch lohnt, unter Menschen zu gehen«, hatte er zu seiner eigenen Überraschung geantwortet.

Dabei hatte er ursprünglich überhaupt nicht zu diesem Empfang gehen wollen. Die Absage hatte er Hilde Trautwein bereits diktiert. Warum hatte er es sich dann anders überlegt? Vielleicht war es die allabendliche Einsamkeit in der menschenleeren Wohnung, die ihn zermürbte. Oder weil er sich so sehr über das Gerede der kleinen Toni ärgerte. Von wegen Alter und Generationswechsel. Irgendwie war er zu dem Entschluss gekommen, dass er genug getrauert hatte und sich nun wieder dem Leben zuwenden sollte. Dem Leben. Als ob es für ihn bislang ein Leben außerhalb des Verlags gegeben hätte.

Noch als er viel zu früh als Allererster an diesem Tisch Platz genommen hatte, war er sich nicht sicher gewesen, ob es eine gute Idee gewesen war, die Einladung anzunehmen. Er war nahe daran gewesen, gleich wieder zu gehen, als Rosalie Gräfenberg auftauchte in diesem ultramodernen Kleid, die Haare kurz wie ein Junge und die braunen Rehaugen von einem unbeschreiblichen Schmelz ...

Die Standuhr schlug die volle Stunde, und Dr. Franz schreckte auf. Er sah sich um und fragte sich, wie er es nur so lange in dieser düsteren Höhle von einer Wohnung ausgehalten hatte. Und auf einmal purzelten die Entscheidungen nur so durch sein Gehirn. Er würde bauen, so wie seine Brüder. Eine Villa, außerhalb, hell, geräumig, mit Blick auf Gartengrün und Bäume. Das Grundstück im eleganten Westend hatte er schon vor Jahren gekauft, dabei war Lotte die treibende Kraft gewesen, die so gern dorthin gezogen wäre, doch er hatte nie Zeit gefunden, sich darum zu kümmern.

Und noch etwas beschloss er: Er würde mit Heinz ein Gespräch unter vier Augen führen und herausfinden, was dieser Junge wirklich wollte. Das musste ja nicht gleich heute sein, sicher war es besser, den Sonntag abzuwarten. Ja, vermutlich wäre es eine gute Idee, zu seiner Schwester zum Familien-Fünf-Uhr-Tee zu gehen. Vor allem aber wollte er so bald wie möglich Frau Rosalie Gräfenberg wiedersehen. Frau Doktor Rosalie Gräfenberg, korrigierte er sich schmunzelnd.

Kaum im Verlag angekommen, wies er Hilde Trautwein an, Blumen in die Lietzenburger Straße zu schicken. Welche Nummer? Das wusste er nicht mehr, sie solle Wohlrabe fragen, schließlich hatte man die Dame nach Hause gebracht. Welche Blumen?

»Herrgott, Trautwein, über welche Blumen freut sich eine Dame am meisten?«

Ungeduldig hörte er seiner Vorzimmerdame zu, die ihm erklärte, dass Blumengrüße durchaus eine Botschaft übermittelten und falsch gewählte Blüten eben auch einen falschen Eindruck machen würden.

»Dann schicken Sie Rosen. Kann man mit Rosen etwas falsch machen?«

»Weiße Rosen?«, fragte Hilde Trautwein unbeirrt nach. »Die sind unverfänglich. Rote Rosen wären eine Liebeserklärung.« Hilde Trautwein sah diskret an ihm vorbei. »Gelbe Rosen könnten bedeuten, dass man eifersüchtig ist ...« Dr. Franz war nahe daran, seinen Plan aufzugeben, als er sie sagen hörte: »Ich würde Ihnen zu weißen raten. Oder allenfalls zu ganz zart lachsfarbenen. Das wäre wohl am elegantesten. Wenn ich noch wissen dürfte, wie die Dame heißt?«

»Wohlrabe soll die Blumen abgeben«, schnauzte Dr. Franz sie an. »Er weiß, wo das ist.«

Obwohl er wusste, dass er sich auf Hilde Trautwein verlassen konnte, wollte er sie lieber nicht in Versuchung führen. Das würde ein Gerede geben, wenn in den Redaktionen herumginge, dass er einer freien Journalistin Rosen schenkte! Dabei war es ganz einfach eine höfliche Geste des Dankes für einen zauberhaften Abend. Aber nicht einmal das brauchte man im Haus zu wissen.

In der abgegriffenen Dokumentenmappe aus Rindsleder warteten die am Vortag diktierten Briefe auf die Unterschrift des Generaldirektors. Der Vertrauensmann ihrer Hausbank hatte um einen Rückruf gebeten, und vom Justiziar Pollmann kam endlich das Dossier, um das Dr. Franz schon vor Tagen gebeten hatte. Es ging einmal mehr um die Übernahme einer auflagenschwachen Zeitung, Franz war sich noch nicht sicher, ob sich das Geschäft rentierte oder nicht. Eine Maschine der Flugzeugstaffel, die die *Berliner Morgenpost* noch in der Nacht druckfrisch in jeden Winkel der Provinz brachte, was von Berlin aus gesehen das gesamte Deutsche Reich bedeutete, hatte eine Panne und steckte im Bayerischen fest. Der ganz normale Wahnsinn eben, dachte Dr. Franz und wunderte sich, dass er sich überhaupt nicht aufregte. Ganz im Gegenteil, er fühlte sich von einer seltsamen Leichtigkeit getragen und ganz in seinem Element.

Um elf kam er endlich dazu, den Architekten anzurufen, dem er schon vor Jahren versprochen hatte, mit ihm das Projekt »Villa« anzugehen, wenn er so weit wäre. Es hatte Zeiten gegeben, da war er dem Mann auf Empfängen aus dem Weg gegangen, um nicht von ihm gelöchert zu werden, wann sie denn endlich loslegen würden.

»Das Bauen wird immer teurer«, hatte der ihn beschworen. »Sie sollten das nicht auf die lange Bank schieben. Ich habe den idealen Entwurf für Sie schon lange in der Schublade.«

Nun war es Zeit, sich den endlich anzusehen. Er vereinbarte noch für denselben Abend einen Termin.

Auch am Nachmittag ging es rund im Verlag. Das belegte Brötchen, das Hilde ihm aus dem Casino holte, aß er, während er das Dossier von Rudolf über die Neuinvestitionen studierte. Sein Schwiegersohn wollte ihn wegen eines neuen Papieranbieters sprechen, und die Begegnung mit Albert Einstein hatte Franz daran erinnert, dass der berühmte Physiker im Fischer Verlag veröffentlichte, was man nicht einfach so hinnehmen durfte. Statt den Verleger Emil Herz zu sich zu bitten, begab er sich selbst in die Räume des Buchverlags, um mit ihm darüber zu sprechen, was man tun könnte, um den Nobelpreisträger zu Ullstein zu locken. Franz liebte die konzentrierte Atmosphäre, die in den Räumen des Buchverlags herrschte, die Ruhe, die von den über Manuskripte gebeugten Lektoren ausging, und die gelegentlichen Begegnungen mit Autoren, die sich dort ergaben. An diesem Nachmittag traf er Vicki Baum in einem wahrlich befremdlichen Aufzug dort an: Die Erfolgsautorin trug doch tatsächlich so etwas wie einen Gymnastikanzug, und das bei der Arbeit. Nun gut, vermutlich war das die »Frau von heute«, von der in seinen eigenen Zeitungen so viel die Rede war.

Zurück in seinem Büro studierte er eine etwas kryptische Mitteilung von Hermann. Herrgott, warum sprach sein Bruder nicht einfach mit ihm über seine neue Vermarktungsidee?

»In einer halben Stunde sind Sie mit dem Herrn Architekten verabredet«, erinnerte ihn Hilde Trautwein.

Er sah auf die Uhr. Es war einfach unglaublich, wie die Zeit verflogen war. Und dabei fühlte er sich kein bisschen müde. Beschwingt ließ er sich von Hilde in seinen leichten Mantel helfen, nahm den Hut und verließ das Ullstein-Haus.

Mit dem Architekten war er sich bald einig. Ein elegantes Wohnhaus mit Walmdach stellte er sich vor, drei Stockwerke, keine Schnörkel. Ausreichend Fenster, damit viel Licht hereinkam. Hohe Decken und eine großzügige Aufteilung der Räume. In der Grundstücksecke ein Garagenbau mit Wohnung für den Fahrer, eine Miniaturausgabe des Haupthauses. Baubeginn sofort.

Später, zu Hause, saß er lange in seinem Schreibtischsessel und blickte ins Leere. Als er irgendwann auf die Uhr sah, waren fast zwei Stunden vergangen. Wann hatte er sich das zum letzten

Mal erlaubt, seine Gedanken einfach so schweifen zu lassen? Er hatte an nichts Bestimmtes gedacht, Ereignisse der vergangenen Jahre waren ungeordnet vor seinem inneren Auge vorübergezogen. Bilder, die er längst vergessen geglaubt hatte. Immer war er mit Vollgas durch sein Leben gebraust, ein Ereignis hatte das nächste nach sich gezogen wie ein Glied einer Kette das folgende.

Der Vater hatte es ihnen vorgelebt: Es wurde getan, was getan werden musste, das Ziel hieß Aufstieg, Erfolg, Vergrößerung. Er dachte an Leopold Ullstein, der als einfacher Papierhändler in Fürth begonnen und als Gründer dessen geendet hatte, was seine Söhne nun verwalteten. Und allmählich dämmerte es Dr. Franz, dass es womöglich weit beglückender sein mochte, ein Imperium aufzubauen, als es zu erhalten.

Er stand auf und zündete sich eine Zigarre an. Sein Vater hatte sich in seiner Jugend von seinen Brüdern getrennt und war seiner eigenen Wege gegangen. Der Querelen müde, hatte er ganz allein von vorn angefangen. Gemeinsam mit seiner ersten Frau Matilda, die in England aufgewachsen war, hatte er einen Stamm gegründet, war fruchtbar gewesen und hatte sich gemehrt, sieben Kinder hatte seine Frau ihm geboren. Nach Matildas Tod hatte Leopold ihr Kindermädchen geheiratet, Elise, und mit ihr drei weitere Kinder gezeugt. Fünf Söhne und fünf Töchter hinterließ er, und von Anfang an war es klar gewesen, dass die männlichen Nachkommen das Unternehmen weiterführen würden. Keine seiner Schwestern wäre auf die Idee gekommen, Anspruch auf einen Posten zu erheben, sie gründeten ihre eigenen Familien und waren damit zufrieden. Oder auch nicht. So genau hatte er das bislang gar nicht wissen wollen.

Er hatte sich nie groß den Kopf über seine Schwestern zerbrochen und über seine Schwägerinnen schon gar nicht. Erst mit zweiunddreißig Jahren hatte er selbst geheiratet, und die neun

Jahre jüngere Lotte hatte sich ausgezeichnet in sein Leben eingefügt. Bis auf ihren Wunsch nach einem eigenen Haus, den er ihr zu seinem Bedauern nicht erfüllt hatte, hatte sie wenige Ansprüche ans Leben gestellt, genau wie er. Wie viele zum Protestantismus konvertierte Juden führten sie kein Leben in Saus und Braus, obwohl sie sich das durchaus hätten leisten können, sondern waren zu Sparsamkeit und Selbstbeschränkung erzogen worden und gaben dies an ihre Kinder weiter. Franz' einzige Leidenschaft, das Sammeln von Gemälden und Kunstgegenständen, hatte Lotte zwar nicht geteilt, aber sich daran erfreut. In ihren Augen waren die Renoirs, Manets oder die Bilder von Max Liebermann, der erst im vergangenen Jahr zum Ehrenbürger der Stadt ernannt worden war, Wertgegenstände, in die man investierte und die außerdem den Vorteil hatten, dass sie sich gut an den häuslichen Wänden machten. Eine der wenigen Extravaganzen, die sie sich erlaubt hatten, war die Reise nach Amerika gewesen. Gut: Dr. Franz hätte sie ohnehin unternehmen müssen, um geschäftliche Kontakte zu knüpfen, und der Zufall hatte es gewollt, dass er damals unter anderem den Gründer der *New York Times* kennengelernt und dabei festgestellt hatte, dass sie gemeinsame Wurzeln im fränkischen Fürth hatten. Lotte hatte die Reise genossen und oft von ihr geschwärmt. Doch im Grunde lag das alles schon viel zu lange zurück. Damals war Lisbeth gerade erst geboren worden, und die war ja inzwischen verheiratet, hatte selbst eine kleine Tochter und war angeblich nicht glücklich.

Was heißt schon glücklich, hatte er sich vor zwei Tagen noch ungehalten gefragt. Heute kam ihm diese Frage nicht mehr so unberechtigt vor. Glück setzte sich aus vielen kleinen Umständen zusammen. Einer befriedigenden Aufgabe zum Beispiel. Einem gewissen Wohlstand, der es einem erlaubte, sich das zu leisten, woran man Freude hatte. Zum Beispiel Kunstwerke. Lange betrachtete er ein Gemälde des impressionistischen Malers Camille Pissarro, der aus einer Familie sephardischen Ursprungs stammte, so wie er. Es hing über seinem Kamin und stellte eine Landschaft mit Bäumen dar. Er liebte dieses Bild, es brachte Leichtigkeit in den düsteren Raum, eine Ahnung von Sommer und Wärme.

Lotte hatte es ein wenig langweilig gefunden. Es sind halt Bäume, hatte sie gesagt. Es war ihm nicht wichtig gewesen, was Lotte gemeint hatte. Aber was Rosalie Gräfenberg wohl dazu sagen würde, das würde ihn schon interessieren.

Als Wohlrabe am Sonntag um zehn nach fünf vor der Wohnung der Fleischmanns in der Meinekestraße hielt, erinnerte sich Dr. Franz auf einmal wieder daran, dass Rosalie Gräfenberg ganz in der Nähe wohnte. Ihm wurde heiß bei dem Gedanken an die zwei Dutzend lachsfarbenen Rosen, die er ihr hatte schicken lassen. Sie hatte mit einem charmanten Billet gedankt, einer kurzen Nachricht, die weder ablehnend klang noch bei nüchterner Betrachtung Anlass für irgendwelche Hoffnungen zuließ.

Er bat seinen Fahrer, ihn zwei Stunden später wieder abzuholen, und stieg aus. Besser, er wappnete sich gegen die geballte Ladung Familie, die ihn nun erwartete.

Das Hausmädchen nahm ihm noch den Mantel ab, als auch schon eine Schar Kinder aus dem Salon gestürmt kam und an ihm vorbeirannte, Franz hätte nicht sagen können, wer zu wem gehörte. Eine vielleicht Sechsjährige im weißen Rüschenkleid bildete die Nachhut und prallte vor lauter Eile gegen seine Beine.

»Nanu«, sagte er und fing die Kleine auf, ehe sie hinfallen konnte. »Wer bist denn du?«

»Na, die Gabi«, antwortete sie und sah ihn aus großen braunen Augen erschreckt an. »Und du?«

»Franz! Du kennst nicht mal meine Tochter?«, tönte es hinter ihm, und als er sich umdrehte, blickte er geradewegs in die spöttischen Augen seines Bruders Louis, während die Kleine den anderen Kindern hinterherrannte.

»Nun, er war ja verständlicherweise eine Weile nicht mehr da«, sagte die kleine Toni, die neben Franz auftauchte und ihn, obwohl sie zwei Köpfe kürzer war als er, unter ihre Fittiche nahm, jedenfalls kam es ihm so vor. »Und diese Kinder wachsen ja täglich, ich kenn mich selbst fast nicht mehr mit ihnen aus.«

Sie hakte Franz entschlossen unter und zog ihn in den großen Salon.

»Schön, dass du gekommen bist«, sagte sie zu ihm. »Die Lisbeth ist auch schon da. Sie hat gerade irgendeine Handschrift untersucht, und alle hängen an ihren Lippen. Schau sie dir an! Ist sie nicht hübsch?«

Seine Tochter, weißblond und mit rosigem Teint, war umgeben von einer Traube Neugieriger, während sie mit konzentrierter Miene ihr Gutachten zum Besten gab. Ihr Haar, ja selbst die Brauen und Wimpern waren hell und gingen genetisch eindeutig auf seine Kappe.

Stolz flammte in Franz auf, als er seine Tochter so sah, wie sie konzentriert von Ober- und Unterlängen, Arkaden und Bindungsformen sprach. Sie hatte Graphologie studiert und ihn damit schon vor Jahren in Erstaunen versetzt. Was ihr an Schönheit abging, machte Lisbeth mit Witz, Freundlichkeit gegenüber jedermann und guter Laune wett. Sie spielte leidenschaftlich Tennis, wenn auch nicht besonders gut, lief Ski und hatte überhaupt einen Bewegungsdrang, den sie nicht von ihm geerbt haben konnte.

»Also alles in allem«, schloss sie gerade, »ist dieser Mann stimmungslabil, von Natur aus ehrgeizig und geltungsbedürftig.

Ein Mensch, der gerne mehr möchte, als er vermag, und darüber hinaus eine gefährliche Neigung zu Gewalttätigkeit aufweist.«

»Von wem ist die Rede?«, erkundigte sich Franz.

»Ach, von diesem Hitler«, antwortete der Gastgeber Siegfried Fleischmann gelangweilt.

Und Rudolf Ullstein fügte hinzu: »Dazu braucht man kein graphologisches Gutachten, meine liebe Lisbeth. Das weiß man ja inzwischen auch so.«

Lisbeth hatte ihren Vater entdeckt und errötete vor Freude. »Guten Tag, Papa«, sagte sie und stand auf, um ihn auf beide Wangen zu küssen. »Wie geht es dir?«

Ehe Franz antworten konnte, hatte Siegfried Fleischmann schon den Arm um seine Schultern gelegt und seine Tochter Anni, die sich offenbar sehr für das Gutachten interessierte, Lisbeth eine Frage gestellt.

»Eine Freude, dich zu sehen!«, sagte Siegfried Fleischmann herzlich. Er überragte Franz mit seinen beinahe zwei Metern um einiges und schlug ihm mehrfach auf die Schulter.

»Ganz meinerseits«, antwortete Dr. Franz unbehaglich und sah sich um, wer von der Familie schon anwesend war.

»Na, wie gefallen dir die Möbel?«, erkundigte sich Siegfried Fleischmann angespannt. »Anni findet alles zu konservativ. Aber das ist nun mal das, worin die Menschen heutzutage wohnen möchten. Meinst du nicht auch?«

Jetzt begriff Franz, warum er sich hier überhaupt nicht zurechtfand. Die Räume waren seit Franz' letztem Besuch vollständig neu eingerichtet worden. Ähnlich fremd erschien ihm Martha, die zweite Frau seines Bruders Louis und die Mutter der kleinen Göre, die ihm vorhin vor die Füße gelaufen war. Sie hatte sich offenbar nicht für Lisbeths graphologisches Gutachten interessiert, sondern stand mit ihren viel älteren Schwägerinnen Else und Mathilde bei einer beachtlichen Zimmerpalme zusammen, die Teetassen in den Händen.

Während Mathilde Franz überschwänglich begrüßte und ihn so einer Antwort über die Möbel enthob, bewahrte Martha jene zurückhaltende Förmlichkeit, die ihn stets so amüsierte. Martha stammte aus einfachem Hause, war einst Louis' Sekretärin gewesen und ganze sechsundzwanzig Jahre jünger als ihr Mann. Die Familie fand, dass sie das große Los gezogen hatte. Ihre »Vorgängerin«, die Mutter von Quälgeist Heinz und seiner Schwester Stefanie, hatte sich mit Schlaftabletten das Leben genommen, und laut einigen Gerüchten waren die Gründe dafür eine unglückliche Liebe und die Tatsache gewesen, dass Louis sich angeblich strikt geweigert hatte, in eine Scheidung einzuwilligen. Noch so eine tragische Geschichte in der Familie, über die keiner sprach und an die Franz schon seit einer Ewigkeit nicht mehr gedacht hatte. Und er wusste nicht einmal, was davon überhaupt stimmte.

Ganz hinten im Herrenzimmer entdeckte er nun Hans in seinem Rollstuhl, umringt von seiner Frau und seinen Kindern, und ging, ihn zu begrüßen. Er wusste nicht genau, woran sein ältester Bruder litt, aber er hatte sein volles Mitgefühl.

»Das ist nett, dass du gekommen bist«, sagte die große Toni mit einem herzlichen Lächeln. Franz hatte immer gefunden, dass sie von allen Ullstein-Frauen am meisten Stil besaß. Man konnte nicht gerade behaupten, dass die Damen seiner Familie jedem neuen Modetrend hinterherliefen, ganz im Gegenteil, die meisten kleideten sich noch immer so, als hätten die Modeschöpfer von Paris und London nicht längst eine Revolution der Rocklängen angezettelt, auch die Haare trugen die meisten nach wie vor lang und zu ordentlichen Frisuren hochgesteckt. Nur die große Toni war neue Wege gegangen, hatte mit kürzeren Haaren und dezenten Anpassungen ihrer Toilette ihren eigenen Stil gefunden, der ihr ausgezeichnet stand und sie um Jahre jünger aussehen ließ als die neunundfünfzig, die sie inzwischen zählte.

»Komm, setz dich«, sagte Hilda, ihre älteste Tochter, und ihr Bruder Karl zog höflich einen der Clubsessel heran.

Wie geht es dir, wollte Franz seinen Bruder fragen, doch er ließ es sein. Jeder konnte sehen, dass es nicht besonders gut um Hans Ullstein stand. Als er sich umsah, stellte er fest, dass die anderen sie allein gelassen hatten.

»Gut, dich zu sehen«, sagte Hans, und Franz bemerkte zu seinem Schrecken, dass seinem Bruder offenbar nicht nur die Beine versagten, sondern dass ihm inzwischen sogar das Sprechen Mühe bereitete. »Wie geht's im Verlag? Machen die Jungen dir viel Ärger?«

Franz lachte kurz auf. »Da legst du den Finger direkt in die Wunde«, sagte er. Auch wenn sein Körper ihn mehr und mehr im Stich ließ, Hans' Verstand arbeitete offenbar noch wie eh und je. Er war nie ein Mann der vielen Worte gewesen, sondern hatte sich stets damit begnügt, nur das Wesentliche zu besprechen.

»Es sind gute Jungs«, sagte Hans und sah durch die offene Tür hinüber in den Salon, wo Heinz mit seiner Frau Aenne alias Assunta Avalun, wie sie sich als Schauspielerin nannte, soeben eingetroffen war. »Ich hoffe, mein Karl stellt sich ordentlich an?«

»Das tut er«, antwortete Franz gnädig. Und im Grunde stimmte es ja auch. Es war nicht richtig, dass er sie alle über einen Kamm scherte. »Heinz dagegen ist eine harte Nuss.«

Hans lächelte milde.

»Er hat es selbst nicht leicht mit seinen Ambitionen«, sagte er leise. »Hab Geduld mit ihm, das wird schon.«

Nun hatte Heinz sie entdeckt. Seine Augen wurden zuerst ganz groß, als er den Generaldirektor entdeckte, und dann schmal. Was mögen die beiden Alten aushecken, dachte er wohl, und Franz musste ein wenig grinsen, weil er so leicht zu durchschauen war. Seine Frau allerdings war reizend, und als Rudolf sich zu Hans gesellte, ging Franz sie begrüßen, wobei er Heinz im Vorübergehen leicht auf die Schulter klopfte, eine gönnerhafte Geste, was diesen sicherlich ärgern würde. Im vorderen Salon sah Franz, dass Lisbeth den Kopf nach ihm reckte, so als wollte sie etwas mit ihm besprechen, doch da ragte plötzlich wieder Siegfried Fleischmann vor ihm auf.

»Ich muss dich unbedingt um deine Meinung bitten«, sagte sein Schwager. »Hast du einen Augenblick für mich?«

»Natürlich«, antwortete Franz verblüfft. »Worum geht es?«

Siegfried zog ihn auf den Flur hinaus und von dort in einen weiteren Raum, den Franz als früheres Esszimmer in Erinnerung hatte. Erstaunt sah er sich um.

»Hier sieht's ja aus wie in einem dieser modernen Museen für angewandte Kunst«, rief er aus. Er ging zu einem Sessel, der einem Würfel glich, an dessen vorderer oberer Kante ein kleinerer Würfel herausgeschnitten war – feines Rindsleder in einem rechtwinkligen verchromten Metallgestell. »Kann man darauf auch sitzen?«, fragte er und nahm vorsichtig Platz. Und war erstaunt, wie überaus bequem der Sessel war.

»Solche Sachen entwickeln sie dort in Dessau, wo unsere Anni und ihr Mann arbeiten«, erklärte Siegfried Fleischmann. »Am Bauhaus. Und ich frage mich, ob wir so etwas in unser Programm aufnehmen sollten. Was meinst du? Ist das nicht zu gewagt?« Er warf Franz einen ratlosen Blick zu. »Anni liegt mir damit schon seit einer Weile in den Ohren. Ich bin mir nur nicht sicher …«

»Also ich finde es grandios«, unterbrach Franz ihn, schlug die Beine übereinander und begutachtete einen gläsernen Beistelltisch, dessen Platte in einem ähnlichen Gestell ruhte wie der Sessel. Dann fiel sein Blick auf die gegenüberliegende Wand. »Und was ist das? Hat den am Ende die Anni gemacht?«

Er zeigte auf einen Webteppich mit einem schockierend schlichten und doch raffiniert ausgeklügelten geometrischen Muster in Schwarz, Beige und dunklem Rot.

»Ja, der stammt von mir.« An den Türrahmen gelehnt stand sie, Anni Albers, wie sie nach ihrer Heirat mit ihrem ehemaligen Lehrer hieß: eine dunkelhaarige Schönheit in Männerhosen. Bei Anni, fand Franz, kam am deutlichsten von ihnen allen das sephardische Erbe der Familie zum Tragen, die vor vielen hundert Jahren während einer der zahlreichen Judenvertreibungen aus Spanien nach Norden gezogen war. Sie sah tatsächlich aus wie eine Andalusierin mit ihrem oval geschnittenen Gesicht, der kräftigen Nase und den großen kohlschwarzen Augen, die jetzt mit einem ironischen Lächeln auf ihn gerichtet waren. »Und? Findest du das hier auch so scheußlich wie die anderen?«

Dr. Franz lachte. Das war seine Nichte, wie er sie von klein auf kannte. Mit vierzehn hatte sie ihre Eltern so lange gequält, bis sie ihr erlaubt hatten, bei einem namhaften Künstler Zeichenunterricht zu nehmen. Dabei hatte sie sich als außerordentlich talentiert erwiesen. Da sie als Frau an der Berliner Akademie der Künste nicht zugelassen wurde, war sie an die Kunstschule nach Weimar gegangen, die sich »Bauhaus« nannte, und hatte dort inzwischen einen Lehrauftrag. Ihre Heirat vor drei Jahren war einem kleinen Familienskandal gleichgekommen, denn die kleine Toni hatte andere Pläne mit ihrer Tochter gehabt als eine Ehe mit diesem mittellosen Kunstlehrer, der bunte Rechtecke malte und ebensolche Möbel entwarf, die ihrer Meinung nach nicht gebrauchstauglich waren. Franz hatte diesen Josef Albers noch nicht kennengelernt. Ob der wohl heute hier war?

»Nein, Anni«, antwortete er auf ihre Frage. »Das ist überhaupt nicht scheußlich. Mir gefällt es. Auch dieser Wandteppich. Kann man den kaufen?«

Anni starrte ihn überrascht an. Dann verschönte ein Lächeln ihre strengen Züge. »Ja, das kann man«, sagte sie. »Aber ehe du dich entscheidest, ich habe noch mehr …«

»Ich will diesen«, unterbrach Franz sie. »Und solche Möbel möchte ich auch. Weißt du, Siegfried«, wandte er sich an seinen Schwager, »ich hab beschlossen zu bauen. Im Westend.« Auf einmal wurde ihm bewusst, dass er die ganze Zeit an Rosalie Gräfenberg dachte, so als wäre sie unsichtbar immer mit dabei. Er war sich sicher, dass Rosalie hingerissen sein würde von Annis Arbeit. »Und warum sollte ich nicht einen der Räume mit diesen Möbeln der Zukunft ausstatten?«

»Denkst du denn, wir sollten eine Auswahl davon produzieren?«, fragte Siegfried.

»Sie können nach Auftrag hergestellt werden«, warf Anni rasch ein. »Ohnehin sollten sie alle von ausgezeichneten Handwerkern …«

»Selbstverständlich«, unterbrach ihr Vater sie liebevoll. »Wir arbeiten immer mit den allerbesten Handwerkern und …«

»Hier seid ihr«, rief die kleine Toni und drängte sich an ihrer Tochter vorbei. »Stellt euch vor, Stefanie ist gerade gekommen. Sie ist erst vor ein paar Tagen aus dem Sanatorium entlassen worden.«

»Aus welchem Sanatorium denn?«, erkundigte sich Franz und erntete einen strafenden Blick von seiner Schwester.

»Ach, Franz, du weißt doch, die leidige Geschichte.«

Und da fiel es ihm wieder ein. Stefanie war die jüngere Schwester von Heinz, und unterschiedlicher konnten Geschwister gar nicht sein. Schien an ihm alles quadratisch zu sein, auch sein dicker Schädel, so war sie eine hübsche, zarte Prinzessin. Er mochte Stefanie, sie nahm nie ein Blatt vor den Mund, hatte einen frechen Humor und teilte mit ihrem Onkel Franz die Liebe zur Kunst. Bei so mancher Auktion hatte sie ihm die Bilder vor der Nase weggeschnappt, sehr zu seinem Vergnügen. Leider hatte ein verantwortungsloser Arzt sie nach den Komplikationen einer Geburt mit Morphium behandelt, und zwar so großzügig, dass sie jetzt noch, Jahre später, Schwierigkeiten hatte, davon loszukommen. Offenbar lag ein erneuter Entzug gerade hinter ihr. Natürlich wurde dies in der Familie nicht gern beim Namen genannt.

»Also«, sagte Franz und erhob sich. »Der Teppich ist gekauft. Könnt ihr ihn verwahren, bis die Villa fertig ist? Und von diesen Sesseln hätte ich gerne sechs, plus zwei von diesen Tischen.«

Beim Hinausgehen sah er den triumphierenden Blick, den Anni ihrem Vater zuwarf, und freute sich. Solange er noch den Geschmack der Jugend verstand, gehörte er noch lange nicht zum alten Eisen.

»Da ist ja Onkel Franz«, rief Stefanie theatralisch aus und warf sich ihm an den Hals. Sie zog ihn in den Salon zu den anderen und nötigte ihn, auf einem Sofa neben ihr Platz zu nehmen. Wenig später hielt er eine Teetasse in der Hand, bekam ein Stück Marmorkuchen aufgedrängt und fühlte sich nun endgültig, als wäre er in eine Falle gegangen. Lisbeth warf ihm lange flehentliche Blicke zu, doch im Augenblick war es unmöglich, aufzustehen und sich ungestört mit ihr zu unterhalten, er hätte den Arm seiner Nichte abschütteln müssen und sich einmal wieder den Ruf eines ungehobelten Gastes eingehandelt. Und aus irgendeinem Grund war ihm heute danach, sich jovial zu geben. Vielleicht, um Heinz ein wenig zu ärgern, der ihm immer wieder Blicke zuwarf, als wünschte er sich, dass er endlich ginge. Das könnte dem so passen.

Trotzdem – was war diese Familie anstrengend! Nachdem

man Rudolf ordentlich damit aufgezogen hatte, dass er sich schon wieder ein neues amerikanisches Automobil zugelegt und wie alle seine Wagen mit einer verchromten Ullstein-Eule als Kühlerfigur versehen hatte, wurde nun der neueste Berliner Klatsch erörtert, etwas, was Franz unglaublich ermüdete. Dass Oberbürgermeister Böß allem Anschein nach in einen bösen Skandal verwickelt war, weil er einer Textilfirma den Auftrag zugeschanzt hatte, sämtliche städtischen Beamten mit neuen Uniformen einzukleiden, ach, das wusste er doch längst. Pikant wurde die Sache dadurch, dass Frau Böß, so hieß es, von derselben Firma einen Nerzmantel zum Zehntel des üblichen Preises erworben hatte.

»Ein Schelm, wer Böses dabei denkt«, sagte Rudolf und strich sich ein paar Marmorkuchenkrümel aus seinem dünnen Oberlippenbärtchen. »Wenn er darüber nur nicht stolpert.«

Und ob er das wird, dachte Franz, hütete sich jedoch, etwas zu sagen.

Weiter ging es damit, wer mit wem ein Verhältnis angefangen hatte, auch wenn die kleine Toni noch so entrüstet verlangte, solche Themen bei ihrem Fünf-Uhr-Tee nicht zu vertiefen.

»Und wisst ihr schon das Allerbeste?«, ertönte auf einmal Stefanies helle, klare Stimme trotz aller Mahnung vonseiten der Tante. »Onkel Franz ist verliebt.«

Mit einem Mal war es mucksmäuschenstill.

»Was soll ich sein?«, fragte Franz verblüfft. »Da weißt du mehr als ich.«

»Ach, jetzt tu nicht so.« Stefanie schmiegte sich an ihn, sodass ihm ihr blumiges Parfum in die Nase stieg. »Man hat euch gesehen.«

»Ich weiß nicht, wovon du sprichst«, antwortete er und hörte selbst, wie lahm das klang.

»Frau Baronin Wertheim hat es mir erzählt«, sagte Stefanie

und gab ihm einen Kuss auf die Schläfe. »Du und diese Frau Gräfenberg, ihr habt nicht mal das Essen richtig abwarten können, sondern seid noch vor dem Dessert miteinander verschwunden.«

»Ja, weil ich müde war«, sagte Franz verärgert.

Stefanie lachte und zeigte dabei ihre hübschen Zähne. »So, du warst müde? Aber um noch ins Adlon mit ihr zu gehen und Champagner zu trinken bis weit nach Mitternacht, dazu warst du noch wach genug.«

Franz' erster Impuls war, aufzuspringen und auf der Stelle zu gehen. Doch wie hätte das ausgesehen? Also blieb er, wo er war, und setzte ein geheimnisvolles Grinsen auf, jedenfalls hoffte er, dass es so wirkte. Er blickte in die Runde – ausnahmslos alle starrten ihn an, und auf einmal musste er lachen, so wie in jener Nacht, als Rosalie ihm eröffnet hatte, dass sie promovierte Soziologin war.

»Na und?«, fragte er leichthin. »Muss euer alter Onkel um Erlaubnis fragen, wenn er sich ein bisschen amüsieren möchte?«

»Ich finde das nicht zum Lachen«, sagte Lisbeth und stand auf. »Mama ist noch kein Jahr tot und ...«

»Lisbeth, Liebes«, versuchte die kleine Toni sie zu beruhigen. Doch da war nichts mehr zu retten. Tränen liefen Franz' Tochter über die Wangen. Unschöne rote Flecken wischten noch das letzte bisschen Anmut aus ihrem Gesicht. Hastig wandte sie sich ab und verließ den Salon.

»Diese Familie ist einfach nur peinlich«, sagte Anni halblaut zu dem Mann an ihrer Seite. Das also war Professor Albers? Franz fand, dass er nett aussah ...

»Wer ist diese Gräfenberg?«, fragte Heinz leise seinen Vater.

»Sie ist freie Journalistin und schreibt für uns«, sagte Franz ruhig und erhob sich ebenfalls.

»Ach die«, sagte Heinz und warf Franz einen heimtückischen Blick zu, wie dieser fand. »Sie könnte wohl deine Tochter sein.«

»Sieh deinen Vater an«, konterte Franz augenblicklich und bemerkte, wie Martha zusammenzuckte. Louis hingegen lächelte breit und legte seinen Arm um sie.

»Jüngere Frauen standen uns Ullsteins schon immer recht gut«, sagte er ungewohnt freundschaftlich. »Elise war schließlich auch ein Vierteljahrhundert jünger als unser Vater.«

»Dann …«, begann die kleine Toni in dem sichtlichen Versuch, sich wieder zu fassen, »dann bringst du sie das nächste Mal mit?«

Du lieber Himmel, dachte Franz, ich hab sie doch gerade erst kennengelernt. Laut sagte er allerdings: »Ja, warum nicht. Ich werde sie mal fragen, ob sie Lust auf euch hat. Aber jetzt entschuldigt mich bitte. Ich denke, ich sollte nach meiner Tochter sehen.«

Unten auf der Straße war von Lisbeth jedoch keine Spur mehr, und irgendwie war Franz erleichtert darüber. Er hatte nämlich keine Ahnung, wie er die Sache hätte richtigstellen sollen. Herrgott, musste er sich etwa rechtfertigen wie ein Pennäler? Und außerdem: Konnte er in der Öffentlichkeit keinen Schritt tun, ohne dass die Familie es erfuhr? Einfach lächerlich war das. Trotzdem amüsierte es ihn mehr, als dass es ihn ärgerte. Er und verliebt!

Er war ein paar Schritte gegangen, denn es war noch Zeit, bis Wohlrabe ihn abholen kam. Sonntäglich herausgeputzte Menschen strebten dem Ku'damm zu, es war die Zeit des Flanierens, des Sehens und Gesehen-Werdens. Zwischen den Passanten fiel Franz ein junger Bursche auf, den er schon irgendwo gesehen hatte. Er trug eine alte Boxkamera samt Stativ an einem Lederriemen quer über dem Rücken, blickte sich unschlüssig um und ging dann weiter.

Wo war er eigentlich hingeraten? Franz entdeckte ein Straßenschild und zuckte zusammen. Lietzenburger Straße, las er. Wohnte hier nicht Rosalie?

Auf einmal fühlte er sein Herz bis hoch in den Hals schlagen. Er konnte sich nicht mehr erinnern, vor welchem der Häuser sie gehalten hatten, als er sie nach Hause gebracht hatte. Was, wenn sie gerade jetzt auf die Straße käme?

Er drehte sich auf dem Absatz um und ging so schnell wie möglich zurück. Erst als er vor dem Haus seiner Schwester angekommen war, begriff er, was mit ihm los war. Stefanie hatte in ihrer skandalsüchtigen Unschuld die Wahrheit gesagt. Er war verliebt. Diese Erkenntnis jagte ihm einen riesigen Schrecken ein. Und erfüllte ihn gleichzeitig von den Sohlen bis zum Scheitel mit unnennbarem Glück.

8

Schon seit Stunden irrte Emil durch Berlin auf der Suche nach neuen Motiven und hatte noch nicht ein einziges Bild gemacht. Er hatte gehofft, in den westlichen Stadtteilen, wo er sich selten aufhielt, Anregungen zu finden, doch das erwies sich als Irrtum. Bislang hatte er nur Menschen fotografiert, die er kannte: Lili, die Eltern, seinen Neffen Max und ein paar Bekannte. So auf offener Straße sein Stativ aufzubauen, davor schreckte er zurück. Auf der anderen Seite brannte er darauf, »das echte Leben« mit seiner Fotolinse einzufangen, Bilder zu machen, die etwas erzählten, auch wenn er sich noch nicht so richtig vorstellen konnte, was genau das sein sollte. Unzufrieden mit sich selbst schulterte Emil sein Stativ und ging immer der Nase nach in Richtung Osten, bis sich ihm schließlich in der Bülowstraße ein gänzlich anderes Bild bot als im wohlhabenden Wilmersdorf. Die Fassaden der Mietskasernen waren vom Rauch geschwärzt. Durch offen stehende Kellerfenster erhaschte Emil hier und dort Einblicke in armselige Wohnungen und auf hohlwangige Gesichter. Auf der Straße kickten sich kleine Buben barfuß einen unförmigen Ball zu, der mit Bindfäden und Drähten aus Lumpen zusammengebunden worden war, zerschlissene Kleider auf den dürren Leibern. Vor einer Eckkneipe standen ein paar Männer beisammen, tranken Hochprozentiges und schrien sich mehr an, als dass sie miteinander sprachen. Es ging um Politik, so wie immer heutzutage. Um die hohen Mieten, die Schwierigkeiten, Arbeit zu finden, um den Würgegriff der Versailler Verträge und die Unfähigkeit der Politiker.

»Man buckelt und schuftet und kommt nich mehr auf de Beene«, sagte ein kleiner Rothaariger.

»Musst ja auch nicht jedes Jahr neue Rabauken in die Welt setzen«, meinte ein Großer, Breiter mit Vollbart.

»Wat bleibt eenem denn andres übrig?«, widersprach der Rothaarige. »Ist doch die eenzige Freude, die man noch hat auf dieser Welt.«

Emil überlegte, ob er die Gruppe fotografieren sollte, als er bereits bemerkt wurde.

»Wat willst denn du«, wurde er angefaucht.

»Ich würde euch gern fotografieren«, erklärte Emil mutig. Als er die abweisenden Mienen sah, fügte er rasch hinzu: »Kriegt auch jeder ein Bild von mir.«

»Mach, dasste weiterkommst«, fuhr ihn der Vollbärtige an. »Jemanden, der rumschnüffelt, können wir hier nicht jebrauchen.«

»Wat denn, wat denn«, wandte ein anderer Mann ein. »Sei mal nich so unfreundlich zu dem jungen Kerl. So'n Foto kriegste ja nich so schnell wieder. Los, stellen wir uns mal ordentlich auf …«

Doch Emil hatte verstanden, dass er ein Eindringling war. Außerdem lag ihm nichts an einem gestellten Bild. Eilig trat er den Rückzug an und beschloss, zu Fuß nach Hause zu gehen, um das Geld für die Straßenbahn zu sparen.

Er hatte gerade den Schlesischen Bahnhof passiert, als er vom Holzmarkt her wüstes Gebrüll und einzelne spitze Schreie hörte. Wie von selbst bewegten sich seine Beine darauf zu. Schon von Weitem konnte man hören, dass da eine Schlägerei im Gange war.

»Lauf weg, Junge«, rief ihm eine Frau zu, die ihm entgegenhastete. »Da sind wieder so ein paar Irre mit ihren Knüppeln.«

Nun rannte Emil nur umso schneller in Richtung des Getümmels.

An einer Straßenbiegung blieb er stehen. Eine Horde junger Männer mit Hakenkreuzbinden an den Oberarmen drosch mit Holzprügeln auf eine Gruppe Jugendlicher ein, die sich tapfer wehrten. Mit einem Blick erfasste Emil die Lichtverhältnisse und die Perspektive. Wenn er auf dem Dach dieses Schuppens dort drüben seine Kamera aufstellen könnte ... Ohne länger nachzudenken, spurtete er darauf zu, kletterte von den Kämpfenden unbemerkt über eine Mülltonne auf das Wellblechdach, wo er sich bäuchlings hinlegte und die Kamera in Position brachte. Er hatte Glück, die Abendsonne warf ihre gelblichen Strahlen auf die Szene und leuchtete sie gleichmäßig aus. Er hatte eben die Entfernung und Brennweite eingestellt, als unten ein Prügel auf den Kopf eines jungen Mannes niedersauste und Emil auf den Auslöser drückte. Blut lief über das Gesicht des Geschlagenen.

»Rotes Gesocks«, schrie der Angreifer, als der junge Mann zu Boden ging und andere ihm zu Hilfe eilen wollten. »Wir zeigen euch, was es heißt, das Vaterland zu verraten, Kommunistenschweine.«

»Pass ma uff, Keule«, schrie ein anderer zurück. »Wir sind keine Kommunisten. Wir sind Sozialisten!«

»Alles dieselbe rote Kacke«, brüllte der Nazi und spuckte aus.

Und obwohl Emil ein Gefühl der Übelkeit niederkämpfen musste, wechselte er mit ruhigen Fingern die Platten und machte eine Aufnahme nach der anderen. Wenn er doch nur eine dieser modernen Rollfilmkameras hätte. Aber er musste sich mit der alten Box zufriedengeben. Und mit ihr hielt er fest, was immer möglich war. Die junge Frau, vielleicht die Freundin des Mannes am

Boden, die vor unbändigem Zorn auf den Anführer der Nazibande losging, ihn mit bloßen Fäusten zu bearbeiten versuchte, während der sie abwehrte wie eine lästige Fliege und dabei hämisch lachte. Obwohl er sich selbst am liebsten in das Kampfgetümmel gestürzt hätte, machte Emil Aufnahmen davon, wie fünf weitere Sozialisten zusammengeschlagen wurden und einer der Nazis dem mutigen Mädchen die Bluse aufriss, sodass sie ihre nackten Brüste mit ihren bloßen Händen bedecken musste. Heulend vor Scham und Zorn lief sie davon, und Emil wünschte sich, er könnte auch das aufnehmen, was er hörte: die widerwärtige Hetze von Hitlers Anhängern und die verzweifelten Schreie ihrer bald bezwungenen Gegnerschaft.

Er nahm gerade seine letzte belichtete Platte aus der Kamera, als er fühlte, wie jemand seinen Fußknöchel packte. Geistesgegenwärtig schob er die Platte in die Umhängetasche zu den anderen, verschloss sie und schlang sich Kamera und Stativ wieder um die Schulter, da wurde er auch schon an den Rand des Dachs gezerrt, wo er sich zusammenkrümmte wie ein Taschenmesser und versuchte, den Griff um seinen Fuß abzuschütteln.

»Wen haben wir denn da.« Der andere war auf die Tonne gestiegen. Sein Blick fiel auf die Kamera, und seine Miene verzerrte sich vor Wut. »Kiek ma, Horst. Haste det jesehen? Der hat ne Kamera!«

Emil krümmte sich noch mehr zusammen und trat dann mit voller Wucht seinem Angreifer ins Gesicht. Der schrie auf, ließ seinen Fuß los, was Emil nutzte, um sich, die wertvolle Box im Arm, vom Dach zu rollen. Im nächsten Moment war der andere schon über ihm.

»Gib her«, herrschte er ihn an und zerrte an dem Lederriemen.

»Vergiss es«, knurrte Emil, und auf einmal wuchsen ihm Riesenkräfte. Er packte das Stativ an einem Ende, schnellte hoch und schwang es durch die Luft. Seinen Angreifer erwischte er mit voller Wucht am Kopf, doch der, den der andere Horst genannt hatte, griff nach den Metallstangen, bekam sie zu fassen und schleuderte nun Emil daran herum.

»Pass uff«, drohte Horst. »Gleich wird's zappenduster.«

Ein scharfer Schmerz fuhr durch Emils Kopf. Er war rückwärts gegen die scharfe Kante des Wellblechdachs geknallt und fühlte, wie etwas Warmes sein Genick hinunterfloss. »Du bist so gut wie tot«, brüllte Horst und riss an der Kamera.

»Du bist gleich tot«, hörte Emil durch das Hämmern seines Kopfes hindurch jemanden sagen und sah, wie einer der Sozialisten seinem Gegner von hinten einen Draht um den Hals schlang und dann fest zuzog. Sein Stativ wurde so plötzlich losgelassen, dass Emil rückwärts taumelte und beinahe gestürzt wäre.

»Jetz loof schon!«, schrie der Mann, der den Nazi zum Würgen brachte. »Mach hinne! Und sorg dafür, dass die Bilder in die richtigen Hände kommen.«

Das ließ Emil sich nicht zweimal sagen. Während er sich Kamera und Stativ auf den Rücken warf, hörte er schon das Fußgetrappel der Angreifer, die erst jetzt verstanden hatten, was da hinter dem Schuppen vor sich ging, und ihrem Anführer zu Hilfe kamen.

»Lauf!«, brüllte der Sozialist noch einmal, dann überfielen ihn die Nazis. Und Emil rannte, wie er es nie zuvor in seinem Leben getan hatte. Rannte und rannte, bis er sich in dem Hinterhof, an dem die Familie Blume lebte, über eine Bank warf und erbrach. Dann verließ ihn das Bewusstsein.

Als er wieder zu sich kam, lag er bäuchlings auf dem Küchentisch der Familie Blume, und jemand stach ihn in seinen Hinterkopf.

»Au!«, schrie er und ruderte mit den Armen.

»Still geblieben«, hörte er Lilis Stimme. Sie klang ungewöhnlich streng. »Wir vernähen deine Wunde.« Und schon fuhr ihm der Schmerz wieder durch und durch.

»Gebt dem armen Jungen doch en Schnäpperken«, sagte Vater Blume mitfühlend.

Lili wies das allerdings entschieden zurück. »Nur noch zwei Stiche«, tröstete sie Emil immerhin. »Ist gleich vorbei.«

Er biss die Zähne zusammen, dann fiel ihm alles wieder ein.

»Wo ist meine Kamera?«, fragte er und bewegte schon wieder den Kopf. »Und die Tasche mit den Platten?«

»Alles da, keine Bange«, hörte er Lili sagen. »So!« Ein letztes Zupfen, dann war sie fertig. »Jetzt kannst du aufstehen.«

Er kletterte vom Tisch, musste sich dann jedoch mit beiden Händen an der Kante festhalten. Um ihn schwankte die Küche, und in seinen Ohren surrte es hell.

»Jetzt setz dich erst mal hin, Junge«, hörte er Frau Blume sagen. »Du lieber Himmel, er ist ja grau wie Hafergrütze.«

Er ließ sich auf das alte Sofa nieder, das zwischen Spüle und Ofen stand, und wartete, bis das Surren wieder nachließ. Als er aufblickte, sah er Lili vor sich, die Hände in den Hüften musterte sie ihn streng.

»Wie oft hab ich dir gesagt, du sollst dich nicht herumprügeln«, sagte sie.

»Das war alles ... ganz anders«, versuchte er zu erklären.

»Ja, das ist immer alles ganz anders, wenn ihr Männer solche Sachen macht«, fiel sie ihm ungnädig ins Wort.

»Na, Mädel, jetzt lass ihn doch erst mal ...«

»Könntet ihr uns eine Viertelstunde alleine lassen?«, fragte Lili ihre Eltern. »Ich muss was mit meinem Verlobten klären.«

Herr Blume streifte Emil mit einem mitfühlenden Blick, dann verließ er mit seiner Frau die Küche.

»Ich will keinen Mann, der sich herumprügelt«, sagte Lili, und er kannte sie gut genug, um zu begreifen, dass sie sich mächtig zusammenriss, um ihn nicht anzuschreien. »Und weißt du auch, warum?« Ihre grüngoldenen Augen funkelten. »Weil ich keine Lust habe, ständig Angst um dich zu haben. Verstehste?«

Emil nickte. Sein Schädel dröhnte, und die Wunde am Hinterkopf pulsierte. Es war nicht die Zeit, mit Lili herumzustreiten oder zu versuchen, ihr alles zu erklären. Sein Blick suchte die Umhängetasche, sie lag neben ihm auf dem Sofa, und er zog sie fest an sich. Sorg dafür, dass die Bilder in die richtigen Hände kommen, hatte der Mann gesagt. Ob er wohl noch am Leben war? Und der, der schon gleich am Anfang blutüberströmt zu Boden gegangen war? Ob er wohl morgen in der Zeitung davon lesen würde? Und auf einmal begriff er, dass er so schnell wie möglich die belichteten Platten entwickeln sollte.

»Ich muss los«, sagte er und versuchte aufzustehen.

»Kommt überhaupt nicht infrage«, platzte es aus Lili heraus. »Erst erzählst du mir, was passiert ist.«

Emil seufzte. »Hilfst du mir dann, die Platten zu entwickeln?«

Lili stutzte. Dann schien sie zu begreifen, dass es ihm wirklich wichtig war. »Ja«, sagte sie nun endlich wieder in dem Ton, in dem sie normalerweise mit ihm sprach, und setzte sich neben ihn auf das Sofa. »Ich helf dir. Aber jetzt sag endlich, was los ist.«

Sie arbeiteten konzentriert und schweigend. Emil hatte sich im Keller seiner Eltern eine notdürftige Dunkelkammer eingerichtet, und im rötlichen Schein der Lampe zeigte das Spezialpapier, das er so routiniert wie behutsam auf die Metallplatten legte und dann belichtete, nach und nach Umrisse und Schatten und schließlich die Szenen vom Holzmarkt.

Wie immer blendete Emil während der Arbeit alles aus, was ihn ablenken könnte, auch die Fragen, die diese Aufnahmen aufwarfen. Lili, die ihm schon öfter dabei geholfen hatte, die belichteten Fotopapiere zum Trocknen aufzuhängen, schwieg ebenfalls. Acht belichtete Platten waren es insgesamt, und von Bild zu Bild wurde ihre Miene in dieser seltsamen, unwirklichen Beleuchtung, mit der sie arbeiteten, ernster.

Diese Bilderfolge erzählt tatsächlich die Geschichte, dachte er, und eine Gänsehaut kroch seinen Rücken hoch bis zu seinem schmerzenden Hinterkopf. Hatte er sich nicht genau das gewünscht?

»Die haben dich beim Fotografieren erwischt«, sagte Lili schließlich, als sie fertig waren und dicht nebeneinanderstanden, um die Bilder zu betrachten.

Er griff nach ihrer Hand und drückte sie.

»Das war mutig von dir«, fügte sie hinzu und erwiderte den Druck seiner Finger.

»Was machen wir mit den Fotos?«, fragte sie, als sie den Keller verlassen hatten. Inzwischen war es dunkel geworden. Ein heller Schein fiel auf den Bordstein, oben hatte sich ein Fenster geöffnet, und Emils Mutter spähte herunter.

»Emil? Bist du das da unten? Komm endlich rauf, es ist schon spät.« Käthe Friesicke klang besorgt.

»Komme gleich«, rief Emil zurück. »Ich bring erst Lili nach Hause. Wartet nicht auf mich.« Dann wandte er sich wieder Lili zu. »Ich weiß nicht«, sagte er leise. »Meinste, ich sollte sie zur Polizei bringen?«

Lili überlegte. Dann schüttelte sie den Kopf. »Du kannst ja nicht Anzeige erstatten, oder? Schließlich warst du nur am Rande betroffen.« Irgendwie war es ausgemachte Sache, dass man die Polizei nur im äußersten Notfall um Hilfe bat. »Weißt du was?«, fuhr Lili schließlich fort. »Gib mir die Fotos. Ich nehm sie morgen mit in den Verlag und zeig sie Vicki Baum. Sie weiß bestimmt, was damit zu tun ist.« Und als sie sah, dass er zögerte, fügte sie hinzu: »Du kannst ja weitere Abzüge machen. Und ich pass auch ganz bestimmt auf die Bilder auf.«

»Na gut«, sagte Emil und ging nochmals in den Keller, um sie zu holen.

Später, als der Rest ihrer Familie schon schlafen gegangen war, saß Lili wie fast jede Nacht in der Küche an ihrer Schreibmaschine. Sie hatte sie sich von ihrem ersten selbst verdienten Geld gebraucht angeschafft, um ihrem großen Ziel näher zu kommen. Außer ihrer kleinen Schwester wusste keiner, was das genau war, und die hielt dicht, auf Gundi war Verlass. Die Eltern dachten, Lili würde Arbeit mit nach Hause bringen, so wie vor einigen Wochen, als sie vor dem Schlafengehen hin und wieder Roman-Andrucke für den Buchverlag Korrektur gelesen hatte. Doch das stimmte nicht.

In Wahrheit hatte sie, ermutigt durch das, was sie beim Korrigieren gelernt hatte, damit begonnen, selbst einen Roman zu schreiben, und war schon ziemlich weit damit gediehen, eigentlich fehlte nur noch das letzte Kapitel. Geschichten hatte sie schon erzählt, seit sie reden konnte. Dass sie mit dem, was sie sich so ausdachte, womöglich Geld verdienen könnte, auf die Idee war sie lange nicht gekommen. Bis sie das unfassbare Glück gehabt hatte, Tippfräulein der erfolgreichsten Schriftstellerin ihrer Zeit zu werden, und in Vicki Baum tagtäglich das leibhaftige Beispiel vor Augen geführt bekam, dass das durchaus möglich war. Da hatte sie beschlossen, es auch zu versuchen, ganz getreu ihrem

Motto, dass es zwar schön ist, von Dingen zu träumen, aber noch viel besser, sie in die Tat umzusetzen. Nun ja, dachte Lili, während sie auf den Papierstapel starrte, den sie bislang beschrieben hatte, wenigstens kann man es ja versuchen.

An diesem Abend jedoch konnte sie sich nicht auf die Liebesgeschichte konzentrieren. Immer wieder kehrten ihre Gedanken zu den Fotos zurück, die Emil mit nach Hause gebracht hatte und die sie nun unter ihrem Bett versteckt hielt.

Lili hatte von solchen »Zusammenstößen«, wie die brutalen Straßenkämpfe in den Zeitungen genannt wurden, gehört und gelesen. Mitunter war es sogar schon in den Innenhöfen ihrer Nachbarschaft zu Diskussionen zwischen Anhängern der sozialistischen Ideen und den Rechten gekommen, die einmal in eine wüste Schreierei ausgeartet waren. Doch jedes Mal hatte die Vernunft gesiegt, und man war friedlich auseinandergegangen. Dass nur wenige Straßenzüge entfernt Blut floss, hatte Lili nicht für möglich gehalten.

»Bist du immer noch nicht im Bett?« Hedwig Blume erschien in der Küchentür. Sie trug den alten zerschlissenen Morgenmantel mit den ausgeblichenen Blätterranken, der noch von Lilis Großmutter stammte und von besseren Zeiten zeugte. »Ich finde das nicht richtig, dass sie dir sogar noch ins Wochenende so viel Arbeit mitgeben«, fügte sie besorgt hinzu.

Lili raffte die Seiten ihres Romans zusammen und legte die Schutzhülle über die Schreibmaschine. »Bin schon fertig«, schwindelte sie und schob die alte Triumph unter das Sofa zurück, wo sie ihren Schatz mangels Platz aufbewahrte.

Doch statt zurück ins Schlafzimmer zu gehen, setzte ihre Mutter sich an den Küchentisch. »Wo hat sich Emil die Kopfverletzung eigentlich geholt?«, fragte sie.

»Er hat eine Schlägerei fotografiert«, antwortete Lili nach kurzem Zögern. »Das hat ein paar von denen nicht gepasst.«

Hedwig Blume betrachtete ihre Tochter mit hochgezogenen Brauen.

»Eine Schlägerei? Was ist daran Schönes, dass man es fotografieren muss?«

»Tja, weißt du, ich glaube, es geht ihm nicht um das Schöne. Er will das wirkliche Leben festhalten, hat er gesagt.« Lili betrachtete sie unschlüssig. Ihre Mutter war eine großartige und kluge Frau. Ob sie das wohl verstehen könnte?

»Das wirkliche Leben …«, wiederholte Hedwig Blume leise und sah nachdenklich an Lili vorbei. »Es gibt viele verschiedene wirkliche Leben«, sagte sie dann. »Hier zum Beispiel, das ist unser Leben. Und wenn ich zur Frau Geheimrätin Ehrlensperg gehe, um die Wäsche zu bügeln, dann ist das eine ganz andere Sache. Der Verlag ist sicher eine Welt für sich, hab ich recht? Aber da ist beispielsweise auch die Wirklichkeit von deiner Kindheitsfreundin Christine, von der ich dir erzählt habe. Da draußen in den Laubenkolonien, die eigentlich mal zur Erholung für uns Stadtmenschen gedacht waren und dafür, dass man sich ein paar Gemüsebeete anlegt. Und wo jetzt Tausende wie die Christine mit ihren Familien kampieren, weil sie sich keine anständige Wohnung mehr leisten können.« Hedwig stand auf, ging zum Spülbecken. Sie füllte sich einen Becher mit Wasser und trank ihn durstig leer. »Da sollte Emil mal hingehen«, sagte sie, und Lili war sich nicht sicher, ob ihre Mutter zur Wand sprach oder zu ihr. Im Licht der Deckenlampe schimmerten weiße Fäden in ihrem Haar, die Lili noch gar nie bemerkt hatte.

»Ich werd es ihm vorschlagen«, sagte sie leise.

»Es gibt auch Wirklichkeiten, die sind gefährlich«, fuhr ihre Mutter fort und drehte sich zu ihr um. »Da wird mit Holzknüppeln geprügelt und mit Stiefeln getreten, und die Polizei schaut weg. Wir leben in einer schlimmen Zeit, Lili. Während des Kriegs, da hab ich gedacht, wenn der erst einmal vorüber ist und Papa wieder zu Hause ... Aber es ist noch lange nicht vorbei. Das hab ich im Gefühl. Und manchmal ...«

Sie brach ab. Vor der Küchentür waren schlurfende Schritte zu hören. Die Tür ging auf, und Lilis Vater streckte seinen schlaftrunkenen Kopf herein.

»Was macht ihr denn da mitten in der Nacht«, klagte er mehr, als er fragte. »Komm ins Bett, Hedi«, bat er.

»Ich komme gleich«, antwortete seine Frau liebevoll und wartete, bis er wieder verschwunden war.

»Dein Emil soll vorsichtiger sein«, sagte sie zu Lili. »Es ist nicht klug, wenn man sich mitten in Friedenszeiten den Kopf blutig schlagen lässt.«

Lili erhob sich, ging um den Tisch herum und schloss ihre Mutter in die Arme. »Ich richte es ihm aus«, flüsterte sie. »Zwar hab ich es ihm schon gesagt, aber doppelt hält besser. Gute Nacht, Mutti. Und mach dir keine Sorgen!«

Hedwig Blume machte sich frei und sah ihrer Ältesten in die Augen.

»Das sagst du in letzter Zeit ziemlich oft«, sagte sie ernst. »Und jetzt schlaf. Morgen ist ein langer Tag.«

9

Langsam wurde Rosalie ungeduldig. Zehn Tage hatte Kobra sie schmoren lassen, bis er sie endlich angerufen und sie für diesen Abend zu sich nach Hause eingeladen hatte.

»Wann genau ich der Sitzung entkommen kann, weiß ich noch nicht«, hatte er gesagt. »Meine Haushälterin öffnet dir, und dann machst du es dir einfach gemütlich, bis ich da bin.«

Nun saß sie seit beinahe zwei Stunden in seinem Salon und verlor allmählich die Geduld. Niemals hätte sie geglaubt, dass er sie so lange warten lassen würde, sonst hätte sie sich ein Buch mitgebracht oder etwas zum Arbeiten. Jetzt starrte sie schon eine Ewigkeit die leeren Wände der kargen Junggesellenwohnung an und überlegte, ob sie sich vielleicht ins Bett legen sollte, der einzige Ort, an dem es hier gemütlich war. Doch wie würde das aussehen. Nein, so stillos würde sie niemals werden, dass sie ihren Liebsten im Bett erwartete.

»Darf ich Ihnen noch etwas bringen?« Die Haushälterin betrachtete sie desinteressiert, so als wäre sie ein Neutrum, das sich rein zufällig in der Wohnung ihres Dienstherrn aufhielt.

»Nein, danke«, antwortete Rosalie. Die Karaffen mit Wasser und Rotwein waren noch halb gefüllt. Das Einzige, was fehlte, war Kobra.

Die Haushälterin hatte sich längst wieder zurückgezogen, als auf einmal das Telefon schrillte. Rosalie fuhr zusammen, dann wurde ihr heiß vor Freude. Das musste er sein, Kobra, der sich für sein Zuspätkommen entschuldigte. Hoffentlich hatte er keine schlechten Nachrichten für sie. Zum Beispiel, dass er heute überhaupt nicht mehr kommen konnte.

»Ja bitte?«, sprach sie in den Apparat. Ihr Herz klopfte vor Erwartung. Am anderen Ende blieb es kurz still. »Karl, bist du es?«, fügte sie hinzu.

»Wer spricht denn da?«, drang eine weibliche Stimme an ihr Ohr in einer Mischung aus Überraschung, Schreck und Entrüstung. Nun war es an Rosalie, erschrocken innezuhalten.

»Sie müssen sich verwählt haben«, sagte sie freundlich, aber bestimmt und legte auf. Sie hatte noch nicht einmal Zeit, ihre Fassung zurückzugewinnen, als das Telefon schon wieder klingelte. Hastig riss sie den Hörer ans Ohr.

»Ich möchte bitte Dr. Karl Ritter sprechen«, sagte dieselbe Stimme, jetzt mit großem Nachdruck. »Und nein, ich habe mich nicht verwählt. Wer ist denn am Apparat? Sind Sie es, Frau Hünneke?«

Die Dame war also bestens mit Kobras Haushalt vertraut, sie kannte sogar den Namen seiner Angestellten. Rosalie war keineswegs so naiv, nicht zu begreifen, dass sich hier eine Seite ihres Geliebten auftat, die sie nicht kannte und im Grunde nicht kennenlernen wollte.

»Nein, ich bin genauso wenig Karls Haushälterin, wie Sie es sind«, gab sie zurück und bemühte sich, nicht zickig, sondern souverän zu klingen. »Und im Augenblick ist er für Sie leider nicht zu sprechen. Auf Wiederhören.«

Sie legte den Hörer sacht auf die Gabel und starrte den Apparat aus schwarzem Bakelit noch eine ganze Weile an, in Erwartung eines erneuten Klingelns. Doch er blieb stumm. Umso lauter waren die Fragen, die durch Rosalies Kopf tobten und dann in ihrem Herzen ein zersetzendes Zerstörungswerk begannen.

Sie hatte es immer geahnt. Und als Karl nach einer halben Stunde endlich kam und sie in die Arme schließen wollte, fragte sie ansatzlos:

»Sag mal, gibt es außer mir noch andere Frauen in deinem Leben?«

Er hielt mitten in der Bewegung inne, ließ die Arme fallen. Ernüchtert setzte er sich in einen Sessel.

»Was für eine Begrüßung nach einem schrecklich langen Arbeitstag!«, sagte er in heiterem Ton. An seinen Augen erkannte sie jedoch, dass er sich bereits in Deckung gebracht hatte.

»Eine Dame rief an«, sagte Rosalie entgegen der Stimme der Vernunft, die ihr sagte, dass sie möglicherweise gerade alles zerstörte, wofür sie inzwischen lebte. Ja. So einfach war es. Kobra war ihr Leben geworden, und sie erschrak bei dieser Erkenntnis. »Zweimal. Und sie wollte dich sprechen.«

»Vielleicht war es meine Schwester?«, sagte er mit einem entwaffnenden Lächeln.

»Hast du denn eine?«

Er schüttelte den Kopf und grinste wie ein kleiner Junge, der sich einen Spaß erlaubt hatte.

»Komm«, sagte er und breitete erneut die Arme aus. »Komm auf meinen Schoß. Ich erklär dir alles. Aber nur, wenn du dir sicher bist, dass du es wissen willst. Also?« Sie setzte sich nicht auf seinen Schoß, das ließ ihre Würde nicht zu. Stattdessen nahm sie dicht neben ihm auf der Armlehne seines Sessels Platz und zog ihre Hände nicht zurück, als er sie ergriff. »Du willst es also wirklich wissen?« Sie nickte tapfer, obwohl sie sich schon nicht mehr ganz sicher war. »Ja, es gibt noch andere Frauen in meinem Leben, Rosalie. Und bitte sag mir jetzt nicht, dass ich dir je etwas anderes versprochen hätte.« Er küsste ihr Handgelenk, dort, wo die Haut am zartesten und empfindsamsten war, und diese Berührung nahm etwas von dem Schmerz in ihrem Herzen. »Weißt du noch, in Genf? Keine gegenseitigen Verpflichtungen, haben wir gesagt. Wir sind beide freie Menschen und sind uns keine Rechenschaft schuldig. Haben wir uns das damals versprochen oder nicht?«

Auf einmal fühlte sie Tränen hinter ihren Schläfen brennen, heiß und verzweifelt. Er hatte recht. Wenn sie sich richtig erinnerte, dann war das sogar von ihr ausgegangen. Niemals wieder wollte sie sich in eine Beziehung hineinmanövrieren, wie damals mit Ernst Gräfenberg. Doch in Genf hatte sie noch nicht gewusst, dass Dr. Karl Ritter die Liebe ihres Lebens war.

»Du hast recht«, sagte sie und schluckte die Tränen hinunter. »Natürlich gibt es andere Frauen in deinem Leben. Entschuldige.«

»Da gibt es gar nichts zu entschuldigen, meine Liebste«, sagte er zärtlich und zog sie an sich. »Trotz unserer Abmachung war es unfein, dass du damit konfrontiert worden bist. Ich bin es, der dich um Verzeihung bittet. Es wird nicht wieder vorkommen, das verspreche ich dir.«

Er wird das Telefon entfernen lassen, wenn er nicht da ist, dachte Rosalie, während er sie sanft entkleidete und liebkoste. Er wird nie wieder einer Frau seine Nummer geben. Und sie glaubte ihm aufs Wort, dass er es zu verhindern verstünde, dass sich seine verschiedenen Liebschaften künftig in die Quere kämen. Was heute passiert war, würde er als organisatorisches Missgeschick werten und die Fehlerquellen beheben. Aber es änderte nichts an der Tatsache, dass er ihr an diesem Abend das Herz brach, wenn auch ihr Körper zu schwach war, um sich gegen diese Liebe zu wehren.

»Ich habe gehört, dein Auftritt bei Baron Wertheim war ein voller Erfolg«, sagte Kobra, als er wie immer nach dem ausgiebigen Liebesakt im Bett saß und rauchte.

Rosalie betrachtete ihn, wie er mit halb geschlossenen Augen Rauchringe in die Luft entließ und dabei einem Schachspieler glich, der die nächsten fünf bis zehn Züge im Voraus kalkulierte.

Ja, sie hatte ihm alles erzählen wollen. Wie gut sie sich mit Dr. Franz verstand, dass er ihr einen Arm voll herrlicher Rosen geschickt und sie für den morgigen Abend zum Essen eingeladen hatte. Dr. Franz Ullstein war ganz offensichtlich in sie verliebt, und sie hatte gehofft, Kobra damit ein bisschen eifersüchtig zu machen. Das konnte sie nun vergessen, im Gegenteil, er würde sich darüber amüsieren, und vermutlich wäre er sogar erleichtert. Würde er es begrüßen, wenn sie, genau wie er, ebenfalls andere Beziehungen eingehe? Natürlich würde er das.

Dabei ließ sie Franz Ullsteins Werben keineswegs kalt. Sie hatte schon immer eine Schwäche für einen bestimmten Schlag Männer gehabt, die älter und erfahrener waren als sie und die ihr das Gefühl von Geborgenheit gaben, ähnlich dem, was sie bei ihrem Vater empfunden hatte. Männer in ihrem Alter langweilten sie meist. Von ihnen konnte sie nichts mehr lernen, und oft war sie ihnen geistig überlegen, was auf Dauer niemals gutging. Sie liebte es, sich in einer Beziehung intellektuell gefordert zu fühlen. Und Franz Ullstein war noch immer ein attraktiver Mann, ganz im Gegensatz zu seinen Brüdern. Das alles hatte sie Kobra erzählen wollen, doch als sie ihn nun im Bett sitzen sah wie einen Strategen, der einen Schlachtplan ausheckt, beschloss sie, ihm überhaupt nichts von alldem zu sagen. Und vielleicht würde sie Dr. Franz' Werben sogar nachgeben, wer weiß?

»Du bist so schweigsam«, sagte Kobra und sah amüsiert zu ihr hinunter. »Ich wüsste zu gerne, was hinter dieser wunderschönen Stirn vor sich geht.«

Nun, Gedanken lesen kannst du wohl noch nicht, dachte sie und holte sich ebenfalls eine Zigarette aus dem silbernen Etui auf dem Nachttisch. Statt ihr Feuer zu geben, nahm er sie ihr aus der Hand, drückte seine eigene im Aschenbecher aus und zog Rosalie erneut in seine Arme.

Jetzt bin ich dreißig Jahre alt, dachte sie, während sie sich ihrer Leidenschaft für diesen Mann hingab, und habe noch immer keine Ahnung, wie die Liebe funktioniert. Ob ich es jemals lernen werde?

»Du hast eine Eroberung gemacht«, sagte Vicki Baum, als sie am nächsten Tag die belebte Friedrichstraße hinuntergingen, vorbei an den eleganten Modegeschäften und den Restaurants, den Kaffeehäusern, vor denen Invaliden saßen, ihre Bettelschalen zwischen den Beinstümpfen. Dies war Berlin mit all seinen Gegensätzen, voller Geschäftigkeit, Luxus und bitterer Armut.

Sie hatten gemeinsam zu Mittag gegessen, und wieder einmal hatte Rosalie in ihrem geschnetzelten Kalbfleisch nur herumgestochert. »Der ganze Verlag spricht von dir und Dr. Franz.«

»Du liebe Güte«, entgegnete Rosalie. »Wir hatten einen angenehmen Abend miteinander. Das ist schon alles.«

»Und er hat dir drei Duzend Rosen geschickt.«

»Zwei Dutzend. Immer diese Übertreibungen!«

Rosalie fühlte, wie ihre Freundin sie feixend von der Seite betrachtete.

»Nun erzähl schon. Oder soll ich Dr. Franz selbst fragen?«

»Das würdest du niemals wagen«, antwortete Rosalie lachend und war sich trotzdem nicht ganz sicher. Vicki war allerhand zuzutrauen.

»Nein, natürlich würde ich das nicht tun. Aber ein bisschen mehr Vertrauen zu deiner Freundin könntest du schon haben.«

Rosalie blieb stehen. »Er ist nett und amüsant«, sagte sie schließlich. »Ja, im Grunde ist er wirklich ganz hinreißend. Ich glaube, er mag mich. Er hat mich für heute Abend zum Essen eingeladen.«

Vicki hob lächelnd die Brauen. »Und du wirst zusagen? Oder hast du etwas anderes vor, so wie neulich bei Bernhard?«

»Das kannst du doch überhaupt nicht vergleichen«, protestierte Rosalie. Und dann holte sie der Liebeskummer ein, den sie seit gestern mit sich herumtrug. Nein, sie hatte an diesem Abend keine andere Verabredung. Der Himmel mochte wissen, wann Kobra sich wieder melden würde. Das Beste wäre, diese Beziehung zu beenden. Doch genau dazu war sie nicht in der Lage. Noch nicht, sagte sie sich ...

»Bitte komm einen Moment mit hoch«, bat Vicki, als sie vor dem Gebäude in der Kochstraße Nr. 23 standen. »Ich möchte dir gern ein Exemplar von *Stud. chem. Helene Willfüer* schenken ...«

»Ach, ist das Buch denn schon erschienen?«

»Noch nicht, aber ich habe das Vorexemplar bekommen«, erzählte Vicki, während sie die Eingangshalle durchquerten und auf die Treppe zusteuerten. Vicki fürchtete sich vor dem Paternoster und ging lieber die drei Stockwerke zu Fuß.

»Und das willst du mir geben?«

»Natürlich!« Vicki drückte kurz Rosalies Arm. »Ich werde dir nie vergessen, dass du dich bereit erklärt hast, das Manuskript zu lesen, als Korff diese Bedenken bekam und Ullstein sich geweigert hat, es abzudrucken, weil es angeblich zu pornografisch sei. Ich hab ja schon selbst daran gezweifelt. Wenn du nicht gewesen wärst ...«

»... dann hätten sie es irgendwann trotzdem veröffentlicht«, warf Rosalie ein. »Und sie sind ja auch zur Vernunft gekommen. Ach, ich freu mich so für dich! Und am meisten ...«, sie sah sich um und senkte die Stimme, als ihnen auf den letzten Treppenstufen zwei Redakteure entgegenkamen, »... dass sie dir das Honorar doppelt bezahlen mussten.«

Sie hörte, wie Vicki leise in sich hineinlachte. »Na ja, Strafe muss sein. Einen solchen Schrecken dürfen sie mir nie wieder einjagen.« Und damit öffnete sie schwungvoll die Tür zu ihrem Büro, wo nicht nur Lili Blume sie bereits erwartete, sondern auch Herbert Büttner, der Chef-Metteur, der dafür verantwortlich war, dass die Texte auf den Zeitungsseiten gut zusammenpassten.

»Gut, dass Sie kommen, Frau Baum«, sagte der Mann erleichtert. »Wir brauchen dringend noch zweieinhalb Zeilen bei diesem Artikel«, er wies auf den Andruck einer Seite, wo eine unschöne Lücke zwischen Text und Bild klaffte. »Und hier muss man kürzen. Sehen Sie?« Sein Finger wies auf eine andere Stelle, wo ein Artikel mitten im Satz abbrach. »Ich habe es ausgezählt, es sind genau 193 Buchstaben zu viel. Und leider ... Es eilt, Frau Baum.«

Vicki lachte. »Wann eilt es nicht? Na klar, Herr Büttner, das kriegen wir schon hin. Geben Sie mir eine Viertelstunde. Dann kann ein Laufbursche die Texte abholen, ja?«

»Frau Baum, Sie sind ein Engel!«, erklärte der Metteur und strahlte Vicki an. »Wenn wir Sie nicht hätten ...«

Er war schon an der Tür, als er sich noch einmal umdrehte.

»Verflixt, beinahe hätte ich es vergessen«, sagte er verlegen. »Da wär noch diese Bildunterschrift für den UHU. Sie wissen schon. Mal wieder so ein künstlerisches Foto.« Er hüstelte verlegen und angelte ein Bild aus der Tasche seines Arbeitsmantels. Es zeigte eine hübsche junge Dame, nur mit einem seidenen Hemdchen und mit Strapsen bekleidet, die auf einem Polsterstuhl saß und so tat, als wolle sie sich einen seidenen Strumpf über den Fuß ziehen.

»Herr Büttner, Herr Büttner«, sagte Vicki gespielt tadelnd. »Das schaut mir ganz nach dem Herrn Direktor Hermann Ullstein aus, hab ich recht?«

Der Metteur verzog einen Mundwinkel zu einem schiefen Grinsen und nickte. »Der Redakteur hatte eigentlich ein anderes Foto vorgesehen, und dann …«

»Ja, ja, wir alle kennen die Vorliebe des Herrn Direktors für Damen in spärlicher Seide. Und dafür braucht es jetzt eine Bildunterschrift?«

Vicki nahm das Foto und ging damit zum Fenster, wo sie es genau studierte. Rosalie stellte sich dazu. Hinter der jungen Frau war ein riesiger altmodischer Kleiderschrank zu sehen.

»Der alte Schrank«, sagte Vicki und reichte dem überraschten Büttner das Foto zurück. Der sah sie verständnislos an.

»Wie meinen?«

»Das setzen Sie darunter: Der alte Schrank. Auf dem Bild ist er ja deutlich zu erkennen.«

»Ja … aber …«

»Kommen Sie, Büttner, machen wir uns einen Spaß daraus. Ich habe keine Lust, zum tausendsten Mal ›Junge Dame mit Seidenstrumpf‹ oder ähnlichen Blödsinn zu texten. Außerdem … ganz ehrlich, das liest doch eh keiner.«

»Und was wird Herr Dr. Hermann sagen?«

»Wenn er Humor hat, wird er lachen.« Und als der Metteur noch immer nicht überzeugt wirkte, fügte sie hinzu: »Ich nehm das auf meine Kappe. Wenn etwas ist, sagen Sie einfach: Das war Frau Baum.«

Sie warf Rosalie, die sich kaum beherrschen konnte, einen Blick zu, in dem der pure Schalk glitzerte.

»Na gut«, meinte Herr Büttner. »Der alte Schrank.« Er räusperte sich. »Ja, also, ich schick dann den Burschen in einer Viertelstunde?«

Und damit zog er sich zurück. Kaum war er aus dem Büro, brachen Rosalie und Vicki in fröhliches Gelächter aus. Nur das Tippfräulein blieb erstaunlich ernst.

»Was ist mit Ihnen, Blümchen?«, fragte auch Vicki, nachdem sie sich eine Lachträne abgetupft hatte. »Sie wirken heute irgendwie besorgt.«

»Ich ... würde Ihnen gern etwas zeigen«, gestand Lili und warf ihrer Chefin einen scheuen Blick zu. »Aber das hat Zeit, bis die Änderungen fertig sind. Ich meine ... falls ich Sie damit überhaupt belästigen ...«

»Sie haben recht«, sagte Vicki. »Erst die Arbeit, dann das Vergnügen.«

»Ich lass euch besser in Ruhe arbeiten«, sagte Rosalie und griff nach ihrer Handtasche.

»Nein, nein, kommt überhaupt nicht infrage«, erklärte Vicki entschlossen. »Wenn du willst, kannst du uns helfen. Ich verlängere diesen Artikel hier, und du, magst du dort zwei Zeilen herausstreichen? Das haben wir in fünf Minuten erledigt.«

Und so machten sie es. Vicki ging im Raum auf und ab und diktierte Lili den betreffenden Absatz neu in die Maschine. Weder der eine noch der andere Artikel stammten von ihr, und doch wusste Rosalie, dass die Metteure längst begriffen hatten, dass es das Klügste war, mit solchen Anpassungen an den Satzspiegel zu Frau Baum zu gehen, die das ohne viel Federlesen in kürzester Zeit erledigte, ohne ein großes Brimborium daraus zu machen wie die meisten männlichen Kollegen. Und als der Botenjunge kam, nahm er die Änderungen in Empfang und flitzte mit ihnen los, damit alles rechtzeitig in den Satz kam.

»Nun, liebes Blümchen, schießen Sie los«, forderte Vicki das Tippfräulein auf und setzte sich auf ihren Schreibtisch, während sie Rosalie ihren Stuhl anbot. »Was wollen Sie uns zeigen?«

Rosalie war neugierig geworden. Und als Lili den festen Umschlag aus ihrer Tasche holte und Fotografien daraus hervorzog, war nicht nur sie, sondern auch Vicki überrascht.

»Stammen die von Ihrem Verlobten?«, fragte die und nahm das oben liegende Bild in die Hand. Im nächsten Moment pfiff sie durch die Zähne und griff nach dem nächsten. »Das ist ja ganz schön starker Tobak.« Sie reichte die Bilder an Rosalie weiter, der von der Brutalität der Szenen, die sie zeigten, ganz anders wurde.

»Wo hat er das aufgenommen?«, fragte sie.

»Beim Schlesischen Bahnhof«, sagte das Tippfräulein und sah ängstlich von ihr zu Vicki Baum. »Gestern am frühen Abend. Wir haben die Bilder gleich entwickelt. Und jetzt wissen wir nicht, was wir damit machen sollen.« Die junge Frau schluckte, dann erschien ein entschlossener Ausdruck auf ihrem hübschen Gesicht. »Was meinen Sie? Soll mein Verlobter damit zur Polizei gehen? Immerhin wurden dabei Menschen brutal verletzt. Gut möglich, dass einer zu Tode kam. Auch Emil hat tüchtig was abgekommen, als sie gemerkt haben, dass er das fotografiert hat.«

Das sollte ich Kobra zeigen, dachte Rosalie empört. Dagegen muss die Regierung doch angehen.

»Wenn man sich vorstellt, dass das auf offener Straße passiert …«, sagte sie wie zu sich selbst.

»Ja, und alle anderen schauen weg und verdrücken sich«, stimmte Fräulein Blume ihr empört zu.

»Außer Ihrem Emil«, sagte Vicki versonnen, und Anerkennung schwang in ihrer Stimme mit. »Ganz ehrlich, zur Polizei würde ich damit nicht gehen. Die stecken das in irgendeine

Schublade und kümmern sich nicht mehr darum. Oder will Ihr Verlobter Anzeige erstatten?«

»Nein, das ... das hat er nicht vor«, antwortete Lili unglücklich.

»Trotzdem«, sagte Vicki Baum nachdenklich. »Sucht Ihr Verlobter nicht eine Stelle hier im Haus? Was halten Sie davon, wenn wir die Bilder Herrn Szafranski zeigen? Wenn einer was von Fotos versteht und weiß, was man mit ihnen anstellt, dann er.«

Fräulein Blume war über und über rot geworden, ihre grüngoldenen Augen leuchteten.

»Glauben Sie denn, er sieht sie sich überhaupt an?«

»Warum nicht? Wenn wir nicht fragen, werden wir es nie erfahren«, gab Vicki zurück und griff nach dem Telefon.

Es war eine Wonne, Vicki Baum zuzuhören, wie sie Kurt Szafranski mit Engelszunge dazu bewog, seinen überfüllten Schreibtisch zu verlassen und sich tatsächlich in ihr Büro zu bewegen, was Rosalie nie für möglich gehalten hätte. Szafranski war Dreh- und Angelpunkt der Bildredaktion, bei ihm ging es sicher auch heute zu wie in einem Taubenschlag. Trotzdem stand der beleibte Mann mit den sinnlichen Lippen und dem amüsierten Lächeln wenig später bei ihnen im Büro.

»Ach«, stöhnte er und ließ sich auf Vickis Stuhl fallen, den Rosalie vorausschauend geräumt hatte. »Was für ein Zirkus das heute wieder ist! Hier bei Ihnen bin ich fünf Minuten lang sicher, oder? Gibt es Kaffee?«

Sofort sprintete Lili Blume los, um aus dem Casino frischen zu holen. Rosalie übernahm es, den Leiter der Bildredaktion in ein Gespräch zu verwickeln, damit er bloß nicht auf die Idee kam, gleich wieder aufzuspringen und zu verschwinden.

»Wir möchten Ihnen etwas zeigen«, begann Vicki, nachdem Lili Blume ein Tablett mit drei dampfenden Tassen auf ihrem

Schreibtisch abgestellt hatte und vor Aufregung beinahe heißen Kaffee über Szafranskis Hosenbeine verschüttet hätte. »Ein junger Fotograf, Emil Friesicke ist sein Name, hat gestern Abend diese Bilder gemacht.« Mit einem beruhigenden Zwinkern in Fräulein Blumes Richtung reichte sie Szafranski den Bilderstapel.

Er wirkte nicht gerade beglückt, als er merkte, dass er keineswegs einfach so zu einem Kaffee eingeladen worden war, doch vermutlich hatte er das geahnt. Zeit war im Ullstein-Haus Mangelware, und einfach so die Beine von sich strecken zu wollen, war im Grunde eine Anmaßung. Szafranski blätterte die Bilder mit einer nervtötenden Langsamkeit durch und verzog keine Miene. Lili Blume kaute sich die Unterlippe blutig und war vor Aufregung ganz bleich geworden.

»Das sieht mir nach dem Holzmarkt aus«, sagte er schließlich und sah den Stapel ein zweites Mal durch, hielt ein Foto dicht vor seine Augen, um ein Detail zu studieren, blätterte weiter. »Schade, dass es eine so miserable Kamera war«, murmelte er. »Eine uralte Box, vermute ich. Typ letztes Jahrhundert. Hab ich recht?«

»Ja«, sagte Lili Blume, und Szafranski sah sie überrascht an. Gut möglich, dass er sie jetzt erst wahrnahm. »Mein Verlobter hat sie von seinem Großvater geerbt. Sie belichtet Metallplatten.« Schon wieder war sie über und über rot geworden, und Rosalie fühlte Mitleid mit der jungen Frau und eine große Portion Sympathie.

Szafranski lachte ungläubig und schüttelte den Kopf. »Kaum zu glauben, was er damit hinbekommen hat«, sagte er. »Wenn man bedenkt, dass die Schläger ja nicht stillgestanden haben für die Aufnahmen. Er hat genau die richtigen Augenblicke erwischt. Natürlich sind sie viel zu grobkörnig und unscharf. Schade. Man kann nichts mit ihnen anfangen.« Damit warf er die Fotos mit leichtem, unbeschwertem Schwung zurück auf Vickis Schreibtisch.

»Der junge Mann hat Talent, was?«, hakte Vicki nach.

Szafranski bedachte sie mit seinem ironischen Lächeln. »Talent haben viele«, gab er ausweichend zurück.

»Also, die Sache ist die«, sagte Vicki, setzte sich wieder auf ihren Schreibtisch und sah dem Zeitungsmann in die Augen. »Herr Friesicke ist der Verlobte von Fräulein Blume. Ich halte ihn für begabt. Was würden Sie ihm raten?«

Einen Moment lang war sich Rosalie sicher, dass der vielbeschäftigte Bildredakteur gleich aufstehen, sich für seinen Kaffee bedanken und sich dann verabschieden würde. Doch der schwere Mann blieb auf Vickis Stuhl sitzen.

»Ich würde ihm raten, sich eine bessere Kamera anzuschaffen«, sagte er. »Mit dem alten Kasten wird er nicht weiterkommen.«

»Er hätte so gern eine Ermanox«, sagte Lili Blume leise. »Aber so viel Geld haben wir nicht.«

Szafranski betrachtete sie aus müden Augen. Dann gab er sich einen Ruck. »Er soll vorbeikommen, Ihr Verlobter«, sagte er und stemmte sich aus dem Stuhl. »Morgen um zehn. Dann sehen wir weiter.« Und damit schüttete er den Rest seines Kaffees in sich hinein und verschwand.

10

»Ich darf nach Paris! Ich darf nach Paris!«

Lili hatte kaum die elterliche Wohnung betreten, als ihr Gundi schon um den Hals fiel. Ausgelassen wirbelte die kleine Schwester sie herum. Dabei stießen sie gegen einen Küchenstuhl, der polternd umfiel.

»Mädchen, macht hier ma nich so'n Rabatz«, protestierte der Vater, der auf dem Sofa saß und in einer der Zeitungen blätterte, die Lili hin und wieder, wenn es Fehldrucke gab, mit nach Hause nehmen durfte. Auf diese Weise erfuhr er zwar die Nachrichten vom Vortag, doch das war ihm egal. Schlechte Nachrichten kommen früh genug, pflegte er zu sagen, und über gute kann man sich auch ein paar Tage später noch freuen. Jetzt allerdings faltete er die BIZ genervt zusammen.

»Ich freu mich eben so«, sagte Gundi schuldbewusst und stellte den Stuhl wieder auf.

»Du hast den Test bestanden?«, fragte Lili aufgeregt.

»Ja, das hat sie. Und zwar als Klassenbeste«, verriet die Mutter, die eben in die Küche kam, ein in Seidenpapier eingeschlagenes Päckchen in der Hand. »Und damit du dich in Paris sehen lassen kannst, hab ich etwas für dich, mein Schatz.«

Gundi machte einen Luftsprung. »Ein Geschenk? Was ist es denn?«

»Na, sieh es dir an«, antwortete Hedwig Blume mit einem Schmunzeln und drückte ihrer Jüngsten das Päckchen in die Hand. Zum Vorschein kam ein Jumperkleid aus leichter blauer Baumwolle mit gelben Streublümchen. Zwar erkannten Lili und sicher auch Gundi sofort, dass der Stoff von einem älteren Modell der Mutter stammte, Hedwig Blume hatte es aber liebevoll nach der neuesten Mode umgearbeitet.

»Probier es an«, schlug Lili vor. Gundi schlüpfte aus ihrem Schülerinnenrock und der Bluse, und Lili half ihr in das neue Kleid. »Es passt wie angegossen.«

»Das ist der gerade Schnitt«, bemerkte Hedwig Blume und betrachtete das Kleid kritisch von allen Seiten. »Das fällt so locker, dass man fast nichts falsch machen kann. Passt es am Armausschnitt?«

Gundi hob die Arme und drehte sich um die eigene Achse.

»Passt!«

»Ach, Gundi«, sagte Lili mit einem Seufzen und wurde auf einmal ganz sentimental, »darin siehst du total erwachsen aus.«

»Viel zu kurz, der Rock«, brummte der Vater vom Sofa herüber.

»Das trägt man jetzt so«, widersprach Lili rasch und zupfte bewundernd an der Schleife, in die der Schalkragen vorne auslief. »Mutti, das hast du wirklich toll hingekriegt!«

»Gibt es bald Essen?«, grollte es unzufrieden vom Sofa.

»Jetzt komm, sei nicht so brummig«, sagte Hedwig Blume zu ihrem Mann. »Bist du denn kein bisschen stolz auf unsere Kleine? Sie hat in dem Französischtest keinen einzigen Fehler gemacht.«

»Dann braucht sie ja auch nicht mehr hinzufahren, wenn sie alles schon kann«, gab der Vater zurück.

»Mensch, Papa, freust du dich denn gar nicht?« Gundis Unterlippe zitterte vor Enttäuschung.

»Freuen? Wenn ich nur dran denk, was alles passieren kann ...«

»Jetzt sei nicht so miesepetrig«, mahnte die Mutter. »Du verdirbst unserer Gundi ja die ganze Freude.«

»Ich mach mir eben Sorgen«, lenkte Vater Blume ein. »Aber stolz bin ich schon auf unser Küken.«

Während sie Kartoffelsalat mit Buletten aßen, erzählte Gundi die Einzelheiten dieses Schüleraustauschs.

»Wann geht es eigentlich genau los?«, wollte Lili wissen.

»In acht Wochen.«

»Was? Schon so bald?«

»Morgen bekomme ich die Anschrift meiner Gastfamilie«, versuchte Gundi ihren Vater zu beruhigen. »Fräulein Schönthaler sagt, dass die allesamt sorgfältig ausgewählt werden. Ich hab ja auch alles Mögliche ausfüllen müssen, ehe man mich ...«

»Du hast über unsere Familie Auskunft gegeben?«, unterbrach der Vater sie und blickte empört zu seiner Frau.

»Natürlich hat sie das«, antwortete Hedwig Blume an Gundis Stelle. »Die Eltern der französischen Austauschschülerin werden ja wohl auch wissen wollen, wohin ihre Tochter kommt. Vermutlich machen die sich noch mehr Sorgen als du.«

»Hoffentlich ist sie nett, die Familie«, sagte Gundi mehr zu sich selbst, und Lili begriff, dass sie sich bei aller Begeisterung ebenfalls den einen oder anderen Gedanken machte.

»Bestimmt ist sie das«, sagte sie und kniff ihre kleine Schwester zärtlich in den Oberarm, so wie sie es schon seit einer Ewigkeit machten als Zeichen, dass sie zusammenhielten.

Als Emil gegen zehn unter ihrem Fenster das Pfeifsignal hören ließ, mit dem sie sich immer verständigten, sprang Lili auf und schnappte sich ihre Strickjacke.

»Na, du hast es ja eilig«, bemerkte ihr Vater schmunzelnd, der sich wieder in die Zeitungen vertieft hatte. »Det nenne ick heiße Liebe.«

»Gute Nacht, Papa.« Lili küsste ihren Vater liebevoll auf die Wange. »Ich hab heut aufregende Neuigkeiten für Emil«, vertraute sie ihm noch an, die Hand schon auf der Türklinke.

»Ihr immer mit euren Aufregungen«, hörte sie den Vater noch sagen, da rannte sie auch schon die Treppe hinunter. Unten auf der Straße flog sie ihrem Liebsten in die Arme.

»Ich habe eine Überraschung«, sagte er und machte ein Gesicht wie an Weihnachten.

»Was, du auch?« Lili gab ihm einen Kuss. »Sag du zuerst.«

Emil setzte eine geheimnisvolle Miene auf und versenkte seine Rechte in der Jackentasche. Dann zog er sie mit einem Ruck heraus. Lili glaubte ihren Augen nicht zu trauen. In der Hand hielt er eine kleine, elegante, ultramoderne Fotokamera.

»Himmel«, rief Lili überrascht aus. »Ist das etwa die Ermanox?«

»Nein«, antwortete er. »Es ist noch etwas viel Besseres. Eine Leica.« Seine Wangen glühten vor Begeisterung.

»So klein ist die?«, fragte Lili ungläubig. »Und die macht bessere Fotos als ...«

»Um Lichtjahre«, versicherte ihr Emil. »Sie hat ein sensationell lichtstarkes Objektiv, dafür haben die bei Zeiss fünf Linsen hintereinander montiert. Lili, das ist eine Revolution ...«

»Sag mal«, unterbrach Lili ihn. »Du hast die doch nicht etwa gekauft?« Jetzt erst ging ihr die Dimension dieser »Überraschung« auf.

»Doch«, gab er entschlossen zurück. »Ich musste sie einfach haben. Guck mal, mit ihr macht man Fotos auf Zelluloid, und du glaubst nicht, wie raffiniert ...«

»Nun hör mal«, unterbrach sie ihn. »So eine Kamera kostet sicher ein Vermögen. Woher ... ich meine, wie ist das möglich ...«

»Ich zahl sie nach und nach ab«, erklärte er ungeduldig. Es war offensichtlich, dass er nicht darüber sprechen wollte, wie er sich diesen Herzenswunsch finanziert hatte.

»Ein Kredit?« Lili war entsetzt. Geld zu leihen, das hatten ihr die Eltern von klein auf eingebläut, war das Letzte, was man tun sollte. Nur wenn einem das Wasser bis zum Halse stand, und nicht einmal dann, zog man so etwas in Erwägung.

»Jetzt sei mal nicht so entsetzt!« Emil sah sie an, als sei sie eine Spielverderberin. »Das ist ganz normal. Jeder tut das. Ich hab mir alles genau überlegt. Wenn ich wirklich eine Chance als Fotograf haben soll, dann brauche ich eine anständige Kamera. Das ist eine Investition in unsere Zukunft.« Und als er bemerkte, dass Lili keineswegs überzeugt war, fügte er hinzu: »Heutzutage muss man auch mal was wagen. Findest du nicht? Hier. Fühl mal.«

Er reichte ihr den Fotoapparat. Mit seinen abgerundeten Seiten schmiegte er sich regelrecht in ihre Hand. Das legendäre Objektiv war mit einem runden, schwarzen Deckel verschlossen. Auf der Oberseite befanden sich silberfarbene Rädchen, an denen man drehen konnte.

»Schau mal«, begann Emil und wies auf einen dieser Drehknöpfe, »hier stellst du die Entfernung ein. Und da die Brennweite. Das da ist der Auslöser, und durch dieses winzige Fernrohr schaut man durch. Willst du mal?«

»Ach, Emil«, machte Lili mit einem tiefen Seufzen. Sie wagte nicht zu fragen, wie hoch ihr Verlobter sich für diese zugegebenermaßen wunderschöne, handliche Kamera verschuldet hatte. Hoffentlich hatte er sich nicht auf einen zu hohen Zinssatz eingelassen. Lili wurde ganz heiß, wenn sie daran dachte. Dann erinnerte sie sich daran, was Herr Szafranski gesagt hatte. *Ich würde ihm raten, sich eine bessere Kamera anzuschaffen. Mit dem alten Kasten wird er nicht weiterkommen.* Vielleicht war sie einfach zu ängstlich, überlegte sie. Und dann erzählte sie Emil, dass kein Geringerer als der große Kurt Szafranski ihn sehen wollte.

Stunden später saß sie in der Küche und tippte das Wörtchen »Ende« unter ihren ersten Roman. Die Zeiger der Uhr über der Geschirrkommode standen auf zwei Uhr zwanzig, doch Lili fühlte in diesem Moment keine Müdigkeit. Sie hatte es geschafft. Ganz egal, was daraus werden würde – sie hatte eine ganze Geschichte von 298 Seiten niedergeschrieben. Eine eigene Handlung, Menschen, die es zwar nur auf dem Papier gab, die ihr aber im Laufe der Wochen und Monate ans Herz gewachsen waren, eine richtige kleine Welt hatte sie erschaffen. So als wären es Freunde, mit denen sie gehofft, gelitten und gejubelt hatte, und das, obwohl sie selbst die vielen Hindernisse zwischen den beiden Liebenden aufgehäuft und bestimmt hatte, was als Nächstes geschah. Trotzdem war es ihr von einem bestimmten Zeitpunkt an so vorgekommen, als würden die Protagonisten selbst entscheiden, was sie als Nächstes taten, als würden sie leben und atmen. Und Lili müsste nichts anderes tun, als mit ihren flinken Fingern auf der Schreibmaschine mit ihnen Schritt zu halten.

Ach, was für eine herrliche Erfahrung. Und trotz ihrer Euphorie fühlte Lili so etwas wie Schmerz. Abschiedsschmerz, denn diese Reise war zu Ende. Zwar hatte Lili sich sehnlichst gewünscht, es wirklich bis zum Ende zu schaffen. Und doch war es schade.

Ob Vicki Baum das ähnlich empfand, wenn sie mit einem Buch fertig war? Oder fühlte man nur beim allerersten Mal auf diese Weise? Änderte sich alles, wenn man das Schreiben zum Beruf machte? Nein, das glaubte Lili nicht. Auch sie träumte davon, das Schreiben zu ihrem Beruf zu machen. Nicht das abzutippen oder zu korrigieren, was andere vorgaben, sondern ihre eigenen Gedanken zu Papier zu bringen.

»Bist du immer noch auf?«

Dieses Mal war es Gundi, die in die Küche kam und sich die Augen rieb. In ihrem Nachthemd sah sie aus wie ein kleiner Engel.

»Und du? Kannst du nicht schlafen?«, fragte Lili lächelnd zurück.

Gundi schüttelte den Kopf. »Ich bin so aufgeregt«, gestand sie ihrer Schwester. »Was, wenn es ganz furchtbar wird in dieser Familie?«

Lili rückte mit dem Stuhl vom Tisch weg und zog Gundi auf ihren Schoß. »Das wird es nicht«, sagte sie im Brustton der Überzeugung. »Du bist ein so liebenswertes Wesen, zu dir muss man einfach nett sein.« Und als sie sah, dass Gundi das keineswegs beruhigte, fügte sie hinzu: »Wenn es ganz furchtbar ist, dann reist du wieder ab. Oder du schreibst mir, und ich komm dich holen.«

»Das würdest du tun?«

»Na klar«, versicherte Lili, auch wenn sie keine Ahnung hatte, wovon sie die Fahrkarte nach Paris bezahlen würde. Wie auch immer, ein Weg würde sich finden. Nie im Leben würde sie ihre Schwester im Stich lassen, sollte sie sie wirklich brauchen. »Aber denk nicht an so etwas. Ganz sicher werden es die zwölf wunderschönsten Wochen deines Lebens sein. Ehrlich, ich beneide dich. Wenn ich nach Paris fahren könnte, ich würde keine Sekunde zögern.«

Gundi schmiegte sich an sie wie früher, als sie noch klein gewesen war. Lili atmete den vertrauten Duft ihrer Schwester ein, und ihr wurde klar, dass sie sie schrecklich vermissen würde.

»Schreibst du an deinem Roman?«, fragte Gundi und richtete sich auf.

»Stell dir vor, er ist fertig«, verriet Lili, und auf einmal wurde sie ganz unruhig. Was, wenn das alles gar nichts taugte? Da kam ihr eine Idee. »Was meinst du«, fragte sie ihre Schwester, »möchtest du ihn als Erste lesen? Und mir ganz ehrlich sagen, wie du ihn findest, selbst wenn er misslungen ist?«

Gundi sprang von ihrem Schoß und klatschte in die Hände. »Oh ja, das mach ich zu gern! Ich wollte dich schon die ganze Zeit fragen, ob ich etwas davon lesen darf, und hab mich nicht getraut.«

»Na, sonst bist du ja auch nicht so schüchtern«, lachte Lili und zog endlich das letzte Blatt aus der Maschine. Dann ordnete sie die Papiere und schob sie zu einem kompakten Stapel zusammen. Einmal warf sie noch einen kurzen Blick auf das Deckblatt mit dem Titel *Liebe unter dem vollen Mond*. Klang das nicht schön?

»Hier«, sagte sie und überreichte Gundi das Manuskript. »Aber pass auf, dass die Eltern nichts merken. Wenn sie herauskriegen, dass nicht nur Emil verrückte Pläne hat, sondern auch ich ...«

»Keine Sorge«, versicherte Gundi voller Stolz. »Keiner kriegt was mit. Versprochen. Hach«, machte sie und gab Lili einen dicken, schmatzenden Kuss, »ich bin ja so stolz auf dich.«

»Und ich auf dich!«, erwiderte Lili gerührt. »Jetzt lass uns schlafen gehen. Sonst wecken wir am Ende noch Mutti auf. Hast du ein gutes Versteck für den Roman?«

»Ich leg ihn zu meinen alten Puppen«, erklärte Gundi mit ernster Miene. »Da schaut schon lange keiner mehr nach.«

»Was ist los mit Ihnen, Lili?«, fragte Vicki Baum am folgenden Morgen, als sie sich bei einem Artikel für die Literaturbeilage schon zum dritten Mal vertippte. »Haben Sie schlecht geschlafen? Sie wirken so fahrig heute.«

Lili schluckte. Ob sie ihrer Vorgesetzten von ihrem Manuskript erzählen sollte? Doch so forsch sie sonst war, sie wagte es einfach nicht. Heute ist kein guter Zeitpunkt, sagte sie sich. Denn heute ...

»Ach, ich weiß, was mit Ihnen los ist«, sagte Vicki Baum und warf ihr einen halb tadelnden, halb verständnisvollen Blick zu. »Ihr Verlobter hat heute seine Audienz bei unserem lieben Herrn Szafranski, nicht?«

Lili nickte. »Um zehn«, brachte sie hervor, so zugeschnürt war ihre Kehle vor lauter Aufregung.

»Na gut, das ist ja tatsächlich eine spannende Sache«, räumte Frau Baum ein. »Aber jetzt konzentrieren wir uns, Fräulein Blume. In einer Viertelstunde wird der Artikel abgeholt.«

»Jawohl, Frau Baum«, flüsterte Lili, schloss die Augen, um ihre Sinne zu bündeln, dann hieben ihre Finger auf die Tasten ein, dass es nur so ratterte.

Sie hatten verabredet, dass Emil sie zur Mittagspause vor dem Verlagshaus erwarten würde, um ihr alles zu erzählen. Und obwohl die Zeit an diesem Morgen nur so dahinschlich, gelang es Lili, sich auf ihre Arbeit zu konzentrieren. Sie tauchte in die Texte ein, die sie abzutippen hatte, versuchte so viel wie möglich von dem lakonischen Stil der großartigen Vicki Baum in sich einzusaugen, ihren Sprachrhythmus aufzunehmen und vor allem ihre unnachahmliche Art und Weise, Menschen beiläufig zu beschreiben und dabei deren Charaktere liebevoll und akribisch zu sezieren. So lebendig traten sie vor Lilis geistiges Auge wie der Herr oder die Dame von nebenan, so alltäglich und doch voller Widersprüche, genau so, wie man ihnen im echten Leben ständig begegnete. Und dann war der Vormittag auf einmal herumgegangen, und Lili musste sich schwer zusammenreißen, um nicht aus dem Büro zu stürmen und die Treppe hinunterzuflitzen, sondern sich höflich zur Pause zu verabschieden und gemessenen Schrittes zu entfernen.

»Wie war es?«, fragte sie atemlos, als sie Emil erreicht hatte, der an der Ecke Koch-/Charlottenstraße stand wie ein Ausrufezeichen bei Sturmwind, die Hände in den Hosentaschen. Seine Strähne hing ihm widerspenstig in die Stirn.

»Ich darf mal wieder umsonst arbeiten«, brachte er mit zornig blitzenden Augen hervor. »Und dann soll ich noch so einem älteren Herrn das Stativ tragen.«

»Was? Wem denn?«

»Salomon heißt er. Ein studierter Jurist. Und der will jetzt auch Fotograf sein.«

»Ich komm überhaupt nicht mit. Wieso ...«

»Das kann man ja gar nicht verstehen«, polterte Emil los.

»Jetzt erzähl doch mal von vorn«, bat Lili verwirrt. »Von Anfang an.«

Emil schnaubte. Lili hakte sich bei ihm unter und zog ihn in Richtung Tiergarten.

»Also, ich kam da hin«, begann er, »um zehn, wie du gesagt hast. Da musste ich erst einmal warten, eine halbe Stunde lang. Schließlich kommt er auf den Flur, der Herr Szafranski, wo ich herumstehe, und plaudert mit diesem Dr. Salomon, als wären es die besten Freunde. Ich räuspere mich, und er schaut mich an, als wäre ich ein hässlicher Käfer, der ihm vor die Füße gelaufen ist. Ich erklär, wer ich bin und dass er mich um zehn Uhr einbestellt hat. ›Ach, der Verlobte von Vickis Tippfräulein‹, ruft er aus und schlägt sich mit der Hand vor die Stirn. Der mit der alten Boxkamera.‹ ›Nix mehr alte Boxkamera‹, geb ich zurück, denn langsam war ich wirklich verärgert. ›Inzwischen hab ich eine Leica.‹ Da hab ich die Aufmerksamkeit von allen beiden, dem Szafranski und dem anderen, von dem ich ja noch nicht wusste, wer er ist. ›Eine

Leica?‹, fragt der und reckt den Kopf. Also zeig ich sie ihnen, und auf einmal haben die Respekt vor mir. So kam es mir jedenfalls vor.« Sie wichen einer Gruppe schäkernder junger Frauen aus, vermutlich Tippfräulein wie Lili in der Mittagspause, die sich über irgendetwas schlapplachten und nicht auf andere achteten.

»Und dann?«, fragte Lili, als sie den Potsdamer Platz überquert hatten und schon die Bäume des Tiergartens sehen konnten. »Was war dann?«

»Dann erzählt Szafranski dem anderen von meinen Aufnahmen von der Schlägerei«, fuhr Emil fort. »Und dass ich noch eine Menge zu lernen hätte. Auf einmal kommt er mit dieser Idee an, ich und dieser Salomon sollen eine Weile zusammenarbeiten. Glaub mir, Lili, der war kein bisschen begeisterter darüber als ich. ›Ich hab drei Lehrjahre hinter mir‹, erklär ich denen. ›Wenn ich etwas kann, dann fotografieren.‹ Und weißt du was?« Emil blieb stehen und sah Lili empört an.

»Was denn?«

»Der lacht mich einfach aus«, fuhr er fassungslos fort. »Und sagt: ›Junge, eines Tages wirst du stolz darauf sein, dem Herrn Dr. Salomon das Stativ getragen zu haben. Von dem lernst du Sachen, von denen jemand wie du nur träumen kann. Also Hü oder Hott. Vier Wochen Salomon-Lehrzeit oder zurück auf die Straße. Wie lautet die Antwort?‹«

Lili war der Atem weggeblieben. Was für eine Unverschämtheit. Auf der anderen Seite – war nicht ihre Stelle auch so etwas wie eine unschätzbare Lehrzeit an der Seite von Vicki Baum? Doch natürlich wurde sie bezahlt.

»Und was hast du geantwortet?«, fragte sie bang und glaubte es schon zu wissen. Ihr Emil war ein Sturkopf. Wenn er nur daran nicht eines Tages scheitern würde ...

»Ich hab Ja gesagt, ich Idiot!«, stieß er zornig hervor. »Jetzt hältst du mich sicher für einen Schlappschwanz.«

Lili atmete auf. Ihr Gefühl sagte ihr, dass gerade dieser Dr. Salomon, von dem sie im Verlag allerdings noch nie etwas gehört hatte, und Vicki Baum kannte schließlich so gut wie alle Fotografen – nun ja, dass er trotzdem genau der Richtige war, um Emil den Weg zu seinen Träumen zu ebnen.

»Das war richtig«, sagte sie mit fester Stimme, schlang ihre Arme um ihren Verlobten und gab ihm einen dicken Kuss. »Man lernt nie aus, sagt meine Mutter immer. Und du weißt, dass sie eine kluge Frau ist.«

»Ja, schon«, räumte Emil sichtlich erleichtert darüber ein, dass Lili ihn nicht für einen Versager hielt. »Aber hör mal, ich muss Geld verdienen. Schließlich will die Leica abbezahlt werden.«

»Ach das«, machte Lili, und ihr Herz wurde schwer. »Und was hältst du davon, sie wieder zurückzugeben? Wäre das denn möglich?«

»Zurückgeben?« Er sah sie an, als wollte sie ihm vorschlagen, seine Großmutter zu verraten. »Nie im Leben. Ohne die Leica hätte man mir dieses Angebot womöglich gar nicht gemacht. Irgendwie schaff ich das schon.« Und doch blieb eine Wolke der Besorgnis zwischen ihnen beiden hängen, das spürte Lili ganz genau.

11

»Sie und ich, wir sollten heiraten«, sagte Dr. Franz beiläufig und wich einigen Zweigen aus, die in den Weg hereinragten. Er war mit Rosalie ins Westend hinausgefahren und hatte ihr den Bauplatz gezeigt, wo bereits die Fundamente ausgehoben wurden. Jetzt gingen sie im Grunewald spazieren.

Rosalie warf ihm von der Seite einen überraschten Blick zu. Das konnte er nicht ernst gemeint haben. Sicher war es einer jener Scherze, mit denen er sie immer wieder verblüffte und bei denen sie sich nie ganz sicher war, ob nicht ein Körnchen Wahrheit in ihnen steckte. Dabei kannten sie sich gerade mal vier Wochen, waren ein paarmal miteinander ausgegangen und hatten sich zugegebenermaßen dabei prächtig unterhalten. Und jetzt wollte er sie schon heiraten?

»Und warum sollten wir das?«, fragte sie genauso leichthin zurück.

»Na, das liegt auf der Hand«, antwortete er. »Sie sind die erste Frau, die mich nicht nach fünf Minuten langweilt. Und ich werde Ihnen Ihre Träume möglich machen. Ich finde, das sind ausgezeichnete Gründe für eine Ehe.«

»Welche Träume hab ich denn?«

»Sie sind eine unabhängige Frau, und an meiner Seite würden Sie das bleiben. Sie lieben es, zu reisen und fremde Kulturen zu entdecken. Sie sind unfassbar wissbegierig und ehrgeizig, und ein Verlagshaus wie unseres könnte Ihnen dahingehend einiges bieten. Was immer man mit Ihnen bespricht, Sie haben eine kluge, dezidierte Meinung dazu, und das gefällt mir, und Ihnen gefällt es, wenn man Sie ernst nimmt und Ihre Meinung hören möchte.« Er blieb stehen und wandte sich ihr zu. Dr. Franz war nur wenige Zentimeter größer als sie und sah ihr jetzt durch die Gläser seines Zwickers direkt in die Augen. »Frau Dr. Rosalie Gräfenberg, möchten Sie meine Frau werden?«

Er meint es tatsächlich ernst, dachte sie in einer Mischung aus Schrecken und Rührung.

»Das kommt ein bisschen plötzlich, Herr Dr. Ullstein«, sagte Rosalie und versuchte, ihre Gedanken zu ordnen. »Ich muss zugeben, Ihre Argumente klingen schlüssig, doch ist bei Ihnen nicht die Rede von Liebe. Sollte nicht sie das Fundament für eine tragfähige Beziehung bilden?«

»Liebe«, echote Dr. Franz und sah an ihr vorbei. »Natürlich. Dieses Wort ist in aller Munde neuerdings. Aber verstehen wir darunter eigentlich alle dasselbe? Was genau bedeutet für Sie, werte Frau Gräfenberg, Liebe? Denn wenn wir unsere Beziehung auf Liebe gründen sollen, dann sollten wir wohl wissen, was das ist, oder nicht?«

»Nun, zunächst bedeutet Liebe natürlich Wertschätzung und Hochachtung vor dem anderen. Man will für den anderen einstehen, was immer kommen möge. Vor allem jedoch drückt das Wort Liebe das Gefühl aus, ohne den anderen nicht mehr leben zu können. Eine große Zärtlichkeit und ... Anteilnahme.« Sie waren weitergegangen, und Rosalie betrachtete das dichte Grün der Bäume, in dem das Sonnenlicht spielte. »Es ist schwierig, das in Worte zu fassen. Deshalb hat man wohl den Begriff Liebe dafür erfunden, oder?«

»So wird es sein.« Franz Ullstein nickte gedankenvoll. »Hochachtung und Wertschätzung empfinde ich für Sie in hohem Maße. Und ich habe den Wunsch, für Sie einzustehen, was immer kommen möge. Auch empfinde ich eine große Zärtlichkeit und Anteilnahme für Sie.« Rosalie bemerkte, wie er errötete. Über seine Gefühle zu reden, fiel ihm sichtlich schwer. Umso mehr berührte es sie, welch große Mühe er sich gab. »Sehen Sie, ich denke schon, dass ich Lotte geliebt habe, wie ein Mann seine Frau lieben sollte. Und als sie von einem Tag auf den anderen nicht mehr an meiner Seite war, empfand ich das als Katastrophe. Trotzdem kann ich ohne sie weiterleben, wie jeder sehen kann. Ich sage nicht, dass es immer einfach ist. Aber es ist möglich.« Er sah kurz zu ihr, als wollte er prüfen, wie sie darauf reagierte. »Ich mag Ihnen altmodisch vorkommen«, fuhr er fort, »wenn ich Ihnen gestehe, dass ich die Haltung unserer Vorfahren zum Thema Ehe gar nicht so verkehrt finde. Man sollte die Ehe als Vertrag ansehen, als eine Aufgabe, die man gemeinsam so gut wie möglich erfüllen möchte. Und in einem solchen Vertrag kann man festlegen, was jeder vom anderen erwartet oder womit er rechnen kann, wenn eine unvorhergesehene Situation eintritt. Denn wir alle wissen, dass Gefühle sich ändern können. Aus diesem Grund halte ich die Liebe als Fundament einer Ehe nur für bedingt tragfähig.«

Er hat recht, dachte Rosalie nachdenklich. Dr. Franz war taktvoll genug, das Scheitern ihrer ersten Ehe nicht anzusprechen. Damals war sie ihren Gefühlen gefolgt, und was war von ihnen am Ende übrig geblieben? Sie dachte an Kobra und den Kummer darüber, dass er sich nicht verbindlicher zu ihr bekannte. Hätte er ihr diesen Antrag gemacht, sie hätte sofort zugestimmt. Doch das würde er niemals tun.

Im Grunde wusste sie über Kobra nicht mehr als über Franz Ullstein, vielleicht sogar weniger. Dabei waren sie schon fast zwei

Jahre ein Liebespaar – Anteil an seinem Leben gewährte er ihr nicht. Mehr als das, was er ihr jetzt gab, würde sie auch in Zukunft nicht von ihm bekommen, alles andere war Selbsttäuschung. Und Rosalie war keine Frau, die sich etwas vorlog.

»Dr. Ullstein«, sagte sie, nachdem sie sich gefasst hatte, »ich fühle mich unfassbar geehrt.« Sie schluckte. »Sind Sie sehr enttäuscht, wenn ich mir Bedenkzeit erbitte?«

»Nein, natürlich nicht!« Dr. Franz strahlte sie erleichtert an. Offenbar hatte er durchaus mit einem Korb gerechnet. »Denken Sie darüber nach«, fügte er hinzu. »Nehmen Sie sich Zeit. Nur ... warten Sie nicht zu lange. Als junger Mensch, der Sie sind, können Sie das noch nicht wissen. Lassen Sie es sich von einem alten Mann gesagt sein: Das Leben geht viel zu schnell vorüber.«

Sie lachte schallend. »Nun, so alt sind Sie auch wieder nicht!«

Auf einmal fuhr er mit der Hand durch die Luft, als wollte er ein Insekt fangen, und als er die Finger öffnete und ihr seine Handfläche darbot, lag ein goldener Ring mit einem grünen Stein darin.

»Zu seltsam, was einem hier manchmal so um den Kopf schwirrt«, murmelte er. »Dabei kommt es gerade zur rechten Zeit, meinen Sie nicht?«

Rosalie holte tief Luft, doch ehe sie etwas sagen konnte, war der Ring von seiner Handfläche verschwunden. Gleichzeitig fühlte sie eine flüchtige Berührung, und als sie ihre Hand hob, steckte der Ring an ihrem Finger.

»Das ist ... Sie sind ...«

»... ein Zauberer, gewiss«, sagte Dr. Franz mit einem zufriedenen Lächeln. »Ein bisschen außer Übung. Aber es klappt noch.«

Rosalie betrachtete ihn voller Staunen. Dr. Franz wirkte vollkommen verändert, wenn er auf diese Weise lächelte. Jung und verschmitzt, gleichzeitig auf eine bestimmte Art zart und empfindsam, wie es nur rothaarige Männer hinbekommen, dachte sie. Und auf einmal war es da, dieses Gefühl der Zärtlichkeit. Dieser Dr. Franz Ullstein verbarg hinter seiner harten Schale eine zarte Seele, die beschützt werden wollte. Es war nicht das Gefühl, das sie in Kobras Gegenwart verspürte, nicht diese rasende Leidenschaft, die jeden Funken Verstand auslöschte. Aber dieses Gefühl gab es im Leben vermutlich ohnehin nur ein einziges Mal.

»Das war bezaubernd«, sagte sie, und sein Lächeln vertiefte sich.

»Der Ring ist ein Geschenk«, sagte er, nun wieder so ganz nebenbei, genau wie vorhin, als er auf den Antrag zu sprechen gekommen war, und nahm den Spaziergang wieder auf. »Zu Ihrem Geburtstag, den feiern Sie heute, nicht? Ohne jede Verpflichtung. Sie überlegen und entscheiden. Es wird geschehen, wie Sie es wünschen, Rosalie.«

»Und was wirst du antworten?«

Rosalie und Vicki saßen am Ufer des Dianasees in Berlin-Grunewald, wo Vicki sich in der prachtvollen Villa der Bankiersfamilie Hirschfeld in der Koenigsallee 45 eingemietet hatte. Zwar handelte es sich um eine ehemalige Dienstbotenwohnung unter dem ausgebauten Dach, zu der man recht abenteuerlich über eine steile Treppe und durch eine schmale Luke hinaufgelangte, doch immerhin umfasste sie sieben Zimmer, von denen man einen herrlichen Ausblick über Garten und See hatte. Es war Sonntag, und Vickis Ehemann hatte sich samt den beiden Söhnen bereits wieder auf den Weg zurück nach Mannheim gemacht.

»Ich weiß es nicht«, gestand Rosalie.

»Was sagt dein geheimnisvoller Geliebter denn dazu?« Vicki hatte sich ins Gras zurückgelegt und blinzelte zu ihrer Freundin empor, einen Halm zwischen den Zähnen. »Für eine Frau, der einer der reichsten und einflussreichsten Männer des Reiches gerade einen Antrag gemacht hat, wirkst du nicht gerade glücklich.«

»Das ist es ja gerade«, brach es schließlich aus ihr hervor. »Kobra hat mir geraten, den Antrag anzunehmen.«

»Tatsächlich?«

Rosalie nickte und drehte den Kopf in die andere Richtung. Sie tat so, als beobachte sie eine Entenfamilie, die gerade das Uferschilf kreuzte und aufmerksam zu ihnen herüberäugte. Ja, Karl hatte direkt begeistert gewirkt, als sie ihm von Dr. Franz' Heiratsantrag erzählt hatte. »Das ist die Chance deines Lebens«, hatte er ihr versichert. »So erhältst du genau die gesellschaftliche Position, die deinem Ehrgeiz und deinen Fähigkeiten gerecht wird.«

»Und was wird aus uns?«, hatte sie mit wehem Herzen gefragt.

»Nun, das ist Sache deines Verhandlungsgeschicks«, hatte er geantwortet. »Lass dir deine Freiheit in den Ehevertrag schreiben. Dann ändert sich zwischen uns beiden überhaupt nichts.«

»Er sagt, es wäre die Chance meines Lebens«, sagte sie schließlich und sah Vicki forschend an. »Was meinst du dazu?«

»Zu Dr. Franz' Antrag oder der Reaktion deines Liebsten?«

»Zu allem«, gab Rosalie zurück. »Du bist meine Freundin. Was rätst du mir?«

»Wem gehört denn nun dein Herz, Rosalie? Kobra oder Dr. Franz?«

»Ach, wenn ich das wüsste«, entfuhr es Rosalie. »Meine Leidenschaft gehört Kobra. In seinen Händen werde ich zu Wachs. Ob das Liebe ist? Dr. Franz dagegen ... den hab ich irgendwie ... ja, ich hab ihn lieb gewonnen. Er ist ein einsamer Mensch und hat niemanden, der ihn richtig versteht.«

»Und du verstehst ihn?«

»Ja, irgendwie schon, glaube ich.« Sie legte sich neben Vicki ins Gras und blickte in die Baumwipfel, die sich im Abendwind sanft wiegten. »Ich habe genug mächtige Männer kennengelernt, um zu verstehen, wie sehr es sie anstrengt, ihre Gefühle vor aller Welt zu verstecken.«

»Müssen sie das denn?«

»Nein, aber sie glauben fest daran. Gefühle verwechseln sie mit Schwäche. Und das macht sie irgendwie so rührend.«

»Gefühle machen einen ja auch schwach«, wandte Vicki ein.

»Nicht die Gefühle. Die Leidenschaft ist es, die uns schwach macht«, widersprach Rosalie und dachte an Kobra.

»Also wirst du ihn heiraten?«

Rosalie schwieg und versuchte, eine Antwort zu finden. »Ich weiß es noch nicht«, sagte sie schließlich und drehte an dem Ring mit dem grünen Stein, den Dr. Franz ihr geschenkt hatte. Es war ein Smaragd und seit Langem das erste Schmuckstück, das sie sich nicht selbst gekauft hatte. »Eigentlich hatte ich überhaupt nicht mehr vor zu heiraten«, fuhr sie fort. »Aber jetzt ist er mir irgendwie ans Herz gewachsen. Er ist so sensibel und verletzlich und ... amüsant. Ich mag seinen schrägen Humor ...« Sie fühlte, wie Vicki sie genau beobachtete. »Klingt das alles irgendwie vernünftig?«

»Nein«, antwortete Vicki mit einem Grinsen. »Vernünftig ist die Liebe nie.«

»Weißt du, wir hatten ein sehr erhellendes Gespräch über die Liebe«, fuhr Rosalie lebhaft fort. »Er hat einige kluge Dinge darüber gesagt. Und im Grunde hat er recht.«

»Also, das würde mich brennend interessieren, was Dr. Franz über die Liebe zu sagen hat«, warf Vicki sarkastisch ein. Rosalie beschloss, das zu ignorieren.

»Er sagte, dass es besser wäre, eine Ehe auf vertraglich festgehaltene Vereinbarungen zu gründen als auf Gefühle, die sich ja dauernd ändern. Ist es nicht so?« Dass Kobra vorgeschlagen hatte, auch ihre Liebesbeziehung zu ihm in den Ehevertrag mitaufzunehmen, erwähnte sie lieber nicht.

»Hm«, machte Vicki und richtete sich wieder auf. »Warum hab ich nichts anderes erwartet?« Sie lachte. »Männer glauben immer, alles vertraglich regeln zu können.«

»Findest du das schlimm?« Rosalie setzte sich ebenfalls und bereute schon fast, Vicki so viel anvertraut zu haben.

»Überhaupt nicht«, versicherte ihr Vicki liebevoll. »Wenn du dich damit wohlfühlst? Im Grunde haben Hans und ich uns so eine Art Vereinbarungskatalog während der Ehe recht schmerzhaft erarbeiten müssen. Wenn es euch gelingt, das von vorneherein festzulegen, warum nicht?«

Rosalie begann, ganz in Gedanken, ein paar Gänseblümchen zu pflücken, die rund um sie her in Fülle blühten. Die Entenfamilie war längst weitergezogen. Über der Oberfläche des Sees tanzten Libellen.

»Eines muss euch klar sein«, fuhr Vicki fort. »Man kann sich nicht gegen alles absichern. Schon allein deswegen nicht, weil das Leben selten so verläuft, wie man es erwartet. Und weißt du was? Das ist gut so. Ansonsten wäre es doch sterbenslangweilig, das Leben.«

»Ja, das stimmt«, räumte Rosalie ein.

»Und was ist mit Paris?«, hakte Vicki nach. »Was ist mit deiner Freiheit? Ist dir klar, dass der Ullstein-Clan so etwas wie ein Vipernnest ist mit all seinen Familienmitgliedern, den Frauen, die im Hintergrund agieren, und den Juniors, von denen jeder andere Interessen zu haben scheint? Ich habe läuten hören, dass nicht alle im Haus begeistert sind über den Führungsstil deines Beinahe-Verlobten.«

Rosalie lachte und tat so, als wollte sie mit den Gänseblümchen nach ihrer Freundin schlagen.

»Im Ernst, Rosalie. Vor allem Heinz Ullstein würde ihn zu gern beerben.«

»Was du nicht alles weißt«, spottete Rosalie und war doch alarmiert.

»Wissen ist zu viel gesagt«, räumte Vicki ein. »Es ist eher eine Vermutung. Auf alle Fälle spricht er nicht besonders nett über seinen Onkel.«

»Also braucht Dr. Franz jemanden, der auf ihn aufpasst«, entgegnete Rosalie. Und irgendwie hatte sie das Gefühl, sich schon entschieden zu haben.

»Komm, lass uns noch eine Runde schwimmen und dann in die Stadt fahren«, schlug Vicki vor und erhob sich.

»Wolltest du nicht noch arbeiten?«

Rosalie wusste, dass Vicki jede freie Minute nutzte, um an ihrem neuen Roman zu schreiben. *Menschen im Hotel* sollte er heißen, und sie war schon so gespannt auf ihn.

»Na ja, normalerweise schon«, gab Vicki zu. »Aber heute mach ich einfach mal frei.«

Rosalie ergriff die Hand, die Vicki ihr entgegenhielt, und ließ sich von ihr hochziehen. Dann stürmten sie alle beide wie ausgelassene Kinder in den See. Sobald Rosalie etwa einen Meter tief im Wasser war, warf sie sich hinein und schwamm in kräftigen Zügen zur Mitte des Sees, denn sie hasste das Gefühl, das der sumpfige Boden an seinem Grund zwischen ihren Zehen verursachte. Mit energischen Bewegungen kraulte Vicki Baum an ihr vorüber, und Rosalie musste mal wieder über die Zähigkeit ihrer um ein gutes Stück kleineren und vom Körperbau eher stämmigen Freundin staunen, die sie bald abgehängt hatte. Nun ja, sie trainierte schließlich nicht in Sabri Mahirs Boxstudio und lief nicht mit Teenagern um die Wette, so wie Vicki es mit ihren Jungen tat.

Sie drehte sich auf den Rücken und ließ sich treiben, blickte in den sattblauen Abendhimmel und beobachtete Schwalben, die hoch oben ihre Kreise zogen. Das Leben war schön. Schon seit einer Weile hatte sie überhaupt nicht mehr an Paris gedacht. Wenn sie Dr. Franz heiratete, würde sie wieder ganz in Berlin leben. Oder ließen sich häufigere Aufenthalte in Paris ebenfalls vertraglich festschreiben? Sicher war das möglich.

Auf einmal war Vicki bei ihr, rief laut »Tauchen!«, und Rosalie hatte gerade noch Gelegenheit, tief Luft zu holen, da zog die Freundin sie auch schon unter Wasser. Gemeinsam tauchten sie ein Stück weit, die Arme am Körper angelegt und mit den Beinen sich voranstoßend, und Rosalie hätte am liebsten gelacht, als sie die weit aufgerissenen Augen ihrer Freundin sah, die mit den aufgeblasenen Wangen aussah wie ein großer Fisch. Gemeinsam kamen sie wieder an die Oberfläche und strebten dem Ufer zu, spritzten Tropfen von sich, die in der Abendsonne glitzerten.

»Und jetzt?«, fragte Rosalie, als sie sich in ihre Badetücher gewickelt hatten und Rinnsale aus ihren Haaren liefen.

»Jetzt machen wir uns schön und fahren in die Stadt«, beschloss Vicki. »Die neue Show im Wintergarten soll phänomenal sein. Oder wollen wir ins Kintopp und uns einen Film ansehen? Lass uns nachsehen, was sie heute in den Eva-Lichtspielen in der Blissestraße bringen. Ich habe eine unbändige Lust auf einen Frauenabend. Bist du dabei?«

12

Der Koffer war schon seit dem Nachmittag gepackt und hatte seither allen im Weg gestanden. Am übernächsten Morgen würden sie Gundi zum Bahnhof bringen, und Lili war das Herz schwer wie Blei. Auf einmal verstand sie die Besorgnis ihres Vaters, die er allerdings in den letzten Tagen nicht mehr geäußert hatte. Das war gar nicht nötig, denn sie stand ihm ins Gesicht geschrieben.

»Bist du noch wach?«, flüsterte Gundi vom Bett an der gegenüberliegenden Wand her.

»Ja«, antwortete Lili leise.

Sie hörte ein Rascheln, dann schlüpfte ihre Schwester zu ihr unter die Decke.

»Ich hab es fertig gelesen, dein Buch«, sagte Gundi leise, und Lili fühlte ihren warmen Atem an ihrem Ohr. »Es ist sooo schön. Du musst das unbedingt veröffentlichen!«

»Findest du wirklich?« Lilis Stimme klang ganz klein.

»Ja, das finde ich.« Gundi kuschelte sich an ihrer Seite ein und rieb ihre kalten Füße an Lilis Schienbeinen. »Wie gut, dass du in einem Verlag arbeitest. Und nicht nur in irgendeinem, sondern in *dem* Haus der Bücher. Ich sehe es schon vor mir: ›Liebe unter dem vollen Mond von Lili Blume‹ auf dem Titel. Mama wird platzen vor Stolz. Und Papa erst ...«

Während Gundi weiter davon plauderte, wie berühmt sie bald

sein würde, stritten in Lili die heftigsten Gefühle miteinander. Unbändige Freude darüber, dass ihre kleine Schwester so angetan war von ihrer Geschichte. Aber auch heftige Zweifel, ob sie mit ihren fünfzehn Jahren überhaupt einschätzen konnte, wie ein Manuskript zu sein hatte, damit es bei Ullstein oder sonst einem Buchverlag angenommen wurde. Auf einmal sah sie wieder Szafranski vor sich, wie desinteressiert er Emils Fotografien durchgeblättert und dann auf den Tisch geworfen hatte mit den Worten, man könne damit nichts anfangen. Dabei hatte sie selbst sie so großartig gefunden …

»Du musst es unbedingt Frau Baum zu lesen geben«, hörte sie Gundi sagen. »Versprich es mir!«

»Ich weiß nicht«, antwortete sie unsicher. »Du hast ja keine Ahnung, wie viele Autoren dort aus und ein gehen.« Erst neulich hatte sie mitangehört, wie Frau Baum einem älteren Herrn beibringen musste, dass sein Buch nicht angenommen würde. Ihre Chefin hatte das zwar so charmant hinbekommen, dass der alte Herr am Ende direkt getröstet von dannen gezogen war. Aber eine Absage blieb eine Absage. Das konnte man drehen und wenden, wie man wollte.

»Deine Geschichte ist wirklich gut«, beschwor Gundi sie. »Jetzt warst du so fleißig und hast Nacht für Nacht an ihr geschrieben, da kannst du sie doch nicht in der Schublade liegen lassen.« Und als Lili noch immer nichts sagte, schlug sie vor: »Lass es uns so machen wie früher: Wir treffen eine Abmachung.«

»Eine Abmachung?«

»Ich bin tapfer und steh in Paris alles durch, selbst wenn es schwirig wird und ich Heimweh krieg«, sagte Gundi ernst. »Und bis ich wieder nach Hause komme, warst du so tapfer und hast dein Buch den wichtigen Leuten in deinem Verlag gezeigt. Topp, die Wette gilt!«

Gundi streckte ihre Hand unter der Bettdecke hervor, und nach kurzem Zögern schlug Lili ein.

»Topp«, sagte sie, so wie früher, als sie noch Kinder gewesen waren.

»Und Kneifen gilt nicht«, fügte Gundi hinzu, denn auch das gehörte zu dem Ritual.

Dann gab sie ihrer Schwester einen schallenden Kuss und verzog sich zurück in ihr eigenes Bett. Wenig später hörte Lili an ihren regelmäßigen tiefen Atemzügen, dass sie eingeschlafen war. Sie selbst jedoch starrte noch lange in die Dunkelheit. Und das lag nicht nur an ihren zweifelhaften Aussichten auf eine Karriere als Schriftstellerin, an die sie selbst noch lange nicht glauben mochte. Nein, was ihr den Schlaf raubte, waren ihre Gedanken an Emil und ihre gemeinsame Zukunft.

Seit er mit diesem Dr. Salomon durch Berlin zog, hatte er unausgesetzt schlechte Laune. Zwar hatte Lili aus seinen Erzählungen herausgehört, dass er durchaus eine Menge bei diesem seltsamen Mann lernen konnte. Und doch ging Emil vieles gegen den Strich, was der Kollege so tat.

»Ich lerne vor allem, frech wie Oskar zu sein«, hatte Emil finster erklärt. »Salomon akzeptiert niemals ein Nein, und wenn es irgendwo verboten ist zu fotografieren, kannst du sicher sein, dass er es erst recht tut.«

»Aber wie denn?«, hatte Lili erstaunt wissen wollen. »Bekommt er keine Verweise?«

»Er stellt das so schlau an, dass keiner etwas merkt«, hatte Emil erzählt. »Ob im Gerichtssaal oder während der Debatte in Reichstag, ob in der Garderobe einer Schauspielerin oder bei einem Privatempfang wichtiger Politiker – Salomon ist dabei und macht seine Aufnahmen. Mal tut er so, als sei sein Arm verletzt, und bastelt sich einen dicken Verband, in den er die Kamera integriert. Oder er benutzt einen Bowlerhut, in den er ein Loch geschnitten hat. Da stellt er dann blind die Brennweite und die Entfernung ein, ich hab keine Ahnung, wie er das hinkriegt.«

»Wie ein Trickbetrüger?«, hatte Lili atemlos gefragt.

»Genau so«, lautete Emils Antwort. »Und das geht mir so was von gegen den Strich.«

Eine Weile hatte Lili nachgedacht, dann hatte sie gesagt: »Jedenfalls muss er auf diese Weise keine Prügel einstecken.« Da war Emil den ganzen Abend lang beleidigt mit ihr gewesen.

Und jetzt brauchte er noch einen Frack, ansonsten, hatte Salomon ihm mitgeteilt, würde er ihn nicht mehr begleiten können. Denn Salomons Geheimnis war, dass er bei den wichtigen Empfängen der Stars und Staatsmänner stets so wirkte, als gehörte er wie selbstverständlich dazu. Einen Gassenjungen wie Emil konnte er dabei nicht gebrauchen. Es sei denn, er erschien standesgemäß gekleidet zu derlei Einsätzen. Ohnehin schien Salomon ihn gerne loswerden zu wollen, und zwar je eher, desto besser, und auch Emil hätte am liebsten das Handtuch geworfen. Er hatte seine eigenen Idole, Erich Salomon gehörte ganz klar nicht dazu. Emil bewunderte zum Beispiel den aus Russland stammenden Fotografen Sasha Stone, der seit einiger Zeit in Berlin lebte und gerade erst einen fulminanten Bildband über die Stadt herausgebracht hatte. Bei dem würde er liebend gern umsonst arbeiten, und wenn es ein halbes Jahr sein müsste. Stattdessen war er zu Salomons Schatten geworden. Ach, Emil hätte längst hingeschmissen, wenn da nicht die Hoffnung wäre, nach seiner »Lehrzeit« im Verlag eine Stelle zu bekommen.

Also musste ein Frack her, doch woher nehmen, wenn nicht stehlen? Lilis Mutter hatte zu Recht darauf hingewiesen, dass zu einem solchen Anzug das passende Hemd, Fliege, Bauchbinde, Schuhe samt Socken aus feinem Zwirn gehörten. Womöglich auch noch ein Hut, Stock, Überrock. Wie stellte der Herr sich das vor? Es war ja schlimm genug, dass ihr Verlobter mit den Zahlungen seiner Raten für die Leica im Verzug war, sodass der Verkäufer schon zweimal energisch bei ihm angeklopft hatte und damit drohte, die Kamera einzukassieren. Und das durfte nicht geschehen. Ohne die Leica würde Emil wieder in die Bedeutungslosigkeit der alten Box zurückfallen, und alles wäre umsonst gewesen.

Lili warf sich auf die andere Seite. Ihre Gedanken drehten sich im Kreis. Emils Unzufriedenheit mit seiner Situation, die Frage, woher er diesen vermaledeiten Frack nehmen sollte und wie sie die Raten für die Leica abbezahlen konnten – alles hing irgendwie zusammen, und für nichts fiel ihr eine Lösung ein.

Da sie ohnehin nicht schlafen konnte, stand sie leise auf, holte das Manuskript aus Gundis alter Puppenkiste und verzog sich damit in die Küche. Lustlos sah sie die ersten Seiten durch und legte es dann unzufrieden weg. Alles erschien ihr so banal. Seufzend setzte sie sich aufs Sofa und zog die Füße unter ihr Nachthemd. Wie sehr sie sich zurücksehnte zu den Zeiten, als sie voller Illusionen an ihrem »Buch« gearbeitet hatte. Es wurde Zeit, aufzuwachen und erwachsen zu werden, fand sie. Und da fiel ihr auf einmal ein, wie sie Emil helfen konnte.

»Hätten Sie denn vielleicht zusätzliche Arbeit für mich, ich meine, etwas, was ich in meiner Freizeit für Sie abtippen könnte?«

Vicki Baum sah überrascht von dem Artikel auf, von dem sie einen Absatz kürzen musste. »Nein«, antwortete sie, und Lili sank das Herz.

»Ich dachte an Ihr neues Buchmanuskript«, setzte sie trotzdem mutig nach, »ich könnte es sauber abschreiben ...«

»Wissen Sie, Blümchen, ich schreibe meine Bücher direkt in die Maschine. Und so gebe ich sie ins Lektorat«, antwortete Vicki

Baum und hatte sich schon wieder dem Artikel zugewandt. Dann sah sie plötzlich wieder auf und blickte Lili forschend an. »Warum fragen Sie mich das eigentlich?«

Lili schluckte und holte tief Luft. »Wir ... ich meine, ich ... ich muss ein bisschen was dazuverdienen.« So, jetzt war es heraus. »Emil und ich, wir wollen schließlich irgendwann heiraten.«

»Ach so ist das«, sagte Vicki Baum, und ihr Blick ruhte nachdenklich auf ihr. »Verstehe. Wissen Sie was? Ich hör mich mal um. Gut möglich, dass man in einer anderen Abteilung jemanden braucht.«

»Das wäre schrecklich nett von Ihnen«, sagte Lili entmutigt. Sie hatte bereits im Buchverlag nachgefragt, ob man dort wieder Arbeit für sie hätte, doch sie hatte erfahren, dass man inzwischen zwei feste Fräulein nur fürs Korrekturlesen eingestellt hätte und ihre Dienste nun nicht mehr benötigte. Das war eine herbe Enttäuschung gewesen, zu gern hätte sie weiter nebenbei für das »Haus der Bücher«, wie Gundi immer sagte, gearbeitet.

Frau Baums Romane abzutippen, wäre natürlich auch eine grandiose Sache gewesen. Was sie da nicht alles hätte lernen können! Allerdings hatte sie noch nie bedacht, dass die berühmte Schriftstellerin genau wie sie abends zu Hause saß und ihre Bücher nach Geschäftsschluss schrieb, und sie fühlte sich mit ihr gleich noch mehr verbunden als zuvor. Sie war drauf und dran, ihrer Chefin von ihrem Roman zu erzählen, im letzten Moment hielt sie sich jedoch scheu zurück. Frau Baum war so nett zu ihr. Würde sie es nicht als Anmaßung empfinden, wenn Lili sich auf eine Stufe mit ihr stellte? Nein, es war besser, sie würde das niemals erfahren.

So verging der Vormittag. Nach der Mittagspause hatte Vicki Baum ihr einen längeren amüsanten Artikel über die Prominenz in die Maschine diktiert, die sich neuerdings im Boxstudio von

Sabri Mahir drängelte, und Lili konnte nicht anders, als sie grenzenlos dafür zu bewundern, wie konzentriert und eloquent sie Satz um Satz druckreif von sich gab, während sie im Büro auf und ab spazierte.

Lili zog gerade das letzte Blatt aus der Maschine und legte es ihr hin, als sich Vicki Baum auf einmal vor die Stirn schlug und sagte: »Jetzt hätt ich es beinahe vergessen. Ich hab in der Mittagspause Anita von der *Modewelt* getroffen. Sie hätte was für Sie, was Sie zu Hause ins Reine schreiben könnten. Rasch, schauen Sie noch bei ihr vorbei, vielleicht erwischen Sie sie noch.«

Lili traf die Modejournalistin im Disput mit einem untersetzten Herrn mit Kaiser-Wilhelm-Bart an, dessen Gehilfe einen ganzen Arm voller in Wäschesäcke gehüllter Kleider auf einen Ständer hängte.

»Herr Kowalski, so geht das nicht«, wies Anita ihn zurecht. »Den ganzen Kram können Sie gleich wieder mitnehmen. Wir bilden uns unabhängig eine Meinung, und wenn wir der Ansicht sind, dass wir Ihre Herrenmodelle der Herbst-Winter-Kollektion in Augenschein nehmen sollten, dann besuchen wir Sie in Ihrem Geschäft.«

»Liebes Fräulein Anita, Sie verstehen das ganz falsch«, entgegnete Herr Kowalski und hob die Hände, als wollte er sie in Unschuld waschen. »Wir möchten keineswegs unsere werte Konkurrenz auf diese Weise übergehen, sondern Ihnen lediglich Ihre Arbeit erleichtern. Komm, Paulchen, wir wollen nicht weiter stören. Aber glauben Sie mir, der Herr Dr. Ullstein ist ein guter Freund von mir und ...«

»Welcher Dr. Ullstein?«, warf Anita abweisend ein. »Wir haben fünf von der Sorte. Nein, neuerdings sogar sieben. Und außerdem ist es mir egal, was ...«

Doch da hatte der Herrenausstatter Kowalski auch schon den Rückzug angetreten. Anita stöhnte theatralisch, dann fiel ihr Blick auf Lili. »Und was wollen Sie?«

»Frau Baum schickt mich«, erklärte Lili kleinlaut. »Wegen der Schreibarbeit.«

»Ach, Sie müssen das famose Blümchen sein. Gut, dass Sie da sind.« Anita ließ sich seufzend auf ihren Stuhl fallen und begann in dem Berg von Unterlagen zu wühlen, der sich auf ihrem Schreibtisch türmte. Lili dachte an den stets aufgeräumten Arbeitsplatz von Vicki Baum und war einmal mehr froh und dankbar, bei ihr arbeiten zu dürfen. »Hier ist es.« Anita zog einige eng mit der Hand beschriebene Seiten unter einem aufgeschlagenen Modekatalog hervor. »Das ist ein Beitrag für *Die Dame*, den ich Korff versprochen habe. Er hat gesagt, wenn ich ihn morgen nicht abgebe ... nun gut.« Sie räusperte sich und grinste Lili verlegen an. »Schaffen Sie das über Nacht?« Lili sah die Seiten durch. Anitas Handschrift war schlimm, aber mit einiger Anstrengung lesbar.

»Ja, das geht«, antwortete sie.

»Und wenn Sie hin und wieder finden sollten, man könnte es anders formulieren ... Sie wissen schon. Dann dürfen Sie das ruhig tun. Vicki sagt, Sie haben Talent.«

Lili wurde ganz heiß bei diesem unerwarteten Lob. »Wirklich? Das freut mich«, flüsterte sie, doch Anita schien sie gar nicht zu hören.

»Und obwohl ich finde, dass fünfzig Pfennige pro Seite ziemlich happig sind«, fuhr sie fort, »füge ich mich meinem Schicksal. Also? Geht das klar?«

»Das ... das geht klar«, antwortete Lili verblüfft. Fünfzig Pfennige pro Seite! So viel hätte sie niemals verlangt. »Bis morgen früh also.«

»Schau mal, was ich hier habe«, sagte Hedwig Blume, als Lili nach Hause kam. Auf dem Küchentisch lag eine luftige weiße Wolke aus Tüll.

»Wo hast du das her?«, fragte Lili und prüfte den feinen Spitzenstoff mit den eingewebten Blütenranken zwischen Zeigefinger und Daumen.

»Von Frau Ehrlensperg. Sie bekommt neue Fensterstores und hat mir die alten geschenkt. Sie wollte die tatsächlich wegwerfen, kannst du dir das vorstellen?«

»Willst du sie hier aufhängen?«, fragte Lili skeptisch. »So viele Fenster haben wir doch gar nicht.«

»Nein, natürlich hängen wir die nicht auf«, gab die Mutter amüsiert zurück. »Gäbe das nicht ein erstklassiges Brautkleid für dich?« Sie nahm eine Bahn des Stoffes vom Tisch, drapierte ihn geschickt über ihre eigene Schulter und ließ ihn in feinen Falten bis zum Boden fallen. »Na, wie findest du das? Es ist so viel Stoff, dass wir dir sogar einen bodenlangen Schleier daraus machen können.«

»Das wird ein Prinzessinnenkleid«, schwärmte Lili begeistert. »Und du meinst nicht, dass man dem ansieht, dass es mal ein Vorhang war?«

»I wo!«, antwortete ihre Mutter. »Das Muster ist gar nicht typisch Vorhang, finde ich. So geht es natürlich nicht, es ist zu transparent. Wir brauchen noch Stoff für ein weißes Unterkleid. Aber den kriegen wir schon irgendwo her. Und wenn wir unsere Leintücher zerschneiden.«

Mutter und Tochter lachten ausgelassen über diese kühne Idee. »Wann wird es denn endlich so weit sein?«, fragte Hedwig Blume, und Lili verging das Lachen.

»Ach, frag mich was Leichteres, Mutti.« Sie seufzte. Und tatsächlich hatte sie das Gefühl, als ob ihre Heirat von Tag zu Tag weiter in die Ferne rückte. »Mal von dem Geld abgesehen, das Emil noch immer nicht verdient – wo sollten wir denn wohnen? Hier bei uns ist doch kein Platz. Und bei Emils Leuten auch nicht.«

Darauf wusste Hedwig Blume nichts zu sagen. Stattdessen sahen sie gemeinsam sorgfältig die vielen einzelnen Vorhangbahnen nach eventuellen Fehlern oder Schäden durch und konnten fast nichts entdecken.

»Warum wirft die Frau Geheimrätin das denn einfach so weg?«, fragte Lili ungläubig.

Ihre Mutter zuckte mit den Schultern. »Sie gefallen ihr nicht mehr«, sagt sie. »Ihre Freundinnen, behauptet sie, hätten schon längst die gesamte Einrichtung erneuert. Pass auf«, fügte Hedwig Blume hinzu. »Wenn sie auch noch Möbel rauswirft, dann haben wir euch ruckzuck eine Wohnung eingerichtet.«

»Müssen wir nur noch eine finden«, wandte Lili ein.

An diesem Abend fiel ihr Treffen mit Emil kürzer aus als sonst, denn sie brannte darauf, Anitas Aufsatz abzuschreiben. Außerdem war ihr Verlobter wieder ganz besonders mürrisch. Er war zusammen mit Erich Salomon bei Gericht gewesen und hatte sich beinahe zu Tode geschämt, so ungeniert hatte sein »Lehrmeister« unter einer zusammengefalteten und extra präparierten Zeitung hervor Bilder von der Angeklagten gemacht, obwohl das strengstens verboten gewesen war. »Ich kann dir gar nicht sagen, wie froh ich bin, wenn diese vier Wochen rum sind«, erklärte Emil zum x-ten Male, und Lili pflichtete ihm von Herzen bei. Was dann allerdings sein würde, darüber vermieden sie zu sprechen.

Endlich saß sie dann in der Küche vor ihrer Schreibmaschine. Statt an ihrem Roman zu arbeiten, versuchte sie nun, Anitas Handschrift zu entziffern und sich auf das Geschriebene einen Reim zu machen. Dreimal musste sie den Artikel durchlesen, bis sie verstanden hatte, was Anita eigentlich sagen wollte, dann begann sie zu schreiben. Spontan beschloss sie, einen Absatz aus der Mitte gleich an den Anfang zu setzen, die langweilige Einleitung wegzulassen, und dann fügte sich auf einmal alles wie von selbst aneinander. Als sie den letzten Satz in die Maschine hämmerte, schlug es zwar von der benachbarten Kirchturmuhr Mitternacht, doch Lilis Wangen glühten. Noch einmal las sie den gesamten Artikel durch, dann räumte sie ihre Triumph weg und ging zu Bett. Und schlief seit längerer Zeit mal wieder sofort ein und wachte erst auf, als sie ihren Vater vor der Frühschicht in der Küche rumoren hörte und gleich darauf Gundis Wecker klingelte und der gesamte Haushalt wegen der bevorstehenden Abreise in helle Aufregung geriet.

Natürlich brachte Lili vor der Arbeit ihre kleine Schwester gemeinsam mit der Mutter noch zum Schlesischen Bahnhof, wo die Austauschschülerinnen den Nord-Express nehmen würden, auch wenn sie sich dann beeilen musste, um rechtzeitig zur Arbeit zu kommen. Mutter Blume hatte noch ein ganzes Paket mit Butterstullen geschmiert, damit ihr Küken auf der langen Fahrt nur nicht verhungerte, und als sie endlich den Bahnhof erreichten, herrschte dort großes Gedränge. Lili schnappte sich Gundis Koffer und nahm sie bei der Hand, damit sie in dem Getümmel bloß nicht verloren ging, und Hedwig Blume ergriff die andere. Während sie bettelnden Kriegsinvaliden auf ihren Rollbrettern auswichen, die sich ihnen gefährlich in den Weg schoben, fragte sich Lili, wo all die vielen Menschen eigentlich hinwollten, die eleganten Herren und Damen in Pelzmänteln und mit Bergen von Koffern, die Diener und Gepäckträger hinter ihnen herschleppten, und die ärmlich gekleideten Frauen mit Kopftüchern oder die jungen Burschen, die sich rücksichtslos durchdrängelten.

»Wir müssen zu Bahnsteig zehn«, sagte Gundi.

Je näher sie diesem kamen, desto mehr Mütter oder Elternpaare mit Mädchen im Alter von Gundi sahen sie, und schließlich entdeckten sie die Klassenkameradin, die ebenfalls nach Paris fuhr, und schlossen sich ihrer Familie an.

»Machen Sie sich auch so große Sorgen um Ihre Tochter?«, fragte Hedwig Blume den Vater des Mädchens.

»Wird schon schiefgeh'n«, war seine knappe Antwort. »Unkraut vergeht nicht.«

Der Bahnsteig war voller aufgeregter und bleicher Fünfzehnjähriger, die nervös den letzten Ratschlägen ihrer Eltern lauschten und doch schon mit ihren Gedanken in der Ferne waren.

»Pass gut auf dich auf«, sagte Hedwig Blume wohl zum zehnten Male zu Gundi. »Geh nie mit fremden Männern und halte dich an deine Gastfamilie«, fügte sie hinzu.

»Mami«, antwortete Gundi genervt. »Jetzt hör mal auf. Mir passiert schon nichts.«

»Und dass du uns bald schreibst, hörst du?«, schärfte Lili ihrer Schwester ein. »Sonst sterben wir hier vor Sorge.«

»Na klar«, erwiderte Gundi, die unter ihren Gleichaltrigen auf einmal ziemlich gelassen wirkte. »Da ist Fräulein Schönthaler«, sagte sie und griff tapfer nach ihrem Koffer. Einige Meter entfernt stand eine energisch wirkende Frau Mitte dreißig in einem grauen Kostüm mit einem altmodischen Federhut auf dem Kopf und einer Liste in der Hand. Mit durchdringender Stimme rief sie Namen auf. »Gundula Blume. Bist du da?«

»Hier bin ich«, rief Gundi und machte sich von ihrer Mutter los, die sie noch einmal in die Arme geschlossen hatte.

»Dann sag jetzt auf Wiedersehen und steig bitte in den Zug ein«, kommandierte die Lehrerin.

»Tschüss«, sagte Gundi und gab beiden einen Kuss. »Ich muss jetzt los.«

»Gute Reise!«, rief Lili ihr nach, da war ihre Schwester schon in dem Pulk junger Mädchen verschwunden, die sich um die Waggontür drängten und einander beim Einsteigen halfen.

»Ach du liebe Güte«, seufzte Hedwig Blume auf. »Wenn das nur gut geht!«

»Aber ja, Mutti«, versuchte Lili sie zu trösten und legte ihr den Arm um die Schultern. »Gundi ist so vernünftig. Schau mal, da ist sie!«

Lili wies auf ein Abteilfenster, das mit Schwung geöffnet wurde. Im nächsten Moment lehnte sich Gundi heraus, winkte ihnen fröhlich zu und rief etwas, doch gerade in diesem Moment stieß die Lokomotive mit einem schmauchenden Zischen eine Dampfwolke aus. Trillerpfeifen ertönten, die Türen wurden geschlossen, und ganz langsam setzte sich der Zug in Bewegung.

»Grüß Paris von mir«, rief Lili, so laut sie konnte.

»Komm gut wieder nach Hause«, flüsterte Hedwig Blume mit Tränen in den Augen, und beide winkten sie, bis der Zug den Bahnhof längst verlassen hatte.

Gut, dass Papa nicht mitkommen konnte, dachte Lili, als sie sich vor dem Bahnhof von ihrer schluchzenden Mutter verabschiedete. Er hätte Gundi im letzten Moment womöglich wieder aus dem Zug geholt. Und dann musste sie sich beeilen, denn es war später geworden, als sie gedacht hatte.

Vor der Arbeit wollte sie unbedingt Anita den Artikel vorbeibringen, doch als sie völlig außer Atem in der Moderedaktion angekommen war, fand sie das Büro leer vor.

»Anita kommt immer später«, rief der Redakteur aus dem Nachbarbüro herüber und musterte Lili neugierig. »Vor zehn braucht man gar nicht mit ihr zu rechnen.«

Lili zögerte, dann machte sie vorsichtig auf dem Schreibtisch der Modejournalistin ein wenig Platz, schob einige der Schnittmusterbögen beiseite, für die die *Modewelt* im ganzen Land bei den Hobbyschneiderinnen berühmt war und die auch Lilis Mutter gern benutzte, und legte die sauber beschriebenen Blätter deutlich sichtbar in die Mitte.

Zwei Stunden später klingelte das Telefon. Und da Vicki Baum gerade bei einer Konferenz war, nahm Lili ab.

»Na, Sie erlauben sich vielleicht was!« Das war Anitas Stimme, kein Zweifel, und Lili wurde ganz schwach bei diesen Worten. Hatte sie sich zu viele Freiheiten herausgenommen mit ihren Umstellungen und Änderungen? »Kommen Sie bitte mal vorbei, ja?«

Mit zitternden Knien machte Lili sich auf den Weg. Das war's dann wohl mit ihrem Zusatzverdienst. Wieso musste sie eigentlich immer alles umformulieren, was nicht von Vicki Baum oder von ihr selbst stammte? An diesem Dünkel würde sie noch mal zugrunde gehen.

»Junge Frau«, empfing Anita sie, ganz Lady in einem eleganten grasgrünen Mittagskleid, das raffiniert um ihren fast schon mageren Leib fiel, »Sie sind zwar ziemlich frech, aber gut. So was gefällt mir. Erst hab ich gedacht, ich muss Ihnen den Artikel um Ihre hübschen Ohren hauen, als er statt am Anfang mittendrin angefangen hat. Dann hab ich gemerkt, dass es alles in allem so viel besser ist. Hier ist Ihr Lohn. Und den nächsten Auftrag hab ich auch schon für Sie.« Doch Lili hatte kein Auge für die Papiere, die die Moderedakteurin ihr reichte. Sie konnte den Blick nicht von diesem Kleiderständer abwenden, denn dort hingen nun von ihren Hüllen befreit Herrenfracks in allen Größen.

»Was ... was geschieht mit diesen Anzügen?«, fragte sie.

»Mit den Fracks?« Anita sah sie überrascht an. »Ich habe noch nicht entschieden, ob wir sie wegwerfen oder verschenken.«

Lili versuchte zu schlucken. Ihr Mund war ganz trocken geworden.

»Mein Verlobter ...«

»Wollen Sie einen haben?«, unterbrach Anita sie. »Sie müssen aber wissen, dass die Kowalskis nicht zur ersten Riege der Berliner Herrenausstatter gehören ...«

»Ich glaube, das ist schon in Ordnung«, platzte Lili heraus.

»Nun, dann suchen Sie sich einen aus.« Auf einmal erschien ein listiges Lächeln auf dem Gesicht der Moderedakteurin. »Und alles, was dazugehört. Ich darf dann wohl davon ausgehen, dass Sie mich weiterhin mit Ihrer Schreibmaschine unterstützen werden?«

»Gewiss«, antwortete Lili rasch. Und hoffte inständig, dass sie auch weiterhin für ihre Arbeit bezahlt werden würde.

13

»Nur mal gesetzt den Fall«, sagte Dr. Franz und breitete die Baupläne vor ihr aus, »Sie ziehen als meine Ehefrau in die neue Villa mit ein. Wie würden Sie sich Ihre Räume vorstellen?« Rosalie konnte ein Schmunzeln nicht unterdrücken. Franz Ullstein war, ganz Gentleman, nicht mehr auf seinen Antrag zu sprechen gekommen. Was ihn nicht daran hinderte, immer wieder Bemerkungen fallen zu lassen, wie: Was wäre, wenn ...

Seit ihrem Grunewald-Spaziergang hatte sie mehr und mehr das Gefühl, an einem Wendepunkt ihres Lebens angelangt zu sein. Ihren 30. Geburtstag hatte sie mit Absicht zu ignorieren versucht und keiner Menschenseele davon erzählt, denn ihr war klar, dass mit dem neuen Jahrzehnt etwas zu Ende ging. Was allerdings nun beginnen würde, darüber war sie sich irritierenderweise noch überhaupt nicht im Klaren. Mit zwanzig hatte das Leben vor ihr gelegen wie endlose Landschaften auf einer Karte, die sie in jede beliebige Richtung nach Herzenslust bereisen konnte – alles hatte ihr offengestanden. Zehn Jahre später hatte sie das Gefühl, ihrem Leben eine klare Ausrichtung geben zu müssen, ansonsten würde sie niemals irgendwo ankommen.

Sie hatte vergeblich versucht herauszufinden, welchen Kurs Kobra für sein Leben gewählt hatte und ob sie beide sich möglicherweise irgendwann auf eine gemeinsame Richtung würden einigen können. Je mehr sie sich allerdings bemühte, ihn zu durchschauen, desto fremder erschien er ihr. In ihm lesen zu wollen, glich dem unergiebigen Rätseln bei der Entschlüsselung einer unbekannten Sprache, so wie Arabisch oder Chinesisch, wo man noch nicht einmal wusste, ob die Schrift von oben nach unten oder von links nach rechts zu entziffern war oder umgekehrt. Alles, was sie glaubte herauszuhören, war, dass er ständig Pläne schmiedete. Und dass sie selbst darin auch eine Rolle spielte, nur nicht die, die sie sich wünschte.

»Nun, es müssen ein paar Entscheidungen getroffen werden«, holte Dr. Franz sie freundlich in die Wirklichkeit zurück, und in dieser Wirklichkeit standen sie im Esszimmer der gediegenen Charlottenburger Wohnung, in der er, so schien es, die vergangenen Jahrzehnte seines Lebens verbracht hatte. Es war Sonntag, er hatte sie zu einem Spaziergang abgeholt und danach gebeten, mit ihm die Baupläne durchzusehen. Seine Haushälterin hatte Tee gemacht, der auf dem Tischchen neben der Sitzgruppe kalt wurde.

»Und es wäre doch zu schade, wenn Ihnen mein neu erbautes Haus nicht zusagen würde.«

»Das ist sehr nett von Ihnen«, sagte sie und versuchte, sich auf den Grundriss des Hauses zu konzentrieren. Dr. Franz hatte recht. Sie musste sich entscheiden. Entscheiden, ob sie weiterhin eine Rolle in Kobras Plänen spielen wollte, ohne deren Zusammenhänge zu kennen. »Ich fände es äußerst reizvoll«, hatte er bei ihrer letzten Begegnung gesagt, »wenn du Teil des Ullstein-Clans werden würdest. Mich interessiert nämlich schon lange, welche Strategien die Brüder langfristig verfolgen.« Das hatte sie aufhorchen lassen. Kobra musste einen sehr schwachen Moment gehabt haben, denn normalerweise ließ er sich nie in die Karten schauen. Nun allerdings begriff sie, warum er dafür gesorgt hatte, dass Dr. Franz und sie sich überhaupt begegnet waren. Er versuchte, sie für seine Interessen zu benutzen. Als sie das verstanden hatte, war in ihr plötzlich alles kalt und gleichgültig geworden. Nein, sie würde keine Marionette in Kobras Puppentheater mehr sein. Sie musste endlich die Kontrolle über ihr Leben ganz und gar zurückgewinnen.

»Sehen Sie«, sagte Dr. Franz und zeigte auf den Bauplan. »Unten werden wir einen großen Salon für Empfänge haben und hier noch einen kleineren. Für den habe ich bereits eine wunderschöne und ultramoderne Ausstattung von einem Bauhaus-Künstler bestellt. Wissen Sie, meine Nichte Anni arbeitet dort, und ich kann nur hoffen, dass es Ihnen gefällt. Wenn nicht, geben wir sie eben wieder zurück. Daneben befinden sich das Esszimmer und die Wirtschaftsräume.« Seine Hand fuhr über den Plan, dann zog er einen zweiten darüber. »Im Obergeschoss sind die Privatgemächer eingeplant. Und ich frage mich eines, liebe Rosalie: Hätten Sie lieber Morgensonne in Ihren Räumen, oder würden Sie lieber abends den Sonnenuntergang bewundern?«

Er sah sie an. Seine Augen, die so spöttisch dreinblicken konnten, ruhten liebevoll auf ihr, so als gäbe es im Leben keine wichtigere Frage, als ob sie morgens oder abends Sonnenlicht wünschte.

»Ich liebe Sonnenuntergänge«, sagte sie und musste sich räuspern, so belegt klang ihre Stimme.

»Sehr schön. Ich muss Ihnen auch noch unbedingt meine Kunstsammlung zeigen«, fuhr Dr. Franz eifrig fort. »Damit Sie sich aussuchen können, welche Bilder Sie gerne für Ihre Räume hätten. Und falls nichts darunter ist, was Ihnen gefällt, dann werden wir zu Auktionen gehen und ...«

»Ich habe eine Schwäche für Bilder von Camille Pissarro«, hörte sie sich sagen, und er sah sie an, als hätte sie eben etwas Wunderbares gesagt.

»Ach wirklich?« Überglücklich rückte er seinen Zwicker zurecht, eine Geste, die er häufig machte, wenn er aufgeregt war. »Von Pissarro habe ich einiges.«

»Etwas mit Bäumen? Oder eine Landschaft?«

»Oh ja. Bäume und Landschaften. Und sogar einen Sonnenuntergang.«

»Ich denke«, sagte sie leise, »der wird sich sicherlich wunderbar in meinem neuen Schlafzimmer machen.«

Einen feierlichen Moment lang war es ganz still zwischen ihnen. Sie standen dicht nebeneinander über die Pläne gebeugt, und sie hatte den Eindruck, dass er sich nicht zu rühren wagte, so als könnte etwas zerbrechen, wenn er jetzt ungeschickt wäre.

»Darf ich das als ein Ja werten?«, fragte er schließlich verhalten und wandte ihr den Blick zu. In seinen Augen las sie unbeschreibliches Glück. Statt ihm zu antworten, küsste sie ihn ganz einfach, diesen mächtigen und doch so scheuen Mann, mit dem sie nun ihr Leben verweben würde, jedoch vollkommen anders, als Kobra es im Sinn gehabt haben mochte. Kurz wirkte er wie benommen, dann schlang er seine Arme um sie, und Rosalie hatte das Gefühl, endlich angekommen zu sein. Seine Lippen waren warm und weich wie die einer Frau, und als sie vorsichtig mit ihrer Zunge an sie rührte, öffneten sie sich, und Rosalie schmeckte Aromen wie von einem guten trockenen Sherry vermischt mit Tabak und Zimt. Es fühlt sich gut an, dachte sie. Wir werden keine feurigen Liebesnächte miteinander feiern wie ich mit Kobra, aber so etwas gibt es eben nur einmal.

Jeder hat seine eigene Art, Gefühle zu zeigen, dachte Rosalie, als Dr. Franz sie schließlich an der Hand nahm und in sein Arbeitszimmer führte, wo über dem Kamin ein entzückender Pissarro hing. Gerührt lauschte sie seinen Erzählungen, wie er von der Versteigerung der verschiedenen Gemälde erfahren hatte und wohin er zu den Auktionen gereist war, um dieses und andere Werke des französischen Impressionismus zu erwerben. Ja, er blühte geradezu auf, als er ihr seinen größten Schatz zeigte. Es war das Porträt einer brünetten Dame, die seitlich in einem Korbsessel vor einer angedeuteten Küstenlandschaft saß und ihren Kopf dem Betrachter zuwandte mit einem Ausdruck im Gesicht, als habe sie der Maler gerade in ihren Gedanken gestört.

»Ich finde, sie hat Ähnlichkeit mit dir«, sagte Dr. Franz, und Rosalie wurde es ganz warm ums Herz. Weniger deswegen, weil er sie mit dieser schönen Frau verglich, sondern weil er sie zum ersten Mal geduzt hatte. Und schließlich entdeckte Rosalie in einem der Gästezimmer ein Gemälde von Pissarro, in das sie sich auf der Stelle verliebte: Es zeigte eine Flusslandschaft der Marne, und der Maler musste in einem Boot gesessen haben, als er es malte, denn der gesamte Vordergrund des Bildes wurde von einer ruhig dahinfließenden Wasserfläche eingenommen, in der sich ein heiterer Sommerhimmel spiegelte. In der Ferne war ein Dorf auf einem Hügel zu erkennen und am Ufer weiße Gebäude von Gehöften zwischen hohen dunklen Zypressen. Doch die eigentlichen Protagonisten des Bildes waren der Fluss und ein kleines Ruderboot, das im Mittelgrund dahinzugleiten schien, mit zwei winzigen weiß gekleideten Gestalten und einer dunklen, die, so konnte man nur raten, das Boot steuerte.

»Dieser Fluss kommt mir so vor, als könnte man auf ihm in die Freiheit gleiten«, sagte Rosalie gedankenverloren. »Alles wird heiter und leicht in mir, wenn ich das Bild ansehe.«

»Dann möchte ich es dir schenken«, sagte Franz und legte seinen Arm um sie. »Denn nichts wünsche ich mir mehr, als dass du dich heiter und leicht fühlst. Und frei.«

Über alldem war es Abend geworden, und sie beschlossen, Rosalies Entscheidung zu feiern. Ein anderer Mann hätte es vermutlich »Verlobung« genannt, Dr. Franz dagegen sprach von einer überaus glücklichen »Fusion«. Trotzdem wurde es ein fast schon romantischer Abend mit Candle-Light-Dinner im *Horcher*, Berlins exklusivstem Restaurant. Wie Dr. Franz es geschafft hatte, in der Kürze der Zeit, die Rosalie zum Umziehen gebraucht hatte, dafür zu sorgen, dass ihr Tisch bei der Ankunft mit lachsfarbenen Rosen geschmückt war, war ihr ein Rätsel. Wie an ihrem ersten gemeinsamen Abend im Adlon spielte ein Pianist den Gershwin-Song *Oh, Lady be good!* und danach noch viele weitere ihrer Lieblingslieder, während sie Austern und danach einen Hummer genossen und Champagner tranken. Offenbar hatte er sich gemerkt, dass sie abends am liebsten leichte Gerichte zu sich nahm, und das erfüllte sie mit Freude.

»Du musst mir alle deine Vorlieben verraten«, bat Dr. Franz sie. »Welche Edelsteine magst du beispielsweise am liebsten?«

»Bei Schmuck bin ich wählerisch«, gestand Rosalie. »Ich fürchte, ich habe da einen recht puristischen Geschmack. Ich trage gern Perlen, und ob du es glaubst oder nicht, diese hier habe ich mir selbst gekauft, wie alles andere auch.« Sie berührte die lange dreireihige Kette aus großen, wunderschönen Zuchtperlen, die sie zu dem schwarzen Kleid mit der Schleife an der Hüfte trug, das sie für diesen Abend gewählt hatte.

»Dann hoffe ich, dass der Ring dir trotzdem gefällt?« Dr. Franz wies auf den Smaragd an ihrer Hand.

»Ja, er ist wunderschön«, antwortete Rosalie und hielt den Ring ins Kerzenlicht, sodass der facettierte Stein grün funkelnde Reflexe warf. »Obwohl ich selten farbige Edelsteine trage. Dieser hier ist schon jetzt mein Lieblingsstück geworden.«

»Dann hast du Diamanten gern?«

»Weil sie farblos sind, meinst du? Ja, da hast du ins Schwarze getroffen. Aber was denkt man von einer Dame, die sagt, dass sie eigentlich nur Perlen und Diamanten trägt ...«

»... sie ist ehrlich und selbstbewusst«, beantwortete Dr. Franz ihren Satz. »Und wenn sie es nicht sagt, dann riskiert sie, ein Leben lang das Falsche geschenkt zu bekommen. Und am Ende stehen die beiden vor dem Scheidungsrichter, und sie sagt: Wenn er mich nur nicht immer mit diesen Rubinen, Saphiren und Opalen überhäuft hätte!« Er zog eine angewiderte Grimasse und brachte sie damit zum Lachen.

»Du hast recht«, sagte sie. »Und welche Art von Geschenken magst du nicht so gern?«

»Manschettenknöpfe«, kam es wie aus der Pistole geschossen. »Taschenuhren habe ich übrigens auch schon mehr, als ein einzelner Mann tragen kann. Zigarettenetuis ebenfalls, mit denen könnte ich eine Tombola bestücken.«

Sie lachten wieder, und der Ober kam, um nachzufragen, ob sie zum Nachtisch eine geeiste spanische Windtorte mit Granatapfelkernen wünschten oder lieber ein Schokoladen-Himbeer-Schichtdessert. Rosalie ließ sich zu der spanischen Windtorte überreden, und während sie sich die überaus zarten Meringuestücke auf der Zunge zergehen ließ, wechselte Dr. Franz das Thema.

»Ich würde dich gern meinen Kindern vorstellen, jetzt, wo wir heiraten werden«, sagte er. »Vor allem meine Tochter Lisbeth ist sehr gespannt auf dich.«

Rosalie fühlte, wie ihre Stimmung sank. Sie musste an das denken, was Vicki über die Familie Ullstein gesagt hatte. Vermutlich war Franz' Tochter nur wenige Jahre jünger als sie. Außerdem hatte Lisbeth vor nicht allzu langer Zeit ihre Mutter verloren. All das waren keine guten Voraussetzungen dafür, dass man sie mit offenen Armen aufnehmen würde.

»Werden sie mich mögen?«, fragte sie, und auf einmal erschien ihr das grelle Rot der Granatapfelkerne in dem weißen Sahne-Meringue-Bett wie ein böses Omen.

»Das werden sie«, antwortete Dr. Franz in dem Ton, als würden sie über eine dringend notwendige Neuerung im Verlag sprechen.

»Wissen sie denn bereits von ... ich meine, von uns beiden?«

Dr. Franz lachte fröhlich. »Der ganze Verlag weiß von uns beiden«, antwortete er mit sichtlichem Stolz. »Noch bevor wir selbst es wussten«, fügte er rasch hinzu.

Ein paar Tage später holte Franz sie in der Limousine von zu Hause ab, und Wohlrabe fuhr sie hinaus nach Tempelhof. Es war ihr Wunsch gewesen, endlich das legendäre Ullstein-Druckhaus in der Berliner Chaussee zu besichtigen, das größte und modernste seiner Art in ganz Europa. Schon von außen hatte sie diesen gewaltigen, von dem Architekten Eugen Schmohl entworfen Klinkerbau viele Male bewundert, der direkt am Ufer des Teltowkanals wie eine Burg aufragte und von einem ebenso trutzigen, 77 Meter hohen Uhrenturm gekrönt war. Mit seinen neugotischen Fensterbögen erschien er Rosalie wie eine Kathedrale des gedruckten Wortes, denn hier wurden sie auf Papier gebannt und dann zu Büchern und Zeitschriften verarbeitet.

Im Herzen dieser gigantischen Trutzburg wusste sie nun kaum, wohin sie zuerst sehen sollte, denn überall drehten sich Walzen jeglicher Größe, spulten mit rasender Geschwindigkeit überdimensionierte Papierbögen ab, leiteten sie weiter zu den gewaltigen Druckmaschinen, die sie einsogen und auf der anderen Seite wieder entließen, wo sie weitergeführt wurden, immer weiter – Rosalie konnte das Ende des Saals kaum erkennen. Der Lärm war unbeschreiblich, und Rosalie war froh, dass Franz sie dazu überredet hatte, mit Wachs versetzte Watte in die Ohren zu schieben, ehe sie den Maschinensaal betreten hatten.

Dr. Franz rief ihr etwas zu und wies in die Höhe, doch seine Worte wurden vom Lärm verschluckt. Auf enormen Stahlträgern rotierten dort oben noch mehr Räder und Spulen, die Anlage erstreckte sich über Dimensionen, die Rosalie sich gar nicht hätte vorstellen können. Franz nahm sie an der Hand und zog sie sanft weiter, wies auf diese und jene Besonderheit hin, und auf einmal kam ihnen ein großer schlanker Mann entgegen mit einem Bart zwischen Nase und Mund, der seine Oberlippe halb bedeckte. Rosalie erkannte in ihm Rudolf Ullstein, den Herrn dieses Reichs.

Mit seiner hohen Stirn, den tiefliegenden, von seinen Lidern halb verborgenen Augen, was ihm etwas Distanziertes verlieh, sah Rudolf Ullstein aus wie ein englischer Aristokrat. Genau wie Dr. Franz war er tadellos gekleidet, und doch saß sein maßgeschneiderter Anzug eine Spur eleganter, was, so vermutete Rosalie, seiner aufrechten Haltung geschuldet war. Er schien ihre Erscheinung mit einem gründlichen Blick zu erfassen und beugte sich über ihre Hand, um einen formvollendeten Handkuss darauf zu hauchen.

»Willkommen«, sagte er und führte sie durch einen kleinen Teil seines fast 38.000 Quadratmeter großen Reiches, von dem Rosalie wusste, dass es auf sieben ober- und zwei unterirdische Stockwerke verteilt war. Dann bat er sie in sein schallisoliertes Büro, in das der Höllenlärm der Rotationsdruckmaschinen nur gedämpft drang. Seine klugen Augen ruhten auf Rosalie.

»Sie sind also die Dame, von der alle sprechen«, sagte er schließlich, und ein feines Lächeln umspielte seine Mundwinkel. Im Verlag erzählte man sich, er sei ein Frauenheld, und wenn Rosalie ihn sich so ansah, glaubte sie dem Gerücht aufs Wort. »Die Dame, die es geschafft hat, unseren Franz zu erobern.«

»Nun, Herr Ullstein, ich hatte eher das Gefühl, von ihm erobert worden zu sein«, entgegnete sie lächelnd und setzte sich auf den angebotenen Stuhl.

»Pass auf«, sagte Franz leise zu ihr, als sein Bruder die Tür öffnete und seine Sekretärin anwies, Kaffee und Gebäck zu bringen, »wetten, dass er dir anbieten wird, mit ihm in seinem neuen Wagen eine Runde zu drehen?«

Noch ehe Rosalie antworten konnte, war Rudolf auch schon wieder zurück.

»Mein Bruder sagt, Sie interessieren sich für unsere Drucktechnik?«, fragte er, nachdem er Platz genommen hatte.

»Ja«, antwortete Rosalie. »Ich hab mir schon lange gewünscht, diese legendären Maschinen zu sehen, mit denen man Text und Bild auf ein und derselben Seite drucken kann, und ich muss sagen, ich bin vollkommen überwältigt. Erlauben Sie mir eine Frage: Wie funktioniert das denn?«

Rudolf Ullstein lächelte. »Das möchten Sie wirklich wissen?«

»Oh ja!« Rosalie sah die Skepsis hinter dem höflichen Lächeln. »Die Maschinenfabrik Augsburg-Nürnberg hat die ersten Rotationsdruckmaschinen in Deutschland gebaut, nicht wahr?«, fuhr sie unbeirrt fort. Offenbar musste sie erst unter Beweis stellen, dass sie eine würdige Gesprächspartnerin war.

»Das ist richtig«, antwortete Rudolf und wirkte, als müsse er auf der Hut sein. »Wir haben bereits seit 1902 die erste Rotationsmaschine im Einsatz, die gleichzeitig Text und Bild drucken kann. Natürlich schreiten die Entwicklungen stets voran. Und bei den großen Mengen an Blättern, die bei Ullstein tagtäglich erscheinen, ist jede Verbesserung ihr Geld wert.«

Rudolf Ullstein war es sichtlich nicht gewohnt, dass sich Damen für seine Lieblinge interessierten, und erst nachdem Rosalie ihm durch Nachfragen bewies, dass sie durchaus verstand, was er ihr erläuterte, taute er auf und skizzierte auf einem Blatt Papier die automatisierten Arbeitsabläufe.

»Im Grunde ist es ganz einfach«, erklärte er. »Wenn man Text und Bild auf ein und dieselbe Seite drucken will, muss man das Papier durch mehrere Druckmaschinen hindurchleiten. Wie Sie sicher wissen, drucken wir ja auch farbige Abbildungen, zum Beispiel in der *Dame*, also sind allein dafür mehrere Druckvorgänge notwendig, damit aus den Farben Rot, Gelb und Blau in verschiedenen Schritten das entsteht, was unsere Künstler gezeichnet oder gemalt haben. Wir drucken hier ja auch die Propyläen, und Herr Herz wird Ihnen eine Menge darüber sagen können, wie wichtig ihm die Bildtafeln sind und vor allem ihre Farbgebung. Also haben wir eine richtiggehende Fertigungsstraße aufgebaut, die das Papier durchläuft, je nachdem, was auf ihm gedruckt werden soll, mit mehreren Stationen. Hier kommt der Text aufs Papier«, Rudolf machte ein Kreuz auf seiner Skizze, »dort der Schwarzanteil einer Illustration. Für eine Zeitung ist das schon genug. Doch für die mehrfarbigen Magazinseiten durchläuft das Papier noch viele weitere Stationen, bis am Ende das Ergebnis stimmt.«

»Dafür muss das Papier jedoch bis auf den Millimeter genau justiert sein«, wandte Rosalie fasziniert ein. »Wenn Sie Gelb auf Blau drucken, damit in der Addition Grün entsteht, muss ja alles haargenau passen.«

»So ist es!« Rudolf strahlte Rosalie an. »Präzision ist das A und O des Druckereihandwerks. Und unsere Maschinen sind die präzisesten auf der ganzen Welt. Außerdem ist es ja damit allein nicht getan«, fügte Rudolf Ullstein hinzu und schenkte Rosalie ein offenes Lächeln. Ja, sie hatte das Gefühl, diesen etwas spröden Ullstein-Direktor für sich eingenommen zu haben. »Die Seiten einer Zeitung müssen am Ende beschnitten werden, korrekt zusammengefügt und gefaltet. Und bei einem Buch sind die Abläufe noch komplexer.«

»Werden dafür auch diese Papierrollen verwendet wie bei den Zeitungen?«, erkundigte sich Rosalie.

»Nein, für Bücher wenden wir die Technik des Bogenrotationsdrucks an. Damit schafft man viele Tausend Seiten pro Stunde. Unsere Maschinen sind die größten dieser Art, die es derzeit auf dem Markt gibt, und natürlich Spezialanfertigungen. Möchten Sie sie sehen?«

»Oh ja, sehr gern«, antwortete Rosalie begeistert und wollte sich gleich erheben. »Am liebsten würde ich alles sehen, aber ich weiß nicht, ob ich so viel von Ihrer Zeit beanspruchen darf.«

»Nun, vielleicht sollten wir hierfür einen Extratermin vereinbaren«, wandte Dr. Franz ein und sah auf die Uhr. »Wir sind nämlich mit den Kindern zum Essen verabredet.«

»So?«, machte Rudolf und sah vielsagend von seinem Bruder zu Rosalie und wieder zurück. »Die Kinder. Aha. Nun. Dann will ich euch nicht aufhalten.«

»Ich würde tatsächlich gern ein anderes Mal wiederkommen, wenn Sie erlauben«, sagte Rosalie.

»Natürlich«, gab Rudolf zurück und schenkte ihr ein charmantes Lächeln. »Es wäre mir außerdem ein Vergnügen, Ihnen meinen neuen Sportwagen vorzuführen. Ein Buick Master Six mit einem Sechszylindermotor, er ist erst vorgestern aus Amerika eingetroffen und ein Bild von einem Automobil. Ein unglaubliches Fahrgefühl, sag ich Ihnen. Ich könnte Sie bei Gelegenheit abholen. Es ist ein Cabriolet. Und zurzeit ist das Wetter ja fantastisch.«

»Das wäre sehr schön«, antwortete Rosalie und musste einen Lachanfall unterdrücken, vor allem, als Franz, der die ganze Zeit ihre Hand hielt, sanft ihre Finger drückte, als wollte er ihr damit übermitteln: Na bitte, was hab ich gesagt?

»Dann bleibt es dabei«, erklärte Rudolf. »Wenn du einverstanden bist, lieber Bruder?«

»Warum sollte ich nicht?« Dr. Franz lächelte auf seine Weise, halb spöttisch, halb ganz Generaldirektor. »Besser als du kann keiner die technische Seite unseres Unternehmens erklären.« Und zu Rosalie gewandt fügte er hinzu: »Rudolf hat das Handwerk von der Pike auf gelernt.«

»Ja, unser Vater hat das so beschlossen«, pflichtete Rudolf ihm bei. »Er hat für jeden von uns ein eigenes Tätigkeitsfeld vorgesehen, das im Verlag notwendig ist.«

»Und Sie waren glücklich über seine Wahl?«

»Absolut«, antwortete Rudolf Ullstein, und Rosalie glaubte es ihm aufs Wort.

»Rudolf hat schon als kleiner Junge alles auseinandergenommen und wieder zusammengebaut«, warf Franz lächelnd ein.

»Ich wollte wissen, wie die Dinge funktionieren und ob man dabei etwas verbessern kann. Das hat sich bis heute nicht geändert.«

»Das stimmt«, pflichtete Franz ihm mit einem gespielten Seufzen bei. »Alle paar Tage landet ein Verbesserungsvorschlag von Rudolf auf meinem Schreibtisch. Das Beste ist für ihn gerade gut genug.«

Eine kleine Pause entstand, und Rosalie war sich nicht sicher, ob da womöglich auch eine gewisse Spannung zwischen den Brüdern knisterte.

»Das Beste sollte für uns alle das Maß aller Dinge sein«, sagte sie. »Nur so kommt unsere Menschheit voran.«

Da lächelte Rudolf Ullstein sie an, und Rosalie hatte das Gefühl, dass das Eis zwischen ihr und diesem Ullstein-Bruder, so jemals eines existiert haben sollte, gebrochen war.

»Da sagen Sie etwas sehr Wahres, Frau Gräfenberg.« Er und

Franz erhoben sich beinahe gleichzeitig, und Rosalie stand ebenfalls auf. »Es hat mich sehr gefreut. Und wie gesagt, mein Angebot mit der Probefahrt steht.«

»Und du hast nichts dagegen, wenn mich dein Bruder in seinem atemberaubenden Sportwagen durch die halbe Stadt kutschiert?«, fragte sie, während Wohlrabe sie zum *Kaiserhof* brachte.

»Wieso sollte ich«, antwortete Dr. Franz fröhlich. »Ich werde ihm lediglich vorher sagen, dass er nicht so rasen darf wie sonst immer.«

»Ach bitte, tu das nicht«, bat Rosalie ihn aufgekratzt. »Einen Sportwagen muss man schnell fahren. Sonst macht es doch keinen Spaß.«

Statt einer Antwort legte Franz seinen Arm um sie, und sie schmiegte sich an ihn.

»Ich freu mich, dass du dich mit Rudolf verstehst«, gestand er ihr. »Das ist sehr gut. Als Nächstes werde ich dich Louis vorstellen.«

»Muss ich denn einen Direktor nach dem anderen erobern?«, fragte sie mit einem Lachen.

»Es wäre nicht das Schlechteste«, gab Franz zurück.

»Nun«, meinte sie frohgemut, »dann werde ich mein Bestes geben.«

»Sei einfach so, wie du bist«, riet ihr Franz. »Und alle werden dir zu Füßen liegen.«

Rosalie war bester Laune, als sie das Restaurant des *Kaiserhofs* betraten. Der Besuch des Druckhauses hatte ihr ungeheuer gefallen, sie formulierte im Geiste bereits Sätze, mit denen sie diese phänomenalen Anlagen beschreiben könnte, als sie den reservierten Tisch erreichten. Deshalb traf sie der eisige Blick aus den wasserblauen Augen von Franz' Tochter vollkommen unerwartet.

»Wir warten bereits seit einer halben Stunde«, beschwerte sich Lisbeth Saalfeld und warf ihrem Vater einen ungnädigen Blick zu.

»Tut mir leid«, antwortete Franz, während er Rosalie den Mantel abnahm und an den Kellner weitergab. »Wir haben das Druckhaus besichtigt und ...«

»Ich hab nicht ewig Zeit«, unterbrach ihn Lisbeth, und ihr Gesicht bekam rötliche Flecken. »Mariannchens Kinderfrau hat heute Nachmittag frei und ...«

»Warum hast du die Kleine denn nicht mitgebracht?«, fragte Franz. »Dann hätte Rosalie sie auch gleich kennengelernt. Darf ich vorstellen? Rosalie Gräfenberg, meine zukünftige Frau. Elisabeth Saalfeld, Lisbeth genannt, meine Tochter. Und Kurt Ullstein, mein Sohn. Schön, dass ihr es einrichten konntet.«

Kurt studierte Jura und war, wie Franz ihr erzählt hatte, extra aus Genf angereist, um sie kennenzulernen. Obwohl auch er sie wenig freundlich betrachtete, erhob er sich doch, wie es sich für einen Herrn gehörte, und machte eine kleine ruckartige Verbeugung vor ihr. Im Gegensatz zu seiner Schwester hatte er keinerlei Ähnlichkeit mit seinem Vater, er hatte schütteres dunkles Haar und braune Augen, außerdem schien er trotz seiner zwanzig Lenze noch immer nicht aus dem Pickelalter heraus zu sein.

Franz rückte Rosalie den Stuhl zurecht und ließ sich selbst an ihrer Seite nieder, und Kurt nahm ebenfalls wieder Platz. Die Geschwister wechselten vielsagende Blicke und starrten dann auf ihre Gedecke. Offenbar waren sie sich einig darin, dass sie die neue Frau an der Seite ihres Vaters nicht akzeptieren würden. Nach der freundlichen Begegnung mit Rudolf Ullstein fühlte sich das wie eine kalte Dusche an.

Vergeblich versuchte Franz, ein unbeschwertes Gespräch zu führen, das Essen zog sich wie amerikanischer Kaugummi in die Länge, und nicht einmal Rosalies aufrichtiges Interesse an Lisbeths graphologischen Kenntnissen konnte Franz' Tochter milder stimmen. Schließlich beschloss Rosalie, nicht mehr länger so zu tun, als würde sie die ablehnende Haltung der beiden nicht bemerken.

»Vielleicht sollte ich Ihnen meine Handschrift zukommen lassen«, sagte sie bei dem Tässchen Mokka, das sie statt des Desserts bestellt hatte, »dann können Sie meinen Charakter überprüfen und ob ich zu Ihrem Vater passe.«

»Das ist wohl nicht notwendig«, konterte Lisbeth. »Mein Bruder und ich haben uns bereits über Sie informiert. Die Taten eines Menschen sind noch weit aufschlussreicher als seine Schrift, Frau Gräfenberg.«

»Die Taten …?«, wiederholte Rosalie verblüfft.

»Sehr wohl. Und auch der Umgang …«

»Wir werden nicht zulassen, dass Sie unsere Familie kompromittieren«, fügte Kurt hinzu.

»Ihr geht zu weit«, erklärte Franz Ullstein scharf und erhob sich. »Ich erlaube euch nicht, so mit meiner künftigen Frau zu sprechen. Und dir«, wandte er sich an Kurt, der seiner Schwester beispringen wollte, »rate ich, dich zurückzuhalten. Offenbar habt ihr heute eure guten Manieren an der Garderobe abgegeben. Ich kann nur hoffen, dass ihr sie rasch wiederfindet. Komm, mein Liebes, wir gehen.«

Rosalie war so schockiert, dass sie erst im Wagen die Sprache wiederfand.

»Sie hassen mich«, stellte sie fest.

»Ach was«, sagte Franz bemüht gelassen, doch sein hochrotes Gesicht sprach eine andere Sprache. »Sie werden sich schon daran gewöhnen.«

Und wenn nicht, fragte sich Rosalie. Was, wenn sie uns den Krieg erklären? Wird Franz dann immer noch zu mir halten?

14

Emil stand neben einer riesigen Blumensäule und wünschte sich weit weg. Die Frackhose rutschte, und er hatte das Gefühl, dass einer der Abnäher, mit denen Hedwig Blume sie seinem spindeldürren Leib angepasst hatte, wieder aufgegangen war. Der Empfang beim Botschafter zog sich in die Länge, und Emil hatte keine Ahnung, warum Erich Salomon noch immer auf dem Treppenabsatz Wache hielt, die Ermanox in seiner Ärmelmanschette verborgen im Anschlag.

»Stell dich mal ungezwungen zu mir«, hörte er ihn sagen und rückte unauffällig, wie er hoffte, seinen Hosenbund zurecht, ehe er seine Deckung verließ und sich zu Salomon begab.

»Worauf warten wir?«, fragte er leise und versuchte eine Pose einzunehmen, als wären sie in ein interessantes Gespräch verwickelt.

»Biete mir mal ne Zigarette an«, schnauzte Salomon ihn unfreundlich an und ließ seinen Blick durch das Foyer unter ihnen schweifen.

Emil zog das Zigarettenetui aus der Tasche, das Salomon ihm für diese Zwecke geliehen hatte, hielt es ihm mit einer höflich angedeuteten Verbeugung hin und gab ihm dann Feuer.

»Worauf warten wir?«, wiederholte Salomon Emils Frage und blickte in Richtung Eingang. »Vielleicht auf den Kaiser von

China?« Genau das war es, was Emil an diesem Mann besonders ärgerte. Diese Arroganz gepaart mit Herablassung. »Hör mal gut zu, mein Junge«, fuhr Salomon fort, und seine freundliche Miene passte nicht zum Klang seiner Stimme, »Bildjournalist zu sein, heißt, informiert zu sein. Du musst vorher wissen, was passieren wird. Zum Beispiel, wer an welchem Abend wohin kommen wird oder es zumindest vorhat. Glaubst du Grünschnabel im Ernst, ich hab nichts Besseres zu tun, als hier herumzuhängen? Denkst du, ich komm wegen der Häppchen?« Er warf Emil einen verächtlichen Blick zu. »Ein Frack macht noch keinen Profi aus dir«, fügte er hinzu. »Also mach das nächste Mal besser deine Hausaufgaben, sonst nehm ich dich nicht mehr mit, ganz egal, was Szafranski sagt.«

Auf einmal kam Bewegung in die Menschengruppe unten im Foyer. Salomon trat zur Balustrade vor, und Emil konnte sehen, dass er den Arm mit der verborgenen Kamera in Stellung brachte, während er mit der Linken unauffällig unter die Manschette fuhr und Entfernung sowie Blende und Belichtung blind einstellte, wobei er sich an dem leichten Einrasten der Rädchen orientierte. Auch Emil beherrschte es inzwischen, seine Leica blind einzustellen. Dann ergriff Salomon das Ende des Fernauslösers, der vorn aus dem Ärmel ragte. Diese Geste wirkte aus der Ferne so, als verschränkte er locker ein wenig die Arme ineinander.

»Blende 2,8, Belichtungszeit 1/30 s«, murmelte Salomon in Emils Richtung, als ein dunkelhäutiger Mann in einer Art Kaftan aus golddurchwirktem Stoff mit Gefolge die Szene betrat. Auf dem Kopf trug er einen kleinen runden Hut aus demselben Stoff wie sein Gewand. »Der König von Abessinien, falls dich jemand fragt«, flüsterte Salomon und betätigte den Auslöser. »Kamerascheu«, fügte er hinzu und machte weiter Aufnahmen. »Wer ihn in seinem eigenen Königreich ohne Erlaubnis ablichtet, wird geköpft.«

Salomon zwinkerte ihm kurz zu und machte ihm ein Zeichen mit den Augen, ihm zu folgen. Gelassen schritt er die Treppe hinunter und schoss dabei mehrere Bilder. Emil konnte nicht umhin, ihn zu bewundern, denn er wusste inzwischen aus Erfahrung, dass Salomon immer mindestens ein bis zwei erstklassige Fotos mit nach Hause brachte, und im Ernstfall genügte das vollkommen. Erst drei Tage zuvor hatte er eine Aufnahme von Marlene Dietrich mit ihrer kleinen Tochter an Szafranski verkauft, von der die Schauspielerin nicht mitbekommen hatte, dass sie gemacht wurde, und nach Salomons zufriedenem Gesicht zu urteilen, hatte er einen guten Preis für den Schnappschuss erzielt. Jetzt bewegte er sich langsam und ganz natürlich um die Szene mit dem afrikanischen König herum, machte Bilder aus verschiedenen Blickwinkeln, die den hohen Gast zusammen mit dem Gastgeberpaar und einigen wichtigen Politikern zeigten, ohne dass irgendjemand die im Ärmel versteckte Kamera bemerkte.

»Das reicht«, sagte er schließlich, und da Emil mitgezählt hatte, wusste er, dass der Rollfilm aus Zelluloid voll belichtet sein musste. »Komm, wir hauen ab.«

Inzwischen war Emil mit Salomons Strategie vertraut, einen günstigen Moment abzuwarten, in dem sich eine Gruppe der Gäste rein zufällig in Richtung Ausgang bewegte, um sich ihnen anzuschließen und auf diese Weise ohne jedes Aufsehen seinen »Tatort« zu verlassen. So geschah es auch jetzt. Doch gerade als sie beinahe die Tür erreicht hatten, erschien auf der Schwelle ein ungewöhnlich attraktives Paar, und Salomon blieb wie angewurzelt stehen. Emil hatte das sichere Gefühl, die beiden schon irgendwo einmal gesehen zu haben. Ja, vor einigen Wochen vor dem Adlon, als er mit Lili bummeln gegangen war …

»Dr. Salomon«, sagte der gut aussehende Mann mit einem feinen Lächeln. »Wieder mal auf der Jagd? Haben Sie eine gute Ausbeute?«

»Ich bin zufrieden, Dr. Ritter, der Beutel ist gefüllt«, antwortete Salomon. »Was schade ist. Zu gern hätte ich Ihnen und Ihrer entzückenden Begleiterin ein Andenken an diesen Abend vermacht.« Er sah interessiert zu der hinreißenden Frau an der Seite des Dr. Ritter, und Emil musste zugeben, dass er noch nie eine derartige Schönheit von Nahem hatte bewundern können. Ob sie wohl eine Filmschauspielerin war?

»Das ist gut so«, antwortete Dr. Ritter mit einem sarkastischen Lächeln. »Ansonsten hätte ich wohl Ihren Ärmelinhalt konfiszieren müssen. Sie wollten schon gehen?«

»Die Arbeit ist getan«, antwortete Salomon und verbeugte sich kurz vor der Dame, und nur Emil konnte sehen, dass er dabei leicht seinen Arm anhob und den Auslöser ein weiteres Mal betätigte. »Leben Sie wohl und einen angenehmen Abend.«

»Wer war denn das?«

»Endlich stellst du die richtigen Fragen«, antwortete Salomon, während er Ausschau nach seinem Taxi hielt. Auf die Idee, Emil mitzunehmen und ihn bei sich zu Hause abzusetzen, war er noch nicht gekommen, und Emil würde sich eher die Zunge abbeißen, als ihn darum zu bitten. »Das war eine der wichtigsten und geheimsten Persönlichkeiten Berlins«, fuhr er fort. »Dr. Karl Ritter aus dem Ministerium für Reichssicherheit. Wer seine Begleiterin war, das weiß ich allerdings nicht. Ich hab sie schon einmal gesehen, ich komme nur nicht drauf, wo das war ...«

»Nun, das war doch sicher seine Frau«, sagte Emil.

Salomon lachte kurz auf. »Dr. Ritter hat viele Frauen, aber keine eigene«, sagte er.

»Und Sie hatten tatsächlich noch ein Bild auf dem Film?«, fragte Emil zweifelnd. Er glaubte nicht, dass er sich verzählt hatte.

Ein Taxi kam in Sicht, Salomon hob den Arm, und der Wagen hielt vor ihnen an.

»Die Filme sind immer ein bisschen länger als angegeben«, verriet Salomon, während der Fahrer ausstieg, um für ihn den Schlag zu öffnen. »Mal sehen, ob dieser Rest noch für eine Fotografie ausgereicht hat oder nicht.« Und damit nickte er Emil zu und stieg in den Wagen.

Es war ein Fußweg von einer Dreiviertelstunde bis zu ihm nach Hause. Der Abend war kühl für die Jahreszeit, und Emil hoffte, dass es nicht regnen würde, immerhin trug er den wertvollen Frack, den Lili ihm besorgt hatte. Wie sie das nun wieder geschafft hatte – nichts schien seinem wunderbaren Mädchen unmöglich zu sein. Dass sie jetzt allerdings damit angefangen hatte, nachts Artikel abzutippen, um ihm bei den Raten für seine Leica zu helfen, war ihm eigentlich zu viel. Natürlich war er ihr dankbar. Aber es beschämte ihn auch. Während er das Gefühl hatte, nichts auf die Reihe zu kriegen, half sie ihm unermüdlich und verdammt effektiv.

»Es ist ja für uns beide«, hatte sie gesagt. »Für unsere Zukunft.«

Emil biss die Zähne zusammen, dass es im Kiefergelenk nur so knackte. Er musste endlich selbst Geld verdienen, es ging schließlich nicht, dass sich Lili die Nächte um die Ohren schlug und er zu Hause bei seinen Eltern lebte wie ein Parasit. Wie so oft in der letzten Zeit überlegte er allen Ernstes, ob er nicht tatsächlich Straßenbahnfahrer werden sollte wie Lilis Vater, und doch konnte er sich nicht dazu durchringen. Denn einmal davon abgesehen, dass er sein Leben lang unzufrieden sein würde, wäre seine

Lili enttäuscht von ihm. Sie glaubte an ihn, manchmal sogar fester als er selbst.

»Na, wen hamm wa denn da?« Eine breitschultrige Gestalt verstellte ihm auf einmal den Weg. »Na kiek dir det mal an. Trägt feinen Zwirn und bezahlt uns die Ware nich.« Es war Adolf Schmulke junior, der zwanzigjährige Sohn des Händlers, dem Emil die Leica abgekauft hatte. Dass sein Heimweg ihn nahe an diesem Laden vorbeiführte, daran hatte er überhaupt nicht gedacht. Jetzt packte ihn dieser Kerl am Revers und schüttelte ihn kräftig durch.

»Lass mich sofort los«, keuchte er und versetzte dem Mann einen Tritt gegen das Schienbein, was den jedoch kaum zu beeindrucken schien. »Ich bezal ja.«

»So, so«, antwortete Schmulke junior. »Du bezahlst also? Das hör ich gern. Und wann, wenn ich fragen darf?«

»Bald«, antwortete Emil und versuchte vergeblich, die Pranken seines Gegners von seinem Revers abzuschütteln.

»Warum nicht gleich? Vielleicht mit diesem feinen Anzug? Überhaupt«, machte der junge Schmulke dicht vor Emils Gesicht. »Wie kommt ein armer Schlucker wie du zu einem Frack? Haste den etwa auch auf Pump gekooft?«

Emil hörte, wie unter seinem linken Arm die Naht knackte, und da wurde es ihm zu bunt. Mit aller Kraft rammte er sein Knie dem jungen Schmulke in die Weichteile, und als der ihn aufjaulend losließ, rannte er los.

Er lief zwei Häuserblocks, so schnell er konnte, und bremste erst ab, als er um die Ecke bog und wenige Meter entfernt einen Gendarmen stehen sah, der ihn alarmiert anstarrte und dann eifrig auf ihn zukam.

»Alles in Ordnung, mein Herr?«, fragte er unterwürfig. »Werden Sie etwa verfolgt?«

»Ich bin belästigt worden, ja«, antwortete Emil und fühlte zum ersten Mal in seinem Leben die Macht, die einem die richtige Kleidung verleihen konnte.

»Von wem?«, fragte der Gendarm dienstbeflissen. »Möchten Sie Meldung erstatten?«

»Nein, nicht nötig«, wehrte Emil eilig ab. Er zog seinen Frack zurecht und fuhr sich mit der Hand durchs Haar, das er mit Pomade eingerieben hatte, was er im Grunde ziemlich eklig fand. »Alles in Ordnung. Vielen Dank.«

»Dann wünsche ich dem Herrn noch einen angenehmen Abend«, sagte der Gendarm und machte eine Verbeugung.

»Danke sehr, das wünsche ich Ihnen auch.«

Und dann machte Emil, dass er fortkam, ehe Schmulke junior womöglich noch auftauchte und Theater machen konnte.

Eigentlich hatte er an diesem Abend gleich nach Hause gehen wollen, denn er wusste, dass Lili einen ganzen Packen Arbeit hatte, doch die Sehnsucht nach ihr sorgte dafür, dass seine Beine ihn von ganz allein nach Kreuzberg in die Wassertorstraße zu den Blumes brachten. Unter dem Fenster pfiff er ihr Signal, und als kurz darauf ihr Kopf darin erschien, machte sein Herz vor Freude einen kleinen Sprung. Ach, er liebte dieses Mädchen noch genauso wie am allerersten Tag, nein, sogar noch mehr, und er konnte es kaum erwarten, sie endlich zu seiner Frau zu machen.

»Komm schnell rein«, sagte sie in der Tür. »Die Eltern sind heute ins Kintopp gegangen, stell dir das einmal vor! Und du ... sag mal, wieso kommst du denn im Frack hierher? Die Leute denken am Ende, wir hätten in der Lotterie gewonnen.«

Im Treppenhaus nahm er sie erst einmal zärtlich in seine Arme und küsste sie, und sie schmiegte sich an ihn, dann hörte man Stimmen aus den oberen Etagen, und Lili nahm ihn bei der

Hand und zog ihn in den ersten Stock, wo sie mit ihrer Familie wohnte.

»Kannst du mal nachsehen, ob da was gerissen ist?«, bat er sie und hob den Arm.

»Wie hast du denn das schon wieder hingekriegt«, schimpfte Lili und bohrte einen Finger durch die Stelle, an der die Naht aufgegangen war. »Los, zieh die Jacke aus.« Rasch holte sie Nadel und schwarzen Zwirn aus dem Nähkasten auf der Kommode, fädelte ein und schob sich den Fingerhut über, dann zog sie den Ärmel auf links und besah sich den Schaden. »Sogar das Futter ist eingerissen«, klagte sie und begann schon, mit flinken Stichen die Sache zu reparieren. So war eben seine Lili. Es gab nichts, was sie nicht wieder in Ordnung bringen konnte.

»Stell dir vor, Gundi hat endlich geschrieben«, erzählte sie. »Es gefällt ihr ausgezeichnet. Wir sind ja so was von erleichtert.« Sie blickte kurz auf und musterte seine Miene. »Und du? Hast du heute etwas Interessantes fotografiert?«, fragte sie.

»Nein«, gab Emil frustriert zurück. »Ich hab dem ollen Salomon assistiert.« Falls man das so nennen kann, dachte er. Zigaretten reichen, Feuer geben. So tun, als würde man sich mit ihm unterhalten. Seine Unverschämtheiten aushalten.

Und als Lili mit einem zufriedenen »So!« den Ärmel wieder auf rechts drehte und probehalber in die Jacke schlüpfte, hatte er auf einmal eine Idee.

»Halt mal still«, sagte er und holte seine Leica aus der Hosentasche. »Stell dich dorthin. Nein, warte.« Kurz entschlossen zog er sich die Hose aus.

»Aber Emil«, sagte Lili erschrocken. »Die Eltern können jeden Moment nach Hause …«

»Nicht, was du denkst«, unterbrach er sie. »Zieh sie an, die Hose.« Und als Lili ihn noch immer entgeistert anstarrte, fügte er hinzu: »Ich möchte dich im Frack fotografieren. Und falls es dich zu sehr irritiert, mich in der Unterhose zu sehen, dann gib mir ne Buxe von deinem Vater.«

»Du willst mich im Frack fotografieren?«

Endlich verstand Lili und sauste kichernd ins Elternschlafzimmer. Die Hose, die sie ihm reichte, war zwar viel zu weit, doch mit den daran befestigten Hosenträgern ging es. Inzwischen hatte Lili auch das Frackhemd samt Fliege angelegt, und obwohl das Ganze ziemlich reichlich war, sah es einfach fabelhaft aus, fand Emil.

»Soll ich mir am Ende noch die Haare abschneiden?«, feixte Lili, die sichtlich Spaß an der Sache hatte.

»Ja, das wäre eine gute Idee«, antwortete Emil begeistert und reichte ihr die Schneiderschere, die noch auf dem Tisch lag.

»Wie jetzt. Im Ernst?« Lili sah ihn mit kugelrunden Augen an. Ihr leuchtend rotes Haar war lang und lockig, im Augenblick trug sie es zu einem Zopf geflochten, und einen Moment lang war auch Emil unschlüssig. Da griff sie entschlossen nach der Schere, fasste sich in den Nacken, und – ritschratsch – schnitt sie den Zopf ab.

»Lili!«, rief Emil erschrocken, als er zu Boden fiel und das übrig gebliebene Haar sich wie befreit in vielen Locken geschmeidig um ihren Kopf legte wie eine rotgoldene Gloriole. Es war so kurz, dass es kaum die Schultern berührte, sondern ihren Nacken und ihr Kinn umspielte. »Du siehst toll aus!«

Mit großen Augen begutachtete Lili sich in dem kleinen Handspiegel über der Spüle und zupfte die Wellen zurecht. Von der Straße drang das satte Geräusch eines Motors zu ihnen herauf.

»Das ist Pelle«, sagte Lili und riss sich von ihrem Spiegelbild los. »Der wäscht und wienert neuerdings Automobile von reichen Leuten in unserem Hof und bekommt ne Menge Kohle dafür. Jedenfalls sagt das mein Vater.«

Sie öffneten das Fenster und waren nicht die einzigen Nachbarn, die den jungen Mann bewunderten, der vorsichtig durch die schmale Einfahrt in den Hinterhof fuhr.

»Ein Opel Regent«, rief Emil beeindruckt aus. Und auf einmal hatte er schon wieder eine Idee. »Meinst du, wir könnten Pelle dazu überreden, dass wir Fotos von dir und diesem Wagen machen?«

»Na klar!« Lili war sofort Feuer und Flamme. Noch einmal fuhr sie sich mit den Händen durchs Haar und schüttelte ihre Locken. Offenbar musste sie sich an das neue Gefühl erst gewöhnen. »Komm, wir fragen ihn.«

Im Hof drängten sich die Nachbarn und vor allem die Kinder des Kiezes um den Wagen, und Pelle beantwortete stolz alle möglichen Fragen.

»Können wir wohl ein paar Fotos machen?«, fragte Lili ihren Freund aus Kindertagen. Der riss die Augen auf.

»Wie siehst du denn aus?«, stieß er überrascht aus. »Was haste mit deinen Haaren gemacht?«

»Abgeschnitten, das siehste doch«, gab Lili grinsend zurück.

»Und trägste jetzt neuerdings Männerkleider wie die Dietrich?«, wollte Christines Mutter pikiert wissen.

»Na, wenn die das kann, kann ich's noch lange, oder? Jetzt macht mal ein bisschen Platz. Der Emil will ein Foto machen.«

Auf einmal wollte jeder mit auf dem Foto sein, und Emil arrangierte die Nachbarn um das schicke Automobil, Lili immer prominent in der Mitte. Einmal bat er sie, sich auf die Kühlerhaube zu setzen, was Pelle nur unter Protest zuließ aus Angst, sie würde ihm eine Delle in den Wagen machen. Schließlich war die Neugier der anderen so weit befriedigt, und ihm gelangen im letzten Abendlicht noch ein paar, wie er hoffte, schöne Aufnahmen nur mit ihr allein am Steuer.

»So, jetzt muss ich aber loslegen«, mahnte Pelle, und Lili kletterte aus dem Automobil.

»Was ist denn hier los?«, tönte von der Toreinfahrt her Vater Blumes wohlvertraute Stimme.

»Mein Gott, Lili, bist das du?« Hedwig Blume kam angelaufen und begutachtete ihre Tochter mit erschrockenem Blick.

»Ich hab sie abgeschnitten, die Haare«, bekannte Lili mit kleiner Stimme. »Sieht es denn so fürchterlich aus?«

»Nein, nur so … anders«, antwortete Hedwig Blume, und man konnte ihr ansehen, wie viel Mühe es sie kostete, sich zu fassen. »Es sieht überhaupt nicht fürchterlich aus. Ganz im Gegenteil, na ja, ich glaube, hier und da sollte noch ein bisschen nachgeschnitten werden. Komm, am besten erledigen wir das gleich.«

15

»Ich mach da nicht mehr mit.«

Eigentlich war Rosalie gekommen, um bei ihrer Freundin ihr Herz auszuschütten, doch nun stand auf einmal der Verlobte ihres Tippfräuleins in Vickis Büro, in dem sie zu ihrer Überraschung den Begleiter des Fotografen vom vorigen Abend erkannte.

»Wobei denn?«, wollte Vicki wissen.

»Ich will keinen Leuten auflauern und sie mit versteckter Kamera heimlich fotografieren, auch wenn sie das überhaupt nicht wollen. Ich finde das unfein.«

»Wie meinen Sie das?«, fragte Rosalie alarmiert. Sie erinnerte sich vage an den kurzen Wortwechsel, den Kobra mit dem Fotografen in der Botschaft geführt hatte. Da war von Jagd und Beute die Rede gewesen.

»Dr. Erich Salomon fotografiert häufig auf diese Weise«, erklärte Vicki. »Szafranski ist begeistert von ihm. Er hat in letzter Zeit ein paar sensationelle Aufnahmen gemacht.«

»Ja«, warf Emil finster ein. »Ich durfte ihm dabei assistieren. Herr Szafranski meinte, ich könnte was bei ihm lernen. Aber wie gesagt – so verstehe ich meinen Beruf nicht. Ich möchte auf anständige Weise Bilder machen.«

Kurz herrschte Stille.

»Was möchten Sie denn stattdessen machen?«, fragte Rosalie ihn.

»Ich möchte Bilder machen, die die Menschen zeigen, wie sie wirklich sind. Sie so fotografieren, dass ihre ... na ja, ich weiß nicht recht, wie ich es ausdrücken soll. Ich möchte ihre Stärken zeigen«, antwortete der junge Mann und wurde über und über rot. »Und sie müssen sich dabei wohlfühlen. Sie sollten sich auf den Bildern mögen. Und nicht in Verlegenheit gebracht werden.«

»Los«, sagte Vickis Tippfräulein leise und eindringlich zu ihrem Verlobten. »Zeig ihnen die Bilder von gestern.«

»Hätten Sie denn ... ich meine ... darf ich Ihnen etwas zeigen?«

»Klar, immer her damit«, kommandierte Vicki und warf einen Blick auf ihre Armbanduhr. Rosalie sah ihr an, dass sie an den Berg Arbeit dachte, der auf sie wartete, bestimmt würde sie bald die Geduld mit diesen jungen Leuten verlieren.

»Hier.«

Emil breitete einige Aufnahmen auf Lili Blumes Schreibtisch aus. Sie verströmten einen säuerlichen Geruch nach Entwicklerlösung, manche klebten noch leicht aneinander fest.

»Die sind ja noch feucht!« Vicki rümpfte ihre hübsche Nase.

»Ich hab sie heute Nacht erst entwickelt, Frau Baum. So, das wär's.« Er legte eine letzte Aufnahme auf den Tisch, ging einige Schritte zurück und verschränkte die Arme vor der Brust. Vicki nahm eine Aufnahme in die Hand und hielt sie ins Licht.

»Ist das nicht unser Blümchen? Ich muss Ihnen übrigens sagen«, fügte sie an das Tippfräulein gewandt hinzu, »die neue Frisur steht Ihnen famos!« Sie reichte die Fotografie an Rosalie weiter. »Wie findest du das?«

Die Szene hatte etwas faszinierend Absurdes an sich, fand Rosalie. Eine Schar von Arbeiterkindern hing wie eine Traube um ein teures Automobil, in dem eine junge Frau im Frack am Steuer saß und so tat, als würde sie gleich losfahren. Auf einem anderen Bild hatte sie so eine kleine Rotznase auf dem Schoß und lachte über das ganze Gesicht, und auf einem dritten saß sie mit übergeschlagenen Beinen auf der Kühlerhaube des Wagens, so als sei das ganz normal.

»Wie ich das finde?«, wiederholte sie und sah die Aufnahmen noch einmal durch. »Sensationell. Das wären großartige Werbefotografien für das Automobil. Mir gefällt, wie natürlich Fräulein Blume da auf der Kühlerhaube sitzt. Oder hier am Steuer. Diese begeisterten Kinder! Und dahinter die Wäscheleinen.« Sie lachte auf und betrachtete den jungen Fotografen genauer, sodass dieser schon wieder rot wurde und verlegen den Blick senkte. »Ist es das, was Sie meinen? Dass Sie gern die Modelle inszenieren würden, und zwar jedes so, dass sein Wesen zur Geltung kommt?«

»Ja, genau. So kann man das wohl ausdrücken, Frau ...«

»Gräfenberg«, half Lili Blume diskret aus.

»Es lohnt sich gar nicht mehr, sich an diesen Namen zu gewöhnen«, warf Vicki trocken ein. »Bald wird sie Frau Ullstein sein.«

Rosalie seufzte stumm in sich hinein. Nun ja, ohnehin sprach der ganze Verlag bereits von ihrer Verlobung. Bis zu Vickis Tippfräulein war die Neuigkeit offenbar noch nicht vorgedrungen, was ihrer Meinung nach für das Mädchen sprach. Warum jedoch starrte sie ihr Verlobter so erschrocken an?

»Ja, das stimmt«, räumte sie ein. Falls Franz' Kinder ihn nicht noch umstimmen, fügte sie in Gedanken hinzu. »Doch nun zurück zu Ihnen, junger Mann«, lenkte sie das Thema wieder in die ursprüngliche Richtung.

»Ja«, pflichtete Vicki ihr bei. »Was fangen wir nur mit Ihnen an?«

Und auf einmal hatte Rosalie eine wundervolle Idee.

»Wir lassen ihn dich fotografieren«, sagte sie zu ihrer Freundin.

»Mich? In einem Automobil?«

»Nein, natürlich nicht«, gab Rosalie amüsiert zurück. »Du hast ja nicht einmal den Führerschein. Aber warum nicht bei diesem türkischen Boxtrainer, wie heißt er noch gleich?«

»Sabri Mahir«, antwortete Vicki, noch immer verständnislos.

»Genau. Und beim Schwimmen am See. Zu Hause an deiner vorsintflutlichen Tippmaschine.«

»Das ist eine AEG-Zeigerschreibmaschine«, antwortete Vicki würdevoll, wie jedes Mal, wenn Rosalie sie wegen dieses altertümlichen Monsters aufzog. Mit der linken Hand stellte die Schriftstellerin mithilfe eines Metallstifts den entsprechenden Buchstaben ein, während sie mit der rechten einen Hebel betätigte, der einen Typenzylinder in Bewegung setzte.

»Genau«, sagte Rosalie mit einem Lächeln. »Ich habe keine Ahnung, wie du damit all deine Bücher zustande bringst. Wie dem auch sei. Dieser junge Mann soll dich dabei fotografieren. Und mit deinem Mann im Konzert oder mit deinen Söhnen beim Skifahren. Eine ganze Serie, und die verkauft unser vielversprechender junger Mann hier dem Ullstein Verlag für die neue Vicki-Baum-Kampagne anlässlich deines nächsten Romans. Ich finde ohnehin, sie könnten noch viel mehr für dich tun. Wir werden den Leuten dein Privatleben zeigen. Denn was Vicki Baum zu Hause macht, das interessiert deine Leser brennend.«

»Ich bin der langweiligste Mensch auf der Welt«, behauptete Vicki, und doch bemerkte Rosalie einen Ausdruck im Gesicht ihrer Freundin, den sie nur zu gut kannte: Sie wirkte absolut fasziniert.

»Also wenn jemand langweilig ist, dann bin ich es«, ließ Lili

Blume sich hören. »Trotzdem gefallen Ihnen diese Bilder. Lassen Sie meinen Emil nur machen. Er wird Sie wundervoll in Szene setzen.«

»Ja«, sagte Vicki Baum leise und gedehnt. »Die Idee hat etwas.« Dann fasste sie Emil ins Auge. »Trauen Sie sich so was zu?«

»Sie beim Boxtraining? Mit dem allergrößten Vergnügen!« Die Augen des jungen Mannes leuchteten. »Spielen Sie auch Tennis?«

»Na ja, mehr schlecht als recht«, antwortete Vicki mit einem Grinsen. »Aber mit Leidenschaft. Also. Wann fangen wir an?«

»Am liebsten sofort«, gab der junge Fotograf zurück.

»Also gut.« Vicki liebte es, Nägel mit Köpfen zu machen. »Dann seien Sie morgen gegen elf zur Stelle. Da trainiere ich nämlich wieder bei Mahir.«

»Kann ich Sie kurz sprechen?«

Rosalie war auf dem Weg zu Franz' Büro, als sie der junge Fotograf auf dem Flur einholte.

»Ja?« Hoffentlich macht er mir jetzt keine Liebeserklärung, dachte Rosalie unbehaglich. Sie hatte durchaus wahrgenommen, wie er sie mit seinen Blicken verschlungen hatte vorhin in Vickis Büro.

»Dr. Salomon«, begann er leise und lief vor Verlegenheit rot an, »hat gestern in der Botschaft ein Foto von Ihnen und Herrn Dr. Ritter gemacht.«

Rosalie wurde es heiß vor Schreck. Das hatte ihr gerade noch gefehlt. »Wie hat er das gemacht?«, wandte Rosalie verständnislos ein. »Ich hab gar keine Kamera gesehen.«

»Er trug sie im Ärmel versteckt«, flüsterte Emil. »Und heute Morgen hab ich bei Szafranski das Bild gesehen.« Er schluckte. »Salomon weiß nicht, wer Sie sind, Szafranski allerdings schon. Er hat das Foto lange betrachtet, und sein Gesicht dabei hat mir nicht gefallen. Da dachte ich, Sie sollten das besser wissen. Weil Sie doch sagten, dass Sie bald heiraten werden ...«

»Es ist gut, dass Sie mir das sagen. Ich danke Ihnen«, sagte Rosalie betroffen. Eine Fotoaufnahme von ihr in Begleitung von Dr. Karl Ritter in den Händen des mächtigen Medienkonzerns – es würde Kobra sehr zornig machen, wenn er das wüsste. Vermutlich sollte sie ihn davon unterrichten. Vor allem aber würde sie mit Franz sprechen müssen. »Vielen Dank, Emil. Und keine Sorge, ich werde niemandem sagen, woher ich das weiß.«

An diesem Vormittag hatte sie eigentlich mit Franz über den Ehevertrag sprechen wollen, den Dr. Alfred Pollmann, der Justiziar des Verlagshauses, ihr zugeschickt hatte. Er umfasste dreiundsechzig Seiten und glich der komplizierten Fusion zweier Firmen. Sie hatte sich deswegen bereits mit ihrem langjährigen Freund und Anwalt Paul Levi besprochen, dem sie rückhaltlos vertraute. Auch Kobra hatte sie ihn gezeigt, denn in solchen Dingen war er bestens bewandert. Als er sie zu ihrer Überraschung gebeten hatte, ihn auf den Empfang zu begleiten, hatte sie aus journalistischer Neugier zugestimmt. Und vielleicht auch ein bisschen deswegen, weil sie sich so darüber gefreut hatte, dass er sich öffentlich mit ihr zeigen wollte. Bislang hatte sie nur damit geliebäugelt, doch jetzt, da sie wusste, dass eine Fotografie von ihnen beiden existierte, würde sie auf alle Fälle einen Artikel über den königlichen Besuch in Berlin schreiben, schon allein, um allen ihre Absichten deutlich zu machen und jeglichen Verdächtigungen vorzubeugen.

Auf der Treppe begegnete ihr Anita und wollte von ihr wissen, wie sie die aktuelle Entwicklung der festlichen Herrenmode einschätzte und ob sie der Meinung war, dass sich darüber ein Artikel lohnte.

»Unbedingt«, riet sie. »Die meisten Männer tun zwar so, als wäre ihnen ihr Äußeres egal, dabei sind sie genauso eitel wie wir Frauen«, erläuterte Rosalie. »Außerdem will jede Frau, dass ihr Mann fabelhaft aussieht, und wird sich schon deshalb für einen solchen Artikel interessieren. Ich finde, Sie sollten darüber schreiben.«

Kaum war sie Anita losgeworden, kreuzte ausgerechnet Georg Bernhard ihren Weg.

»Frau Gräfenberg«, sagte er mit seinem breitesten Grinsen. »Ich habe Sie wahrhaftig schon vermisst. Wie geht es Ihnen? An welchen Geschichten sind Sie gerade dran? Ich sehe es Ihnen doch an der Nasenspitze an, dass Sie mir demnächst eine wundervolle und überraschende Reportage anbieten werden.«

Rosalie versuchte, in seiner Miene zu lesen, ob er sich über sie lustig machte, denn sie war mit der »Schule des Zynismus«, wie Vicki den Umgangston unter den Redakteuren nannte, bestens vertraut.

»Ich arbeite im Augenblick nicht«, antwortete sie mit einem charmanten Lächeln. »Das kann sich natürlich jederzeit wieder ändern.«

»Wenn Sie nicht arbeiten, dann sollten wir endlich unser kleines Essen nachholen«, schlug Bernhard vor, und Rosalie kam sich vor wie eine Fliege, die in die Falle gegangen war. »Sie haben es mir versprochen.«

»Was ich verspreche, halte ich auch«, gab sie zurück. »Lassen Sie uns nächste Woche darüber sprechen. Im Augenblick …«

»Nein, nein, Sie immer mit Ihren Ausflüchten«, versuchte Bernhard sie festzunageln. »Wie wäre es heute Abend?«

»Heute geht es leider nicht«, antwortete Rosalie, und ihr Ton ließ keinen Zweifel daran, dass sie nicht in der Stimmung war, darüber zu verhandeln.

Das breite Lächeln verschwand aus Bernhards Gesicht.

»Entschuldigen Sie mich«, fügte Rosalie freundlicher hinzu. Wenn er noch nichts von ihrer Verlobung mit Franz wusste, was sie sich kaum erklären konnte, so hielt sie es für angezeigt, klare Zeichen zu setzen. »Ich habe einen Termin bei Dr. Franz Ullstein.«

»Ach so«, machte Bernhard und rückte seine Eulenbrille zurecht. »Natürlich. Den Generaldirektor darf man nicht warten lassen.«

»Niemand weiß das so gut wie Sie«, sagte Rosalie und schenkte ihm ihr schönstes Lächeln. »Sie sind ja gut mit ihm befreundet.«

»Das bin ich, ja«, antwortete Bernhard stolz. »Also. Nächste Woche gehen wir gemeinsam aus, werte Frau Gräfenberg. Ein drittes Mal dulde ich keinen Widerspruch.«

Ach du liebe Güte, dachte Rosalie, als er sich fröhlich pfeifend zum Gehen wandte. Der macht sich ja tatsächlich noch immer Hoffnungen. Dabei war er verheiratet, dieser Schuft.

»Dr. Ullstein telefoniert gerade mit London«, sagte Hilde Trautwein entschuldigend und bat sie freundlich, einen Moment zu warten.

Rosalie nahm auf dem Besuchersessel Platz und dachte über das Foto nach, von dem Emil ihr erzählt hatte und das ihr gefährlich werden konnte. Es war das erste Mal seit ihrer Scheidung von Ernst Gräfenberg, dass sie nicht mehr unbeschwert tun und lassen konnte, was sie wollte. War sie verrückt geworden, diese Freiheit aufzugeben? Kobra hatte ihr geraten, sich diese im Ehevertrag zusichern zu lassen. Ja, er hatte bei ihrem letzten Zusammensein direkt besorgt gewirkt. Lag es daran, dass er fürchten musste, sie zu verlieren? Oder war das nichts weiter als Wunschdenken? Immerhin war er derart liebenswürdig zu ihr gewesen, dass sie im letzten Moment die entscheidenden Worte nicht ausgesprochen hatte, die sie sich bereits zurechtgelegt hatte.

»Als Frau Ullstein muss ich unser Verhältnis beenden.« Das hatte sie ihm sagen wollen, und jetzt, da sie in dem hellen Vorzimmer ihres Verlobten saß und beobachtete, wie die fabelhafte Hilde Trautwein gleichzeitig in rasender Geschwindigkeit Briefe tippte, Telefonanrufer höflich auf später vertröstete, Laufburschen, die sich die Klinke in die Hand gaben, Akten abnahm und andere übergab, beschloss Rosalie, dass sie diesen Schlussstrich bei ihrem nächsten Treffen auf alle Fälle ziehen würde. Es ging doch nicht an, dass er sie mit einem mächtigen Mann verkuppelte und dann noch immer ihre Liebe genießen wollte, wann immer ihm danach war. Es war vor allem das »wann immer ihm danach war«, was endlich aufhören musste. Entweder er akzeptierte sie als gleichwertige Partnerin, oder er würde sie verlieren. Schlimm war nur, dass ihr Herz noch immer schrecklich wehtat, wenn sie nur daran dachte.

Selbst wenn sie auf Kobra verzichtete, konnte sie ihre Freiheit nicht völlig aufgeben. Sie wollte nach wie vor tun und lassen, was ihr in den Sinn kam, und sich in der Öffentlichkeit mit ihren Freunden zeigen, egal ob es der Firma passte oder nicht. Würde Franz dem zustimmen? Oder würde es ihn in zu große Schwierigkeiten bringen?

Noch kannte dieser Salomon ihren Namen nicht, es war jedoch nur eine Frage der Zeit, bis ihm klar werden würde, wen er da vor der Linse gehabt hatte, und mit Sicherheit würde er versuchen, daraus Profit zu schlagen. Und genau das musste sie verhindern.

»Rosalie, warum lässt man dich warten?« Franz erschien in der Tür, strahlend und bester Laune. »Komm herein. Wie schön, dass du mich besuchen kommst.« Er sah auf die Uhr, es war Mittagszeit. »Wollen wir ins Casino gehen?«

»Noch lieber würde ich hier in deinem Büro mit dir in aller Ruhe sprechen«, antwortete Rosalie. »Im Casino sind wir doch keine zwei Minuten ungestört.«

Franz schien das zu gefallen, er bat Hilde Trautwein, ihnen etwas aus der Kantine zu holen, und schloss die Tür hinter ihnen. Dann nahm er sie ganz sanft in seine Arme und lehnte seinen Kopf gegen ihren.

»Ich kann es noch immer kaum glauben, dass du dich für ein gemeinsames Leben mit mir entschieden hast«, sagte er leise und drückte ihr einen Kuss auf die Schläfe. Eine große Zärtlichkeit durchflutete Rosalie, und sie schmiegte sich enger an ihn. Vielleicht würde sie Kobra vergessen können, wenn sie und Franz endlich ein Liebespaar wären …

»Du hast etwas mit mir zu bereden?«, fragte er und holte sie auf den Boden der Tatsachen zurück. Fast musste sie darüber lachen, wie pragmatisch ihr Verlobter war.

»Ja, ich muss dir etwas Wichtiges erzählen«, begann sie und betrachtete ihn forschend. »Kennst du Dr. Karl Ritter?«

Franz lächelte. »Natürlich kenne ich ihn. Du stehst ihm nahe, nicht wahr?«

Rosalie verschlug es kurz die Sprache. Dann begriff sie. Franz hatte ihr Privatleben überprüft, ehe er ihr den Antrag gemacht hatte. Umso besser, dachte sie und atmete tief durch. Dass er Bescheid wusste, machte die Sache einfacher.

»Gestern habe ich ihn zum Empfang in der Botschaft begleitet«, fuhr sie fort. »Ich hab mich eigentlich gewundert, dass du nicht auch dort warst.«

»Oh, der abessinische König interessiert mich nun nicht so

brennend«, antwortete Franz mit dem ihm eigenen ironischen Lächeln.

»Ich werde einen Artikel über ihn und sein Land schreiben«, erklärte Rosalie gelassen. »Allerdings habe ich gerade erfahren, dass einer der Ullstein-Fotografen ein Bild von Dr. Ritter und mir gemacht hat. Und zwar mit einer im Frackärmel versteckten Kamera.«

»Das muss Salomon gewesen sein«, sagte Franz. »Szafranski ist neuerdings ganz versessen auf den Kerl. Was für ein Foto ist das?«, fragte er und betrachtete Rosalie mit einiger Sorge. »Ich meine, ist es kompromittierend?«

»Nein, nein«, antwortete Rosalie ein wenig verwirrt, aber erleichtert. Wenn es so einfach war, mit Franz über ihre privaten »Freiheiten« zu sprechen, dann würden sie vermutlich keine Probleme miteinander haben. »Allerdings habe ich das Bild nicht gesehen. Ich weiß nur, dass es existiert.«

»Von wem weißt du es denn?«

»Nun, ich habe eben meine Quellen«, gab sie geheimnisvoll zurück.

Einige Momente lang sagte Franz nichts, sondern betrachtete sie forschend.

»Komm, setzen wir uns«, begann er, und als sie am Besuchertisch Platz genommen hatten, fuhr er fort. »Darf ich dich etwas fragen?«

»Alles, was ein Verlobter seine Verlobte fragen darf«, gab Rosalie liebenswürdig zurück.

»Wirst du deine Beziehung mit Ritter nach unserer Heirat fortsetzen?«

»Das habe ich nicht vor«, antwortete sie wahrheitsgemäß und hoffte inständig, dass sie sich auch daran halten würde. Denn Kobra war ein Kapitel in ihrem Leben, über das sie nicht immer die volle Kontrolle besaß. »Wir möchten allerdings Freunde bleiben und uns weiterhin sehen können, ohne dass die Privatdetektive im Ullstein-Haus Alarm schlagen. Denkst du, das ist möglich?«

Franz lächelte, und dieses Mal fehlte jede Ironie dabei. »Ich weiß, dass eine Frau wie du ihre Freiheit braucht«, erklärte er. »Du sollst dich weiterhin mit jedem Menschen treffen können, mit dem du zusammen sein willst, Rosalie.«

Rosalie schluckte. Schon wieder überraschte sie dieser Mann. Wie genau meinte er das? »Franz, ich ...«, begann sie, doch ehe sie weitersprechen konnte, legte er begütigend seine Hand auf die ihre.

»Ich weiß, dass ich mich auf dich verlassen kann«, sagte er sanft. »Jetzt entschuldige mich bitte kurz. Ich muss mich um dieses Foto kümmern. Hilde wird gleich ein paar Erfrischungen bringen. Bitte greif zu und warte nicht auf mich.«

Sie blieb allein zurück, verwirrt und voller widersprüchlicher Gefühle. Hatte Franz ihr gerade tatsächlich erlaubt, während ihrer Ehe einen Geliebten zu haben? Oder hatte sie ihn falsch verstanden? Sie dachte an Lisbeths und Kurts Ablehnung und an die vielen Punkte im Ehevertrag, auf die Paul Levi sie hingewiesen hatte. Vor allem auf die finanziellen Vereinbarungen, mit denen ihr Anwalt keineswegs einverstanden war. Franz war mehr als dreißig Jahre älter als sie, und da anzunehmen war, dass sie ihn überleben würde, sollte auch die Erbfrage in dem Vertrag geregelt werden. Der Betrag jedoch, der für ihre Abfindung als Witwe und für den Fall einer Scheidung festgesetzt war, stand in keinem Verhältnis zu Franz Ullsteins Gesamtvermögen. Zwar sollten ihr außerdem einige Anteile an der Firma übertragen werden, doch Rosalie hatte den besorgniserregenden Sturz der Aktienkurse vor zwei Jahren noch in Erinnerung und wusste nur zu gut, dass heute hochgehandelte Anteile morgen nichts mehr wert sein konnten. Was, wenn Hitler tatsächlich die Wahlen gewann? Sie und die Ullsteins waren Juden, und es wäre nicht das erste Mal in der Geschichte der Menschheit, dass jüdische Unternehmer von einer antisemitisch eingestellten Regierung enteignet würden. Sie hatte dieses Thema Franz gegenüber bereits einmal angeschnitten, leider hatte er dieses Zukunftsszenario wortreich von sich gewiesen.

»Wir sind das mächtigste Zeitungsimperium im Reich«, hatte er gesagt. »In Wirklichkeit bestimmen wir, was die Deutschen denken, nicht die Politiker.«

Nun, sie konnte nur hoffen, dass er recht behielt.

Darüber hinaus gab es allerlei, was in dem Vertragsentwurf, so umfangreich er war, noch fehlte. Mit Paul Levi hatte sie bereits die meisten Details besprochen. Die Wohnung in Paris wollte sie behalten und sich dort aufhalten können, wann und wie lange sie es wünschte. Sie bestand darauf, ihren Beruf weiterhin ausüben zu dürfen, ihre Artikel auch außerhalb des Ullstein-Hauses anzubieten und ihre Honorare selbst zu verwalten. Ja, selbst das musste festgeschrieben werden, denn eine verheiratete Frau konnte nur mit Einverständnis des Ehemanns ein Bankkonto eröffnen, in solchen Dingen kannte sich Rosalie aus, immerhin war sie die Tochter eines Bankiers und hatte selbst lange genug bei einem Geldinstitut gearbeitet. Während jener Zeit hatte sie weibliche Tragödien erlebt, die sie nie vergessen würde, Frauen, die sich nach der Trennung von ihren Männern ohne jeden Pfennig wiederfanden, selbst wenn sie ein Vermögen in die Ehe eingebracht hatten und vollkommen unschuldig am Scheitern der Beziehung waren.

Frau Trautwein kam und brachte ein reich beladenes Tablett. Für Rosalie hatte diese patente Frau einen großen Salat mit Hühnerbrust ausgesucht und für ihren Chef Buletten mit Kartoffelsalat, dazu eine Flasche Weißwein.

»Herr Ullstein ist noch im Haus unterwegs«, erklärte Rosalie, während Frau Trautwein den Salat vor sie stellte.

»Ich weiß«, antwortete die Sekretärin des Generaldirektors mit einem Lächeln. »Er ist sicher gleich zurück.«

»Vielen Dank, Frau Trautwein«, sagte Rosalie und sah beglückt auf ihren Salat. »Woher wussten Sie denn, dass ich …?«

»Nun, das sieht man doch auf den ersten Blick, dass eine Dame wie Sie am liebsten etwas Leichtes, Frisches möchte«, antwortete Frau Trautwein. »Ich kann mir nicht vorstellen, dass Sie Buletten mögen.«

»Hat Franz Ihnen eigentlich schon gesagt, wie großartig Sie sind?«, erklärte Rosalie hingerissen.

Frau Trautwein lachte herzlich. »Auf seine Weise durchaus, Frau Gräfenberg«, gab sie schmunzelnd zurück. »Einen guten Appetit wünsche ich.« Und damit zog sie sich mit einem freundlichen Nicken zurück.

Selbstverständlich wartete Rosalie mit dem Essen auf Franz' Rückkehr. Sie nutzte die Zeit, um ihre Gedanken zu ordnen und sich in dem imposanten Generaldirektorenbüro umzusehen. Obwohl von vier großen Fenstern erhellt, wirkte es durch die Nussbaumpaneele und die Möbel aus demselben Holz düster. Drei herrliche Orientteppiche sorgten mit ihren gedämpften Goldtönen für ein Minimum an Farbe. Lange betrachtete Rosalie das Ölporträt des Firmengründers Leopold Ullstein mit seinem Rauschebart und den energisch zusammengeschobenen Augenbrauen. Sie konnte keine Ähnlichkeit zwischen ihm und Franz erkennen.

»So, das hätten wir.«

Sie hatte ihn gar nicht hereinkommen hören. Franz legte ein

Foto neben sie auf den Tisch und nahm Platz. Mit klopfendem Herzen zog Rosalie es zu sich.

Es war eine erstaunlich gute Aufnahme, wenn man in Betracht zog, dass die Kamera versteckt gewesen war, und zeigte sie und Kobra in Dreiviertelansicht leicht von unten. Sie sah sich selbst forschend über die Kameralinse hinwegblicken – vermutlich hatte sie Salomon angesehen, während Kobra seinen Blick auf sie gerichtet hielt. Und dieser Blick enthüllte einen Zug an diesem Mann, den sie zu ihrem Erstaunen noch überhaupt nicht kannte: eine Art wachsame Zärtlichkeit, so als müsste er sie beschützen. Hatte er etwa geahnt, dass Salomon gerade dabei war, sie beide auszutricksen? Da er ihn kannte, musste er so etwas vermutlich befürchtet haben.

»Ich habe auch das Negativ«, beruhigte Franz sie und klopfte auf seine Jackentasche. »Du kannst also unbesorgt sein.«

»Danke«, antwortete Rosalie. Und dachte daran, wie erleichtert erst Kobra sein würde.

16

»Und dann habe ich noch etwas Persönliches anzukündigen.« Dr. Franz Ullstein thronte auf seinem Generaldirektorenstuhl und sah in die Runde der versammelten Chefredakteure. Er hatte diese außerordentliche Sitzung recht kurzfristig anberaumt und stellte zufrieden fest, dass alle anwesend waren, außerdem von den Direktoren Heinz, der ja sowieso immer so tat, als sei der Journalismus seine Erfindung, und sich als der große Freund der Zeitungsleute gab. Auch Louis war gekommen und Karl, Hans' besonnener Sohn.

»Ich werde in Kürze heiraten«, fuhr er fort. »Einige von Ihnen kennen meine zukünftige Frau bereits, es handelt sich um Frau Rosalie Gräfenberg.«

Falls der eine oder andere Redakteur davon gewusst hatte, wovon auszugehen war, so ließ es sich doch keiner anmerken. Nur sein Freund Georg Bernhard wurde zu Franz' Irritation ein wenig bleich um die Nase und warf ihm einen entsetzten Blick zu.

»Und ich möchte darauf hinweisen«, fuhr er fort, »dass ab sofort für Frau Gräfenberg dieselben Regeln gelten wie für die gesamte Ullstein-Familie: Keine Fotos, keine Berichte, nicht ein einziges Wort möchte ich über sie in einem unserer Medien jemals entdecken. Und sollte ich dennoch eines Tages mit irgendeiner Notiz über sie oder mit einem Bild konfrontiert werden, dann wird der Verantwortliche unser Haus umgehend verlassen. Ganz egal, um wen es sich handelt.« Bei diesen Worten sah er Erich Szafranski an, der ihn mit dem ihm eigenen amüsierten Lächeln betrachtete. »Danke. Das wär's für heute.«

Dr. Franz erhob sich und nahm wahr, dass Heinz seinem Vetter Karl einen vielsagenden Blick zuwarf und fast unmerklich die linke Augenbraue ein wenig anhob, eine Angewohnheit, die Franz nicht ausstehen konnte. Während des nun folgenden Aufbruchs waren nur das Scharren von Stühlen und das Rascheln von Notizblöcken, die in Anzugsjacken geschoben wurden, zu hören, das sonst übliche Geplauder zwischen den Redakteuren fehlte, alle suchten stumm das Weite. Alle außer Louis.

»Du machst also Ernst«, sagte er und schlug Franz gönnerhaft auf die Schulter. »Das freut mich für dich. Auch wenn Lisbeth gar nicht glücklich wirkt.«

»Hat sie sich bei dir beschwert?«

»Bei mir nicht«, antwortete Louis mit einem jovialen Lächeln. »Aber bei den Frauen. Unsere jüngste Schwester ist sehr besorgt.«

»Wann ist die kleine Toni das nicht«, warf Franz ein.

»Nun, sogar die große Toni soll alarmiert sein, wie ich hörte«, fuhr Louis fort.

»Und deine Martha sicherlich ebenfalls«, ergänzte Franz mit sarkastischem Unterton. »Es wird ihr nicht passen, dass Rosalie ihr den Rang als Jüngste in der Runde streitig machen wird.«

Louis lachte aus vollem Halse. »Was das anbelangt, kannst du ganz beruhigt sein«, fuhr er fort. »Auf Martha hört ja eh keine von unseren Ullsteinfrauen, was sie übrigens schrecklich ärgert. Dass Lisbeth so außer sich ist ...«

»Sie wird sich beruhigen«, unterbrach Franz ihn schroff. »Wenn sie Rosalie erst einmal kennenlernt ...«

»Nun ja, das erste Kennenlernen scheint ja nicht gerade erfolgreich verlaufen zu sein«, merkte Louis trocken an. Dann trat er ein wenig näher an seinen Bruder heran und senkte die Stimme. »Lass dich nicht über den Tisch ziehen, was den Ehevertrag anbelangt. Zugegeben: Eine schöne junge Frau an der Seite zu haben, ist viel wert. Du solltest allerdings nicht das Erbe deiner Kinder aus erster Ehe ...«

»Louis, bitte.« Franz brauchte seine gesamte Selbstbeherrschung, um seinen Bruder nicht anzuschreien. »Misch dich nicht ein. Hier zieht keiner den anderen über irgendwelche Tische. Und wenn, dann geht es verdammt noch mal nur mich etwas an.«

»Und die Generation, die nach uns kommt«, insistierte Louis unbeeindruckt. »Die geht es schon etwas an. Wir sind schließlich nicht unsterblich, Franz. Rosalie wird dich mit großer Wahrscheinlichkeit überleben. Dann müssen sich unsere Söhne mit ihr herumschlagen. Bitte bedenke das, ehe du dich als zu großzügig erweist.« Er nahm seine Schreibmappe vom Tisch, nickte Franz noch einmal zu. An der Tür blieb er kurz stehen und wandte sich um. »Ach übrigens, falls du einen Trauzeugen brauchst – ich würde mich geehrt fühlen.« Und damit verließ er den Raum.

»Ich weiß gar nicht, was alle haben«, beschwerte Franz sich bei Georg Bernhard, als sie wie jeden Mittwoch im Presseclub gemeinsam zu Mittag aßen. »Meine Familie tut gerade so, als wäre ich minderjährig und hätte mich von meiner Lehrerin verführen lassen.«

»Hat sie dich denn verführt?«

Franz sah seinen Freund, der bislang ungewöhnlich schweigsam gewesen war, überrascht an. »Nein, natürlich nicht«, antwortete er befremdet. »Im Gegenteil, sie war sehr überrascht, als ich ihr den Antrag machte.« Nachdenklich musterte er Bernhard, der seine gesamte Aufmerksamkeit dem Rostbraten auf seinem Teller zu widmen schien. »Was ist los mit dir?«, fragte er. »Hast du etwa auch etwas gegen Rosalie?«

»Nein, wieso sollte ich«, nuschelte Bernhard mit vollem Mund und wich seinem Blick aus.

»Sie hat für dich geschrieben«, sagte Franz. »Warst du nicht zufrieden mit ihren Artikeln?«

»Doch, doch«, entgegnete sein Freund und schnitt ein weiteres Stück Fleisch ab. »Sie schreibt gut. Und sie flirtet gern.«

»Was?« Franz legte sein Besteck auf den Teller. »Was willst du damit sagen? Hat sie mit dir geflirtet?« Er musste lachen bei dieser Vorstellung. Seine Rosalie sollte sich für den eulengesichtigen Georg Bernhard mit Hängebauchansatz interessiert haben? Einfach lächerlich. Wenn schon, dann wurde sie bei Männern vom Format eines Dr. Ritter schwach. Oder eines Doktor Gräfenberg, für den anscheinend halb Berlin schwärmte. Dass sie sich für ihn entschieden hatte, machte ihn deswegen umso stolzer. »Das musst du falsch verstanden haben. Sie ist eben eine charmante Dame.«

»Sehr charmant. Ja.«

War Georg jetzt verstimmt? Nein, nicht erst jetzt, das wurde Franz auf einmal klar. Er war es schon die ganze Zeit.

»Also wenn du dich jetzt genauso blöd anstellst wie meine Familie«, sagte er verärgert, »dann lassen wir das künftig mit den Mittwochmittagen. Ich habe keine Lust, mich auch noch vor dir zu rechtfertigen. Herrgott noch mal«, wetterte er los, sodass die beiden Journalisten vom rechtsliberalen Konkurrenzblatt *Der Tag* am Nebentisch die Köpfe nach ihnen umwandten, »ich hab gedacht, wenigstens du freust dich für mich.«

»Ich freu mich ja, hurra, und wie ich mich freue«, gab Bernhard unlustig zurück und schnitt eine Grimasse. »Bist du jetzt zufrieden?«

»Ach, lass mich doch in Ruhe«, sagte Franz, stand auf und ließ seinen Chefredakteur einfach sitzen.

Als er in den Verlag zurückkam, saß Lisbeth im Vorzimmer, und Hilde Trautwein warf ihm einen ihrer Spezialblicke zu, mit denen sie ihn verlässlich vor schwierigen Situationen warnte. Er hatte sich mit seiner Tochter noch immer nicht ausgesprochen und sich auf ihre Nachrichten nicht gemeldet, zu sehr hatte ihn ihr unmögliches Verhalten gegenüber Rosalie verärgert.

»Was kann ich für dich tun?«, fragte er kühl, als sie in seinem Büro allein miteinander waren.

Lisbeth sah ihn aus waidwunden, vorwurfsvollen Augen an. »Was du für mich tun kannst?«, wiederholte sie, so als könnte sie es nicht fassen, dass er das nicht längst wusste. »Du trittst Mamas Andenken mit Füßen, verlobst dich mit einer wildfremden Frau, die kaum älter ist als ich, stellst mich und Kurt vor vollendete Tatsachen, handelst einen Ehevertrag aus, der uns allen sehr schaden wird – und da fragst du, was du für mich tun kannst?«

Franz zog es vor, darauf nicht zu antworten. Schweigen konnte eine Waffe sein, das wusste er nur zu gut von seinem eigenen Vater. Dabei tat es ihm in der Seele weh, denn er liebte seine Tochter. Er liebte auch Kurt, doch Lisbeth war lange sein einziger Sonnenschein gewesen, leider lag das schon viele Jahre zurück.

Es war vor allem Lotte gewesen, die sich um die Kinder, die Erziehung, um deren Freuden und Sorgen gekümmert hatte, schließlich war der Verlag seine eigentliche Heimat, schon immer gewesen, und für alle Beteiligten hatte das außer Frage gestanden. Er war es gewohnt zu tun, was er wollte, und niemanden um Erlaubnis zu fragen. Die Aufrechterhaltung des fragilen Interessengleichgewichts mit seinen Brüdern war anstrengend genug. Er wäre nie auf den Gedanken gekommen, mit seinen Kindern über seine Gefühle für Rosalie Gräfenberg zu sprechen. Das ging sie einfach nichts an.

»Papa«, fuhr Lisbeth fast schon flehend fort. »Wir haben Zweifel daran, ob du dir tatsächlich im Klaren darüber bist, was das für eine Frau ist. Wen sie frequentiert und ...«

»Worauf willst du eigentlich hinaus?«, brauste Dr. Franz auf.

Er hatte ihr noch immer keinen Stuhl angeboten, und Lisbeth sah zum Besuchertisch hinüber. »Wenn du damit erklären willst, dass ihr einen Privatdetektiv hinter Rosalie hergeschickt habt, dann muss ich dir leider sagen, dass ihr euer Geld umsonst ausgegeben habt. Ich kenne Rosalie und weiß alles über sie. Im Zweifel habe ich die besseren Möglichkeiten, mich über eine Person zu informieren, als du und Kurt.«

»Dann ...«, Lisbeth riss schockiert ihre wasserblauen Augen auf, »... dann weißt du, dass sie die Geliebte eines hohen Mitarbeiters der Reichssicherheit ist?«

»Das ist mir bekannt.«

Lisbeth wirkte kurz wie ein Fisch auf dem Trockenen, der nach Luft schnappte. Dann versuchte sie sich wieder zu fassen. »Papa. Kann ich mich setzen? Können wir reden wie zwei erwachsene Menschen? Wie Vater und Tochter?«

Am liebsten hätte Franz Nein gesagt, aber er brachte es nicht fertig.

»Natürlich«, knurrte er. »Nimm Platz. Willst du Kaffee? Frau Trautwein ...«

»Nein, nicht nötig«, wehrte Lisbeth ab und setzte sich auf die äußerste Stuhlkante, ihre Handtasche auf den Knien. Und auf einmal tat sie Franz furchtbar leid. Dass es ihr nicht gut ging, das konnte sogar er inzwischen erkennen, und dabei hatte er sich noch immer nicht die Zeit genommen, mit ihr darüber zu sprechen, warum um alles in der Welt sie mit Dr. Saalfeld so unglücklich war.

»Jetzt erzähl mal von dir«, forderte er sie versöhnlicher auf. »Meine Schwester sagt, du hättest Probleme.«

»Wie bitte?«, fuhr Lisbeth auf, und Franz musste beinahe lachen, so sehr glich sie in diesem Augenblick ihm selbst.

»Also ist alles in Ordnung zwischen dir und deinem Gatten?«

Lisbeth schluckte und sah zur Seite. »Deswegen bin ich nicht gekommen«, wich sie aus, betrachtete die Handtasche auf ihrem Schoß und schien sich dann einen Ruck zu geben. »Ja, es stimmt, wir hatten schon bessere Zeiten, mein Mann und ich.« Franz wartete und zwang sich zur Geduld. Obwohl einige äußerst wichtige Anrufe getätigt werden mussten und er dringend mit dem Justiziar sprechen musste. Ewig konnte Lisbeth ja nicht hier herumsitzen und ihm das Leben schwermachen. »Es gibt eigentlich kaum etwas, was uns verbindet«, sagte sie zögernd. »Er lebt für den Verlag …«

»… so wie wir es alle tun«, warf Franz ein und zündete sich eine Zigarette an. »Darum schätze ich ihn.«

»Ja, natürlich. Mama kam in deinem Leben ja auch nur als Randnotiz vor …«

»Das ist nicht wahr«, brauste Franz auf und musste sich sehr zusammenreißen, um nicht wütend zu werden. »Und ich wäre dir sehr verbunden, wenn du Lotte aus dem Spiel lassen würdest.«

»Das ist es ja eben«, entgegnete Lisbeth verärgert. »Nur weil sie nicht mehr bei uns ist, ist sie immer noch meine Mutter. Wenn du schon über ihren Tod hinweggehen kannst, als wäre nie etwas gewesen, und dich der erstbesten Frau an den Hals wirfst, die sich von dir Macht und Reichtum verspricht, dann muss ich dir sagen: Mir und meinem Bruder ist das nicht möglich. Wir trauern um Mama …«

»Und du denkst, ich tu das nicht?«

»Es sieht kein bisschen danach aus.«

Franz sprang auf und ging im Zimmer auf und ab. Am liebsten hätte er mit der Faust auf den Tisch gehauen, Lisbeth in Grund und Boden geschrien und sie hinausgeworfen. Aber das ging nicht. Sie war seine Tochter. Er brachte es einfach nicht fertig.

Eine Weile starrte er das Ölgemälde seines Vaters an. Dann holte er mehrmals Luft und drehte sich um.

»Du solltest acht geben, was du sagst, Lisbeth«, sagte er leise und gefährlich. »Du bist die Tochter des Generaldirektors des mächtigsten Verlagsimperiums Deutschlands, und gerade du solltest wissen, was Worte anrichten können, also gebe ich dir den guten Rat: Zügle in Zukunft deine Zunge, sonst sehe ich mich zu Schritten gezwungen, die dir nicht gefallen werden.« Er zeigte auf das Bild von Leopold Ullstein. »Dein Großvater hat seine erste Frau sehr geliebt, so wie ich Lotte geliebt habe. Dennoch hat er kurz nach ihrem Tod Elise geheiratet, die fünfundzwanzig Jahre jünger war als er.«

»Es war eine Entscheidung für die Familie«, wandte Lisbeth ein. »Sie war euer Kindermädchen, und dein Vater konnte sicher sein, dass ihr gut versorgt sein würdet.«

»Es war eine Entscheidung gegen die Familie«, widersprach Franz. »Die Familie wollte nämlich, dass er seine wunderschöne Schwägerin Priscilla zur Frau nimmt, denn diese war verwitwet und unversorgt und außerdem schon lange in unseren Vater verliebt. Aber wir alle, einschließlich meines Vaters, wir mochten Priscilla nicht so gern. Sie war streng und sehr konservativ. Dennoch gingen alle davon aus, dass sie unsere Stiefmutter werden sollte. Und noch etwas sprach gegen Elise: Sie stammte aus einer einfachen Familie. Die Ullsteins waren damals ausgesprochen entrüstet, dass er seine Hausangestellte heiratete statt der Schwägerin. So entrüstet, wie ihr heute seid. Heute will davon natürlich keiner mehr etwas wissen, und die von damals sind ohnehin alle tot.«

Franz ging zurück zum Tisch und setzte sich seiner Tochter gegenüber. »Meine Kinder sind erwachsen«, sagte er und versuchte ein Lächeln. »Sie brauchen kein Kindermädchen mehr. Und ich brauche eine Partnerin, die meinem Verstand gewachsen ist. Die mich in gesellschaftliche Kreise einführen kann, zu denen wir Ullsteins keinen Zutritt haben, ja, die gibt es durchaus, mein Kind, auch wenn Heinz andere Dinge erzählt. Rosalie ist der Inbegriff von dem, was unsere Frauenzeitschriften propagieren: die neue, moderne Frau. Sie ist selbstständig, verdient ihr eigenes Geld, lebt in Paris und Berlin, steht mit den Schlüsselpersonen der europäischen Politik auf gutem Fuß. Sie kennt die Welt und hat den scharfen Blick einer Journalistin. Vicki Baum ist ihre Freundin, und von der bist du doch auch beeindruckt, oder?« Er sah seiner Tochter in die Augen und erkannte, wie sie zögerte. »Gib ihr eine faire Chance, Lisbeth. Ihr solltet Freundinnen sein, nicht Feindinnen.« Und als sie noch immer nichts sagte, fügte er hinzu: »Du hast mir gerade anvertraut, wie wenig dich mit Kurt Saalfeld verbindet und dass du darunter leidest. Gönnst du deinem alten Vater nicht eine Ehefrau, mit der genau das möglich ist – eine tiefe Verbundenheit der Interessen und Gefühle?«

Lisbeth schluckte schwer. Offenbar hatte er den rechten Ton angeschlagen. Er wollte keinen Streit mit seinen Kindern, ganz im Gegenteil. Doch ihm war eines klar: Wenn sie weiterhin uneinsichtig blieben, dann würde er sich gegen sie entscheiden.

»Was ist mit ihren Liebschaften?«

»Es gibt keinen Plural«, erklärte Franz souverän. »Es gibt nur Dr. Ritter.«

»Nur, sagst du?« Lisbeth wirkte entsetzt. »Wie kann dich das so ruhig lassen? Sie wird das beenden. Das muss sie ganz einfach.«

»Ja, das hat sie gesagt.« Es war geradezu rührend, wie erleichtert Lisbeth das aufnahm. »Allerdings werde ich ihr gewisse Freiheiten einräumen«, fuhr Franz fort und beobachtete, wie die Augen seiner Tochter sich verständnislos weiteten.

»Was für Freiheiten?«, wollte sie erschrocken wissen.

»Alle, die sie braucht«, gab er knapp zurück. »Gerade du als Frau solltest das zu schätzen wissen. Auch du hast alle Freiheiten.«

»Aber die Freiheit, einen anderen Mann zu treffen ... Das gehört sich einfach nicht in der Ehe. Wie kannst du die Vorstellung ertragen, dass sie mit einem anderen ...« Lisbeth brach ab und schüttelte fassungslos den Kopf.

»Meine liebe Lisbeth«, sagte Franz. »Was ich dir jetzt sage, ist sehr persönlich, und ich zähle auf deine Diskretion. Kann ich mich auf dich verlassen?«

Lisbeth nickte.

»Sag es mir«, forderte er. »Ich will es aus deinem Mund hören.«

»Ich werde es für mich behalten«, erklärte Lisbeth.

»Ich werde mein Leben nicht ändern«, fuhr Franz fort. »Der Verlag ist und bleibt mein Lebensmittelpunkt. Und wenn hier so manch einer glaubt, dass ich aus Altersgründen bald das Handtuch werfe – das werde ich nicht tun. Unser Vater hat bis ins hohe Alter die Geschicke des Verlags geleitet, und genau das werde auch ich tun. Du sagst selbst, dass deine Mutter unter meiner Abwesenheit gelitten habe, obwohl ich persönlich das bezweifle, aber das ist eine andere Sache. Fakt ist, dass ich meiner Frau kaum die Aufmerksamkeit schenken kann, die sie vermutlich braucht. Und deswegen erlaube ich ihr, sich mit ihren Bedürfnissen, falls sie solche verspüren sollte, dorthin zu wenden, wo sie Erfüllung findet. In Diskretion und Offenheit mir gegenüber. Denn jemand Außenstehendes geht das nichts an. Ist das klar?«

Er erhob sich und machte damit deutlich, dass die »Audienz« beendet war. Lisbeth folgte nicht gleich, sie schien wie betäubt von dem, was er ihr eröffnet hatte. Dann nahm sie ihre Handtasche und stand ebenfalls auf.

»Wenn du nur nicht in dein Unglück läufst«, sagte sie ratlos.

Franz lachte.

»Das ist ein Satz, den eine Mutter ihrem Sohn sagen könnte«, gab er sarkastisch zurück. »Vergiss nicht, dass du meine Tochter bist.«

»Und unser Erbe?« Franz begriff, dass Lisbeth noch etwas auf ihrer Agenda hatte, und womöglich, so überlegte er, war dies der eigentliche Grund für ihren Überraschungsbesuch.

»Was soll damit sein?«, fragte er eine Spur frostiger zurück. »Glaubt ihr, ich enterbe euch? Euer Erbe werdet ihr erhalten und meine Frau das ihre. Dass du dich darüber bei den beiden Tonis beschwert hast, ist kein schöner Zug von dir. Und bitte, Lisbeth, sei gewarnt: Weitere Einmischungen in mein Privatleben werde ich nicht hinnehmen.«

Lisbeth presste die Lippen aufeinander und schluckte erneut. Noch immer schien sie etwas auf dem Herzen zu haben.

»Was ist? Raus mit der Sprache«, forderte ihr Vater sie auf.

»Was ist mit Mamas Schmuck?«, brach es aus ihr heraus.

»Den kannst du selbstverständlich haben«, sagte Franz erleichtert. Dann fiel ihm etwas ein. »Einen Ring habe ich allerdings Rosalie geschenkt.« Es war der mit dem grünen Stein, den sie zu seiner Freude stets trug.

»Du hast ihr einen von Mamas Ringen geschenkt? Welchen denn?«

Vielleicht war es der Ton von Lisbeths Stimme, dieses etwas

hysterische hohe Flirren, das dafür sorgte, dass sein ohnehin schwer strapazierter Geduldsfaden endgültig riss.

»Herrgott noch mal, Lisbeth«, schrie er sie an, sodass sie zusammenfuhr. »Es reicht langsam. Ich hätte nie gedacht, dass du so habgierig bist. Merkst du eigentlich, wie schäbig du dich aufführst?« Als er die Wirkung seiner Worte sah, bereute er sie sogleich. Lisbeth wirkte, als hätte er sie geschlagen. »Noch heute Abend schicke ich dir Lottes Schmuck abzüglich dieses Rings«, fügte er ruhiger hinzu. »Bitte quittier mir den Empfang, damit es später nicht zu irgendwelchen hässlichen Vorwürfen kommt. Und jetzt hab ich zu tun, Lisbeth. Auf Wiedersehen.«

Seine Tochter warf ihm einen ihrer Blicke zu, die einen Stein erweichen sollten, doch Franz stellte fest, dass er keine Wirkung mehr auf ihn hatte. Worum ging es Lisbeth denn eigentlich? Um ihr Erbe? Um den Schmuck ihrer Mutter? Darum, dass er für den Rest seines Lebens in Trauer verharren sollte? Oder war sie ganz einfach eifersüchtig, weil Rosalie um so vieles schöner und klüger war als sie?

Er sah ihr nach, wie sie das Vorzimmer durchquerte, Frau Trautwein kurz zunickte und verschwand. Sollten Kinder im Alter den Eltern nicht eine Stütze sein? Wieso gönnten die seinen ihm sein Glück nicht? Warum machten sie ihm das Leben schwer?

»Verbinden Sie mich mit Wien«, bat er Hilde Trautwein und schloss die Tür.

Noch ehe die Verbindung hergestellt werden konnte, hörte er eine ihm nur allzu vertraute Stimme im Vorzimmer.

»Was verschafft mir die Ehre?«, fragte er seinen Bruder Hermann, und ein sarkastischer Unterton schwang mit. Es war eine Weile her, dass der Werbeleiter das Bedürfnis verspürt hatte, ihn persönlich aufzusuchen.

»Schau dir das an!«, rief der jüngste der Ullstein-Brüder und wedelte mit einem Stapel Fotos. »Die hat die Baum vollkommen eigenmächtig machen lassen und will nun, dass wir sie für die Werbung zu ihrem neuen Buch verwenden. Als ob jetzt die Autoren entscheiden würden, welche Werbung wir für sie machen!«

»Komm rein«, bat Franz ihn und seufzte innerlich. Die Erfindung der Fotografie war ja eine schöne Sache. In letzter Zeit ging sie ihm allerdings zunehmend auf die Nerven. »Was sind denn das für Fotos?«

Hermann breitete die Bilder auf dem Tisch aus und schimpfte dabei unentwegt über die Dreistigkeit der Schriftsteller heutzutage.

»Die sind erstklassig«, unterbrach Franz seinen Redeschwall. »Wer hat die gemacht?«

»Irgend so ein dahergelaufener Bursche«, antwortete Hermann. »Ein Emil Friesicke.«

»Den stellen wir ein«, entschied Franz. Und als er bemerkte, wie zornig sein Bruder war, fügte er hinzu: »Ich halte das für eine lobenswerte Initiative von der Baum. Wieso sind wir nicht selbst auf diese Idee gekommen?« Er hob ein Foto auf und lachte in sich hinein. »Geht diese Frau tatsächlich zum Boxtraining? Das ist ja niedlich. Ihre Leser werden begeistert sein. Und hier, im Badeanzug am See, na, die hat Mut, die Baum, das muss man schon sagen.« Und als Hermann noch immer nichts sagte und nur störrisch die Arme vor der Brust verschränkt hielt, fragte er: »Was hast du denn?«

»Weißt du, auf wessen Mist das Ganze gewachsen ist?«

»Nein, keine Ahnung.«

»Rosalie Gräfenberg. Jedenfalls sagt das Vicki Baum.«

Kurz war Franz sprachlos. Dann brach er in fröhliches Gelächter aus.

»Das sieht ihr ähnlich«, erklärte er stolz. »Also ich finde, du solltest nicht so kleinlich sein wegen dieser ... dieser Kompetenzüberschreitung, oder wie immer du das siehst. So ist das nun mal mit Ideen, sie kommen, zu wem sie wollen, und scheren sich nicht um Hierarchien.«

»Und jetzt sollen wir den Burschen auch noch dafür bezahlen«, maulte Hermann.

»Natürlich bezahlen wir ihn, ehe ihn eine andere Bildredaktion wegschnappt.« Manchmal verstand Franz seinen Bruder einfach nicht. »Das ist doch schon seit Langem unsere Erfolgsstrategie: Wir bezahlen die höchsten Honorare, damit sie nicht auf die Idee kommen, abzuwandern. Ob Autoren, Fotografen, Illustratoren ...«

»Ja ja, das brauchst du gerade mir nicht zu erklären«, brummte Hermann ungnädig und sammelte die Fotos wieder ein. »Und dass du deine Verlobte in Schutz nimmst, war ja klar. Aber bitte richte ihr eines aus: Das nächste Mal soll sie mit einer solchen Idee zu mir kommen und erst dann ...«

»Das kannst du ihr gern selbst sagen«, unterbrach Franz ihn fröhlich. »Ganz sicher war es nicht in ihrem Sinne, dich vor den Kopf zu stoßen.«

»Dein Liebesleben ist mir gleichgültig«, gab Hermann zurück. »Deine Zukünftige soll sich nicht in Verlagsangelegenheiten einmischen. Das sehen übrigens die anderen ebenso.«

»So? Tun sie das?« Hatten sich an diesem Tag denn alle gegen ihn und Rosalie verschworen. »Und wer sind diese ›anderen‹?«

»Das weißt du ganz genau«, entgegnete Hermann und hatte schon die Klinke in der Hand. »Die Familie. Und die anderen Direktoren. Du solltest damit aufhören, so zu tun, als gäbe es nur dich, Kaiser Franz von Gottes Gnaden.«

Was für ein Idiot, dachte Franz, als sein Bruder die Tür hinter sich schloss. Wie soll man denn da vernünftig arbeiten.

Er wartete, bis er sicher sein konnte, dass Hermann auch sein Vorzimmer verlassen hatte. Dann riss er die Tür auf.

»Heute empfange ich niemanden mehr, Trautwein«, bellte er hinaus. »Nie-man-den.«

»Geht klar, Herr Generaldirektor«, antwortete Hilde Trautwein und griff nach dem Telefonhörer, um ihn endlich mit Wien zu verbinden.

17

Lili hatte den Artikel fertig getippt und wartete auf Vicki Baums Korrekturen. In der Schublade unter ihrer Schreibmaschine lag nun schon seit zwei Wochen ihr eigenes Manuskript, und noch immer hatte sie sich nicht getraut, es ihrer Chefin zu zeigen.

»Denkst du auch an unsere Wette, Lili?«, hatte Gundi als Postskriptum unter ihren letzten Brief gesetzt, und ihre Eltern hatten sich gewundert, was sie damit wohl gemeint haben könnte. Doch Lili wusste ganz genau, worauf ihre kleine Schwester anspielte, die sich so tapfer in Paris schlug und sich nach ein paar Anfangsschwierigkeiten nun mit ihrer Austauschfreundin Juliette ausgezeichnet verstand.

Ja, Lili dachte unausgesetzt an diese Wette, oder besser: Sie wartete sehnlichst auf eine gute Gelegenheit, um Vicki Baum ihren Roman zu überreichen. Seltsam war das, überlegte Lili. Wenn es um andere ging, hatte sie nicht die geringste Scheu und war mutig wie eine Löwin. Aber wenn es sich um ihre Träume als Schriftstellerin handelte, war sie so furchtbar befangen ...

»Was haben Sie denn heute, Blümchen«, riss Vicki Baum sie aus ihren Gedanken. Lili schreckte auf und sah, dass sie ihr den korrigierten Artikel bereits auf den Schreibtisch gelegt hatte. »Ich dachte, jetzt, wo Ihr Verlobter eine feste Anstellung erhalten hat, ist alles in Ordnung?«

»Oh ja, das ... ja, das ist es auch. Alles in Ordnung.«

Hastig holte sie ein frisches Blatt Papier aus der Schublade und versuchte, den Blätterstapel mit dem Titelblatt »Liebe unter dem vollen Mond«, der gleich daneben lag, zu ignorieren. Während sie das neue Blatt in die Maschine spannte, fühlte sie, dass ihre Wangen ganz heiß geworden waren.

»Macht Ihnen womöglich Anita Kummer?«

Wie immer, wenn Vicki Baum etwas auf der Spur zu sein glaubte, ließ sie auch jetzt nicht nach.

»Nein, überhaupt nicht«, gab Lili rasch zurück. »Sie hat immer interessante Texte zum Abschreiben ...«

»... oder vielmehr zum Überarbeiten?« Vicki Baum grinste. »Ich weiß, dass Sie die Artikel umschreiben, und das machen Sie richtig gut.« Der forschende Blick aus kornblumenblauen Augen, der auf ihr ruhte, sorgte dafür, dass Lili nur noch verlegener wurde.

»Danke schön«, sagte sie leise. Ob wohl jetzt der Moment wäre? Lili vergaß vor Aufregung zu atmen.

»Ich frage mich schon seit einer Weile, ob Sie sich bei mir womöglich langweilen«, sagte diese erstaunliche Frau. »Und ob Sie nicht eine andere Stelle mit mehr Herausforderung ...«

»Ich? Mich langweilen? Ganz bestimmt nicht«, stammelte Lili und holte tief Luft. »Ich arbeite so gern für Sie, Frau Baum. Wirklich.« Ihr wurde ganz anders bei dem Gedanken, man würde sie hier wegschicken. »Auf gar keinen Fall möchte ich eine andere Stelle.«

»Na, dann ist ja gut«, antwortete Vicki Baum mit einem Strahlen. »Ich hab Sie auch gern um mich.« Und dann versenkte sie sich wieder in ihre Arbeit, und die Gelegenheit war vorüber.

Und wahrscheinlich, so sagte sich Lili niedergeschlagen, war es besser so. Frau Baum hatte einen so guten Eindruck von ihr.

Würde sie immer noch so freundlich über sie denken, wenn sie von ihrem Manuskript erfuhr, oder würde sie dann finden, dass sie sich grenzenlos überschätzte?

Es war Samstag, und Frau Baum verabschiedete sich früher als sonst, weil ihr Mann und ihre Söhne zu Besuch waren. Im letzten Moment fragte sie Lili, ob sie gern in ein klassisches Konzert ginge, das ihr Mann dirigierte, und schenkte ihr zwei Freikarten für den morgigen Sonntag. Verdutzt nahm Lili die Karten in Empfang. Dann schrieb sie den letzten Text zu Ende und brachte ihn pünktlich in die Setzerei, ehe sie in der Moderedaktion vorbeischaute und einen weiteren Schreibauftrag von Anita entgegennahm, den sie versprach, übers Wochenende fertig zu machen.

Vor dem Ausgang wartete Emil auf sie, der über das ganze Gesicht strahlte.

»Ich habe heute meinen Arbeitsverstrag unterschrieben«, verkündete er. »Lili. Wir können endlich heiraten!«

Er zog sie an sich und küsste sie, dass ihr Hören und Sehen vergingen. Seine gute Laune war ansteckend – hatten sich denn nicht all ihre Wünsche erfüllt? Für die Bilderserie mit Frau Baum hatte Emil ein schwindelerregendes Honorar erhalten, obwohl der Werbedirektor, wie sie unter sich Hermann Ullstein nannten, zunächst nicht begeistert gewesen war, weil man das nicht vorher mit ihm abgesprochen hatte. Am Ende hatte man ihrem Emil eine Anstellung in der Bildredaktion angeboten. Herr Szafranski war sehr zufrieden mit sich gewesen, weil er Emils Talent angeblich als Erster erkannt hatte und es durch Salomon hatte schulen lassen. Und Salomon selbst schien heilfroh, seinen lästigen Schatten wieder los zu sein. Er ist nun mal ein Einzelkämpfer, sagte Emil. Und der musste es inzwischen ja wissen. Trotzdem bohrte und rumorte es in Lilis Brust wegen dieses blöden Romans, der in ihrer Schublade lag wie Blei.

»Wo willst du denn hin?«, fragte sie, als Emil ihre Hand ergriff und sie in die entgegengesetzte Richtung zog als dorthin, wo in Kreuzberg ihr Zuhause war.

»Überraschung!«, verkündete Emil geheimnisvoll. »Wir gehen in den Tiergarten. Na, komm schon«, bat er sie, als er ihr Zögern sah.

Sie folgte ihm mit einem Seufzen. Der Tag war lang und anstrengend gewesen. Und in ihrer Tasche befand sich noch mehr Arbeit. Aber Emil war so aufgekratzt und fröhlich wie schon lange nicht mehr, es war ein herrlicher Septemberabend, und Lili beschloss, fünfe gerade sein zu lassen. Was soll's, dachte sie und nahm Emils Angebot, ihre Tasche zu tragen, dankbar an. Man muss die Feste feiern, wie sie fallen. Und nur weil sie selbst nicht ganz mit sich im Reinen war, konnte sie Emil doch nicht die Freude verderben.

»Was hast du vor?«, erkundigte sie sich erneut, als sie den Kemper-Platz überquerten und den Tiergarten betraten.

»Jetzt sei mal nicht so ungeduldig«, entgegnete Emil mit einem breiten Grinsen. »Noch fünf Minuten, dann siehst du es schon.«

Sie gingen den Hauptweg entlang und bogen nach einer Weile in einen Seitenweg ab.

»Du hast wohl unanständige Sachen mit mir vor?«, scherzte Lili. Sie konnte sich nicht erklären, warum ihr Verlobter sie so abgelegene Wege entlangführte.

»Ja, das hab ich schon lange«, gab Emil zärtlich zurück und legte seinen Arm um ihre Schultern, während sie ein größeres Buschwerk umrundeten. »Aber doch nicht vor allen Leuten.«

Und da war sie, die Überraschung. Auf einem schönen sonnigen Rasenstück waren sie alle versammelt: ihre und Emils Eltern samt Max, Emils Neffe, der ihnen johlend entgegenlief.

»Endlich!«, schrie er ausgelassen. »Ich hab ja so 'nen Hunger, und Oma Käthe sagt, es wird erst angefangen, wenn ihr da seid.«

»Das ist ja ...«, Lili stand staunend da und betrachtete das üppige Picknick, das auf zwei Decken im Gras angerichtet war.

»Na, dass unserer Lili mal die Worte fehlen ...«, sagte Gotthilf Blume schmunzelnd, »diesen Tag müssen wir im Kalender rot anstreichen, Hedi.«

»Das müssen wir sowieso«, entgegnete seine Frau fröhlich. »Weil Emil doch die Anstellung bekommen hat.«

»Genau«, erklärte Emils Vater, öffnete geschickt mit seiner Bierflasche eine zweite und erhob sich. Feierlich reichte Udo Friesicke seinem Sohn die Pulle. »Glückwunsch, Sohn!«, sagte er und schlug Emil kräftig auf die Schulter. »Wir hatten ja so einige Zweifel«, fügte er hinzu und zwinkerte Gotthilf Blume unauffällig, wie er meinte, zu, »aber du hast es tatsächlich geschafft. Ich bin stolz auf dich.«

»Und ich erst, mein Junge«, rief Käthe Friesicke und fiel ihrem Sohn um den Hals.

Und dann machten sie sich über das köstliche Essen her. Es gab nicht nur Hedwigs legendäre Buletten samt Kartoffelsalat, sondern auch Delikatessen wie geräucherte Ostseesprotten, die Lili so gerne aß, gefüllte Eier und sogar gebeizten Lachs mit Meerrettichsahne. Dazu feines Weißbrot, was nicht gerade häufig auf den Tisch kam, und für die Damen eine Erdbeerbowle, eine von Hedwig Blumes Spezialitäten.

»Wie habt ihr das nur alles hierher transportiert?«, fragte Lili ungläubig, als sie sah, wie Emils Mutter sogar noch eine Schüssel mit Waldorfsalat auf die Picknickdecke stellte.

»Mit dem Fahrradanhänger«, erklärte Max mit vollem Mund

und wies auf das Gefährt, das er an einen Baum gelehnt hatte. »Mit dem fahr ich ja sonst die Kirchenzeitung aus.«

»Apropos Kirche«, warf Käthe Friesicke ein, »wann soll denn jetzt die Hochzeit sein?«

»Genug verdienen tuste ja jetzt«, fügte Emils Vater hinzu.

»Je eher, desto lieber«, antwortete Emil und gab Lili einen Kuss auf die Wange.

»Den Stoff fürs Brautkleid haben wir schon«, ergänzte Hedwig und schenkte Käthe von der Erdbeerbowle nach.

»Und Emil hat den Frack«, frohlockte Lili und küsste Emil zurück. »Da wirst du der eleganteste Bräutigam im Kiez sein!«

»Bleibt noch die Frage, wo die beiden wohnen sollen«, wandte Gotthilf ein.

»Ja, das stimmt«, pflichtete Lili ihm bei und wurde ernst.

»Wird denn bei euch im Block nichts frei?«, erkundigte sich Käthe, doch Gotthilf und Hedwig schüttelten nur die Köpfe.

»Na«, meinte Udo, »am Ende verliebt sich eure Gundi womöglich in einen Franzosen und bleibt in Paris. Dann hätten Lili und Emil ein Zimmer bei euch.«

»Red kein' Quatsch«, polterte Gotthilf aufgebracht los und wurde ganz dunkelrot vor Ärger.

»Die Gundi kommt auf alle Fälle wieder«, versuchte Lili ihn zu beschwichtigen. Obwohl. Im letzten Brief hatte sie verdächtig ausführlich über den älteren Bruder ihrer französischen Austauschpartnerin berichtet, sodass sich Lili schon gefragt hatte, was das wohl sollte. Zum Glück sprach man bereits von den verschiedenen Wohnungsbauprojekten, die in Berlin seit einigen Jahren aus dem Boden wuchsen und doch viel zu langsam Ergebnisse brachten.

»Im Stadtteil Britz bauen sie auch so eine riesige Wohnanlage«, sagte Udo Friesicke gerade. »Diese Hufeisensiedlung.«

»Da war ich schon«, erklärte Emil. »Zweitausend Wohnungen sollen entstehen, und fast doppelt so lang ist schon die Warteliste.«

»Vielleicht müsst ihr erst ein Kind machen«, schlug Emils Vater vor, und seine Frau hielt erschrocken ihrem Enkel Max die Ohren zu, der sich heftig dagegen wehrte und überhaupt nicht verstand, warum sie das tat. »Dann habt ihr größere Chancen auf eine Sozialwohnung als ohne.«

»Nun, ich hoffe, die beiden sind vernünftig genug, damit noch ein bisschen abzuwarten«, erklärte Hedwig und wurde ganz rosa im Gesicht vor Entrüstung. »Die beiden sind ja noch so jung. Sie sollen erst einmal das Leben gemeinsam ein bisschen genießen und sich etwas aufbauen können ...«

»Na, hör mal«, schaltete sich jetzt Gotthilf ein. »Du warst so alt wie Lili jetzt, als sie unterwegs war.«

»Ja, genau«, gab Hedwig heftig zurück. »Und so froh ich bin, dass wir unseren Lili-Schatz haben – ein paar Jährchen später hätte auch noch gereicht.« Die fröhliche Stimmung drohte zu kippen, doch da hatte sich Lilis Mutter schon wieder gefangen und sagte: »Die beiden werden schon eine Wohnung finden. Man braucht einfach ein bisschen Glück. Und davon haben unsere Kinder bislang stets eine große Portion gehabt.«

Lili betrachtete sie nachdenklich. Sie war kein bisschen schockiert über das, was ihre Mutter gerade gesagt hatte. Dabei hatte sie bislang nie darüber nachgedacht, ob ihre Mutter womöglich andere Ziele gehabt haben könnte, als zwei Töchter zur Welt zu bringen und neben ihrem eigenen auch bei reichen Leuten den Haushalt zu führen.

Sie blieben, bis die Dämmerung begann, alle Farben aus der Welt zu saugen, dann räumten sie ihre Siebensachen zusammen und brachen gut gelaunt auf.

An diesem Abend fiel es Lili noch schwerer als sonst, sich von Emil zu trennen. Als sie vor ihrem Zuhause angekommen waren und er seinen Arm von ihrer Schulter nahm, fühlte sie sich direkt nackt und bloß an.

»Wollen wir morgen zum Strandbad Wannsee hinausradeln?«, schlug Emil vor.

»Am Nachmittag vielleicht«, antwortete Lili zögernd.

»Sag nicht, du hast schon wieder Arbeit mit nach Hause genommen?«

»Ich hab das nicht ablehnen können«, räumte sie bedauernd ein. »Dafür brauch ich bestimmt den ganzen Morgen.«

Ihre Eltern waren schon hochgegangen, es war ungewöhnlich ruhig in der Straße. Lili stand mit dem Rücken an die Fassade gelehnt. Die Steine hatten die Wärme des Spätsommertags gespeichert und gaben sie nun an sie ab.

»Du musst das nicht mehr tun«, sagte Emil leise und rollte eine ihrer Locken auf seinem Zeigefinger auf. »Ich verdank dir so viel, Lili. Aber ich habe die Leica heute mit dem Honorar für Vicki Baums Bilder abbezahlt, und ich verdiene selbst genug. Ich will nicht, dass du weiterhin Tag und Nacht schuftest.«

Er lehnte sich sanft gegen ihren Körper, und Lili spürte die Hitze, die von ihm ausging. Ihr wurde ganz schwindelig von seiner Nähe, von seinem Atem, der ihr die Wange kitzelte, und von seinen Lippen, die die ihren suchten.

»Ich will, dass du endlich meine Frau wirst«, wisperte er, und seine rechte Hand fuhr an ihrer Wirbelsäule hinab bis zum Ansatz ihres Pos und drückte ihn sanft an sich. Sie konnte seine Erregung fühlen und ihr eigenes Begehren, und einen Moment lang gab sie sich diesem Gefühl hin. Dann kehrte die Vernunft zurück, und sie wehrte ihn sachte ab. Schließlich befanden sie sich auf der Straße, jederzeit konnte ein Nachbar um die Ecke biegen.

»Komm morgen um eins«, flüsterte sie. »Dann fahren wir ins Strandbad.«

Emil gab einen leisen Laut der Verzweiflung von sich und löste langsam seine Umarmung.

»Na gut«, sagte er und gab ihr noch ein paar zärtliche Küsse auf die Nasenspitze. »Morgen um eins.«

Und erst als sie sich von ihm verabschiedet hatte und die Treppe zur Wohnung ihrer Eltern hinaufging, fielen ihr die Konzertkarten wieder ein, die Frau Baum ihr geschenkt hatte. Das Konzert. Es war morgen. In der Philharmonie. Und da hatte sie auf einmal eine kühne Idee.

»Wollt ihr morgen ins Konzert gehen?«, fragte sie ihre Mutter und griff nach dem Handtuch, um das Picknickgeschirr abzutrocknen, das Hedwig gerade spülte.

»In was für ein Konzert denn?«

»In der Philharmonie«, antwortete Lili und war sich auf einmal nicht mehr so sicher, ob die Idee wirklich gut war. Ihre Mutter konnte sie sich dort prima vorstellen, wie sie aufrecht in der fünften Reihe des Parketts sitzen würde, aufmerksam und glühend vor Begeisterung. Aber ihr Vater? »Der Mann von Frau Baum dirigiert, deshalb hat sie mir die Karten geschenkt. Sie spielen Beethovens Fünfte und ein Stück von einem Komponisten, von dem ich noch nie was gehört habe. Warte mal ...« Sie kramte nach den Karten. »Er heißt Korngold.«

Ihre Mutter warf ihr einen zweifelnden Blick zu. »Wenn sie dir die Karten geschenkt hat, solltest du mit Emil hingehen«, sagte sie. »Es ist nicht höflich, so ein Geschenk weiterzureichen.«

»Ich würde sie gerne euch geben«, insistierte Lili. »Aus ... Dankbarkeit. Weil ihr immer so viel für mich tut ...«

Hedwig hatte sich die Hände an ihrer Schürze abgetrocknet und schloss ihre Älteste in die Arme. »Das ist doch selbstverständlich«, murmelte sie gerührt. »Das tun alle Eltern. Und du machst uns ja auch so viel Freude.«

Fast schon verlegen vor so viel Rührung kramte sie ein Taschentuch aus ihrer Schürzentasche hervor, putzte sich die Nase und machte sich wieder an die Arbeit. Und als Lili schon dachte, die Sache mit dem Konzert hätte sie längst vergessen, sagte ihre Mutter: »Also, wenn du wirklich nicht mit deinem Emil da hinmöchtest ...«

»Nein«, warf Lili rasch ein. »Wir wollen morgen ins Strandbad Wannsee. Und da ich morgens noch arbeiten muss, haben wir keine Lust, so früh schon wieder aufzubrechen.«

»Das habt ihr euch verdient«, meinte Hedwig und begann, eine Melodie vor sich hinzusingen: Tatata taaam. Tatata taaam. Und erst viel später, als sie mit vereinten Kräften ihren Vater dazu überredet hatten, sich am Sonntagabend seinen guten Anzug anzuziehen und mit seiner Frau in die Philharmonie zu gehen, was eine schwierige Aufgabe gewesen war, fiel Lili ein, dass es das Thema von Beethovens Fünfter Sinfonie sein musste, was ihre Mutter da vor sich hinsang. Eine Erinnerung aus besseren Zeiten, so wie der verblichene Morgenmantel aus Seide, den ihre Mutter hütete wie ihren Augapfel und an dem sie jede noch so kleinste brüchige Stelle sorgsam flickte.

Am folgenden Morgen stand Lili zeitig auf und machte sich noch vor dem Frühstück an die Arbeit. Vicki Baum hatte ihr verraten, dass Anita eine Menge Lob für ihre Artikel bekommen hatte, seit Lili sie überarbeitete, und darüber freute sie sich sehr. Und doch zerbrach sich Lili schon jetzt den Kopf darüber, wie sie der Moderedakteurin beibringen sollte, dass ihre Zusammenarbeit bald zu Ende sein würde. Nun, vielleicht hatte Anita ja inzwischen etwas dazugelernt. So schwer konnte es ja nicht sein, einen einigermaßen interessanten Artikel zu schreiben.

Ihre Eltern hatten beschlossen, mit einem Freiticket, das Gotthilf als Straßenbahnfahrer bekommen hatte, mit einigen Kollegen und deren Frauen ins Grüne zu fahren, und so konnte Lili ungestört in die Tasten hauen. Punkt ein Uhr tippte sie den letzten Satz in die Maschine und hörte auch schon Emils Pfiff. Sie nahm sich dieses Mal nicht einmal die Zeit, das Ganze noch mal durchzulesen, sondern schob die Blätter in den Umschlag und räumte alles auf. Ihre Tasche mit den Badesachen und den Resten vom Picknick lag gepackt auf dem Küchensofa, ihren selbst geschneiderten Badeanzug trug sie bereits unter ihrem Sommerkleid. Es war zwei Jahre her, dass sie mit Gundi und den Eltern zuletzt am Wannsee gewesen war, und während sie die Treppe hinunterrannte und zwei Stufen auf einmal nahm, freute sie sich wie verrückt darauf.

Sie verbrachten einen herrlich unbeschwerten Tag. Eine gute Stunde brauchten sie mit ihren Fahrrädern quer durch den Berliner Westen und den Grunewalder Forst, bis sie schließlich in Nikolassee angekommen waren, von wo es nur noch ein knapper Kilometer bis zum Strandbad war. Dort waren sie nicht die Einzigen, die die letzten warmen Tage genossen und sich ins kühle Nass warfen, ausgelassen und voller Lebensfreude.

»Du schwimmst ja wie ein kleines Hundebaby«, spottete Emil, und sie spritzte Wasser nach ihm. Dann ließ sie sich von ihm zeigen, wie man es richtig machte, lernte Brustschwimmen und sogar Kraulen, auch wenn sie dabei ziemlich viel Wasser schluckte.

Anschließend verschlangen sie die Reste des Kartoffelsalats, teilten sich die Buletten, und Emil brach einen wunderschönen großen Apfel in der Mitte entzwei und reichte eine Hälfte seiner Verlobten.

»Sooo schööön«, seufzte Lili, als sie sich müde und sattgegessen rücklings in den Ufersand fallen ließ.

Sie hatten einen Platz am Rande des großen Getümmels gefunden, und als Emil nun seine Hand langsam von ihrem Bauch aus in verschiedene Richtungen gleiten ließ, wehrte sie ihn nicht ab, nein, sie genoss jede seiner Berührungen.

Als sie wieder zurück in Kreuzberg waren, nahm Lili Emils Hand und zog ihn ins Haus. Sie sprachen kein Wort, während sie die Treppe hinaufgingen und Lili die Wohnungstür aufschloss.

»Sind deine Eltern nicht da?«, fragte Emil leise, als sie kein Licht anzündete, sondern ihn im Zwielicht, das die Straßenlaterne in die Küche warf, umarmte.

»Nein«, sagte sie. »Sie sind im Konzert. Das geht bis kurz vor elf. So lange ...«

Sie sprach nicht weiter und hätte es auch nicht gekonnt, denn er verschloss ihren Mund mit seinen Lippen. Dann zog sie ihn in ihr Schlafzimmer und begann, langsam und zärtlich sein Hemd aufzuknöpfen. Sie fühlte mehr, als dass sie es hörte, dass er die Luft anhielt, als sie mit ihren Fingerspitzen über seine bloße Haut strich.

»Lili«, flüsterte er. »Meine Lili ...«

»Wir müssen aufpassen«, hauchte sie ihm ins Ohr. »Versprich mir das!«

Und dann sprachen sie nicht mehr, sondern ließen ihre Hände sprechen, ihre Lippen und ihre Körper, die sich ganz sacht und sanft gegenseitig erkundeten.

18

Es war Vickis Idee gewesen, und Franz war geradezu begeistert davon. Er wünschte sich so sehr, dass Rosalie und seine Tochter Freundinnen würden, dass sie es ihm nicht hatte abschlagen können. Also hatte sie Lisbeth Saalfeld zu Richard Lerts Konzert eingeladen, und diese hatte tatsächlich zugesagt, sich bereits eine Stunde vorher mit ihr im Café des Foyers in der Philharmonie zu treffen.

Diesmal war Rosalie überpünktlich und wählte mit Bedacht einen kleinen Tisch, der ein wenig für sich stand und doch von jedem Besucher gut einsehbar war. Wie auch immer das Treffen verlaufen würde, jeder sollte sehen, dass sie und Franz' Tochter gemeinsam ins Konzert gingen, was ja allein schon für sich sprach. Ihre Garderobe hatte sie sorgfältig gewählt und sich für ein schlichtes Kleid von ihrer Lieblingsmodeschöpferin Madeleine Vionnet entschieden, hochgeschlossen und in einem dunklen Grau. Auf Schmuck hatte sie fast vollständig verzichtet, nur den Smaragdring von Franz hatte sie angesteckt und dazu passende Ohrringe, die sie sich erst kürzlich vom Honorar für eine Artikelserie gegönnt hatte.

Lisbeth erschien fünf Minuten zu spät, die dünnen weißblonden Haare sorgfältig in Wasserwellen gelegt und sichtlich nervös.

Sie trug ein taubenblaues Samtkleid, das ihr ausgesprochen gut stand.

Das Gespräch kam nur schleppend in Gang. Lisbeth sah immer wieder mit dem Ausdruck eines gehetzten Rehs zum Foyer hinüber, so als erwartete sie jemanden oder als wäre es ihr peinlich, mit Rosalie gesehen zu werden.

»Wie geht es Ihrer Tochter?«, fragte Rosalie und tat so, als bemerkte sie Lisbeths Unruhe nicht. »Wie alt ist Marianne eigentlich?«

»Sie wird im nächsten Monat zwei«, antwortete Lisbeth.

»Da fangen die Kleinen an zu sprechen, oder?«

Lisbeth betrachtete sie, als wäre sie ihr ein Rätsel. »Sie haben gar keine eigenen Kinder?«, fragte sie zurück.

Rosalie schüttelte den Kopf. »Nein«, antwortete sie. Und fügte in Gedanken hinzu: zum Glück. Wenigstens das mit der Verhütung hatte ihr erster Ehemann ihr beigebracht. Ernst Gräfenberg hatte sogar ein Präservativ für Frauen entwickelt, das aus einer winzigen Metallspirale bestand und das seiner Meinung nach die Befruchtung verhinderte.

»Wollen Sie denn ... ich meine ... werden Sie und mein Vater Kinder haben?«

Hektische Flecken flammten auf Lisbeths Wangen auf und schimmerten deutlich durch die feine Schicht Schminke hindurch, die sie aufgetragen hatte. Ah, daher weht der Wind, dachte Rosalie. Offenbar sorgten sich Lisbeth und Kurt, es könnten noch mehr Erben geboren werden. Nun, was das betraf, konnte sie die beiden beruhigen.

»Bestimmt nicht«, versicherte ihr Rosalie. »Vermutlich habe ich den besten Zeitpunkt, um Kinder zu bekommen, versäumt, ich bin schließlich schon dreißig Jahre alt. Und was Franz anbelangt – er hat ja Sie und Ihren Bruder.« Als sie die Erleichterung in Lisbeths Miene sah, fügte sie spontan hinzu: »Was meinen Sie: Wollen wir uns nicht endlich mit Vornamen ansprechen? Ihr Vater und ich werden bald heiraten – da wäre es wohl angebracht?«

Lisbeth schien nicht gerade begeistert von diesem Vorschlag, doch sie sagte auch nicht Nein, und Rosalie winkte dem Kellner, um Champagner für sie beide zu bestellen. Franz' Tochter wirkte wie jemand, dem man den Wind aus den Segeln genommen hatte und der sich erst besinnen musste, welche Position er nun einnehmen sollte.

»Meinem Vater zuliebe«, sagte sie mehr zu sich selbst und merkte offenbar nicht, wie unhöflich das klang. Rosalie beschloss, darüber hinwegzuhören. Wir müssen künftig ja gar nicht viel miteinander zu tun haben, dachte sie, während der Kellner zwei Sektschalen brachte und ihnen von der golden perlenden Flüssigkeit einschenkte.

»Auf die Familie Ullstein.« Rosalie erhob ihr Glas und sah der jungen Frau fest in die Augen. »Auf ein gutes Miteinander.«

Lisbeth erwiderte ihren Blick, und ein zögerliches Lächeln stahl sich in ihr Gesicht. Sie sieht direkt hübsch aus, wenn sie freundlich schaut, dachte Rosalie, als ihre Gläser aneinanderstießen und sie beide tranken. Dabei fiel Lisbeths Blick auf Rosalies Hand, und ihr Lächeln erstarb. Hastig stellte sie ihr Glas zurück auf den Tisch und wandte den Blick ab, so als hätte Rosalie sie beleidigt.

»Was ist mit Ihnen?«, fragte Rosalie erschrocken.

Lisbeth sah sie noch immer nicht an und presste die Lippen aufeinander. Sie rang sichtlich um Fassung. »Es ist der Ring«, erklärte sie schließlich und warf Rosalie einen raschen Blick zu. »Es war der Verlobungsring meiner Mutter. Mein Vater hätte ihn niemals ...« Sie brach ab und presste wieder die Lippen aufeinander.

Bestürzt sah Rosalie auf den Ring an ihrer Hand. Der Ring

hatte Lotte Ullstein gehört? Was um alles in der Welt hatte sich Franz dabei gedacht, als er ihn ihr schenkte? Nichts, vermutlich. Überhaupt nichts. Denn so waren die Männer nun mal.

»Das habe ich nicht gewusst«, sagte sie leise und drehte unschlüssig an dem Ring. Was sollte sie jetzt nur tun?

»Ich weiß«, gab Lisbeth zurück. Ihre Stimme klang rau. Rosalie sah, wie sie mehrmals schluckte. »Es tut trotzdem weh.«

Rosalie überlegte fieberhaft, wie sie die Situation retten könnte. Den Ring würde sie nicht mehr tragen können, und sie wollte es auch nicht mehr. Am liebsten hätte sie ihn auf der Stelle vom Finger gezogen und Lisbeth gegeben, doch was würde Franz dazu sagen? Immerhin hatte er ihn ihr zum Geburtstag geschenkt, wehmütig dachte sie an jenen Spaziergang zurück, als er ihn mir nichts, dir nichts aus der Luft hervorgezaubert hatte. So als wäre er in diesem Augenblick erst erschaffen worden und das Symbol seiner tiefen Verehrung für sie. Dabei hatte seine verstorbene Frau ihn viele Jahre lang bereits getragen, ohne je auf den Gedanken zu kommen, dass er eines Tages weitergereicht werden würde …

»Lisbeth, es tut mir leid«, sagte sie hilflos und griff spontan nach der Hand der jungen Frau. Die zog sie sofort weg. »Ich werde mit Ihrem Vater darüber sprechen und …«

»Nein, tun Sie das nicht«, unterbrach Lisbeth sie und zwang sich ganz offensichtlich zu einem höflichen Lächeln. »Er ist ohnehin schon böse auf mich.« Sie warf Rosalie einen prüfenden Blick zu, dann fuhr sie fort: »Ich möchte Ihnen nicht verschweigen, dass ich und mein Bruder … nun ja, wir sind nicht begeistert darüber, dass er sich erneut verheiraten möchte. Wir haben so unsere … Bedenken.« Sie verstummte und rutschte auf die vorderste Kante des Stuhls, so als wollte sie jeden Moment aufspringen und gehen.

»Und weiter?«, fragte Rosalie.

»Nun ja, wir ... ich wüsste gerne ein paar Dinge«, fuhr Lisbeth fort. »Wenn ich Sie das fragen dürfte.«

Rosalie seufzte innerlich. Auf eine Befragung von Franz' Tochter hatte sie sich nicht eingestellt. Sie war es gewohnt, dass man die Dinge mit Diplomatie und Feingefühl behandelte. Auch bei ihrer Arbeit als Journalistin legte sie stets Wert darauf, taktvoll zu bleiben und ihrem Gegenüber Wertschätzung zu erweisen. Lisbeth Saalfeld schien von all diesen Dingen keine Ahnung zu haben.

»Fragen Sie«, antwortete sie kühl.

»Es heißt, Sie hätten eine Liaison«, kam es nun wie aus der Pistole geschossen. »Und wir wissen auch, mit wem. Gedenken Sie, diese Affäre fortzusetzen, ich meine, als Frau meines Vaters?«

»Liebe Lisbeth«, begann Rosalie freundlich, »finden Sie nicht, dass das nur mich und Franz etwas angeht? Stelle ich etwa Ihnen derartige Fragen zu Ihrem Privatleben? Dabei hätte ich als Ihre zukünftige Stiefmutter womöglich ein größeres Recht, solche Dinge von Ihnen zu wissen.« Sie wartete kurz ab, um die Wirkung ihrer Worte auf Lisbeth abzuschätzen, dann fügte sie hinzu: »Dennoch werde ich Sie niemals mit derart intimen Fragen in Verlegenheit bringen, das verspreche ich Ihnen. Sollten Sie jedoch eines Tages Rat benötigen, zum Beispiel bezüglich Ihrer Ehe, dann können Sie immer auf mich zählen. Wir Frauen müssen zusammenhalten. Nicht gegeneinander arbeiten. Das ist meine feste Überzeugung.«

Lisbeth starrte sie aufgebracht an. »Woher wissen Sie ... Hat mein Vater Ihnen das erzählt?«

»Was denn?«, fragte Rosalie verwirrt. »Was meinen Sie?«

»Das mit meiner Ehe«, gab Lisbeth zornig zurück. »Das ist wirklich unglaublich ...«

»Hören Sie«, unterbrach Rosalie sie. »Ich weiß nichts über Ihre Ehe. Ich weiß überhaupt so gut wie gar nichts über Sie und

Ihren Bruder. Franz spricht darüber nicht. Und ich schicke auch keine Privatdetektive auf Ihre Fährte, so wie Sie das offensichtlich tun, denn Ihr Privatleben geht mich nichts an. Dasselbe erwarte ich von Ihnen.«

Inzwischen hatte sich das Foyer gefüllt. Es wurde langsam Zeit, in aller Ruhe die Plätze im Konzertsaal einzunehmen.

»Haben Sie sonst noch Fragen an mich?«, fragte Rosalie höflich.

Lisbeth wirkte wie ein störrisches Kind. »Ja«, sagte sie. »Und es wäre schön, wenn Sie mir aufrichtig antworten würden.«

Ärger stieg in Rosalie auf. Was glaubte diese junge Frau eigentlich? Dass sie sie belog?

»Ich bin immer aufrichtig«, sagte sie leise und bestimmt. »Ich hoffe, Sie sind es ebenso.«

»Aus welchen Motiven heiraten Sie meinen Vater?«, fuhr Lisbeth unbeirrt fort und heftete ihre wasserblauen Augen auf die ihren.

Ja, dachte Rosalie halb amüsiert, halb verletzt, das ist es, was sie eigentlich beschäftigt, und zwar nicht nur Franz' Kinder, sondern den gesamten Ullstein-Clan. Sie ahnte, was man ihr unterstellte. Dass sie es wegen des Geldes tat, wegen des Ansehens, das der Name Ullstein genoss, und wegen seines gesellschaftlichen Einflusses. Vermutlich unterstellten sie ihr Machtgelüste. Womöglich fürchteten die anderen Direktoren bereits, sie könnte Einfluss auf den Generaldirektor nehmen, könnte ihm Dinge einflüstern, die ihnen nicht gefallen würden. Und sie wusste, was immer sie jetzt antwortete, innerhalb der nächsten vierundzwanzig Stunden würde es die gesamte Familie erfahren.

»Sie wollen die Wahrheit wissen«, sagte Rosalie, »und ich werde sie Ihnen sagen. Ich werde Franz Ullstein nur aus einem einzigen Grund heiraten: weil ich ihn liebe.«

Sie erkannte sofort, dass Lisbeth ihr das nicht glaubte. Nun, das war ihre Sache. Sie und die anderen Ullsteins würden sich damit abfinden und nach einer Weile bemerken, dass sie sich umsonst Sorgen gemacht hatten. Rosalie hegte keinerlei Machtgelüste, hatte nicht vor, ihrem zukünftigen Mann in seine Arbeit hineinzureden. Sie hatte ihre eigenen Aufgaben und Interessen. Sollte er sie hin und wieder nach ihrer Meinung fragen, würde sie ihm antworten. Und das wäre dann schon alles.

»Ich denke«, fügte sie nachdenklich hinzu, »da gibt es etwas grundsätzlich klarzustellen. Ihr Vater hat um mich geworben, nicht ich um ihn. Ich selbst wäre nie im Leben auf die Idee gekommen, Frau Ullstein werden zu wollen, dazu habe ich meine Freiheit lange Zeit viel zu sehr geschätzt. Aber dann ist Ihr Vater in mein Leben getreten, und ich habe mich in ihn verliebt. Er ist ein wunderbarer Mensch. Sie als seine Tochter werden mir wenigstens in diesem Punkt beipflichten, habe ich recht?«

Sie schenkte Lisbeth ein herzliches Lächeln und hoffte, dass diese spröde Person die Brücke, die sie ihr gerade baute, annehmen würde. In diesem Moment trat jedoch eine korpulente Dame zu ihnen und begrüßte Lisbeth überschwänglich, während sie Rosalie immer wieder neugierige Blicke zuwarf. Ihre künftige Stieftochter dachte offenbar nicht daran, sie vorzustellen, und so nutzte Rosalie die Zeit, während die beiden ein so ausgiebiges wie belangloses Schwätzchen hielten, um die Rechnung zu bezahlen. Wer auch immer für Lisbeths Erziehung zuständig war, Manieren hat man ihr nicht beigebracht, dachte sie ernüchtert und atmete auf, als das Klingelzeichen die Besucher dazu aufrief, sich in den Konzertsaal zu begeben.

Lisbeth schwieg hartnäckig, als sie ihre Plätze in der fünften Reihe des Parketts eingenommen hatten, und Rosalie entschied, dass sie sich bereits mehr Mühe gegeben hatte, als man von ihr erwarten konnte. Wenn Lisbeth beschlossen hatte, sie abzulehnen, dann war das eben so. Sie würde ohne Bedauern mit ihr und ihrem Bruder so wenig wie möglich Kontakt pflegen.

Vor der Orchesterbühne entstand Bewegung. Rosalie entdeckte Vicki Baum in einem apricotfarbenen Spitzenkleid samt golddurchwirkter Stola, ihre beiden Söhne im Schlepptau, die allerliebst aussahen in ihren dunklen Anzügen und mit den niedlichen Fliegen. Wolfgang, der ältere, musste bald zwölf Jahre alt sein, rechnete Rosalie nach, und Peter acht. Vicki begrüßte einige Honoratioren und nahm dann mit den Jungen in der ersten Reihe Platz.

»Sieh nur, Gotthilf, das ist Frau Baum«, hörte sie die Frau auf dem Stuhl neben sich leise zu ihrem Mann sagen. »Die Schriftstellerin, bei der Lili arbeitet.«

Diskret warf Rosalie ihrer Sitznachbarin einen Blick zu und erkannte sofort die Ähnlichkeit zwischen ihr und Vickis Tippfräulein. Sollte es sich um Lilis Eltern handeln? Zwischen all den herausgeputzten Konzertbesuchern, die sich Karten in den vorderen Reihen des Paketts leisten konnten, wirkte das Paar ein wenig deplatziert, doch das Strahlen auf dem Gesicht dieser Frau und das Leuchten ihrer Augen machten für Rosalie das schlichte und sichtlich viel getragene schwarze Kleid und den altmodischen Anzug ihres Begleiters durchaus wett. Wie nett von Vicki, dachte sie. Sicher hatte sie auch Lili Blume Freikarten geschenkt.

Das letzte Hüsteln und Rascheln verstummte, und Richard »Hans« Lert trat auf die Bühne, verbeugte sich tief und nahm den Applaus entgegen. Er sah gut aus, Vickis Ehemann, der sie immer wieder betrog und dennoch zu ihr hielt und ihretwegen seinen Lebensmittelpunkt nach Berlin verlegen würde. Rosalie konnte sich lebhaft vorstellen, dass er ein wahrer Held sein müsste, um den Avancen der ihn umgebenden Damenwelt zu widerstehen, all den jungen Sängerinnen, die darauf brannten, ein Engagement zu bekommen, eine Rolle, von der sie so lange schon träumten, oder einfach nur eine Stelle im Opernchor, im Ballettensemble, in der Statisterie.

»Der sieht gar nicht aus wie ein Jude«, hörte sie eine weibliche Stimme hinter sich sagen, und Rosalie hielt kurz die Luft an. Ja, einen Moment lang war sie versucht, sich umzudrehen und der Sprecherin einen bitterbösen Blick zuzuwerfen, doch sie beherrschte sich. Außerdem hatte sich Hans nun ans Dirigentenpult gestellt, die Arme erhoben, und das Orchester brachte mit den donnernden Akkorden von Beethovens fünfter Sinfonie den Konzertsaal zum Vibrieren.

Man nannte sie auch die Schicksals-Sinfonie, und Rosalie konnte nicht anders, als ihr eigenes Schicksal zu überdenken, sich zu fragen, ob sie wohl die richtigen Schritte tat und warum ihr Leben auf einmal so kompliziert geworden war. Der Ring an ihrer rechten Hand, den sie in letzter Zeit gern getragen hatte, fühlte sich auf einmal schwer und klobig an, und Rosalie war versucht, ihn abzuziehen und in ihrer Clutch verschwinden zu lassen. Warum, verdammt noch mal, hatte Franz nicht einfach irgendeinen neuen Ring für sie gekauft? Einen, mit dem niemand aus seiner Familie irgendwelche Erinnerungen verband?

Auf der anderen Seite, dachte Rosalie, während die sanfte Melodie des zweiten Sinfoniesatzes ihren Zauber entfaltete – zeigte Franz' Geschenk nicht, dass er sie als ebenbürtige Nachfolgerin seiner ersten Frau betrachtete? Dabei hatte er sich damals während seines Antrags noch gar nicht sicher sein können, dass sie ihn überhaupt annehmen würde. In diesem Fall hätte er fast schon leichtfertig ein Familienschmuckstück hergeschenkt, das für seine Tochter offenbar von großer Bedeutung war. Ach, seufzte Rosalie innerlich, Männer sind einfach nicht dazu geschaffen, sich um derlei Dinge allzu viele Gedanken zu machen. Auch sie sollte sich, so fand sie, nicht mehr länger mit dieser Sache aufhalten.

Vickis Ehemann machte seine Sache ausgezeichnet. Die Berliner Philharmoniker spielten inspiriert, was durchaus nicht selbstverständlich war, erfolgsverwöhnt, wie das Orchester seit einigen Jahren mit Dirigenten vom Rang eines Hans von Bülow, Arthur Nikisch und aktuell unter Wilhelm Furtwängler war. Richard Lert ging kein kleines Wagnis ein, seine gesicherte Position als Generalmusikdirektor des Mannheimer Opernhauses aufzugeben und sich hier ins Berliner Haifischbecken zu begeben. Als die letzten Takte der Sinfonie verklungen waren, gab ihm allerdings der rauschende Beifall des gut gefüllten Hauses recht. Rosalie freute sich darüber und applaudierte selbst, wenn auch nicht so frenetisch wie die schlanke Frau mit den rötlichen Haaren neben ihr, die sie für Lili Blumes Mutter hielt.

»Ach, war das herrlich«, rief sie ihrem Mann zu, der ebenfalls in die Hände klatschte.

Schließlich erhob man sich und begab sich ins Foyer zur Pause. In dem Gedränge an den Türen verlor Rosalie Lisbeth aus den Augen, traf einige Bekannte und unterhielt sich notgedrungen kurz mit ihnen, und als sie Lisbeth im Foyer endlich wieder entdeckte, trug sie bereits Mantel und Hut.

»Ich möchte mich verabschieden«, sagte sie zu Rosalie. »Es war nett von Ihnen, mich einzuladen.«

»Aber ...«, stammelte Rosalie erstaunt. »Das Konzert ist doch noch gar nicht zu Ende ...«

»Ich muss heim zu meinem Kind«, erklärte Lisbeth entschlossen. »Sie werden mir zustimmen, dass dieser Abend seinen Zweck erfüllt hat. Auf Wiedersehen.« Und damit drehte sie sich auf dem Absatz um und verschwand in Richtung Ausgang.

»Du siehst aus, als wolltest du gleich jemanden ermorden.«

Rosalie fuhr herum. Neben ihr stand Vicki Baum, flankiert von Wolfgang und Peter.

»Ach, Vicki«, stöhnte sie.

Vickis Augen wurden vor Besorgnis ganz groß und rund. Dann wandte sie sich an ihre Söhne. »Wollt ihr unsere Kavaliere sein und uns von dort drüben zwei Gläser Champagner holen?«

Die Jungen nickten eifrig, und Vicki drückte ihrem Ältesten einen Geldschein in die Hand.

»Wo ist Frau Saalfeld?«, erkundigte sie sich dann, nachdem die beiden außer Hörweite waren, und sah sich suchend um.

»Sie ist nach Hause gegangen«, antwortete Rosalie resigniert. »Wir werden wohl niemals Freundinnen werden.«

»Was du sicherlich verschmerzen kannst«, grinste Vicki.

»Durchaus«, stimmte Rosalie ihr zu.

»Vergiss sie ganz einfach«, riet Vicki. »Du und Dr. Franz, ihr werdet euer eigenes Leben führen. Deinen guten Willen hast du jedenfalls gezeigt.«

Die beiden Jungen kamen zurück, jeder mit einer Champagnerschale in der Hand, die sie ihnen fröhlich überreichten.

»Hans macht seine Sache ausgezeichnet«, wechselte Rosalie das Thema. »Ihr seid sicher stolz auf euren Papa?«, sagte sie zu den Jungen.

»Und auf Mama auch«, erklärte der achtjährige Peter. »Morgen nimmt sie uns mit zum Boxen.«

Vicki lachte und fuhr mit der Hand zärtlich durch das blonde Haar des Jungen.

»Müsst ihr nicht zur Schule?«, erkundigte sich Rosalie.

»Wir werden ihnen für drei Tage eine Entschuldigung schreiben«, erklärte Vicki. »Weißt du was, wieso kommst du morgen nicht einfach mit zu Sabri Mahir?«

»Oh nein, das ist nichts für mich«, entgegnete Rosalie mit einem Lachen. »Ich steh euch doch nur im Weg.«

Vicki betrachtete sie mit jenem Blick, von dem Rosalie überzeugt war, dass er bis in ihre Seele schauen konnte. »Ich weiß, was wir tun«, erklärte Vicki schließlich. »Wir gehen gemeinsam zu einem der Künstlertreffen, zur Teestunde am Ring, wie Mahir das nennt. Da wird debattiert und nicht geboxt. Das passt besser zu dir als das Training am Sandsack und das Einüben einer Rechts-Links-Kombination mit Aufwärtshaken. Obwohl auch eine Frau sich heutzutage zu wehren wissen sollte.«

»Ich kämpfe mit anderen Waffen«, versicherte ihr Rosalie.

Vicki betrachtete sie mit schräg gelegtem Kopf. »Dir ist die Lust aufs Konzert vergangen, was? Willst du womöglich auch lieber nach Hause gehen? Ich könnte es dir nicht verübeln.«

»Nein, ganz bestimmt nicht«, widersprach Rosalie und straffte sich. »So weit kommt es noch, dass ich mir den Abend verderben lasse. Schade allerdings um den leeren Platz.«

»Warum siehst du dich nicht noch rasch draußen um?«, riet ihr Vicki augenzwinkernd. »Vor der Tür hoffen noch immer Musikbesessene darauf, nach der Pause eingelassen zu werden, hat mir gerade jemand erzählt. Such dir den schönsten jungen Mann darunter aus und mach ihn glücklich. Aber beeil dich. Gleich geht es weiter.«

Natürlich suchte Rosalie sich keinen hübschen jungen Mann aus, und das nicht, weil sie fürchtete, jemand könnte es am Ende Franz erzählen, sondern weil sie keine Lust darauf hatte. Stattdessen ging sie allein zurück zu ihrem Platz.

»Weißt du noch, wie im April so ein kleiner Judenbengel hier Geige gespielt hat?«, hörte Rosalie erneut die Frauenstimme von vorhin hinter sich. »Wie hieß der noch gleich? Er hatte kurze Hosen an und eine Stradivari ...«

»Yehudi Menuhin«, antwortete eine männliche Stimme betont geduldig. »Und Bruno Walter hat dirigiert.«

»Dieser Abend heute reicht an den leider gar nicht heran«, erklärte die Frau nörglerisch.

Rosalie sah sich unauffällig um und entdeckte ein betagtes Paar. Die Frau hatte ein Gesicht wie zerknautschtes Pergamentpapier und ein Diamantcollier um den Hals. Ihr Begleiter wirkte mit seinem kahlen Schädel und der großen Nase wie ein Habicht. »Was steht denn jetzt noch auf dem Programm? Korngold. Auch so ein Jude. Na, da kann man ja gespannt sein.«

»Haben Sie denn etwas gegen Juden?« Es war die Frau in dem altmodischen schwarzen Kleid neben Rosalie, die sich zu dem älteren Paar umgedreht hatte und es mit ihren grünblauen Augen fixierte.

»Wir? Ähm. Nein. Wieso?«

»Ach, nur weil Sie das nun schon dreimal erwähnt haben«, sagte diese fabelhafte Frau und hatte Rosalies Herz gewonnen.

»Nun, man muss schon zugeben«, rechtfertigte sich die Dame hinter ihnen, »dass es so scheint, als könne nichts mehr ohne die Mitwirkung von Juden stattfinden. Weder im Konzert noch im Film oder Theater. Das ist doch eigentlich sonderbar. Oder nicht?«

»Offenbar machen sie ihre Sache eben besonders gut«, gab Rosalies Sitznachbarin zurück. »Einen schönen Abend noch.«

»Hedi«, mahnte der Mann an ihrer Seite leise. »Reg dich bloß nicht auf.«

»Ich reg mich gar nicht auf«, entgegnete seine Frau gelassen. »Ich sage nur, was richtig ist. Ich kann das nicht hören, das weißt du.«

»Sind Sie eventuell selbst jüdischen Glaubens?«, fragte die alte Schachtel listig aus der Reihe hinter ihnen.

»Nein, das sind wir nicht«, antwortete Frau Blume, und ihre Augen blitzten. »Meiner Meinung nach sollte es keine Rolle spielen, in welcher Kirche man betet.«

»Darf ich Sie etwas fragen?«, konnte Rosalie sich nicht verkneifen zu sagen.

Die tapfere Frau neben ihr richtete einen strengen Blick auf sie.

»Natürlich«, sagte sie. »Ich hoffe, Sie haben nicht auch etwas gegen Juden.«

»Nein«, antwortete Rosalie leise mit einem Lächeln. »Ich bin selbst Jüdin. Was ich Sie gern fragen möchte – sind Sie zufällig mit einer jungen Dame namens Lili Blume verwandt?«

Zu Rosalies Überraschung wurde ihre Nachbarin ganz rot vor Verlegenheit, so als hätte man sie auf frischer Tat bei etwas Verbotenem ertappt.

»Ich bin ihre Mutter«, gestand sie schuldbewusst. »Frau Baum hat unserer Tochter die Karten geschenkt, und Lili hat sie uns gegeben. Ich hab gleich gesagt, dass das nicht richtig ist …«

»Aber nein«, versuchte Rosalie sie zu beruhigen. »Ich freue mich, Sie kennenzulernen. Ihr Fräulein Tochter ist wirklich fabelhaft. Und ihr Verlobter ebenfalls.«

»Sie kennen Emil?« Frau Blume machte große Augen, dann besann sie sich. »Darf ich Ihnen meinen Mann vorstellen? Gotthilf Blume.«

»Rosalie Gräfenberg, ich bin mit Vicki Baum befreundet. Und sie hat ganz gewiss nichts dagegen, dass Sie gekommen sind.«

»Es ist Jahre her, seit ich zuletzt in einem Konzert war«, vertraute Frau Blume ihr an, und ihre Augen wirkten wehmütig. »Da war ich so alt wie unsere jüngste Tochter. Sie glauben gar nicht, wie sehr ich das vermisse. Umso mehr genieße ich diesen Abend. Bitte sagen Sie das Frau Baum.«

»Das tu ich gerne«, antwortete Rosalie.

Das Orchester war mit dem Stimmen fertig. Die Lichter waren bereits erloschen. Frau Blume sah besorgt an ihr vorbei und wies auf den leeren Platz neben Rosalie.

»Ihre Begleiterin ist zu spät«, wisperte sie.

»Sie ist nach Hause gegangen«, flüsterte Rosalie zurück.

»Warum denn das?« Frau Blume wirkte ehrlich entsetzt. »Ach, die Ärmste. Ist ihr womöglich schlecht geworden?«

Zum Glück betrat Lert in diesem Augenblick die Bühne, und der Applaus enthob Rosalie einer Antwort. Und doch, hatte Frau Blume mit ihrer Bemerkung nicht den Nagel auf den Kopf getroffen? Ein leises Lachen stieg in Rosalie auf und versöhnte sie vollständig mit dem Verlauf dieses Abends.

19

»Nichts liegt uns ferner, als uns in dein Privatleben einmischen zu wollen.« Die große Toni, elegant und ganz Dame des Hauses, sah ihn aus ihren schönen dunklen Augen an.

»Freut mich zu hören«, antwortete Franz lakonisch. »Dann lasst es bitte auch bleiben.«

»Es geht ja gar nicht um Frau Gräfenberg persönlich«, fuhr Antonie Ullstein fort und wies das Hausmädchen mit einer winzigen Geste an, ihrem Gast noch eine Scheibe von dem Rinderbraten aufzulegen. »Sondern um die Firma.«

Franz lehnte sich zurück und ließ seinen Blick über die Tischrunde schweifen. Hans saß neben ihm am Kopfende des Tischs in seinem Rollstuhl und führte mühsam seine Gabel zum Mund. Auf seiner anderen Seite, Franz gegenüber, Antonie. Die untere Tischhälfte nahmen die Kinder der beiden samt Anhang ein, die fast vierzigjährige Hilda mit ihrem Mann Fritz Ross, Ilse, die mit Heinz Pinner verheiratet war, Karl mit seiner hübschen österreichischen Ehefrau Maria, die von allen nur Manci genannt wurde, und schließlich Leopold, der im selben Alter war wie Lisbeth. Hans' und Tonis Enkelkinder, acht an der Zahl, aßen im Nebenzimmer zu Mittag, fröhliches Lachen klang herüber, und Franz ertappte sich dabei, dass er sich wünschte, ebenfalls dort sein zu dürfen. Und das, obwohl er sich aus Kindern im Grunde nicht viel machte.

»Um die Firma also?«

»Heinz wünscht sich mehr Befugnisse«, sagte Karl in seiner leisen, höflichen Art.

»Dann soll er zu mir kommen und mir seine Wünsche vortragen«, antwortete Franz.

»Er hat Sorge, du könntest es ihm übel nehmen«, sprang Fritz Ross ein.

»Das kommt ganz darauf an, was er von mir will.«

Fritz Ross und Karl wechselten bedeutungsvolle Blicke. Die beiden hatten sich während des Kriegs in den Schützengräben Frankreichs kennengelernt und angefreundet. Fritz hatte dem sensiblen Karl damals Halt gegeben, und seither waren sie beste Freunde. Als Fritz dann Hilda geheiratet hatte, war es für Hans selbstverständlich gewesen, dem tüchtigen jungen Mann im Verlag eine verantwortungsvolle Stelle zu geben, und inzwischen gehörte Fritz Ross zu den Junior-Direktoren.

»Er möchte die alleinige Leitung über die Zeitungsredaktionen«, sagte er und warf dem Generaldirektor einen prüfenden Blick zu.

Franz blieb fast der Bissen im Hals stecken, als er das hörte. Er fing sich gerade noch, nahm einen Schluck Wein und tupfte in aller Ruhe seinen Mund mit der Serviette ab.

»Wie gesagt«, antwortete er und bemühte sich um denselben ruhigen Ton wie zuvor. »Er möge mir seine Wünsche selbst vortragen. Und da ihr beide offenbar seine Emissäre seid, könnt ihr ihm das gern ausrichten. Obwohl das selbstverständlich sein sollte und jeder im Verlag die Hierarchien kennt.«

Der Appetit war ihm vergangen. Hatte ihn die große Toni etwa zum Essen eingeladen, um in Heinz' Abwesenheit dessen Position im Verlag verhandeln zu lassen? Das war ja noch schöner.

»Ich fürchte nur«, meldete sie sich nun wieder zu Wort, »der Junge traut sich nicht.« Sie lächelte ihn liebenswürdig an. »Deine Wutausbrüche sind schließlich legendär.«

»Mit Feiglingen, die wundervolle Frauen wie dich vorschicken, kann ich nichts anfangen«, gab Franz sarkastisch zurück. Er legte seine Serviette auf den Tisch. »War das alles? Oder gibt es noch einen anderen Grund, warum ich eingeladen wurde?«

Das Lächeln auf Antonies Gesicht verschwand.

Nun war es Hans, der ihm mühsam seinen Kopf zuwandte. »Wirst du sie uns vorstellen?«, fragte er. »Ich meine, bevor du sie heiratest?«

»Wenn ihr sie kennenlernen möchtet, gern«, antwortete Franz. Er mochte seinen Bruder und wollte nichts mehr, als mit ihm in Frieden leben. Dennoch war ihm die Sache nicht geheuer. »Wenn ihr allerdings glaubt, ich bitte euch um euren Segen, dann irrt ihr euch.«

»Gibt es denn schon einen Hochzeitstermin?«, erkundigte sich Hilda und blickte ihn aus treuherzigen Augen an. »Meine Mädchen würden sicher gern Blumen streuen oder den Schleier tragen.«

»Wir heiraten im November«, erklärte Franz und wunderte sich selbst über seine Worte. Denn über den genauen Termin hatte er mit Rosalie noch gar nicht gesprochen.

»So bald schon?« Antonie wirkte geradezu entsetzt. »Das sind ja nur noch ein paar Wochen.«

»Bis dahin ist das Haus bereit zum Einzug«, sagte Franz. »Gestern haben wir uns gemeinsam mit dem Architekten die Baustelle angesehen. Alles läuft nach Plan, wir sind bereits bei der Innengestaltung.« Und zu Hilda gewandt fügte er hinzu: »Mit Blumen und

Schleiern kenne ich mich nicht aus. Aber wenn du möchtest, frag ich Rosalie gern. Allerdings wird es keine kirchliche Trauung geben.«

»Nicht?« Hilda wirkte enttäuscht.

»Nein, Hilda. Darüber sind wir uns einig. Wie übrigens in allem.«

Nach dem Essen bat Hans ihn, seinen Rollstuhl ins Herrenzimmer zu schieben, während Fritz und Karl bei den Frauen zurückblieben, was an sich schon ungewöhnlich war. Sein älterer Bruder bot ihm eine Zigarre an, stellte ein paar belanglose Fragen zum neuen Haus, dann sagte er unvermittelt: »Ich muss dir davon abraten, diese Frau zu heiraten.«

Franz hatte gerade seinen ersten Zug genommen und stand da wie vom Donner gerührt.

»Was?«, sagte er, als er wieder Luft bekam.

»Ich hab nichts gegen sie, ich kenn sie ja nicht mal«, antwortete der Ältere langsam und mühevoll. »Das Problem ist, dass sie zu viel Aufruhr ins Haus bringt. Hermann ist verärgert. Und Georg Bernhard erst. Es heißt, sie mischt sich ein. Und das tut keine unserer anderen Frauen. Die wissen, wo ihr Platz ist.«

»Rosalie mischt sich nicht ein«, antwortete Franz entrüstet. »Sie hat nur hin und wieder ausgezeichnete Ideen. So wie mit dieser Werbekampagne für die Baum. Absolut genial. Das hat Hermann ja eingesehen.«

»Er ist sauer«, insistierte Hans und blickte ihn vorwurfsvoll an. »Und das ist nicht gut.«

»Hermann ist immer wegen irgendetwas sauer«, erklärte Franz ungehalten. »Und deshalb soll ich die Frau, die mich glücklich macht, nicht heiraten? Seid ihr denn noch bei Trost?«

»Es ist deine Entscheidung«, sagte Hans. Er wirkte erschöpft.

»Sicher ist sie ganz reizend. Aber warum denn gleich heiraten? Ich kann dir nur raten ...«

»Genau so ist es. Es ist meine Entscheidung. Und deshalb lass ich mir nicht reinreden. Nicht einmal von dir, Hans. Und du weißt, wie sehr ich dich schätze.«

»Es geht doch gar nicht um mich«, erwiderte sein Bruder, und seine Augen hinter der Nickelbrille waren fast schon flehend auf ihn gerichtet. »Es geht um den Zusammenhalt. Um den Ullstein-Geist. Denn wenn der nicht mehr existiert ...«

»Haben sie dir eingeredet, dass ausgerechnet Rosalie den Zusammenhalt schwächen würde?« Franz konnte es nicht fassen. »Ich sag dir etwas. Der Zusammenhalt ist schon lange nicht mehr so, wie er sein sollte. Und das hat mit den Junioren zu tun. Wir sind zu viele im Gremium. Da kann es nicht ausbleiben, dass sich Fraktionen bilden. Interessensgemeinschaften. Klüngeleien. Allen kann man es niemals recht machen, das weißt du so gut wie ich. Jemand muss die Entscheidungen treffen, und das bin nun mal ich, nachdem du diesen Posten an mich abgegeben hast. Und natürlich hackt man auf dem herum, der die ganze Verantwortung trägt.«

»Du kannst sie jederzeit abgeben.«

Franz starrte ihn überrascht an. »Ich denke gar nicht daran«, fuhr er dann auf. »Und was Heinz' angeblichen Wunsch anbelangt, den kann er sich abschminken.« Wütend ging er im Herrenzimmer auf und ab. »Er ist noch immer ein Grünschnabel mit seinen sechsunddreißig Jahren, dabei hält er sich für einen großartigen Verleger«, ereiferte er sich. »Und er hasst mich. Doch, so ist es. Und weißt du, warum?« Franz blieb vor dem Rollstuhl seines Bruders stehen. »Weil ich ihn durchschaue. Und ich frage mich, warum ihr anderen alle so blind seid und euch von diesem Schmierenkomödianten ...«

»Franz«, mahnte Hans und schüttelte den Kopf. »So geht das nicht. Heinz hat seine Qualitäten. Die Journalisten lieben ihn.«

»Ja, weil er mit ihnen ausgeht und ihre Zeche bezahlt«, schimpfte Franz. »Das qualifiziert ihn nicht dazu, die Gesamtleitung über alle Zeitungsredaktionen zu übernehmen. Das ist nicht nur eine, das ist viele Nummern zu groß für ihn.«

»Das weiß ich ja«, gab sein Bruder zurück. »Ich finde das auch vermessen. Warum denkst du nicht einfach mal darüber nach, was du ihm sonst anbieten möchtest.«

»Ich möchte ihm überhaupt nichts anbieten«, erklärte Franz zornig. »Er soll sich bloß in Acht nehmen. Denn wenn er auch nur einen weiteren Bock schießt ...«

»Was dann?« Hans betrachtete ihn resigniert. »Er ist einer von uns, Franz. Den wirft man nicht raus. Also sieh zu, dass du mit ihm auskommst. Biete ihm irgendetwas anderes an. Du wirst schon etwas finden.« Und als Franz ihn noch immer grimmig anstarrte, fügte er hinzu: »Manchmal muss man als Feldherr taktische Kompromisse eingehen, um den Krieg zu verhindern. Lass dir das von einem alten Recken wie mir gesagt sein.«

»Onkel Rudolf ist ja ziemlich begeistert von ihr«, hörte Franz, die Hand bereits auf der Klinke, seine Nichte Hilda durch die Salontür hindurch sagen. »Vielleicht ist sie gar nicht so schlimm?«

»Rudolf ist von allen attraktiven Frauen begeistert«, antwortete Antonie. »Ich geb da mehr auf das, was Lisbeth sagt. Diese Frau hat sich ihr gegenüber doch tatsächlich als ihre zukünftige Stiefmutter bezeichnet, stellt euch das mal vor. Dabei ist sie keine sechs Jahre älter als Lisbeth.«

»Sieben«, sagte Franz, der inzwischen eingetreten war. »Rosalie ist einunddreißig und meine Tochter vierundzwanzig. Sonst noch Fragen? Was hat meine Verlobte noch alles verbrochen?«

Peinliches Schweigen entstand. Schließlich ergriff Antonie als Gastgeberin wieder das Wort.

»Kann ich dich unter vier Augen sprechen, lieber Schwager?«

»Nein«, entgegnete Franz zornig. »Mein Kontingent an Privataudienzen ist für heute leider schon aufgebraucht. Du kannst ruhig vor den anderen sprechen.«

Antonie hob die Brauen und schürzte kurz den perfekt geschminkten Mund. »Nun, wie du willst. Ich wollte dich diskret darauf hinweisen, dass es nicht besonders geschmackvoll von dir war, dieser Frau Lottes Verlobungsring zu schenken. Lisbeth nimmt ihr das sehr übel.«

Franz fühlte, wie ihm das Blut an den Schläfen zu pochen begann.

»Erstens hat ›diese Frau‹ einen Namen und ist meine Verlobte«, sagte er in leisem, gefährlichem Ton. »Und zweitens kann ich meiner Verlobten schenken, was ich will. Lisbeth hat den gesamten übrigen Schmuck ihrer Mutter erhalten und ...«

»Ja, aber erst, nachdem sie sich bei dir darüber beschwert hat«, unterbrach Antonie ihn und funkelte ihn empört an. »So etwas tut man einfach nicht, Franz. Dass du als Mann über solche sensiblen Dinge möglicherweise nicht nachdenkst, ist ja verständlich. Warum, so frage ich mich, ziehst du dann nicht eine von uns Ullsteinfrauen zurate? Wir würden dir gerne jederzeit ...«

»Ach, so ist das«, brüllte Franz. »Ich soll euch um Erlaubnis fragen, wie ich meine Privatangelegenheiten zu regeln habe? Am Ende würdet ihr Ullsteinfrauen mir auch noch die in euren Augen passende Frau aussuchen, wie? Vergiss es, Antonie. Vergiss das ein für alle Mal.«

»Kein Grund, Mama anzuschreien«, sagte ausgerechnet Karl, der Gutmütige, Zurückhaltende. »Sie meint es nur gut.«

»Herrgott, könnt ihr mich nicht einfach in Ruhe lassen?«,

schrie Franz jetzt erst recht. »Und euch ein bisschen mit mir freuen? Ihr würdet es wohl lieber sehen, wenn ich für den Rest meiner Tage als trauernder Witwer versauern würde.« Er blickte in die Runde, alle außer Antonie wandten den Blick ab. Und auf einmal wurde er ganz ruhig. »Ich bin glücklich«, sagte er fast schon sachlich und sah seiner Schwägerin in die Augen. »So glücklich, wie ich es selten in meinem Leben war. Könnt ihr mir das nicht einfach gönnen?«

»Mit dem Glück ist es so eine Sache«, sagte Antonie im Flur zu ihm, nachdem er sich bereits Hut und Mantel hatte geben lassen. »Es kommt und geht, wie es ihm beliebt. Hans und ich führen eine gute Ehe, das weißt du. Trotzdem ist seine Krankheit ein dunkler Schatten über unserem Glück. Die wahre Liebe zeigt sich erst dann, wenn es einen verlässt.«

Der Zornausbruch von vorhin pulsierte noch immer durch Franz' Adern. Er war grenzenlos enttäuscht von seiner Schwägerin, er hatte immer viel von der großen Toni gehalten. Doch wie sie jetzt von ihrem persönlichen Schicksal sprach, rührte das etwas in ihm an.

»Du denkst, Rosalie wird mich verlassen, wenn das Alter Ernst macht und die Gebrechen kommen?«

»Das weiß ich nicht«, antwortete Antonie. »Ich kenne sie ja gar nicht persönlich. Allerdings bereitet mir fast alles, was ich über sie höre, große Sorgen.«

»Machst du dir ebenso große Sorgen um die arme Stefanie? Sie könnte viel eher deinen Rat und Beistand gebrauchen. Oder mischst du dich in die Ehe unserer Schwester Alice ein, die notorisch unglücklich ist?«

»Ich helfe, wo ich kann«, antwortete Antonie würdevoll. »Und wo man meinen Rat hören möchte.«

»Ach so, und bei mir mischst du dich ein, obwohl ich dich nie um deinen Rat gebeten habe«, gab er zurück.

»Weil du nicht irgendeiner in der Familie bist«, entgegnete Antonie. »Du bist der Generaldirektor des Familienunternehmens. Und wer immer mit dir den Bund der Ehe eingeht, wird mächtiger sein als jede andere von uns Frauen, mich eingeschlossen.«

»Ihr habt Angst vor ihr?«, fragte Franz erstaunt und musste auf einmal herzlich lachen. »Ist es das? Glaub mir, von Rosalie hat keine von euch irgendetwas zu befürchten.«

»Das sagst du«, erwiderte Antonie und wirkte auf einmal wie eine alternde Regentin. »Garantieren kannst du uns das nicht.«

»Ich habe keine Lust mehr, darüber zu sprechen«, gab Franz kalt zurück. »Ihr werdet euch an sie gewöhnen und erkennen, was für ein großartiger Mensch sie ist. In ein paar Monaten wirst du über deine Befürchtungen lachen.«

»Wir werden sehen«, sagte Antonie und küsste ihn trotz seines Widerstrebens zum Abschied auf beide Wangen.

Er bat Wohlrabe, ihn hinaus ins Westend zu fahren, obwohl er am Tag zuvor schon dort gewesen war. Er wollte ein paar Schritte gehen und sich seine neue Nachbarschaft ansehen, das würde ihn beruhigen und auf andere Gedanken bringen.

Ihm wurde bewusst, dass das Einzige, was ihn in diesen Tagen mit Freude erfüllte, die Stunden mit Rosalie waren, in denen sie ihre gemeinsame Zukunft planten. Er konnte nicht verstehen, warum die Menschen, die ihm doch am nächsten standen, kein Verständnis für die Gefühle hatten, die ihn bewegten, seit er Rosalie kannte. Nun, ihm selbst war das Ganze auch so vollkommen neu, dass er an manchen Tagen erwachte und sich erst besinnen musste, warum ihm so froh ums Herz war. Nach dem Schock, den

Lottes Freitod in ihm bewirkt hatte, war es ihm, als würde ihm ein neues Leben geschenkt.

Über all das konnte er unmöglich mit irgendjemandem sprechen, nicht einmal mit Rosalie selbst. Doch das war nicht notwendig, sie verstand ihn ohnehin. Selbst die Sache mit dem Ehevertrag hatten sie einvernehmlich gelöst, und im Grunde war es nur recht und billig, dass Rosalie im Falle einer Trennung – sei es durch seinen Tod oder durch eine Scheidung, eine Möglichkeit, die er sich im Augenblick überhaupt nicht vorstellen wollte – so versorgt sein würde, wie es ihr gebührte. Lisbeth und Kurt konnten zufrieden sein, denn Franz war den Vorschlägen von Rosalies Anwalt Paul Levi gefolgt und hatte ihnen schon jetzt einen großen Teil ihres zu erwartenden Erbes überschrieben. Nur die Anteile am Ullstein Verlag, die ließ er sich nicht nehmen. Nicht zu seinen Lebzeiten. Denn dass seine Kinder mitunter wenig einsichtig waren, das zeigte sich ja jetzt nur zu deutlich. Und es fehlte noch, dass sie sich im Zweifelsfall mit seinen Brüdern oder womöglich mit Heinz verbündeten, nur weil sie ihm die Sache mit Rosalie übel nahmen. Es konnte nur einen Generaldirektor geben. Und der hieß Dr. Franz Ullstein.

Inzwischen war es vier Uhr am Nachmittag, Ende September, und die Sonne wärmte längst nicht mehr so wie noch vor wenigen Wochen. Fast über Nacht war es Herbst geworden, und obwohl sich die Blätter an den Bäumen noch nicht verfärbt hatten, wirkten sie bereits fadenscheinig und verbraucht.

Die neue Villensiedlung, die im Westend entstand, bestand aus einer hübschen Folge von Straßenkarrees, die allesamt nach Bäumen benannt worden waren. Rosalie und er würden bald in der Ulmenallee wohnen, die Parallelstraßen dazu hießen Nussbaum-, Eichen- und Eberescheallee. Er drehte eine kleine Runde und kehrte dann zurück zu seinem Grundstück.

Ein Taxi fuhr heran und hielt direkt neben ihm. Franz runzelte die Stirn und ging in Abwehrhaltung. War es denkbar, dass Antonie oder sonst jemand von der Familie ihn bis hierher verfolgte? Doch nein. Zu seinem Entzücken war es Rosalie, die aus dem Wagen stieg und ihm mit ihrem unnachahmlichen Lachen entgegenlief, die Arme ausbreitete und ihn übermütig an sich drückte.

»Was für ein Zufall!«, sagte sie.

»Das kann man wirklich sagen«, flüsterte er und atmete tief ihren Duft ein. Mit einem Mal fiel alles von ihm ab, was ihn bislang bedrückt hatte. »Was machst denn du hier draußen?«

»Ich hatte einfach Lust zu sehen, wie das Haus in diesem Herbstlicht aussieht«, antwortete diese wundervolle Frau. »Und du? Was führt dich hierher?«

»Dasselbe, mein Herz«, sagte er leise und fühlte, wie ihn das Glück von den Sohlen bis zu seinen Haarspitzen auszufüllen begann. »Ich kann es zwar nicht so schön ausdrücken wie du, aber genau deswegen bin ich auch hergekommen.«

Was immer Antonie über die Flüchtigkeit des Glücks gesagt hatte – Franz beschloss, nicht mehr länger darüber nachzudenken. Jede Minute mit Rosalie zu genießen, im Hier und Jetzt zu leben, das war es, was er tun würde. Noch etwas, was neu für ihn war, stets war die Zukunft auf der Basis der Vergangenheit wichtiger gewesen als die Gegenwart. Das Glück jedoch ließ sich nur im Heute erleben. Bald würde Franz einundsechzig werden. War es da nicht höchste Zeit, das endlich zu lernen?

20

»Heute oder nie«, sagte sich Lili, als sie das Büro betrat, trotz des Regens wie jeden Morgen die Fenster öffnete, um durchzulüften, Hut und Mantel im Garderobenschrank verstaute und die Schutzhülle von ihrer Schreibmaschine nahm. Sie atmete tief durch. Behutsam zog sie die Schublade auf und nahm das Manuskript heraus. Am folgenden Tag würde Gundi aus Paris zurückkommen. Wie würde sie vor ihrer kleinen Schwester dastehen, wenn sie zugeben müsste, dass sie sich noch immer nicht getraut hatte? »Heute muss es sein«, sagte sie entschlossen vor sich hin und bückte sich dann, um ihre plumpen Straßenschuhe gegen die Pumps zu tauschen, die sie im Verlag trug.

»Guten Morgen! Was muss heute sein?«, hörte sie Vicki Baum hinter sich sagen, fuhr hoch und stieß sich schmerzhaft den Kopf an dem offenen Fensterflügel.

»Oh, das tut mir leid«, sagte ihre Chefin bestürzt, während sie ihren Mantel auszog. »Ich wollte Sie nicht erschrecken.«

»Guten Morgen«, sagte Lili, rieb sich den Kopf und schloss rasch das Fenster. Das fing ja gut an.

»Was gibt es heute so Wichtiges?« Es war typisch für Frau Baum, dass sie einer Sache stets auf den Grund ging.

Auf einmal fühlte sich Lilis Mund ganz ausgetrocknet an. Sie schluckte mehrmals, dann räusperte sie sich. »Ich muss ... ich meine, ich möchte Ihnen etwas zeigen«, sagte sie schließlich mit belegter Stimme und holte tief Luft. Dann ergriff sie mit beiden Händen das Manuskript und hielt es Vicki Baum entgegen. »Ich habe ein Buch geschrieben«, sagte sie tapfer und fühlte, wie ihr Gesicht vor Aufregung zu brennen begann. »Nachts. Und ... und ...«

»Ach, Blümchen, ich dachte schon, Sie fragen mich nie«, unterbrach Vicki Baum sie mit einem fröhlichen Lachen und nahm ihr das Manuskript aus der Hand.

»Sie ...«, wieder musste Lili sich räuspern, »Sie wissen es schon?«

»Nun, es liegt ja seit mindestens einem Monat in dieser Schublade. Mitunter bediene auch ich mich an dem Papier da drin. Und da blieb es nicht aus ...« Vicki Baum grinste sie spitzbübisch an. »Ich hab da schon mal ein bisschen reingelesen. Sie sind mir hoffentlich nicht böse ...«

»Sie haben es schon ...« Lili sank vor Erleichterung auf ihren Stuhl.

»Nur die ersten zwei, drei Seiten«, sagte Vicki Baum rasch. »Und dann hab ich mich gefragt, was Sie wohl damit vorhaben.«

»Ich wollte es Ihnen zeigen«, gestand Lili. »Die ganze Zeit schon. Ich hab mich bloß nicht getraut.«

»Warum denn nicht?«

»Ich dachte ... ich hatte Sorge ...«

»Ach was, Firlefanz«, erklärte Vicki Baum. »Sie sind doch sonst nicht so schüchtern. Geben Sie her. Ich kann Ihnen zwar nicht versprechen, dass ich es schon bis morgen durchhabe ...«

»Lassen Sie sich Zeit«, fiel ihr Lili ins Wort, überglücklich über die erstaunliche Wendung, die dieser Morgen nahm. »Wirklich. Und wenn es nichts taugt, dann sagen Sie es mir geradeheraus. Bitte, das ist mir wichtig. Dann verbrenne ich es auf der Stelle.«

Vicki Baum lachte schallend. »Jetzt beruhigen Sie sich erst einmal«, sagte sie dann. »Dass Sie das Zeug zum Schreiben haben, das wissen wir ja inzwischen. Jetzt bin ich nur gespannt, ob Ihr Talent auch für fast dreihundert Seiten ausreicht.« Sie hatte rasch auf der letzten Seite des Manuskripts nachgesehen und nickte. »Und jetzt zu unserem heutigen Pensum. Auf der Herfahrt ist mir eine großartige Idee zu einem satirischen Artikel für *Die Dame* gekommen, und zwar über diese neumodischen Schönheitssalons, die überall aus dem Boden sprießen. Waren Sie schon einmal in einem?«

»Ich?« Lili riss die Augen auf und beeilte sich, ein neues Blatt in ihre Maschine einzuspannen. »Nein.«

»Da sollten Sie mal hin, ist lustig.« Vicki Baum begann im Büro auf und ab zu gehen, wie sie es immer tat, wenn sie im Begriff war, Lili einen Artikel in die Maschine zu diktieren. »Sind Sie so weit? Also ... Wir nennen die Satire *Leute von heute*. Und so geht es los: Darf ich Ihnen hier Ypsi vorstellen, die kleine, sehr moderne Frau, die Sie gewiss schon tausendmal gesehen haben, bei Premieren, Rennen, Boxkämpfen und prominenten Leichenbegängnissen.« Vicki Baum holte tief Luft und lauschte auf das Geklapper von Lilis Schreibmaschine, dann fuhr sie fort. »Dies also ist Ypsi, Klammer auf: Leider sieht sie heute nicht vorteilhaft aus, denn der Hut in Lindberghfasson ... das schreibt man mit einem h nach dem g. Haben Sie das? Also ... der Hut in Lindberghfasson steht ihr nicht, aber mein Gott, gnädige Frau, man muss die Mode doch mitmachen, oder nicht?« Lili kicherte und ließ ihre Finger tanzen. Wie sehr sie das liebte, wenn Vicki Baum in ihr Wienerisch verfiel. »Natürlich heißt Ypsi nicht Ypsi«, fuhr die Autorin fort, »sondern Karoline ...«

Fünf dicht beschriebene Seiten lang ging das so weiter, und es war Mittag, als die erste Fassung fertig war. Frau Baum schnappte sich ihre Boxhandschuhe und verabschiedete sich ins Training, und Lili versprach, nach der Mittagspause den Artikel nochmals auf etwaige Fehler durchzugehen, sodass ihre Chefin an diesem Tag durchaus gemeinsam mit ihrem Trainer diese seltsame Diät ausprobieren konnte, auf die er so schwor.

»Das ist irgend so ein türkischer Gurkensalat, befürchte ich«, erklärte Vicki Baum mit einem Lachen. »Ich hoffe, er tut keinen Knoblauch daran. Und wenn doch – ich habe Sie gewarnt.«

Als Lili vor das Portal des Verlags trat, fand sie Emil auf dem Trottoir in der Sonne im Gespräch mit einem Kollegen aus der Bildredaktion, den sie vom Sehen kannte. Er war ziemlich groß und dünn, und obwohl sie es sich nicht erklären konnte, hatte sie von Anfang an eine Antipathie gegenüber diesem Mann gehegt, vielleicht, weil er immer so die Schultern hochzog und mit gesenktem Kopf herumlief und trotz seiner Größe die Welt unter seiner Schildmütze hervor zu betrachten schien. Er grinste schief, als er sie sah, eine Kippe hing ihm im Mundwinkel.

»Ah, da kommt ja deine Schnalle«, sagte er.

»Sie heißt Lili«, entgegnete Emil irritiert. »Lili, das ist mein Kollege Markus Ottermann.«

»Kannste ruhig Mäcki zu mir sagen, wie alle anderen«, gestattete der große Kerl herablassend. »Na, dann mach ich mich mal vom Acker, ihr Turteltäubchen.« Er tippte sich kurz an seine Mütze, warf Emil einen verschwörerischen Blick zu und zog Leine.

»Blöder Kerl«, sagte Lili.

»Ja«, machte Emil, »der Mäcki ist speziell.«

Er küsste sie zärtlich und wollte sie an sich ziehen. Seit sie an jenem Sonntagabend miteinander geschlafen hatten, schien es ihm schwerzufallen, sie nicht ständig zu umarmen und sie fester an sich zu ziehen, als es in der Öffentlichkeit schicklich war. Auch

Lili brannte darauf, sich ihm erneut mit all ihrer Leidenschaft hinzugeben. Dennoch schob sie ihn, vernünftig wie sie nun einmal war, sanft von sich.

»Wann können wir es wieder tun?«, flüsterte er leise in ihr Ohr.

»Kommt nicht bald Gundi zurück und bringt die kleine Französin mit? Wie wäre es, wenn du dann zu uns ziehst?«

»Zu deinen Eltern?« Lili machte sich vollends los und schüttelte den Kopf. »Was würden die wohl sagen? Außerdem schläft doch Mäxchen mit dir in einem Zimmer.«

Emil fuhr ihr mit der Hand zärtlich durch die Locken. »Mäcki sagt, er kennt da eine Pensionswirtin, die auch kurzfristig mal ein Zimmer vermietet …«

»Von so was will ich nichts hören«, unterbrach Lili ihn empört. »Gerade von diesem Schmierfinken würde ich niemals einen Tipp annehmen.«

»Na, so schlimm ist der Mäcki gar nicht«, protestierte Emil. »Was sollen wir denn deiner Meinung nach tun? Warten, bis Frau Baum dir wieder Konzertkarten schenkt?«

Seufzend ergriff Lili Emils Hand und zog ihn mit sich. Wenn sie so weiterstritten, war die Pause um, und sie hatten nicht einmal ihre Butterbrote aufgegessen.

»Komm mit zum Park«, bat sie. Und dann erzählte sie ihm, dass sie endlich gewagt hatte, Frau Baum ihr Buch zu zeigen.

Emil hörte sich alles schweigend an. »Und wenn es tatsächlich gedruckt wird«, fragte er schließlich, »was ändert das an unserer Situation?«

Lili sah ihn verständnislos an.

»Wird uns das etwa helfen, eine Wohnung zu finden?«

Lili überlegte. Sie würde ein Honorar für das Buch erhalten, wie hoch das wäre, davon hatte sie keine Ahnung. Doch selbst mit einem etwas höheren Budget war es fast unmöglich, Wohnraum zu finden. Sie hatten sich bereits in alle möglichen Wartelisten eingetragen, bei Licht betrachtet würde es jedoch noch Jahre dauern, bis sie berücksichtigt würden.

»Vermutlich nicht«, antwortete Lili ernüchtert. »Schön wäre es trotzdem. Oder nicht?«

Da ergriff Emil ihre Hand und küsste sie. »Ich liebe dich, Lili«, sagte er. »Mit Leib und Seele. Aber eben auch mit Leib. Wie lange sollen wir denn noch warten, bis wir richtig Mann und Frau sein können?«

Darauf wusste Lili nichts zu sagen. Die Küsse, die sie sich gaben, als der Park sie umgab, sprachen allerdings ihre eigene Sprache. Und als Emil sie viele Stunden später nach ihrem Feierabend an der Hand nahm und sie in Richtung Mitte zog, wehrte sie ihn nicht mehr ab.

Es war ein sauberes Haus, ansonsten wäre Lili nicht mit auf das Zimmer gegangen. Während Emil das Geschäftliche mit der Wirtin regelte, hielt sie ihr Gesicht abgewandt und betrachtete alte Kupferstiche von Berlin an der Wand, so als gäbe es nichts Interessanteres.

Auf dem Zimmer war die Bettwäsche frisch und makellos, und dann ließ sie alle Bedenken fallen und gab sich ihrer Sehnsucht und dem Mann, den sie liebte, hin, und zu ihrer eigenen Verwunderung konnte sie genauso wenig wie Emil genug davon bekommen, sich mit ihm zu vereinigen, wieder und wieder, bis die Wirtin an ihre Zimmertür klopfte und ihnen mitteilte, dass die Zeit, für die sie bezahlt hatten, längst vorüber sei.

»Ich liebe dich«, flüsterte Emil ihr wohl zum hundertsten Mal ins Ohr, ehe sie sich voneinander lösten. »Du bist mein Ein und Alles.«

»Und ich liebe dich«, raunte sie zurück. »Für immer und ewig.«

Als Lili am nächsten Tag von der Arbeit nach Hause kam, war es, als hätte ein Wirbelsturm in der Wohnung ihrer Eltern Einzug gehalten. Gundi fiel ihr um den Hals und drückte ihr fast die Luft ab. Lachend befreite sich Lili aus ihrer Umarmung und hielt sie ein Stück von sich weg.

»Lass dich anschauen«, brachte sie vor Rührung mühsam hervor. Ihre kleine Schwester hatte sich verwandelt. Als sei ein Schmetterling aus seiner Puppe geschlüpft.

»Du hast ja die Haare abgeschnitten«, riefen sie alle beide gleichzeitig und brachen in übermütiges Gelächter aus.

»So erwachsen bist du geworden«, sagte Lili staunend, und Gundi antwortete bewundernd: »Und du viel flotter.«

»Als hättet ihr beiden euch abgesprochen«, warf Hedwig Blume ein, die mit Bettwäsche auf dem Arm aus dem Elternschlafzimmer kam. Tatsächlich trugen die Schwestern nun ganz ähnliche Frisuren, kinnlang ringelten sich die rotbraunen Locken um ihre Gesichter.

»Du bist gewachsen«, stellte Lili fest.

»Und du hast zugenommen«, behauptete Gundi.

Lili wollte protestieren, doch da bemerkte sie das brünette junge Mädchen mit den blitzenden dunklen Augen, das aus dem Mädchenschlafzimmer trat und sie neugierig musterte.

»Das ist Juliette«, stellte Gundi ihre Austauschfreundin vor. »Juliette, *c'est ma sœur Lili*.«

»Spricht sie denn kein Deutsch?«, erkundigte sich Lili überrascht.

»Sähr wänisch«, antwortete Juliette bedauernd und reichte ihr die Hand. »Gündi sprischt zu guttt Französisch.«

»Ach was, hier lernst du es von ganz allein«, antwortete Gundi liebevoll. »In Frankreich küsst man sich übrigens rechts und links auf die Wange, wenn man sich begrüßt. Sag mal, wo wirst du denn jetzt schlafen? Bei Anna oder Fritzi?«

Jetzt erst bemerkte Lili, dass die beiden Mädchen bereits ihr Zimmer in Beschlag genommen hatten. Seit Emil im Verlag arbeitete, hatte sie ihre Freundinnen sträflich vernachlässigt. Erst neulich hatte Anna darüber eine spitze Bemerkung gemacht, als sie ihr zufällig auf dem Flur begegnet war. Sie jetzt zu fragen, ob sie sich ganze drei Monate bei einer von beiden einnisten konnte, hatte sie nicht über die Lippen gebracht.

»Ich schlafe hier auf dem Küchensofa«, erklärte sie kurz entschlossen.

»Wirklich?« Gundi wirkte entsetzt. »Das ist doch viel zu kurz für dich.«

»Ach, das wird schon gehen«, meinte Lili leichthin. »Jetzt erzähl endlich. Wie hat es dir in Paris gefallen?«

»*C'était absolument fantastique*«, schwärmte Gundi.

Lili wechselte einen Blick mit ihrem Vater, der auf dem Sofa saß und leicht den Kopf schüttelte.

»Jetzt versteht man seine eigene Tochter nicht mehr«, brummte er, und doch sah Lili ihm deutlich an, wie sehr er sich über Gundis Rückkehr freute.

»Also eines wollen wir gleich mal festlegen«, erklärte Hedwig Blume liebevoll. »Schon allein Juliette zuliebe wird hier nur Deutsch gesprochen. *D'accord?*«

»Mutti«, platzte Gundi heraus. »Ich wusste gar nicht, dass du auch Französisch sprichst?«

»Da gibt es so manches, was du nicht weißt«, antwortete ihre Mutter schmunzelnd. »Und nun zu Tisch. Zur Feier des Tages gibt es dein Lieblingsessen: Aal grün.«

Es wurde ein sehr lustiger Abend, und am Ende aß Juliette, die zunächst den Aal misstrauisch beäugt hatte, zwei große Portionen, und besonders die Kräutersoße schien ihr ausgezeichnet zu schmecken. Gundi wurde nicht müde, von Paris zu erzählen, vom Eiffelturm und der märchenhaften Kirche oben auf dem Montmartre, von der Insel mitten in der Seine mit der beeindruckenden Kathedrale Notre Dame und von den Pariserinnen, die niemals derart grobe Lederschuhe trugen, wie Gundi sie aus Deutschland mitgebracht hatte.

»Sag bloß, du hast dich für die guten Schuhe geschämt«, wollte ihr Vater wissen.

»Nein«, antwortete Gundi souverän. »Ich hab mir Schuhe von Juliette ausgeliehen. Zum Glück haben wir dieselbe Größe.«

Und dann bewunderten sie alle die zwar einfachen, aber deutlich eleganter geschnittenen Pumps aus Paris.

»Isch kann au auf der Chaiselongue schlafen«, schlug Juliette vor, als sie gemeinsam das Geschirr abgewaschen hatten. »Ährlisch. Isch will disch nischt aus deine Bett drängen.«

»Ist schon gut«, antwortete Lili. »Mach dir bitte keine Gedanken. Du und Gundi schlaft selbstverständlich im selben Zimmer. Ich komme schon zurecht.«

Und doch machte sie lange kein Auge zu. Gundi hatte recht, das Sofa war zu kurz, und sie konnte nur seitlich mit angewinkelten Beinen einigermaßen bequem liegen. Das war aber nicht der einzige Grund, warum Lili keinen Schlaf fand. Dauernd musste sie an Vicki Baum denken und was sie wohl zu ihrem Roman sagen würde. Und als sie diesen Gedanken endlich aus ihrem Kopf verdrängt hatte, überfielen sie die Sehnsucht nach Emil und die Erinnerung an die heimlichen Liebesstunden vom vergangenen Tag.

Zwei Tage musste sie sich noch gedulden, dann knallte Vicki Baum das Manuskript auf Lilis Schreibtisch. Ihr sank das Herz. Vor Aufregung wurde ihr ganz schummrig vor Augen.

»Lili Blume«, sagte die Schriftstellerin ernst, »Sie haben tatsächlich Talent. Da gibt es zwar noch manches, woran Sie arbeiten sollten, im Großen und Ganzen ist das aber eine brauchbare Geschichte.« Lili sah mit großen Augen zu ihrer Chefin auf.

»Wirklich?«

»Ja, durchaus.« Vicki Baum musterte sie prüfend. »Jetzt vergessen Sie mal nicht zu atmen, Fräulein Blume. Sonst fallen Sie mir noch vom Stuhl. Also, was ich sagen wollte: Die schwärmerische Note, die das Ganze hat, passt ausgezeichnet zu den Unterhaltungsromanen von Ullstein. Sie sollten hier und da etwas kürzen. Damit wird die Geschichte noch gewinnen.« Jetzt erst sah Lili, dass zwischen den Seiten viele schmale Papierstreifen steckten. »Da, wo die Zettel sind, hab ich Anmerkungen gemacht«, fuhr Vicki Baum fort. »Und praktischerweise gleich durchgestrichen, was ich für überflüssig halte. Ich schlage vor, dass Sie das alles noch mal gründlich durcharbeiten und eine neue Fassung erstellen.«

Sie nahm den Papierstapel und drückte ihn Lili in die Arme.

»Und ... was mach ich dann damit?«, fragte die scheu.

»Dann zeigen wir es Emil Herz«, erklärte Vicki Baum, als sei es das Normalste der Welt, dass Lili Blume dem gefürchteten Verleger des Ullstein Buchverlags ihre Geschichte zu lesen geben sollte. »So. Aber jetzt machen wir uns an unsere Arbeit. Heute müssen wir nämlich die Literaturbeilage fertig machen. Ach, sieh mal an«, fügte Vicki Baum hinzu, als sie durch die Glastür eine hochgewachsene, markante Gestalt kommen sah. »Wenn man vom Teufel spricht ...«

Im nächsten Moment betrat Emil Herz höchstpersönlich das

Büro, und Lili schlug das Herz bis zum Hals, wenn sie daran dachte, dass dieser mächtige Mann womöglich bald ihr Manuskript prüfen würde.

Es erwies sich durchaus als praktisch, dass Lili in der Küche schlief, da sie ohnehin bis spät in die Nacht mit der Überarbeitung ihres Romans beschäftigt war. Anfangs tat sie sich schwer damit, so viele Seiten ihrer Geschichte zu kürzen, in jede Szene hatte Lili schließlich ihr Herzblut hineingelegt. Doch wenn sie die durchgestrichenen Stellen mit einigem Abstand betrachtete, so hatte Vicki Baum ausnahmslos recht mit ihrer Kritik. Am Ende blieben 200 Seiten übrig, und als Lili die neue Fassung in einer langen Nacht noch einmal von vorn bis hinten durchlas, fand sie selbst, dass keine der gestrichenen Episoden fehlte, ganz im Gegenteil. Ihre Geschichte hatte nun an Tempo und Witz gewonnen, es wurde nicht mehr alles bis ins letzte Detail auserzählt, sondern so manches der Fantasie des Lesers überlassen. Die Ereignisse überschlugen sich, und die Handlung blieb spannend und auch ein bisschen rätselhaft, bis sich zuletzt alles wie mit einem Paukenschlag aufklärte. Sogar mit dem neuen Titelvorschlag konnte Lili sich endlich anfreunden. Statt »Liebe unter dem vollen Mond« tippte sie nun entschlossen »Das samtene Fräulein« auf das Deckblatt.

Nur mit ihrem Namen, da wusste sie nicht so recht.

»Herr Herz kennt mich doch«, sagte sie am folgenden Morgen zu Vicki Baum. »Glauben Sie, er liest das überhaupt, wenn er weiß, dass es von einem Tippfräulein stammt?«

In diesem Moment kam Rosalie Gräfenberg ins Büro und wurde von Vicki Baum herzlich begrüßt. Lili lauschte dem Geplauder der Freundinnen über die bevorstehende Hochzeit, machte sich daran, einen Artikel abzutippen, und als sie bereits annahm, dass ihre Chefin die Sache vollkommen vergessen hatte, sagte diese:

»Fräulein Blume hat übrigens einen Roman geschrieben«, und Lili wurde rot bis hinter die Ohren. »Und jetzt fragen wir uns, ob sie den wirklich unter ihrem Namen Herz zeigen sollte. Du kennst seine Meinung über ehrgeizige Tippfräuleins.«

»Wie wäre es mit einem Pseudonym?«, schlug Rosalie Gräfenberg vor und betrachtete Lili wohlwollend aus ihren großen dunklen Augen. Und als sie sah, wie Lili mit sich rang, fügte sie hinzu: »Das können Sie ja eines Tages lüften, wenn sich der Erfolg eingestellt hat.«

Lili überlegte fieberhaft. Vielleicht war das ohnehin eine gute Idee. Denn sollte das Ganze ein fürchterlicher Flopp werden, würde keiner wissen, dass sie dahintersteckte.

Entschlossen tippte sie das Deckblatt neu. *Das samtene Mädchen*, schrieb sie. *Von Lola Monti.* Dann schob sie das Ganze in einen großen Umschlag und schrieb die Adresse darauf.

»Geben Sie es mir, Lola Monti«, schlug Vicki Baum mit einem Schmunzeln vor. »Ich leg es Herz persönlich ans Herz.«

Die drei Frauen lachten über dieses Wortspiel.

»Ach, Sie sind einfach wundervoll!«, sagte Lili.

Die Tür wurde aufgerissen.

»In New York ist die Börse zusammengebrochen«, rief der Chef vom Dienst zu ihnen herein. »Und alle sind sie ausgeschwärmt. Wir brauchen so schnell wie möglich einen Bericht für die Mittagsausgabe. Der Chef vom Dienst sagt, ich soll Sie fragen, Frau Baum.«

»Mich?« Vicki Baum riss die Augen auf. »Ich bin für Literatur zuständig. Nicht für den Wirtschaftsteil. Ist Bernhard nicht da?«

Der Redakteur schüttelte den Kopf.

»Und Heinz Ullstein?«

»Sie sind alle auf Termin außer Haus und nicht zu erreichen.«

»Ich mach das«, erklärte Rosalie Gräfenberg gefasst und erhob sich. »Zeigen Sie mir die Agenturmeldungen. Dann schreib ich Ihnen, was Sie brauchen.«

21

Rosalie rückte den Pissarro zurecht, sodass er gerade hing. Er wirkte wundervoll an der Wand ihres Schlafzimmers. Sie hatte dem Anstreicher ihre Puderdose gezeigt und ihn gebeten, genau diesen Farbton zu treffen, und es war ihm ziemlich gut gelungen. Die Wände umgaben sie nun wie eine zweite Haut.

In diesem Haus würde sie glücklich sein, das hatte sie sich fest vorgenommen. Franz war auf jeden ihrer Wünsche eingegangen, so außergewöhnlich sie sein mochten. Statt der zwei kleineren Räume, die im Obergeschoss vom Architekten für Rosalie vorgesehen gewesen waren, hatte sie sich einen großen gewünscht. Das Ankleidezimmer und das Bad hatte sie ganz und gar mit schwarzem Glas und Chrom auskleiden lassen, sodass es, wie sie fand, wirkte wie ein schickes Automobil. Außerdem hatte sie einen begehbaren Schrank entworfen mit raffinierten Details zur Organisation der saisonalen Garderobe. Er bestand aus an Zügen befestigten Kleiderstangen, die man im Wechsel nach oben verschwinden lassen konnte und deren Technik dem Schreiner zunächst Schweißperlen auf die Stirn getrieben hatte, bis er endlich verstanden hatte, was sie meinte, und ihr dann geraten hatte, diese Idee patentieren zu lassen. Auch für ihre Schuhe hatte sie einen speziellen Schrank anfertigen lassen, und ihr Schminktisch wirkte mit seiner indirekten Beleuchtung rund um den Spiegel wie ein Objekt aus der Zukunft.

»Du und meine Nichte Anni«, sagte Franz, der gerade nach vorsichtigem Anklopfen hereingekommen war, »ihr werdet euch gut verstehen. Ihr müsst euch unbedingt endlich kennenlernen.«

Rosalie antwortete nicht. Bislang war ihr die Familie nicht ganz geheuer. Stattdessen schloss sie ihren zukünftigen Mann liebevoll in die Arme.

»Schau mal«, sagte sie und zog ihn zum Kleiderschrank, an dem ein Kostüm von Coco Chanel hing. »Was hältst du davon? Ich möchte es bei unserer Trauung tragen.«

Sie hatte das Kostüm für den Termin beim Standesamt mit Bedacht gewählt. Es war schwarz und hatte einen weißen Bubikragen sowie weiße Manschetten. Sie sah darin so brav aus, dass auch nicht die böswilligste Zunge etwas daran finden konnte, um sich daran zu wetzen.

»Mir gefällt alles, was du trägst, Liebes«, antwortete Franz zärtlich. »Dein Geschmack ist unfehlbar.«

Ja, Franz stand hinter ihr. Dennoch war Rosalie nervös. Nicht nur, weil sie gleich ihre Mutter vom Bahnhof abholen würde. Oder weil die Familie Ullstein ihr noch immer mit äußerster Zurückhaltung begegnete. Sondern weil die Welt da draußen drohte, aus den Angeln zu geraten.

Anfang Oktober war Gustav Stresemann gestorben, auf dem viele Hoffnungen auf einen dauerhaften Frieden geruht hatten. Gemeinsam mit Aristide Briand hatte er sich als einer der Wegbereiter für ein friedliches Europa erwiesen, und mit ihm war viel von der Zuversicht auf Verständigung und Vernunft dahingegangen. Der Schwarze Freitag an der Wallstreet drei Wochen später hatte die ganze Welt erschüttert, und die Folgen davon waren noch gar nicht abzusehen. Allzu deutlich zeigte sich jedoch Georg

Bernhards Zorn auf sie, da sie es gewagt hatte, in seiner Abwesenheit der Bitte der Redaktion zu folgen und eine erste Zusammenfassung der Ereignisse und eine Stellungnahme zum Börsensturz zu schreiben, die prompt in vielen anderen großen Zeitungen zitiert wurde. Rosalie mische sich in die Belange des Verlagshauses ein, hieß es seither. Es schicke sich nicht, dass eine freie Mitarbeiterin und dazu noch die zukünftige Frau des Generaldirektors sich so etwas anmaßte. Am Ende wollte sie womöglich Bernhard ablösen? Natürlich war das blanker Unsinn, und Franz hatte alle Vorwürfe vom Tisch gewischt und deutliche Worte für Rosalies Kritiker gefunden. Sie jedoch hatte begriffen, dass sie Feinde hatte. Georg Bernhard, der zurückgewiesene Verliebte. Und vor allem Franz' Neffe Heinz, der sich gern als König des Ullstein'schen Journalismus sah, oder zumindest als Kronprinz. Denn dass Franz ihn immer wieder in seine Grenzen verwies, wusste das gesamte Haus. Rosalie ahnte, dass er nur nach einer Gelegenheit suchte, um sich zu rächen. Vor allem an ihr.

»Ich muss los«, sagte sie mit einem Blick auf die Uhr. »Mutter kommt in einer halben Stunde an.«

»Soll ich dich begleiten?«, fragte Franz, doch Rosalie schüttelte den Kopf. Nach all der Zeit wollte sie ihre Mutter gern allein begrüßen.

»Wir sehen uns später im *Horcher*«, antwortete Rosalie. »Den Tisch hast du reservieren lassen?«

»Hans hat das erledigt. Ein sehr tüchtiger Bursche. Ich bin froh, dass wir ihn haben.«

Rosalie hatte ihn dazu überredet, endlich einen Hausdiener einzustellen, und hatte in Hans einen fähigen jungen Mann gefunden. Nun brauchten sie nur noch eine gute Köchin.

»Das freut mich«, antwortete sie erleichtert.

Franz sah ihr lächelnd über die Schulter, als sie sich an ihrem funkelnagelneuen Schminktisch die Lippen nachzog und ihr Haar ordnete. »Du bist wunderschön, Rosalie.«

»Und du bist der charmanteste Bräutigam der Welt«, gab sie liebevoll zurück und machte sich auf den Weg.

Wohlrabe hielt direkt vor dem Eingang des Bahnhofs am Zoologischen Garten und versprach, sich weder von Taxifahrern noch Gendarmen vertreiben zu lassen, sondern genau hier mitten im Gewühl von Automobilen und Pferdedroschken auf sie zu warten.

Der Zug aus Mannheim, mit dem Hannah Goldschmidt kommen wollte, war bereits angekündigt, und Rosalie hastete durch die Menge zum angegebenen Bahnsteig. In dem Gedränge dort stieß sie mit einem Mann zusammen, und als sie aufsah, erkannte sie Dr. Karl Ritter.

»Rosalie«, sagte er und ein Strahlen glitt über sein Gesicht. »Wie schön, dich zu sehen!«

»Ich freu mich auch, Karl«, antwortete sie und fühlte, wie ihre Knie weich wurden. So sorgsam war sie ihm in den vergangenen Wochen aus dem Weg gegangen, und ausgerechnet jetzt musste sie ihm in die Arme laufen.

»Was machst du hier?«, wollte er neugierig wissen. »Verreist du?«

»Nein, ich hole meine Mutter ab.« Im selben Moment sah sie Hannah Goldschmidt bereits aus dem Zug steigen. »Da drüben ist sie schon. Bitte entschuldige mich.«

Sie eilte auf ihre Mutter zu, die sich einen ausladenden Koffer aus dem Waggon reichen ließ.

»Darf ich Ihnen helfen?« Überrascht sah Rosalie, dass Kobra an ihrer Seite geblieben war und nun souverän den riesigen Koffer auf den Bahnsteig hievte.

»Willkommen in Berlin!« Rosalie schloss ihre Mutter sacht in die Arme. Hannah Goldschmidt war zwar durchaus von resoluter Natur, jedoch von zarter Gestalt, und heftige Gefühlsbekundungen in der Öffentlichkeit schätzte sie nicht besonders.

»Wie schön, dich zu sehen«, sagte sie und sah strahlend von ihrer Tochter zu Kobra. »Ich freu mich, Sie endlich kennenzulernen.« Ihr Blick ruhte anerkennend auf seiner Gestalt. Offenbar glaubte sie, Franz vor sich zu sehen.

»Die Freude ist ganz meinerseits«, antwortete Kobra mit einem charmanten Lachen. »Allerdings bin ich nicht der Bräutigam, leider.« Er wechselte kurz einen Blick mit Rosalie. »Ich bin sozusagen ein Freund des Hauses.«

»Dr. Karl Ritter«, stellte Rosalie ihn notgedrungen vor und fühlte, dass sie rot wurde. Das Wiedersehen mit ihrer Mutter hatte sie sich vollkommen anders vorgestellt. »Wir haben uns gerade rein zufällig auf dem Bahnsteig getroffen.« Ach herrje. Was für ein Durcheinander.

»Gerade rechtzeitig, um mich Ihres Koffers annehmen zu können, gnädige Frau«, erklärte Karl formvollendet und winkte einem Gepäckträger.

»Ich hab eine Überraschung für dich, mein Kind.« Hannah Goldschmidt machte eine Miene wie früher an Weihnachten. »Schau mal, wer da kommt!«

Rosalie traute ihren Augen nicht. Aus dem Zug stieg eine rundliche Frau Mitte fünfzig. In jeder Hand trug sie eine Hutschachtel.

»Emmi!«, rief Rosalie aus und schlug sich vor Überraschung die Hand vor den Mund. »Ist sie es wirklich?«

»Fräulein Rosalie!« Mit einem Freudenschrei lief die Frau auf sie zu, setzte vorsichtig die Hutschachteln ab und fiel ihr in die Arme. Der altvertraute Geruch von Lavendel und Mottenkugeln stieg Rosalie in die Nase.

»Emmi, was tun Sie hier in Berlin?«

»Sie wird dafür sorgen, dass du und dein Mann etwas Anständiges zu essen bekommt«, erklärte Rosalies Mutter. »Und dass du dich vor deinen Gästen nicht blamierst.«

»Sie wollen bei uns bleiben?«

»Wenn Sie mich nicht davonjagen – ja. Das ist mein Wunsch. Und Ihre Frau Mutter ...«

»Ich brauch ja gar nicht mehr so viel«, wehrte Hannah Goldschmidt ab. »Emmis Kochkünste sind in meinem kleinen Haushalt völlig verschwendet. Jetzt wirst du ein repräsentatives Haus führen, hab ich recht?«

Rosalie nickte seufzend.

»Emmi wird sich darum kümmern.«

Die Köchin strahlte und wandte sich dann mit den Hutschachteln an den Gepäckträger.

»Das ist quasi mein Hochzeitsgeschenk«, fügte Hannah Goldschmidt mit einem Lächeln hinzu. »Ich hoffe, ich habe dich damit nicht überrumpelt?«

»Auf eine ganz wunderbare Art und Weise«, entgegnete Rosalie dankbar. »Ich kann mir keine bessere Köchin vorstellen als unsere gute alte Emmi.«

Aus den Augenwinkeln registrierte Rosalie zu ihrer Verlegenheit, dass Kobra dem Gepäckburschen einige Münzen in die Hand drückte. Dann verabschiedete er sich höflich und verschwand zwischen den Passanten.

»War das nicht der Mann, von dem du mir bei deinem letzten Besuch erzählt hast?«

Rosalie seufzte. Ihre Mutter war einfach zu scharfsinnig. Und ihr Gedächtnis noch immer einwandfrei.

»Ja«, räumte sie ein.

»Und du triffst dich immer noch mit ihm?«

»Nein, Mama«, entgegnete Rosalie gereizt. »Das war wirklich ein rein zufälliges ...«

»Ach so«, machte Hannah Goldschmidt, hob die Brauen und betrachtete forschend das Gesicht ihrer Tochter. »Rein zufällig also.«

»Lass uns gehen«, drängte Rosalie und hakte sich bei ihrer Mutter unter. »Der Chauffeur wartet vor dem Eingang. Und dann bring ich dich erst einmal ins Hotel.«

Auch wenn sich Hannah Goldschmidt alle Mühe gab, es sich nicht anmerken zu lassen – Rosalie bemerkte sehr wohl, dass sie geradezu entsetzt war, als ihr Franz im Restaurant *Horcher* vorgestellt wurde.

»Sag mal«, fragte sie leise, als er sich kurz entschuldigt hatte, um an einem anderen Tisch einen Reichstagsabgeordneten samt Gattin zu begrüßen. »Wie alt ist Herr Dr. Ullstein eigentlich?«

»Einundsechzig«, antwortete Rosalie.

Hannah Goldschmidts Augen weiteten sich. »Zehn Jahre älter als ich!«, schnaubte sie. »Der wäre ja mir zu alt. Sag mal, willst du dich tatsächlich an einen so betagten Mann binden? Sogar dein Vater wäre heute jünger als er, wenn er noch lebte.« Und als ihre Tochter nicht antwortete, fügte sie hinzu: »Ich hatte so gehofft, dass dieser Herr Ritter vorhin am Bahnhof dein Auserwählter sei.«

»Franz ist reizend«, entgegnete Rosalie geduldig. »Du wirst ihn noch zu schätzen lernen.«

»Das hoffe ich«, murmelte ihre Mutter und setzte ein freundliches Lächeln auf, denn ihr künftiger Schwiegersohn kehrte an ihren Tisch zurück.

Die Zeremonie im Roten Rathaus einige Tage später war kurz und nüchtern, wie es für ein modernes Paar angemessen war, das weder etwas auf Kitsch hielt noch sein Glück auf rituelle Lügen gründen wollte. Paul Levi und Louis Ullstein fungierten als Trauzeugen, und so gern Rosalie Vicki Baum und ihren Mann auch zum anschließenden Essen im *Kaiserhof* eingeladen hätte, ihre Freundin riet ihr davon ab.

»Ich bin Angestellte des Konzerns«, erklärte sie. »Du jedoch heiratest jetzt in die Direktorenebene ein. Da passe ich nicht dazu.«

»Aber du bleibst doch trotzdem meine Freundin?«, hatte Rosalie erschrocken gefragt.

»Natürlich bleib ich das«, hatte Vicki sie beruhigt. »Und wir holen die Feier für uns einfach nach. Das wird sowieso viel lustiger.«

Also fand sich Rosalie nach der Zeremonie mit ihrer Mutter, Louis Ullstein samt seiner Frau Martha und Franz' Kindern an einem hübsch gedeckten Tisch im *Kaiserhof* wieder. Zum Glück war ihr alter Freund Paul Levi mitgekommen, er lächelte ihr immer wieder aufmunternd zu. Dabei beschäftigte sie eine Frage: Wenn ihre Freunde hier fehl am Platz waren, passte denn dann sie hierher?

»Liebste Rosalie«, sagte Franz zwischen zwei Gängen und erhob sich. »Meine liebenswürdige und blutjunge Schwiegermutter Hannah Goldschmidt.« Seine Augen blitzten fröhlich hinter dem Zwicker, und Rosalie sah zu ihrer Erleichterung, dass sein Charme und sein Humor ihre Mutter längst für ihn eingenommen hatten. »Lieber Herr Levi, lieber Bruder und liebe Schwägerin, liebe Kinder. Ich bin heute ein glücklicher Mensch. Mit dir an meiner Seite, liebste Rosalie, beginnt für mich eine neue Ära, und ich verspreche hiermit, dass ich alles dafür tun werde, um dich stets aufs Neue glücklich zu machen.« Waren das etwa Tränen, die in seinen meist so kühl blickenden Augen schimmerten? Rosalie war versucht, nach Franz' Hand zu greifen, doch gerade in diesem Moment glitt diese in seine Jackentasche. »Ich weiß«, fuhr er fort, und sein Blick wanderte von seinem Bruder zu seinen Kindern, »das alles kam für euch recht überraschend. Und tatsächlich war es das auch für mich. Niemals hätte ich damit gerechnet, mich so bald wieder zu verheiraten. Aber die Liebe hat ihr eigenes Tempo, sie kennt kein Alter und keine Bedenken. Und ich danke euch, dass ihr das versteht und euch mit mir freut.«

Rosalie schlug rasch die Augen nieder, als sie Lisbeths spöttischen Blick bemerkte, den sie ihrem Bruder zuwarf. Louis hingegen saß mit einer so nachdenklichen wie undurchdringlichen Miene neben ihrer Mutter und betrachtete seinen Bruder aufmerksam, so als hielte er einen interessanten soziologischen Vortrag. Jetzt wandte sich Franz direkt an sie.

»Dass du einen exquisiten Geschmack hast, meine liebe Frau, das sieht man ja schon daran, dass du mich auserwählt hast«, sagte Franz mit einem liebenswürdigen Lächeln und zog seine Hand aus der Jackentasche. Er reichte ihr ein schmales Etui. »Und du liebst Diamanten. Welches Schmuckstück daraus entstehen wird – das sollst du entscheiden.«

Es war mucksmäuschenstill, als Rosalie das Etui entgegennahm und es öffnete. Zwei große Diamanten im Mazarin-Schliff lagen auf einem Bett aus schwarzem Samt und entfalteten im Licht der Deckenlampe ihr kühles Feuer. Soweit Rosalie das bei dieser Beleuchtung beurteilen konnte, waren sie lupenrein. Franz musste für dieses Brautgeschenk ein Vermögen ausgegeben haben.

Auf Wunsch der Runde ließ Rosalie das Etui um den Tisch gehen, und Lisbeths Lippen wurden schmal, als es bei ihr angelangt war, beinahe fühlte Rosalie so etwas wie Mitleid mit ihr.

»Das könnten wunderschöne Ohrringe werden«, schlug Paul Levi vor, als Lisbeth ihm das Etui weiterreichte.

»Oder ein *Toi-et-moi*-Ring«, antwortete Hannah Goldschmidt und warf ihrem Schwiegersohn einen anerkennenden Blick zu. Offenbar war sie mit der Hochzeitsgabe mehr als zufrieden. »So nennt man Schmuckringe mit zwei identischen Steinen. Sie stehen für die unverbrüchliche Liebe zweier Menschen.« Und an ihre Tochter gewandt fragte sie: »Oder hast du andere Pläne?«

»Ich weiß noch nicht«, antwortete Rosalie und betrachtete besorgt Louis' und Marthas Mienen, die gerade das großzügige Hochzeitsgeschenk begutachteten. »Aber so ein Ring ist eine schöne Idee.«

»Friedländer wird dich gut beraten«, sagte Louis und reichte das Etui an sie zurück.

Rosalie wusste natürlich, dass er damit den alteingesessenen Juwelier meinte, der sein Geschäft in der Prachtstraße Unter den Linden führte, eine Villa im Grunewald besaß und mit den Ullsteins gut befreundet war. Auch sie kannte den freundlichen Herrn und seine Gattin persönlich.

»Da hast du sicher recht«, antwortete Rosalie, dabei hatte sie etwas ganz anderes im Sinn. Sie würde diese Arbeit dem berühmten Juwelier Georges Fouquet in Paris anvertrauen. Denn dorthin würde sie ihre Hochzeitsreise führen.

»Ich kann gern den Kontakt herstellen«, bot Louis gönnerhaft an.

»Das ist nett von dir«, antwortete Franz. »Überlassen wir das lieber Rosalie. In solchen Dingen hat sie ihre eigenen Vorstellungen.«

Hans trat an ihren Tisch, und Rosalie atmete auf, dankbar für die Ablenkung. Franz' Diener trug einen riesigen Strauß leuchtend roter Rosen vor sich her.

»Der ist abgegeben worden«, sagte er. »Für die Braut«, und überreichte ihn Rosalie.

»Prächtige Rosen«, lobte Louis, der offenbar beschlossen hatte, an diesem Tag einfach alles gut zu finden. »Von wem sind sie?«

Hans zog eine Karte zwischen den Blüten hervor und reichte sie Rosalie. Als sie die Handschrift sah, erstarrte sie. Es war die von Kobra. »Dir und deinem Ehemann die herzlichsten Glückwünsche«, las sie laut vor. *Und ich hoffe, deine Freundschaft auch weiterhin zu behalten*, stand außerdem auf der Karte, was Rosalie lieber für sich behielt. »Dr. Ritter hat sie geschickt.«

»Ach wie nett«, sagte Franz und strahlte in die Runde.

Louis' betont wohlwollendes Lächeln, das bislang auf seinem Gesicht wie eingemeißelt gewirkt hatte, entgleiste kurz. Lisbeth wirkte, als wollte sie sagen: Na bitte. Wir haben es gewusst. Und Hannah Goldschmidt gab vor, sich ganz dringend die Nase pudern zu müssen, und suchte eilig das Weite.

Rosalie aber fragte sich, warum Kobra ihr das antat. Nicht allein, dass nun die gesamte Hochzeitsgesellschaft glaubte, sie unterhielte noch immer ein Verhältnis mit ihm. Diese Blumenbotschaft wirkte wie ein Artilleriefeuer auf den Wall, den sie gegen ihre Leidenschaft für diesen Mann um sich aufgebaut hatte. Warum ließ er sie nicht einfach in Ruhe?

Als Rosalie am folgenden Morgen vom Bahnhof zurückkam, wo sie ihre Mutter bereits zu früher Stunde zum Zug gebracht hatte, fand sie Franz im neuen Salon ganz gemütlich in einem Sessel. Es war Sonntag, er trug den kostbaren japanischen Seidenkimono, den sie ihm geschenkt hatte, und sah die Glückwunschkarten durch. Um ihn herum hatte Hans die zahlreichen Blumenbouquets, die eingetroffen waren, in Vasen gruppiert, und sie bemühte sich, das schönste von allen mit den dunkelroten Rosen zu ignorieren. Durch die großen Fenster schien die Morgensonne herein, es duftete nach frischem Kaffee, und alles wirkte so idyllisch, wie es am Tag nach einer Hochzeit nur sein konnte.

Franz blickte von dem Brief auf, den er gerade las. Eines der Gläser seines Kneifers reflektierte einen Sonnenstrahl und blendete Rosalie.

»Sag mal«, begann er, »was hast du eigentlich in den Jahren in Paris gemacht?«

Rosalie lachte, denn sie hielt diese Frage für einen seiner vielen Scherze. Dann erst ging ihr auf, dass er sie ernst meinte. »Ich war Journalistin. Das weißt du doch.«

»Du warst nicht zufällig auch als Doppelagentin tätig?«

Nun war sie sich sicher, dass er sich über sie lustig machte. »Als Doppelagentin?« Kichernd ließ sie sich auf dem Sessel ihm gegenüber nieder. »Nein. Nicht dass ich wüsste.«

»Na gut, das dachte ich mir«, murmelte er und warf das Schreiben achtlos beiseite.

»Moment mal«, rief sie alarmiert. »Wie kommst du denn auf so etwas? Was steht da drin?« Sie stand auf und griff nach dem Brief.

»Da schreibt jemand, du seist Spionin gewesen. Und zwar für Frankreich und für das Deutsche Reich.«

»Wie bitte? Das ist ja lächerlich!« Hastig überflog sie das Schreiben. Es stammte von einem Pariser Pressebüro, unterschrieben war es von einem deutschen Journalisten, den sie sogar flüchtig kannte. Joseph Matthes hatte einen schlechten Ruf unter den dortigen Korrespondenten. Er lebte in Paris im Exil, denn er wurde als Separatist in Deutschland steckbrieflich gesucht, nachdem er einige Jahre zuvor *Die Freie und Unabhängige Republik Rheinland* ausgerufen und sich selbst zu deren Ministerpräsidenten ernannt hatte. Mit seiner Ein-Mann-Presseagentur ließ er keine Gelegenheit aus, um gegen Deutschland zu hetzen. Und jetzt hatte er offenbar Rosalie als Zielscheibe ins Visier genommen.

Auf zwei Seiten beschuldigte er Rosalie, als Geheimagentin tätig gewesen zu sein. Er behauptete, hieb- und stichfeste Beweise in Form von amtlichen Dokumenten zu haben. Er forderte Dr. Franz zu einer Stellungnahme auf, andernfalls würde er beigefügten Presseartikel an alle deutschen und französischen Zeitungen schicken. Die Überschrift lautete: »Journalismus, Spionage und Liebe«.

»Da will einer Geld sehen«, erklärte Franz gelangweilt und griff nach dem nächsten Kuvert. »Was glaubst du, wie oft wir solche Briefe erhalten.«

»Aber nicht mit meinem Namen darin«, antwortete Rosalie besorgt. »Und nicht an unsere Privatadresse. Was wirst du antworten?«

»Gar nichts«, gab Franz zurück und sah sie an. »Du machst dir doch wohl keine Sorgen deshalb?«

»Ich weiß nicht«, sagte Rosalie unschlüssig. Die Sache gefiel ihr nicht. »Was, wenn dieser Mensch den Artikel tatsächlich an die Presse weitergibt? Wenn dieser Unsinn erst in allen Zeitungen steht, wird es schwer sein, die Gerüchte wieder auszuräumen.«

Franz zog sie auf seinen Schoß. »Du hast recht«, sagte er. »Ich schicke ein Telegramm und drohe dem Kerl mit Verleumdungsklage, sollte er es wagen, diesen Schund veröffentlichen zu lassen.« Sie schmiegte sich an ihn. »Und jetzt vergiss das alles ganz schnell wieder.« Mit einem zärtlichen Grinsen küsste er sie auf die Schläfe. »Du meine kleine Spionin.«

22

»Neuigkeiten«, rief Vicki Baum übermütig, als sie mit einem Stapel Neuerscheinungen in der Hand von einer Besprechung mit dem Leiter des Ullstein Buchverlags zurück ins Büro kam. »Emil Herz möchte Lola Monti kennenlernen.«

»Was?« Lili hatte die Hände in den Schoß sinken lassen und starrte ihre Chefin entgeistert an. »Das ist unmöglich.«

»Warum denn?«

»Weil ... weil Lola Monti ... die gibt es doch gar nicht.« Himmel, dachte Lili. Worauf hatte sie sich da nur eingelassen.

»Natürlich gibt es Lola Monti«, entgegnete Vicki Baum gelassen und legte die Bücher auf ihrem Schreibtisch ab. Es handelte sich um die Werke jener Schriftsteller, die in der neuen Literaturbeilage besprochen werden sollten. Lili entzifferte die Namen Selma Lagerlöf, Thomas Mann und den ihrer Lieblingsschriftstellerin Colette. Normalerweise hätte sie die Neuerscheinungen sofort interessiert durchgeblättert. Doch jetzt hatte sie wahrlich keinen Sinn dafür.

»Sie sind Lola Monti«, fuhr Vicki Baum fort. »Also vereinbaren Sie einfach einen Termin mit seiner Sekretärin.«

»Aber ...« Dann würde ja herauskommen, dass sie geschwindelt hatte und eigentlich ein Tippfräulein war, keine geheimnisvolle Schriftstellerin, wie Emil Herz jetzt wohl vermutete. »Muss das denn sein?«, fragte sie. »Kann sich Lola Monti nicht gerade im Ausland aufhalten, sodass ein persönlicher Termin unmöglich ist?«

Vicki Baum musterte sie erstaunt. »Ja, freuen Sie sich denn gar nicht?«, fragte sie. »Wollen Sie nicht wissen, was er zu Ihrem Buch gesagt hat?«

»Was hat er denn gesagt?« Lili wurde es ganz heiß vor Aufregung.

»Es gefällt ihm«, antwortete Vicki Baum kurz und knapp. »Deshalb möchte er Sie ja gern kennenlernen. Außerdem kommt jetzt der spannende Teil: Sie müssen Ihr Honorar verhandeln. Ich fürchte, das kann Ihnen keiner abnehmen.«

Das Honorar verhandeln? Lili schwirrte der Kopf.

»Es gefällt ihm wirklich?« Ganz langsam sickerte diese Erkenntnis in sie ein. »O mein Gott, wie wundervoll!«

»Ja, nicht wahr? Dass Sie sich ja nicht über den Tisch ziehen lassen«, riet ihr Vicki Baum. »Sie müssen so selbstbewusst wie möglich auftreten.«

Lili sank in sich zusammen. Sie hatte das Gefühl, dass ihr Mut längst überstrapaziert worden war. Wie sollte sie denn jetzt noch vor diesem einschüchternden Mann selbstbewusst auftreten, wo sie doch gar nicht Lola Monti war, sondern Lili Blume, ein einfaches Tippfräulein?

»Am besten gesteh ich ihm einfach die Wahrheit«, sagte sie schließlich, als Vicki Baum bestimmt schon nicht mehr an sie und ihr kleines Buch dachte. »Dass ich in Wirklichkeit hier bei Ihnen arbeite und …«

»Nein, nein, das sollten Sie nicht tun«, widersprach ihre Chefin. »Noch nicht. Sie haben sich für das Pseudonym entschieden, jetzt müssen Sie dabei bleiben.«

»Aber wie denn …?«

»Das Leben ist ein Spiel, liebes Blümchen«, erklärte Vicki Baum ihr mit ernster Miene. »Man muss sich immer wieder neu erfinden. Wenn die Welt sich nicht vorstellen kann, dass ein Tippfräulein Karriere als Schriftstellerin macht, dann müssen Sie das Tippfräulein eben hinter sich lassen. Lola Monti steckt schon lange irgendwo verborgen in Ihnen. Sonst hätten Sie den Roman nicht geschrieben. Und nicht ohne zu zögern diesen Namen aufs Titelblatt gesetzt.«

Eine Weile war es still im Büro.

»Ich soll Lola Monti werden?«, fragte Lili.

»Genau«, antwortete Vicki Baum. »Wir alle spielen eine Rolle. Zu Hause sind Sie ja auch eine andere als hier im Büro. Dort sind Sie Tochter und Verlobte. Hier sind Sie Tippfräulein. Und für Herrn Herz haben Sie beschlossen, Lola Monti zu sein.« Vicki Baum lächelte sie aufmunternd an. »Wie sieht Lola Monti denn aus?«, fragte sie.

Lili überlegte. »Sie trägt elegante Kleider«, sagte sie. »Und weiß genau, was sie will.«

»Sehr gut«, lobte Vicki Baum. »Welches Honorar will sie für ihr Buch haben?«

Lili geriet ins Schwitzen. Als Tippfräulein verdiente sie hundertfünfzig Mark im Monat. Ob es zu unverschämt wäre, einen ganzen Monatslohn zu fordern?

»Hundertfünfzig Mark vielleicht?«

Vicki Baum schnaubte. »Gut, dass wir darüber sprechen«, sagte sie. »Verlangen Sie mindestens das Zehnfache. Rechnen Sie damit, dass Herz versuchen wird, Sie herunterzuhandeln. Unter fünfzehnhundert dürfen Sie auf keinen Fall gehen, das müssen Sie mir versprechen. Denn dann verderben Sie uns allen den Markt.«

Lili war plötzlich schwindelig geworden. Wenn man Vicki Baum so zuhörte, schien alles ganz einfach.

»Und noch etwas. Herr Herz hat mich gefragt, ob ich wüsste, ob Sie schon an etwas Neuem arbeiten.«

»Ähm ...«, machte Lili und musste sich räuspern.

Vicki Baum ließ sie gar nicht erst zu Wort kommen. »Sie sagen auf jeden Fall Ja«, erklärte sie. »Ganz egal, ob es stimmt oder nicht. Und verlangen am besten gleich einen Vorschuss für die neue Geschichte, falls er das nicht von selbst vorschlagen sollte.«

Dass Emil an diesem Abend einen Fototermin hatte und nicht wie sonst vor dem Ullstein-Haus auf sie wartete, war Lili ausnahmsweise recht. Da gab es so vieles, worüber sie nachdenken musste, dass sie lieber mit ihren Gedanken allein war. Und da ihr Verlobter stets in ihr lesen konnte wie in einem aufgeschlagenen Buch, hätte sie ihm am Ende von dieser vertrackten Sache mit dem Pseudonym erzählt. Was er allerdings zu Vicki Baums Ansichten sagen würde, dass das Leben ein Spiel sei und man sich immer wieder aufs Neue erfinden müsse, da war sie sich nicht ganz sicher. Sie wusste ja selbst noch gar nicht, wie sie das fand.

In der Toreinfahrt zum Hinterhof traf sie Gundi und Juliette, die mit Pelle schäkerten, und Lili erkannte auf den ersten Blick, dass der junge Mann von der jungen Pariserin ganz hingerissen war.

»Wenn ihr wollt, nehm ich euch mal auf eine Spritztour mit«, erklärte er den Mädchen gerade. »Morgen hab ich eine nagelneue Durant-Limousine, so was habt ihr bestimmt noch nicht gesehen.«

»Darfst du denn mit der auch rumfahren?«, erkundigte sich Gundi gerade, dann sah sie ihre Schwester. »Meinst du, Papa und Mama würden das erlauben?«

»Keine Ahnung«, meinte Lili. »Am besten fragt ihr sie mal.«

»Wart ihr mit deiner Freundin eigentlich schon in Potsdam?«, fragte Pelle und schob seine Mütze weiter in den Nacken. »Wir könnten rausfahren und dort ein Eis essen«, schlug er eifrig vor.

»Isch fände das superbe«, sagte Juliette mit einem Augenaufschlag in Richtung ihres Verehrers, denn dass er das war, fand Lili, sah ein Blinder mit Krückstock.

»Wir gehen dann mal besser hoch«, sagte Gundi, und die beiden Mädchen verabschiedeten sich.

»Morgen«, rief Pelle ihnen nach. »Abgemacht? Wir treffen uns hier im Hof.«

»Na, der hat's aber wichtig«, frotzelte Lili und knuffte Gundi sanft in die Seite.

»Är isss aber au wirklich *très charmant*«, schwärmte Juliette, während sie gemeinsam die Treppe hochstiegen. »Ganz anders als *les gosses de Paris*.«

»Pelle sagt, dass er bald eine eigene Autoreparaturwerkstatt aufmacht«, erzählte Gundi. »Er sucht nur noch nach den richtigen Räumlichkeiten.«

»... nur noch. Als ob das so leicht wäre«, spottete Lili, heimlich beeindruckt von dem Fleiß und Erfindungsgeist des ungefähr gleichaltrigen Nachbarn, dessen Eltern schon vor einigen Jahren gestorben waren und der sich seither ganz alleine durchschlug. »Na, da wünschen wir ihm viel Glück. Wen von euch beiden umschwärmt er denn?«

Gundi wechselte einen verschwörerischen Blick mit ihrer Freundin und hakte sich bei ihr unter.

»Wäre doch toll, wenn Juliette ganz hierbliebe«, sagte sie grinsend.

»Ihr seid noch keine sechzehn«, gab Lili ernst zu bedenken und schloss die Wohnungstür auf. »Viel zu jung, um euch zu binden.«

»Warst du nicht fünfzehn, als das mit Emil anfing?«, fragte Gundi zurück.

Lili blickte von ihr zu Juliette, die rosarot angelaufen war. »So ernst ist es also schon?«

»Keine Ahnung«, antwortete Gundi rasch und hängte ihre Jacke an den Garderobenhaken. »Ach Lili, was ich dich die ganze Zeit schon fragen wollte«, versuchte sie ganz offensichtlich das Thema zu wechseln. »Was ist eigentlich aus deinem Roman geworden?«

»Er wird wahrscheinlich angenommen«, antwortete Lili und begann sich endlich über diese gute Nachricht zu freuen.

Gundi stieß einen Freudenschrei aus und fiel ihrer Schwester um den Hals. »Ich hab es immer gesagt«, jubelte sie. »Die Geschichte ist ja auch so wundervoll.«

»Was iss los?«, wollte Juliette wissen. »Isch will misch au freuen.«

»Meine Schwester hat einen Roman geschrieben, und bald wird er veröffentlicht!« Gundi tanzte ausgelassen um Lili herum.

»*Mais c'est magnifique*«, rief Juliette aus und klatschte in die Hände. »Darf isch ihn läsen?«

»Aber warum schaust du so bedrückt?«, wollte Gundi von Lili wissen. »Freust du dich gar nicht?«

»Jetzt kommt erst mal rein«, versuchte Lili Zeit zu gewinnen und öffnete die Tür zur Wohnküche. Ihr Eltern waren noch nicht zu Hause.

»Jetzt sag schon«, drängte Gundi und ließ sich auf das Sofa fallen. »Wo liegt der Haken?«

»Die Sache ist die«, begann Lili. »Im letzten Moment hab ich einen anderen Namen aufs Deckblatt geschrieben. Ein Pseudonym. Weil Frau Baum und ich Sorge hatten, weil ich doch nur ein einfaches Tippfräulein bin und die denken könnten …«

»Natürlich«, fiel ihr Gundi altklug ins Wort. »So wie Colette. Die heißt ja auch eigentlich ...« Hilfesuchend sah sie zu Juliette. »Wie heißt sie noch gleich?«

»Sidonie-Gabrielle Claudine Colette«, sagte Juliette andächtig, die die große französische Schriftstellerin offenbar ebenfalls bewunderte. »Colette ist ihr *nom de famille* und gleichzeitig ihr *nom de plume*.«

»Genau.« Gundi nickte eifrig. »Und wie lautet dein Künstlername?«

»Lola Monti«, verriet Lili und kam sich lächerlich vor.

Gundi und Juliette schien der Name zu gefallen.

»Und wo ist das Problem?« Gundi ließ nicht locker.

»Mein Problem ist, dass ich als Lola Monti nichts anzuziehen habe«, stöhnte Lili.

»Wieso, willst du auf einen Maskenball?« Alle drei fuhren herum. Keine von ihnen hatte Hedwig Blume hereinkommen hören. »Was ist denn das für eine Figur, Lola Monti? Diesen Namen hab ich noch nie gehört.«

Betreten sah Lili zu ihrer Schwester und der jungen Französin. Da ergriff Gundi beherzt das Wort.

»Kannst du auch nicht, Mutti«, sagte sie fröhlich. »Lola Monti ist nämlich Lilis Künstlername. Demnächst erscheint ihr erster Roman unter diesem Namen.«

»Ach wirklich?« Hedwig Blume sah freudig überrascht zu Lili. »Das ist ja eine Überraschung. Ach, deshalb die ewige Tipperei bis tief in die Nacht! Sag mal, wieso hast du das nicht erzählt?«

Lili war es, als ob ihr ein ganzer Quaderstein vom Herzen fallen würde. Aus irgendeinem Grund war sie fest davon überzeugt gewesen, dass ihre Eltern die Sache mit der Schreiberei bedenklich finden würden. Nicht solide genug, so wie sie anfangs Emils Berufswunsch betrachtet hatten, als er noch meilenweit von einer Laufbahn als bezahlter Fotograf entfernt gewesen war. Dabei hätte sie wissen müssen, dass gerade ihre Mutter Verständnis für ihren Traum aufbringen würde, mehr aus ihrem Leben zu machen, als immer und ewig die Texte anderer Leute abzutippen. Und als Hedwig Blume erfuhr, dass ihre Tochter als Lola Monti Eindruck auf den Verleger machen musste, bat sie Lili nach kurzer Überlegung, mit ihr ins Elternschlafzimmer zu kommen.

»Ich hab seit Langem etwas beiseitegelegt«, verriet sie und kramte ganz unten in den Tiefen des Wäscheschranks. Zum Vorschein brachte sie ein Bündel, das in ein altes Leintuch eingeschlagen und mit einem vergilbten Baumwollband verschnürt war. Behutsam, so als handele es sich um etwas Zerbrechliches, legte sie es auf die Steppdecke über dem Ehebett. »Es stammt von meiner Großmutter und ist kaum getragen. Ich hab es immer für bessere Zeiten aufgespart, und eigentlich wollte ich mir anlässlich deiner Hochzeit ein Kostüm daraus machen. Aber ich finde, Lola Monti braucht es dringender.« Sie zog an der Schleife und entfernte Band und Leintuch. Zum Vorschein kam ein Ballen feinsten Samts in einem leuchtenden Rostrot. »Es ist ein bodenlanges Cape, rund geschnitten mit einer Unmenge an Stoff«, erklärte Lilis Mutter und schlug das Kleidungsstück auseinander. »Und sieh mal, innen ist es mit farblich passender Seide dubliert. Alles in allem also reichlich Material für Rock und Jäckchen, wenn wir es schmal schneiden, so wie es jetzt gerade Mode ist. Und schlank genug bist du ja.« Sie blickte auf. »Gefällt es dir?«

»Es ist wunderschön«, antwortete Lili mit belegter Stimme. »Du solltest es für dich behalten, Mutti. Es ist nicht richtig, dass ich …«

»Hör mal zu, mein Kind«, unterbrach ihre Mutter sie. »Wir können es alle beide tragen. Wir haben dieselbe Größe, nur bin ich nicht ganz so schlank wie du. Wenn ich in den Seitennähten genug Stoff zugebe, kann ich es mir anpassen. Es wäre doch jammerschade, so ein elegantes Ensemble nur für einen einzigen Tag zu nähen, findest du nicht? Schau mal, aus der Kapuze könnte ich dir eine dieser modischen Mützen machen, was meinst du? Komm, Lili, wir teilen uns das Kostüm. Und wenn Gundi einmal größer ist, kann sie vielleicht auch ...«

»Bis dahin verdien ich ausreichend Geld mit meinen Büchern und kaufe dir und ihr etwas Neues«, erklärte Lili entschlossen und fuhr mit der Hand vorsichtig über den wundervoll glänzenden Stoff.

»Das werden wir dann schon sehen«, erwiderte Hedwig Blume liebevoll. »Wenn du erst einmal Kinder hast, werdet ihr das zusätzliche Geld gut gebrauchen können. Jetzt musst du es erst einmal so weit bringen. An der passenden Kleidung darf es jedenfalls nicht mangeln.«

»Ach, Mutti«, stieß Lili mit einem erleichterten Seufzer aus und nahm ihre Mutter in die Arme. »Du bist die Beste.«

»Und ich bin ziemlich stolz auf dich«, flüsterte Hedwig Blume am Ohr ihrer Tochter und drückte sie fest. »Ich kann dir gar nicht sagen, wie sehr.«

Und dann verwandelte sich die Wohnküche der Blumes in ein Modeatelier. Lili beriet sich mit Anita und suchte unter den berühmten Ullstein-Schnittmustern, die der Zeitschrift *Modewelt* beilagen und im ganzen Reich Furore machten, ein besonders schmales, elegantes Modell aus, das Hedwig ein klein wenig abwandelte, damit man die Herkunft des Schnitts nicht sofort erkannte. Lola Montis Termin beim Verleger legte Lili so, dass ausreichend Zeit verblieb, um das Kostüm zu nähen. Herz würde umso gespannter sein, wenn die Autorin von *Das samtene Mädchen* nicht gleich am nächsten Tag vor seiner Tür stehen würde. Das hatte sogar Vicki Baum überzeugt.

Alle halfen mit, sogar Gundi und Juliette trugen ihren Teil zu dem Lola-Monti-Modell bei, indem sie verborgene Säume mit Hand nähten und sich dabei recht geschickt anstellten.

Nur Emil, den Lili endlich eingeweiht hatte, zeigte wenig Verständnis dafür, dass sein Mädchen nun Abend für Abend zu Hause saß und nähte und nur noch selten mit ihm ausging.

»Es ist doch für unsere Zukunft«, versuchte Lili ihm zu erklären.

»Du bist meine Zukunft«, gab Emil störrisch zurück, »nicht Lola Monti.«

»Bitte versteh doch«, antwortete Lili liebevoll. »Was dir die Fotografie bedeutet, ist für mich das Schreiben. Ich habe dir geholfen. Jetzt wäre es schön, wenn du auch für mich Verständnis hättest.«

Und natürlich konnte er sich weder ihren Argumenten noch ihrer Zärtlichkeit ernsthaft widersetzen.

Endlich kam der große Tag. Das Kostüm saß wie angegossen und würde, laut Juliette, selbst in Paris Anerkennung finden. Von dem Geld, das sie mit den Schreibarbeiten für Anita verdient und beiseitegelegt hatte, hatte sich Lili Schuhe, Handtasche und Handschuhe gekauft, alles in Weiß, damit sie die Accessoires bei ihrer Hochzeit würde tragen können. Sogar die Kappe, die ihre Mutter aus der Kapuze des Capes frei Hand geschneidert hatte, wirkte mit der aufgesteckten Brosche aus Hedwig Blumes Schmuckkästchen topmodern. Und damit man Lili im Verlag auch bestimmt nicht erkannte, kämmte Juliette ihr mit einer ganzen Dose Pomade das lockige Haar glatt und frisierte es eng um ihren Kopf, wobei sie eine Locke keck in die Wange kämmte und dort mit der Haarcreme geradezu festklebte.

»Ich sehe aus wie frisch aus dem Wasser gezogen«, meinte Lili unsicher, als sie sich im Spiegel sah.

»Super top«, befanden Juliette und Gundi unisono.

»Wie ein Filmstar«, meinte Hedwig Blume, als Lili sich nervös die Nase puderte und Juliette ein letztes Mal den Lidstrich und das Lippenrot kontrollierte.

»Ich komme mir ganz fremd vor«, gestand sie und riss sich von ihrem Spiegelbild los.

Ihre Mutter nickte. »Jetzt bist du Lola Monti«, sagte sie.

»Den Verleger wird's schlichtweg umhauen«, prophezeite Gundi.

»*Bonne chance!*«, wünschte Juliette.

Sie ging zu Fuß bis zum Moritzplatz, dort nahm sie sich eine Taxidroschke bis zum Verlag. Ihre Mutter hatte ihr eingeschärft, dass ihr Auftritt von Anfang bis Ende formvollendet sein musste.

Als sie das Ullstein-Haus betrat, zitterten ihr die Knie. Was, wenn man in ihr sofort Vicki Baums Blümchen erkennen und sich über sie totlachen würde? Als jedoch Tomaschke hinter seiner Pforte bei ihrem Anblick höflich fragte, wem er sie melden dürfe, und sich nach ihrem Namen erkundigte, atmete sie erleichtert durch. Sie hatten es zu Hause geprobt, jetzt ging es ihr ganz leicht von den Lippen.

»Lola Monti«, sagte sie. »Herr Herz wartet auf mich.«

Tomaschke telefonierte kurz, dann winkte er einen Laufburschen heran.

»Bring die Dame zu Dr. Herz in die Verlagsabteilung«, sagte er und nickte Lili höflich zu.

Das Gehen mit den neuen Absatzschuhen hatte sie auf den Treppen ihres Mietshauses geübt und geriet nun weder auf den Kokosfaserläufern noch auf dem spiegelglatten Marmorfußboden in der Eingangshalle ins Wanken. Äußerlich gelassen folgte sie dem Laufjungen, bestieg souverän den Paternoster und blickte aus ganz neuen Augen auf ihre altvertraute Arbeitswelt. Mit jedem Meter, den sie von zu Hause bis hierher zurückgelegt hatte, war ein Stück der alten Lili zurückgeblieben und Lola Monti in ihr erstarkt.

»Hier ist es, gnädige Frau«, sagte der Junge mit einer kleinen Verbeugung und ließ sie allein.

Und dann war es ganz einfach. Im Grunde, so dachte sie, während sie sich seiner Sekretärin vorstellte, zu Herz ins Büro führen ließ und in dem kleinen Sessel der Sitzgruppe für Besucher Platz nahm, haben mich die Leute hier nie richtig angeschaut. Außer Vicki Baum und Anita könnte vermutlich keiner der fast zehntausend Angestellten bei Ullstein angeben, wie Lili Blume aussieht. Und es stimmte, was ihre Chefin gesagt hatte: Sie brauchte gar nicht viel zu reden. Stattdessen hörte sie aufmerksam zu, was Emil Herz zu ihrem Roman zu sagen hatte. Sog das Lob tief in sich ein und merkte sich, welche Anmerkungen er machte.

»Wenn sich Ihre Romane zum Vorabdruck in Fortsetzungen eignen sollen«, erläuterte er zum Beispiel, »dann wäre es gut, wenn Sie in Zukunft darauf achteten, in Episoden zu schreiben, die die entsprechende Länge haben. Sie kennen doch sicherlich unsere Fortsetzungsromane? Daran können Sie sich orientieren. Wichtig ist, dass jede Folge mit einem gewissen Spannungsmoment endet. Dann fiebern unsere Leser und Leserinnen nämlich darauf zu erfahren, wie es weitergeht.«

Sie nickte. Das war ihr bereits bei Vicki Baums Romanen aufgefallen. Darauf würde sie künftig achten.

»Schreiben Sie bereits an etwas Neuem?«, fragte er.

»Ja«, antwortete Lili, und es stimmte sogar. Sie kannte sich viel zu gut, um zu wissen, dass das Lügen nicht zu ihren Stärken gehörte. Und deshalb hatte sie bereits die ersten zwanzig Seiten eines neuen Buchs geschrieben.

»Und wovon handelt es?«

»Es ist die Geschichte eines Tippfräuleins, dessen Traum es ist, Schriftstellerin zu werden.«

Emil Herz sah sie nachdenklich an, und einen Augenblick lang war Lili davon überzeugt, dass er sie durchschaute. »Davon gibt es vermutlich viele«, sagte er.

»Wir alle träumen uns bisweilen aus unserem Leben heraus«, sagte Lili, oder hatte Lola Monti das Ruder übernommen? Sie wusste es selbst nicht so genau. »Welche Träume haben Sie, Herr Herz?«

Er stutzte kurz, und Lili fürchtete schon, zu weit gegangen zu sein. Sicher war die Frage viel zu persönlich. Doch sie täuschte sich.

»Ich träume von einer Gesellschaft, in der die Werte unseres Abendlandes noch etwas gelten«, antwortete er ernst. »Eine Gesellschaft, in der Frieden herrscht und in der die Menschen einander mit Respekt begegnen.«

»Eine Gesellschaft, in der die Liebe zählt«, fügte Lola Monti hinzu.

Herz nickte und lehnte sich zurück. »Wobei wir wieder bei Ihren Geschichten wären«, sagte er. »Lassen Sie uns über das Geschäftliche reden. Wir würden *Das samtene Mädchen* gern in der gelben Reihe herausbringen und bieten Ihnen für die Überlassung sämtlicher Rechte ein Honorar von eintausend Mark an.«

Herz schlug ein Bein über das andere und sah sie unter seiner markanten Stirn hervor forschend an.

Lili hätte am liebsten sofort zugesagt, Lola Monti hielt sie allerdings zurück. Sie erinnerte sich an das, was Vicki Baum ihr geraten hatte.

»Oh«, machte sie, legte den Kopf ein wenig schräg und schürzte den Mund. »Da kann ich leider nicht zusagen.«

Herz betrachtete sie lauernd, dann beugte er sich zu ihr vor. »Was haben Sie sich denn vorgestellt?«

»Nun, vorgestellt habe ich mir ungefähr das Doppelte«, sagte Lola Monti, während Lili innerlich zu zittern begann. »Außerdem zehn Prozent von jedem verkauften Buch.« Sie sah ihn tapfer und ohne zu blinzeln an. »Da der Verkaufspreis der gelben Reihe nur eine Reichsmark beträgt, ist das wirklich nicht zu viel verlangt.«

Herz hob die Brauen. »Sind Sie womöglich mit anderen Verlagen im Gespräch?«, fragte er lauernd.

»Nein«, antwortete sie wahrheitsgemäß und lächelte ihn entwaffnend an. »Ullstein ist meine erste Wahl. Es war schon immer mein Traum, hier zu veröffentlichen. Aber Sie werden verstehen, auch das Geschäftliche muss stimmen.«

Eine Fliege summte durch den Raum und stieß mehrmals gegen das Fensterglas. Und als Lili längst bereit war einzuknicken und schon sagen wollte, dass sie mit tausend Mark unendlich glücklich wäre, und nur nicht wusste, wie sie jetzt noch diese Wendung nehmen konnte, brach Herz das Schweigen.

»In Ordnung«, sagte er. »Zweitausend. Die zehn Prozent jedoch erst, wenn der Verkauf den Vorschuss eingebracht hat. Können wir uns darauf einigen?«

Lola zwang Lili dazu, noch drei Atemzüge lang so zu tun, als müsste sie über dieses Angebot gründlich nachdenken.

»Einverstanden«, sagte sie dann in aller Ruhe. Innerlich jedoch jubilierte alles in ihr. Zweitausend Mark. Mehr als ein Jahresverdienst! Was man damit alles anfangen konnte!

Emil Herz nahm einen Umschlag vom Tisch, den Lili bis jetzt gar nicht wahrgenommen hatte. »Darf ich Ihnen hier die erste

Rate in bar überreichen?«, fragte er und legte das Kuvert vor sie auf den Tisch.

Lili musste sich zusammenreißen, um nicht nach Luft zu schnappen vor lauter freudigem Schrecken, stattdessen quittierte sie den unfassbaren Betrag von fünfhundert Mark mit einem schwungvollen Lola Monti, als hätte sie nie etwas anderes getan, und verstaute ihr erstes Honorar als Schriftstellerin in ihrer neuen Tasche.

Der Verlagschef ließ nun noch einen jungen Mann namens Egon Knuff hinzurufen, den er ihr als ihren Lektor vorstellte. Es war ein dünner, langer Kerl, der Lili zu ihrer Verlegenheit nur so mit seinen Blicken verschlang. Gemeinsam besprachen sie das weitere Vorgehen und setzten den Erscheinungstermin fest. Bereits in wenigen Wochen würde Lili ihr Buch in Händen halten.

»Außerdem möchten wir gern die Option auf Ihren neuen Roman erwerben«, sagte Herz, nachdem sich Herr Knuff zu Lilis Erleichterung wieder verabschiedet hatte. »Sagen wir ... zu denselben Konditionen?«

»Das geht in Ordnung«, erklärte Lola Monti großmütig und bewunderte im Stillen einmal mehr Vicki Baums Voraussage. »Wenn wir den Abgabetermin noch offenlassen könnten?«, fügte sie hinzu. »Ich möchte ungern unter Zeitdruck arbeiten müssen.«

»Keinerlei Zeitdruck«, versicherte Herz. »Was halten Sie davon, wenn wir als Zeitrahmen fünf Jahre im Vertrag festsetzen? Was nicht heißt, dass Sie nicht auch früher abgeben können.«

»Fünf Jahre sollten genügen«, antwortete Lola Monti gnädig.

»Schön«, sagte Herz und erhob sich. »Dann wird unsere Rechtsabteilung die Verträge ausarbeiten und Ihnen zuschicken. Bitte hinterlassen Sie bei meiner Sekretärin Ihre Adresse. Bislang ging der Kontakt ja über Frau Baum, nicht wahr?«

Lili hatte sich vorsorglich ein Schließfach bei der Post zugelegt, sie wollte lieber nicht ihre Anschrift in Kreuzberg angeben, denn in dem großen Mietshaus landeten die Briefe mitunter in den falschen Fächern. Sie hatte sich sogar ein paar Kärtchen mit dem Namen Lola Monti und der Postlagernummer drucken lassen und überreichte eine davon Emil Herz' Vorzimmerdame, die gestern noch mit hoch erhobener Nase im Flur an Lili vorüberstolziert war, ohne sie eines Blickes zu würdigen. Und es auch morgen nicht anders halten würde.

»Ich freue mich sehr über unsere Zusammenarbeit«, sagte Emil Herz und beugte sich kurz über ihre Hand zu einem flüchtigen Handkuss.

»Die Freude ist ganz meinerseits«, antwortete Lola Monti und verabschiedete sich.

Sie war so überglücklich, dass sie wie gewohnt die Treppe nahm und erst im letzten Moment bemerkte, dass ausgerechnet Fritzi und Anna ihr entgegenkamen, die sich erst am Vortag noch bei ihr beschwert hatten, dass sie überhaupt keine Zeit mehr für sie hatte. Während Fritzi irgendetwas erzählte, starrte Anna Lili geradewegs an. Jetzt ist es aus, dachte Lili und fühlte deutlich, wie sich Lola Monti elegant verabschiedete. Anna würde sie zweifellos erkennen. Doch zu ihrer Überraschung wanderte der Blick ihrer Kollegin von ihrem Gesicht zum Kostüm, das Anna fasziniert zu studieren schien. Garantiert erkennt sie das Ullstein-Modell aus den Schnittmustern, fuhr es Lili durch den Kopf.

Eine Schrecksekunde lang hielt Lili den Atem an – da waren die beiden schon an ihr vorüber. Sie musste sich am Treppengeländer festhalten, kurz war ihr schwindlig geworden. Dann straffte sie sich. Wenn Anna und Fritzi sie nicht erkannten, dann würde es auch kein anderer tun. Was Kleider doch aus einem machen, dachte sie beeindruckt, als sie an der Pforte vorbei ins Freie schritt, dort tief durchatmete und sich dann eine Taxidroschke herbeiwinkte, um sich nach Hause fahren zu lassen.

Im Fond konnte sie nicht anders, sie öffnete ihre Handtasche und befühlte den Umschlag. Fünfhundert Mark! Wie unaussprechlich reich sie plötzlich war. Da hatte sie eine Idee.

»Bitte fahren Sie mich zuerst noch rasch bei Wertheimer vorbei«, bat sie den Fahrer.

Sie würde nicht mit leeren Händen nach Hause kommen, denn sie hatten eindeutig etwas zu feiern. Auf einmal hatte sie unbändigen Appetit auf ... ja, was denn eigentlich? Bei dem Kaufhaus angekommen, bat sie den Fahrer zu warten und stürmte in die Feinkostabteilung, ein wahres Paradies an Leckereien, deren Duft ihr das Wasser im Mund zusammenlaufen ließ. Es war der Stand mit geräucherten Fischspezialitäten, der sie magisch anzog. Sie wählte Lachs, zwei Dutzend Sprotten und eine schöne dicke Makrele. Am Stand daneben ließ sie sich Schweinskopfsülze geben, gekochten Schinken und Blut- und Leberwurst. Ein Glas Spreewälder Gurken musste unbedingt sein. Dann besorgte sie zwei Flaschen Sekt der Marke Deinhard mit dem schönen Namen *Rheingold*, von dem ihre Mutter erzählt hatte, ihr Großvater habe den immer so gerne getrunken. Französisches Stangenbrot und Butter wanderten in ihren Einkaufskorb, und als sie an der Fleischtheke vorüberkam, konnte sie nicht widerstehen und erstand ein stattliches Brathuhn. In wenigen Tagen würde Juliettes Aufenthalt bei ihnen schon wieder zu Ende gehen, und ehe sie abreiste, sollte es ein Festessen geben. Natürlich würden sie auch Pelle dazu einladen, denn die beiden waren ja so was von ineinander verliebt, ja, die kleine Französin vergoss jetzt schon bittere Tränen wegen des bevorstehenden Abschieds. In der Obstabteilung waren die appetitlichsten Früchte aus aller Welt zu wahren

Pyramiden aufgetürmt. Lili wählte ein paar wunderschöne Äpfel und Orangen aus und griff beherzt nach einer Ananas.

Schwer beladen kam sie zu Hause an. Es war Mittagszeit, und die Nachbarskinder blieben erst scheu auf Abstand, als sie Lola Montis elegante Erscheinung sahen. Kaum hatten sie jedoch Lili in ihr erkannt, tanzten sie ausgelassen um sie herum.

»Wer mir hilft, die Einkäufe hochzutragen, bekommt einen Groschen«, rief sie, und flugs riss man ihr die Papiertaschen nur so aus der Hand.

»Warum hast du nicht mehr eingekauft?«, jammerte Hänschen, der Älteste ihrer Kinderfreundin Christine, der gerade bei seiner Oma auf Besuch war. Die größeren Kinder hatten ihm alle Taschen vor der Nase weggeschnappt.

»Du bekommst trotzdem deinen Groschen und obendrein einen Apfel«, versprach Lili. »Komm mit hoch, dann geb ich ihn dir.«

Ach, es fühlte sich so gut an, sich ein wenig Luxus leisten zu können. Während sie die Treppe hinauflief, so schnell es die neuen Schuhe erlaubten, fielen ihr noch eine ganze Menge weiterer Dinge ein, die sie von der ersten Rate ihres Honorars anschaffen würde. Ein neues Bügeleisen. Glänzenden Unterstoff für ihr Brautkleid. Nähfaden in allen Farben. Und ihren Eltern würde sie eine ganze Woche Urlaub an der Ostsee spendieren.

»Was ist denn hier los? Alles in Ordnung mit dir?« Hedwig Blume starrte erst verdutzt auf die Kinderschar mit all den Einkaufstaschen vor ihrer Wohnungstür, dann musterte sie Lili.

»Alles paletti«, rief Lili übermütig und zahlte den Trägerlohn aus. Zuletzt griff sie in die Obsttüte und reichte Hänschen einen besonders schönen Apfel.

»Ist es denn gut gelaufen?«, wollte ihre Mutter wissen, als sie die Tür hinter sich geschlossen hatten. Lili bemerkte, dass sie ganz bleich um die Nase war. »Wieso hast du all diese Sachen eingekauft? Das muss ja ein Vermögen gekostet haben!«

»Wir haben etwas zu feiern«, erklärte sie voller Freude. »Das Buch wird gedruckt, und ich bekomme ungeheuer viel Geld dafür. Aber jetzt lass mich erst wieder normale Sachen anziehen.«

Sorgfältig stellte sie die Schuhe in den Schrank, hängte das Kostüm über einen Bügel und schlüpfte in ihr bequemes Hauskleid.

Inzwischen hatte ihre Mutter die Taschen ausgepackt, das Glas mit den Spreewaldgurken stand auf dem Tisch. Lili konnte nicht anders, sie öffnete es, zog mit den Fingern eine besonders dicke heraus und biss genüsslich hinein, dass der Saft nur so spritzte. Kaum hatte sie den ersten Bissen hinuntergeschluckt, wurde ihr auf einmal schrecklich übel. Sie schaffte es gerade noch zum Spülbecken in der Küche, dann musste sie sich übergeben.

»Das ist die Aufregung«, sagte ihre Mutter erschrocken und reichte ihr ein Handtuch. »Außerdem isst man in aller Ruhe und nicht so hastig.«

»Merkwürdig«, murmelte Lili, als sie ihren Mund ausgespült hatte und das Fenster öffnete, um ihre Übelkeit und den unangenehm sauren Geruch zu vertreiben. Sie fühlte sich seltsam ernüchtert. Und hatte gar nicht das Gefühl, dass es an der Aufregung gelegen hatte.

23

Franz summte eine Melodie, während Wohlrabe ihn zum Verlag fuhr. Sie waren erst vor ein paar Tagen von ihrer Hochzeitsreise zurückgekehrt. Zwei Wochen hatte er mit Rosalie in Paris verbracht, und es war ein ununterbrochener Reigen aus wundervollen Augenblicken und interessanten Begegnungen gewesen. Rosalie kannte einfach tout Paris, jedenfalls jeden, auf den es ankam, und überall waren sie mit offenen Armen empfangen worden. Man konnte über die Franzosen sagen, was man wollte, sie verstanden es, Empfänge zu geben, auf denen man sich nicht langweilte. Ja, er musste zugeben, in Sachen Stil waren sie den Deutschen bei Weitem überlegen, und er konnte sich froh und glücklich schätzen, dass Rosalie ihren Lebensmittelpunkt seinetwegen von Paris nach Berlin verlegen würde. Die Metropole an der Seine erschien ihm weit attraktiver als Berlin, und das wollte etwas heißen, denn er liebte seine Heimatstadt.

Auf dieser Reise hatte er verstanden, wie es dazu gekommen war, dass er sich mehr und mehr aus dem gesellschaftlichen Leben Berlins zurückgezogen hatte. Der Grund war nicht allein Lottes Freitod gewesen, dieser Prozess hatte schon viel früher begonnen. Es lag an dem fehlenden Taktgefühl der Berliner, die in ihm stets nur den Generaldirektor eines mächtigen Medienimperiums sahen und ihn das deutlich spüren ließen, während man in Frankreich, so hatte er das Gefühl, viel subtiler miteinander umging.

»In Frankreich ist man vermutlich genauso berechnend wie hier, allerdings wird man dir eine Bitte selten direkt vortragen«, hatte Rosalie ihm erklärt. »Man wird elegantere Wege finden, um dich wissen zu lassen, wie du einem helfen könntest. Und es dann dir überlassen, hilfreich zu sein oder auch nicht. Keinesfalls wird man dich in die peinliche Situation bringen, eine Bitte abzuschlagen.«

Die Melodie, die Franz nicht mehr aus dem Kopf ging, hatte der Geiger des kleinen Orchesters an ihrem letzten Abend in Paris gespielt, als sie mit Aristide Briand, dem deutschen Botschafter Leopold von Hoesch und dem Verleger Bernard Grasset gespeist hatten, der die wichtigsten zeitgenössischen Autoren Frankreichs unter Vertrag hatte. Er und Franz hatten sich auf der Stelle ausgezeichnet miteinander verstanden, und auch das verdankte er Rosalie, die Französisch sprach wie eine Pariserin und unablässig für ihn übersetzt hatte.

»Wir werden all diese wundervollen Autoren für den Ullstein Buchverlag gewinnen«, hatte sie auf der Rückfahrt im Zug zu ihm gesagt und ihn zärtlich geküsst.

Der einzige Wermutstropfen, falls es denn einer war, bestand darin, dass er eben doch um vieles älter war als Rosalie. Ob er ihr als Liebhaber genügen würde? Er war nun einmal kein so gut aussehender Mann wie Ritter, da machte er sich nichts vor. Rosalie und ihn verbanden andere Gefühle, die nicht auf Äußerlichkeiten beruhten. Dennoch, er wusste nicht genau, was sich eine junge attraktive Frau wie Rosalie wünschte, welche Bedürfnisse sie hatte. Falls sie sich dazu entschließen würde, ihre Beziehung zu Karl Ritter wieder aufleben zu lassen – wer könnte es ihr verdenken? Wäre dies womöglich die beste aller Lösungen? Ritter war diskret und Rosalie ebenso. Franz sah sich als fortschrittlichen Menschen und hatte sich vor der Heirat sogar zeitweise eingeredet, dass er verständnisvoll darüber hinwegblicken könnte, sollte dies der Fall sein. Doch inzwischen war er sich dessen nicht mehr so sicher. Er liebte Rosalie. Und was man liebte, wollte man ausschließlich besitzen. War das nicht normal?

Ich sollte großzügig sein, sagte er sich. Eine schöne junge Frau wie die seine konnte man nicht in einen goldenen Käfig sperren. Was seine Familie dazu sagen würde, war ihm egal. Seit er Rosalie kannte, war ihm vieles egal, was ihn früher umgetrieben hatte. Ihre Liebe hatte die Prioritäten in seinem Leben neu geordnet. Und das war gut so. Sie hatte seine Existenz auf den Kopf gestellt, und dafür würde er ihr ewig dankbar sein.

Im Verlag angekommen, fiel ihm zunächst gar nicht auf, dass ihn Hilde Trautwein mit besorgter Miene begrüßte.

»Es gibt eine Sitzung des Direktoriums«, teilte sie ihm mit.

Er nickte beiläufig. »Natürlich«, sagte er und begann, die Post durchzusehen. »Das hat ja Zeit. Ich gebe Bescheid, wenn ich so weit bin, damit Sie die anderen einberufen können.«

Hilde Trautwein blieb im Zimmer stehen. Er sah befremdet, wie sie die Hände rang. Franz ließ den Brief sinken, den er gerade geöffnet hatte.

»Was ist, Trautwein?«, fragte er, und auf einmal war sein Instinkt wieder hellwach. Irgendetwas stimmte nicht.

»Die anderen Herren Direktoren tagen bereits«, sagte sie und wandte rasch den Blick ab. »Herr Dr. Louis Ullstein lässt Ihnen ausrichten, Sie mögen so schnell wie möglich …«

»Louis?« Franz erhob sich. »Seit wann beruft er die Direktorenrunde ein?«

Hilde Trautwein antwortete nicht.

»Nun denn«, erklärte Franz. »Wollen wir mal sehen, was es so Wichtiges gibt.«

Noch nie war Franz das Besprechungszimmer mit seiner Mahagoni-Täfelung unter dem blauen Dunst aus vielen Zigaretten so düster und urdeutsch erschienen. Tatsächlich saßen sie hier alle um den Tisch versammelt: Louis und Rudolf, Karl und Heinz, Fritz Ross und sogar Hermann, der sonst immer eine Entschuldigung fand, um an den Runden nicht teilnehmen zu müssen. Außerdem saß Justiziar Dr. Alfred Pollmann mit am Tisch. Gerade eben hatten sie sich noch aufgeregt unterhalten. Jetzt verstummten alle und starrten ihn an.

»Guten Morgen«, sagte Franz und nahm am Kopfende des Tisches Platz. »Was gibt es so Eiliges?«

Außer Louis sahen nun alle weg, und auch der schaute genau genommen knapp an Franz vorbei. Pollmann raschelte vernehmlich mit Papier, das er zusammenschob und in eine Mappe stopfte. Ansonsten blieb es mucksmäuschenstill.

»Hat es euch die Sprache verschlagen?«, wollte Franz wissen. »Was ist los mit euch? Wir werden ja wohl kaum vor dem Konkurs stehen, oder?«

Es hatte ein Witz sein sollen. Die Firma verfügte über ein ungeheures Vermögen und machte einen Jahresumsatz von 70 Millionen Reichsmark. Damit gehörte sie zu den größten und erfolgreichsten Verlagen der Welt.

»Wir müssen mit dir reden«, sagte Louis endlich.

»Nun, dann tut das gefälligst«, gab Franz scharf zurück. Seine gute Laune war dahin. Mit aller Wucht kehrte der angestaute Ärger, den die Junioren und vor allem Heinz stets in ihm erweckten, zurück. »Was hat euch so die Petersilie verhagelt? Sind in meiner Abwesenheit die Räuber hier gewesen?«

»Das nicht«, sagte Louis mit Bedacht. »Aber das Haus ist trotzdem in Gefahr. Und zwar wegen deiner Frau.«

»Wegen meiner Frau?« Franz lachte schallend. Das Ganze konnte nur ein Witz sein.

»Uns erreichten Informationen über ihre Tätigkeit als Spionin während des Kriegs und auch noch danach«, fuhr Louis fort.

»Ach, das!« Franz nahm den Zwicker ab und rieb sich die Nasenwurzel. »Ist das alles?«, erklärte er. »Weiter gibt es nichts als diese lächerliche Erpressersache?«

»Sie haben davon gewusst?« Dr. Pollmann sah ihn vorwurfsvoll an. »Und Ihren Brüdern nichts davon gesagt?«

»Weil es Blödsinn ist«, entgegnete Franz, der nun langsam wirklich zornig wurde. »Diese Art Schreiben erreichen uns doch jede Woche. Rosalie war niemals Spionin.«

»Nun, das mag sie ja behaupten«, mischte sich Heinz ein. »Ich an ihrer Stelle würde das genauso tun. Die Sachlage beweist allerdings anderes.«

»Die Sachlage?« Franz schoss das Blut ins Gesicht. »Was für eine Sachlage? Was liegt euch vor? Hat der Schmierfink auch an euch geschrieben? Einen Zeitungsartikel, in dem das Blaue vom Himmel heruntergelogen wird? Oder wovon redet ihr überhaupt?«

»Franz«, sagte Louis sanft, so als spräche er zu einem Kind. »Es gibt Beweise. Und die sind erdrückend. Rosalie hat Kontakte bis in die höchsten französischen Regierungskreise.«

»Natürlich hat sie das«, polterte Franz los. »Erst neulich saßen wir gemeinsam mit Aristide Briand an einem Tisch. Sie kennt sie alle und genießt in Paris ein hohes Ansehen. Schließlich hat sie jahrelang als Journalistin gearbeitet.«

»Und ganz sicher nicht nur als das«, ließ Heinz sich spöttisch vernehmen.

Franz schlug mit der Faust auf den Tisch, dass es nur so krachte.

»Ich verbitte mir diese Unterstellungen«, schrie er. »Legt mir Beweise vor, oder ihr werdet dieses Gespräch bereuen. Also. Ich warte.«

»Na los, geben Sie ihm die Mappe«, forderte Louis den Justiziar in ruhigem Ton auf. Der klammerte sich an dem Ordner fest, als ginge es um sein Leben.

»Die entscheidenden Unterlagen hab ich natürlich nicht hier«, sagte der Justiziar. »Man hat sie uns lediglich gezeigt.«

»Wer hat Ihnen was gezeigt?«, wollte Franz wissen.

»Joseph Matthes und ein hoher Regierungsbeamter«, antwortete Fritz Ross, der bislang geschwiegen hatte. »Der konnte die Dokumente natürlich nicht aus der Hand geben. Aber wir haben beide mit eigenen Augen …«

»Wo soll das gewesen sein?«, fragte Franz irritiert.

»Na, in Paris«, antwortete Pollmann.

»Ihr wart in Paris?«

»Ja, das waren wir, Herr Generaldirektor.« Pollmann wirkte sehr selbstzufrieden.

Was für eine Enttäuschung, dachte Franz. Und diesem Mann hatte er jahrelang vertraut.

»Wann?«

»Vergangene Woche«, sagte Fritz Ross. »Kein Grund, so zu schreien.«

»Kein Grund zu schreien?« Franz musste sich zusammenreißen, um nicht vollends die Beherrschung zu verlieren. »Sie waren zur selben Zeit in Paris wie ich und hielten es nicht für notwendig, mich zu unterrichten? Ich hätte auch gern einen Blick auf diese angeblichen Beweise geworfen. Was soll dieser ganze Blödsinn eigentlich?«

»Wir wollten dich nicht stören«, brachte Heinz mit einer Unschuldsmiene vor. »Schließlich warst du auf Hochzeitsreise.«

»Ihr wollt mich doch auf den Arm nehmen«, sagte Franz und wies mit dem Finger auf Heinz. »Mit dieser Schmierenkomödie kommst du nicht durch, Freundchen. Was ist in euch gefahren, dass ihr diese Farce mitspielt?« Er sah seine Brüder an. »Rudolf? Hermann? Habt ihr auch eine Meinung? Oder überlasst ihr das Feld heute den Clowns?«

Rudolf räusperte sich. Ihm schien die ganze Sache mächtig unangenehm zu sein.

»Du brauchst dich gar nicht so aufzuregen«, ergriff Louis wieder das Wort, und Franz wurde klar, dass er es war, den die Runde während seiner Abwesenheit zu ihrem Anführer ernannt hatte. »Rudolf war der Meinung, dass wir diesem Matthes die geforderte Summe besser bezahlen, um das Schlimmste zu verhindern.«

»Wie bitte?« Franz sank zurück auf seinen Stuhl. »Ihr habt diesem Betrüger Geld gezahlt? Ja, begreift ihr denn nicht, dass ihr ihm damit recht gebt und Rosalies Schuld einräumt?«

»Nun, so wie es aussieht, ist sie ja auch schuldig«, erklärte Louis. »Wir haben nur größeren Schaden von der Firma abgewendet.«

»Nein, das habt ihr nicht«, brüllte Franz. Wie borniert konnten seine sonst so klugen Brüder überhaupt sein, fragte er sich. »Jetzt geht die Sache erst richtig los. Wenn der einmal Geld gesehen hat, will er mehr. Und immer mehr. Dass ihr euch mit ihm an einen Tisch gesetzt habt, um sogenannte Dokumente zu begutachten, muss diesem Betrüger Oberwasser gegeben haben. Was waren das überhaupt für Dokumente? Habt ihr Kopien davon?« Auf einmal kam Franz ein Gedanke. »Habt ihr denn überhaupt einen Übersetzer dabeigehabt? Ihr sprecht doch beide kein Französisch!«

»Wir haben Rosalies Namen auf den Dokumenten gesehen, und das hat uns genügt. Sie ist als Agentin auf der Gehaltsliste des französischen Geheimdiensts aufgeführt, das haben wir mit eigenen Augen gesehen. Du wirst verstehen, dass der Beamte des Nachrichtendiensts solche Unterlagen nicht aus der Hand geben wollte. Wir haben sie gesehen. Das muss vorerst reichen.«

»Das reicht mir keineswegs.« Franz' Stimme war eisig. »Diese Sache hinter meinem Rücken durchzuziehen, werte ich als groben Verrat. Wenn ihr diesen Betrüger schon ernst nehmt, hättet ihr zumindest Rosalie die Gelegenheit geben müssen, diese angeblichen Beweise ebenfalls zu sichten und dazu Stellung zu nehmen. Was glaubt ihr eigentlich, mit wem ihr es hier zu tun habt?«

Heinz wollte etwas entgegnen, Louis brachte ihn mit einer Handbewegung zum Schweigen. »Bitte lasst uns allein«, sagte er zu den anderen.

Hermann war der Erste, der sich erhob und fast schon fluchtartig den Raum verließ, gefolgt von Rudolf. Heinz wirkte unzufrieden, sein Cousin Karl legte ihm kurz seine Hand auf den Arm und bedeutete ihm, mit ihm zu kommen. Auch Pollmann, dieser Verräter, presste die ominöse Mappe gegen seine Brust und verschwand mit den anderen. Fritz Ross schloss als Letzter die Tür hinter sich.

»Sag mir, dass das alles ein übler Scherz ist«, sagte Franz zu seinem Bruder.

»Tja«, machte Louis nachdenklich, »glaub mir, das wäre mir am liebsten.«

»Du glaubst also wirklich und wahrhaftig, dass Rosalie eine Spionin ist?«

Louis zuckte mit den Schultern. »Was ich glaube, ist nicht so wichtig, fürchte ich«, sagte er ausweichend, und Franz wurde schlagartig bewusst, dass sich alle gegen ihn verschworen hatten.

Gegen ihn und vor allem gegen Rosalie. »Der Verdacht steht im Raum und scheint untermauert.«

»Diese Armleuchter haben sich in Paris reinlegen lassen«, polterte Franz los. »Keiner von beiden spricht Französisch. Wie um alles in der Welt wollen diese Idioten den Wert irgendwelcher Dokumente einschätzen, auf denen Rosalies Name steht?«

»Allein die Tatsache, dass ihr Name auf solchen Papieren steht ...«

»Louis«, unterbrach Franz seinen Bruder. »Hör auf, um den heißen Brei zu reden. Was ist es, was ihr eigentlich von mir wollt?«

Louis sah ihn an, und trotz aller Differenzen, die sie im Verlauf der vergangenen Jahre miteinander ausgetragen hatten, las Franz ehrliches Mitgefühl in seinen Augen.

»Ich weiß, wie sehr du an Rosalie hängst«, sagte Louis. »Leider sehe ich im Augenblick nur eine Lösung. Du musst dich so schnell wie möglich wieder von ihr trennen. Denn sie schadet dem Hause Ullstein massiv.«

Franz glaubte, nicht richtig gehört zu haben.

»Sag jetzt bitte nicht, du seist nicht gewarnt worden«, fuhr Louis fort. »Hans hat dir ins Gewissen geredet, und du weißt, dass er über den Parteien hier im Haus steht. Deinen Kindern hast du mit dieser Heirat sehr wehgetan. Die Chefredakteure, allen voran dein alter Freund Georg Bernhard, beschweren sich, dass sie sich dauernd in die Abläufe einmischt. Hermann ist verärgert, weil sie angeblich die besseren Werbeideen hat und an ihm vorbei Kampagnen initiiert, wie damals mit der Baum. Aber das weißt du ja alles. Trotzdem bin ich über meinen Schatten gesprungen, weil ich es wirklich gut mit dir meine, und hab mich dazu breitschlagen lassen, als Trauzeuge zu fungieren.«

»Keiner hat dich breitgeschlagen«, warf Franz erbittert ein. »Du hast es von dir aus angeboten, glaubst du, ich wäre auf die

Idee gekommen, ausgerechnet dich zu fragen? Du bist ein Blatt im Wind, Louis. Und ich bin sehr enttäuscht von dir.«

»So wie die Lage jetzt steht, ist Rosalie nicht zu halten«, entgegnete Louis Ullstein nüchtern. »Und das werde ich ihr selbst sagen.«

»Du wirst überhaupt nichts tun«, fuhr Franz auf. »Hast du vergessen, dass ich hier der Generaldirektor bin? Diese gesamte Sitzung war eine Farce. Niemals hättest du es so weit kommen lassen dürfen …«

»Du bist Generaldirektor, Franz«, unterbrach Louis ihn. »Aber das ist kein Amt auf Lebenszeit. Wenn ich dir einen guten Rat geben darf …«

»Von dir will ich ganz bestimmt keinen guten Rat mehr«, wetterte Franz los. »Dafür gebe ich dir einen. Sorge dafür, dass dieser Blödsinn auf der Stelle beendet wird. Ich will Beweise auf den Tisch gelegt bekommen, und zwar noch heute. Und wenn es keine Beweise gibt, dann wird diese lächerliche kleine Revolte Konsequenzen haben.« Franz erhob sich.

»Ich fürchte, es ist an der Zeit, den Tatsachen ins Auge zu blicken«, sagte Louis unbeeindruckt und stand ebenfalls auf. »Es gibt nur zwei Möglichkeiten, diese Angelegenheit aus der Welt zu schaffen. Entweder du trennst dich von Rosalie. Oder du räumst deinen Posten als Generaldirektor.«

Franz starrte seinen Bruder an. Ihm wurde klar, dass Louis das tatsächlich ernst meinte. »Ihr seid doch alle verrückt geworden«, brachte er hervor. »Alle miteinander. Und was wollt ihr tun, wenn ich weder das eine noch das andere mache?«

Er wartete Louis' Antwort nicht ab, sondern verließ das Besprechungszimmer.

Zurück in seinem Büro bat er Hilde Trautwein, vorerst keine Anrufe und keine Besucher vorzulassen. An dem riesigen Schreibtisch seines Vaters saß er und versuchte nachzudenken. Zu begreifen, was da gerade mit ihm geschah. Er sah zu Leopold Ullsteins Porträt auf und fragte sich, wie er in einer solchen Situation gehandelt hätte.

Die Antwort lag auf der Hand. Leopold hatte sich nicht ein Leben lang mit seinen Brüdern herumgeärgert, sondern schon in jungen Jahren der Heimat den Rücken gekehrt. Und du hast uns dazu verdonnert, miteinander klarzukommen, dachte Franz.

Nun, es stand dir frei, glaubte er die Stimme seines Vaters zu hören. Auch du hättest dir etwas Eigenes aufbauen können. Jetzt bist du zu alt dafür. Also nimm deine fünf Sinne zusammen und rette, was zu retten ist.

Und das tat Franz. Langsam sickerte die bittere Erkenntnis tief in ihn ein, dass er von Verrätern umgeben war. Allenfalls Hilde Trautwein konnte er noch trauen, und selbst das war nicht gewiss. Er musste sich Hilfe außerhalb des Verlagsimperiums suchen. Im Geiste ging er alle Anwälte in seinem Bekanntenkreis durch. Als er jedoch den Hörer seines Telefons hob, gab er Hilde Trautwein keine dieser Nummern durch. Er bat sie, ihn mit seiner Frau zu verbinden.

Als er Rosalies Stimme vernahm, wurde ihm ein wenig leichter ums Herz. Zunächst hatte er ihr den ganzen Schlamassel direkt am Telefon erzählen wollen. Dann kam er auf den Gedanken, dass jemand in seiner Leitung mithörten könnte. Oder begann diese lächerliche Spionagegeschichte ihm schon das Hirn zu vernebeln?

»Kannst du zum Mittagessen in die Stadt kommen?«, fragte er.

»Ja«, sagte sie. Bildete er es sich ein, oder klang sie bedrückt?

»In den Kaiserhof?«

»Ja. Wohlrabe wird dich abholen. Oder nein. Nimm lieber ein Taxi. Ich muss dir etwas erzählen.«

»Ich dir auch, Franz«, hörte er sie sagen. »Ich dir auch.«

24

Rosalie wischte sich die Tränen ab. Sie konnte sich nicht erinnern, je einen so grauenvollen Morgen erlebt zu haben. Kaum hatte Franz sich bester Laune von ihr verabschiedet, um in den Verlag zu fahren, war Antoine, das neue französische Hausmädchen, mit schreckgeweiteten Augen zu ihr in den Salon gestolpert.

»Madame«, hatte sie atemlos gekeucht. »Die Köchin liegt auf dem Fußboden und gibt ganz komische Laute von sich. Ich weiß gar nicht, was ich tun soll.«

Rosalie war aufgesprungen und Antoine in die Küche gefolgt, wo Hans sich gerade über Emmi beugte.

»Rufen Sie die Ambulanz«, wies sie das Hausmädchen an und kniete sich zu der Köchin auf den Boden. Vorsichtig schob sie ihr ein zusammengelegtes Küchenhandtuch unter den Kopf. »Emmi«, flüsterte sie verzweifelt, doch die Köchin reagierte nicht. Rosalie versuchte, ihren Puls zu ertasten, und meinte, ganz schwach ihren Herzschlag zu fühlen.

»Sie atmet noch«, sagte sie. »Wir sollten sie zum Sofa tragen.«

»Manchmal ist es besser, wenn man die Kranken nicht bewegt«, wandte Hans ratlos ein.

»Dann holen Sie rasch das Plaid aus dem Salon«, bat ihn Rosalie. »Und Kissen.«

Sie konnte nicht mehr für die arme Emmi tun, als ihr die Beine etwas hochzulegen und sie gut zuzudecken. Und immer weiter ihre Hand zu halten und ihr liebevolle Worte zu sagen. Rosalie wurde schmerzlich bewusst, wie sehr Emmi sie an ihre glückliche Kindheit und Jugend erinnerte. Die herzensgute Köchin war noch sehr jung gewesen, als sie in das Haus ihrer Eltern gekommen war. Damals war Rosalie gerade mal ein Baby. Jetzt war die Köchin zweiundfünfzig Jahre alt. Viel zu jung, um einfach so überraschend auf dem Küchenfußboden zu sterben.

Als die Sanitäter kamen, war Emmis Puls nur noch ein sanftes Vibrieren, wie der eines kleinen Vogels. Rosalie bestand darauf, mit ihr ins Hospital zu fahren, doch dort schickte man sie gleich wieder nach Hause.

Sie war kaum dort angekommen, als der Anruf mit der Todesnachricht kam. »Es war ein Hirnschlag«, hatte sie den Arzt sagen hören. »Wenigstens hat sie nicht gelitten.«

Rosalie putzte sich die Nase und straffte sich. Franz wartete auf sie. Rasch schminkte sie sich das Gesicht. Auch er hatte besorgt geklungen. Ob es wohl die Sehnsucht nach ihr war nach den beiden gemeinsam verbrachten Wochen, weshalb er sie bat, in die Stadt zu kommen? Ihr kam das nur entgegen. So musste sie ihm die traurige Neuigkeit nicht am Telefon sagen.

Sie legte mehr Puder auf als sonst, vor allem um die Augen, und musste schon wieder Tränen niederkämpfen. Emmis Anwesenheit hatte dafür gesorgt, dass sie sich von Anfang an heimisch in der Villa gefühlt hatte. So liebevoll wie in den vergangenen Tagen war sie schon lange nicht mehr umsorgt worden.

Sie hörte ein Motorengeräusch vor dem Haus, es war das Taxi. Rasch schlüpfte sie in ihren Wintermantel und wählte einen Hut, der weit in ihre Stirn reichte und den oberen Teil ihres Gesichts beschattete, vor allem ihre verweinten Augen. Sie zog die Handschuhe über und steckte Puderdose und Lippenstift in die Handtasche.

Erst im Taxi fiel ihr ein, dass an diesem Nachmittag ein Tee-Empfang anlässlich des Besuchs des französischen Verlegers Bernard Grasset stattfinden sollte, den sie erst vor wenigen Tagen noch in Paris Franz vorgestellt hatte. Sie hatten beschlossen, bei dieser Gelegenheit gleich den Einzug ins neue Haus zu feiern, und aus diesem Grund viele Gäste eingeladen, Kollegen, Mitarbeiter und Freunde. Und natürlich Franz' Familie.

Rosalie stöhnte auf. Jetzt, wo Emmi so plötzlich gestorben war, würde sie Franz vorschlagen, den Tee-Empfang abzusagen. Oder zu verschieben. Kein Mensch konnte von ihr verlangen, dass sie unter solchen Umständen die fröhliche Gastgeberin spielte. Als sie jedoch im Restaurant des *Kaiserhofs* eintraf, sah sie ihrem Mann auf den ersten Blick an, dass etwas ganz und gar nicht in Ordnung mit ihm war.

»Was ist passiert?«

Franz hatte rote Flecken im Gesicht, was nie ein gutes Zeichen war.

»Du glaubst nicht, was ich heute erlebt habe«, begann er, und Rosalie nickte. Genau mit denselben Worten hatte auch sie ihre Erzählung beginnen wollen. Ihr Instinkt sagte ihr allerdings, dass sie jetzt besser aufmerksam zuhören sollte.

»Kannst du dich an diesen Brief aus Paris erinnern?«, fragte er. »In dem stand, dass du eine Spionin seist?«

»Oh ja«, antwortete Rosalie, nichts Gutes ahnend.

»Der Kerl hat sich in meiner Abwesenheit an die anderen Direktoren gewandt«, fuhr Franz fort. »Und stell dir vor: Während wir nichts ahnend in Paris waren, haben sich Ross und Pollmann dort mit diesem Kerl getroffen.«

»Wirklich?«

»Außerdem soll ein hoher französischer Regierungsbeamter bei dem Treffen dabei gewesen sein.«

»Ein hoher Regierungsbeamter?« Rosalie sah ihn verständnislos an. »Wer denn?«

»Das weiß ich nicht. Du glaubst nicht, wie hinterhältig meine eigenen Brüder und Neffen sind. Und dieser Pollmann. Als Allererstes werde ich Pollmann feuern. Es ist unerhört ...«

»Franz«, unterbrach Rosalie ihn sanft. »Was genau haben die in Paris gemacht?«

»Sie behaupten, sie hätten Einblick in geheime Dokumente nehmen können. Dokumente, in denen dein Name stand.«

»Was für Dokumente?«, fragte Rosalie empört. »Es gibt keine Regierungsdokumente in Frankreich, auf denen mein Name steht. Außer vielleicht auf Papieren, die mit meiner Aufenthaltsgenehmigung und meinem Antrag auf einen Presseausweis zu tun haben.«

»Mein Lieb, das weiß ich ja«, versuchte Franz sie zu beruhigen, dabei sah Rosalie deutlich, dass er selbst am Ende mit seinen Nerven war. »Sie behaupten, dein Name stünde auf der Gehaltsliste des französischen Geheimdiensts.«

Rosalie verschlug es die Sprache.

»Das ist blanker Unsinn!«, brach es schließlich aus ihr hervor.

Der Kellner kam und fragte nach ihren Wünschen. Rosalie hatte keinen Appetit, und auch Franz schien nicht am Essen interessiert. Anstandshalber bestellten sie eine Suppe.

»Was soll das Ganze«, wollte Rosalie wissen, als der Kellner außer Hörweite war. »Was wollen sie von dir?«

»Rosalie, die sind völlig verrückt geworden.« Franz musste sich räuspern, ehe er weitersprechen konnte. »Louis hat die Unverschämtheit besessen ...«, er sah sich im Restaurant um, ob ihn bestimmt niemand hören konnte. »Stell dir vor, er hat mich vor die Alternative gestellt, mich entweder sofort von dir zu trennen oder meinen Posten als Generaldirektor niederzulegen.«

Rosalie war sprachlos. Wie war es möglich, dass sich eine so infame Intrige innerhalb von nur zwei Wochen entspinnen konnte?

»Auf so etwas haben sie nur gewartet«, sagte sie schließlich und wäre am liebsten schon wieder in Tränen ausgebrochen. »Sie waren von Anfang an gegen mich. Nur hatten sie bislang nichts gegen mich in der Hand. Da kam ihnen diese Sache nur zu gelegen.«

Ein älteres Paar nahm am Nachbartisch Platz und grüßte herüber. Franz kniff die Augen zusammen, seine Kurzsichtigkeit machte es ihm schwer, Menschen wiederzuerkennen. Rosalie raunte ihm den Namen zu und grüßte freundlich zurück.

»Mach dir keine Sorgen«, nahm er dann den Faden wieder auf und tätschelte ihr den Arm. Er wirkte wenig überzeugend. Dass er selbst sich erhebliche Sorgen machte, stand ihm ins Gesicht geschrieben.

»Was wirst du jetzt tun?«, fragte sie bang.

»Nichts«, antwortete Franz. »Ich werde mich selbstverständlich nicht von dir trennen. Und meinen Posten räume ich auch nicht. Die werden ganz schnell einknicken. Du wirst schon sehen.«

Der Kellner brachte ihre Suppen. Während sie aßen, überdachte Rosalie die Situation.

»Wie sind eigentlich die Firmenanteile unter euch Brüdern aufgeteilt?«, erkundigte sie sich vorsichtig.

Franz sah sie überrascht an. Dann schien er zu verstehen. Sie wollte wissen, wie stark seine Hausmacht tatsächlich war.

»Hans und Louis halten jeweils sechsundzwanzig Prozent der

Aktienanteile«, sagte er. »Rudolf, Hermann und ich je sechzehn Prozent.«

Rosalie sah ihn nachdenklich an. »Somit haben deine beiden älteren Brüder im Streitfall die Mehrheit«, sagte sie.

»Hans wird sich nie und nimmer für eine solche Räuberpistole hergeben«, versicherte ihr Franz, und seine hektischen Flecken im Gesicht traten noch deutlicher hervor.

»Wer war bei dieser Besprechung heute denn alles anwesend?«, erkundigte sich Rosalie. »Außer Louis auch Rudolf und Hermann?« Franz nickte.

»Nun, sogar ohne Hans bringen sie achtundfünfzig Prozent zusammen«, erklärte Rosalie. »Wenn sie dich wirklich abservieren wollen, brauchen sie deinen ältesten Bruder gar nicht.«

»Doch, sie brauchen ihn«, widersprach Franz. »Ohne seine Unterschrift kann mir nicht gekündigt werden, das ist so festgelegt worden. Und Entschlüsse des Aufsichtsrats müssen unter uns Brüdern einstimmig beschlossen werden. Sonst sind sie nicht gültig.«

»Hat denn der Aufsichtsrat überhaupt darüber zu bestimmen, wer Generaldirektor wird?«, fragte Rosalie zweifelnd nach.

Franz legte seinen Löffel klirrend ab. »Sie werden das nicht wagen«, sagte er. »Schon allein der Öffentlichkeit wegen. Ein solcher Skandal … Das fällt doch auf sie selbst zurück.«

»Trotzdem drohen sie damit«, wandte Rosalie ein.

Eine Weile war es still zwischen ihnen.

»Franz, ich muss dir auch etwas erzählen«, begann sie schließlich. »Emmi ist heute Morgen gestorben.«

»Emmi?«

»Unsere Köchin.«

»Sie ist gestorben?«

»Es war ein Schlaganfall. Wir haben sie sofort ins Krankenhaus ... aber es war zu spät.« Rosalie schluckte und rang um Fassung. Das alles war ein bisschen viel auf einmal. Sie nahm ein Taschentuch aus ihrer Handtasche und tupfte sich damit vorsichtig die Augen.

»Ach, die Arme«, sagte Franz und legte seine Hand auf ihre. »Wie furchtbar.«

»Und dann haben wir heute Nachmittag zu allem Überfluss Gäste«, seufzte Rosalie. »Du erinnerst dich? Grasset ist mit seiner Frau in Berlin. All unsere Freunde und Bekannten. Außerdem haben sich Louis und Fritz Ross samt Gattinnen angesagt.« Sie überlegte fieberhaft. Wenn sie es tatsächlich wagen sollten zu kommen, dachte sie zornig, dann werde ich ihnen mit einem Lächeln auf dem Gesicht eine Tasse Tee reichen. Die brauchen nicht zu glauben, dass sie mir Angst einjagen können.

»Wir sagen alles ab«, schlug Franz vor.

Rosalie schüttelte tapfer den Kopf. »Ich wünschte, wir könnten das«, sagte sie. »Aber angesichts der neuen Sachlage wäre das ein Fehler. Wie würde das denn aussehen? Sie würden es als ein Zeichen von Schwäche meinerseits werten. Womöglich sogar als ein Schuldeingeständnis.« Noch einmal schüttelte Rosalie heftig den Kopf. »Den Gefallen werden wir ihnen auf keinen Fall tun. Der Generaldirektor und seine Frau empfangen ihre Gäste, so als sei nichts gewesen.« Sie seufzte. »Von Emmi wissen die anderen ja nichts«, fügte sie traurig hinzu.

Franz betrachtete sie, und Bewunderung lag in seinem Blick. »Du bist eine großartige Frau«, sagte er. »Und so tapfer! Du hast recht. Dann sehen wir uns um fünf Uhr zu Hause.«

»Wenn du es ein bisschen eher einrichten könntest, wäre das sicher gut«, schlug Rosalie vor. »Wir wollen ihnen gefasst und in perfektem Aufzug entgegensehen. Hans wird deinen Nachmittagsanzug bereithalten, damit du dich gleich umziehen kannst.«

»Du denkst einfach an alles, Rosalie. Ich weiß überhaupt nicht, was ich ohne dich täte.« Er lehnte sich zurück und atmete tief durch. »Jetzt fühle ich mich schon viel besser. Und du, mach dir bloß keine Sorgen. Ich kümmere mich um alles.«

Daran hatte sie zwar keine Zweifel. Trotzdem fand sie, dass durchaus Grund zur Sorge bestand. Sie war zutiefst beunruhigt. Ein Tee-Empfang, der trotz eines Todesfalls stattfand, bedeutete noch lange keinen Sieg. Schließlich wusste sie noch nicht einmal, worin die Vorwürfe, die man gegen sie erhob, genau bestanden. Und welche Beweismittel die Gegnerseite zu haben glaubte. Sie hatte zwar nie für irgendeinen Geheimdienst gearbeitet, und doch war ihr klar, dass man Dokumente durchaus fälschen konnte, wenn einem viel an der Vernichtung eines Gegners gelegen war. Und offenbar hatte man beschlossen, sie aus der Familie Ullstein schon wieder zu vertreiben.

Aber warum?, fragte sie sich. Und warum erst jetzt? Sie waren gerade mal ein paar Wochen verheiratet. Wäre es nicht praktischer gewesen, man hätte ihre Hochzeit von vornherein verhindert? So wie der Ehevertrag gestaltet war, würde es das Unternehmen ein Vermögen kosten, sie loszuwerden.

Außer, man könnte ihr ein Verbrechen nachweisen, fuhr es ihr durch den Kopf. Und auf einmal wurde ihr bewusst, dass sie dringend juristischen Beistand brauchte.

Sie rief Paul Levi an, der zu ihrem Leidwesen nicht in seinem Büro war, und ließ ihm ausrichten, er möge bitte so schnell wie möglich zu ihr in die Ulmenallee kommen, es ginge um Leben und Tod. Dann telefonierte sie mit Vicki Baum und schilderte ihr in knappen Sätzen die Katastrophen dieses Tages.

»Die sind doch wahnsinnig«, war Vickis schockierter Kommentar, als sie ihr von den Spionagevorwürfen erzählte.

»Ja, das sind sie«, stimmte Rosalie ihr zu. »Trotzdem muss ich irgendwie diese Party über die Bühne kriegen. Und dafür benötige ich Hilfe. Ist dein famoses Blümchen bei dir?«

»Natürlich ist sie das«, antwortete Vicki Baum. »Brauchst du jemanden, der dir was schreibt?«

»Nein.« Und auf einmal war sich Rosalie gar nicht mehr so sicher, ob ihre Idee gut war oder nicht. »Eher zwei flotte junge Damen, die mir beim Service helfen. Tee und Sandwiches herumreichen und Platten mit Kuchen. Ohne Emmi steh ich völlig hilflos da. Und mein neues Hausmädchen ist noch immer ganz durch den Wind wegen heute Morgen. Ich dachte mir, vielleicht würde Fräulein Blume mit ein paar ihrer Freundinnen aushelfen können.«

»Warte«, hörte sie Vicki sagen. »Ich frag sie mal.«

Eine Stunde später stand Blümchen mit einem Mädchen vor der Tür, das aussah wie die jüngere Ausgabe von ihr selbst.

»Ich hab gehört, Sie brauchen Hilfe?« Die goldgrünen Augen des Tippfräuleins wirkten besorgt. »Unser herzliches Beileid zum Tod Ihrer Köchin«, sagte sie. »Was für ein Schreck! Das ist meine Schwester Gundula. Sie ist zwar erst fünfzehn …«

»Bald sechzehn«, warf Gundula ein.

»… jemand anderes konnte ich auf die Schnelle nicht auftreiben.«

»Danke, das ist fabelhaft«, sagte Rosalie und bat die beiden herein. Sie zeigte Blümchen und ihrer Schwester rasch die Küche und erklärte alles, was sie wissen mussten.

»Antoine wird Sie einweisen und Ihnen Schürzen und Häubchen geben«, schloss sie und rief nach dem Hausmädchen.

»Wir machen das schon«, beruhigte Lili sie und setzte Wasser für den Tee auf, begann Gläser auf Tabletts zu verteilen und wies

Gundi an, sie für alle Fälle rasch mit einem Küchentuch nachzupolieren.

»Ich bin ja auch noch da«, sagte Hans, der hinter Rosalie in die Küche gekommen war. »Der gnädige Herr ist übrigens bereits umgezogen«, sagte er.

»Dann sollte ich das jetzt wohl ebenfalls tun«, antwortete Rosalie und fuhr sich vorsichtig mit den Fingern durch ihr Haar. Wie gut, dass sie erst gestern noch beim Friseur gewesen war.

Es klingelte an der Tür. Hans meldete Paul Levi, und Rosalie eilte ins Foyer, um ihn zu begrüßen.

»Endlich«, sagte sie erleichtert. »Macht es dir etwas aus, mit hochzukommen, Paul? Ich muss mich dringend umziehen, die Gäste können jeden Moment eintreffen. Keine Sorge, ich hab einen Paravent«, setzte sie lächelnd hinzu.

»Ich folge dir auch ohne Paravent überallhin«, scherzte Paul und folgte ihr in ihr Ankleidezimmer. »Unglaublich!«, rief er angesichts der mit schwarzem Glas verkleideten Wände aus. »Hier sieht es ja aus wie in einem Banktresor!«

Nun musste Rosalie doch lachen. »Meine Mutter hat behauptet, es sähe aus wie ein Mausoleum«, gab sie zurück.

Während Antoine ihr hinter dem Sichtschutz in ihr Nachmittagskleid aus schwarzem Samt half, der am Ausschnitt und an den Ärmeln in Spitze überging, erzählte sie Paul alles, was sie von Franz erfahren hatte. Als sie hinter dem Paravent hervorkam, fand sie Pauls Gesicht in viele Sorgenfalten gelegt.

»Dir ist klar, dass allein der Vorwurf der Spionage ausreicht, dich nach Leipzig ins Reichsgerichtsgefängnis zu bringen?«

Rosalie erstarrte kurz. Sie war gerade dabei, sich das Armband mit den Brillanten umzulegen, das sie von ihrem Vater geschenkt bekommen hatte. Auf einmal fühlte es sich so kalt an wie Handschellen.

»Ins Reichsgerichtsgefängnis?«, fragte sie erschrocken. »Du meinst ... allein schon der Vorwurf würde genügen? Ohne Urteil? Es könnte an der Tür läuten, und jemand könnte kommen, um mich zu verhaften?«

»Theoretisch schon«, antwortete Paul Levi. Und schien bereits zu bereuen, dies überhaupt erwähnt zu haben.

Rosalie holte tief Luft und straffte sich. Dann steckte sie sich entschlossen den Ring mit den zwei Diamanten an den Finger, den sie in Paris von Georges Fouquet hatte fassen lassen. Ihm war es gelungen, die beiden makellosen Steine zu einer grafischen Komposition auf einem sogenannten flachen Schild oder einer *plaque*, wie man in Frankreich sagte, zu vereinen, einem länglichen Rechteck, das ihre langen schmalen Finger betonte. Als Metall hatte er nicht etwa Weißgold verwendet, sondern Platin, was noch kostbarer war, und um die beiden zentralen Diamanten waren vierundzwanzig weitere kleine Brillanten in einem geometrischen Muster gruppiert. Es war ein *Toi-et-moi*-Ring, wie ihre Mutter es angeregt hatte, ein Ring der Liebe und der Einigkeit, und er würde ihr Glück bringen. Wenigstens hoffte sie es. Denn Glück, so fand sie, hatte sie bitter nötig.

In diesem Moment läutete es tatsächlich, und Rosalie fuhr zusammen. Gänsehaut lief ihr über den Rücken.

»Das werden deine Gäste sein, Rosalie«, beruhigte Paul Levi sie. »Übrigens, du siehst mal wieder fabelhaft aus.«

Später würde Rosalie nicht mehr sagen können, wie sie es fertigbrachte, an Franz' Seite die formvollendete Gastgeberin zu spielen. Zum Glück hatten Louis Ullstein und Fritz Ross samt Ehefrauen im letzten Moment abgesagt, und Franz nannte sie verächtlich Feiglinge.

»Na, wie machen sich unsere beiden Blümchen?«

Es war natürlich Vicki in Begleitung ihres Mannes, die dem Hausmädchen gerade ihren Pelzmantel überließ und gleich nach ihrem Tippfräulein und deren Schwester Ausschau hielt.

»Ausgezeichnet«, antwortete Rosalie und begrüßte Richard »Hans« Lert aufs Herzlichste. »Ich bin dir so dankbar, Vicki. Wenigstens darum brauche ich mir keine Sorgen zu machen.«

Der Salon füllte sich. Rosalie stellte Vicki und ihren Gatten verschiedenen Leuten vor und ging dann, um Staatssekretär Weismann zu begrüßen. Franz hatte auch Kobra eingeladen, doch zu Rosalies Erleichterung befand er sich gerade dienstlich im Ausland.

Es war die Crème de la Crème des Berliner kulturellen Lebens, die es sich an diesem Nachmittag nicht nehmen ließ, die neue Villa des großen Dr. Franz Ullstein und seiner jungen Frau in Augenschein zu nehmen. Aus dem Verlagshaus waren zahlreiche leitende Mitarbeiter gekommen, und Rosalie beobachtete Emil Herz, wie er nachdenklich Lili Blume betrachtete, so als erinnerte sie ihn an jemanden, und er käme nicht darauf, an wen. Es war Vicki Baum, die seine Aufmerksamkeit von ihrem Tippfräulein ablenkte und ihn in ein Gespräch über den Erfolg ihres Romans *Menschen im Hotel* und die von ihr selbst verfasste Bühnenfassung verwickelte, die demnächst im Theater am Nollendorfplatz Premiere haben würde. Rosalie hatte es nicht versäumt, den jungen Regisseur einzuladen, der das Stück gerade einstudierte, Gustaf Gründgens war sein Name, und Rosalie fand ihn nicht nur äußerst gut aussehend, sondern auch als Künstler vielversprechend. Der Vorabdruck des Romans in Fortsetzungen hatte die Auflagenhöhe der *BIZ* auf ein neues Rekordhoch katapultiert und war in aller Munde.

Rosalie bemerkte, dass einer von Weismanns Mitarbeitern ganz allein und verloren dastand, und sorgte umgehend dafür, dass er sich der Gruppe um Vicki Baum anschloss und in das lebhafte Gespräch miteinbezogen wurde. Grasset saß bei Franz, und Rosalie fiel zu ihrem Erstaunen auf, dass Lili Blumes kleine Schwester Gundula Madame Grasset in perfektem Französisch erklärte, was es zu trinken gab. Alles schien für den Moment in bester Ordnung, und auch daran, dass es andauernd läutete, weil noch immer Gäste eintrafen, hatte Rosalie sich inzwischen gewöhnt und zuckte nicht mehr jedes Mal zusammen. Doch als Hans zu ihr trat und ihr leise mitteilte, dass zwei Polizisten gekommen seien und sie zu sprechen wünschten, erschrak sie bis ins Mark.

»Ich komme mit«, hörte sie die Stimme von Paul Levi, der wie aufs Stichwort neben ihr aufgetaucht war. »Und am besten überlässt du mir das Sprechen.«

»Kommst du auch mit mir ins Gefängnis?«, fragte sie ihn leise, als sie in den Flur traten, wo die Ordnungshüter auf sie warteten, sodass Paul keine Gelegenheit hatte zu antworten.

»Sind Sie Frau Ullstein?«, fragte einer der Polizisten, der seine Dienstmütze höflich in der Hand hielt.

Rosalie nickte matt.

»Ich habe Ihnen die Mitteilung zu machen«, fuhr der Mann mit Grabesstimme fort, sodass Rosalie schon das Schlimmste befürchtete, »dass der Leichnam Ihrer Köchin von der Polizei freigegeben wurde und Sie nun über ihn verfügen können.«

Rosalie starrte den Mann fassungslos an, dann fühlte sie, wie ein hysterisches Lachen in ihr aufsteigen wollte. Was natürlich vollkommen unangebracht gewesen wäre.

»Danke«, sagte Paul Levi an ihrer Stelle, als er sah, wie sie um Selbstbeherrschung rang. »Es ist sehr freundlich, dass Sie deshalb hergekommen sind. Wir werden uns darum kümmern.«

»Das hat mir wirklich noch gefehlt«, raunte sie Paul Levi zu, als Hans die Polizisten zur Tür geleitete. »Die arme Emmi ...«

»Ich hatte keine Ahnung, dass deine Köchin gestorben ist«, gab der Anwalt zurück. »Du Ärmste. Dir bleibt heute wirklich nichts erspart. Und der Tag ist noch nicht zu Ende.«

»Warte bitte eine Sekunde«, bat Rosalie, als er schon die Tür zum Salon öffnen wollte. »Ich möchte dich noch etwas fragen.« Sie schluckte. Wie sollte sie die Sache vorbringen, ohne Paul, mit dem sie schon so lange befreundet war, zu verletzen? »Würdest du es mir sehr übel nehmen«, begann sie, »wenn ich dich bitten würde, zu meiner Verteidigung auch deinen Kollegen Max Alsberg heranzuziehen?«

Alsberg war der erfolgreichste Strafverteidiger im ganzen Reich. Von den Staatsanwälten gefürchtet, hatte er in den vergangenen zehn Jahren noch jeden Fall für seinen Mandanten gewonnen. Rosalie hatte das Gefühl, nicht zögern zu dürfen. Denn wenn erst die Ullstein-Brüder diesen fabelhaften Mann auf ihre Seite brächten, hätte sie so gut wie keine Chance.

»Natürlich nicht, ich schätze Alsberg außerordentlich«, antwortete Paul Levi überrascht. »Aber ist das nicht ein bisschen voreilig? Es ist noch überhaupt nicht sicher, ob die Ullsteins tatsächlich gegen dich vor Gericht ziehen werden. In meinen Ohren klingt das Ganze mächtig nach Säbelrasseln.«

»Sie haben Franz mit dem Rauswurf gedroht«, sagte Rosalie sorgenvoll. »Ich finde, wir sollten uns Alsberg sichern, bevor die anderen es tun.« Sie zögerte kurz. »Außerdem überlege ich, ob nicht ich sie verklagen sollte. Immerhin ist das, was sie tun, rufschädigend.«

Paul Levi legte die Stirn in Falten. Schließlich nickte er. »Dann ruf Alsberg an und richte ihm schöne Grüße von mir aus. Ich würde es begrüßen, mit ihm zusammenzuarbeiten.«

Das tat Rosalie. Von dem Apparat in ihrem Schlafzimmer ließ sie sich mit Alsbergs Büro verbinden und bekam ihn tatsächlich selbst ans Telefon. Auch er fand ihre Anfrage unter den geschilderten Umständen ein wenig übereilt. Als er allerdings hörte, dass Paul Levi sie vertreten würde, versprach er ihr, sich keinesfalls von der Gegenseite verpflichten zu lassen, sondern im Ernstfall auf ihrer Seite zu stehen.

Noch war der Tag nicht zu Ende, hatte Paul gesagt, und er sollte recht behalten. Die letzten Gäste hatten sich endlich verabschiedet. Rosalie bedankte sich gerade bei Lili und ihrer Schwester und entlohnte sie großzügig, als das Telefon läutete.

»Dr. Louis Ullstein ist am Apparat«, sagte Hans. »Er lässt fragen, ob er in einer Stunde zu einem Gespräch mit Ihnen vorbeikommen kann.«

»Louis?«, fragte sie perplex. Es war neun Uhr abends. »Und Sie sind sicher, dass er nicht meinen Mann sprechen will?«

»Absolut sicher«, antwortete Hans. »Er hat es ausdrücklich gesagt.«

»Sie bekommen kalte Füße«, sagte Franz, als sie ihn um seine Meinung dazu bat. »Wenn du dich danach fühlst, dann sprich ruhig mit ihm.«

»Und du?«, fragte sie.

»Mich will er ja nicht sehen.«

Also sagte sie zu. Manchmal, so dachte sie, geschehen entscheidende Dinge an einem einzigen Tag. Hoffnung stieg in ihr auf. Wenn sie sich mit Louis Ullstein an diesem Abend noch einigen konnte, dann wäre es die Anstrengung wert.

Punkt zehn fuhr die Limousine vor, und wenig später stand Louis vor der Tür. Hans ließ ihn ein und geleitete ihn zu Rosalie, und da ihr Schwager das Haus noch nie von innen gesehen hatte, führte sie ihn zunächst herum, als wäre er ein fremder Gast, und genauso verhielt er sich auch mit seinem jovialen, wie eingemeißelt wirkenden Lächeln und seinen so liebenswürdigen und gleichzeitig nichtssagenden Kommentaren. Er lobte die Aufteilung der Räume und die Einrichtung, erkundigte sich nach dem Architekten, und als Rosalie ihn in den ersten Stock in ihren Salon führte, ließ er sich auf ihrem Sofa nieder.

»Wie schade«, sagte Rosalie freundlich und mit ehrlichem Bedauern, als sie nicht mehr länger um den heißen Brei herumreden wollte, »dass der Grund deines Besuchs nicht die Einrichtung unserer Villa ist, Louis.«

Er tat erst so, als verstünde er nicht, was sie meinte. »Ach, du sprichst von dieser leidigen Sache?« Er winkte ab. »Mich regt das alles viel zu sehr auf.« Louis seufzte theatralisch und schlug ein Bein über das andere. Alles in allem war er ein schlechter Schauspieler. Ein noch schlechterer als sein Sohn Heinz.

»Nur keine Scheu«, ermutigte Rosalie ihn. Und als er noch immer nicht reagierte, beschloss sie, den Stier bei den Hörnern zu packen. »Ich nehme an, du bist gekommen, um mir die Unterlagen zu zeigen, aufgrund derer ihr mir vorwerft, als Spionin tätig gewesen zu sein.«

»Unterlagen?«, fragte Louis Ullstein und tat überrascht. »Was für Unterlagen? Ach, du meinst diese Dokumente in Paris? Mit denen hab ich mich nicht abgegeben. Ross und Pollmann haben sie eingesehen. Um so etwas kümmere ich mich doch nicht …«

Da konnte Rosalie nicht mehr länger an sich halten. »Das solltest du aber«, unterbrach sie ihn scharf. »Eure Vorwürfe sind schwerwiegend, Louis. Sie könnten mich ins Gefängnis bringen, und das weißt du auch. Es liegt in deiner Verantwortung, mir eure angeblichen Beweise vorzulegen, damit ich sie prüfen kann. Das ist es, worüber du und ich uns unterhalten sollten.«

»Es gibt durchaus noch anderes, worüber du und ich uns unterhalten sollten«, entgegnete er, und seine Jovialität war wie weggeblasen. »Seit du in unsere Familie eingedrungen bist, mischst du dich unentwegt ein. Und seit du dich einmischst, gibt es Unruhe in der Kochstraße. Und das ist unerhört. Nie zuvor hat eine Frau Ullstein solche Unruhe in den Betrieb gebracht wie du.«

»Das ist eine Behauptung ohne jede Grundlage«, gab Rosalie zurück. »Ich hab mich nie in eure Geschäfte eingemischt. Vielleicht hab ich hier und da eine gute Idee eingestreut, was in einem Medienhaus selbstverständlich sein und dankbar aufgegriffen werden sollte. Was hat diese sogenannte Unruhe mit meiner angeblichen Spionagetätigkeit zu tun?«

»Franz gibt uns Grund zur Sorge«, antwortete Louis und wirkte, als wollte er das Thema Spionage weiträumig umgehen. »Wir erkennen ihn nicht wieder, seit er mit dir zusammen ist. Er war immer schon schwierig. Seit er mit dir zusammen ist, ist er unerträglich geworden. Wenn er den Mund auftut, hören wir dich sprechen. Nicht ihn.« Louis stand auf und ging unruhig im Salon auf und ab. »Georg Bernhard war Franz' Freund, sein einziger übrigens. Weißt du, was er neulich zu mir sagte?« Er blieb vor Rosalie stehen und starrte sie vorwurfsvoll an. »›Meine Frau ist ziemlich klug. Aber ich habe ihr nie erlaubt, mir in meine Leitartikel reinzureden.‹«

»Ah, Georg Bernhard«, machte Rosalie. »Sehr interessant, ihn über seine Frau sprechen zu hören. Ich dachte schon, er hat gar keine mehr, so wie er mir nachgestellt hat.«

»Siehst du«, rief Louis aus. »Das ist es ja. Du bringst die vernünftigsten Männer aus dem Gleichgewicht. Dabei geht es hier ja gar nicht um Georg Bernhard, Rosalie. Es geht um dich. Du bist untragbar für den Verlag geworden. Untragbar als Franz' Ehefrau. Und erst recht wirst du untragbar sein als seine Witwe. Wir können den Junioren nicht zumuten, sich mit dir herumzuschlagen, wenn wir Brüder einmal nicht mehr sein werden. Ich habe den Ehevertrag gesehen, Rosalie. Du wirst reicher sein als unsere Erben. Und du bist jünger. Du wirst sie alle überleben. Eines Tages wirst du so viel Macht im Unternehmen besitzen, dass du sie alle in die Tasche steckst. Und genau das können wir nicht dulden, unseren Kindern und Enkeln zuliebe geht das einfach nicht.«

Louis hielt erschrocken inne, doch es war heraus. Es ging dieser Familie nicht darum, ob sie womöglich als Spionin gearbeitet hatte oder nicht. Alles, was sie wollte, war, sie loszuwerden.

Sie haben Angst vor mir, dachte Rosalie traurig.

»Sag mir eines«, sagte Louis plötzlich und ließ sich wieder auf das Sofa fallen. »Aus welchen Gründen hast du Franz wirklich geheiratet?«

»Aus dem einfachsten Grund der Welt«, antwortete Rosalie. »Und gerade weil er so einfach ist, wirst du mit ihm nichts anfangen können. Ich habe Franz aus Liebe geheiratet.« Falls du weißt, was das ist, fügte sie in Gedanken hinzu und beobachtete, wie es im Gesicht ihres Gegners arbeitete.

»Wenn du ihn wirklich liebst, dann verlasse ihn«, erklärte er kalt.

»Wie bitte?«, fragte sie perplex zurück.

»Willige in die Scheidung ein, und wir lassen dich in Ruhe. Du wärst wieder frei«, versuchte dieser Mann sie zu verlocken, »wir würden gut für dich sorgen und …«

»Ich bin nicht käuflich, Louis«, sagte Rosalie kühl.

»Es ist die einzige Lösung, Rosalie.«

»Nein, ist es nicht. Wenn du dich wie der Ehrenmann verhalten würdest, der du eigentlich bist, dann würdest du diese schäbige Sache aus der Welt schaffen. Würdest nach Hause gehen und deinen Brüdern sagen, dass das Ullstein-Imperium mich durchaus überleben kann. Wenn du dich wie ein Ehrenmann benehmen würdest, für den dich die ganze Welt, mich eingeschlossen, hält, dann würdest du dich hinter deinen Bruder Franz stellen statt gegen ihn. Denn ich garantiere dir eines: Der Skandal, den ihr gerade anzettelt, wird dem Unternehmen Ullstein mehr schaden, als ich es jemals könnte. Denk darüber nach. Und jetzt entschuldige mich bitte. Ich bin müde.«

Rosalie erhob sich, und Louis, der bei ihren Worten hochrot angelaufen war, stand ebenfalls auf. Ohne weitere Worte begleitete sie ihren Schwager hinunter ins Foyer. Dort trafen sie Franz.

»Nun?«, fragte er und blinzelte durch seinen Kneifer. »Habt ihr euch geeinigt?«

»Leider nein«, antwortete sie bedauernd. »Dein Bruder ist der Meinung, ich sollte mich von dir scheiden lassen«, berichtete Rosalie betont sachlich.

»Was erlaubst du dir ...«, fuhr Franz seinen Bruder an.

»Franz, bitte«, versuchte Rosalie ihn zu beruhigen.

»Ist schon gut, Rosalie«, sagte Louis und musterte sie aus schmalen Augen. »Jedenfalls weiß ich jetzt, dass du genauso unbeugsam und hart bist wie die Diamanten an deinem Finger.«

Sie haben keine Manieren, diese Brüder, dachte Rosalie und öffnete ihrem Schwager die Haustür.

»Leb wohl, Louis«, sagte sie und sah zu, wie seine massige Gestalt in die Limousine zu seinem Fahrer stieg. Keinerlei Manieren.

25

»Haste schon gehört?« Mäcki zündete sich eine Zigarette an, was Emil im Fotolabor ums Verrecken nicht leiden konnte. »Da oben gibt's eine Palastrevolution. Täte mich nicht wundern, wenn demnächst ein paar Köpfe rollen würden.«

»So?«, gab Emil wenig interessiert zurück und bewegte seinen letzten Abzug im Chemiebad hin und her. Er hatte Lili als Lola Monti fotografiert, und langsam zeigten sich ihre Züge im Entwickler und gewannen immer mehr an Kontur.

»Oder besser gesagt einer«, fuhr Mäcki fort und nahm einen tiefen Zug. »Und zwar der vom Kaiser höchstpersönlich.«

Natürlich wusste Emil genau, wovon sein Kollege sprach. Die Zeitungen waren voll von reißerischen Berichten, in denen Rosalie Ullstein die unglaublichsten Vorwürfe gemacht wurden. Während sie in Berlin und Paris ein ausschweifendes Leben führe, so hieß es, und innerhalb des Verlags skrupellos intrigiere, sei sie außerdem eine Spionin, wahlweise im Dienste Frankreichs, Deutschlands, Englands und Russlands. Emil platzte fast der Kragen, wenn er an diese üblen Verleumdungen dachte. Aber Mäcki gegenüber würde er darüber ganz bestimmt kein Wort verlieren.

»Wir haben keinen Kaiser mehr«, brummte er und beugte sich vor, um das Ergebnis seiner Arbeit besser begutachten zu können.

Mäcki lachte. »Na, du bist mir ja ein komischer Vogel«, spottete er. »Pass auf. Gleich hängste mit der Nase in der Brühe. An was bosselst du denn da überhaupt rum?«

»Nichts Besonderes«, gab Emil zurück. Aus dem Entwicklungsbad lachte ihm seine Lili entgegen, auch wenn sie ganz fremd aussah in dem feinen Kostüm und mit dem eleganten Hut. »Mal wieder 'ne Schriftstellerin für die Werbeabteilung.«

»Auf die haste dich spezialisiert, wa?« Mäcki trat neugierig näher, und Emil nahm die Aufnahme heraus, hängte sie mit der Rückseite nach vorne auf. Fehlte noch, dass ausgerechnet Mäcki Lola Monti enttarnte! »Na, so scharf wie die hier isse ganz bestimmt nicht«, spottete Mäcki und wies auf die Nacktaufnahme eines jungen Mädchens an der Wand über seinem Arbeitsplatz, das neueste der Bilder, die er Woche für Woche übereinander nagelte und aus denen er, wie er sagte, irgendwann einen Kalender machen würde.

»Also, welcher Kaiser wird nun geköpft?«, fragte Emil, einzig und allein, um seinen lästigen Kollegen abzulenken.

»Der Generalissimo«, gab Mäcki verschwörerisch zurück. »Und seine Holde.«

»Wer?«

»Mensch«, stöhnte Mäcki, drückte seine Zigarette aus und verwahrte den Rest in seiner Brusttasche. »Du bist so was von schwer von Begriff. Dr. Franz, der Generaldirektor. Seine Frau soll für die Froschfresser spioniert haben.«

»Was für ein Blödsinn«, entfuhr es Emil. »Wer hat dir denn so 'nen Quatsch erzählt?«

»Der Salomon«, gab Mäcki verärgert zurück. »Und der hat's von Szafranski. Musste denen aber nicht gleich stecken, dass ich's dir erzählt hab.«

»Weil's garantiert nicht stimmt«, fuhr Emil ihn an.

Er wusste nicht, was er von dem Gerede halten sollte. Er

mochte Frau Gräfenberg, wie er sie in Gedanken immer noch nannte, auch wenn sie inzwischen den Generaldirektor geheiratet hatte und jetzt Ullstein hieß, wie alle anderen hohen Tiere in diesem Haus. Die Frau war schwer in Ordnung, sie hatte ihm aus der Patsche geholfen, als er nicht mehr weiterwusste, damals, als sie Vicki Baum dazu überredet hatte, sich von ihm fotografieren zu lassen. Und dass Dr. Franz Ullstein darauf bestanden hatte, ihm eine Anstellung zu geben, obwohl sein Bruder Hermann wegen der Fotos so sauer auf ihn war, das würde er ihm ebenfalls nie vergessen. Deshalb hoffte er, dass Mäcki wirklich nur dummes Zeug daherredete, und wenn er es sich recht überlegte, konnte es gar nicht anders sein. Frau Gräfenberg eine Spionin – das war doch Stoff, aus dem Romane waren, und konnte in der Realität niemals wahr sein.

»Wirst es schon sehen«, machte Mäcki beleidigt. »Bald werden sich hier die Dinge von Grund auf ändern. Woll'n wir wetten?«

»Ich wette nicht«, gab Emil schlecht gelaunt zurück.

»Mann, Emil!« Mäcki lachte höhnisch auf. »Dich lässt wohl deine Süße nicht mehr ran, wa? Biste deshalb so miesepetrig? Ihr seid schon eine ganze Weile nicht mehr bei der ollen Kamuschke gewesen, det hat sie mir neulich erzählt.«

Emil biss die Zähne zusammen, nahm die inzwischen trockenen Aufnahmen, die er von der Straßenschlacht zwischen Linken und Sturmtruppen der Rechten am Vormittag in Friedrichshain gemacht hatte, und verließ das Labor. Dieser Kerl war die Pest. In einem hatte er leider recht: Seit einiger Zeit verhielt Lili sich wirklich seltsam. Nie hatte sie Zeit für ihn, ständig hing sie mit dem langen Kerl aus dem Lektorat zusammen, angeblich arbeiteten sie gemeinsam an ihrem Roman. Wenn Emil das schon hörte. Dabei war das Buch längst fertig und verkauft. Die Ullsteins hätten ja wohl kaum so viel Geld auf den Tisch gelegt, wenn es daran noch so viel zu feilen gäbe. Hoffentlich stieg seinem Mädchen dieses Lola-Monti-Getue nicht zu Kopf. Das war es, wovor er sich am meisten fürchtete. Und davor, dieser lange Lulatsch von einem Lektor könnte ihr am Ende besser gefallen als er ...

Wir müssen endlich heiraten, dachte er, während er die Abzüge in die Repro brachte. So geht das nicht mehr weiter. Und immer, wenn er an diesem Punkt angelangt war, drehte sich alles wieder im Kreis. Keine Wohnung, keine Heirat. Es war zum Mäusemelken.

»Ach, der Herr Friesicke«, schmachtete ihn die Kleine mit dem hellblonden Bubikopf aus der Telefonzentrale an, die ihm seit einiger Zeit schöne Augen machte. »Wann fragen Sie mich endlich, ob ich mit Ihnen mal ins Kintopp will?«

»Das weiß ich selbst nicht, Fräulein ...«

»Sagen Sie bloß, Sie haben schon wieder meinen Namen vergessen?« Das Mädchen wirkte ehrlich verletzt. »Ich sag es Ihnen heut zum letzten Mal«, schmollte es. »Ich heiße Hanni Moll. Hanni wie Hannelore. Und am liebsten seh ich Liebesfilme.« Sie zwinkerte ihm aus himmelblauen Augen zu, formte einen Kussmund, und da Emil keine Ahnung hatte, was er darauf sagen sollte, murmelte er etwas Unverständliches und ließ das Mädchen einfach stehen.

Auch in der Setzerei steckten die Leute die Köpfe zusammen und fuhren auseinander, sobald die Tür aufging. Irgendetwas ging im Hause vor sich, und Emil konnte nur hoffen, dass Mäcki nicht recht behielt. Jetzt war es wieder mucksmäuschenstill, und nur das feine klickernde Geräusch von unzähligen winzigen Bleilettern, die von flinken Händen aneinandergereiht wurden, erfüllte den Raum.

Als er zum Tisch des Metteurs kam, fiel sein Blick auf ein Porträtfoto und blieb daran hängen. Dieses Gesicht hatte er schon am

Vormittag auf den Transparenten der Demonstranten gesehen, bevor das Ganze eskaliert war. Es gehörte dem Anführer des Nazi-Schlägertrupps, der damals am Holzmarkt die Sozialisten vermöbelt hatte.

»Der ist gestern Nacht gestorben«, sagte Herbert Büttner und tippte mit dem Finger auf das Foto. »Horst Wessel. SA-Sturm 5, eine ganz üble Truppe. Die haben ganz Friedrichshain terrorisiert. Im Januar hat ihm ein Kommunist in den Kopf geschossen.« Er blickte auf und nahm seine Nickelbrille ab, um mit einem Taschentuch ihre Gläser zu polieren. »Und, was bringst du mir Schönes?«

»Kein Wunder, dass es dort heute Morgen so hoch herging«, sagte er mehr zu sich selbst. Er reichte Büttner seine Fotografien und wartete geduldig, bis der Metteur seine Brille wieder aufgesetzt hatte.

»Sehr schön, damit krieg ich die Bleiwüste hier unten weg«, erklärte Büttner zufrieden und montierte ein paar Zeilen eines Artikels um, sodass eine der Fotografien die Seite abrundete. Dann sah er sich das Bild genauer an. »Puh, ganz schön heftig«, sagte er, als er das Kampfgetümmel erkannte. »Gute Arbeit, Emil! Sieht aus, als wärst du mittenmang dabei gewesen. Na ja«, setzte er nachdenklich hinzu. »Im Grunde sind wir das ja alle. Wir stehen mittendrin und tun so, als sei nichts. Hoffentlich fliegt uns dieser braune Mist nicht irgendwann um die Ohren.«

Statt direkt zurück in die Fotoabteilung ging Emil, wie magisch angezogen, zu Vicki Baums Büro. Vielleicht hatte er Glück, und die Schriftstellerin war gerade bei einer Besprechung, er sehnte sich danach, ein paar Worte mit Lili zu wechseln, um seine innere Unruhe loszuwerden. Doch als er wie zufällig an dem Büro vorbeiging und einen Blick durch die Glastür warf, fand er es leer.

»Suchen Sie Ihre Verlobte?«, hörte er Frau Baums Stimme hinter sich und schreckte zusammen. Lilis Chefin hatte ein paar Unterlagen unter dem Arm und drängte sich an ihm vorbei in ihr Büro. »Ich hab sie zum Arzt geschickt«, fuhr sie fort. »Offenbar hat sie sich schlimm den Magen verdorben. Sie hat sich übergeben müssen.« Vicki Baum warf ihm einen kurzen prüfenden Blick zu, so als wollte sie noch etwas hinzufügen, tat es dann aber nicht. Wohin er an diesem Tag auch kam, überall hörte er nur Andeutungen, und das machte Emil ganz nervös.

»Zu welchem Arzt ist sie denn gegangen?«, fragte er.

»Keine Ahnung«, antwortete Vicki Baum. Sie hatte bereits an Lilis Schreibtisch Platz genommen und begann nun, selbst an der Schreibmaschine zu tippen. »Sie sagte, sie wüsste schon, wohin sie geht.«

Verwirrt murmelte Emil ein »Dankeschön« und »Auf Wiedersehen« und zog sich zurück. Lili war die Gesundheit in Person. Solange er sie kannte, und das war schon seit ihrer Kindheit, hatte sie nie einen Arzt gebraucht. Deshalb hatte er jetzt auch keine Ahnung, wo sie stecken könnte. Brauchte sie seine Hilfe? Warum hatte sie ihm nicht kurz Bescheid gesagt, ehe sie gegangen war? Ratlos machte er sich auf den Weg zurück in seine Abteilung, vorbei an all den gläsernen Büros, von denen die meisten von blauem Dunst erfüllt waren, in dessen Schwaden Menschen offenbar wichtige Dinge taten und auf Emil wirkten wie Fische in ihren Aquarien. Er wurde von einem besonders eifrigen Laufburschen beinahe umgerannt, ein Fräulein auf hohen Absätzen trippelte in ihrem engen Rock eilig an ihm vorüber, ihren Stenografieblock fest an ihre Brust gepresst. Kurz erwog Emil, sich in die Direktorenetage hochzuwagen, zu sehr beschäftigte ihn Mäckis dummes Gerede, doch er rief sich zur Ordnung und kehrte zurück an seinen Arbeitsplatz.

Ein Herr stand in dem kleinen Besprechungsraum, von dem die Labore abgingen, Emil kannte ihn nur vom Sehen. Er unterhielt sich mit Mäcki, der die Schultern noch mehr als sonst hochgezogen hatte und unterwürfig den Kopf gesenkt hielt.

»Möglich ist das schon«, sagte dieser gerade und bemühte sich offenbar, nicht in seinen ansonsten unvermeidlichen Dialekt zu verfallen. »Aber nicht einfach. Kommt auf die Fotos an.« Er hielt kurz inne, als er Emil bemerkte. »Bringen Sie das Material einfach mal mit, Herr Dr. Pollmann. Dann schau ich's mir an. Oder besser, ich komm mal hoch zu Ihnen. Das ist übrigens mein Kollege Emil Friesicke.«

Pollmann fuhr herum und starrte Emil vorwurfsvoll an, so als hätte er kein Recht, hier einfach einzudringen.

»Geht in Ordnung«, sagte er zu Mäcki und verabschiedete sich.

»Wer war denn das?«, wollte Emil wissen.

»Ach, nur so einer aus der Führungsetage«, sagte Mäcki, schnappte sich seine Kamera und griff nach seiner Jacke.

»Und was wollte der?«

»Was eher Privates.« Mäcki tippte sich mit zwei Fingern kurz an den Mützenrand, grinste Emil schräg an und verschwand.

An diesem Nachmittag tat Emil etwas, was er sich sonst nie erlaubte – er gab an, einen Fototermin außer Hauses zu haben, und ging stattdessen in die Wassertorstraße zu den Blumes. Er war so voller Sorge, dass er ohnehin nichts anderes zuwege gebracht hätte, sagte er sich, als er die wohlbekannten Treppen hinauflief, zwei Stufen auf einmal nehmend, tief den wohlvertrauten Geruch nach Bohnerwachs und Steckrübeneintopf einatmete und schließlich an der Wohnungstür klingelte.

Hedwig Blume öffnete die Tür und sah ihn erschrocken an.

»Ist was passiert?«, fragte sie und bat ihn herein.

»Ist Lili nicht da?«, fragte er zurück.

»Nein, natürlich nicht«, antwortete ihre Mutter. »Um diese Zeit ist sie bei der Arbeit.« Emil sah, wie sie erbleichte. »Oder etwa nicht?«

Emil schüttelte den Kopf. »Frau Baum sagt, ihr sei schlecht geworden«, berichtete er. »Deshalb hat man sie zum Arzt geschickt.«

Diese Information schien Hedwig Blume nicht zu überraschen. Stattdessen war es, als zöge ein Schatten über ihr Gesicht.

»Zu welchem Arzt denn?«

»Das wusste Frau Baum nicht.« Auf einmal bekam Emil es mit der Angst zu tun.

»Jetzt setz dich erst mal hin«, versuchte Hedwig Blume ihn zu beruhigen und wirkte selbst ausgesprochen nervös. »Willst du einen Kaffee? Ich hab allerdings nur Muckefuck.«

Emil setzte sich aufs Küchensofa. Unruhig, wie er war, sprang er kurz danach wieder auf und ging ans Fenster. »Ich dachte, sie sei hier«, murmelte er.

Und jetzt hatte er auch noch Frau Blume erschreckt. Wo konnte Lili stecken? Und auf einmal kam ihm ein schrecklicher Verdacht. »Vielleicht sollte ich in diesem Künstlercafé nachschauen gehen«, sagte er finster. Erst am vergangenen Samstag hatte sich Lili nach der Arbeit mit diesem Lektor dort getroffen. Im *Romanischen Café*. Dort trieb sich allerhand Gesindel herum, das sich Künstler nannte und doch so arm war, dass es sich den ganzen Nachmittag an einem Glas Wasser festhielt. Jedenfalls hatte Mäcki das erzählt.

»Emil«, hörte er Lilis Mutter durch das Brausen in seinen Ohren, das sich immer einstellte, wenn er wütend wurde, »komm, setz dich zu mir.« Widerstrebend riss er sich vom Fensterbrett los und ließ sich auf einen der Küchenstühle fallen. »Du und Lili, ihr müsst mal dringend miteinander sprechen.« Hedwig Blume wirkte ernst. So ernst, wie Emil sie noch nie gesehen hatte. Die Faust, die sein Herz seit ein paar Tagen umklammert hielt, drückte noch fester zu.

»Was meinen Sie denn damit?«, wollte Emil wissen.

»Das, was ich sage«, erklärte Lilis Mutter, und ihre Miene machte deutlich, dass sie nicht gewillt war, mehr preiszugeben. »Sprich mit ihr. Da ist etwas, was ihr miteinander klären müsst.«

»Was denn?«

Hedwig Blume schüttelte leicht den Kopf. »Es steht mir nicht zu, Lili vorzugreifen«, sagte sie. »Das verstehst du doch.«

Nein, er verstand überhaupt nichts mehr. Diese Andeutungen, halbe Informationen – das alles war ihm ein Graus. Er kannte Lilis Mutter gut genug, um zu wissen, dass jetzt nicht mehr aus ihr herauszukriegen war. Hedwig Blume hatte ihre Prinzipien. Und normalerweise mochte er genau das an ihr so gern. Nur nicht heute. Denn er hatte das sichere Gefühl, dass es keine gute Nachricht war, die Lili ihm mitteilen wollte. Die Sorge, die er seit ein paar Tagen mit sich herumtrug, sie könnte sich von ihm trennen wollen, schien sich in dem besorgten Ausdruck in den Augen ihrer Mutter zu bestätigen.

Ohne von seinem Ersatzkaffee auch nur einen Schluck genommen zu haben, sprang er auf und konnte gerade noch den Stuhl auffangen, sonst wäre er hinter ihm zu Boden gepoltert.

»Dann werde ich sie mal suchen gehen.« Seine Stimme klang ihm selbst fremd. »Damit sie mir sagen kann, was los ist.«

Auf der Straße hielt er inne und fuhr sich mit beiden Händen durchs Haar. Nein, er würde sich nicht lächerlich machen und im *Romanischen Café* nach ihr suchen. Ohnehin wäre sie dann Lola Monti und würde so tun, als seien sie sich nie begegnet. Wie weh ihm dies das eine Mal getan hatte, wo das schon der Fall gewesen war, wurde ihm erst jetzt bewusst.

»Ich bin ihr wohl nicht mehr gut genug«, murmelte er vor sich hin. Lola Monti und Emil Friesicke – wie sollte das denn zusammenpassen?

Wut erfasste ihn. Sein Stolz bäumte sich auf. Na gut, dachte er und ballte die Fäuste. Dann eben nicht. Andere Mütter haben auch schöne Töchter, da brauchte er sich ja nur umzusehen. Der Verlag war voller hübscher Frauen, die einem Fotojournalisten wie ihm tagtäglich schöne Augen machten. So wie diese Hanni aus der Telefonzentrale. Nur dass er bislang viel zu blöd gewesen war, um sich daraus was zu machen.

Aber damit wäre jetzt Schluss. Wenn Lili ihre Zeit lieber mit diesem Lektor verbringen wollte, dann würde er eben Hanni mal ins Kintopp einladen.

Es war gerade Mittagspause, als er in der Kochstraße eintraf. Ohne länger darüber nachzudenken, fuhr er mit dem Paternoster ins oberste Stockwerk zum Casino. Schon von Weitem erkannte er Hannis hellblonden Schopf unter dem Pulk ihrer Kolleginnen, die stets einen der großen Tische belagerten. Mit großen Schritten ging er auf ihn zu.

»Wie wär's mit heute Abend?«, fragte er sie.

Ihre himmelblauen Augen wurden ganz groß vor lauter Freude.

»Passt ganz famos«, antwortete sie und plinkerte mit den Wimpern. »Und was sehen wir uns an?«

»Das darfst du aussuchen«, erklärte er großmütig.

»Holst du mich von zu Hause ab?«, fragte sie.

»Wir gehen in die Frühvorstellung um sechs«, entschied er. »Ich warte vor der Tür auf dich.«

Erst jetzt wurde ihm bewusst, dass ihn rund ein Dutzend junger Frauen mit angehaltenem Atem anstarrten. Wenn gleich die Mittagspause zu Ende wäre, wüsste die gesamte Telefonvermittlung, dass Emil Friesicke an diesem Abend mit Hanni Moll ausgehen würde. Zu spät erkannte er Fritzis entsetztes Gesicht und gleich neben ihr das von Anna, die ihn verächtlich anstarrte. Also würde auch Lili es bald wissen.

Geschieht ihr recht, sagte eine kleine hässliche Stimme in ihm, die verdächtig nach Mäcki klang. Dabei fühlte es sich überhaupt nicht gut an. Den ganzen Nachmittag lang hoffte er, dass Lili ihren roten Lockenkopf zur Tür hereinstrecken würde. Er arbeitete unkonzentriert, und einmal hätte er beim Entwickeln sogar beinahe das gesamte Material eines Films verdorben. Doch Lili kam nicht vorbei.

Um sechs hatte er nicht die geringste Lust darauf, sich mit Hanni einen Liebesfilm anzusehen, und er überlegte schon, ob er sich nicht durch eine Hintertür aus dem Staub machen könnte. Die kleine Telefonistin jedoch war so schlau, direkt vor dem Fotolabor auf ihn zu warten.

»Da bist du ja«, sagte sie und hakte sich bei ihm unter. Plapperte munter drauflos und erzählte ihm, welchen Film sie sich ausgesucht hatte. »Ich hab einfach alle Kinos abtelefoniert«, erklärte sie stolz. »Wozu sitze ich in der Zentrale!« Hörte nicht auf, ihn zuzuquasseln, und hängte sich an ihn, als seien sie schon seit Jahren ein Paar.

Als sie das Verlagshaus verließen, stand auf einmal Lili vor ihnen. Sie war schrecklich bleich und sah aus, als hätte sie geweint.

»Was ist denn hier los?«, fragte sie verdutzt, als sie ihn mit der kleinen Telefonistin sah.

»Emil hat mich ins Kintopp eingeladen«, erklärte Hanni frech und schmiegte sich an ihn. »Wir schauen uns einen Liebesfilm an.«

Emil öffnete den Mund, um etwas zu sagen. Doch ihm fiel nicht ein, wie er den ganzen Schlamassel, in den er sich hineinbugsiert hatte, erklären könnte. Das Entsetzen und der Schmerz in Lilis Augen schnitten ihm tief ins Herz.

»Lili ...« sagte er, da hatte sie sich bereits abgewandt. »Lili«, sagte er noch einmal, da rannte sie schon davon, als seien die Höllenhunde hinter ihr her.

»Sie wird's verkraften«, sagte Hanni mit einem grausamen Lächeln und zog ihn mit sich. »Du wirst sehen, Mädchen mit roten Haaren wie die haben ruckzuck einen anderen.«

Der Abend zog sich wie Kaugummi. Er konnte der Filmhandlung kaum folgen, ständig schob sich Lilis bleiches, abgrundtief entsetztes Gesicht vor die Leinwand. Wohl tausendmal nahm Emil sich vor, sich unter irgendeinem Vorwand von Hanni zu verabschieden und einfach zu gehen, doch jedes Mal, wenn er dazu anhob, sagte Hanni etwas Nettes zu ihm und nahm ihm damit allen Wind aus den Segeln. Irgendwann spürte er Hannis Hand auf seinem Knie, und selbst als er sie energisch wegschob, schien sie nicht entmutigt. Erst als er sie nach Ende des Films nicht, wie sie gehofft hatte, noch zum Tanzen ausführte, sondern sich an ihrer Trambahnhaltestelle kurz angebunden von ihr verabschiedete, verschwand das Strahlelächeln aus ihrem Gesicht. Und noch immer brachte er es nicht fertig, ihr klipp und klar zu sagen, dass dieser Abend ein Irrtum war, und er hasste sich selbst dafür.

Erneut machte er sich auf den Weg in die Wassertorstraße, und erst vor dem Haus, in dem Lili wohnte, hielt er inne. Wie sollte er die Sache mit Hanni erklären? Er trat von einem Bein auf das andere und zerzauste sich sein Haar, und als er schon wieder gehen wollte, hielt ihn jemand an seiner Jacke fest. Es war Gundi.

»Stimmt es, dass du eine andere hast?« Zornig funkelte Lilis

Schwester ihn an. »Weißt du eigentlich, was du Lili da antust, du Schuft?« Eine Mischung aus Ärger und Scham stieg in ihm auf. Gundi hatte ja recht. Und trotzdem. Sich von dem Mädchen so ausschimpfen zu lassen, das ging jetzt zu weit. Verärgert wollte er sich abwenden, doch Gundi ließ seine Jacke nicht los.

»Du kommst jetzt sofort mit hinauf«, sagte sie und erinnerte ihn auf einmal sehr an ihre Mutter. »Immerhin seid ihr verlobt, Lili und du. Wenn du Schluss machen willst, dann sei wenigstens nicht feige, sondern sag's ihr ins Gesicht.«

»Ist sie denn zu Hause?«, fragte er zögernd.

»Klar, wo soll sie denn sonst sein«, antwortete Gundi. »Und sie weint sich die Augen aus. Ehrlich, Emil, ich kann überhaupt nicht verstehen, was in dich ...«

»Mensch, Gundi, du hast ja keine Ahnung«, wollte er sich rechtfertigen und dachte an diesen Lektor, der seinem Mädchen den Kopf verdreht hatte.

»Nein, du hast keine Ahnung«, konterte Gundi zornig. »Überhaupt keine. Und deshalb kommst du jetzt sofort mit. Aber nimm dich vor meinem Vater in Acht«, sagte sie, während er widerstrebend mit ihr die Treppe hinaufging. »Der ist nämlich mächtig sauer auf dich. Kann man ihm auch nicht verdenken. Er hat nämlich eine Wohnung für euch. Und ausgerechnet jetzt, wo ihr eine Wohnung kriegen könntet und sich endlich alles zum Guten wenden könnte, baust du so einen Mist!«

»Wir können eine Wohnung haben?«

»Ja, du Armleuchter. Aber einem Hallodri wie dir, hat Papa gesagt, gibt er seine Tochter nicht zur Frau. Also sieh zu, dass du die Sache wieder in Ordnung bringst.«

»Ehrlich, Gundi«, sagte Emil, als sie oben vor der Wohnungstür angelangt waren, »du redest ja wie 'ne Erwachsene.«

Das Mädchen warf ihm einen spitzbübischen Blick zu. »Verhalt mal besser du dich wie'n Erwachsener«, gab sie zurück und öffnete die Tür. »Ich bin's«, rief sie fröhlich in den Flur hinein und gab Emil einen sanften Stoß in die Rippen. »Schaut mal, wen ich euch mitgebracht habe.«

Drei Augenpaare starrten ihn an. Lili saß mit verheulten Augen auf dem Sofa, ein zerknäultes Taschentuch in der Hand. Gotthilf Blume sah aus, als wollte er sich gleich auf Emil stürzen. Hedwig Blume war die Erste, die sich fasste.

»Komm«, sagte sie zu ihrem Mann. »Lassen wir die beiden allein.«

»Nicht, bevor er sich erklärt hat«, entgegnete er finster. »Wie stehst du zu unserer Tochter?«, fragte er.

Emil schluckte, seine Kehle war trocken. »Ich hab Mist gebaut«, sagte er. »Das mit Hanni ... Ich hab gedacht, du willst nichts mehr von mir wissen, seit du ...« Er brach ab. Kam sich dämlich vor. Und vermutlich war er das auch.

»Seit was?«, fragte Lili.

»Seit der Sache mit Lola Monti«, erklärte er leise. »Ich dachte ... dieser lange Kerl da aus dem Lektorat ... Ständig hängst du mit dem rum ...«

»Mit Herrn Knuff?« Lili riss die Augen auf. »Bist du noch bei Trost? Der Kerl macht mir das Leben schwer. Jeden Satz will er mit mir durchdiskutieren. Aber das hat ein Ende. Frau Baum sagt, das muss ich mir nicht bieten lassen.« Ihre Stimme zitterte. »Und deshalb machst du jetzt mit diesem Telefonfräulein rum?« Tränen kullerten ihre Wangen hinab. »Du bist ein Blatt im Wind, Emil«, sagte sie mit erstickter Stimme. »Das hätt ich nie von dir gedacht. Wie kann man sich auf einen solchen Menschen verlassen?«

»Komm jetzt.« Hedwig Baum stand auf und zog ihren Mann

am Arm. »Und du verdünnisierst dich am besten auch gleich mit, Gundi. Die beiden müssen sich aussprechen.«

Zögernd erhob sich Lilis Vater und ließ Emil dabei nicht aus den Augen. »Sieh dich bloß vor«, sagte er drohend, als er an Emil vorbei zur Tür ging. »Wenn du sie unglücklich machst, kriegste es mit mir zu tun.«

»Ist ja gut«, versuchte Hedwig ihn sanft zu beruhigen und zog Gundi mit aus der Küche.

Emil atmete auf, als sich die Tür hinter ihnen schloss. »Lili«, sagte er flehentlich und ließ sich neben sie aufs Sofa sinken. »Ich bin ein solcher Idiot.« Und als sie nicht antwortete, sondern ihr Gesicht von ihm wegdrehte, fügte er hinzu: »Ich hab doch nur dich lieb, Lili. Ehrlich. Die Hanni ist mir so was von egal.«

»Wieso tust du dann so was?«, flüsterte sie heiser. »Warum tust du mir so weh? Und die Hanni ... Ich kenn sie ja gar nicht, und trotzdem kann sie einem leidtun. Man spielt nicht mit Frauen, Emil. Das tut man einfach nicht.«

Schuldbewusst nahm er ihre Hand. Kurz schien es ihm, als wollte sie sie wegziehen, dann ließ sie es zu, dass er sie streichelte.

»Ich liebe dich, Lili«, wiederholte er. »Nur dich. Es tut mir ehrlich leid ... dieser ganze Schlamassel.« Dann fiel ihm etwas ein. »Bist du denn krank oder so was?« Auf einmal wurde ihm ganz elend vor Sorge. »Ich war bei Frau Baum, die sagte, du seist beim Arzt. Ich hab dich überall gesucht, auch hier bei deiner Mutter war ich. Da hat sie so komische Sachen gesagt. Dass du mir etwas mitzuteilen hättest. Da hab ich gedacht ...«

»Was denn?«

»Dass du mich nicht mehr willst. Weil du ja jetzt als Lola Monti solchen Erfolg hast. Und ständig im *Romanischen Café* mit den Künstlern herumhängst.«

»Das tu ich doch gar nicht«, entgegnete Lili empört. »Ein einziges Mal hat mich der Knuff dorthin geschleppt. Ach, wie mir das lästig ist. Und dann immer diese Maskerade. Es fehlt nicht viel, und ich lass das Ganze auffliegen. Ich bin Lili Blume und basta. Wenn sie mein Buch dann nicht mehr wollen ...«

»Die Fotos sind übrigens gut geworden«, warf Emil ein und drückte einen Kuss auf Lilis Hand. »Du bist so schön auf ihnen, wie ein echter Filmstar siehst du aus. Aber deshalb warst du doch wohl nicht beim Arzt, oder?«

Lili sah ihm in die Augen, dann wandte sie den Blick wieder ab und presste die Lippen aufeinander, und Emil befiel eine riesige Angst. Was, wenn Lili schwer krank war? Was, wenn sie gar nicht mehr so viel Zeit miteinander hätten, wie er immer geglaubt hatte?

»Ich bin schwanger«, sagte Lili endlich, und ihm purzelte ein ganzes Gebirge vom Herzen.

»Wirklich?« Freude durchflutete Emil bis in den letzten Winkel seines Herzens. »Ich werde Papa? Lili, das ist ja wunderbar! Ach, wie ich mich freue.«

Lili sah ihn überrascht an. »Ist das auch wirklich wahr? Oder sagst du das bloß?«

Emil legte seinen Arm um sie und zog sie ganz nah an sich. »Das ist das Schönste, was ich seit einer Ewigkeit zu hören bekommen hab«, flüsterte er ihr ins Ohr. »Ach, mein Lili-Mädchen. Hast du mich denn noch ein kleines bisschen lieb?«

Wieder wurde Lili von Schluchzern geschüttelt. »Das ist es ja gerade«, schniefte sie. »Ich hab dich so lieb, dass ich gar keine Worte dafür hab.«

Emil wiegte sie und bedeckte ihr Gesicht mit vielen kleinen Küssen.

»Dann ist jetzt alles wieder gut?«, fragte er sanft.

»Wenn du mir versprichst, dass ...«

»Ich versprech es dir«, sagte er. »Ich will dich immer lieben und ehren. Nie einen Blick für andere Frauen haben. Ich will dich glücklich machen und unserem Kind ein guter Vater sein. Bis in alle Ewigkeit, amen.«

Da schlang Lili endlich die Arme um ihn und presste ihn so fest an sich, dass ihm schier die Luft ausging.

»Pelle zieht aus«, flüsterte sie ihm ins Ohr. »Er hat tatsächlich eine Werkstatt mit Wohnraum gefunden. Wenn wir schnell sind, kriegen wir vielleicht seine Wohnung.«

»Dann sollten wir sehen, dass sie uns kein anderer wegschnappt«, erklärte Emil und hörte nicht auf, sein Mädchen zu küssen.

26

»Meine Güte, Rosalie!« Vicki blieb entsetzt stehen. »Ich mach mir ehrlich Sorgen um dich!«

Auf dem Kurfürstendamm war eine Menge los um diese späte Nachmittagsstunde, und die beiden Frauen versperrten anderen Flaneuren den Weg. Ein Automobil hupte direkt neben ihnen, sodass sie zusammenschraken, ein anderes antwortete. Auf der Straßenseite gegenüber verkaufte ein Mann von seinem Pferdewagen herunter Bananen und pries lauthals seine Ware an, stolz hielt er eine ganze Staude in die Höhe, so als wäre sie eine Blüte. Rosalie ergriff den Arm ihrer Freundin und zog sie sanft weiter.

»Das brauchst du nicht«, versuchte sie Vicki zu beruhigen. »Ich habe den besten Anwalt Deutschlands auf meiner Seite.«

»Das mit Paul Levi ist ja wirklich entsetzlich«, fügte ihre Freundin leise hinzu und drückte kurz ihre Hand.

Rosalie musste sich fürchterlich zusammenreißen, um nicht in Tränen auszubrechen. Paul Levi war vor wenigen Wochen an einer schweren Grippe erkrankt, und nachdem der Arzt ihm Morphium verabreicht hatte, war er im Fieberwahn aus dem Fenster gestürzt. Das hatte er nicht überlebt.

»Ich vermisse ihn schrecklich«, sagte sie. »Und das nicht nur wegen dieses Ärgers mit Franz' Familie.«

»Glaubst du denn wirklich, dass sie es auf einen Rechtstreit ankommen lassen werden?«

»Darum werden wir nicht herumkommen«, antwortete Rosalie gefasster. »Seit sie Franz Hausverbot erteilt haben, halte ich alles für möglich.« Sie dachte voller Grauen daran, was seit ihrem Tee-Empfang alles geschehen war. Eigentlich war sie an jenem Tag fest davon überzeugt gewesen, dass es schlimmer überhaupt nicht mehr kommen konnte. Doch sie hatte sich getäuscht. Gerade mal zwei Tage später hatte man Franz den Zutritt zum Verlagshaus verwehrt. Zwei ihm unbekannte Ordnungskräfte, massive Schränke, die wirkten, als kämen sie direkt aus einem der berüchtigten Ringvereine, hatten sich ihm in den Weg gestellt. Man hatte Franz all seiner Ämter enthoben und ihm obendrein noch Hausverbot erteilt. Was er niemals für möglich gehalten hatte, war eingetroffen: Sein ältester Bruder Hans hatte seine Entlassung unterschrieben. Dass er dabei angeblich bitterlich geweint haben sollte, änderte nichts an der Tatsache, dass Franz vollkommen kaltgestellt war. Sogar die direkte Telefonleitung von der Villa in den Verlag wurde gekappt, und viele weitere unschöne Dinge waren geschehen. Die Fronten hatten sich innerhalb kürzester Zeit verhärtet. Und Franz, seiner Arbeit verlustig, schäumte vor Wut, tigerte in der Villa auf und ab und sann auf Rache.

»Eine üble Sache«, holte Vicki sie in die Gegenwart zurück. »Das ganze Haus spricht von nichts anderem.«

»Franz und ich haben beschlossen, dass ich ihnen zuvorkommen werde«, verriet Rosalie. »Ich werde sie verklagen, ehe sie noch mehr Schaden anrichten können. Und zwar wegen Rufmords.« Sie seufzte tief auf. Das Ganze nahm sie schrecklich mit. »Können wir nicht zu dir hinausfahren?«, bat sie, als sie schon wieder einem Pulk ausgelassen kreischender junger Frauen ausweichen mussten. »Ein bisschen frühlingshafte Grunewald-Idylle am Dianasee wäre sicher genau das Richtige für meine angegriffenen Nerven.«

»Damit du dort womöglich deinen angeheirateten Verwandten begegnest? Die leben doch in meiner Nachbarschaft! Nein, da weiß ich etwas viel Besseres.« Inzwischen hatten sie den Auguste-Viktoria-Platz mit seiner prächtigen Gedächtniskirche erreicht, und Vicki führte ihre Freundin entschlossen in die Tauentzienstraße. »Was du jetzt dringend brauchst, ist ein bisschen Ablenkung. Wenn du dich Tag und Nacht nur noch mit dieser schrecklichen Geschichte beschäftigst, bist du in kürzester Zeit reif fürs Sanatorium.«

»So wie Stefanie, Franz' Nichte.«

»Genau«, stimmte Vicki ihr zu. »Hier wartet die perfekte Therapie auf dich, damit es mit dir nicht so weit kommt.«

Sie wies auf einen weithin blinkenden Schriftzug aus rosafarbenen und grünen Neonröhren an einer der nächsten Häuserfassaden: *Studio für Boxen und Leibeszucht* stand da in einer modernen Schreibschrift. Daneben prangte, ebenfalls aus Leuchtröhren geformt, eine geballte Faust.

»Ach, Vicki«, sagte Rosalie widerstrebend und löste ihren Arm aus dem der Freundin. »Ist das dein Ernst?«

»Mein voller Ernst«, versicherte Vicki. »Vergiss deine Berufung als Journalistin nicht. Wer nicht wenigstens einmal in seinem Leben bei der Teestunde am Ring bei Sabri Mahir war, der ist einfach nicht auf der Höhe der Zeit. Da wird nicht mal geboxt, sondern nur debattiert.« Und als Rosalie noch immer zögerte, fügte sie hinzu: »Aber am Ende wirst du vielleicht trotzdem noch eine begeisterte Amateurboxerin, so wie Carola Neher und Marlene Dietrich. Da kannst du den ganzen Ärger abreagieren, den dir die Familie einbrockt. Und wenn sie dir gar zu dumm kommen ...« Vicki stellte sich in Positur und versetzte einem imaginären Gegner einen linken Haken. »Na, was ist?«

Rosalie lachte gequält und folgte ihrer Freundin durch die Tür und eine Treppe hinunter ins Untergeschoss. Sie hatte wahrlich schon viel gesehen in ihrem Leben, aber in einer richtigen Profiboxhalle war sie noch nie zuvor gewesen.

Gesprächsfetzen und Gelächter schallten ihnen entgegen. Das Publikum saß auf Holzstühlen, die vor einem der beiden Boxringe aufgereiht waren, und unterhielt sich lebhaft. Es roch nach abgestandenem Schweiß, altem Leder, nach Franzbranntwein, mit dem sich die Sportler die Muskeln abrieben, und nach vielerlei anderen Ausdünstungen, die Rosalie in der Nase kitzelten. Und natürlich roch es nach dem Qualm von Zigarren und Zigaretten und noch etwas anderem, etwas Süßlichem, Schwerem, das Rosalie nicht einordnen konnte.

»Ach, das ist die Shisha«, erklärte ihr Vicki, als sie sie danach fragte. »Die türkische Wasserpfeife, die seit Neuestem herumgeht. Riecht gut, nicht? Allerdings reiche ich das Ding immer gleich weiter. Ich nuckle doch nicht an einem Mundstück, an dem halb Berlin herumgelutscht hat.«

»Hier also verbringst du deine Mittagspausen.« Rosalie sah sich neugierig um. Von der Decke baumelten Sandsäcke und Boxbirnen. An den Wänden hingen nach ihrer Länge aufgereiht mehrere Springseile. »Hat dich der Verlobte von Fräulein Blume hier fotografiert?«

»Ja, das hat er.« Vicki lächelte zufrieden. »Ein begabter junger Mann. Und stell dir vor, bald wird er Vater. Blümchen und er bereiten die Hochzeit vor.«

»Tatsächlich? Ach, das freut mich. Wenigstens ein Liebespaar mit Happy End«, antwortete Rosalie. Da fiel ihr Blick auf mehrere Metalleimer, die vor der Wand ordentlich aufgereiht waren.

»Wozu sind denn diese Eimer da?«, fragte Rosalie irritiert.

»Das sind die Spuckeimer. Jetzt schau nicht so«, feixte Vicki, als sie Rosalies entsetzten Blick sah. »Wenn man beispielsweise mal einen Zahn ausgeschlagen bekommt, ist so was ziemlich praktisch. Man kann ihn und das Blut gleich in so einen Behälter spucken. Komm mal mit, ich stell dich Sabri vor.«

Der Herr des Hauses trug einen weißen Trainingsanzug aus fließendem Stoff und sah darin aus wie ein orientalischer Prinz. Er blickte ihnen aus großen melancholischen Augen entgegen, und was immer Rosalie sich unter einem Boxtrainer vorgestellt hatte – außer seiner imponierenden Statur traf nichts davon zu.

»Meine Güte«, raunte sie Vicki zu, während sie um die Stühle herumgingen, um ihn zu begrüßen, »du hast nie erwähnt, was für ein schöner Mann er ist.«

Vicki kicherte. »Ja, er ist niedlich, nicht wahr? Dabei kann er ziemlich ausrasten, wenn man sich beim Training ungeschickt anstellt. Statt Boxer wäre er übrigens viel lieber Künstler geworden, er hat in Paris Malerei studiert.« Sie senkte die Stimme, damit nur Rosalie sie hören konnte. »Unter uns gesagt, sind seine Bilder allerdings unterirdisch.«

Fasziniert betrachtete Rosalie die elegant geschwungenen Augenbrauen und die markante Nase des berühmten Trainers. Sein gewelltes pechschwarzes Haar trug er in der Mitte gescheitelt, und wie es aussah, ließ es sich nur mit reichlich Pomade auf diese Weise bändigen. Früher, so hatte sie gelesen, war er in einem Zirkus aufgetreten, wo er sich gegen vier Gegner gleichzeitig behauptet hatte.

»Einen wunderschönen guten Abend, meine Damen.« Sabri Mahir machte eine leichte Verbeugung und musterte Rosalie mit einem unergründlichen Lächeln um den ausdrucksvollen Mund. »Wen haben Sie mir da mitgebracht, liebe Frau Baum?«

»Meine Freundin Rosalie Ullstein«, antwortete Vicki.

Mahir hob interessiert die Brauen. »Ah, noch eine Dame aus diesem famosen Haus der Bücher«, sagte er. »Ich hoffe, Sie unterhalten sich gut. Bitte. Machen Sie es sich bequem. Nehmen Sie Tee? Rachel wird gleich frisch gebrühten bringen.«

Sabri Mahir wandte sich neuen Gästen zu, und Vicki begrüßte Bekannte. Eine junge Frau brachte ein Tablett mit kleinen geschliffenen Gläsern mit Goldrand und bot ihnen davon an. Rosalie nahm dankend eines samt der kleinen Untertasse.

»Dort drüben ... ist das Bertolt Brecht?«, fragte sie und wies auf einen Mann mit Brille und abschätzig heruntergezogenen Mundwinkeln. Er trug eine Lederjacke und wirkte, als wollte er gleich wieder gehen.

»Oh ja, das ist er.« Vicki wirkte wenig begeistert, den Dramatiker zu sehen. »Hoffentlich steigt er heute nicht wieder in den Ring, ich kann seine Selbstgefälligkeit nur schwer ertragen. Ach«, fuhr Vicki erfreut fort, »da ist ja Kurt Korff, mein Chefredakteur höchstpersönlich! Komm, wir setzen uns zu ihm.«

Korff wirkte überrascht, als er Rosalie erkannte. Mit Sicherheit hatte er nicht vermutet, sie an einem Ort wie diesem zu treffen.

»Ich weiß ja nicht, ob Sie überhaupt noch mit mir sprechen dürfen«, sagte Rosalie mit einem entwaffnenden Lächeln zu dem Chefredakteur der BIZ und der *Dame*. Sie hatte sich mit dem klugen Mann bislang immer gut verstanden. Er schenkte ihr ein verschmitztes Grinsen und fuhr sich mit Bedacht über seinen Oberlippenbart.

»Als unabhängiger Pressemensch spreche ich, mit wem ich will«, gab er charmant zurück und rückte Stühle für sie und Vicki zu sich heran.

Auf Rosalies anderer Seite nahm eine ältere Dame mit im Nacken hochgestecktem grauen Haar Platz, die Vicki ihr als die Schriftstellerin Gabriele Reuter vorstellte.

»Wie schön, Sie kennenzulernen«, sagte Rosalie ehrlich erfreut. »Ihren Roman *Aus guter Familie* hab ich gelesen, als ich vierzehn war. Sie können sich gar nicht vorstellen, wie sehr er mein Leben beeinflusst hat.« Dieses Buch trug den Untertitel *Leidensgeschichte eines Mädchens* und hatte um die Jahrhundertwende einen wahren Skandal heraufbeschworen. Rosalie rechnete kurz nach. Gabriele Reuter musste um die siebzig Jahre alt sein.

»Das freut mich.« Die klugen Augen der alten Dame wirkten noch immer jugendlich unter den starken, geraden Brauen. »Ich hoffe allerdings, Ihre Jugend war keine Leidensgeschichte.«

»Nein«, antwortete Rosalie lächelnd. »Ich hatte das Glück, in einem sehr aufgeschlossenen Elternhaus aufzuwachsen. Und doch. Haben wir mit vierzehn, fünfzehn nicht alle gelitten?«

»Die einen mehr, die anderen weniger«, gab Gabriele Reuter zurück. »Vicki Baums großartiger Roman über Helene Willfüer, diese Chemiestudentin, die ein uneheliches Kind zur Welt bringt und dennoch Karriere macht, erzählt ja auch so eine Geschichte. Kennen Sie das Buch?«

»Natürlich«, entgegnete Rosalie. Schließlich hatte sie das Manuskript gelesen, noch ehe es erschienen war.

»Ein solches Buch war längst überfällig«, erklärte die Siebzigjährige mit Verve. »Ich wünschte, ihre Heldin würde zu einem Vorbild für die kommende Frauengeneration.« Sie betrachtete Rosalie interessiert. »Sie schreiben ebenfalls, nicht wahr? Über welche Themen?«

»Über internationale Politik«, antwortete Rosalie. »Und darüber, wie man in anderen Ländern lebt. In Afrika zum Beispiel. Oder in Russland.«

»Auch darüber, wie die Frauen in diesen Ländern leben?«

Rosalie dachte nach. Auf die unterschiedlichen Rollen von Männern und Frauen hatte sie auf ihren Reisen bislang wenig geachtet.

»Ich finde«, fuhr die Schriftstellerin fort, »wir sollten unaufhörlich für die Verbesserung der Lebensumstände von Frauen kämpfen. Sie sind jung. Wenn ich bedenke, dass ich seit mehr als vierzig Jahren daran arbeite und wie wenig wir erreicht haben ...«

»Immerhin haben wir heute das Wahlrecht«, gab Rosalie zu bedenken.

»Das stimmt«, räumte Gabriele Reuter ein. »Aber wie viele Frauen sitzen im Reichstag?«

Ein Gong unterbrach ihre Unterhaltung, und ein junger Mann, Mahirs Assistent, kletterte in den Ring, um die Veranstaltung zu eröffnen.

»Und für all diejenigen, die uns heute zum ersten Mal beehren, noch Folgendes«, schloss er. »Jeder, der glaubt, etwas Interessantes zu sagen zu haben, kann in den Ring steigen. Heute müsst ihr uns mit Worten überzeugen, nicht mit Fäusten. Es gibt nur eine Regel: Fasst euch kurz und langweilt uns nicht.«

»Ich bin auf Besuch in Berlin«, flüsterte Gabriele Reuter Rosalie zu. »Im vergangenen Jahr bin ich nach Weimar zu meinen Verwandten gezogen. Und es wäre absolut wünschenswert, wenn ich mich heute Abend nicht langweilen müsste. Denn das ist in Weimar leider viel zu häufig der Fall.«

Die Erste, die in den Ring stieg, war Marlene Dietrich. Sie trug eine Herrenhose mit Bundfalten, ein weißes Hemd und eine Weste. Ihr dünnes blondes Haar stand wie eine Gloriole um ihr ungeschminktes Gesicht mit den hohen Wangenknochen und der Nase mit den erstaunlich breiten Flügeln. Ihre tiefliegenden Augen unter den zu einem schmalen Bogen ausgezupften Brauen wirkten müde, als sie ein Lied aus jenem Film ankündigte, in dem sie gerade mitwirkte. Und das trotz ihrer »Entennase«, wie sie lachend sagte, und der überschüssigen Pfunde auf ihren Hüften.

Marlene sang *Ich bin von Kopf bis Fuß auf Liebe eingestellt*, und obwohl Frau Reuter an ihrer Seite mehrmals kurz aufstöhnte ob des wenig emanzipierten Texts, war Rosalie angerührt von der tiefen, ausdrucksvollen Stimme der Dietrich. Und gerade weil sie keine Bilderbuchschönheit war, wünschte sie ihr im Stillen alles Gute für den Film, denn sie selbst schien voller Zweifel, ob sie der Aufgabe gewachsen war.

»Alles Getue«, wisperte Vicki. »Marlene hat es faustdick hinter den Ohren. Sie will nur von den anwesenden Herren hören, wie großartig sie ist.«

Als Nächstes kletterte ein junger Bursche in Drillichhosen und mit einer Schirmmütze, die er tief in die Stirn gezogen hatte, in den Ring.

»Genossinnen und Genossen«, rief er seinen Zuhörern zu, die teilweise noch damit beschäftigt waren, Marlene Komplimente zuzurufen, und nicht gleich auf ihn achteten. »Genossinnen und Genossen«, wiederholte er lauter. »Wenn die Dame, die gerade so schön gesungen hat, von Kopf bis Fuß auf Liebe eingestellt ist, dann möchte ich sagen: Wir sind von Kopf bis Fuß auf Kampf eingestellt. Ja, auf Kampf, so wie es die erhobene Faust am Eingang dieses Etablissements ausdrückt. Und zwar auf den Kampf für Freiheit, Gleichheit und Brüderlichkeit, was in diesen Tagen mehr denn je bedroht ist ...«

»Ach, du lieber Himmel«, maulte Vicki, während andere zu pfeifen begannen. »Schon wieder so ein politisches Rhetoriktalent. Man sollte diesen Burschen mal beibringen, wie man eine Rede hält.«

»Seht mich an!«, rief der Mann im Ring und riss sich die Mütze vom Kopf. Dabei entblößte er eine rotgezackte Narbe auf seiner

Stirn. »Erkennt ihr die Zeichen nicht? Das war ein Naziknüppel. Um ein Haar hätte er mich totgeschlagen.«

Rosalie musste an die Fotografien von dieser Schlägerei denken, die Lili Blumes Verlobter ihnen gezeigt hatte und die Szafranski nicht hatte benutzen können, weil sie mit einer Kamera von schlechter Qualität aufgenommen worden waren.

»Und genauso«, fuhr der Mann im Ring fort, »wird man unsere Republik zerschlagen, wenn wir nicht achtgeben. Genauso wird man unsere Freiheit zerschmettern. Wenn wir nicht wach bleiben und die Angriffe von rechts mit Entschlossenheit …«

Ein Tumult entstand, und Rosalie begriff nicht gleich, woher die Unruhe kam. Dann sah sie die schwarz gekleideten Männer mit Knüppeln und Armbinden mit dem Hakenkreuz. Ein Dutzend von ihnen marschierten zwischen den Stuhlreihen hindurch auf den Ring zu, wo der Mann mit der Narbe schreckensstarr verstummt war.

Die Vernunft riet Rosalie, auf der Stelle zu verschwinden, doch sie saß auf ihrem Stuhl wie gelähmt. Fast schon hatte der Anführer der nationalsozialistischen Schlägerbande den Ring erreicht und war im Begriff hinaufzusteigen, als eine weiße Prinzengestalt behände auf das Podest sprang und sich schützend vor den Redner stellte.

»Tut mir leid, meine Herren«, sagte Sabri Mahir mit seiner wohlklingenden Stimme zu den Nazis. »Ich muss Sie bitten, mein Studio wieder zu verlassen.«

Der Anführer der Bande lachte hässlich auf, schlüpfte durch die Ringseile und stellte sich breitbeinig vor den Hausherrn hin.

»So?«, fragte er aufreizend und schlug sich spielerisch seinen Knüppel in die linke Handfläche. »Müssen Sie das?«

Den Schlag hatte er nicht kommen sehen, der ihm das Kinn zerschmetterte, auch den zweiten nicht, der ihn in die Leber traf und dafür sorgte, dass er zusammenklappte wie ein Taschenmesser. Unten im Zuschauerbereich griffen wie auf Kommando Mahirs Boxeleven die anderen Nazis an, und plötzlich fanden sich Rosalie und Vicki inmitten einer regelrechten Schlägerei wieder. Blut spritzte aus Platzwunden, und nur wenige Meter von ihnen entfernt spuckte ein Schwarzhemd zwei Zähne auf den Boden.

»Los, hier herüber«, kommandierte Gabriele Reuter und zog ihre beiden Kolleginnen auf die andere Seite des Rings. Keine Sekunde zu spät, denn gleich darauf zerbarst der Stuhl, auf dem Rosalie gesessen hatte, auf dem Kopf eines Nazis.

Vicki ballte die Fäuste und machte Anstalten, sich ebenfalls ins Getümmel zu stürzen, Rosalie konnte sie gerade noch am Arm festhalten.

»Du bleibst hier«, raunte sie ihr zu.

»In seltenen Fällen ist es besser, den Männern den Vortritt zu lassen«, pflichtete Gabriele Reuter ihr bei. »Außerdem scheinen sie Ihre Hilfe gar nicht zu brauchen.«

Es stimmte, schon zogen sich die Eindringlinge angesichts der Übermacht zurück, offensichtlich verblüfft über das technische Kampfgeschick ihrer Gegner. Zwei von ihnen hielten ihren besinnungslosen Anführer unter den Achseln gepackt und schleiften ihn in Richtung Ausgang. Am Treppenaufgang brüllten sie zwar noch einige wüste Drohungen und Beleidigungen zurück in den Raum, doch es genügte, dass Sabri Mahirs Boxer ein paar Schritte auf sie zumachten, um sie endgültig zu verscheuchen.

»Hab ich es nicht gesagt?«, schrie der Mann mit der Narbe. »Kampf heißt die Losung ...«

»Halt die Klappe«, sagte Bertolt Brecht, der sich, wie Rosalie jetzt erst bemerkte, genau wie Kurt Korff in Sicherheit gebracht hatte.

»Du solltest endlich diese Faust über dem Eingang entfernen

lassen, Liebling«, sagte Luise Mahir zu ihrem Mann, während sie einem jüngeren Boxeleven Blut von der Stirn tupfte. »Alle Welt denkt, dein Studio sei ein Versammlungsort für die Linke.«

»Ja, ist es das etwa nicht?«, rief der Sozialist empört aus. »Ihr habt gerade einen heldenhaften Sieg errungen …«

»Ich erkläre die heutige Veranstaltung für beendet«, unterbrach Sabri Mahir ihn in ruhigem Ton. »Meine Freunde, ich danke euch von Herzen. Ich hab genau aufgepasst, wie sich jeder von euch geschlagen hat. Morgen im Training werden wir ein paar Schwächen ansprechen und an ihnen arbeiten. Für heute ist es genug. Und Sie kommen bitte mit in mein Büro«, sagte er zu dem jungen Mann mit der Stirnnarbe. »Mit Ihnen hab ich zu reden.«

»Wird er ihm Hausverbot erteilen?«, fragte Rosalie, als sie oben auf der Straße standen und sich vorsichtig umblickten, ob die Nazis womöglich noch auf sie lauerten, doch das war zum Glück nicht der Fall. Stattdessen bot sich ihnen das Bild eines ganz normalen Frühlingsabends mit dem üblichen Gedränge von Flaneuren und anderen, die von der Arbeit kamen und so schnell wie möglich nach Hause wollten, um sich alsbald wieder ins nächtliche Vergnügen zu stürzen. Ein Eisverkäufer packte seinen Wagen zusammen und schob ihn davon. Die Sonne war gerade untergegangen, die Straßenlaternen flammten auf, und die Lichter der Leuchtreklamen warfen ihren bunten Widerschein auf die Gesichter der Vorübereilenden.

»Wie fühlen Sie sich?«, fragte Rosalie besorgt Gabriele Reuter. Nachdem sie so erstaunlich gefasst gewesen war, hatte die alte Dame zu zittern begonnen und war ganz bleich geworden.

Vicki und sie hatten sie rechts und links untergehakt und ihr vorsichtig die Treppe hochgeholfen.

»Es geht schon«, antwortete die Schriftstellerin matt.

»Jetzt bringen wir Sie erst mal nach Hause«, sagte Vicki und winkte ein Taxi heran.

»Nun, wenigstens war es nicht langweilig, oder?«, versuchte Rosalie während der Fahrt zu scherzen, doch die alte Dame ging auf diesen Ton nicht ein.

»Solche Erlebnisse machen es mir leichter, in die Provinz zurückzukehren«, antwortete sie. »Doch wer weiß, wie lange wir auch dort noch vor den Braunen sicher sind?«

Und dann schwiegen sie alle drei bedrückt, bis sie Gabriele Reuter vor ihrer Haustür in Charlottenburg verabschiedeten.

»Ich wünsche mir, dass ich mit siebzig Jahren noch genauso mutig und entschlossen bin wie diese Frau«, sagte Rosalie nachdenklich, als sie wieder im Taxi saßen. »Ist sie nicht großartig?«

»Beinahe schon angsteinflößend«, fand Vicki.

»Wohin soll's denn gehen, meine Damen?«, erkundigte sich der Taxifahrer.

»Gute Frage«, meinte Vicki. »Was meinst du, Rosalie? Also ich könnte ausnahmsweise etwas Hochprozentiges vertragen. Wie steht's mit dir?«

Rosalie zögerte. Eigentlich sollte sie nach Hause gehen, fand sie.

»Wartet zu Hause nicht Hans auf dich?«

Vicki schnaubte. »Er ist auf einer Probe«, gab sie zurück. »Und selbst wenn er zu Hause säße, wäre das für mich noch lange kein Grund ...«

»Du hast recht«, warf Rosalie ein. Sie dachte an Franz, der kein anderes Thema fand als seinen Rachefeldzug. Auch sie hatte wenig Lust, sich nach diesem aufwühlenden Ereignis seinen ewigen Tiraden auszusetzen. »Ich bin dabei«, sagte sie. »Was schlägst du vor? Sollen wir zu Schwannecke?«

Vicki zog ihre hübsche Nase kraus. »Dort, wo die gehobene Literatur aus und ein geht? Sicher hängt Brecht dort jetzt herum und gibt damit an, dass er den Schwarzhemden tüchtig eins auf die Fresse gegeben hat. Nein, mir ist es jetzt eher nach etwas leichtfertig Mondänem. So wie das *Wunderland*. Oder noch besser, der *Souffleurkasten* in der Meinekestraße. Warst du dort schon einmal?«

Rosalie musste lachen. »Nein«, sagte sie. »Also nichts wie hin.«

Der *Souffleurkasten* war in der Tat ein kurioses Lokal. Durch seine raffinierte Wandmalerei und Ausstattung wirkte es wie ein kleines Theater, man konnte im »Zuschauerraum« sitzen oder auf und sogar hinter einer imaginären Bühne.

»Heinz Condell hat das ausgestaltet«, erklärte Vicki, als sie sich in einer Loge niedergelassen und zweimal Cognac bestellt hatten. »Von dem wird man noch einiges hören. Er hat übrigens beim Bühnenbild von *Menschen im Hotel* mitgearbeitet, die besten Ideen stammen von ihm.« Sie seufzte tief. So bombastisch erfolgreich der Roman auch gewesen war, das Theaterstück war bei der Kritik durchgefallen. »Ich hätte das nicht machen sollen«, sagte Vicki jetzt, und Rosalie verstand sofort, dass sie damit die Adaption ihres Buchs für die Theaterbühne meinte. »Ein Roman ist ein Roman. Die arme Geschichte kam mir vor wie Aschenputtels Schwestern, denen der gläserne Schuh nicht passt: Da wurden ihnen hier ein paar Zehen weggehackt und dort ein Stück Ferse ...«

»Ich fand es wundervoll«, versuchte Rosalie ihre Freundin zu trösten.

»Nein, es war ein Riesenflop«, widersprach Vicki eigensinnig, und Rosalie überlegte, wie sie das Thema wechseln konnte, denn wenn ihre Freundin erst einmal in diese selbstkritische Stimmung geriet, was selten der Fall war, konnte man sie nur schwer trösten. Der Kellner brachte den Cognac.

Rosalie erhob ihr Glas und prostete Vicki zu. »Auf die Flops unseres Lebens«, sagte sie. »Und darauf, dass wir uns nicht unterkriegen lassen.«

Sie stießen an und hingen beide einen Moment lang ihren Gedanken nach. Seltsamerweise musste Rosalie an Kobra denken, und ihr wurde bewusst, wie sehr sie ihn vermisste.

»Hast du dir schon mal überlegt fortzugehen?«, fragte Vicki unvermittelt.

Erstaunt sah Rosalie sie an. »Wie meinst du das?«, erkundigte sie sich erschrocken.

»Wie ich es sage. Weg von hier und all dem braunen Gesocks.«

»Du meinst auswandern?«

»Ja, genau darüber denke ich in letzter Zeit immer häufiger nach«, erklärte Vicki. »Es wäre nicht das erste Mal, dass ich ein Land verlasse, schließlich bin ich in Wien geboren und aufgewachsen. Und du hast ja auch einige Jahre in Frankreich gelebt.«

»Das stimmt«, antwortete Rosalie nachdenklich. »Paris fehlt mir. Aber gerade jetzt wäre es keine gute Idee, ausgerechnet dort hinzugehen.« Sie dachte an die Spionagevorwürfe und fragte sich, ob sie wohl jemals wieder unbefangen an die Seine reisen konnte.

»Ich denke nicht an Paris«, sagte Vicki. »Die Zukunft liegt in Amerika, Rosalie.«

»Amerika ...«, wiederholte Rosalie träumerisch. Dort war sie noch nie gewesen. »Ich spreche die Sprache nicht. Du etwa?«

»Ich lerne sie gerade.« Vicki nahm noch einen Schluck von ihrem Cognac. »Und das solltest du auch tun. Denn allmählich wird es hier immer ungemütlicher.«

»Wir leben vom Schreiben«, wandte Rosalie ein. »Selbst wenn wir noch so fleißig Englisch lernen – Deutsch wird doch immer die Sprache sein, in der wir uns am besten ausdrücken können.«

»Dann müssen wir die neue Sprache eben noch besser lernen«, widersprach Vicki eigensinnig. »Ich traue mir durchaus zu, meine Romane eines Tages auf Englisch zu verfassen.« Sie warf Rosalie einen prüfenden Blick zu, so als würde sie sich fragen, was sie ihr alles anvertrauen durfte. »Vielleicht habe ich bald schon die Gelegenheit, mir von diesem Land ein eigenes Bild zu machen«, fuhr sie fort. »Bitte sag es noch keinem: Es gibt ein Angebot aus Hollywood für die Verfilmung von *Menschen im Hotel*. Außerdem sind wir wegen einer Broadway-Version im Gespräch.«

»Wirklich?« Rosalie wurde ganz aufgeregt vor lauter Freude. »Das ist ja wundervoll.«

»Möglicherweise wird das meine Eintrittskarte nach Amerika«, sagte Vicki träumerisch.

»Du meinst, um für immer dort zu leben?« Vicki nickte. »Und was ist mit Hans und den Jungen?«

»Kinder gewöhnen sich schnell an eine andere Umgebung«, antwortete Vicki. »Und die Sprache der Musik versteht man überall. Hans könnte sich gut vorstellen, sein Glück als Dirigent in Amerika zu versuchen.«

»Ihr habt euch das alles schon genau überlegt«, stellte Rosalie überrascht fest.

»Das haben wir«, gab Vicki zurück. »Und ihr solltet euch das ebenfalls überlegen, du und Franz. Die Nazis hassen nicht nur die Linken. Vor allem hassen sie uns Juden. Sollten sie an die Macht kommen … Ich will gar nicht wissen, was sie dann gegen uns unternehmen werden.«

»Franz wird niemals von hier fortgehen«, erklärte Rosalie.

Vicki zuckte mit den Schultern. »›Niemals‹ ist ein großes Wort«, sagte sie. »Wir Menschen verwenden es gerne. Das Schicksal allerdings scheint es nicht zu kennen.«

27

»Jetzt halt doch mal still!« Hedwig Blume beugte sich über den Küchentisch, auf dem Lili stand, und bemühte sich, den Saum des Brautkleids abzustecken. Es war nach der neuesten Mode am Oberkörper schmal geschnitten und lief ab der Hüfte in vielen Kellerfalten glockig aus, und zwar in lauter Dreiecken, was Hedwig fast zur Verzweiflung brachte. Die Vorhangspitze von Frau Ehrlensperg machte sich ganz famos über dem glänzenden Unterstoff, der an den Ärmeln fehlte, sodass man Lilis grazile Arme durch den Stoff hindurchschimmern sah.

»Diese Zipfelmode macht mich noch wahnsinnig«, stöhnte Hedwig Blume. »Wieso haben wir kein Modell mit geradem Saum ausgesucht?«

»Gerade weil er so zipfelig ist, sieht man gar nicht, wenn's nicht ganz genau ist«, versuchte Lili sie zu beruhigen.

»Du wirst mit einem perfekten Saum zum Altar schreiten«, nuschelte ihre Mutter, ein paar Stecknadeln zwischen den Zähnen. »Alles andere kommt nicht infrage.«

»Das Kleid ist ein Traum«, schwärmte Gundi, die auf dem Sofa saß, Lilis alte Triumph-Schreibmaschine auf dem Schoß, und Tippen übte. Trotzdem spähte sie immer wieder bewundernd zu ihrer Schwester hinüber. »Du siehst einfach topelegant aus.«

»Deines wird auch wunderschön«, versicherte ihr Lili. Sie war so froh, dass sie in der Stoffhandlung sofort zugegriffen hatte, gleich am Tag, nachdem sie den Hochzeitstermin festgelegt hatten. Jetzt, da das Geld täglich an Wert verlor, hätte sie sich den weiß glänzenden Satin nicht mehr leisten können, geschweige denn den Crêpe de Chine mit den Streublümchen für Gundi und den in Violett für ihre Mutter. Ihr Buchhonorar so schnell wie möglich für Möbel, Babykleidung und Windeln auszugeben war das Vernünftigste gewesen, was sie in diesen Zeiten hatte tun können. Aus dem Urlaub der Eltern war leider nichts geworden, den hatte die Geldentwertung aufgefressen.

Lili strich sich über ihren Bauch. Noch konnte man von dem Leben, das in ihr wuchs, nichts sehen, und doch war es da, und sie selbst fühlte die sanfte Wölbung durchaus. Manchmal glaubte sie ein leichtes Flattern in sich zu spüren, wie die Flügel eines Schmetterlings. Seit dem großen Krach mit Emil und der anschließenden Versöhnung hatten sich die Ereignisse überstürzt: Es war ihnen tatsächlich gelungen, Pelles Wohnung zu übernehmen, und wenn sie auch winzig war mit dem einen Zimmer, der Küche und dem Abort auf halber Treppe – sie waren überglücklich. Lili würde nur durch den Hinterhof von ihrer Familie getrennt leben, und wenn ihr zu Hause die Decke auf den Kopf fallen sollte, könnte sie jederzeit auf einen Sprung zu ihnen hinübergehen.

In drei Tagen schon sollte die Hochzeit sein, in kleinem Kreis, nur mit den Blumes, den Frieseckes, ein paar Verwandten und Nachbarn. Pelle hatte nicht nur versprochen, ein erstklassiges Automobil für den Weg zwischen Standesamt, Kirche und dem Restaurant *Kempinski* in der Leipziger Straße zu besorgen, sondern er würde gemeinsam mit Lilis Kollegin Fritzi Trauzeuge sein.

»So, fertig.« Hedwig Blume richtete sich auf und rieb sich den unteren Rücken. »Jetzt kannst du mal in dein Kleid schlüpfen,

Gundi«, forderte sie ihre Jüngste auf, und das Geklapper der alten Triumph erstarb.

»Hundertfünfzehn Anschläge pro Minute«, verkündete Gundi stolz.

»Fehlerfrei?«, fragte Lili streng nach.

»Muss ich nachher mal überprüfen«, räumte ihre jüngere Schwester ein. Gundi suchte für die Sommerferien einen Job als Aushilfe, und Lili hatte versprochen, sie zu empfehlen, wenn sie gut genug wäre. Danach wollte Gundi weiter zur Schule gehen, und Lili unterstützte sie sehr bei diesem Vorhaben. Wenn alles klappte, würde ihre kleine Schwester das erste Mädchen in der Familie sein, das Abitur machte. Und besonders Hedwig Blume, die das auch vorgehabt hatte, nach dem viel zu frühen Tod ihres Vaters jedoch die Schule hatte verlassen müssen, hoffte sehr darauf.

Gundi zog ihre Bluse über den Kopf, ließ den Rock zu Boden gleiten und legte die Sachen dann ordentlich auf das Sofa. Dann streckte sie die Arme in die Höhe, als wollte sie einen Kopfsprung vom Einmeterbrett machen, damit die Mutter ihr in das zunächst nur mit Heftfaden zusammengehaltene Kleid helfen konnte. Lili spulte einstweilen Gundis Schreibübung ein wenig hoch und überflog den Text.

»Zwei Fehler«, sagte sie. »Beide Male verwechselst du das W mit dem E. Wenn du noch fleißig weiterübst, kannst du bald im Schreibsaal arbeiten.«

Dort saßen dreißig bis vierzig junge Frauen dicht nebeneinander und tippten, was das Zeug hielt. Lili schauderte, wenn sie nur daran dachte. Allein der Lärm, der dort herrschte, und der Druck, so schnell wie möglich zu arbeiten, waren eine Belastung für die Frauen. Deshalb war Lili so froh darüber, dass sie bei Vicki Baum arbeiten durfte. Und wer weiß, vielleicht fände sich ja auch für Gundi etwas Netteres.

Die folgenden beiden Tage vergingen wie im Flug. Lili konnte kaum glauben, wie viele Kleinigkeiten noch erledigt werden mussten. Ihr Vater hatte bei der Reservierung glücklicherweise darauf bestanden, die Rechnung für das Hochzeitsessen im Voraus zu begleichen, weil niemand wusste, ob man sich dieses in ein paar Tagen überhaupt noch leisten konnte, so irrsinnig war der Verfall der Währung. Als schließlich alles bereit war und der große Tag anbrach, erschien Lili alles wie ein einziger Traum: das Anlegen des wunderschönen Kleides und des Schleiers, der wie einer der aktuell modischen Glockenhüte am Oberkopf eng anlag, im Nacken gerafft wurde und sich dann in großzügigen Kaskaden über ihren Rücken ergoss. Gundi hatte aus Myrtenzweigen einen feinen Kranz gewunden, den Lili sich über den Schleier um die Schläfen legte, und Emil trug am Revers seines Fracks ein passendes Sträußchen.

Es war Vicki Baum, die sich erboten hatte, ihrem Tippfräulein den Brautstrauß zu spendieren, und tatsächlich erschien sie am Hochzeitsmorgen höchstpersönlich vor dem Haus in der Wassertorstraße, als es Zeit war, zum Standesamt zu gehen, um Lili das Bouquet zu überreichen.

»Lilien«, sagte sie und reichte der Braut den Strauß. »Immerhin heißen Sie Lili, da kommt doch keine andere Blüte infrage, oder?«

»Vielen Dank«, brachte Lili gerührt hervor. »Das ist unglaublich nett von Ihnen.«

»Alles Glück dieser Erde«, wünschte ihre Chefin, dann schüttelte sie Emil herzlich die Hand. »Machen Sie was daraus!«, raunte sie ihm zu, dann verschwand sie wieder zurück zu ihrer Arbeit.

Die Ja-Worte kamen ihr und Emil völlig natürlich von den Lippen. Sie wussten beide ja schon seit langer Zeit, dass sie füreinander bestimmt waren. Während der Zeremonie musste Lili wieder daran denken, dass sie sich schon im Alter von fünfzehn Jahren versprochen hatten, einander eines Tages zu heiraten, und ein kleines glückliches Lachen stieg in ihr auf. Damals hatten sie Ringe aus Gräsern gewunden und sich gegenseitig auf die Finger gesteckt. Heute waren es die Goldringe ihrer verstorbenen Großeltern, die sie sich hatten anpassen lassen.

Als die Zeremonie vorüber war, sie sich geküsst hatten und nun zum Ausgang wandten, sah Lili, dass ihre Mutter Tränen in den Augen hatte, während Käthe Friesicke vernehmlich vor sich hin schluchzte. Gundi wirkte rührend erwachsen in ihrem hübschen Kleid, und nachdem Lili an Emils Arm unter den rauschenden Kadenzen der Orgel die Kirche verlassen hatte, rannte auf einmal eine Gestalt mit dunklem Bubikopf über den Kirchplatz und fiel zuerst Gundi und dann Pelle um den Hals, sehr zu Fritzis Enttäuschung, die sich schon gefreut hatte, einen so schmucken Kavalier in ihm zu haben.

»Juliette!«, rief Lili überrascht aus und wurde sofort von der kleinen Französin auf beide Wangen geküsst.

»*Félicitations*«, keuchte sie außer Atem. »Tut misch so leid, der Zug 'atte Verspätüng.«

Pelle wirkte, als könnte er sein Glück kaum fassen, denn von Juliettes Überraschungsbesuch hatte nur Gundi etwas gewusst. Er bestand darauf, dass sich die hübsche Französin neben ihn auf den Beifahrersitz der eleganten Limousine setzte, während das Brautpaar im Fond des Wagens Platz nahm. Unter den Scheibenwischern steckten Blütensträuße, und an den Rückspiegeln hatte er weiße Seidenbänder befestigt, die im Fahrtwind flatterten, und so fuhr Pelle mit ihnen vor lauter Übermut eine Ehrenrunde durch die Innenstadt und selbstverständlich auch die Prachtstraße Unter den Linden entlang und hielt schließlich vor dem Restaurant in der Leipziger Straße.

Alles erschien Lili weiterhin wie ein Traum, das festliche Essen, die Rede ihres Vaters, die sie ihm, wenn sie ehrlich war, niemals zugetraut hätte und die sie zu Tränen rührte. Die Hochzeitstorte, die Hedwig gemeinsam mit Käthe heimlich in deren Küche gebacken hatte, und die praktischen Geschenke, die ihre Ausstattung komplett machten. Für den einzigen Wermutstropfen sorgte leider Emils Kollege Mäcki, den er gebeten hatte, ein paar Fotos zu machen, denn Lili und er wünschten sich natürliche Fotografien statt jener arrangierten, die man üblicherweise in einem Studio machte. Zwar stellten sich Mäckis Aufnahmen später als gelungen heraus, doch verdarb er ihnen ein wenig den Tag dadurch, dass er Juliette im Vorübergehen die Hand auf den Allerwertesten legte, sodass Pelle ihn am Schlafittchen packte, auf die Straße bugsierte und ihm mit Sicherheit eine blutige Nase geschlagen hätte, wäre Lilis Vater nicht rechtzeitig eingeschritten.

Später feierten sie noch bei Emils Eltern weiter, die ihr Wohnzimmer ausgeräumt hatten, in dem sie zur Musik des Grammofons, Udo Friesickes ganzem Stolz, den Brautwalzer tanzten und natürlich auch Tango, Foxtrott und Shimmy, den neumodischen »Wackeltanz«, in dem besonders Pelle und Juliette eine gute Figur machten. Hedwig hatte ihre berühmte Erdbeerbowle gemacht, Käthe belegte Schnittchen, und als Emil schließlich seine frisch angetraute Frau über die Schwelle ihrer neuen Wohnung trug, war es weit nach Mitternacht.

Und war es nicht seltsam? Obwohl sie so übermüdet war, empfand Lili ihre erste gemeinsame Nacht in den eigenen vier Wänden als viel wirklicher als alles, was sich an diesem großen Tag zugetragen hatte. Zum ersten Mal liebten sie und Emil sich ganz ohne Scham und Geheimnistuerei, ohne schlechtes Gewissen und Angst vor Entdeckung. Und trotz der Erschöpfung von all den nervenaufreibenden und doch auch wunderschönen Vorbereitungen und der gelungenen Feier genossen sie die Zweisamkeit ihrer ersten Nacht als Verheiratete in vollen Zügen.

»Dass Sie gar keine Flitterwochen machen«, staunte Vicki Baum, als Lili schon am übernächsten Tag wieder im Büro erschien.

»Die holen wir irgendwann nach«, antwortete Lili und packte das prächtige Stück Hochzeitstorte aus, das sie für ihre Chefin aufgehoben hatte. »Die hat meine Mutter gemeinsam mit meiner Schwiegermama gebacken«, sagte sie und entdeckte erst da das gelbe, brandneue Büchlein, das auf ihrem Schreibtisch lag. »Ist das …«, begann sie und nahm es ehrfürchtig in die Hand. *Das samtene Mädchen*, stand auf dem Titel, *Roman von Lola Monti*. Lilis Herz machte einen freudigen Sprung.

»Na, wie gefällt es Ihnen?«, sagte Vicki Baum mit einem Lächeln. »Ein schönes Gefühl, das erste Mal, nicht wahr?«

Lili schluckte. »Unbeschreiblich«, flüsterte sie und schlug den gelben Band auf. Vor ihren Augen flimmerten ihre eigenen Sätze, die sie in einsamen Nächten hingeschrieben und später viele Male kritisch gelesen und überarbeitet hatte.

»Das Exemplar hab ich für Sie ergattert«, hörte sie Vicki Baum sagen. »Sicher befindet sich ein ganzes Paket davon in Ihrem Postlager. Aber da ich Sie damals empfohlen habe, konnte mir Herz die Bitte nicht abschlagen.«

»Das ist schrecklich nett von Ihnen«, sagte Lili gerührt.

»Und wissen Sie was?«, fuhr Vicki Baum fort. »Das Ganze muss gefeiert werden. Ich bin mit Rosalie Ullstein zum zweiten Frühstück verabredet. Wieso kommen Sie nicht einfach mit?«

Lili wurde ganz heiß bei dem verlockenden Gedanken. »Würde ich Sie beide nicht stören?«, wandte sie verlegen ein.

»Nein, bestimmt nicht«, versicherte ihr Vicki Baum. »Rosalie hat es gerade nicht leicht, Sie wissen ja, was mit Dr. Franz passiert ist. Die Gute hat ein wenig Aufmunterung und gute Laune dringend nötig.« Sie griff bereits nach ihrer Handtasche.

»Und die Arbeit?«

»Die erledigen wir später«, bestimmte Vicki Baum. »Dies ist ein Auswärtstermin. Kommen Sie, Fräulein Blu ... ach je«, korrigierte sie sich. »Sie heißen ja jetzt Frau Friesicke. Schade eigentlich. Blume ist so ein hübscher Name, fast so schön wie Baum.«

»Ach, Namen sind doch Schall und Rauch«, gab Lili großzügig zurück. »Wenn Sie möchten, dürfen Sie gern weiterhin Blümchen zu mir sagen.«

Rosalie Ullstein saß ganz allein an dem Tisch im *Café Josty* am Potsdamer Platz, und Lili fand, dass sie sehr verloren wirkte. Sie schien abgenommen zu haben, die Wangenknochen in ihrem schönen Gesicht wirkten markanter, außerdem war sie recht bleich. Als sie ihre Freundin in Begleitung von Lili sah, hellte sich ihre Miene auf. Die erste halbe Stunde ihres Zusammenseins verging mit den erfreulichen Erzählungen von Lilis Hochzeit und dem Bewundern des frisch gedruckten Buchexemplars.

»Darf ich es Ihnen schenken?« Lili fühlte, dass sie errötete. »Als Dankeschön. Denn Sie und Frau Baum, Sie haben mir immer wieder Mut gemacht.«

»Ich?«, fragte Rosalie ehrlich überrascht. »Womit denn?«

»Einfach indem Sie so waren, wie Sie nun mal sind«, versuchte Lili zu erklären, und dabei wurde ihr noch heißer. »So klug und mutig, so als gäbe es keine Grenzen.«

Kurz wurde es sehr still am Tisch, und Lili hatte schon die Befürchtung, sie hätte etwas Falsches gesagt, als Rosalie Ullstein gerührt, fast mit Tränen in den Augen fragte: »Finden Sie das wirklich?«, und nach einem Taschentuch suchte.

»Für uns Frauen«, warf Vicki Baum ein, »gibt es nur die Grenzen, die wir uns selbst stecken oder von anderen stecken lassen.«

Rosalie nickte und tupfte sich die Augen ab. »Das ist lieb, dass ihr mich daran erinnert«, sagte sie, und ihre Stimme klang belegt. »Um ein Haar hätte ich den Glauben daran verloren.«

Lili sah sie erschrocken an. Dass jemand wie Rosalie Ullstein den Glauben an sich verlieren könnte, damit hatte sie offenbar nicht gerechnet. »Aber warum denn?«, fragte sie.

Rosalie Ullstein wechselte mit Vicki Baum einen Blick, dann begannen sie zu erzählen. Von den unglaublichen Anschuldigungen, sie sei eine Spionin im Dienste der französischen Regierung. Und wie das Direktorium diese Lüge benutzt hatte, um Dr. Franz kaltzustellen.

»Können Sie sich meinen Mann zu Hause ohne Aufgabe vorstellen?«, fragte Rosalie Ullstein und sah sie aus ihren großen dunklen Augen an. »Und das Schlimmste daran ist, dass man so tut, als sei das meine Schuld.«

»Das Ganze zielt im Grunde auf Franz ab«, wandte Vicki ein. »Du bist ihnen nur in die Quere gekommen.«

»Ja, sie waren von Anfang an gegen mich.«

»Außerdem sind sie dabei, deinen Ruf zu ruinieren«, warf Vicki Baum erbost ein. »Wir müssen dem irgendwie Einhalt gebieten.«

»Sie dürfen auf keinen Fall klein beigeben«, erklärte Lili leidenschaftlich.

»Das werde ich auch nicht«, antwortete Rosalie. »Deshalb geht die Sache vor Gericht.«

»Aber …«, Lili zog ihre Stirn kraus, um besser nachdenken zu können, »… da Sie ja keine Spionin sind, werden Sie auf alle Fälle gewinnen. Oder nicht?«

Rosalie Ullstein holte tief Luft und stieß sie dann mit einem tiefen Seufzer aus. »Darüber zerbreche ich mir ja die ganze Zeit den Kopf«, erklärte sie. »Natürlich bin ich keine Spionin. Doch Pollmann, der Justiziar der Firma, behauptet, sie hätten belastendes Material. Ja, es sei geradezu vernichtend. Und zwar von den französischen Behörden für Staatssicherheit. Mein Name soll angeblich auf einer Liste des Geheimdiensts stehen. Das ist natürlich blanker Unsinn. Außer ...«

Sie hielt inne und schien intensiv nachzudenken.

»Außer was?«, fragte Lili, bis zum Äußersten gespannt.

»Außer man hat die Dokumente entsprechend gefälscht«, beendete Rosalie schließlich den Satz.

Lili schwieg schockiert, und sogar Vicki Baum starrte düster vor sich auf ihr Gedeck. Eine Gruppe älterer Damen betrat das *Josty* und nahm an einem der benachbarten Tische Platz. Der Duft nach Kaffee, Zuckergebäck und Vanillecreme wehte durch den Raum. Lili konnte nicht glauben, dass es in derselben Welt Menschen geben sollte, die Dokumente fälschten, um eine wundervolle Frau wie Rosalie unfassbarer Dinge zu beschuldigen.

»Man muss dir Einblick in die Dokumente gewähren«, sagte Vicki Baum.

»Natürlich«, antwortete Rosalie Ullstein und zündete sich nervös eine Zigarette an. »Meine Anwälte fordern das schon seit Wochen. Aber Franz' Brüder schieben das immer weiter hinaus. Im Grunde wollen sie nur eines: dass Franz sich von mir trennt. Oder ich mich von ihm. Sie wollen mich loswerden. Egal wie.«

»Also, entweder gibt es diese Papiere gar nicht«, fasste Vicki die Sachlage zusammen, »und sie pokern nur hoch. Oder sie haben gefälschte Dokumente.«

Rosalie nickte. »Die Gerichtsverhandlung beginnt in fünf Wochen«, sagte sie. »Anfang September. Spätestens dann werden wir es wohl erfahren.«

»Wo befinden sich denn diese Unterlagen?«, wollte Lili wissen.

»Kennen Sie Pollmann?«

»Dem Namen nach«, antwortete Lili niedergeschlagen. »Begegnet bin ich ihm noch nie.« Sie sah aus, als würde sie schrecklich gerne helfen.

»Jemand müsste in sein Büro einbrechen und die Dokumente stehlen.« Vicki Baum sah sehr verwegen aus bei dieser Idee. »Können wir nicht jemanden anheuern, der das macht?«

Rosalie lachte, doch es klang eher freudlos. »Du wirst es nicht glauben, ich hab auch schon daran gedacht«, antwortete sie. »Aber so etwas kommt wohl nur in deinen Romanen vor, Vicki. Und wenn ich es mir recht überlege: nicht einmal da.«

»Für eine frisch verheiratete Frau wirkst du überhaupt nicht glücklich«, beschwerte Emil sich an diesem Abend bei ihr.

Und da weihte ihn Lili in die Geschichte ein, nicht ohne ihm vorher das Versprechen abgenommen zu haben, es keiner Menschenseele weiterzuerzählen. Er konnte es kaum glauben. Dass der Generaldirektor aus dem Unternehmen ausgeschieden war, hatte er natürlich wie alle anderen mitbekommen, und dass es dabei nicht ganz fein zugegangen sein sollte, auch. Um die näheren Umstände hatte er sich jedoch bislang nicht gekümmert. Dass ausgerechnet Rosalie Ullstein, die ihm so sehr geholfen hatte, das Opfer einer dermaßen plumpen Intrige werden sollte?

»Dieser Pollmann«, sagte er nachdenklich und erinnerte sich an den Besuch in der Fotoabteilung. »Der führt irgendwas im Schilde.« Doch als er Lili von dem kurzen Gespräch erzählte, das er zwischen dem Justiziar und Mäcki mitbekommen hatte, war sie wenig überzeugt.

»Das kann alles und nichts bedeuten«, sagte sie nachdenklich.

Später, als sie zu Bett gegangen waren und Emil längst schlief, ging ihr die ganze Sache noch im Kopf herum. Ob man vielleicht tatsächlich in das Büro dieses Dr. Pollmann einbrechen sollte? Unsinn, schalt sie sich selbst. Nicht einmal darüber nachdenken sollte sie. Man käme nämlich in Teufels Küche mit solchen Plänen. Und dann schlief sie, dicht an Emil gekuschelt, endlich auch ein.

Am nächsten Morgen hatte sich der Verleger Emil Herz angekündigt, und damit ihm Lili aus dem Weg gehen konnte, erlaubte Frau Baum ihr, kurz bei Anita vorbeizuschauen, um zu fragen, ob die Modejournalistin während der Sommerferien eventuell Verwendung für ein Tippfräulein hätte. Anita, so erfuhr Lili, hatte jedoch seit Kurzem eine eigene Sekretärin.

»Sie ist zwar bei Weitem nicht so genial wie Sie«, erklärte Anita, obwohl die junge Frau direkt neben ihr saß und mit hochroten Ohren tapfer weitertippte, »aber sie schreibt tipptopp meine Artikel ab. Warum fragen Sie? Wollen Sie etwa Vicki Baum verlassen?«

»Nein, nein«, beeilte sich Lili zu beteuern. »Es geht um meine jüngere Schwester. Sie sucht etwas Befristetes während der Sommerferien. Und obwohl sie erst sechzehn ist, tippt sie sauber und ist absolut zuverlässig.«

»Na, wenn sie durch Ihre Schule gegangen ist, glaube ich das aufs Wort«, lachte Anita. »Aber wissen Sie was, wieso fragen Sie nicht in der Personalabteilung nach? Die wissen doch am besten, wo jemand gebraucht wird.«

Lili schlug sich mit der Hand vor die Stirn. Natürlich. Warum war sie nicht gleich darauf gekommen? Sie bedankte sich für den Rat und ging auf der Stelle dorthin.

Im Korridor, der zur Personalabteilung führte, wurde sie plötzlich ganz befangen. Zu gut erinnerte sie sich an ihren Besuch hier vor drei Jahren, als sie mit klopfendem Herzen ihre Bewerbung abgegeben hatte. Die Dame in Grau, wie sie die zuständige Mitarbeiterin heimlich nannte, hatte ihr nicht viel Hoffnung gemacht. Und dann hatte sie so großes Glück gehabt und war am Ende Vicki Baum zugeteilt worden.

Mutig klopfte sie an der Tür und schilderte Gundis Schreibmaschinenkenntnisse in den glühendsten Farben.

»Es gibt viele Bewerberinnen als Tippfräulein«, antwortete die Frau mit der Nickelbrille kühl. »Wenn Ihr Fräulein Schwester nichts weiter vorzuweisen hat als Schreibmaschinenkenntnisse, dann wird es wohl nichts werden. Das kann heutzutage jedes Mädchen, das den Fuß durch diese Tür setzt.«

Lili überlegte fieberhaft. »Sie kann sehr gut Französisch«, sagte sie zögernd.

»Wirklich?« Die strenge Frau wirkte mit einem Mal interessiert. »Wie gut denn?«

»Fließend«, behauptete Lili, obwohl sie sich dessen gar nicht sicher sein konnte. Doch jetzt war nicht die Zeit für Bescheidenheit. »Meine Schwester hat drei Monate in Paris eine Schule besucht und die besten Zeugnisse nach Hause gebracht.«

Die Augen der Personalbearbeiterin betrachteten sie skeptisch.

»Nun«, sagte sie schließlich mehr zu sich selbst, »das kann man ja alles nachprüfen. Wir hätten da tatsächlich eine befristete Vakanz für eine Sekretärin mit sehr guten Französischkenntnissen. Aber es ist eine Vertrauensstellung, und ich bin mir nicht sicher … wie alt, sagten Sie, ist Ihr Fräulein Schwester?«

»Achtzehn«, schwindelte Lili. Wenn Gundi erst einmal zum Vorstellungsgespräch eingeladen wurde und mit ihren Sprachkenntnissen brillierte, würde man sich über das Alter nicht mehr so viele Gedanken machen, da war sie sich sicher. »Heutzutage gibt es wenige Sekretärinnen, die gut Französisch sprechen«, fügte sie mutig hinzu.

»In Wort und Schrift?« hakte die Dame in Grau nach.

»Selbstverständlich«, versicherte Lili und hielt ihrem Blick stand.

»Nun gut«, entschied die Personalsachbearbeiterin. »Ihre Schwester soll sich morgen früh hier melden«, erklärte sie. »Um neun. Dann sehen wir weiter.«

28

»Wo bist du gewesen?«

Rosalie reichte dem Hausmädchen ihre Clutch und ließ sich aus dem Mantel helfen. Sie konnte es nicht fassen, was dieser Familienstreit aus Dr. Franz gemacht hatte. Bleich und mit entzündeten Augen stand er da und musterte sie wie ein Vater seine unmündige Tochter. Ihr war, als sei er in wenigen Wochen um Jahre gealtert.

»Ich war mit Vicki Baum in einer Filmpremiere«, antwortete sie, obwohl ihr etwas ganz anderes auf der Zunge lag. Etwas wie: ›Muss ich jetzt Rechenschaft ablegen, wo und wie ich meine Zeit verbringe?‹ Sie hätte es ihm ja ohnehin erzählt, in diesem Ton an der Tür empfangen zu werden war allerdings beschämend. Deshalb ging sie nicht, wie sie es ursprünglich vorgehabt hatte, in den großen Salon, um mit ihm noch ein Glas Champagner zu trinken und ihm von dem Film zu erzählen, sondern direkt die Treppe hinauf in ihr Zimmer. Sollte er doch seine schlechte Laune an Hans auslassen, auch wenn ihr der Junge wirklich leidtat. Er war ein treuer und vorbildlicher Hausdiener und hatte die Behandlung, die Franz ihm in letzter Zeit angedeihen ließ, wahrlich nicht verdient. Aber es war auch nicht richtig, dass sie seinen Ärger abbekam. Denn sie war die Letzte, die für diesen Skandal etwas konnte.

»Darf ich hereinkommen?« Er war ihr gefolgt, immerhin fragte er höflich.

»Sicherlich«, antwortete sie liebenswürdig. Sie würde die Contenance behalten, egal, wie er sich verhalten würde. »Möchtest du etwas trinken?« Sie hatte die Hand bereits an der Klingel, doch Franz winkte ab.

»Ich finde, wir sollten gemeinsame Anwälte haben«, platzte er mit dem heraus, worüber er offensichtlich den ganzen Abend lang gebrütet hatte.

»Ja, das wäre mir auch am liebsten«, antwortete Rosalie mit einem Seufzen und ließ sich auf ihr Sofa sinken. »Allerdings wird es ja zwei Verhandlungen geben. Meine Klage wegen Rufmord. Und du wirst auf Wiedereinstellung klagen. Das wird dann vor dem Arbeitsgericht ...«

»Das weiß ich doch, schließlich bin ich selbst Jurist«, unterbrach Franz sie unwirsch und ging auf ihrem wundervollen weichen Perserteppich auf und ab. »Dennoch hängt das eine mit dem anderen zusammen. Denn man hat mich meiner Ämter enthoben, weil du angeblich eine Spionin sein sollst. Und deshalb halte ich es für richtiger, wenn wir uns von denselben Anwälten vertreten lassen.«

»Von mir aus gerne«, antwortete Rosalie. »Fragen wir einfach Max Alsberg, was er davon hält.«

»Er hält nichts davon«, erklärte Franz ungehalten. »Ich hab ihn nämlich schon gefragt.«

Oh, dachte Rosalie peinlich berührt. Davon hatte er ihr gar nichts gesagt. »Nun, dann hat sich die Sache wohl erledigt?«, fragte sie verwirrt.

»Nein, hat sie nicht!« Franz bekam schon wieder diese roten Flecken im Gesicht, die nichts Gutes bedeuteten. »Wenn er sich weigert, auch mich zu vertreten, dann bin ich dafür, dass wir uns jemand anderen suchen. Ich habe mit Wilhelm von Dübeln gesprochen. Er wird uns beide vertreten.«

Rosalie blieb kurz die Luft weg. Von Dübeln? Diesen Namen hatte sie noch nie gehört. Und Franz erwartete ernsthaft von ihr, dass sie den besten Strafverteidiger des Landes aufgab, um sich von einem ihr völlig unbekannten Anwalt vertreten zu lassen?

»Nein«, sagte sie ruhig. »Das halte ich für keine gute Idee. Max Alsberg ist der Beste. Und ich brauche den Besten, denn für mich steht viel auf dem Spiel.«

»Für dich!«, fauchte Franz. »Für mich etwa nicht? Immer geht es dir nur um dich. Dass dein Ehemann ebenso um seinen Ruf und seine Rechte kämpfen muss, scheint dir wohl völlig gleichgültig zu sein?«

»Franz, bitte sei nicht albern. Natürlich ist mir das nicht gleichgültig. Und wenn du diesen von Dübeln für denjenigen hältst, der dich am besten vertreten kann, dann mach ihn zu deinem Anwalt. Nachdem Paul Levi nicht mehr da ist, verlasse ich mich auf Alsberg.« Mein Gott, dachte Rosalie. Ihr Prozess war schon in drei Wochen. Wie um alles in der Welt konnte Franz von ihr so etwas Unsinniges verlangen? »Komm, setz dich zu mir«, bat sie ihn. Und als er sich tatsächlich neben ihr niederließ, nahm sie seine Hand. »Es tut mir so unendlich leid, dass du dir mit mir so viel Ärger eingehandelt hast. Aber jetzt müssen wir klug sein und dürfen uns nicht von unseren Gefühlen leiten lassen. Denn dann haben sie leichtes Spiel mit uns, mein Liebster.« Sie wartete die Wirkung ihrer Worte ab, und als Franz ein wenig ruhiger wirkte, fuhr sie fort. »Unsere Einheit zeigen wir nicht dadurch, dass wir auf Biegen und Brechen denselben Anwalt nehmen. Du solltest den besten Arbeitsrechtler engagieren, den wir im Reich finden können. Leider habe ich keine Kontakte zu Juristen dieses Fachgebiets. Wir können Erkundigungen einholen, uns von Alsberg beraten lassen ...«

»Es macht sehr wohl einen Unterschied, ob wir getrennt in den Kampf ziehen oder gemeinsam«, wandte Franz ein. »Auf der Gegenseite wird immer Pollmann stehen, während wir uns auseinanderdividieren lassen.« Er sah sie an, seine Lider waren gerötet. »Louis hat schon recht damit, wenn er sagt, dass es dir nur darum geht, deine eigene Haut zu retten.«

Rosalie schwieg betroffen. Wann hatte Louis so etwas zu ihrem Mann gesagt? Soviel sie wusste, verkehrten seine Brüder nur noch über Pollmann mit ihm. Waren sie etwa dabei, ihre Einigkeit zu untergraben? Und Franz einzureden, sie sei diejenige, die sich von ihm distanzierte?

»Ich will nicht als Spionin in Leipzig ins Zuchthaus gesperrt werden«, sagte sie schlicht.

»Das wirst du auch nicht«, erklärte Franz vehement und drückte ihre Hand. »Niemals würde ich das zulassen. Ich habe dir versprochen, immer für dich zu sorgen. Und dieses Versprechen halte ich.«

Sie schwieg gerührt. Dieser Mann, der ihretwegen quasi über Nacht seine Macht verloren hatte, kam ihr hilflos vor, fast wie ein Kind. Er war nie zuvor auf sich gestellt gewesen, dachte sie bedrückt. Als einer der fünf Kronprinzen hatte er von klein auf um seine Position ringen müssen. Der Konkurrenzkampf zwischen den Brüdern war ihnen vermutlich in die Wiege gelegt worden. Kein Wunder waren sie alle so verschieden geraten, zu ihrer Überlebensstrategie hatte nicht nur die Spezialisierung auf ein Arbeitsfeld innerhalb des Verlags, sondern außerdem die Ausprägung eines energischen Charakters gehört. Soweit sie das beurteilen konnte, war von allen Brüdern Hermann derjenige, der sich am meisten zurückgezogen hatte, und wenn sie sich anfangs darüber gewundert hatte, so verstand sie ihn inzwischen umso besser. Die Familie war Halt und Haifischbecken zugleich. Von ihr ausgeschlossen zu werden kam einem Todesurteil gleich, wie man aktuell an Franz und seinem Nervenkostüm ausgezeichnet beobachten konnte. Aber selbst wenn man dazugehörte, war der Überlebenskampf noch lange nicht vorbei. Rosalie wollte nicht in der Haut ihres Mannes stecken.

War es ein Fehler gewesen, Teil dieser Familie werden zu wollen? Sie hatte sich tapfer in dieses Haifischbecken geworfen, nun erhielt sie die Quittung dafür. Doch noch war nicht aller Tage Abend. Sie würde sich zu wehren wissen.

»Das ist wirklich wundervoll von dir«, sagte sie deshalb. »Ich fürchte allerdings, in diesem Fall können mich nur ausgezeichnete Juristen retten.«

»Ich bin selbst Doktor der Jurisprudenz«, begehrte Franz auf.

»Ja, das bist du«, versuchte Rosalie ihn zu besänftigen. »Und ein wundervoller Ehemann, genialer Verlagsleiter, zauberhafter Vater und vieles mehr. Ich bitte dich nur um eines: Lass mich meinen Prozess führen, wie ich es für richtig halte. Lass mir meine Anwälte und rede mir in diese Sache nicht hinein.«

Nach diesen deutlichen Worten schwieg Franz eine lange Weile, und Rosalie erfasste mit einem Mal und völlig unvorbereitet eine derartig heftige Sehnsucht nach Kobra, dass sie kaum mehr atmen konnte. Sich mit ihm über all diese hochkomplizierten Dinge austauschen zu können, das wäre eine Wohltat.

»Was soll ich nur tun, wenn sie mich nicht mehr in den Verlag zurückkehren lassen«, sagte Franz plötzlich leise, und es klang nicht nach einer Frage, sondern nach einem Gedanken, wie er einem in vielen schlaflosen Nächten kam. »Ohne den Verlag bin ich nichts«, fuhr er verzweifelt fort. »Rosalie, es ist furchtbar. Ich weiß überhaupt nicht, was ich den ganzen Tag mit mir anfangen soll. Seit ich denken kann, war der Verlag das Wichtigste in meinem Leben. Ich fühle mich so ... so abgeschnitten vom Puls der Zeit. Keiner informiert mich mehr. Niemand braucht meinen Rat. In der Stadt sehen mich alle so komisch an, und ich kann ihnen das gar nicht mal verdenken.« Rosalie ergriff seine Hand und drückte sie, doch er schien es nicht zu bemerken. »Weißt du, was das Schlimmste ist?« Er wartete ihre Antwort gar nicht ab. »Ich vermisse die ganze Bande. Ja, sogar Heinz vermisse ich, stell dir das mal vor. Ist das denn normal?« Hilfesuchend sah er sie aus rotumränderten Augen an. »Rosalie, was soll nur aus mir werden, wenn ich nicht mehr zurückkehren kann?«

»Das wird nicht geschehen«, versuchte Rosalie ihn sanft zu beruhigen.

»Und wenn doch?«

»Es wird nicht geschehen«, wiederholte sie eindringlich. »Und wenn es trotzdem passieren sollte, dann werden wir die Optionen prüfen, die uns bleiben«, schlug sie dann nach kurzem Zögern vor. »Und das sind eine ganze Menge. Es gibt ein Leben außerhalb des Verlags, ob du dir das nun vorstellen kannst oder nicht. Wir könnten reisen. Nach Paris ziehen, da hat es dir neulich so gut gefallen. Oder eine Zeit lang anderswo leben. Finanzielle Sorgen würdest du nicht haben, dein Vermögen ist groß genug, um den Rest deines Lebens in Wohlstand zu verbringen. Hast du schon einmal überlegt, wie es wäre, nach Amerika zu gehen?«

»Ich bin schon dort gewesen«, gab Franz düster zurück. »Vor vielen Jahren zwar. Ich war froh, als ich wieder zu Hause war.«

Rosalie schwieg. So vieles könnte sie noch vorschlagen. Die Welt war weit und wundervoll. Vickis Worte klangen in ihr nach.

»Wer weiß, wie sich die politische Lage entwickeln wird«, gab sie zu bedenken. »Die Ullsteins sind Juden ...«

»Ach was«, fiel ihr Franz ins Wort. »Wir sind getaufte Protestanten. Unsere Herkunft spielt schon lange keine Rolle mehr.«

»In euren Augen vielleicht«, wandte Rosalie ein. »Die Nationalsozialisten und andere Rechtsparteien sehen das anders. Wäre es nicht klug, sich ein Standbein in Übersee aufzubauen? In New York zum Beispiel. Oder du könntest versuchen, dich in Hollywood ins Filmgeschäft einzukaufen. Was glaubst du, wie sehr Heinz das ärgern würde.«

Erst jetzt fiel ihr auf, dass Franz sie aufmerksam von der Seite betrachtete.

»Dir wäre es wohl ganz recht, wenn ich vor Gericht verlieren würde«, sagte er.

»Wie kannst du so was nur denken«, beeilte sie sich zu widersprechen. »Ich teile lediglich meine Überlegungen mit dir ...«

»Und die zielen alle in die Ferne«, konstatierte Franz mit bitterem Unterton. »Lauter verlockende Pläne. Hegst du die schon lange?«

Rosalie schloss kurz die Augen. Wenn er so im Verlag gewesen ist, dachte sie, dann wundert es mich nicht, dass sie ihn loswerden wollten.

»Nein«, antwortete sie schlicht. »Ich hege keine Pläne. Du hast mich gefragt, was du tun könntest für den Fall, dass du verlierst.«

»Und du hast dir das bereits ganz genau überlegt«, gab Franz niedergeschlagen zurück. »Also glaubst du nicht daran, dass ich ...«

»Nein, hör auf damit«, fiel ihm Rosalie ins Wort. »Du bist ein kluger Mensch, Franz. Solche falschen Schlüsse sollten dir fernliegen.« Sie erhob sich. »Ich bin müde und möchte zu Bett gehen. Lass uns morgen weiterreden.«

»Schläfst du heute Nacht bei mir?«

Nach diesem Gespräch hätte sie die Nacht zwar lieber allein

verbracht, Franz' Gegenwart kostete sie augenblicklich zu viel Kraft, die sie dringend für ihren Rechtsstreit benötigte. Und doch kam es nicht infrage, ihn in diesem Zustand allein zu lassen. Vor allem nicht, wenn er so flehentlich darum bat.

»Natürlich«, antwortete sie also. »Gib mir eine halbe Stunde. Dann komme ich zu dir.«

Es war, während ihr Mann sie liebte und dabei all seine Verzweiflung in den Liebesakt legte, als sie beschloss, so bald wie möglich Kobra wiederzusehen. Sie brauchte dringend jemanden, der ihre Lage mit kühlem Kopf überdachte und ihr unvoreingenommen raten konnte. Oder wenigstens sagen, ob sie richtiglag mit ihrer Strategie. Obwohl Franz immer wieder beteuerte, dass er für sie kämpfen würde, war sie nicht davon überzeugt, dass er wirklich erfasste, wie ernst die Lage für sie war. Nicht, dass er nicht klug genug dazu gewesen wäre. Das Problem war, dass er vor lauter Wut verblendet war. Er dürstete so sehr nach dem Blut seiner Verwandten, die ihn aus seinem Königreich verbannt hatten, dass ihm der klare Blick abhandengekommen sein musste. Anders konnte sie sich seinen unsinnigen Vorschlag, sie sollte ihren Anwalt aufgeben, nicht erklären.

Schon am nächsten Tag wählte sie mit zitternden Fingern die wohlbekannte Nummer, und siehe da, Kobra war weder bei einem Einsatz im Ausland noch im Reichstag, sondern direkt am Apparat.

»Kann ich dich sehen?«, fragte sie atemlos.

»Natürlich«, antwortete er. »Heute Abend? Um neun.«

Sie nahm sich fest vor, nur mit ihm zu reden und sich keinesfalls auf mehr einzulassen. Sie war allerdings keine halbe Stunde in seiner Wohnung, die noch genauso kahl war wie früher, ohne

Bilder und nur mit den nötigsten Möbeln ausgestattet, als sie schon in seinen Armen lag.

»Ich hab dich so vermisst«, raunte er an ihrem Ohr und biss sanft in die Muschel, glitt mit seinen Lippen ihren Hals entlang bis zu der Kuhle oberhalb des Schlüsselbeins, und sie bog sich ihm bereitwillig entgegen, wohl wissend, dass das, was sie da tat, das absolut Falscheste war, was sie überhaupt tun konnte. Sie fühlte sich derart ausgehungert, dass es ihr einfach egal war, und wenn sie den Prozess verlieren und den Rest ihres Lebens im Reichsgefängnis verbringen müsste – um nichts in der Welt wollte sie jetzt auf die Leidenschaft verzichten, die sie so lange schmerzlich entbehrt hatte.

»Wir sind wahnsinnig«, sagte sie, als sie später erschöpft neben ihm lag und zu ihm aufsah, der wie immer im Bett saß, an ein Kissen gelehnt, und sich eine Zigarette anzündete.

»Du vielleicht«, gab Kobra zurück und zeigte beim Lächeln seine wunderschönen Zähne. »Und zwar, weil du so lange gewartet hast und nicht gleich nach der Hochzeit zu mir gekommen bist.«

»Du musst auch wahnsinnig sein, wenn du das ernsthaft glaubst.« Sie dachte daran, dass da draußen vermutlich irgendein Privatdetektiv in seinem Wagen saß, in einer Wolke aus Zigarettenqualm, und darauf wartete, dass sie Kobras Wohnung wieder verließ, um das alles getreulich seinen Auftraggebern zu melden. Oder waren es gar zwei? Der eine von Franz bezahlt, der andere von »der Familie«, wie sie die Gegenpartei inzwischen im Stillen nannte?

»Eine Affäre mit mir ist im Augenblick dein kleinstes Problem«, antwortete Kobra und zog an seiner Zigarette. »Lass hören, wie du deine Verteidigung planst.«

»Ursprünglich sollten mich Levi und Alsberg vertreten, nun ist

Levi leider tot. Aber ich vertraue Alsberg, er ist der Beste«, sagte sie kurzatmig. Konnte sie sich denn sicher sein, dass Kobra auf ihrer Seite stand? Sie hatte noch nie durchschaut, welches Spiel er eigentlich spielte.

»Das ist gut«, antwortete er. »Aber du kennst das Beweismaterial nicht, das sie zu haben behaupten.«

»Woher weißt du das?«

Er warf ihr einen halb amüsierten, halb mitleidigen Blick zu. »Ist das eine ernst gemeinte Frage?« Er rauchte gleichmütig weiter und ließ blaue Rauchkringel zur Decke steigen. »Du musst herausfinden, was sie haben«, sagte er dann.

»Kannst du das nicht für mich tun?« Sie erschrak vor sich selbst, als sie das ausgesprochen hatte. Denn bis gerade eben hatte sie eine solche Möglichkeit überhaupt nicht in Betracht gezogen. Und sofort schämte sie sich dafür.

»Ich?«, fragte er und warf ihr einen wachsamen Blick zu. »Was hab ich mit der ganzen Sache zu tun?«

Nichts natürlich, dachte sie enttäuscht. Es war kindisch zu denken, er würde irgendetwas ihr zuliebe tun. Desillusioniert erhob sie sich und begann ihre Kleider aufzusammeln.

»Hör zu, Rosalie«, sagte Kobra und klopfte auf den leeren Platz neben sich auf dem Bett. »Komm her. Ich will dir mal was erklären.«

Zögernd setzte sie sich auf die Bettkante und zog das Leintuch über sich. Plötzlich war ihr kalt.

»Du hast alles falsch gemacht«, hörte sie ihn sagen. »Wärst du weiterhin zu mir gekommen, hätte ich dir raten können. Zunächst einmal war es unklug von dir, im Verlag für so viel Wirbel zu sorgen. Keiner weiß besser als ich, welch kluge Ideen in deinem hübschen Kopf wohnen, doch die Gabe, diese auch mal für dich zu behalten, die ist dir leider nicht gegeben. Du hast ihnen Angst gemacht. Ein guter Agent zeigt niemals, was er alles kann. Er bleibt sorgsam in Deckung und wartet geduldig auf seinen Moment, in dem keiner mehr damit rechnet, dass er irgendwie gefährlich sein könnte.«

»Nur dass ich keine Agentin bin«, warf Rosalie trotzig ein.

»Nein, du bist keine Agentin«, bestätigte Kobra. »Und du wirst nie eine werden. Aber was du nicht begriffen hast: Jeder muss für sich selbst ein guter Agent sein können, wenn er im Leben vorankommen will. Dein zweiter Fehler war die Hochzeitsreise nach Paris. Ausgerechnet Paris, wo du so viele atemberaubende Kontakte hast, dass jeder entweder neidisch oder argwöhnisch werden muss. Ich habe aus verlässlichen Quellen sagen hören, keine andere Frau Ullstein hätte so viel Stil, wie du ihn auf dem gefährlichen politischen Parkett in Paris bewiesen hättest. So etwas ist in deiner Lage als frisch angetraute Generaldirektorsgattin lebensgefährlich, meine Liebe. Den mächtigsten Medienunternehmer Deutschlands zu heiraten heißt, selbst im Zentrum der Aufmerksamkeit zu stehen. Warum seid ihr nicht ins Engadin gefahren oder von mir aus nach Ägypten, um die Pyramiden zu besichtigen, was keinen Menschen interessiert hätte? Nein, es musste Paris sein. Die Hauptstadt unseres gerade noch gefährlichsten Feindes.«

»Und was noch?«, wollte Rosalie frustriert wissen. »Was hab ich noch falsch gemacht?«

»Du hast Louis gezeigt, dass du ihm gewachsen bist«, fuhr Kobra ungerührt fort. »Schlimmer noch. Er hat begriffen, dass du ihm und allen anderen Ullsteins bei Weitem überlegen bist. Warum bist du bei eurem kleinen Gespräch nach eurem Tee-Empfang nicht einfach in Tränen ausgebrochen und hast ihn um seinen Beistand in dieser schrecklichen Sache angefleht? Er hätte sofort den ganzen Zirkus abgeblasen und den anderen versichert, dass man sich vor dir bestimmt nicht fürchten muss.«

»Das bin ich nun mal nicht«, entgegnete Rosalie wütend. »Ich breche nicht in Tränen aus. Ein Mann würde das ja auch nicht tun.«

»Das Dumme ist nur, du bist kein Mann«, gab Kobra ungerührt zurück. »Du bist eine Frau, wunderschön, stilsicher, klug, gebildet und ihnen weit überlegen. Du hast nur einen einzigen Fehler, und der wird dir das Genick brechen: Du kannst dein Licht nicht unter den Scheffel stellen. Und so kam, was kommen musste: Sie haben dich als Gefahr ausgemacht und werden dich vernichten.«

Rosalie stockte der Atem, so kühl und gleichmütig sprach er das aus, so sicher, als wäre ihr Todesurteil bereits unterschrieben. Aber das war es nicht. Und nein, er würde nicht recht behalten. Selbst wenn sich in ihr alles zusammenkrümmte vor Schmerz darüber, dass er sie offenbar aufgegeben hatte und nicht daran dachte, ihr irgendwie beizustehen. Dass er ihr so offen zeigte, wie wenig sie ihm bedeutete. Sie würde sich nicht vernichten lassen. Jetzt erst recht nicht.

»Eines würde mich noch interessieren«, sagte sie und musste sich sehr zusammenreißen, um ihrer Stimme einen festen Klang zu geben. »Aus welchem Grund hast du mich und Franz überhaupt zusammengebracht? Doch nicht allein deshalb, damit der Generaldirektor keinen langweiligen Abend verbringen musste.«

Kobra bedachte sie mit einem mitleidigen Lächeln. »Das fragst du mich allen Ernstes? Nun, ich erklär es dir. Zum einen wollte ich dir etwas Gutes tun, denn ich hielt das Verlagshaus für einen ausgezeichneten Wirkungskreis für dich. Und zum anderen hatte ich mir erhofft, dass du mir ein bisschen von den Plänen der Ullstein-Brüder erzählen würdest. Darüber, wie der eine oder andere der Direktoren politisch denkt. Denn dass sie sich nicht einig sind, wie es mit unserem gebeutelten Land weitergehen soll, das liegt ja auf der Hand. Aber du wolltest ja nicht. Das war übrigens dein vierter Fehler.«

»Ich sollte für dich meinen Mann und dessen Familie ausspionieren?« Rosalie war fassungslos.

»Leider hast du dazu kein Talent«, gab Kobra zurück. »Ist es nicht amüsant, dass man dir ausgerechnet das jetzt vorwirft?« Er lachte.

Kurz war Rosalie wie gelähmt. Dann schlang sie das Leintuch um ihren Leib und stand auf.

»Ich bin froh, dass ich gekommen bin«, sagte sie. »Jetzt weiß ich wenigstens, woran ich bei dir bin.«

Sie nahm ihre Kleider und ging ins andere Zimmer, denn um nichts in der Welt wollte sie sich vor diesem Mann auch nur noch ein einziges Mal nackt zeigen.

»Du hast immer gewusst, woran du bei mir bist«, sagte er, als sie sich gerade den Hut aufsetzte und ihre Handtasche nahm. Er lehnte in der Schlafzimmertür, seinen seidenen Morgenmantel nachlässig übergezogen. »Leb wohl, Rosalie. Wenn ich gläubig wäre, würde ich sagen: Gott sei mit dir.«

29

Die Fotografien waren erstaunlich gut, wenn man bedachte, dass sie bei Dunkelheit aufgenommen worden waren. Es bestand kein Zweifel, dass die Bilder Rosalie zeigten, wie sie das Haus betrat und verließ, in dem Dr. Karl Ritter wohnte, auch wenn sie ihren Hut weit ins Gesicht gezogen hatte.

Franz legte die Bilder, die ihm anonym zugeschickt worden waren, zurück auf seinen Schreibtisch. Das Möbelstück war ein Duplikat von jenem in seinem Verlagsbüro, den Rosalie als Hochzeitsgeschenk für ihn hatte anfertigen lassen, so als hätte sie damals schon gewusst, dass er eines Tages nur noch zu Hause würde arbeiten können.

Arbeiten? Nein. Was er seit seiner Zwangsentlassung tat, war nicht arbeiten. Es war einen Krieg führen. Er war zu einem Kriegsherrn ohne Armee geworden. Und jetzt stand zu befürchten, dass nicht einmal mehr seine Frau, die ihm das Ganze eingebrockt hatte, ihm beistand.

Sein Blick wanderte von den Fotografien zu Rosalies Porträt, das in einem Silberrahmen auf seinem Schreibtisch stand. Ihre ausdrucksvollen Augen lächelten ihn an. War es möglich, dass sie ihn die ganze Zeit angelogen hatte? Dass sie tatsächlich Geheimagentin in französischen Diensten gewesen war?

»Nein«, sagte er laut. Rosalie mochte vieles sein, aber sie war keine Lügnerin.

Er würde sie fragen. Und ihr die Aufnahmen zeigen. Wer immer sie ihm geschickt haben mochte, und dafür kam jeder Einzelne aus seiner Familie in Betracht – es würde ihm nicht gelingen, Zwietracht zwischen ihnen zu säen. Und dennoch. Wenn Karl Ritter nach wie vor ihr Liebhaber war, wie stand es dann um ihre Loyalität ihm gegenüber?

Er lehnte sich in seinem Polsterstuhl zurück, nahm seine neue Brille ab, zu der ihm Rosalie statt des Zwickers geraten hatte, rieb sich die Nasenwurzel und schloss die Augen. Bilder tauchten auf und verschwanden. Rosalie in diesem ultramodernen zartlila Kleid an jenem Abend, als sie sich auf dem Gala-Diner bei Baron Wertheim kennengelernt hatten. Das stille Einvernehmen, das von Anfang an zwischen ihnen geherrscht hatte, und ihr Gespräch zu später Stunde in der *American Bar* des Adlon. Rosalie während des Spaziergangs im Grunewald, als er ihr den Antrag gemacht hatte, und ihr Entzücken über seinen Zaubertrick mit dem Ring. Rosalie bei ihrer Trauung, wo sie in dem schwarzen Kostüm mit dem weißen Kragen so jung gewirkt hatte, fast wie eine Klosterschülerin. Und dann dieser riesige blutrote Rosenstrauß, den Karl Ritter ihr geschickt hatte. Wie wenig taktvoll diese Geste gewesen war, hatte er lange vor sich selbst heruntergespielt. Doch jetzt brannte das Rot dieser Rosen in seiner Erinnerung wie ein Fanal. »Rote Rosen wären eine Liebeserklärung«, hörte er Hilde Trautwein wieder sagen, an jenem Morgen nach ihrem Kennenlernen, als er Rosalie Blumen schicken lassen wollte. Eine Liebeserklärung. Schickte man die einer gerade frisch vermählten Frau?

Franz erhob sich und wanderte in seinem Zimmer auf und ab. Er hatte keinen Blick für die zauberhafte Aussicht hinaus in den Garten, auch nicht für seine geliebten Gemälde an den Wänden, nicht einmal für den erst kürzlich erworbenen Liebermann oder den herrlichen Renoir. In ihm tobten widerstreitende Gefühle. Zum einen hatte er immer gewusst, dass er Rosalie nicht die Erfüllung geben konnte, die sie erwarten durfte, und hatte sich beinahe schon gewünscht, sie möge eine diskrete Liebschaft haben. Und diskret musste sie die ganze Zeit über gewesen sein, denn er hatte nicht den geringsten Verdacht geschöpft. Oder war er zu arglos gewesen? Natürlich war sie häufig ohne ihn ausgegangen, so wie neulich, wo sie angeblich mit der Baum im Kino gewesen war. Je länger er darüber nachdachte, desto mehr solcher Gelegenheiten fielen ihm ein, die sie dafür genutzt haben könnte, Dr. Ritter zu treffen.

Eifersucht begann sich in seinem Herzen, das so gerne großzügig sein wollte, einzunisten. Wenn der Mensch, den man am meisten liebt auf der Welt, in einer Sache Heimlichkeiten hat, wer sagt dann, dass es nicht auch andere gibt? Rosalie hatte fast drei Jahre in Paris gelebt. Sie war dort bestens vernetzt. War es wirklich so undenkbar, dass sie nicht doch für den Geheimdienst hier und da eine Gefälligkeit ...

Franz blieb abrupt stehen. Solche Gedanken durfte er nicht zulassen. Entschlossen ging er zum Schreibtisch, nahm die Fotos, die Rosalie beim Betreten und Verlassen von Dr. Ritters Haus zeigten, und zerriss sie in kleine Stücke. Und als sei das nicht genug, häufte er die Schnipsel in den Aschenbecher, eine Marmorschale, über die eine Eule aus Messing wachte, und zündete sie an. Sah grimmig zu, wie das Fotopapier in bläuliche Flammen aufging. Und hoffte, dass damit auch der leiseste Zweifel an Rosalies Integrität aus seinem Herzen vernichtet sein würde.

Es war Dienstagvormittag, für andere Menschen ein ganz normaler Arbeitstag, und Franz Ullstein wusste nicht, was er mit sich anfangen sollte. Rosalie war ausgegangen, beim Friseur, wie ihm sein Hausdiener sagte, zum Mittagessen sei sie wieder zurück. Sein Anwalt war heute bei Gericht, er hatte erst am folgenden Tag wieder Gelegenheit, mit ihm zu sprechen. Seine Strategie hatte er bereits an die hundert Male durchgespielt. Im Grunde blieben ihm nicht viele Optionen. Sein Rausschmiss war formal durchaus auf rechtlicher Basis geschehen. Das Entscheidende war allerdings der Entlassungsgrund. Wenn Rosalie unschuldig war, konnte er auf Wiedereinsetzung klagen. Wenn nicht, dann sah es schlecht für ihn aus.

Es war nicht klug von Rosalie, ausgerechnet in dieser Situation Dr. Ritter zu besuchen, ein außereheliches Verhältnis konnte ihr nur schaden. Und wenn sie ihren Prozess verlor, hätte auch er schlechte Karten.

»Das Einfachste für dich wäre, dich von mir scheiden zu lassen«, hatte sie in einem besonders verzweifelten Moment zu ihm gesagt. »Wie es aussieht, bringe ich den Menschen, die ich gernhabe, nur Unglück.« Das war an diesem fürchterlichen Tag gewesen, als die Nachricht von Paul Levis plötzlichem Tod eingetroffen war. »Erst Emmi«, hatte Rosalie geschluchzt. »Und dann Paul. Besser, du bringst dich in Sicherheit vor mir.« Das war natürlich blanker Unsinn. Er hatte vehement widersprochen.

Franz ging zum Fenster und öffnete es. Ihm war seit einigen Wochen oft, als bekäme er keine Luft mehr. Er sehnte sich so sehr nach dem Verlag, dass es wehtat. Sein ganzes Leben hatte er dort verbracht. Im Grunde war die Kochstraße 23 seine Heimat, nicht dieses neu erbaute Haus.

Niemals hätte er gedacht, dass ihm diese wunderschöne Villa, auf die er sich so gefreut hatte, bald wie ein Gefängnis vorkommen würde. Er schloss das Fenster und ließ Wohlrabe vorfahren, der ihm nach wie vor treu ergeben war. Ja, es hatte einen peinlichen Moment gegeben, als sein langjähriger Fahrer zu ihm gekommen war, seine Chauffeurmütze in der Hand knetend und so außer sich, wie er ihn nie zuvor erlebt hatte. Er würde lieber kündigen, hatte er erklärt, als einen anderen zu fahren als Dr. Franz. Denn er stand natürlich bei der Firma unter Vertrag, und man war tatsächlich so weit gegangen, ihm nicht nur seinen Posten und seine Telefonleitung, sondern auch seinen Fahrer wegzunehmen.

»Machen Sie sich keine Sorgen«, hatte Franz gesagt. »Von nun an erhalten Sie Ihr Gehalt von mir persönlich.« Also hatte Wohlrabe gekündigt. Sogar die Uniform hatte er abgeben müssen, denn die war Eigentum der Firma. Derart kleinlich behandelte man ihn.

Es war zunächst leichter gewesen, so zu tun, als mache ihm das alles überhaupt nichts aus. Den Schmerz über all diese Kränkungen nicht zuzulassen war eine Form der Überlebensstrategie. Er stieg zu Wohlrabe in den Wagen, obwohl er nicht den blassesten Schimmer hatte, wohin er gefahren werden wollte. Das Einzige, was er wusste, war, dass er rausmusste, bevor er erstickte.

Er ließ sich durch die Stadt chauffieren und starrte aus dem Fenster, als wäre Berlin eine ihm fremde Stadt und er müsste sich ein Bild von ihr machen. Er sah arglose Menschen geschäftig hin- und hereilen, so als könnte nicht jeden Moment das Schicksal zuschlagen und ihnen alles wegnehmen, was ihnen lieb und teuer war. Die vielen ärmlich gekleideten Menschen darunter, die Krüppel und Bettler irritierten ihn, wo kamen denn die alle auf einmal her? Hatte er tatsächlich all die Jahre weggeschaut? Wie war ihm das denn gelungen? Jetzt hätte er liebend gerne die vielen Lieferwagen übersehen, die mit der Eule auf der Kühlerhaube und den Schriftzügen der verschiedenen Blätter auf den Türen herumfuhren, seine Flotte, die er einst erfunden und aufgebaut hatte, damit sie die neuesten druckfrischen Zeitungsausgaben so schnell wie möglich zu ihren Verteilerplätzen brachte. Aber die zu übersehen war schlichtweg unmöglich, sie waren überall, und es war noch nicht lange her, dass ihn das mit Stolz erfüllt hatte.

»Soll ich Sie vielleicht zum Presseclub fahren?«, schlug Wohlrabe vor. Auch er schien zu spüren, dass diese Fahrt kreuz und quer durch die Stadt seinem Herrn gar nicht guttat.

Kurz erwog Franz diese Möglichkeit. Er könnte dort einen großen Auftritt hinlegen, sein ironisches Lächeln aufsetzen und sich auf seinen Stammplatz setzen, Zeitung lesen und so tun, als wäre alles beim Alten, und damit alle Lästermäuler entwaffnen. Ja, das sollte er eigentlich tun. Trotzdem entschied er sich dagegen. Auf der einen Seite sehnte er sich danach, unter Leute zu kommen, auf der anderen scheute er die neugierigen Mienen und die Fragen, die unweigerlich kommen würden und auf die er selbst keine Antwort wusste. Zwar hatte bislang noch keine Zeitung von seinem Rausschmiss berichtet, was ihn zuerst verwundert und dann bestürzt hatte, denn jeder wusste, dass er entmachtet worden war, und dennoch hielten sie die Füße still. Aus Solidarität? Oder weil sie ihn ohnehin schon abgeschrieben hatten? Jeder, der einigermaßen informiert war, hatte von dem Skandal gehört, und in Berlin kursierten die wildesten Gerüchte über ihn und Rosalie. Wollte er sich dem aussetzen? Womöglich endlich klarstellen, worum es eigentlich ging?

Nein, das wollte er nicht. Nicht heute. Nicht ohne Anwälte. Und auf einmal kam ihm der Gedanke gar nicht mehr so übel vor, irgendwo ganz weit weg wieder neu anzufangen.

Wenn er nur nicht schon so alt wäre ...

»Nein«, antwortete er auf Wohlrabes Frage. »Bringen Sie mich wieder nach Hause.«

Im Westend angekommen, stellte er fest, dass es noch längst nicht Mittagessenszeit war, Franz konnte nicht glauben, wie langsam die Zeit verstrich, seit er nicht mehr im Verlag war.

»Sie haben Besuch.« Sein Hausdiener nahm ihm den Mantel ab. »Die Dame sagte, sie sei Ihre Tochter.« Und hätte Franz damit wohl kaum mehr überraschen können.

Sie saß im Salon, die Handtasche auf ihrem Schoß, in einem der quaderförmigen Sessel und hielt den Blick nicht auf die Aussicht in den Garten gerichtet, sondern auf den Wandteppich, den Anni gewebt hatte. Als sie ihn kommen hörte, stand sie auf und wirkte, als wollte sie sofort wieder gehen.

»Schön, dich zu sehen«, sagte Franz und war bei aller Freude auf der Hut. Lisbeth hatte sich auf die Seite des Feindes geschlagen, jedenfalls nahm er das an, denn er hatte sie seit der Hochzeit nicht mehr gesehen. Dabei konnte ihr die Intrige ihrer Onkel gegen ihn nicht gelegen kommen, ganz im Gegenteil, war ihr Vater schwach, schwächte das auch ihre Position innerhalb der Familie. Aber Lisbeth hatte etwas gegen Rosalie. Auf keine seiner Einladungen, ihn im neuen Haus zu besuchen, hatte sie bislang reagiert. Jetzt war sie plötzlich da. Und sagte kein Wort. Sah ihn nur an.

Das Hausmädchen hatte ihr Kaffee gebracht und irgendwelches Gebäck hingestellt, der Gastfreundschaft war also Genüge getan. »Wie geht es dir?«, fragte er und wies auf den Sessel, nahm selbst in dem gegenüber Platz. »Setz dich doch wieder«, bat er sie. Widerstrebend ließ sie sich auf der äußersten Kante nieder.

»Ich lass mich scheiden«, sagte sie. Auf ihren Wangen zeigten sich rote Flecken.

»Das tut mir leid«, erwiderte Franz und kam sich hilflos vor.

»Das braucht es nicht«, entgegnete sie harsch. »Es ist besser so.« Sie presste die Lippen zusammen und wandte den Blick ab. »Und du?«, fragte sie, als sie sich wieder gefasst hatte.

»Was meinst du damit?«, erkundigte er sich vorsichtig und

setzte seine ironische Miene auf. »Ich lass mich nicht scheiden, falls du darauf anspielst.«

Lisbeth betrachtete sein Gesicht, als sähe sie ihn zum allerersten Mal. Und auf einmal stieg eine solche Zärtlichkeit für dieses große und bei Licht betrachtet nicht mehr ganz junge Mädchen in ihm auf, dass es direkt wehtat. Er konnte sich noch so gut daran erinnern, wie er ihr das Skifahren beigebracht hatte, in einem der seltenen Winterurlaube, die er ganz und gar der Familie gewidmet hatte. ›Papa‹, hatte sie gerufen, als sie den Dreh endlich heraushatte, ›ich kann es! Ich kann es!‹ Und war wenig später in einen Schneehaufen gefallen, sodass sie die Skier hatte abschnallen müssen, damit er sie wieder herausziehen konnte. Was hatten sie gelacht! Nein, Lisbeth war nicht besonders sportlich, stattdessen hatte sie Humor und tat alles mit einer Begeisterung, die einfach ansteckte.

»Es ist so schade, wie alles gekommen ist«, sagte sie plötzlich, als hätte sie seine Gedanken gelesen. »Seit Mama tot ist, sind wir keine richtige Familie mehr. Von Kurt hör ich selten. Dich seh ich gar nicht mehr …«

»Du kommst ja nicht, wenn ich dich einlade«, gab Franz zurück. »Dafür hast du jetzt den restlichen Ullstein-Clan«, konnte er sich nicht verkneifen hinzuzufügen. Gespannt wartete er auf ihre Reaktion. Denn er hatte im Grunde keine Ahnung, wo genau sie stand.

»Mit denen verkehr ich nicht mehr«, erklärte sie und setzte sich nun doch richtig in dem Sessel zurecht, statt nur auf seiner Kante zu balancieren. »Es ist eine Frechheit, wie sie mit dir umgesprungen sind. Wie könnte ich da noch zu Tante Toni gehen und Tee trinken? Schließlich bist du mein Vater.«

Franz wurde es warm ums Herz. Das war seine Lisbeth, wie er sie kannte.

»Allerdings hast du tatsächlich einen großen Fehler gemacht«, fuhr sie fort, und das warme Gefühl verschwand.

»Du meinst Rosalie, nicht wahr?«

Lisbeth antwortete nicht gleich. Sie sah ihn an, als suchte sie etwas in seinem Gesicht. Etwas, was ihr viel bedeutete. Und was sie nicht zu finden schien. »Ohne sie wäre das alles nicht passiert«, sagte sie schließlich traurig. »Ich mag sie nicht besonders, das stimmt«, fügte sie hinzu. »Aber ich hätte mich vermutlich irgendwann an sie gewöhnen können. Wenn sie bloß ehrlich mit dir wäre«, platzte es endlich aus ihr heraus. »Papa. Sie betrügt dich.«

»Haben sie auch dir diese Fotos geschickt?«, fragte Franz mit einem sarkastischen Lächeln, hinter dem sich seine Gefühle so schön verbergen ließen.

Lisbeth riss erstaunt die Augen auf. »Du weißt es?«

»Natürlich«, antwortete er. »Aber es ist nicht so, wie du denkst«, fügte er hinzu und fragte sich, wie es denn tatsächlich war. »Vieles ist anders, als es den Anschein hat. Und es ist meine Privatsache, Lisbeth. Ich frag dich ja auch nicht, warum du dich von deinem Mann trennen willst.«

»Aber du solltest das fragen«, begehrte Lisbeth heftig auf. »Als Vater sollte dich das interessieren. Und es ist wirklich so unendlich schade, wie gleichgültig wir Ullsteins alle miteinander geworden sind. Die einzigen Gefühle, die wir noch zu kennen scheinen, sind Zorn und Rachsucht. Deine eigenen Brüder wollen dich kaputt machen. Deine eigene Tochter ist dir egal …«

»Das stimmt doch gar nicht«, versuchte Franz den Gefühlsausbruch seiner Tochter zu bremsen. »Du bist mir nicht egal. Rede mir nicht in mein Leben hinein, und ich bin immer für dich da. Überwinde deinen Groll gegen Rosalie, und du wirst eine wundervolle Freundin in ihr finden.«

Resigniert schüttelte Lisbeth den Kopf. Sie öffnete die Handtasche, die sie immer noch wie einen Schatz auf ihrem Schoß hielt, und zog einen Umschlag heraus. »Hier«, sagte sie und hielt ihn ihrem Vater hin. »Das ist für dich.«

»Was hast du da?«, erkundigte Franz sich misstrauisch. »Noch mehr Fotografien?«

Lisbeth schüttelte den Kopf. »Ein graphologisches Gutachten von deiner Frau. Nicht von mir, ich hab es erstellen lassen«, wehrte sie ab, als sie sah, dass Franz energisch etwas einwerfen wollte. »Ich wäre nicht neutral. Es stammt von meinem Lehrer Ludwig Klages. Und ich hab ihm kein Wort davon erzählt, welche Rolle Rosalie in unserer Familie spielt. Ich hab ihm nicht einmal ihren Namen genannt.«

Franz nahm den Umschlag und legte ihn sofort auf den gläsernen Beistelltisch neben den Teller mit Gebäck, so als könnte er sich daran die Finger verbrennen.

»Und warum machst du dir diese Mühe?«, fragte er.

»Damit du weißt, wegen was für einem Menschen du alles aufgibst, was dir lieb und teuer ist«, gab Lisbeth zurück.

»Du hast es gelesen?«

»Nein«, antwortete sie. »Der Umschlag ist verschlossen, so wie er zu mir kam.«

»Und wenn nun drinsteht, dass sie die ideale Partnerin für mich ist?«

»Das würde mich zwar wundern«, entgegnete Lisbeth mit einem leisen Lächeln. »Wenn es tatsächlich so sein sollte, dann geb ich dir nachträglich meinen Segen.« Sie erhob sich.

»Warum lässt du dich von Kurt scheiden?«, fragte Franz und wünschte sich, sie würde noch nicht gehen.

»Wir haben uns auseinandergelebt«, lautete Lisbeths Antwort. »Jedenfalls sagt mein Psychologe das. Und er muss es wissen. Oder?«

Lisbeth war schon längst fort, als Franz an der großen Fenstertür des Salons stand. Die Hände auf dem Rücken verschränkt, blickte er in den Garten hinaus. Rosalie hatte Rosen anpflanzen lassen, und die noch jungen Sträucher blühten bereits in pudrig hellem Rosé. Sie hatte davon gesprochen, ein kleines englisches Teehäuschen an der unteren Grenze des Grundstücks errichten zu lassen, das sie sich von Kletterrosen überwachsen sehr idyllisch vorstellte. Vor ein paar Wochen hatte sie ihm die Stelle gezeigt und ihn um seine Meinung gebeten. Es war ein Versuch gewesen, ein wenig Unbeschwertheit in ihr Leben zurückzubringen, das hatte er wohl verstanden. Und doch hatte er es nicht fassen können, dass er mitten an einem hellen Sommertag im Garten stand und darüber nachdachte, ob ein Teehäuschen eine gute Idee war, während im Verlag weitreichende Dinge beschlossen, konkurrierende Zeitungsverlage aufgekauft und Investitionen in Millionen ... ach was, in Milliardenhöhe getätigt wurden. Jetzt fragte er sich, ob es jemals ein Teehäuschen in ihrem Garten geben würde und was wohl in einem Jahr aus ihnen geworden wäre.

Schließlich ging er zum Glastisch und nahm den Umschlag, riss ihn auf. Setzte sich hin und las, was Lisbeths Lehrer für Graphologie über Rosalies Handschrift zu sagen hatte. ... *ein verantwortungsvoller und kluger Mensch*, stand da, *der in der Lage ist, komplexe Sachverhalte zu analysieren und sich ihnen anzupassen. Ein Stratege, der Pläne nicht nur entwirft, sondern auch gewissenhaft umsetzt.* Franz lächelte. Ja. Genau so war seine Rosalie. Dann fiel sein Blick auf den nächsten Abschnitt, und das Lächeln verging ihm. *Dem stehen allerdings eine große Leidenschaftlichkeit entgegen, ein ausgeprägter Freiheitswille und die Überzeugung, dass man niemals das Heft aus der Hand geben sollte. Die Person ist der geborene Einzelkämpfer, der sich nur auf sich selbst verlässt.*

Franz ließ den Papierbogen sinken. So war es immer mit dieser Art von Persönlichkeitsanalyse-Schwachsinn. Man konnte nicht wirklich etwas damit anfangen. Ein Mensch war nun mal eine Mixtur aus einander widersprechenden Eigenschaften. Er hatte von Anfang an gewusst, dass Rosalie eine Frau mit großer Leidenschaftlichkeit und ausgeprägtem Freiheitswillen war, und gerade das hatte ihn so fasziniert. War es möglich, dass diese Mischung nun doch zum Problem wurde?

30

Lili tippte den Satz zu Ende, dann legte sie die Hände auf ihren Bauch. Das Kind da drin strampelte so heftig, als wollte es auch auf so viele Kicks wie nur möglich in der Minute kommen.

»Ist alles in Ordnung?«, fragte Vicki Baum.

»Alles bestens«, antwortete Lili und rieb sich den unteren Rücken. In rund einem Monat würde es auf die Welt kommen, ihr Baby, und sie fragte sich, wie sie noch so lange diesen riesigen Bauch vor sich hertragen sollte. »Vermutlich kann ich das Kleine gleich bei diesem Boxtrainer anmelden, sobald es auf der Welt ist«, scherzte sie. »Wie heißt er noch gleich?«

Vicki warf ihr einen düsteren Blick zu. »Sabri Mahir ist dabei, seine Zelte abzubrechen«, erklärte sie niedergeschlagen.

Alle, die irgendwie interessant sind, haben das Weggehen im Kopf, dachte Lili ernüchtert. Denn dass ihre Chefin ins Auge fasste, in Amerika zu bleiben, wenn sie erst einmal dort wäre, das hatte sie längst verstanden, obwohl Vicki Baum es ihr gegenüber nie offen ausgesprochen hatte. Auch sie machte sich Gedanken über die Zukunft. Wäre die Geburt des Kindes nicht eine Gelegenheit, aus dem Verlag auszuscheiden und sich nur noch ihrem Kind und ihren Romanen als Lola Monti zu widmen?

»Wie geht es eigentlich Rosalie Ullstein?«, fragte sie. Diese Frage beschäftigte sie schon seit geraumer Zeit.

»Nicht besonders.« Vicki Baum legte den Bleistift weg, mit dem sie Anmerkungen an den Rand eines Artikels geschrieben hatte. »Morgen ist der erste Verhandlungstag. Und noch immer hat sie keine Ahnung, was Pollmann gegen sie in der Hand hat.«

Lili kaute auf ihrer Unterlippe herum. Sie und Gundi, die seit vier Wochen in der Abteilung für französische Buchlizenzen arbeitete, hatten immer wieder darüber beraten, wie man es wohl schaffen könnte, sich in das Büro des Justiziars einzuschleichen. Sie hatten einsehen müssen, dass es unmöglich war. Nicht allein, dass seine Vorzimmerdame ein wahrer Drachen war, an dem niemand vorbeikam. Sie schloss auch immer gut ab, wenn sie nach Hause ging, und nicht einmal die Putzkolonne hatte einen Schlüssel zu den Räumlichkeiten, das hatte Emil herausgekriegt. Sie hatten sogar überlegt, einen Fassadenkletterer zu engagieren, so einen wie Baron Gaigern in *Menschen im Hotel*, um sich auf diese Weise Zutritt in die Juristische Abteilung des Verlags zu verschaffen, doch Vicki Baum hatte dem energisch Einhalt geboten. »Selbst in meinem Roman geht das ja nicht gut aus«, hatte sie gesagt und zur Vernunft gemahnt.

»Es wird ganz bestimmt alles gut ausgehen«, sagte Lili. »Schließlich ist Rosalie unschuldig. Meine Mutter sagt immer, am Ende setzt sich das Gute durch.«

»Ihr Wort in Gottes Ohr, falls es ihn gibt«, murmelte Vicki Baum und nahm ihre Korrekturen wieder auf.

Beim Mittagessen im Casino, das die Schwestern normalerweise gemeinsam einnahmen, wartete Lili an diesem Tag umsonst auf Gundi. Stattdessen nahmen Fritzi und Anna sie in Beschlag und erzählten ihr den neuesten Klatsch über Hanni aus der Telefonzentrale, die die Verehrer zu wechseln schien wie andere ihr Unterhemd.

»Stell dir vor, mit wem sie neuerdings ausgeht«, wusste Anna zu berichten. »Da kommst du nie drauf.«

»Mit wem denn?«, fragte Lili mäßig interessiert, und das nur, um nicht als Spielverderberin zu gelten.

»Mit diesem Mäcki.« Annas Augen glitzerten vor Sensationslust. »Ist das nicht ein Kollege von deinem Emil?«

»Ja«, seufzte Lili und überlegte, wie sie das Thema wechseln könnte.

»Na, da kann sie einem ja leidtun«, wandte Fritzi ein. »Bei deiner Hochzeit hat er sich ja ziemlich danebenbenommen. So einen Grapscher möchte ich nicht zum Freund.«

Worauf sowohl Anna als auch Fritzi eine Weile schwiegen und sich ihrem Hackbraten widmeten, denn beide standen seit einer ganzen Weile völlig ohne Verehrer da. Bei Fritzi war sich Lili nicht ganz sicher, ob sie sich nicht doch in Pelle verguckt hatte, der sie auf ihrer Hochzeit wirklich ganz unmöglich ignoriert hatte, schließlich waren die beiden Trauzeugen gewesen. Dabei hatte Pelle nur Juliette im Sinn gehabt und Fritzi keines Blickes gewürdigt.

»Hanni hat ganz komisches Zeug erzählt«, fuhr Anna nach einer Weile fort. »Dass der Mäcki an einer Geheimsache dran sei oder so. Jedenfalls soll es dabei um einen Prozess gehen.«

»Der redet doch nur Quark«, wandte Fritzi verächtlich ein. »Und die Hanni erst recht.«

»So, ich muss wieder los«, flunkerte Lili, die ihren Teller nur halb leer gegessen hatte. Wenn das Kind so heftige Turnübungen in ihrem Bauch veranstaltete, verging ihr jedes Mal der Hunger. »Macht's gut, ihr Süßen.«

»Wo willst du denn hin?«, rief Fritzi ihr nach, »du hast noch mindestens eine halbe Stunde Zeit.«

Lili hatte indes ihren Bauch schon zwischen den Tischen hindurchgeschoben und war in Richtung Ausgang unterwegs. Lieber kürzte sie ihre Pause ab, als sich länger diesen Unsinn anzuhören.

Auf dem Weg zurück ins Büro wäre sie um ein Haar mit Emil Herz zusammengestoßen.

»Entschuldigung«, murmelte sie erschrocken. Ihr wurde heiß vor Schreck.

»Keine Ursache«, antwortete der Chef des Buchverlags und lächelte sie freundlich an. »Sind Sie nicht das Tippfräulein von Frau Baum?«

»Ja, das bin ich«, sagte sie. »Lili Friesicke mein Name.«

»Wissen Sie eigentlich, dass Sie große Ähnlichkeit mit einer unserer Autorinnen haben?«, fragte Emil Herz, und Lilis Herzschlag setzte einen Moment lang aus. »Sie heißt Lola Monti und schreibt gerade an ihrem zweiten Buch für uns.«

»Ta ...tatsächlich?«, stotterte Lili und wusste nicht, wohin sie schauen sollte.

»Sie hat mir verraten, dass es in ihrem neuen Roman um die Träume und Wünsche eines Tippfräuleins geht«, fuhr Emil Herz fort. »Frau Baum hat mir irgendwann erzählt, dass Sie auch schriftstellerische Ambitionen hätten. Stimmt das?«

»Ich?«, fragte Lili zurück und merkte selbst, wie töricht das klang. »Sehen Sie mich an.« Sie streckte ihren Bauch vor, was eigentlich vollkommen unnötig war. »Ich werde nächsten Monat Mutter. Das sind meine Ambitionen.« Sogleich fühlte sie sich miserabel, weil sie so bereitwillig ihr Lebensziel verleugnete. Doch was blieb ihr anderes übrig?

Emil Herz betrachtete sie wenig überzeugt. »Frau Baum sagt, Sie hätten Talent«, sagte er mehr zu sich selbst. »Wer weiß, vielleicht bringe ich Sie und Lola Monti mal zusammen. Im Augenblick befindet sie sich auf einer Auslandsreise.«

»Ah, ach so«, murmelte Lili, und eine fatale Lust überkam sie, laut loszulachen. »Ja, das wäre bestimmt interessant«, nuschelte sie stattdessen und riss sich mit aller Gewalt zusammen. »Jetzt müssen Sie mich entschuldigen, Herr Herz. Meine Mittagspause ist gleich zu Ende.«

»Ob er mich wohl längst durchschaut und auf den Arm genommen hat?«, erkundigte sie sich besorgt bei Vicki Baum, nachdem sie ihr von der Begegnung erzählt hatte.

Ihre Chefin schüttete sich aus vor Lachen. »Emil Herz würde das niemals tun«, versicherte sie glucksend. »Aber so ein Treffen zwischen Ihnen und Lola Monti, ich finde, das hätte was.«

»Schlagen Sie ihm das bitte bloß nicht vor«, bat Lili entsetzt.

»Es wäre eine elegante Gelegenheit, Ihr Pseudonym aufzulösen«, fand Vicki Baum. »Falls Sie das jemals vorhaben sollten.«

Es wurde fünf, dann sechs, und von Gundi, die sie normalerweise abholen kam, war noch immer keine Spur. Lili begann, sich Sorgen zu machen. Immerhin war ihre Schwester schon nicht zum Mittagessen erschienen. Frau Baum war längst zu einem Auswärtstermin gegangen, als Lili beschloss, nach Gundi zu sehen. Es war nicht in Ordnung, dass ein junges Mädchen mit Aushilfsgehalt so lange Überstunden machen sollte, fand sie. Vor allem, wenn man in Betracht zog, dass Gundi nicht nur auf der Maschine fast fehlerfrei schrieb, sondern auch noch aus dem Französischen ins Deutsche übersetzte und umgekehrt. Und dafür im Grunde viel zu wenig verdiente.

Im Büro der Lizenzabteilung traf sie nur noch einen Auslandslektor an, der gerade seine Aktentasche packte und im Begriff war zu gehen.

»Wo ist meine Schwester?«, fragte Lili erschrocken. »Ist sie schon nach Hause gegangen?«

»Das kann ich Ihnen leider nicht sagen«, gab der junge Mann

schlecht gelaunt zurück. »Man hat sie heute Morgen hier wegberufen. Angeblich brauchte man jemanden mit Französischkenntnissen in der Rechtsabteilung.«

»In der Rechtsabteilung?«, fragte Lili ungläubig nach. Sie glaubte, sich verhört zu haben.

»Ja, genau. Bei Dr. Pollmann höchstpersönlich. Keine Ahnung, was das soll. Aber so ist das nun mal. Wenn die hohen Herren pfeifen, müssen wir springen. Dabei hab ich hier einen ganzen Haufen Briefe zum Abtippen. Ich hoffe doch sehr, dass Gundula morgen wieder hier sein wird.«

Verwirrt verließ Lili das Büro. Gundi war in der Rechtsabteilung? Weil die jemanden mit Französischkenntnissen brauchten? Und auf einmal fiel es ihr wie Schuppen von den Augen. Morgen begann der Prozess gegen Rosalie. Man brauchte nur eins und eins zusammenzuzählen. Die Spionagevorwürfe waren aus Paris gekommen. Ob Gundi tatsächlich mit dieser heiklen Sache irgendwie in Berührung gekommen war?

»Mach was draus, Gundi«, flüsterte sie beschwörend vor sich hin. »Bitte, bitte!«

Zögernd begab sie sich hinunter zur Pforte. An diesem Abend hatte der freundliche Herr Tomaschke Dienst, mit dem sie oft ein paar Worte wechselte.

»Meine kleine Schwester hilft heute in der Rechtsabteilung aus«, vertraute sie dem erfahrenen Pförtner an.

»Oh«, gab er zurück. »Da kann sie einem leidtun. Da war heute nämlich die Hölle los.«

Lili spitzte die Ohren. »Wie meinen Sie das?«, fragte sie.

»Also eigentlich darf ich ja nicht über so etwas sprechen«, holte Tomaschke aus. »Andrerseits – so laut wie die geschrien haben, kriegten das ohnehin eine Menge Leute mit.«

»Was denn?«

»Na, Dr. Heinz Ullstein und Dr. Pollmann sind ganz schön aneinandergeraten«, verriet ihr der Pförtner. »Und das sogar hier, während sie das Haus verlassen haben. Eine richtige Schreierei war das, Frau Friesicke, so etwas hab ich noch nicht erlebt. Aber heutzutage passieren ja Dinge, die man niemals für möglich gehalten hätte. Wenn ich nur daran denke, wie man dem armen Dr. Franz das Betreten seines eigenen Verlagshauses verweigert hat. Also, wenn Sie mich fragen ...«, er sah ängstlich in alle Richtungen, ob ihn auch ja niemand hören konnte, »... es ist eine Schande.«

Lili überlegte fieberhaft. »Das heißt, Dr. Pollmann ist gar nicht mehr im Haus?«

»Nein, er ist vor einer halben Stunde gegangen«, antwortete Tomaschke und klopfte auf sein Buch. »Hier steht es. Ich notiere nämlich alles, jeden Schritt, wann wer kommt und wann er wieder geht. Das könnte nämlich irgendwann einmal wichtig sein. Sie wissen schon. So mancher Kriminalfall hat wegen solcher Indizien aufgeklärt werden können.«

Lili nickte verständnisvoll. Sie wusste, dass Tomaschke am liebsten die Kriminalromane aus dem Ullstein-Programm las. Sicher träumte er davon, dass eines Tages ein Ermittler zu ihm kommen würde und ihn fragte, wann der oder jener das Haus verlassen hatte.

»Und meine Schwester, die ist noch nicht gegangen?«, fragte sie sicherheitshalber noch mal nach.

»Nein«, antwortete Tomaschke stolz. »Und Frau Kranich, Pollmanns Sekretärin, die hat sich heute krankgemeldet, stellen Sie sich das einmal vor. Die Kranich arbeitet nämlich schon seit zweiunddreißig Jahren in der Rechtsabteilung. Aber krank war die noch keinen einzigen Tag.«

»Na, da wollen wir doch hoffen, dass sie sich nichts Schlimmes eingefangen hat«, meinte Lili und überdachte die Informationen. War es möglich, dass Gundi allein dort war?

»Wissen Sie was, Herr Tomaschke«, sagte sie und runzelte sorgenvoll ihre Stirn. »Wenn das so ist, dann schau ich mal eben nach dem Rechten dort. Nicht dass irgendein Laufbursche meine Schwester belästigt, wenn sie ganz allein da oben ist. Was meinen Sie? Ob das wohl in Ordnung geht?«

»Ja sicher, Frau Friesicke«, erklärte der Pförtner. »Jetzt, wo Sie das erwähnen, bin ich auch besorgt. Wenn ich könnte, würde ich Sie begleiten. Aber Sie wissen ja. Ich muss auf meinem Posten bleiben. Finden Sie den Weg dorthin?«

Vorsichtshalber und um keinen Verdacht zu schöpfen, ließ sie ihn sich nochmals genau erklären. Dann hastete sie durch die inzwischen ausgestorbenen Gänge, wo nur noch hier und dort ein Chef vom Dienst oder ein Metteur seine Arbeit verrichtete.

Vor Pollmanns Vorzimmer angekommen, klopfte Lili an. Zuerst rührte sich nichts, dann öffnete sich die Tür einen Spalt weit, und Gundis verschrecktes Gesicht erschien. Als sie Lili erkannte, riss sie die Tür auf.

»Schnell, komm herein«, flüsterte sie.

»Was machst du denn noch hier?«, fragte Lili und sah sich rasch um.

»Die sind alle gegangen, Lili. Die haben so fürchterlich gestritten, dass sie mich, glaube ich, ganz vergessen haben. Und jetzt suche ich wie verrückt nach dieser Akte. Du weißt schon. Über Frau Ullstein. Vielleicht kommen die auch gleich wieder. Lili, wir müssen die ganz einfach finden.«

»Weißt du denn, wie die aussieht?«

»Sie ist dunkelrot und ziemlich dick. Dr. Pollmann hat sich mit einem anderen Herrn in die Haare gekriegt. Aber hier gibt es jede

Menge dunkelrote Ordner.« Gundi stöhnte und zog ihre Schwester in den angrenzenden Raum.

Gundi hatte recht. Der ganze Raum war voller dunkelroter, ockergelber und preußischblauer Ordner.

»Die hier drüben hab ich schon durch«, erklärte Gundi und zeigte auf eine Regalwand und schickte sich nun an, bei der angrenzenden einen Ordner aus dem Fach zu ziehen.

»Moment mal«, sagte Lili mehr zu sich selbst. »Bist du dir sicher, dass er sie nicht mitgenommen hat?«

»Ganz sicher.« Gundi schob sich eine widerspenstige Strähne aus dem Gesicht. »Ich hab ihn genau beobachtet. Seine Aktentasche war dafür zu dünn, als er ging.«

Lili ging zu dem imposanten Schreibtisch, der mit Füßen aus Löwenpranken auf einem wunderschönen orientalischen Teppich stand. Er war sauber aufgeräumt, seine Arbeitsfläche leer. Meistens sind die Dinge nicht kompliziert, dachte sie, ich muss an das Nächstliegende denken. Sie setzte sich auf den geschnitzten Lehnstuhl mit Lederpolsterung und zog die Schublade auf. Sie musste ein Stück nach hinten rücken, ihr Bauch war im Weg. Endlich bekam sie die Lade auf. Ein weinroter Ordner lag obenauf.

»Gundi!«, rief sie und hob ihn hoch.

Gundi stieß einen spitzen Schrei aus und hielt sich gleich darauf erschrocken die Hand vor den Mund. Hastig griff sie nach dem Ordner und schlug ihn auf.

In Sachen Rosalie Ullstein, geschiedene Gräfenberg, geborene Goldschmidt, stand auf dem Deckblatt.

»Sieh mal«, flüsterten Lili und Gundi gleichzeitig.

»Aber ... was machen wir denn jetzt damit?«, fragte Gundi.

»Hat Pollmann irgendetwas davon gesagt, dass er wiederkommt?«, fragte Lili. »Wieso hat er dich denn allein dagelassen?«

»Ich hatte noch etwas zu übersetzen«, erklärte Gundi. »Einen

Brief aus Paris. Dieser andere Herr, ich glaube, das war auch einer von den Direktoren, war schrecklich wütend auf Pollmann. Er hat gesagt, dass das alles nichts hergäbe. Und dass man morgen mit ...« Gundi begann zu kichern.

»Was denn?«, bohrte Lili ungeduldig nach.

»... mit heruntergelassenen Hosen dastehen würde.«

Lili starrte auf die Akte. So war das also. Hatten sie denn gar nichts in der Hand gegen Rosalie?

»Wir nehmen das mit«, beschloss sie und erhob sich.

»Meinst du wirklich?«

»Natürlich.« Sie erhob sich schwerfällig. »Das müssen wir Frau Ullstein zeigen.«

»Und wenn Pollmann zurückkommt?«

»Das wird er nicht«, mutmaßte Lili. »Wenn er findet, dass die Akte nichts taugt, wird er sie kaum noch mal durchsehen wollen. Komm, lass uns verschwinden. Und morgen früh bist du die Erste hier und legst sie rechtzeitig wieder zurück.«

»Und wo tun wir die Akte rein?« Gundi hob ihre hübsche kleine Handtasche, die sie aus Paris mitgebracht hatte. Auch Lili hatte nur einen Beutel dabei.

»Steck sie mir hinten in den Rockbund«, schlug Lili vor. »Ich bin so dick momentan, dass es darauf nicht mehr ankommt.«

Es dauerte eine Weile, bis der Ordner an Lilis Rücken fest an Bund und Büstenhalter verankert war.

»Kratzt das nicht?«, fragte ihre Schwester besorgt.

»Und wie«, räumte Lili ein. »Aber jetzt los. Wir haben keine Zeit zu verlieren.«

Sie nahmen ein Taxi hinaus nach Grunewald und klingelten mutig an der Tür. Zuerst wollte sie der Hausdiener gar nicht einlassen, Frau Ullstein empfange keine Besucher mehr. Doch es kam nicht infrage, sich abwimmeln zu lassen, fand Lili, und schließlich erschien zu ihrem Schrecken der Hausherr persönlich.

»Wir haben wichtige Dokumente für Ihre Frau Gattin«, erklärte Lili. »Es geht um den Prozess morgen. Um Papiere aus dem Büro von ...«, beinahe verließ Lili der Mut. Immerhin sprach sie mit dem Generaldirektor, auch wenn er außer Amt war. Allein seine Gegenwart erfüllte sie mit Ehrfurcht. Konnte sie ihm wirklich anvertrauen, dass sie eine Akte aus dem Büro des Justiziars entwendet hatten?

»... um Papiere aus dem Büro von Dr. Pollmann«, sprang Gundi mutig ein.

Dr. Franz' Miene glich einem einzigen verärgerten Fragezeichen.

»Wer ist denn da?« Auf einmal erschien Rosalies Gestalt hinter ihrem Mann.

Sie trug einen Morgenmantel, ihr Gesicht war ungeschminkt, und dennoch fand Lili, dass sie einfach wunderschön aussah und fürchterlich verletzlich.

»Ach, Sie sind es, Lili. Franz, bitte lass die jungen Damen doch herein.«

Worauf haben wir uns da nur eingelassen, dachte Lili, während sie scheu in die Diele des Hauses traten.

»Nun?« Dr. Franz stand breitbeinig da, die Hände in die Hüften gestemmt.

»Wir ... wir würden lieber mit Ihrer Frau allein sprechen«, brachte Lili zögernd vor.

»Natürlich!«, brach es aus dem Hausherrn heraus. »Mich geht das ja alles gar nichts an«, schrie er, sodass Gundi zusammenzuckte und einen Schritt hinter ihre Schwester machte. »Es ist ja ihr Prozess morgen. Nicht meiner.« Und damit stapfte er wütend davon.

»Machen Sie sich nichts daraus«, flüsterte Rosalie beinahe, und Lili sah ihr an den Augen an, wie erschöpft und niedergeschlagen sie war. »Bitte. Kommen Sie mit hoch.« Und damit ging sie ihnen voraus die Treppe hinauf.

Das Schlafzimmer, in das Rosalie sie führte, war hinreißend. Die Decke angenehm hoch mit schlichten Rändern aus Stuck, die Wände in einem zarten Beige.

»Setzen Sie sich«, bat Rosalie und wies auf ein Sofa, auf dem die Schwestern gerade nebeneinander Platz fanden. »Was haben Sie mir mitgebracht?«

Lili reichte ihr den weinroten Ordner. Rosalie warf ihr einen fragenden Blick zu, dann nahm sie ihn und schlug ihn auf. Ihre Augen weiteten sich, während sie die ersten Seiten überflog, natürlich las sie fließend Französisch, immerhin hatte sie ein paar Jahre in Paris gelebt. Seite um Seite studierte sie die Unterlagen, blätterte hastig weiter, auf der Suche nach dem wirklich belastenden Material, das wurde Lili langsam klar. Draußen hörten sie den Abendgesang einer Amsel, hin und wieder das entfernte Geräusch eines Automobils, ansonsten Stille, unterbrochen vom Rascheln des Papiers. Lili wagte kaum zu atmen, fürchtete jeden Moment, dass Rosalie erbleichen, entsetzt und entmutigt die Akte zuklappen und so etwas sagen würde wie: »Jetzt bin ich verloren.« Doch das geschah nicht. Rosalie Ullstein blätterte die gesamte Akte durch, und als sie beim letzten Blatt angelangt war, hob sie den Blick zu Gundi und Lili und sagte: »Jetzt kann ich wieder atmen. Die haben nichts in der Hand gegen mich. Rein gar nichts.« Sie lehnte sich in ihrem Sessel zurück, und Lili konnte direkt sehen, wie eine übergroße Spannung von ihr wich. »Und das ist die einzige Akte, ja?«

»Soviel ich weiß, schon«, antwortete Gundi.

Und dann erzählte sie, wie alles gekommen war, dass man sie

völlig überraschend zu Pollmann gerufen hatte, wo sie den ganzen Tag Briefe eines ungenannten Mittelsmanns aus Paris an Pollmann aus dem Französischen übersetzt hatte, über deren nichtssagenden Inhalt einer der Ullstein-Direktoren, den Gundi nicht kannte, dermaßen in Wut geraten war, dass es eine wüste Schreierei gegeben hatte.

»War er so um die dreißig, eine eher quadratische Erscheinung?«

Gundi nickte. »Er hat erwähnt, dass er mal beim Film gearbeitet hat«, sagte sie.

»Das muss Heinz gewesen sein.« Rosalie atmete mehrmals tief durch. »Das macht Sinn. Heinz wollte Franz schon lange loswerden. Da war ich wohl nichts weiter als Mittel zum Zweck.«

»Und was bedeutet das jetzt?« Gundi hatte das alles noch nicht ganz verstanden.

»Das bedeutet, dass ich heute Nacht gut schlafen werde und morgen im Gericht ganz ruhig sein kann«, antwortete Rosalie und wirkte unendlich erleichtert. »Ich weiß gar nicht, wie ich Ihnen danken kann.« Sie betrachtete die Akte auf ihrem Schoß. »Das hier müsste allerdings wieder dorthin zurück, wo Sie es gefunden haben.«

Lili erhob sich, was mit ihrem Achtmonatsbauch ein echtes Kunststück bedeutete. »Das wird meine Schwester morgen früh erledigen«, sagte sie. »Jetzt müssen wir nach Hause. Mein Mann macht sich sicher schon Sorgen.«

»Ich werde Franz bitten, dass sein Fahrer Sie nach Hause bringt«, erklärte Rosalie und erhob sich ebenfalls. »Werden Sie morgen an mich denken?« Sie lächelte tapfer.

»Auf alle Fälle«, sagten Gundi und Lili gleichzeitig.

»Leider haben wir nicht freibekommen«, fuhr Lili fort. »Aber Emil wird da sein. Ganz bestimmt geht alles gut.«

31

Kein Fotograf war zu der öffentlichen Verhandlung Rosalie Ullstein gegen die Gebrüder Ullstein zugelassen, doch Emil hatte beschlossen, trotzdem hinzugehen und seine kleine Leica vorsichtshalber mal in der Tasche zu haben. Nicht dass er die Praktiken des Dr. Salomon, der augenblicklich in Amerika weilte, übernommen hätte, doch sein Instinkt als Bildjournalist ließ ihn grundsätzlich nie mehr ohne Kamera ausgehen.

Lili hatte ihm von der tollkühnen Aktion erzählt, die sie gemeinsam mit ihrer kleinen Schwester am Abend zuvor unternommen hatte. Und nachdem er sich wieder beruhigt hatte, denn er hatte sich tatsächlich schon riesige Sorgen um seine hochschwangere Frau gemacht, konnte er nicht anders, als sie zu bewundern. Seine Lili war etwas ganz Besonderes. Und die Nachricht, dass Frau Rosalie nichts passieren würde, erleichterte natürlich auch ihn.

Emil hatte sein Fahrrad genommen und traf frühzeitig in Moabit ein. So hatte er Gelegenheit zu beobachten, wie nach und nach die prächtigsten Automobile des Reichs vorfuhren. Pelle hätte seine Freude, dachte er, während er die Direktoren fotografierte, wie sie aus ihren Limousinen stiegen, in deren auf Hochglanz polierten Kotflügeln sich der Himmel samt Wolken spiegelte: Louis und Heinz Ullstein, Fritz Ross und Kurt Saalfeld mit seiner Frau

Lisbeth und schließlich Dr. Franz mit Rosalie. Die Klägerin trug ein schlichtes schwarzes Kostüm und wirkte schmal und zerbrechlich. Wahres Aufsehen sogar unter den Ullstein-Chauffeuren erregte ein schwarzer Rolls-Royce, dem ein stattlicher Herr mit hellen durchdringenden Augen und pomadisiertem Scheitel entstieg.

»Det sind jarantiert janz schlimme Ganoven«, hörte er eine ärmlich gekleidete Frau zu dem unterernährten Kind sagen, das sie an der Hand führte. »Keen anständiger Mensch fährt heutzutage solche Prachtkarossen, det jeht ja jar nich.«

Der Mann, dem der Rolls-Royce gehörte, hatte Emil mit seiner Kamera sogleich ins Auge gefasst. Er winkte ihn zu sich und fragte ihn nach seinem Namen.

»Dr. Alsberg«, stellte er sich dann selbst vor und reichte ihm seine Karte. »Ich vertrete Frau Dr. Ullstein. Ihnen ist klar, dass Sie im Gerichtssaal nicht fotografieren dürfen?«

»Ist mir bekannt«, sagte Emil.

»Alle Fotos, die Sie hier draußen machen, legen Sie zuerst mir und meiner Mandantin vor, ehe Sie die der Presse übergeben. Und sollten Sie das womöglich vergessen, zerre ich Sie hier vor Gericht. War ich deutlich?«

»Deutlicher geht es nicht«, antwortete Emil mit einem Grinsen und steckte die Karte ein, denn er hatte ohnehin gar nichts anderes vor.

Schade, dass Lili nicht mitkommen kann, dachte er, als er das Gerichtsgebäude betrat und die marmornen Stufen hinauf zum Verhandlungssaal ging. Dort hatten viele Schaulustige bereits die hinteren Bänke belegt, Arbeitslose aus Moabit, die vermutlich tagtäglich Gerichtsverhandlungen besuchten, weil es hier schön warm war und sie sonst keine Unterhaltung hatten. Pressevertreter aus dem gesamten Reich hatten sich angemeldet und drängten sich auf der Journalistenbank. Außer den Direktoren war vom Verlag auch Georg Bernhard anwesend, der nervös wirkte und irgendwie zerfleddert wie ein zerrupfter Habicht. Dr. Pollmann jedoch strahlte Zuversicht aus, und Emil fragte sich, ob dieser Mann tatsächlich ein solches Pokerface hatte oder ob Rosalie Ullstein bei der Durchsicht der Akte womöglich doch etwas entgangen sein könnte.

Aller Augen waren auf sie gerichtet, die zwischen ihrem Anwalt und Dr. Franz Platz nahm und trotz der Anwesenheit ihres Mannes in ihrem schwarzen Kostüm wie eine Witwe wirkte.

Emil hatte einen Platz ergattert, von dem aus er Pollmanns Tisch recht gut einsehen konnte. Er beobachtete, wie der Justiziar die weinrote Mappe aus seiner Aktentasche nahm, von der ihm Lili erzählt hatte, und sie vor sich auf den Tisch legte. Dann wurde der Prozess eröffnet, und es folgten die üblichen langatmigen Formalitäten. Der Richter wirkte auf Emil sympathisch, er war ein noch recht junger Mann, der seinen linken Arm offenbar im Krieg verloren hatte. Jetzt ermahnte er alle Beteiligten zur gegenseitigen Höflichkeit. Dann wurde die Anklage verlesen, Stellungnahmen und Einwürfe wurden gemacht. Darüber verging viel Zeit, und Emil begann, auf seinem Stuhl herumzurutschen.

Endlich wurde Rosalie in den Zeugenstand gerufen und vereidigt. Sie antwortete ruhig und besonnen auf alle Fragen, die der Staatsanwalt ihr stellte. Nein, sie habe niemals Geld für nachrichtendienstliche Aufträge erhalten. Ja, alle Reisen, die sie je in ihrem Leben unternommen hatte, habe sie selbst finanziert. Nein, sie habe niemals für irgendeine Regierung Informationen über ein anderes Land zusammengetragen oder übermittelt, weder in Frankreich noch in Deutschland. Nein, auch nicht an die Rote Armee. Und nein, kein Geheimdienst dieser Welt habe jemals den Versuch unternommen, sie anzuwerben.

Die Journalisten im Raum machten eifrig Notizen, doch es war klar, dass alle darauf brannten, dass endlich etwas Aufregendes geschah.

Dann war Pollmann an der Reihe, der versuchte, Rosalie ins Kreuzverhör zu nehmen, wobei er zur Enttäuschung des Publikums dieselben Fragen stellte wie der Staatsanwalt, nur dass er andere Worte wählte. Langsam wurde es unruhig auf den hinteren Bänken. Schließlich verlas er eine Liste von Namen und wollte bei jedem einzelnen von Rosalie wissen, ob sie mit dieser Person bekannt sei.

»Kennen Sie eine Person namens Rivet?«, fragte Pollmann und machte ein Gesicht, als erwartete er, dass Rosalie unter dieser Frage zusammenbrechen würde.

»Ich kenne keine Person dieses Namens«, antwortete Rosalie so ruhig wie die vielen Male zuvor.

»Sind Sie sicher?«, fragte Pollmann. »Louis Rivet? Das sagt Ihnen nichts?«

»Nein«, wiederholte Rosalie. »Ich kenne keinen Louis Rivet.«

»Wer soll das sein?«, warf Max Alsberg ungeduldig ein.

Pollmann antwortete nicht gleich. »Nun«, sagte er dann und wirkte glatt wie ein Aal. »Wenn Frau Ullstein ihn nicht kennt. Woher soll ich das wissen?«

Gelächter brandete auf. In den hinteren Reihen wurde gar gejohlt. Der Richter schlug mit dem Hammer auf den Tisch und versuchte, die Ruhe wiederherzustellen.

»Bitte konzentrieren Sie sich auf sachdienliche Fragen«, ermahnte er Pollmann.

»Ich möchte auch eine Frage an die Zeugin stellen.« Zu aller Überraschung hatte sich Georg Bernhard erhoben.

»Bitte«, erklärte der Richter. »Stellen Sie sie.«

Bernhard rückte seine Brille zurecht und betrachtete Rosalie, als wäre er ein Uhu und sie seine Beute. »Ist Ihnen klar, Frau Ullstein, dass wir im Besitz von offiziellen Dokumenten des französischen Geheimdiensts sind, in denen Ihr Name steht?« Er wies mit dem ausgestreckten Zeigefinger auf die weinrote Akte, die vor Pollmann lag. Im Verhandlungssaal wurde es so still, dass man eine Stecknadel hätte fallen hören können. »Es hat keinen Sinn, weiter zu leugnen, die Beweislage ist erdrückend. Also bitte, Frau Dr. Ullstein, sagen Sie die Wahrheit. Schließlich stehen Sie unter Eid.«

Einen Moment schien es, als hielten alle den Atem an.

Dann erkundigte sich Rosalie liebenswürdig: »Wie genau lautet denn nun Ihre Frage, Herr Bernhard?«

»Haben Sie für die französische Regierung spioniert? Ja oder nein?«, schrie Bernhard außer sich, sodass der Richter ihn ermahnte.

»Nein«, antwortete Rosalie ruhig. »Ich kann mich nur wiederholen, Herr Bernhard. Ich habe weder für die französische Regierung Spionage betrieben noch für sonst eine.«

»Wir wissen ja gar nicht, was in diesen Papieren überhaupt steht«, ergriff Dr. Alsberg nun das Wort. »Meine Mandantin hat mehrfach darum gebeten, Einsicht zu erhalten, um Stellung zu diesem angeblich so belastenden Material nehmen zu können. Aber bis heute haben wir keine Kenntnis darüber, ob diese Papiere überhaupt existieren. Stattdessen tun die Beklagten alles, um ihren Ruf zu zerstören. Dabei beruht das alles bislang auf Behauptungen. Deshalb sind wir hier. Um endlich Klarheit zu bekommen.« Er wandte sich zum Richter. »Konnte denn das hohe Gericht inzwischen Einblick in diese ominösen Akten nehmen?«

»Nein«, antwortete der Richter. »Sie wurden uns nicht zugestellt.«

»Ist das nicht merkwürdig?«, fragte Alsberg und tat so, als

sei er ehrlich erstaunt. »Diese ominösen Dokumente sollen sich schon seit vielen Monaten im Besitz der Beklagten befinden. Und niemand außer ihnen selbst kennt den Inhalt? Von Dokumenten, auf die sich diese gesamte rufschädigende Kampagne gegen Frau Rosalie Ullstein stützt?«

Emil sah hinüber zu der Reihe, in der die Direktoren Platz genommen hatten. Er blickte in verschlossene Mienen, nur Heinz wirkte bleich und hatte, soweit Emil das sehen konnte, die Fäuste geballt.

»Dieser Einwurf ist korrekt«, bemerkte der Richter. »Ich bin der Meinung, dass die Offenlegung dieser Dokumente uns viel Zeit ersparen wird. Wir fordern deshalb die Angeklagten auf, sie dem Gericht unverzüglich vorzulegen.«

Pollmann wurde weiß im Gesicht. Heinz Ullstein starrte auf seine Hände.

»Nun«, begann Pollmann und wand sich sichtlich, »tatsächlich befinden sich die französischen Dokumente natürlich nicht vollständig in unserer Hand ...«

»Wie meinen?« Der Richter lehnte sich irritiert über seinen Tisch hinweg ihm entgegen und runzelte die Stirn. »Sie haben doch immer wieder betont, dass sich in diesem Ordner belastendes Material befände. Wir werden das jetzt überprüfen.«

»Nu mach schon«, rief ein besonders kecker junge Mann von ganz hinten. »Zeich ma, was de hast, oder lass die arme Frau in Ruhe!« Zustimmendes Gemurmel erhob sich.

Pollmann stand auf, nahm die Akte und bewegte sich wie gegen einen unsichtbaren Widerstand zur Richterbank. Er wollte noch etwas einwenden, doch der Richter ließ es nicht so weit kommen. »Wir haben extra für diesen besonderen Fall einen eidesstattlichen Übersetzer und einen Gutachter einbestellt. Das Gericht zieht sich jetzt zurück, um gemeinsam mit Monsieur

Dupond und Herrn Dr. Schneider den Inhalt dieser Akte zu prüfen.«

Rosalie wirkte gefasst während der Verhandlungspause. Alle hatten sich nach draußen ins Foyer begeben, wo Dr. Franz und Dr. Alsberg wie zornige Schildknappen wirkten, die sie gegen jeden Angriff beschützen würden. Lisbeth Saalfeld und ihr Mann standen zwei Schritte von ihnen entfernt, womit sie deutlich ihre Parteinahme zeigten, jedoch sich auch nicht zu vertraut mit Rosalie einließen, jedenfalls war das Emils Eindruck. Die Gegenseite hatte sich ans andere Ende des Foyers zurückgezogen, wo man die Köpfe zusammensteckte und leise miteinander sprach. Nur Heinz machte den Eindruck, dass er lieber ganz woanders wäre.

»Die sollten sich was schämen«, sagte ein älterer Herr zu Emil. »Streit innerhalb der Familie, das gehört sich nicht. Ich sag Ihnen was: Wenn da in diesem roten Ordner nichts Ordentliches drinsteht, dann sollte man die ganze Bande einsperren. Machen der armen Frau das Leben schwer. Die ist doch nie im Leben eine Spionin!«

»Die kommen ja meist ganz unschuldig daher«, wandte eine dicke Dame ein, ehe Emil irgendetwas hätte antworten können. »Das gehört sicher zur Deckung oder wie man das nennt. Genau wie die Mata Hari. Der hätte man so was ja auch gar nicht zugetraut. Und was war sie? Doppelagentin. Mich würd nicht wundern, wenn die da drüben genauso eine wäre.«

Emil wollte das alles nicht mehr hören, denn trotz Lilis Versicherung, dass das Ganze ein gehöriger Bluff war, befiel ihn auf einmal ein ungutes Gefühl. So blöd konnten die Direktoren doch nicht sein, dass sie sich mit einem Haufen unbrauchbarem Material vor Gericht ziehen ließen. Je länger er Pollmann betrachtete, desto mehr hatte er den Eindruck, dass etwas nicht stimmte. Und als der Gerichtsdiener die Parteien wieder in den Saal rief, war Emil einer der Ersten, die ihren Platz aufsuchten. Es dauerte noch eine Viertelstunde, bis endlich so weit Ruhe eingekehrt war, dass die Verhandlung fortgesetzt werden konnte. Der Richter wirkte grimmig, als er dem Gutachter das Wort übergab.

»In diesem Ordner«, begann Dr. Schneider, »befinden sich Papiere, die von der Meldebehörde des Distrikts stammen, in dem Frau Rosalie Ullstein, damals noch Gräfenberg, in Paris lebte. Er enthält ihren Meldeschein, Anträge und Genehmigungen für Journalistenausweise und deren Verlängerungen, daneben Genehmigungen von Visa-Anträgen. In einem Fall, es handelt sich um Dokument 11 nach unserer Nummerierung, hat die Klägerin offenbar versäumt, ihr Visum rechtzeitig zu verlängern. Daraufhin erhielt sie die Ankündigung einer Ausweisung, für den Fall, dass sie eine bestimmte Frist zur nachträglichen Beantragung verstreichen lassen würde. Das hat Frau Ullstein jedoch nicht getan, sondern einen Tag später das Versäumte nachgeholt und erneut ein Visum erhalten.«

Der Sachverständige schloss den Ordner und ging zu seinem Platz.

»Was?«, rief eine Frauenstimme von hinten. »Det is alles? Wo sind die jeheimen Dokumente?«

»Ja, das fragen wir uns auch«, griff Max Alsberg den Zwischenruf aus dem Publikum auf. »Ist das alles, was Sie zu bieten haben?«

Pollmann bat um das Wort und erhob sich. »Nein«, sagte er zu Alsberg gewandt. »Das ist natürlich längst nicht alles. Ich erwähnte ja bereits, dass sich die eigentlichen Papiere in Paris befinden und von dem dortigen Ministerium für Staatssicherheit aus verständlichen Gründen nicht herausgegeben werden. Aber wir haben noch einen anderen Beweis dafür, dass Frau Rosalie Ullstein lügt, wenn sie behauptet, niemals mit den wichtigsten Vertretern des französischen Geheimdiensts zusammengetroffen zu sein.«

Er öffnete umständlich seine Aktentasche und entnahm ihr behutsam eine großformatige Fotografie. Emil saß kerzengerade und reckte den Kopf. Er war sich ziemlich sicher, dass sich zu Beginn der Verhandlung eine so große Aufnahme nicht in Pollmanns Aktentasche befunden hatte. Wieder war es im Saal totenstill geworden.

»Hier, Frau Rosalie Ullstein«, sagte Pollmann hämisch und hielt das Bild so hoch, dass Rosalie es sehen konnte. »Was sagen Sie zu diesem Beweisstück?«

Emil sah mit Schrecken, dass Rosalie weiß wurde wie die Wand des Gerichtssaals. Ihre Augen jedoch funkelten zornig.

»Das ist kein Beweisstück«, entgegnete sie. »Das ist eine Fälschung.«

Emil sprang auf, um besser sehen zu können, und er war nicht der Einzige im Saal, jeder wollte wissen, was auf der Fotografie zu sehen war, und zwei Journalisten waren sogar zum Tisch gelaufen, hinter dem Pollmann stand. Wieder schlug der Richter mit dem Hammer auf den Tisch, bat um Ruhe, und der Gerichtsdiener scheuchte die Journalisten zurück auf ihre Plätze.

»Wenn Sie die Güte hätten«, sagte der Richter verärgert zu Pollmann, »mir dieses neue Beweisstück vorzulegen?«

»Mit dem größten Vergnügen«, triumphierte Pollmann und beeilte sich, die Fotografie zur Richterbank zu bringen. Dabei hob er sie so hoch, dass auch das Publikum zu sehen bekam, was sie zeigte. »Hier sehen Sie die Klägerin«, sagte er laut und genüsslich, »die sich so sehr um die Reinwaschung ihres angeblich so guten Namens bemüht, am Arm von keinem Geringeren als Oberst Louis Rivet, dem Chef des Französischen Nachrichtendienstes, genauer gesagt des ominösen und supergeheimen ›Deuxième Bureau‹, höchstpersönlich. Den sie nach eigenen Aussagen allerdings gar nicht kennt.«

»Eine Fälschung«, wiederholte Rosalie aufgebracht, während Alsberg sie mit seinen durchdringenden Augen anstarrte, als sei er sich plötzlich gar nicht mehr sicher, ob er ihr glauben könnte.

Dann brach ein Tumult aus, in dem alles andere unterging.

Dass die Sitzung vertagt wurde, nahm Emil wie durch einen dichten Schleier wahr. Alsberg und Dr. Franz führten Rosalie fast gegen ihren Willen aus dem Saal, während die Ullstein-Direktoren auf der Klägerseite Pollmann auf die Schultern klopften und sich gegenseitig beglückwünschten, als sei das Urteil bereits zu ihren Gunsten gesprochen. Dann kam Leben in Emil, er drängte sich durch die Menge aus dem Saal und stürmte zur Treppe, doch Rosalie und ihre Begleiter hatten bereits das Gerichtsgebäude verlassen. Er fand sie draußen, wo sie im Begriff standen, in Dr. Franz' Wagen zu steigen.

»Frau Ullstein«, rief Emil. »Bitte, auf ein Wort.«

»Verschwinden Sie«, fuhr Alsberg ihn an, doch Rosalie drehte sich zu ihm um.

»Ach, Emil, Sie sind es«, sagte sie und wirkte noch bleicher als zuvor.

»Was ist auf dem Foto zu sehen?«, fragte Emil atemlos.

»Es muss eine Fälschung sein«, wiederholte Rosalie tonlos. »Ich hab diesen Mann nie getroffen.«

»Was ist drauf?«, wiederholte Emil eindringlich. »Bitte beschreiben Sie es mir.«

»Es zeigt meine Frau in Abendgarderobe gemeinsam mit diesem Franzosen«, knurrte Dr. Franz. »Aber ich wüsste nicht, was Sie das angeht.«

Rosalies dunkle Augen schienen zu begreifen, dass Emil es

gut mit ihr meinte und nicht ohne Grund fragte. »Ich trage mein weißes Abendkleid mit dem goldenen Zickzackmuster«, sagte sie zu ihm. »Und die kurze Perlenkette um den Hals. Der Mann eine Uniform ...«

»Was soll das?«, fauchte Alsberg sie an. »Der ist doch von der Presse! Wollen Sie sich jetzt vollends ruinieren?«

Emil hatte genug gehört. Er rannte zu seinem Fahrrad, das er an einem Laternenpfahl festgekettet hatte, machte es los und trat in die Pedale wie nie zuvor in seinem Leben. Zwanzig Minuten später legte er vor der Kochstraße 23 eine Vollbremsung hin und stürmte in die Fotoredaktion. Er hatte Glück, niemand war da. Völlig außer Atem strich er sich die Haare aus der feuchtgeschwitzten Stirn und versuchte, sich zu konzentrieren.

Wenn irgendwo diese Fotografie gefälscht worden war, dann hier. Und er hatte auch schon einen bestimmten Verdacht.

Er ging zu Mäckis Platz und öffnete die Schublade, in der er seine Abzüge und belichteten Filme aufbewahrte. Während er sie durchstöberte, befielen ihn Zweifel. Mäcki war zu schlau, um verdächtiges Material hier aufzubewahren. Emil schloss die Lade und versuchte, sich zu konzentrieren.

Es war nicht einfach, doch wenn man geschickt war und die passenden Fotos hatte, war es durchaus möglich, Elemente aus zwei Fotografien zu einem Bild zu montieren. Sein großes Idol Sasha Stone hatte die Technik der Überblendung bei der Gestaltung diverser Buchumschläge und Theaterplakate angewendet. Und auf einmal erinnerte Emil sich an diesen Wortwechsel, den er zwischen Mäcki und Dr. Pollmann aufgeschnappt hatte. Wie war das noch gewesen?

»Möglich ist das schon«, hatte sein Kollege gesagt. »Aber nicht einfach. Kommt auf die Fotos an. Bringen Sie das Material einfach mal mit, Herr Dr. Pollmann ...«

Das Material. Wo würde jemand wie Mäcki es verstecken, falls er es nicht vorsichtshalber vernichtet hatte? Ratlos sah Emil sich um. Sein Blick fiel auf den dicken Stapel Nacktfotografien, die Mäcki seit Wochen übereinander an die Wand genagelt hatte.

»Jede Woche eine neue«, hatte er gesagt.

Und Emil hatte geantwortet: »Die würde ich nicht mit der Beißzange anfassen.«

Einem Impuls folgend hob er das oberste Bild leicht an. Darunter befand sich das Girl von letzter Woche, und so immer weiter. Emil wollte sich schon abwenden, als sich der Nagel löste und der ganze Stapel von der Wand glitt. Die meisten konnte er gerade noch auffangen, doch ein paar Fotos landeten auf dem Boden. Rasch bückte er sich, um sie einzusammeln. Da stockte ihm der Atem.

Zwei Fotos zeigten etwas ganz anderes als Frauenakte. Emil sah Rosalie Ullstein in einem weißen Abendkleid mit einem Zickzackmuster in Silber, um den Hals eine mehrfach ineinandergeschlungene Perlenkette. Darüber trug sie ein Jäckchen aus irgendeinem hellen Pelz, und auf einmal wusste Emil, wo er das Bild schon einmal gesehen hatte. Es war das Foto, das Erich Salomon vor vielen Monaten beim Empfang des abessinischen Königs von Rosalie und ihrem Begleiter, diesem Dr. Ritter, heimlich gemacht hatte.

Auf der anderen Fotografie war ein ihm unbekannter Mann in Uniform zu sehen, zahlreiche Auszeichnungen hafteten an seinem Revers. Er stand in ganz ähnlicher Pose da wie Dr. Ritter auf dem anderen Bild und blickte mit höchst zufriedener Miene auf eine Dame an seiner Seite.

Mit zitternden Händen nahm Emil die beiden Fotografien an sich und schob sie in seine Umhängetasche. Dann stapelte er die Nacktfotos wieder übereinander und hoffte, dass er die Reihenfolge nicht allzu sehr durcheinandergebracht hatte, suchte und fand zum Glück den Nagel wieder und befestigte die Bilder an der Wand. Keinen Moment zu früh – die Tür ging auf, und Mäcki kam herein.

»Na, schon zurück vom Schlachtfest?« Er grinste von einem Ohr bis zum anderen, und Emil musste sich sehr beherrschen, ihm nicht kräftig in die Fresse zu hauen. »Was haben sie zu dem Foto gesagt?«

Im ersten Moment war Emil sprachlos vor so viel Unverfrorenheit.

»Welches Foto denn?«, fragte er.

»Na, das Foto, das der Frau ihren hübschen Hals brechen wird«, erklärte Mäcki selbstzufrieden. Er setzte sich mit einer Hinterbacke auf den Besprechungstisch und verschränkte die Arme vor der Brust.

»Ich versteh nicht, was du ...«, tat Emil naiv und runzelte die Stirn.

»Ja, weil du keine Vorstellungskraft hast, Emil«, gab Mäcki zurück. »Das ist wie bei den Mädchen. Du kannst dir einfach nicht vorstellen, dass man den Dingen ein bisschen nachhelfen muss. Wenn die Weiber nicht spuren, dann findet man ihre schwachen Punkte heraus, etwas, wovon sie auf keinen Fall wollen, dass es alle erfahren. Du glaubst nicht, wie zutraulich die auf einmal sind.« Er setzte ein schmieriges Grinsen auf. »So ist es mit allem. Auch mit der Fotografie. Du rennst tagelang dem idealen Motiv hinterher? Mensch, Emil, das kannste doch hier in der Dunkelkammer zusammenbasteln.«

»Das geht überhaupt nicht«, behauptete Emil und hoffte, Mäcki damit aus der Reserve zu locken. »Wie soll denn so was machbar sein?«

»Klar geht das«, reagierte der prompt. »Du schnippelst das

weg, was du nicht gebrauchen kannst, und klebst was anderes dazu. Dann lichtest du das Ganze noch einmal ab, aber gekonnt, sodass man die Schnittkanten nicht sieht. Oder du arbeitest mit Doppelbelichtung«, fuhr er fort. »Das ist komplizierter. Man braucht dazu die Negative. Beim Entwickeln belichtest du nur die Teile, die du gebrauchen kannst. Wie bei dem Bild heute vor Gericht. Die richtige Frau, der falsche Mann. Der richtige Mann, die falsche Frau. Bring die Richtigen zusammen, und schon hast du deine Spionin.«

Emil dachte fieberhaft nach. War das nicht schon ein Geständnis? Es gab allerdings keine Zeugen, nur er hatte es gehört, und im Zweifelsfall würde Aussage gegen Aussage stehen. Besser, er tat noch eine Weile so, als wäre er schwer von Begriff.

»Dazu hättest du die Negative gebraucht«, sagte er zweifelnd.

»Na klar, Männeke, was denkst denn du. Wenn du erst mal ne gute Aufnahme hast, lichtest du sie eben noch mal ab. Dann haste Negative. Ist alles nur saubere Bastelei. Kein Hexenwerk.« Mäcki rutschte vom Tisch. »Na, was ist, gehste zur Feier des Tages einen mit dem alten Mäcki saufen? Ich lad dich auch ein.«

»Heut nicht«, nuschelte Emil und machte sich an seinem Arbeitsplatz zu schaffen, obwohl es da gar nichts zu tun gab. »Ich muss nach meiner Lili schauen. Das Kind kommt bald.«

Mäcki verdrehte die Augen. »Mensch, Emil, mach bloß so weiter, dann hat se dir bald janz unterm Pantoffel. Wenn erst mal das Gör da ist ... Na ja, du weißt ja, wen du fragen musst, wenn du mal wieder ohne Kindergeplärre so richtig poppen willst ...«

»Ist schon gut, Mäcki«, wehrte Emil ab. »Und ... danke für die Tipps.«

»Immer wieder gerne«, sagte Mäcki mit einem Grinsen, und Emil machte, dass er wegkam, seine Tasche fest an sich gedrückt.

Er hielt sich nicht erst damit auf, zu Lili hoch in die Redaktion zu gehen. Stattdessen holte er die Karte von diesem Max Alberg hervor und fragte draußen auf der Straße einen Taxifahrer, wo die Adresse wohl sein könnte. In Charlottenburg, meinte der, und obwohl Emil zuerst das Fahrrad hatte nehmen wollen, überlegte er es sich anders und stieg zu dem Mann in den Wagen. Jetzt kam es darauf an, keine Zeit zu verlieren.

»Fahren Sie, so schnell Sie können«, bat er.

»Na, immer schön gemach«, gab der Fahrer zurück und drückte dennoch kräftig aufs Gaspedal.

»Herr Dr. Alsberg lässt ausrichten, dass Sie ihm die Fotos ein andermal zeigen können«, erklärte die Vorzimmerdame. »Er ist mit Mandanten im Gespräch und kann nicht gestört werden.«

Emil beschloss, sich auf keine weiteren Diskussionen einzulassen, schob die Sekretärin freundlich zur Seite und riss die Tür zu Alsbergs Büro auf. Rosalie Ullstein, ihr Verteidiger und ihr Gatte starrten ihm erstaunt entgegen.

»Tut mir leid zu stören«, erklärte Emil, während Alsberg auf ihn zukam, als müsste er Rosalie und Franz Ullstein vor ihm schützen. Rasch zog er die Bilder aus seiner Tasche. »Aber die Fotos, die ich hier hab, die hätten Sie besser schon gestern gesehen.« Er hielt die beiden Aufnahmen nebeneinander hoch. »Fällt Ihnen etwas auf?«

Alsberg nahm ihm die Bilder aus der Hand und starrte sie an.

»Was ist das?«, fragte Dr. Franz.

»Das ist das Material, aus dem Pollmanns Beweisfoto zusammenmontiert wurde«, erklärte Emil.

Rosalie Ullstein war aufgestanden und zu Alsberg getreten. »Wie ist so etwas möglich?«, fragte sie zweifelnd.

»Einfach ist es nicht«, zitierte Emil Mäcki. »Aber machbar.«

»Und wer hat das gemacht?«

»Ein Kollege aus der Ullstein-Fotoabteilung«, antwortete Emil und überlegte, ob es unanständig wäre, Mäcki zu verpetzen. Nein, dachte er. Was der getan hat, ist kriminell. »Im Auftrag von Dr. Pollmann.«

»Gute Arbeit, junger Mann«, sagte Alsberg und klopfte Emil auf die Schulter. Und zu Rosalie gewandt fügte er hinzu: »Jetzt kann ich ja offen mit Ihnen sprechen: Dieses montierte Foto hätte Sie auf dem direkten Weg ins Gefängnis bringen können. Dank diesem jungen Mann hier werden wir Pollmann und Co. einen gewaltigen Strich durch die Rechnung machen.«

32

Rosalie faltete die Zeitung wieder zusammen und legte sie beiseite. Sie war etwas früher ins *Café Josty* gekommen, um in Ruhe nachzusehen, ob ihr Prozess und die offizielle Entschuldigung, die die Ullstein-Brüder in der *Vossischen* gleich am folgenden Tag veröffentlicht hatten, noch immer die Gemüter bewegten. Doch fast zwei Wochen nach ihrem fulminanten Sieg in ihrem Rufmord-Prozess hatte sich die Presse anderen Themen zugewandt. Zum Beispiel der Tatsache, dass Reichskanzler Brüning Adolf Hitler empfangen und die Absicht hatte, ihn zur Mitarbeit in der Regierung zu bewegen. Oder dem Vorfall neulich im Berliner Beethovensaal, als Rechtsradikale Thomas Manns Rede »Appell an die Vernunft« massiv gestört hatten. Der große Schriftsteller hatte eindringlich vor den Gefahren gewarnt, die von der extremen Rechten ausgingen, und die Nazis hatten umgehend bewiesen, dass er damit vollkommen richtiglag.

So weit war es also schon gekommen. Rosalie schüttelte den Kopf darüber, dass ausgerechnet die Ullstein-Medien diese Nachrichten ihrer Ansicht nach viel zu klein und dann auch noch auf der vierten Seite brachten. Sie fragte sich besorgt, wie lange man im Haus der Bücher in der Kochstraße noch blind auf dem rechten Auge sein würde. Von Franz wusste sie, dass innerhalb des Direktoriums darüber keine Einigkeit herrschte. So wie über viele andere Themen.

»Bin ich zu spät?« Vicki Baum stand vor ihrem Tisch in der ersten Etage des Cafés, wo es vormittags meist ein wenig ruhiger war als im Erdgeschoss.

»Überhaupt nicht«, antwortete Rosalie und stand auf, um ihre Freundin auf beide Wangen zu küssen. »Wo bleibt denn unser Blümchen?«

»Sie wird schon noch kommen.« Vicki legte Hut und Mantel ab und nahm Platz.

Sie hatten beschlossen, zu dritt ein wenig zu feiern: Rosalies Sieg und Emils Beförderung, denn der Skandal um das montierte Foto hatte einige »Umstrukturierungen« im Verlag zur Folge gehabt. Selbstverständlich war Pollmann samt seiner Sekretärin gefeuert worden. Er hatte behauptet, die Fälschung hinter dem Rücken der Direktoren veranlasst zu haben, um seine Auftraggeber vor Gericht zum Erfolg zu führen. Sogar Georg Bernhard hatte seinen Hut nehmen müssen, zu sehr hatte er sich in seinen Hass gegen Rosalie hineingesteigert. Die Hauptschuld gab man allerdings einem der jüngeren Fotografen namens Markus Ottermann, genannt Mäcki, der die Montage ausgeführt hatte. Ihm und auch dem Leiter des Fotolabors hatte man gekündigt und Emil Friesicke mit dieser Stelle betraut.

»Wie geht es dir?«, erkundigte sich Vicki und musterte ihre Freundin. »Hast du dich von all den Strapazen ein wenig erholen können?«

»Mir geht es gut«, antwortete Rosalie gefasst. Und das stimmte. Auch wenn sie und Franz noch immer nicht ganz zur Normalität zurückgefunden hatten. Das würde schon noch kommen.

»Wie geht es denn jetzt weiter?«, fragte Vicki. »Werden sie sich denn mit Dr. Franz gütlich einigen? Oder muss er tatsächlich noch vor Gericht ziehen?«

»Ich hoffe sehr, dass das nicht notwendig wird.« Rosalie seufzte tief auf. »Jetzt, wo vor Gericht geklärt wurde, dass ich keine Spionin bin, müssen sie seine Kündigung ganz einfach zurücknehmen. Denn darauf war die ja gegründet.«

Allerdings zogen sich die Verhandlungen zwischen den Brüdern in die Länge, und von Tag zu Tag verschlechterte sich Franz' Laune. Leider erzählte er nichts von den Gesprächen, die sie führten, und das ausgerechnet mit dem Argument, sie schonen zu wollen. Sie, die stets besser im Handeln war als im stillen Abwarten und bestimmt den einen oder anderen guten Rat für ihn hätte.

»Da ist sie ja!« Vicki wies zur Treppe. Lilis roter Lockenkopf erschien und schließlich ihre gesamte rundliche Gestalt. »Wie es aussieht, wird das Kind nicht mehr lange auf sich warten lassen«, meinte Vicki.

»Tut mir leid, dass ich zu spät komme«, keuchte Lili und ließ sich schwerfällig auf den freien Stuhl sinken. Ein paar Schweißperlen standen auf ihrer Stirn.

»Ist alles in Ordnung?«, fragte Rosalie besorgt.

»Alles bestens«, antwortete Lili und legte eine Hand auf die hübsche Kugel, die ihr Bauch bildete. »Vorhin dachte ich doch tatsächlich, es geht schon los«, gestand sie und bestellte Selterswasser für sich. »Aber das war wohl falscher Alarm. Die Hebamme sagt, es dauert noch.«

»Wie lange denn?«, wollte Vicki wissen und betrachtete Lili besorgt.

»Eine Woche oder zwei.« Lili lehnte sich gegen die gepolsterte Rückenlehne des Stuhls. »Ehrlich gesagt wäre ich froh, es würde früher kommen. Nachts weiß ich kaum noch, wie ich liegen soll.«

Dann richtete sie ihre goldgrünen Augen auf Rosalie. »Ich bin ja so froh, dass alles gut ausgegangen ist«, wechselte sie das Thema.

»Dank Ihrer Hilfe«, antwortete Rosalie liebenswürdig. »Ohne Sie und Ihren Mann müsstet ihr mich vermutlich im Reichsgerichtsgefängnis in Leipzig besuchen.«

Lili stöhnte auf bei dem Gedanken. »Was sich Menschen alles einfallen lassen, um anderen zu schaden«, sagte sie und schüttelte den Kopf.

»Ja, man kann darüber nur staunen«, pflichtete Vicki Baum ihr bei. »Und was lernen wir daraus?« Sie blickte herausfordernd in die Runde. »Jeder ist sich selbst der Nächste. So lautet die Männerregel Nummer eins. Und wisst ihr was? Ich finde, wir sollten uns die endlich auch zu eigen machen.«

»Findest du wirklich?«, fragte Rosalie erstaunt. »Ist es nicht besser, man hält zusammen?«

»Wir Frauen müssen unbedingt zusammenhalten«, erklärte Lili voller Überzeugung und nahm einen großen Schluck von ihrem Mineralwasser, das der Kellner gebracht hatte. »Ohne Sie beide wäre ich noch immer Tippfräulein im großen Schreibsaal, hätte nie einen Roman veröffentlicht, und geheiratet hätten wir auch nicht. Ich hab Ihnen beiden viel zu verdanken.«

»Und ich erst!« Rosalie fühlte, wie ihre Augen feucht wurden. Meine Güte, dachte sie. Dieser Prozess hatte ihr gewaltig zugesetzt.

»Bringen Sie uns bitte eine Flasche Champagner«, bat Vicki den Kellner, der eben vorübereilen wollte. »Schließlich haben wir einiges zu feiern.«

»Ich denke, du trinkst tagsüber keinen …«

»Man muss auch mal eine Ausnahme machen«, erklärte Vicki. »Und heute ist so ein Tag.«

»Ich hoffe, Sie sind mir nicht böse, wenn ich lieber mit Selterswasser anstoße«, wandte Lili ein. »Ich hab gelesen, dass Alkohol gar nicht gut sein soll für das Kind.«

»Jede so, wie sie möchte«, fand Vicki Baum und erzählte gut gelaunt von ihren eigenen Schwangerschaften.

Als der Kellner den Champagner gebracht und ihr und Rosalie eingeschenkt hatte, hoben sie alle drei ihre Sektschalen, auch wenn in Lilis Glas nur Wasser perlte.

»Auf uns Frauen!«, sagte Vicki Baum.

»Auf unseren Zusammenhalt!«, ergänzte Rosalie.

»Und darauf, dass wir guten Zeiten entgegensehen mögen«, fügte Lili hinzu.

Die drei Frauen leerten ihre Gläser, und ehe die Stimmung allzu feierlich wurde, sagte Rosalie mit einem verschmitzten Lächeln: »Vermutlich bist du die Einzige von uns, liebe Vicki, die niemanden braucht. Du gehst unbeirrbar deinen Weg. Leider führt er dich jetzt viel zu weit weg von uns.«

»Wieso glaubst du, dass ich niemanden brauche?«, fragte Vicki. »Ohne euch wären die vergangenen Jahre entsetzlich langweilig gewesen.«

»Und trotzdem lässt du uns im Stich«, gab Rosalie scherzhaft zurück.

»Es wird Zeit für etwas Neues«, sagte Vicki ernst.

Rosalie und Lili schwiegen bedrückt. Dass Vicki Baum schon bald nach Amerika abreisen würde, stimmte sie alle beide traurig.

»Ihr kommt einfach nach«, schlug die Schriftstellerin vor. »Ich bin ja nicht die Einzige, die ins Ausland geht. Viele jüdische Künstler sehen zu, dass sie sich woanders eine Zukunft aufbauen. Und ich bin sicher, sie tun gut daran.«

Sie hat recht, dachte Rosalie. Seit sie damals im *Souffleurkasten* darüber gesprochen hatten, machte auch sie sich Gedanken über die Zukunft.

»Franz kann ohne den Verlag nicht sein«, antwortete sie nachdenklich. »Ich hab ihm mehrfach vorgeschlagen, nach New York zu gehen. Aber Berlin verlassen – das kann er sich einfach nicht vorstellen.«

»Und was ist mit Ihnen, Blümchen?«

Lili schüttelte entschlossen den Kopf. »Ich kann doch meine Familie nicht im Stich lassen«, erklärte sie im Brustton der Überzeugung. »So schlimm wird es hoffentlich nicht kommen.« Auf einmal verzog sie wie unter Schmerzen das Gesicht und fasste sich an den Bauch.

»Alles in Ordnung?«, fragte Rosalie besorgt.

Ein leises Stöhnen war die Antwort. »Es geht gleich wieder«, presste Lili zwischen den Zähnen hervor und atmete tief ein und aus.

»Na, wenn das nur keine Wehen sind …« Vicki Baum wirkte alarmiert.

Auf einmal zuckte Lili zusammen und sah an sich hinunter. »Oh, du liebe Zeit«, murmelte sie erschrocken. »Das ist mir entsetzlich peinlich …«

Jetzt sah es auch Rosalie. Unter Lilis Stuhl hatte sich eine kleine Pfütze gebildet. Die arme Frau lief puterrot an und sah aus, als würde sie am liebsten im Erdboden versinken. »Ich hab das gar nicht gemerkt …«, stammelte sie.

»Das ist das Fruchtwasser«, befand Vicki Baum mit Kennerinnenblick. »Ihre Fruchtblase ist geplatzt. Liebes Blümchen, es sieht ganz danach aus, als würde Ihr Wunsch von vorhin in Erfüllung gehen. Ihr Kind kommt. Und zwar nicht in ein oder zwei Wochen. Sondern heute.«

»Ich muss nach Hause«, keuchte Lili, ehe sie von einer weiteren Schmerzwelle geschüttelt wurde.

»Nein, ich weiß etwas viel Besseres«, erklärte Rosalie und erhob sich. »Zuerst bestellen wir ein Taxi. Und dann statten wir meinem Ex-Mann einen Besuch ab.«

»Dr. Gräfenberg? Ist das dein Ernst?« Vicki Baum wirkte ehrlich überrascht, und das kam selten vor.

»Mein voller Ernst.« Sie schmunzelte. »Außerdem heißt er ja Ernst. Wozu ist mein Ex-Mann der beste Gynäkologe Berlins? Er schuldet mir noch einen Gefallen. Und wenn er immer noch so charmant ist wie damals, als ich ihn verlassen habe, wird er unserem Blümchen kaum seine Hilfe verweigern.«

»Wenn det Jör in meinem Wagen zur Welt kommt, dann stell ich Ihnen die Reinigung in Rechnung«, murrte der Fahrer.

»Tun Sie das«, antwortete Vicki trocken. »Wenn Sie schlau wären, würden Sie allerdings ein Schild an Ihre Heckscheibe kleben mit der Aufschrift: Hier werden Prinzen und Prinzessinnen geboren.«

Darüber hatte der gute Mann wohl allerhand nachzudenken, denn während der rund zehnminütigen Fahrt brachte er keine Einwände mehr vor, sondern trat aufs Gaspedal, wann immer der rege Stadtverkehr es zuließ und ihm weder die Tram noch ein Pferdefuhrwerk in die Quere kam.

Vicki und Rosalie hatten die werdende Mutter in ihre Mitte genommen, die sich bemühte, ihr Stöhnen zu unterdrücken. Rosalie fiel auf, dass Vicki zwischen den Wehen auf ihre hübsche kleine Armbanduhr sah und offenbar die Zeit stoppte. Sie selbst hatte keinerlei Erfahrung im Kinderkriegen, und auch die fünf Jahre Ehe mit einem Frauenarzt hatten sie in dieser Hinsicht nicht geschult. Endlich angekommen, stürmten sie, so rasch es Lili möglich war, in die Praxis, vorbei an der Empfangsdame, der die Widerworte bei ihrem Anblick im Hals stecken blieben, bahnten sich den Weg zwischen den wartenden Patientinnen hindurch, bis sie vor der Tür des Behandlungszimmers standen. Rosalie klopfte entschlossen an.

Die Tür ging auf, und da stand er vor ihnen, Dr. Ernst Gräfenberg, noch immer attraktiv mit seinen ebenmäßigen Gesichtszügen, den tiefschwarzen Augen, die er nun über alle Maßen erstaunt aufriss.

»Rosalie?«, brachte er ungläubig hervor, seine Stimme klang rau, als müsste er sich räuspern.

Doch da schob Vicki Baum schon Lili, die sich verzweifelt den Bauch hielt, ins Zimmer.

»Frau Friesickes Kind will auf die Welt kommen«, sagte Rosalie liebenswürdig. »Bitte sei doch so nett und hilf ihm dabei.«

Dr. Gräfenbergs Blick wanderte von ihr zu der Hochschwangeren, und sogleich übernahm der Arzt in ihm das Kommando. »Kommen Sie«, sagte er fürsorglich zu Lili, griff nach ihrer Hand und rief lauthals nach der Arzthelferin.

Hinter Lili fiel die Tür ins Schloss.

»Nichts wie raus hier«, sagte Rosalie und schob Vicki durch den Geruch nach Äther und anderen medizinischen Substanzen zurück zwischen den wartenden Frauen hindurch bis zu der wütend dreinblickenden Empfangsdame. Ein kurzer Blick auf das Namensschildchen an ihrer weißen Schürze belehrte Rosalie, dass es sich um die neue Frau Gräfenberg handelte.

»Was glauben Sie denn? Sie können hier nicht einfach so ...«

»Sie haben recht«, unterbrach Rosalie sie sanft. »Aber es ist ein Notfall, das Kind kann ja schließlich nicht auf der Straße zur Welt kommen, oder? Wissen Sie, ich bin so froh, dass Herr Gräfenberg in Ihnen eine so tüchtige Frau gefunden hat, eine, die viel besser zu ihm passt als ich damals.«

Zuerst blickte die Frau verdutzt, dann entspannten sich ihre Züge. »Man gibt eben sein Bestes«, gab sie noch immer ein wenig schnippisch zurück, und doch war klar, dass es Rosalie gelungen war, sie zu besänftigen.

»Unsere Freundin ist bei Ihnen in guten Händen, nicht wahr?«, fragte Rosalie besorgt nach.

»Gewiss«, antwortete die neue Frau Gräfenberg gnädig. »Wenn Sie warten möchten – gegenüber ist ein Café. Wir rufen drüben an, wenn das Kind da ist. Das ist die Wirtin schon gewohnt.«

»Wie schaffst du das bloß?«, fragte Vicki verwundert, als sie das Haus verließen. »Eben noch hätte sie uns am liebsten aufgefressen. Und jetzt frisst sie dir aus der Hand.«

»Hauptsache, es geht alles gut«, gab Rosalie ausweichend zurück. »Bei Ernst ist sie in den besten Händen. Außerdem ist er zu seinen Patientinnen immer äußerst charmant.«

»Wieso hast du dich damals noch mal von ihm scheiden lassen?«, fragte Vicki grinsend und tat so, als könnte sie sich nicht erinnern.

Rosalie lächelte wehmütig. »Weil ich diesen Geruch nach Äther nicht vertrage«, antwortete sie mit einem Grinsen. »Und weil mir solche weißen Schürzen einfach nicht stehen.«

Sie bestellten erneut Champagner, denn die Flasche im *Café Josty* hatten sie ja kaum angerührt. Dann riefen sie vom Telefon des Cafés aus im Verlag an und ließen Emil ausrichten, dass er bald Vater werden würde und herkommen sollte, falls er es einrichten könnte. Keine halbe Stunde später legte er auf seinem Fahrrad vor dem Café eine Vollbremsung hin und stürmte mit zerzaustem Haarschopf herein.

»Wo ist sie?«, fragte er atemlos. Als er hörte, dass Blümchen in der Privatklinik des berühmten Dr. Gräfenberg entbinden würde, wurde er ganz bleich.

»Das wird sicher teuer«, murmelte er, doch Rosalie beruhigte ihn. Zum einen glaubte sie nicht, dass ihr Ex-Mann tatsächlich eine Rechnung stellen würde, und wenn, so versicherte sie, wäre sie mehr als glücklich, sie zu übernehmen. Das war schließlich das Mindeste, was sie tun konnte, um sich für alles, was Lili, Gundi und Emil für sie getan hatten, zu revanchieren.

»Kann ich nicht zu ihr?«, fragte Emil und hielt es kaum auf dem Café-Stühlchen aus.

»Glauben Sie mir«, versuchte Vicki ihn zu beruhigen, »es gibt für eine Gebärende nichts Schlimmeres als einen nervösen Ehemann an ihrer Seite.«

»Aber sie muss doch wissen, dass ich da bin«, wandte er ein.

»Sie können ja mal hochgehen und fragen, wie weit sie sind und …«, Rosalie hatte noch nicht zu Ende gesprochen, als der junge Mann auch schon wie ein Pfeil aus dem Lokal schoss und an der Praxis gegenüber klingelte.

Er verschwand im Haus und kam vorerst nicht wieder heraus. Rosalie und Vicki leerten den Champagner, nahmen ein kleines Mittagessen ein, und gerade als sie berieten, ob es Sinn machte, noch länger zu warten, schließlich konnte eine Geburt Stunden dauern, trat die Wirtin zu Rosalie und Vicki an den Tisch, um auszurichten, dass das Kindlein geboren sei, man könne hinaufkommen.

»Typisch unser Blümchen«, sagte Vicki erleichtert. »Alles, was sie anpackt, macht sie gründlich, schnell und perfekt.«

Sie fanden die drei in einer kleinen Kammer, die Rosalie als ihr früheres Ankleidezimmer wiedererkannte. Lili lag blass und doch vor Glück nur so strahlend auf einer Liege, das winzige Kind schlafend in eine große Stoffwindel gehüllt in ihrem Arm. Viel war nicht von ihm zu sehen, es hielt die Augen fest geschlossen, und die kleinen Fäuste lagen wie bei einem Boxer angelegt neben dem Kinn, was unglaublich rührend wirkte. Ein rötlicher Flaum lag um seinen Kopf. Emil saß neben Lili, hielt ihre Hand, die er unentwegt küsste, und brachte kein Wort heraus.

»Es ist ein Mädchen«, sagte Lili und warf dem Kind einen liebevollen Blick zu. »Und wir möchten es Rosalie Viktoria taufen lassen. Ich meine, falls Sie nichts dagegen haben?«

»So ein riesiger Name für ein so kleines Kind?« Rosalie bemerkte Vickis Rührung, dabei war ihre Freundin nicht so leicht aus der Fassung zu bringen.

»Das ist eine wundervolle Idee«, sagte sie. »Ich fühle mich sehr geehrt.«

»Mutter und Kind sollten jetzt ein bisschen schlafen«, meldete sich mahnend die neue Frau Gräfenberg von der Tür her. »Wenn alles so bleibt, können Sie Ihre Frau heute Abend abholen, Herr Friesicke.«

»Ich rühr mich nicht von der Stelle«, versicherte Emil. »Ich mach Ihnen bestimmt keinen Ärger, sondern sitze hier ganz still.«

»Na gut«, räumte die strenge Arztgattin ein. »Sie waren ja auch bei der Geburt recht tapfer.«

Rosalie und Vicki verabschiedeten sich. Auf dem Flur kam ihnen Dr. Gräfenberg entgegen.

»Danke, Ernst«, sagte Rosalie. »Das war wirklich sehr nett von dir.«

Ernst Gräfenberg schmunzelte. »Muss ich jetzt häufiger mit solchen Überraschungen rechnen?«, fragte er.

»Ich hoffe nicht«, antwortete sie mit einem Lächeln. »Bitte schick die Rechnung ...«

Ernst Gräfenberg winkte ab. »Ist schon gut«, sagte er leise, und ein gewisser Schmelz lag in seiner Stimme. »In Erinnerung an unsere guten Zeiten, Rosalie. Das hab ich gern getan. Und sie ist ja auch ein wirklich tapferes Mädchen, deine Freundin. Dann also ... leb wohl. Es hat mich gefreut, dich zu sehen.«

»Leb wohl, Ernst. Und nochmals danke.«

Rosalie war in gehobener Stimmung, als sie zurück ins Westend fuhr. Sie hatte sich auf den Tag mit ihren Freundinnen gefreut, und nun hatte er eine so aufregende und schöne Wendung genommen. Wenn sie an die kleine Familie dachte, die Lili, Emil und ihr Töchterchen jetzt waren, ging ihr das Herz auf, und sie wünschte den jungen Leuten alles Glück dieser Welt.

Sie nahm sich fest vor, sich von nun an nur noch auf die schönen Seiten des Lebens zu konzentrieren. Alles, was hinter ihr lag, würde sie vergessen und sich bemühen, Franz' Verwandten nichts nachzutragen. Falls man sie in der Familie noch immer nicht gerne sah, fände sie nichts dabei, Franz allein zu den Treffen zu schicken. Stattdessen würde sie sich wieder mehr ihren Freunden widmen. Auch wenn Vickis Abreise eine große Lücke hinterlassen würde.

Es war schon später Nachmittag und Franz von den Verhandlungen noch immer nicht zurück. Rosalie nahm ein Bad und beschloss dann, sich hübsch zu machen. Sie war für diesen Abend bei der Baronin Wertheim eingeladen, und Rosalie wollte Franz vorschlagen, gemeinsam hinzugehen. Es war eine Ewigkeit her, seit sie das letzte Mal miteinander ausgegangen waren. Und es wäre doch ein schönes Signal nach außen, sich nach dem gewonnenen Prozess gerade dort gemeinsam zu zeigen, wo zwischen ihnen alles begonnen hatte.

Rosalie hatte eben ihr Make-up beendet und betrachtete sich prüfend im Spiegel, als sie Franz nach Hause kommen hörte. Sie hatte sich für ein grünes Chiffonkleid entschieden und steckte nun den Ring mit dem Smaragd an den Finger, den Franz ihr am

Tag seines Antrags geschenkt hatte. Durch die ganze Aufregung in den vergangenen Wochen und Monaten hatte sie abgenommen, und der Ring saß ein wenig lockerer als früher. Sie hatte ihn lange nicht getragen, doch jetzt würde ein neues Kapitel in ihrer Ehe beginnen. Sie sehnte sich so sehr danach, endlich wieder zur Normalität zurückzukehren.

»Wie schön du bist«, sagte er beinahe wehmütig, als er sie die Treppe herunterkommen sah. Er küsste sie auf beide Wangen, und Rosalie fiel auf, wie erschöpft er wirkte.

»Danke«, antwortete sie lächelnd. »Wie war dein Tag?«

»Lass uns einen Sherry trinken«, schlug er vor, und Rosalie begriff, dass er nicht im Sinn hatte auszugehen. Wenn er allerdings gute Nachrichten hatte, die er mit ihr besprechen wollte, dann verzichtete sie gern auf den Empfang bei der Baronin Wertheim.

Rosalie nahm in einem der Bauhaus-Sessel Platz und wartete, bis Franz für sie beide eingeschenkt hatte und ihr das Glas reichte. Als er mit dem seinen leicht gegen ihres stieß, stieg Hoffnung in ihr auf, dass der Albtraum, in dem sie seit der Rückkehr von ihrer Hochzeitsreise gelebt hatte, nun endgültig vorüber war. Franz machte es spannend, umständlich rückte er seinen Sessel zurecht, ehe er sich endlich setzte.

»Konntet ihr euch einigen?« Rosalie ertrug die Spannung nicht länger.

»Wir sind uns einige Schritte nähergekommen«, gab Franz vorsichtig zurück.

»Das freut mich«, erklärte Rosalie und wartete darauf, dass er endlich erzählen würde, wie die Verhandlungen liefen.

Stattdessen schlug er die Beine übereinander und verschränkte die Arme vor der Brust. »Sag mal, Rosalie«, begann er, »fühlst du dich eigentlich noch wohl in Berlin?«

Rosalie sah ihren Mann überrascht an. Was hatte diese Frage

zu bedeuten? War es möglich, dass er sich nach all der Zeit tatsächlich mit dem Gedanken befasste, gemeinsam mit ihr an einem anderen Ort noch mal von vorn anzufangen? Wegzugehen und ein neues Leben zu beginnen? Das hatte er stets weit von sich gewiesen. Und falls es stimmte, dass er und seine Brüder sich tatsächlich einige Schritte, wie er es nannte, nähergekommen waren, dann war das nur umso unwahrscheinlicher.

»Wie meinst du das?«, fragte sie wachsam zurück.

»Nun, ich dachte, du hättest vielleicht gern ein bisschen Tapetenwechsel nach all dem, was du hast durchmachen müssen.«

»Möchtest du mit mir verreisen?«

»Ich werde wohl hierbleiben müssen«, sagte Franz und nahm einen Schluck von seinem Sherry. »Aber das heißt nicht, dass du hier herumsitzen musst. Du hast schon lange keine größere Auslandsreise mehr unternommen. Wolltest du nicht immer mal nach London? Oder nach Amerika? Du könntest eine Reportage schreiben. So wie früher.«

Rosalie kam aus dem Staunen nicht mehr heraus. Erst vor Kurzem hatte er ihr versichert, wie sehr er sie an seiner Seite brauchte. Und jetzt wollte er ihr eine längere Auslandsreise geradezu aufdrängen?

»Ich werde darüber nachdenken«, sagte sie zurückhaltend.

»Tu das.« Franz wirkte fast schon erleichtert. Er trank sein Glas aus und machte Anstalten aufzustehen.

»Franz?« Er hielt in der Bewegung inne und sah sie aufmerksam an.

»Ja?«

»Ist da etwas, was ich wissen sollte?« Die Abendsonne fiel so in den Salon, dass sich ihre Strahlen an seinen Brillengläsern brachen, sodass Rosalie seine Augen nicht sehen konnte. »Du kannst ruhig offen mit mir sein«, fügte sie hinzu. »Hättest du es denn gern, wenn ich für eine Weile außer Landes wäre?«

Er sank zurück in den Sessel und machte sich an seiner Brille zu schaffen. »Es würde die Sache vereinfachen«, räumte er verlegen ein und vermied es, sie anzusehen.

Rosalie glaubte, nicht richtig zu hören. »Welche Sache denn?«, fragte sie alarmiert. Und dann fiel es ihr wie Schuppen von den Augen. »Lassen dich deine Brüder nur dann wieder mitspielen, wenn ich nicht mehr hier bin? Ist es das?«

Franz blieb ihr die Antwort schuldig. Er hatte ein Taschentuch aus seiner Jackentasche geholt und polierte damit umständlich die Brillengläser. Und je länger er schwieg, desto klarer wurde ihr, dass sie ins Schwarze getroffen hatte.

»Dann ist es mit einer Reise allerdings nicht getan, schätze ich«, fuhr sie ruhiger fort, als sie tatsächlich war. »Außer es ist eine Reise, von der ich nicht zurückkehre. Hab ich recht?«

Die Sonne verschwand ganz plötzlich hinter den Bäumen, und es wurde dunkel und kühler im Raum. Normalerweise würde sie jetzt die hübsche Stehlampe anschalten, die ebenfalls von einem der Bauhauskünstler entworfen worden war, und auf einmal musste sie an die ganz ähnliche Lampe in Kobras Wohnung denken, die sie ihm einst geschenkt hatte. Warum verliebe ich mich eigentlich immer in die falschen Männer, fragte sie sich niedergeschlagen. In Männer, die nicht zu mir stehen, deren Liebe nicht ausreicht, um Stürme zu überstehen. Männer, die nur an sich selbst und ihre eigene Karriere denken. *Jeder ist sich selbst der Nächste, lautet die Männerregel*, hatte Vicki Baum gesagt. Rosalie wünschte sich, sie wäre auch aus solchem Holz geschnitzt.

Doch das war sie nicht. Es tat weh zuzusehen, wie der einst so mächtige und selbstbewusste Dr. Franz Ullstein sich wand, ihr die

Wahrheit zu sagen, obwohl er sich ganz offensichtlich bereits entschieden hatte. Eine abgrundtiefe Enttäuschung überfiel sie.

»Weißt du, Rosalie, ich liebe dich wirklich sehr«, sagte Franz endlich, und seine Stimme klang fremd. »Aber ohne den Verlag ... Ich kann nicht ohne ihn sein, das hast du ja mit eigenen Augen gesehen. Ohne meine Arbeit dort bin ich ... ich bin einfach nicht ich selbst.«

»Sie zwingen dich also immer noch, dich zwischen mir und ihnen zu entscheiden«, stellte Rosalie ernüchtert fest. »Vor Gericht haben sie verloren. Willst du wirklich zulassen, dass sie am Ende doch noch gewinnen?«

Sein Schweigen lastete schwerer, als es die entscheidenden Worte getan hätten. Die Worte der Trennung. Er überließ es ihr, die Initiative zu ergreifen. Was waren die Männer mitunter für Feiglinge.

»Es tut mir so leid«, sagte er hilflos.

»Das muss es nicht«, antwortete sie kühl und erhob sich. Vielleicht tat es ihm gerade jetzt ein wenig leid, er würde jedoch aufatmen, sobald sie fort wäre. Und sie?

Rosalie ging zur Gartentür, die nur angelehnt war, und öffnete sie ganz. Mit der Abendluft wehte der Duft der letzten englischen Rosen herein, die sie im vergangenen Herbst hatte pflanzen lassen. Das erinnerte sie an Paris, an romantische Spätsommerabende im Bois de Boulogne, wo sie nach der Enttäuschung ihrer Scheidung von Gräfenberg wieder aufgelebt war. Paris würde ihr auch dieses Mal Trost spenden und ihr helfen, wieder zu sich selbst zu kommen.

Sie schloss die Tür und wandte sich um. Franz Ullstein saß in sich zusammengesunken in dem kubusförmigen Sessel und wirkte unendlich müde. Er war eindeutig zu alt für einen Neuanfang, sie hingegen nicht. Sie war zweiunddreißig, die Welt stand ihr offen. Und auf einmal wurde ihr bewusst, wie eng ihr Leben an seiner Seite geworden war.

»Es ist gut«, sagte sie versöhnlich. »Dann sag ich Alsberg Bescheid, dass er die Scheidung vorbereitet. Ist das in deinem Sinne?«

Mit einem Mal kam Bewegung in ihn. Er stand auf und kam auf sie zu, und einen Moment lang dachte Rosalie, er würde sie vor Erleichterung umarmen. Stattessen griff er nach ihrer Hand.

»Rosalie ...«, begann er feierlich. »Ich verspreche dir, dass ich immer für dich sorgen werde. Du wirst niemals finanzielle Sorgen haben und mich immer großzügig sehen.«

»Nun«, entgegnete sie peinlich berührt. »Deine Großzügigkeit in allen Ehren. Allerdings ist in unserem Ehevertrag ja alles festgeschrieben.« Sie würde doch hoffentlich nicht um ihre Rechte streiten müssen?

Sie entzog ihm ihre Hand. Der Ring mit dem grünen Stein blieb in seiner zurück. Verdutzt hielt Franz ihn hoch.

»Siehst du«, sagte Rosalie mit einem Lächeln. »Jetzt hast du ihn wieder weggezaubert. Heb ihn gut auf. Falls du noch einmal heiraten möchtest.«

Franz schüttelte vehement den Kopf. »Nach dir«, erklärte er, »kann niemals eine andere kommen.«

Da musste Rosalie leise lachen. Sie erinnerte sich daran, was Vicki einst zu ihr gesagt hatte.

»›Niemals‹ ist ein großes Wort, lieber Franz«, zitierte sie ihre Freundin. »Wir Menschen verwenden es gerne. Das Schicksal allerdings scheint es nicht zu kennen.«

Epilog

Die Koffer und Taschen standen fein säuberlich aufgereiht in der Diele. Franz war im Verlag, sie hatten sich am Vortag voneinander verabschiedet. Die Scheidung war eingereicht, und alles würde auch ohne sie seinen Gang gehen. Jetzt wartete Rosalie nur noch auf ihren neuen Chauffeur mit dem Wagen, der sie nach Paris fahren würde.

Ein letztes Mal ging sie durch das Haus und wunderte sich, wie leichten Herzens sie es zurücklassen konnte, obwohl sie so viel Herzblut in seine Planung gesteckt hatte. Nicht einmal der Pissarro in ihrem ehemaligen Schlafzimmer machte ihr den Abschied schwer. Obwohl Franz ihn ihr damals geschenkt hatte, ließ sie ihn, wo er war. Sie war nicht habgierig, und der Fluss auf dem Bild lebte ohnehin in ihr fort.

Sie hörte Schritte unten in der Diele und ging nachsehen, ob der Chauffeur gekommen war. Zu ihrer Überraschung sah sie Franz, der seinem Hausdiener Hut und Mantel reichte.

»Ich dachte, du hast eine Konferenz heute Morgen«, sagte Rosalie und ging die Treppe hinunter.

»Sie wurde verschoben«, antwortete Franz und lächelte gequält. Rosalie wusste genau, dass man ihm den Posten des Generaldirektors nicht mehr geben würde, ob sie nun an seiner Seite blieb oder nicht. Während seiner Abwesenheit hatten die Brüder das gesamte Direktorium umstrukturiert, und keiner, am allerwenigsten Heinz, der Leiter der Zeitungsverlage geworden war, wie er es sich immer gewünscht hatte, war bereit, die alten Verhältnisse wiederherzustellen.

»Das hab ich zum Anlass genommen, dich noch einmal zu sehen.«

Unschlüssig standen sie da und wussten nicht, was sie einander noch zu sagen hatten.

»Du wirst mir fehlen«, behauptete Franz, obwohl Rosalie darüber informiert war, dass ihn bereits eine andere Frau zu Empfängen begleitete, eine gewisse Baronin Kirchbach. Sie war sogar noch jünger als Rosalie. Womöglich würde Franz ihr demnächst den Smaragdring an den Finger zaubern.

Das Tuten eines Automobils vor dem Haus ersparte ihr eine Antwort. Hans begann, ihr Gepäck hinauszutragen.

»Adieu«, sagte Rosalie und gab Franz zwei fast schon geschwisterliche Küsse auf die Wangen. »Pass auf dich auf.«

»Lass uns so tun, als würdest du nur vorausfahren«, bat er plötzlich und hielt ihre Hand fest. »Als ob ich später nachkommen würde.«

Rosalie lächelte. Was für ein Kindskopf er doch war mit seinen bald dreiundsechzig Jahren. Sie nickte. Dachte plötzlich an die beunruhigenden Nachrichten über das Erstarken der Nazis. An die Hassparolen, die sie gegen Juden an die Häuserwände schmierten. Und an das, was Vicki gesagt hatte, ehe sie nach Amerika abgereist war.

»Wenn es hier schlimm wird«, sagte sie leise. »Dann kommst du wirklich einfach nach. Alsberg kennt meine Adresse, selbst wenn ich umziehe. Jetzt lebe wohl.«

Sie holte tief Luft, als sie vor die Tür trat, und schloss kurz die Augen. Wie gut es sich anfühlte, endlich wieder aufzubrechen.

»So wird das nichts«, hörte sie eine wohlvertraute Frauenstimme und riss die Augen wieder auf. »Die Koffer solltest du aufs Dach binden, Pelle. Sonst passen ja die ganzen Hutschachteln nicht mehr rein.«

»Lili«, rief Rosalie aus und lief zum Wagen. Da sah sie, dass auch Lilis Mann mitgekommen war. Stolz stand er neben einem topmodernen Motorrad mit Seitenwagen von der Firma Stoye. »Emil! Was machen Sie denn hier?«

»Wir wollten uns von Ihnen verabschieden«, erklärte Lili und nahm ihr Baby von einem Arm auf den anderen. »Und meine Schwester möchte Sie um etwas bitten.«

Zu Rosalies Verblüffung entdeckte sie Gundi am Kofferraum, wo sie zusammen mit dem Chauffeur an den Hutschachteln herumzog. Jetzt allerdings kam sie verlegen zu ihr.

»Ach, bitte, liebe Frau Ullstein«, begann das Mädchen. »Ich möchte so gerne nach Paris. Meine Freundin Juliette hat mir nämlich geschrieben, dass ihr Onkel eine Anstellung für mich hätte. Bei einer Pariser Bank, die brauchen jemanden mit Deutschkenntnissen ...«

»Aber Gundi«, unterbrach Rosalie das Mädchen. »Hatten Sie mir nicht erzählt, dass Sie unbedingt das Abitur machen wollten?«

»Das mach ich in Frankreich neben der Arbeit«, erklärte Gundi selbstbewusst. »Dort nennt man es baccalauréat. Ist das nicht eine einmalige Chance?«

»Was meine Schwester Sie eigentlich fragen möchte, ist«, kam ihr Lili zu Hilfe, »ob sie bei Ihnen mitfahren könnte. Das Zugticket ist so teuer, und außerdem wären wir alle beruhigter, wenn sie ...«

»Natürlich«, antwortete Rosalie erfreut. »So wird mir schon die Zeit nicht lang. Platz ist ja genug. Oder nicht?«

»Ich setz mich vorne neben Pelle«, versicherte Gundi rasch

und lief rot an vor lauter Freude. »Dann haben Sie es hinten gemütlich. Und mein Koffer ist auch ganz klein. Vielen Dank, Frau Ullstein. Das werde ich Ihnen nie vergessen!«

»Und Ihre Eltern wissen Bescheid?«, vergewisserte sich Rosalie.

Lili nickte. »Ehrlich gesagt haben sie ihr Einverständnis zu der Reise nur gegeben für den Fall, dass Gundi mit Ihnen reisen kann«, verriet sie. »Allein im Zug, das hätten sie nicht zugelassen.«

»Und Pelle will sich mit Juliette verloben«, platzte Gundi überglücklich heraus, worauf der Chauffeur rot anlief vor lauter Verlegenheit und nicht wusste, wohin er sehen sollte.

»Na, das sind ja wundervolle Pläne«, lachte Rosalie und wandte sich an Lili. »Ich wünsche Ihnen von Herzen alles Gute«, sagte sie und strich der kleinen Rosalie Viktoria über die kupferfarbenen Locken. »Leben Sie wohl.« Und zu Emil gewandt fügte sie hinzu: »Falls Sie jemals daran denken sollten, mit Ihrer Familie auszuwandern …«

»Dann wenden wir uns vertrauensvoll an Sie«, vollendete Emil ihren Satz. »Gute Fahrt!«

»Und viel Glück!«, rief Lili, während sie einstiegen.

Und dann war es endlich so weit, der Wagen rollte los. Rosalie drehte sich um und sah, wie Emil und Lili ihnen nachwinkten. Sie hob den Blick zum Haus und entdeckte auf dem Balkon eine einsame Gestalt.

»Mach's gut, Franz«, sagte Rosalie leise.

Dann setzte sie sich bequem zurecht, lauschte dem Geplauder zwischen Gundi und dem Chauffeur und sah nach vorne. Dorthin, wo ihre Zukunft darauf wartete, sie mit Neuem zu beschenken.

ENDE

Nachwort

Franz hätte wohl besser auf Rosalie gehört, denn bereits 1934 wurde der Ullstein Verlag von den Nationalsozialisten gegen eine lächerliche »Kauf«-Summe übernommen. Er war tatsächlich mit Baronin Selma »Dolly« Kirchbach noch mal eine Ehe eingegangen, auch diese hatte nicht lange gehalten. Nach der Enteignung, denn anders kann man den Zwangsverkauf nicht nennen, ging Franz gemeinsam mit Lisbeth und ihren Kindern zunächst ins Schweizer Exil und emigrierte später in die USA. Er lebte in New York, wo er im Herbst 1945 in der Fifth Avenue von einem Autobus überfahren wurde und am 13. November seinen Verletzungen erlag.

Rosalie blieb nach ihrer Trennung ungefähr zwei Jahre in Paris. Nachdem sie wie viele andere jüdische Intellektuelle vom Hitler-Regime ausgebürgert worden war, ging die nun Staatenlose vermutlich während eines Rechercheaufenthalts in Budapest eine dritte Ehe mit dem elf Jahre jüngeren Grafen Arnim von Waldeck ein. Da sie mit ihm nie zusammenlebte, liegt die Vermutung nahe, dass es eine Zweckheirat war, um wieder einen Pass zu erhalten – damals die einzige Möglichkeit für viele ausgebürgerte Juden.

1934 zog Rosalie nach New York. Ihre Freundin Vicki Baum, die sich auch in den Vereinigten Staaten eine große Karriere aufbaute, unterstützte sie immer wieder, indem sie ihr Rechercheaufträge für ihre Romane erteilte. Schließlich beherrschte Rosalie die englische Sprache so gut, dass sie unter dem Namen R. G. Waldeck als Journalistin arbeiten konnte. Nach dem Krieg veröffentlichte sie zwei viel beachtete historische Romane in englischer Sprache und schließlich 1951 nach einer Reise durch das zerstörte Deutschland das Sachbuch *Europe between the Acts*. Am 8. August 1982 starb Rosie von Waldeck, wie sie sich seit ihrer dritten Heirat nannte, in ihrer Wohnung in Manhattan.

Dr. Karl Ritter machte unter dem Hitler-Regime Karriere und wurde nach dem Krieg in Nürnberg als Kriegsverbrecher angeklagt. Laut Sten Nadolny hatte er seine Unterschrift unter den Befehl zum Abtransport von mehreren Hunderttausend Juden aus Ungarn gesetzt. Dank seiner guten Verteidiger kam er mit vier Jahren Freiheitsstrafe davon und starb hochbetagt 1968 in Murnau am Staffelsee.

Auch das weitere Schicksal von Rosalies erstem Ehemann, dem Gynäkologen Ernst Gräfenberg, soll hier erwähnt werden. Er entwickelte nicht nur bereits in den Zwanzigerjahren eine Art Diaphragma zur Empfängnisverhütung, nach ihm ist auch der G-Punkt benannt, denn im Zuge seiner Forschungen »entdeckte« er diese besonders erogene Zone. Als jüdischer Arzt konnte er erstaunlich lange unter der Herrschaft der Nationalsozialisten in Berlin praktizieren, vielleicht weil viele berühmte Persönlichkeiten zu seinen Patientinnen gehörten. 1938 allerdings wurde er, nachdem er seine wertvolle Briefmarkensammlung im Ausland verkauft hatte, wegen »Devisenvergehen« zu drei Jahren Zuchthaus und einer horrenden Geldstrafe verurteilt. Nach Verbüßung der Hälfte der Haft konnte er nach Veräußerung seiner sämtlichen Vermögenswerte und dank der Intervention der amerikanischen Frauenrechtlerin Margaret Sanger über die US-Botschaft in die USA ausreisen, wo er 1957 in New York starb.

In meinem Roman bin ich, was die historischen Figuren anbelangt, neben vielen anderen Quellen weitgehend den Beschreibungen gefolgt, die ich in dem sorgfältig recherchierten *Ullsteinroman* von Sten Nadolny und in der spannenden Autobiografie *Prelude to the Past: The Autobiography of a Woman*, die Rosalie unter dem Namen Rosie Gräfenberg veröffentlichte, gefunden habe. In gewissen Details bin ich allerdings davon abgewichen. So gestaltete sich beispielsweise der Rechtsstreit zwischen Rosalie, Franz, seinen Brüdern und Georg Bernhard in Wirklichkeit weit komplizierter und langwieriger als hier dargestellt, und Franz trennte sich noch vor dem Urteilsspruch von Rosalie. Auch gab es im realen Gerichtsverfahren kein montiertes Foto als Beweismittel, ich habe mir erlaubt, dieses Element einzufügen, um Emil mit Rosalies Schicksal enger zu verknüpfen und außerdem ein interessantes Detail zum Thema Fotojournalismus schildern zu können. Entsprechend ist auch Mäcki eine fiktive Figur.

Während die Ullstein-Familie und Vicki Baum sowie der Boxlehrer Sabri Mahir und viele andere historische Persönlichkeiten, die in meinem Buch ihren Auftritt haben, gelebt haben, sind Lili und Emil samt ihren Familien von mir frei erfunden worden. Tatsächlich hatte Vicki Baum nie ein Tippfräulein, was eigentlich schade ist, ich hätte ihr Blümchen sehr gegönnt.

Danksagung

Es war nicht einfach, Material über die kurze Ehe zwischen Franz Ullstein und Rosalie Gräfenberg zu finden, denn die Archive sind im Krieg zerstört worden. So gibt es nach meinem Kenntnisstand von Rosalie nur eine verbürgte Fotografie, ein Passbild aus ihren späteren Jahren in den USA. Ihre Autobiografie ist in Deutschland noch nicht erschienen, und die amerikanische Neuauflage von 2020 im Histria Books Verlag, Las Vegas, war zur Zeit meiner Recherche hierzulande nur schwer erhältlich. Deshalb gilt mein besonderer Dank Dr. Wilhelm Kreutz, der mir sein Exemplar leihweise zur Verfügung gestellt hat. Dr. Kreutz hat sich bereits viele Jahre mit dieser außergewöhnlichen Frau beschäftigt und einige Artikel und Aufsätze über ihren Werdegang verfasst.

Sehr dankbar bin ich auch Sten Nadolny, dessen *Ullsteinroman* eine wahre Fundgrube für meinen Roman darstellte. Außerdem bedanke ich mich herzlich für die freundliche Auskunft, die er dem Verlag und mir zukommen ließ.

Ferner danke ich Ulrike Klumpp sehr herzlich dafür, dass sie ihr Fachwissen zum Thema Fotografie mit mir geteilt hat. Heidi Rehn, die soeben einen Roman über Vicki Baum veröffentlicht hat, danke ich für die inspirierenden Gespräche, die wir über diese faszinierende Schriftstellerin und ihr Umfeld geführt haben, und für den kollegialen Austausch.

Dieses Buch wäre nicht entstanden, wäre Claudia Winkler im Namen des Ullstein Verlags nicht auf mich zugekommen, um mir dieses wundervolle Projekt vorzuschlagen – für dieses große Vertrauen und für die gute Zusammenarbeit beim Lektorat möchte ich mich von Herzen bedanken.

Auch meiner Literaturagentin Petra Hermanns, bei der ich mich immer fantastisch aufgehoben fühle, gebührt einmal mehr mein großer Dank.

Und an letzter Stelle, doch umso herzlicher bedanke ich mich bei Daniel Oliver Bachmann, der es geduldig hinnahm, dass während vieler Monate Rosalie, Franz, Lili und alle anderen unsichtbar, doch umso präsenter mit an unserem Tisch saßen.

Lady Diana - die Ikone ihrer Zeit

London, 1978: Die siebzehnjährige Diana Spencer ist zu Gast auf einem Polospiel. Da sie selbst einer der angesehensten Adelsfamilien des Landes entstammt, ist die Welt, in der sie sich an diesem Tag bewegt, nicht fremd. Im Gegenteil, es beginnt ein Flirt mit dem zukünftigen König Großbritanniens, der ihr Leben für immer verändern soll: Keine drei Jahre später steht sie vor 3500 geladenen Gästen in der St. Paul's Cathedral und feiert die Hochzeit des Jahrhunderts. Doch obwohl der Alltag in der Königsfamilie mit seinem strengen Protokoll ihr nicht entspricht und Charles ihre Liebe nicht erwidert, findet sie ihren ganz eigenen Weg - und die Welt liegt ihr schon bald zu Füßen...

Julie Heiland
Diana
Königin der Herzen

Klappenbroschur
Auch als E-Book erhältlich
www.ullstein.de

Aufbruch in eine neue Zeit

Berlin 1911: Die Waisenschwestern Marlene und Emma Lindow können ihr Glück kaum fassen: Sie arbeiten als Lernschwestern in der Kinderklinik Weißensee. Doch schon bald fühlt sich Emma von ihrer Schwester zurückgesetzt, denn Marlene hat sich gleich doppelt verliebt: in den vornehmen Assistenzarzt Doktor Maximilian von Weilert und in das noch junge Fachgebiet Kinderheilkunde. Sie ist fest entschlossen, selbst Kinderärztin zu werden. Aber der Weg nach oben ist steinig, der in Maximilians Familie erst recht. Emma wird die eigene Schwester immer fremder. Erst als das Leben eines kleinen Jungen am seidenen Faden hängt, erkennen Emma und Marlene, dass ihnen ihre wichtigste Aufgabe nur gemeinsam gelingen kann: kranke Kinder zu retten.

Antonia Blum
Kinderklinik Weißensee – Zeit der Wunder

Klappenbroschur
Auch als E-Book erhältlich
www.ullstein.de

Ein junges Mädchen kämpft ums Überleben, um ihren Traum und die Liebe

Köln, 1941. Anna wächst bei ihrer Tante Marie und ihrem Onkel Matthias auf, einem Bäckerehepaar. Das Mädchen liebt die Backstube über alles. Doch mit dem Krieg kommt das Unglück: Matthias wird eingezogen und die Bäckerei bei Luftangriffen zerstört. Während Köln in Trümmern liegt und vom kältesten Winter des Jahrhunderts heimgesucht wird, schließt Anna sich einer Schwarzmarktbande an. Als sie am wenigsten damit rechnet, verliebt sie sich sogar – eine verbotene Liebe mit gefährlichen Folgen. Von Kälte, Hunger und Neidern bedroht, halten Anna und ihre Tante verzweifelt an dem Traum fest, die Bäckerei wiederaufzubauen. Und an der Hoffnung, dass die Männer, die sie lieben, irgendwann zu ihnen zurückkehren.

Lilly Bernstein

Trümmermädchen – Annas Traum vom Glück

Roman

Taschenbuch
Auch als E-Book erhältlich
www.ullstein.de

Verlorene Träume – eine junge Frau beweist Mut in dunklen Zeiten

Ostpreußen 1939: Während die Welt aus den Fugen gerät, wächst die junge Dora Twardy behütet auf dem Pferdegestüt ihrer Familie auf. Der Tochter des Gutsherren mangelt es an nichts, auch nicht an Verehrern. Doch als die deutsche Wehrmacht Polen angreift, muss Dora schlagartig erwachsen werden. Ihr Vater wird eingezogen und übergibt ihr die Verantwortung für den Hof. Mit aller Kraft kämpft Dora um den Erhalt des Familienbesitzes. In den Wirren des Krieges stehen ihr zwei Männer bei: der sanftmütige Freund ihres Bruders, Wilhelm von Lengendorff, und der abenteuerlustige Kriegsfotograf Curt von Thorau. Zu spät erkennt Dora, wen sie wirklich liebt ...

Theresia Graw
So weit die Störche ziehen

Klappenbroschur
Auch als E-Book erhältlich
www.ullstein.de

Die wahre Geschichte der Gouvernante von Queen Elizabeth II.

England, 1933: Im Alter von 22 Jahren wird Marion Crawford die Lehrerin von Prinzessin Elisabeth und ihrer Schwester Margaret. Als Marion ihre Stelle im englischen Königshaus antritt, ist sie schockiert. Das Leben im Schloss hat nichts mit der Realität zu tun. Vor allem Lilibet, die zukünftige Königin, wächst Marion ans Herz. Als überzeugte Sozialistin macht Marion es sich zur Aufgabe, Lilibet das echte Leben zu zeigen. Sie fährt mit ihr Metro und Bus, geht in öffentliche Schwimmbäder und macht Weihnachtseinkäufe bei Woolworth's. Ihr Einfluss auf die zukünftige Queen ist gewaltig. Doch Marion ahnt nicht, wie sehr sich auch ihr eigenes Leben durch die Royals verändern wird.

Wendy Holden
Teatime mit Lilibet
Roman

Aus dem Englischen von Elfriede Peschel
Taschenbuch
Auch als E-Book erhältlich
www.ullstein.de

ullstein